백치

Идиот

표도르 도스또예프스끼 장편소설

김근식 옮김

IDIOT
by FEDOR DOSTOEVSKII (1868)

일러두기

1. 번역 대본은 F. M. Dostoevskii, *Sobranie sochinenii v dvenadtsati tomakh*(Moskva: Pravda, 1982)와 F. M. Dostoevskii, *Polnoe sobranie sochinenii v tridtsati tomakh* (Leningrad: Nauka, 1972~1990)를 주로 사용하였습니다. 다만 판본에 차이가 없는 한 옮긴이가 번역 대본을 임의로 선택하였습니다.
2. 러시아어의 로마자 표기와 우리말 표기는 〈열린책들〉에서 정한 표기안을 따르되, 관행적으로 굳어진 일부 용어만 예외로 하였습니다.

이 책은 실로 꿰매어 제본하는 정통적인 사철 방식으로 만들어졌습니다.
사철 방식으로 제본된 책은 오랫동안 보관해도 손상되지 않습니다.

제3부	**499**
제4부	**705**
삶과 인간에 대한 사랑의 파토스 · 역자 해설	**945**
『백치』에 나타난 인물 간의 갈등 양상 · 작품 평론 에드워드 바솔렉/김근식 옮김	**957**
『백치』 줄거리 · 역자 요약	**989**
도스또예프스끼 연보	**993**

『백치』 등장인물

공작(레프 니꼴라예비치 미쉬낀) 백치.
나스따시야 필리뽀브나 바라쉬꼬바 또쯔끼의 전(前) 정부.
로고진(빠르펜 세묘노비치 로고진) 상인의 아들. 거부.

예빤친 장군(이반 표도로비치 예빤친) 대지주, 사업가.
리자베따 쁘로꼬피예브나(예빤치나 부인) 그의 아내.
알렉산드라, 아젤라이다, 아글라야 그의 딸들.

이볼긴 장군(아르달리온 알렉산드로비치 이볼긴) 퇴역 장군.
니나 알렉산드로브나 아내.
가브릴라(가냐) 아들. 예빤친 장군의 비서.
바르바라(바랴) 딸.
니꼴라이(꼴랴) 막내아들.

레베제프(루끼얀 찌모페예비치 레베제프) 아마추어 법률가.
베라 그의 딸.
블라지미르 독또렌꼬 그의 조카.

이뽈리뜨 쩨렌찌예프 니꼴라이의 친구.
안찌쁘 부르도프스끼 독또렌꼬의 친구.
페르디쉬첸꼬 이볼긴 가의 하숙인.
또쯔끼(아파나시 이바노비치 또쯔끼) 부호.
쁘찌찐(이반 뻬뜨로비치 쁘찌찐) 고리대금업자.
다리야 알렉산드로브나 나스따시야 필리뽀브나의 친구.
껠레르 복서.

3
제3부

1

우리 나라에는 실무적인 인물이 없다는 불평이 끊이지 않고 들려온다. 예를 들어, 정치하는 사람들이나 장군들, 그리고 언제나 수요를 충족시키고도 남을 만큼 온갖 분야의 경영인들은 많으나 실무적인 사람들은 없다는 것이다. 적어도 모든 사람들이 그렇게 불평하고 있다. 몇몇 기차역에는 제대로 된 역무원 하나 없고 어떤 선박 회사에서는 그럭저럭 쓸 만한 간부진을 갖추는 일조차 불가능하다고 한다. 그래서 새로 개설한 어느 철로에서는 기차가 충돌했다느니, 어떤 철교에서는 객차가 떨어졌다는 소리가 들려오고, 기차가 눈 덮인 벌판에서 겨울을 날 뻔했다는 기사를 읽게 된다. 기차가 몇 시간 동안 달리다가 제자리에 멈추어 닷새 동안 눈 속에 갇혀 있었다는 기사도 있었다. 어떤 곳에서는 수천 파운드나 되는 물건이 이제나저제나 발송을 기다리다 그냥 썩어 버렸다는 소문이 돌고 있다(곧이들리지 않는 얘기지만). 어떤 역에서는 행정 책임자가, 아니 그렇다기보다 현장 감독이, 물건을 부쳐 달라고 어느 상점 종업원이 졸라 대자 물건을 부쳐 주기는커녕 오히려 따귀를 때리고 나서, 자신의 그와 같은 행정적 조처를 그저 〈약간 흥분해서〉라고 해명했다. 그와 같은 관청의 숫자는 생각하기조차 끔찍할 정도로 많다. 수많은 사람들이 그런 관청에서 근무했고, 지금도 근무하고 있으며, 앞으로도 근무하기를 바라고 있다. 이와 같은 인적 자원으로 능률적인 선박 회사의 경영진 하나쯤 편성할 수 없다는 것이 말이 되겠는가?

이러한 의문에 가끔 지극히 간단한 해답이 나오기도 한다. 그 답이 너무나 간단해서 도무지 믿어지지 않을 정도이다. 사실 이렇게들 말한다. 우리 나라에서는 2백 년 동안 가장 좋은 독일식 모델을 따라 증조부에서 증손까지 모두들 근무를 해오고 있는데, 근무자들은 가장 실질적이지 못한 사람들이어서, 바로 얼마 전까지만 해도 추상성과 실무 지식의 결여가 마치 최상의 장점이나 꼭 그렇게 해야 되는 것처럼 여겨져 왔다. 하지만 우리는 공연히 근무자들에 관해 언급한 모양이다. 우리가 하고 싶은 이야기는 실무적인 사람들에 관한 것이다. 우리 나라에서는 소심하고 창의성이 부족한 것이 실무적인 사람의 가장 큰 특징으로 으레 간주되어 왔다. 심지어는 지금까지도 그러한 생각이 지배적이다. 만약 이러한 견해가 잘못이라고 생각한다면, 왜 우리 러시아 인만을 비난해야 하는가? 세계 도처에서 언제나 독창성의 부족은 먼 옛날부터 실질적인 실무자의 첫번째 자질이자 표본이 되어 왔다. 적어도 1백 명 중 99명은(최소한으로 잡아서) 언제나 그렇게 생각해 왔고, 1백 명 중 한 명만이 항상 시각을 달리해 왔을 뿐이다.

어떤 사회든 발명가와 천재는 항상 초기에(인생 말엽까지 그런 경우도 자주 있지만) 바보 이상으로 간주되지 않았다. 그러한 사실은 비일비재해서, 사람들은 이에 대해 너무나 잘 알고 있다. 예를 들어 수십 년 동안 모두들 자기 돈을 은행에다 맡기고 4부 이자를 받고 수십 억을 쌓아 두지만, 은행이 없고 모두들 자기식대로 살아가야 한다면, 그 돈의 대부분은 과열된 주식 시장 아니면 사기꾼 수중에서 날아가 버리고 말 것이다. 그렇게 하는 데도 고상함과 도의가 요구된다. 무엇보다도 도의가 요구되는데 그 이유는 다음과 같다. 우리 나라에서 도의적인 소심함과 독창성의 결여가 지금까지 사회 통념상 점잖고 실무적인 사람의 필수 불가결한 자질이라면, 갑자기 변화하는 것은 극히 무질서하고 심지어는 고상하지 못한 것이기 때문이다. 만약에 자기 아들이나 딸이 갑자기 탈선할 상황에 처해 있다면, 자식을 사랑하는 어머니로서 누가 경악을 하지 않고 머리를 싸매고 누워 있지 않겠는가. 〈독창성 따윈 없어도 좋으니 그저 평범하고 행복하게만 살아 다오.〉 모든 어머니들은 자기 자식을 얼러 주며 이렇게 생각할 것이다. 우리 나라의 유모들은 먼 옛날부터 아이들을 얼러 주며 〈장군이 되어 황금 옷을 입고 다니거라!〉라며 콧노래를 흥얼거려 왔다. 그걸 보면 우리 나라의 유모들마저 러시아 사람의 가장 큰 행복은 장군이 되는 것이고, 장군이야말로 가장 평온하고 멋진 행복의 국민적 이상이라고 생각했던 것 같다. 실상 평범하게 시험에 합격하여 35년쯤 근무하고 나면, 누가 우리 나라에서 장군의 지위에 오르지 못하고 은행에 상당한 액수를 저축해 두지 못하겠는가? 이처럼 러시아 인은 거의 아무런 노력 없이 사무적이고 실무적인 사람이라는 명칭을 얻곤 했다. 실질적으로 우리 나라에서 장군이 될 수 없는 인물은 오로지 독창성이 있는 사람이다. 다시 말해 모든 일을 그냥 넘기지 않으려는 사람이다. 아마 이해가 안 가는 부분들이 있겠지만, 대체로 그것이 사실이며 우리 사회는 실무적 인간의 이상을 매우 공정하게 정의해 왔다. 그런데 여담을 지나치게 많이 늘어놓았다. 사실은 우리가 잘 아는 예빤친 가족에 관해 몇 마디 설명할 게 있어서 그랬다. 예빤친 가족은, 아니 적어도 이 집에서 가장 합리적인 사고를 하는 사람들은 가족에게 거의 공통적으로 드러나는 성질 때문에 줄곧 괴로워하고 있었다. 그 성질은 앞에서 방금 우리가 말했던 미덕과는 정반대의 것이다. 이들은 사실을 완전히 이해하지 못하면서(이해하기 어렵기 때문에) 자기네 가정에서 일어나는 모든 일이 어쩐지 남의 집과는 다르다는 생각을 이따금 했다. 남의 집에서는 모든 일이 술술 잘 풀려 나가는데 그들의 집에서는 순조롭지 못했다. 이를테면 모두들 궤도를 따라 잘도 굴러 가는데, 그들만은 궤도에서 자꾸 이탈하는 것만 같았다. 또한 남들은 모두 도의적으로 매순간 두려워하는 것이 있는데, 그들 식구만은 안 그런 것이었다. 리자베따 쁘로꼬피예브나는 지나치게 깜짝 놀라기도 하지만, 어쨌든 그것도 가족들이 예상하고 있는 도의적이고 세속적인 두려움은 아니었다. 어쨌든 그녀 한 사람만 불안해 하고 있는 것 같았다.

딸들은 모두 통찰력이 있고 냉소적이었지만, 아직 젊었다. 장군도 통찰력은 있지만(그러나 융통성은 없었다), 난관에 부딪힐 때마다 〈흠!〉 소리만 낼 따름이었지 모든 것을 리자베따 쁘로꼬피예브나에게 의존했다. 그렇게 되자 결국 그녀에게 모든 책임이 돌아갔다. 그녀의 가족은 독자적인 창의성 때문에 그렇게 뛰어나 보이는 것일까? 아니면 독창성에 대한 의식적인 집착 때문에 궤도에서 이탈하고 있는 것일까? 만약 그렇다면 그것은 별로 고상하지 않을 것이다. 물론 그렇지는 않았다! 그러한 요소는 전혀 없었다. 말하자면 의도적으로 설정한 목적 따윈 전혀 없었다. 그러나 예빤친 가족은 대단히 존경받을 만한 가정이었음에도 불구하고, 일반적으로 존경받는 가정과는 사뭇 달랐다. 최근 들어서 리자베따 쁘로꼬피예브나는 모든 일에 대한 잘못은 자기 탓이라고 보고 자신의 〈불행한〉 성격을 탓하기 시작했다. 그래서 그녀의 고통은 더욱 커졌다. 그녀는 매순간 자기가 〈멍청하고 덜 떨어진 괴짜〉라고 욕을 하며 스스로를 의심하는 병으로 괴로워했다. 또한 그녀는 계속 안정을 찾지 못하고 가장 평범한 문제에 접했을 때도 탈출구를 찾지 못한 채 자신의 불행을 줄곧 과장했다. 우리는 이미 이야기의 첫머리에서 예빤친 가(家)가 일반인의 실질적인 존경을 받고 있다고 언급한 적이 있다. 심지어는 천한 계급 출신의 예빤친 장군마저 어딜 가나 존경의 대상이라는 것은 의문의 여지가 없었다. 그는 그런 존경을 받을 만했는데, 첫째는 그가 부유하고 〈그리 둔하지 않은〉 사람이었기 때문이고, 둘째는 그리 영리하지는 않았지만 점잖은 사람이었기 때문이다. 그러나 약간 둔하다는 말은 모든 인사에게 적용되지는 않지만 적어도 돈을 착실하게 모으는 사람에게는 거의 없어서는 안 될 자질인 것 같다. 더욱이 장군은 단정한 매너에 겸손하고 침묵을 지킬 줄 알며, 동시에 장군으로서뿐만 아니라 정직하고 고상한 인간으로서도 남에게 자신의 권위를 침해당하는 일이 없었다. 그리고 무엇보다 중요한 것은 그가 든든한 배경을 가지고 있다는 것이었다. 부인 리자베따 쁘로꼬피예브나로 말하면, 그녀는 이미 앞에서 설명했듯이 명문 집안 출신이었다. 물론 우리 나라에서는 특별한 인척이 없으면 그다지 가문을 따지지 않는 편이다. 하지만 그녀에게는 그러한 인척이 있었다. 그들이 그녀를 존경하고 아껴 주었기 때문에 다른 사람들도 모두 그에 따라서 그녀를 존경하고 인정해 주지 않을 수 없었다. 그녀가 집안에서 겪는 고통이 아무 근거 없고 그 이유도 보잘것없어서 우스꽝스러울 만큼 과장된 것임은 말할 필요도 없다. 그러나 자기 코나 이마 위에 사마귀가 나 있다면, 자기가 아메리카 대륙을 발견한 자일지라도 그런 사실은 개의치 않고 모두들 사마귀만을 보고 자기를 비웃거나 손가락질할 것 같은 기분이 들 것이다. 사람들이 정말로 리자베따 쁘로꼬피예브나를 〈괴짜〉로 보고 있다는 것은 의심의 여지가 없었으나, 그럼에도 불구하고 그녀가 존경받고 있다는 것은 절대적인 사실이었다. 그런데 리자베따 쁘로꼬피예브나는 이 사실을 믿지 않기 시작했는데, 바로 거기에 그녀의 모든 불행이 있었다. 딸들을 바라볼 때마다 그녀는, 자신의 성격이 용납할 수 없을 정도로 우스꽝스럽고 고상하지 못해서 그것이 딸들의 장래를 망쳐 놓치나 않을까 고민을 하곤 했다. 그런 성격 때문에 그녀는 끊임없이 딸들과 남편을 책망하며 매일같이 그들과 입씨름을 벌이면서도, 자신을 돌보지 않을 정도로 그들을 열정적으로 사랑했다.

무엇보다도 그녀는 자신의 딸들이 자기 같은 괴짜가 되어 가고 있다고 괴로워했고, 자기 딸들 같은 처녀들은 이 세상에 없으며 또 있을 수도 없다는 강박 관념에 시달렸다. 〈저 애들은 완전히 니힐리스트들이야!〉 그녀는 이렇게 혼잣말을 하곤 했다. 지난 1년 동안, 특히 최근 들어서 그처럼 쓸쓸한 생각이 점점 강해져 갔다. 〈그런데 저 애들은 왜 시집을 안 가는 거야?〉 그녀는 시종일관 이렇게 자문을 해보았다. 〈이 어미를 괴롭힐 작정을 한 거야! 이게 저 애들의 목적일 거라고. 맞아, 그게 소위 신사상이라는 거고, 그 저주받을 《여성 문제》라는 거야! 그래서 반년 전에 아글라야가 멀쩡한 머리를 자를 생각을 한 게 아닐까? (맙소사, 난 젊었을 때도 그런 머리를 가져 보지 못했는데!) 가위를 손에 들고 있어서 내가 무릎을 꿇고 빌다시피 해서 말리긴 말렸지만 말야……! 그게 다 이 어미를 괴롭히려고 심술을 부렸던 거야. 원래 남의 말이라면 코방귀나 뀌고 제멋대로 행동하는 데다, 무엇보다 천성이 심술궂기 때문에 그래! 그런데 뚱뚱이 알렉산드라까지 자기 머리를 잘라 달라고 내밀었던 것은 대체 무슨 심산이었을까? 그건 심술궂고 변덕스러워서가 아니라, 머리카락이 없으면 잠도 편안히 잘 수 있고 머리도 아프지 않을 거라는 아글라야의 말에 홀딱 넘어갈 정도로 바보라서 그런 게 아닐까? 지난 5년 동안 그 애들한테 청혼한 신랑 후보가 오죽이나 많았느냐 말야? 그것도 보기 드물게 멋진 신랑감들이 아니었던가! 우리 애들이 계속 기다리며, 결혼을 미루어야 되는 이유가 대체 무엇이란 말인가? 오로지 이 어미의 속을 썩이기로 작정한 것이겠지. 그 밖에 다른 이유가 전혀 없단 말이야! 무슨 이유가 더 있을 수 있단 말인가!〉

마침내 모성의 가슴에도 태양이 떠올랐다. 셋 중에 하나이지만 아젤라이다가 시집갈 준비를 하게 되었기 때문이다. 〈하나라도 부담을 덜게 됐어.〉 리자베따 쁘로꼬피예브나는 소리 내어 표현해야 했을 때 이렇게 말했다(혼잣말을 할 때는 비교도 안 될 정도로 부드럽게 말했다). 모든 일이 너무나 훌륭하고 순조롭게 진행되어, 사교계에서도 경의를 표할 정도였다. 공작인 신랑감은 유명 인사에다 재산도 상당했고 성품도 좋아서 그녀 마음에 쏙 들었다. 더 이상 무얼 바라겠는가? 그녀는 다른 두 딸보다 아젤라이다에 대해서는 걱정을 덜한 편이었다. 물론 아젤라이다의 예술가적 경향 때문에 의구심이 많은 리자베따 쁘로꼬피예브나의 마음 한구석이 항상 꺼림칙하긴 했지만 말이다. 〈그 대신 성격이 명랑하고 사리 판단력이 뛰어난 애니까 잘못되진 않을 거야.〉 그녀는 이렇게 자신을 위로하곤 했다. 그녀가 가장 못 미더워하는 딸은 아글라야였다. 내친김에 하는 말이지만, 큰딸 알렉산드라에 대해서는 어머니인 리자베따 쁘로꼬피예브나도 걱정을 해야 할지 안 해야 할지, 도무지 어떻게 해야 좋을지 몰랐다. 스물다섯이나 되어서 노처녀 신세로 남아 있는 것이 그녀 눈에는 완전히 〈끝장난 처녀〉 같아 보였다. 〈저만한 미모를 가지고 있으면서도……!〉 리자베따 쁘로꼬피예브나는 밤마다 큰딸 때문에 울기까지 했다. 하지만 그런 밤에도 당사자인 알렉산드라는 아주 태평하게 잠을 잤다. 〈도대체 어떻게 된 애이기에 그럴까? 니힐리스트인가 아니면 그저 바보인가?〉 알렉산드라가 바보가 아니라는 것에 대해 리자베따 쁘로꼬피예브나는 아무런 의문을 품지 않았다. 그녀는 큰딸 알렉산드라의 판단을 지극히 존중했고 그녀와 상의하는 것을 좋아했다. 그러나 알렉산드라가 〈얼뜨기〉라는 사실에는 의문의 여지가 전혀 없었다. 〈하지만 얼뜨기라 해도 그렇지 어떻게 저리 태평할 수가 있을까? 참으로 한심해! 나는 저런 애들을 도무지 납득할 수가 없어!〉 리자베따 쁘로꼬피예브나는 귀염둥이 아글라야보다도 큰딸 알렉산드라에게 무언가 설명할 수 없는 연민의 정을 더 많이 가지고 있었다. 하지만 어머니 리자베따 쁘로꼬피예브나의 불끈 하는 행동하며(그러한 행동은 어머니로서의 배려와 동정의 표현이었다), 싸움을 걸어 올 듯한 태세, 〈얼뜨기〉라고 부르는 별명은 알렉산드라를 웃기기만 할 따름이었다. 그러다 보니 이따금 극히 사소한 일을 가지고서도 어머니 리자베따 쁘로꼬피예브나는 정신없이 혼을 내곤 했다. 예를 들어 알렉산드라는 잠자는 것을 몹시 즐겼기 때문에 보통 남들보다 많은 꿈을 꾸었고, 그 꿈은 일곱 살배기 어린애의 꿈처럼 허황되고 천진한 것이 대부분이었다. 그런데 어머니는 그렇게 천진한 꿈 얘기를 들으면 왜 그런지 신경질을 내기 시작하는 것이었다. 한번은 알렉산드라가 꿈속에서 9마리의 암탉을 보았는데, 그걸 가지고 모녀간에 대판 말싸움이 벌어졌다. 왜 벌어졌는지 그 이유를 설명하기는 어렵다. 어느 날 알렉산드라는 꿈 같은 꿈을 딱 한 번 꾼 적이 있었다. 그녀는 어느 깜깜한 방에서 한 승려를 보았는데, 그 방은 너무 깜깜해서 들어가기가 몹시 꺼림칙했다. 그 꿈 이야기는 즉시 깔깔거리는 두 동생에 의해 어머니에게 전해졌다. 하지만 어머니는 또 다시 화를 벌컥 내며 세 딸을 모두 바보들이라고 불렀다. 〈흥! 바보처럼 태평스럽기는…… 완전히 《얼뜨기》야. 그런데 표정이 서글퍼 보여. 어떤 때는 아주 슬퍼 보인다니까. 뭐가 슬픈 걸까? 뭐가?〉 그녀는 이따금 이러한 질문을 예빤친 장군에게 던지곤 했고, 항상 그러하듯이 히스테릭하게 즉각적인 대답을 기대했다. 예빤친은 〈흠〉 소리를 내며 인상을 쓰다 어깨를 으쓱해 보이곤 두 팔을 벌리며 대꾸를 했다.

「신랑이 필요한 거야!」

「다만 당신 같은 신랑은 안 돼요.」 리자베따 쁘로꼬피예브나는 마침내 울화통을 터뜨렸다. 「당신처럼 판단하고 결정하는 사람은 안 돼요. 당신처럼 거칠디거친 사람은 안 된단 말이에요.」

예빤친 장군은 즉시 물러났다. 리자베따 쁘로꼬피예브나는 한 번 〈폭발〉을 하고 난 후에야 진정되었다. 물론 그런 날 저녁이면 리자베따 쁘로꼬피예브나는 반드시 〈거칠디거친〉, 착하고 사랑스럽고 존경스러운 남편에게 다정다감해지며 경의로운 마음으로 한껏 신경을 써주었다. 왜냐하면 그녀는 평생 동안 이반 표도로

비치를 사랑했고 완전히 그에게 반해 있었기 때문이었다. 이반 표도로비치 역시 그 사실을 아주 잘 알고 있었기에, 리자베따 쁘로꼬피예브나를 끊임없이 존경했다.

그러나 리자베따 쁘로꼬피예브나의 가장 큰 고민은 뭐니뭐니 해도 아글라야였다.

〈그 애는 모든 면에서 나를 그대로 빼닮았어.〉 리자베따 쁘로꼬피예브나는 혼자 중얼거렸다. 〈제 맘 내키는 대로 행동하는 못된 악마 새끼라니까! 그 앤 아주아주 못된 정신 나간 니힐리스트에다 괴짜야! 오 맙소사, 저러다 그 애가 불행해지면 어쩌지!〉

그러나 이미 말했듯이, 리자베따 쁘로꼬피예브나에게 떠올랐던 태양은 잠시 동안 모든 것을 부드럽게 해주고 밝게 비춰 주었다. 그녀의 생애에서 거의 한 달 동안 그녀는 근심 걱정으로부터 완전히 해방되어 휴식을 취할 수 있었다. 사교계에서는 곧 다가올 아젤라이다의 결혼에 관해 말이 돌기 시작했다. 이때 아글라야는 아주 훌륭하고, 절제 있고, 현명하고, 당당하고, 약간은 거만할 정도로 처신을 했는데, 그녀에게 그러한 처신은 아주 잘 어울렸다. 어머니한테도 한 달 내내 상냥하고 다정하게 굴었다. 〈그 예브게니 빠블로비치를 아주 꼼꼼히 살펴보고 됨됨이를 파악할 필요가 있어. 게다가 아글라야도 그 사람을 썩 탐탁지 않게 여기는 눈치야!〉 어쨌든 아글라야는 갑자기 몹시 착한 처녀가 되었고 날이 갈수록 눈부시게 아름다워졌다. 그런데…….

그런데 방금 그 재수 없는 공작이, 팔푼이 백치가 나타나서 모든 것이 혼란스러워지고, 집안의 모든 일이 한순간에 거꾸로 뒤집혀져 버렸던 것이다!

도대체 무슨 일이 벌어진 것일까?

물론 다른 사람들이 보기엔 아무 일도 없는 것처럼 보일 것이다. 그러나 리자베따 쁘로꼬피예브나는 남들과 다른 점이 있었다. 그녀는 극히 평범한 일들이 얽히고설킨 속에서 특유의 불안감을 통해, 이따금 병이 날 정도로 무섭고 형언할 수 없는 공포로 그녀를 떨게 하는 무언가를 찾아내곤 했다. 가소롭고 근거 없는 불안의 숲을 통해, 매우 중요해 보이기도 하고 불안과 의심과 의혹을 불러일으킬 것 같기도 한 무언가가 갑자기 그녀에게 얼굴을 내밀고 있을 때, 그녀의 심정은 어떠했겠는가?

〈어떻게 감히 나한테 그 저주받을 익명의 편지를 쓸 수가 있을까? 그년이 아글라야와 교제를 하고 있다고?〉 리자베따 쁘로꼬피예브나는 공작을 데리고 집으로 돌아오는 길 내내, 그리고 온 가족이 모여 있는 둥그런 탁자에 그를 앉게 했을 때도 그러한 생각에 잠겨 있었다. 〈어떻게 감히 거기에 대해서까지 생각할 수 있을까? 내가 손톱만큼이라도 그것을 믿고 그 편지를 아글라야에게 보여 줄 거라면 나는 얼굴이 뜨거워서 차라리 죽고 말 거다! 우리 예쁜친 집안을 조롱해도 분수가 있지! 이 모든 게 다 이반 표도로비치 때문에 생긴 거라고. 이 모든 게 다 당신 탓이야! 왜 옐라긴 섬[104]으로 피서를 가지 않았는지 모르겠어? 거기로 가자고 내가 그렇게 말했건만! 어쩌면 바르바라가 이 편지를 보냈는지 몰라. 아니면 혹시……. 어쨌든 이 모든 게 다 이반 표도로비치 탓이야! 그 계집이 옛날 생각을 하고 남편을 바보로 만들 작정으로 꾸며 낸 짓이야. 그년은 내 남편을 아주 얼간이로 취급하고 조롱하는 거야. 언젠가 남편이 진주를 가져다 주니까, 코를 꿰어 끌고 다니면서 깔깔거리며 웃어 댔지……. 결국은 우리가 그년의 계략에 끌려 들어가고, 여보, 당신의 딸들도 말려들어 간 거라고요. 그 애들이 누구예요? 상류 사회에서 으뜸가는 처녀들이잖아요. 그런 애들이 그곳에 있었고, 거기서 모든 것을 다 들었어요. 게다가 그 꼬마 녀석들의 사건에도 말려들어 가고 말았어요. 우

---

104 네바 강의 지류에 있는 섬들 가운데 하나로 황제의 궁전이 있다. 또한 그곳에는 직무상 상뜨 뻬쩨르부르그를 떠날 수 없는 관리들의 별장이 많이 있다.

리 애들은 거기서도 모든 것을 다 들었어요. 당신은 그래도 좋단 말인가요? 나는 그놈의 공작도 용서할 수 없어요. 절대로 용서하지 않을 거예요! 그런데 아글라야는 왜 사흘 내내 히스테리를 부리며, 언니들과 싸우려고만 하는 걸까? 심지어는 알렉산드라하고도 말야. 아글라야는 나한테 하듯 알렉산드라의 손에 항상 키스를 하지 않았던가? 그렇게 언니를 존경하던 애가 갑자기 왜 그렇게? 왜 사흘 내내 모두에게 수수께끼를 던지는 것일까? 이 일에 가브릴라 이볼긴은 무슨 관계가 있을까? 왜 그 애는 어제랑 오늘 가브릴라를 칭찬하며 울음까지 터뜨리는 것일까? 그런데 그놈의 저주받을 《가난한 기사》 얘기가 그 익명의 편지 속에 왜 언급되어 있는 걸까? 왜 아글라야는 공작에게서 온 편지를 언니들에게까지 보여 주지 않았을까? 그리고 왜…… 왜 나는 불에 덴 고양이처럼 공작에게 달려갔을까? 또 그를 성급하게 여기로 데려온 이유는 뭘까? 오, 맙소사! 난 제정신이 아니야! 내가 지금 무슨 짓을 했지? 내 딸의 비밀에 대해 젊은 사내와 얘기하다니……. 게다가 그 사내와 연관이 될 수도 있는 비밀을……! 그 사내가 백치인 데다가 집안 친구이니까 그나마 다행이지. 그런데 아글라야는 그 팔푼이 같은 녀석에게 마음이 끌린단 말인가! 이런, 지금 내가 무슨 말을 하는 거야? 쳇! 우리 가족은 어쩜 이렇게들 별종일까? 우리 모두 유리 상자 속에 가둬 두고 사람들에게 구경을 시켜야 돼. 그 중 나를 제일 먼저 보여 줘야 될 거야. 구경꾼 한 명당 10꼬뻬이까를 받고서 말야. 여보, 우리가 이렇게 된 데 대해 난 당신을 용서하지 않을 거예요. 절대로 용서 못 해요! 그런데 아글라야는 왜 공작을 곯리려 들지 않을까? 곯려 주겠다고 약속을 해놓고서, 저 모양으로 곯려 주지 않다니! 저렇게 두 눈을 똑바로 뜨고 공작을 바라보면서 아무 말도 않고 떠날 생각도 않으면서 계속 서 있기만 하다니. 자기가 공작에게 찾아오지 말라고 명령을 했으면서도……. 창백한 얼굴로 앉아 있는 공작의 저 꼬락서니를 봐. 저 망할 놈의 수다쟁이 예브게니 빠블로비치 혼자서 온갖 잡소리를 다 늘어놓는군! 혼자만 열심히 지껄이며 아무도 못 끼어들게 하는군. 내가 지금 대화를 잘 유도해 나간다면 모든 것을 알아낼 텐데…….〉

공작은 정말로 거의 새파랗게 질린 채로 둥근 탁자에 앉아 있었다. 동시에 그는 극도의 공포에 사로잡혀 있는 것 같았으나, 순간적으로 자신도 알 수 없는 격정에 휩싸여 환희를 느끼는 것 같았다. 오, 낯익은 검은 눈동자가 그를 유심히 바라보고 있는 그 방향, 그 구석을 바라보기를 얼마나 두려워했는가! 그러면서도 그는 그녀의 편지를 받고 난 이후에, 또다시 그들 사이에 앉아 귀에 익은 목소리를 듣는 게 미칠 정도로 행복했다. 〈아, 그녀가 곧 무슨 말인가를 하겠지!〉 그 자신은 아직 단 한 마디도 꺼내지 않고 예브게니 빠블로비치의 〈장광설〉을 몹시 긴장하여 듣고 있었다. 예브게니가 이날 저녁처럼 흡족하고 흥분된 분위기에 젖어 있을 때도 드물었다. 공작은 그가 하는 말을 오랫동안 경청했으나 단 한 마디도 이해하지 못했다. 뻬쩨르부르그에서 아직 돌아오지 않은 예빤친 장군을 빼놓고는 모두들 한자리에 모여 있었다. S공작 역시 그 자리에 있었다. 이들은 조금 후, 차를 내오기 전에 먼저 음악을 들으러 가려는 것 같았다.[105] 지금까지의 대화는 공작이 도착하기 전에 시작되었음이 분명했다. 어디서 나타났는지 니꼴라이가 곧 테라스로 미끄러지듯 내려왔다. 〈저 애는 여전히 이곳을 출입하는군〉 하고 공작은 마음속으로 생각했다.

예빤친 네 별장은 사방을 꽃과 나무로 근사하게 장식한 스위스풍의 화려한 별장이었다. 별장 주변으로는 작지만 아름다운 화원이 가꾸어져 있었다. 사람들은 공작의 집에서처럼 테라스에 모두

---

[105] 빠블로프스끄 역과 공원 바로 근처에는 꼰스딴찐 대공의 영지에 속한 커다란 홀이 있어서 일반에게도 공개되었다. 특히 이곳은 여름철에 열리는 오케스트라의 연주로 매우 유명했다.

앉아 있었다. 단지 이곳의 테라스는 약간 더 널찍하고 멋있게 꾸며져 있었다.

대화의 주제가 모두들 마음에 썩 들지 않는 듯싶었다. 추측컨대 대화는 참을 수 없는 논쟁에서 비롯된 것 같았다. 물론 모두들 이야기의 방향을 바꾸었으면 했다. 그러나 예브게니는 남의 눈치 따위는 아랑곳하지 않고 더욱더 장광설을 늘어놓았다. 공작이 오니까 더욱 신바람이 나는 듯했다. 리자베따 쁘로꼬피예브나는 전부 다 이해하지는 못했지만 인상을 찌푸렸다. 거의 한쪽 구석에 앉아 있던 아글라야는 자리를 뜨지 않고 그의 말에 귀를 기울이며 시종일관 침묵을 지켰다.

「잠깐.」 예브게니는 열을 내며 반론을 폈다. 「나는 자유주의에 대해 전혀 반대할 생각이 없어요. 자유주의는 죄가 아니니까요. 자유주의는 모든 통일체의 필수 불가결한 일부분이지요. 그것이 없으면 모든 통일체는 분해되거나 마비되게 마련이지요. 자유주의는 가장 도덕적인 보수주의와 마찬가지로 존재할 권리가 있어요. 하지만 난 러시아 자유주의는 비판합니다. 다시 말하자면, 러시아 자유주의자는 〈러시아〉적 자유주의자가 아니지요. 그래서 비판적으로 봅니다. 진짜 러시아적 자유주의자가 있다면 데려와 보시오. 그럼 나는 여러분이 보는 앞에서 그에게 키스를 하겠어요.」

「그 자유주의자가 당신에게 키스를 원한다면 그렇겠지요.」 평소와 달리 흥분해 있던 알렉산드라 이바노브나가 말했다. 그녀의 뺨은 유난히 붉게 물들어 있었다.

〈아니 저럴 수가.〉 리자베따 쁘로꼬피예브나가 생각했다. 〈잠만 자고 먹기만 하면서 일체 함구하고 있다가, 1년에 한번씩 벌떡 일어나 저렇게 난데없는 소리를 하고 있다니!〉

공작은 예브게니가 지나치게 명랑하게 말을 하고, 심각한 주제를 가지고 열을 올리는 척 농담조로 말하는 것이 알렉산드라의 마음에 들지 않았다는 것을 얼른 눈치 챘다.

「공작, 당신이 바로 도착하기 전에 한 말이지만,」예브게니는 계속했다. 「지금까지 우리 나라의 자유주의자들은 두 계층에서만 배출되었어요. 전(前) 시대의 지주(이미 쇠퇴해 버린) 출신과 신학도 출신들이었지요. 그런데 두 계층 다 완전한 특수층으로, 즉 무언가 국민들로부터 유리된 별난 계층으로 변해 버렸답니다. 따라서 세대가 바뀔수록 저들이 해왔고 또 하고 있는 모든 것은 국민적인 것과 전혀 무관해질 따름이지요……」

「어떻게 그럴 수가 있나요? 지금까지 행해진 것이 모두 러시아적이 아니란 뜻인가요?」S공작이 이의를 달았다.

「국민적이지 못하지요. 비록 러시아 식으로 행해진다 할지라도 국민적이지가 않아요. 우리 나라의 자유주의자들은 러시아적이지 못하고, 보수주의자들도 러시아적이지 못해요. 모두가 그래요……. 잘 아시겠지만, 국민은 지금까지 지주와 성직자가 해놓은 것을 아무것도 인정하지 않잖아요. 지금뿐만 아니라 앞으로도 그럴 거예요……」

「그건 좋다고 쳐요! 그게 진짜라면 당신은 어떻게 그런 역설을 주장할 수 있단 말이오? 나는 러시아 지주에 대한 그와 같은 언사를 용납할 수가 없소. 당신 자신도 러시아 지주가 아닌가요?」S공작이 발끈하여 반박했다.

「나는 공작이 받아들이는 의미에서 러시아 지주에 관해 얘기하고 있는 게 아닙니다. 나 역시 그 계층에 속하고 있다는 점 하나만으로도 그 계층은 존중해 줄만 합니다. 특히 그 계층이 더 이상 존재하지 않는 이 마당에요.」

「문학에서도 국민적인 것이 정녕 없단 말인가요?」알렉산드라가 끼어들었다.

「나는 문학에 관해선 문외한이지만, 러시아 문학은 내 생각으로 완전히 러시아적이라 할 수 없어요. 물론 로모노소프와 뿌쉬낀, 고골은 제외해야겠죠.」

「그 정도면 적지 않은 수인데요. 그 중 한 사람은 민중으로부터 나왔고, 다른 두 작가는 지주 계급에서 나왔잖아요.」 아젤라이다가 웃으며 말했다.

「꼭 맞는 말이오. 하지만 너무 의기양양해 하지는 마시오. 오로지 이 세 명의 작가만이 정말로 자기만의 것을, 그 누구에게서도 차용해 오지 않은 무언가 자기 것[106]을 말해 주는 데 성공했지요. 때문에 바로 국민적인 작가가 된 것이오. 러시아 인 중에서 누구든 무언가 자기만의 독특한, 남에게서 차용해 오지 않은 것을 말하거나 쓰거나 행동에 옮긴다면 그것이야말로 필연적으로 국민적인 것이 되겠지요. 그가 러시아 어를 아주 형편없이 구사한다 해도 말입니다. 그것은 나에게 있어서 자명한 이치입니다. 그러나 우리는 문학을 논하기 위해 대화를 시작하지 않았어요. 우리는 사회주의자들에 관해 말을 꺼냈고, 거기에 관한 대화가 진행중이었습니다. 나는 우리 나라에는 단 한 명의 러시아 사회주의자도 없다고 주장하는 바입니다. 지금도 없고 과거에도 없었어요. 왜냐하면 우리의 사회주의자들은 모두 지주와 신학도 출신이었기 때문이지요. 공공연히 사회주의자라고 자처하는 사람들은 국내외를 불문하고 농노 시대의 지주 계층에서 나온 자유주의자에 불과해요. 왜들 웃고 있는 거요? 내게 그들의 저서나, 그들의 가르침, 그들의 회고록을 줘보시오. 나는 문학 비평가는 아니지만 여러분에게 아주 설득력 있는 문학 비평을 써서 보여 주겠소. 거기서 나는 그들의 저서, 팸플릿, 회고록의 한 줄 한 줄이 과거의 러시아 지주에 의해 쓰어졌다는 사실을 대낮같이 환하게 밝혀드리겠어요. 그들의 적의와 분노, 기지는 지주에게서(그것도 파무소프[107] 이전 시대의 지주에게서나) 볼 수 있는 것입니다. 그들

---

106 1870년 4월 5일 N. N. 스뜨라호프에게 보낸 이 편지에서, 도스또예프스끼는 로모노소프와 뿌쉬낀에 대해서는 이런 의견을 피력했지만 똘스또이는 이들과 비교될 수 없다고 하였다.

의 환희와 그들의 눈물은 진짜 진실한 눈물일지 모릅니다. 하지만 지주의 눈물이며 환희란 말입니다! 지주 아니면 신학도의 것이지요……. 여러분은 아직도 웃는군요. 공작, 당신도 웃는 겁니까? 역시 내 말에 수긍하지 않는다는 거겠지요?」

정말로 모두들 웃었다. 공작마저 웃음을 참지 못했다.

「아직 나는 당신의 견해에 수긍하거나 하지 못한다고 직접적으로 얘기할 수가 없어요.」 공작이 갑자기 웃음을 멈추고 선생님에게 지적받은 초등학생처럼 쑥스러워하며 말했다. 「하지만 나는 분명 당신의 말을 대단히 만족스럽게 듣고 있었어요.」

이 말을 하면서 공작은 숨이 막힐 듯했다. 식은땀이 이마에서 흘렀다. 그것은 공작이 이 자리에 앉고 나서 처음으로 한 말이었다. 그는 주위를 둘러보려고 했지만 감히 그렇게 하지 못했다. 예브게니가 즉각 그의 행동을 눈치 채고 미소를 띠었다.

「여러분에게 한 가지 사실을 말씀드리겠습니다.」 예브게니가 아까와 마찬가지로, 각별한 열정을 쏟는 듯하면서도 마치 자신이 하는 말을 비웃기라도 하는 듯한 표정으로 말을 이어 나갔다. 「그 사실에 대한 관찰과 발견에 대한 영광은 오로지 나 한 사람에게 돌릴 수 있습니다. 적어도 거기에 관해서는 아직까지 그 어디에서도 언급되거나 씌어진 적이 없기 때문이지요. 그 사실 속에는 내가 말하는 유의 러시아 자유주의의 모든 본질이 표현되어 있습니다. 첫째, 자유주의를 기존 질서에 대한 공격으로 보지 않는다면(그 공격의 합리성 여부는 별개의 문제입니다만), 한마디로 자유주의란 무엇인가요? 기존 질서를 공격하지 않는다는 전제 하에서 나온 사실이란 어떤 것일까요? 그것은 러시아 사실주의가 기존 사물의 질서에 대한 공격이 아니라는 겁니다. 다시 말해 사물의 본질 자체, 즉 사물 자체에 대한 공격이지, 결코 질서나, 러

---

107 그리보예도프의 희곡 『지혜의 슬픔』에 나오는 인물.

시아의 질서, 러시아 자체에 대한 공격이 아니라는 것입니다. 내가 말하는 자유주의자는 러시아 자체를 부정하는 데까지 이르렀어요. 말하자면 그 자유주의자는 자기의 어머니를 증오하고 두들기고 있는 겁니다. 자유주의자는 러시아에 불행하고 불운한 일이 있을 때마다 거의 환희에 가까운 조소를 보내지요. 자유주의자는 민족의 관습과 러시아의 역사를 증오합니다. 한마디로 모든 것을 증오해요. 거기에 대한 변명이 있다면, 자유주의자는 자기가 무엇을 하고 있는지 이해하지 못하며, 러시아에 대한 증오심을 가장 유익한 자유주의로 착각하고 있다는 것입니다(여러분은 우리 나라에서 자유주의자가 환영을 받지만, 실질적으로는 가장 졸렬하고 우둔하고 위험할 수 있는 보수주의자임을 간파하고 있을 겁니다. 하지만 그들은 이 사실을 까맣게 모르고 있어요)! 바로 얼마 전까지 어떤 자유주의자들은 러시아에 대한 증오를 가장 진실된 조국애나 되듯이 간주하고, 자기네들이 다른 누구보다도 조국애의 본질을 잘 알고 있다고 칭송을 했지요. 그러나 지금은 더욱 노골적이 되어, 〈조국애〉라는 말조차 입에 담기를 수치스러워하고, 그 개념마저 유해하고 미천한 것으로 여기며, 아예 추방해 버리거나 제거해 버리기에 이르렀지요. 확언하는 바이지만 이 사실은 정말입니다. 언젠가 진실을 전적으로, 있는 그대로 솔직하게 밝혔어야 했어요. 하지만 이 사실은 고래(古來)로 그 어디에서도, 또 그 어느 민족에게서도 없었던 것으로, 우발적인 이 사건을 그냥 지나쳐 버릴지도 모른다는 생각이 들어요. 자기 조국을 증오할 수 있는 자유주의자는 그 어디에서도 있을 수 없는 일이니까요. 그런데 우리 나라의 이러한 현상을 어떻게 풀이할 수 있을까요? 그것은 러시아 자유주의자는 아직까지 진정한 러시아적 자유주의자가 아니라는 풀이로 설명할 수 있어요. 내가 보기엔 그 이상으로 해석할 여지가 전혀 없어요.」

「예브게니, 나는 당신이 말한 것을 모두 농담으로 받아들이겠어요.」S공작이 심각하게 반박을 했다.

「나는 자유주의자들을 모두 다 만나 본 적은 없으니까,」 알렉산드라가 말했다. 「거기에 대한 판단은 하지 않겠어요. 그러나 당신의 말을 듣고 있자니 화가 치미는군요. 당신은 사적인 일을 보편적인 법칙으로 끌어올려 결국은 남을 중상하고 말았어요.」

「사적인 일이라고요? 아! 말을 함부로 하시는군요. 공작, 당신도 이 일을 사적인 일이라고 봅니까?」 예브게니가 즉각 반응을 했다.

「나 역시 자유주의자들은 거의 본 적이 없는 데다…… 그들과 함께해 본 적이 없어요.」 미쉬낀 공작이 말했다. 「하지만 당신의 말에 약간의 일리가 있다고는 생각해요. 당신이 말한 러시아 자유주의는 정말로 러시아 자체를 증오하는 경향이 부분적으로 있어요. 단순히 러시아의 체제 자체만을 증오하는 것이 아니라, 물론 부분적으로 그렇다는 말입니다. 모두에게 그 말이 적용될 수는 없는 일입니다…….」

공작은 말을 꾸물거리기 시작하더니 미처 끝마치지 못했다. 동요 상태에 있음에도 불구하고 그는 이 대화에 지극히 흥미를 가지고 있었다. 공작에게는 특이한 점이 하나 있었다. 그것은 사람들이 그의 흥미를 끄는 말을 할 때 그 말을 경청하는 그의 태도와, 사람들이 이런 저런 질문을 해올 때 그 질문에 대해 대답을 하려는 그의 태도가 유난히 순진해 보인다는 것이다. 얼굴과 심지어는 몸 동작에서도 그 순진성이 엿보였다. 그것은 상대가 자기에게 조롱조로 말을 하든 유머로 하든 모두가 진지한 말이라고 믿어 버리는 순진함이었다. 예브게니는 이미 오래전부터 이상스런 조소를 띠고 공작에게 말을 걸어 왔지만, 공작의 대답을 듣는 순간만큼은 공작을 진지한 표정으로 바라보았다. 마치 공작에게서 그러한 대답이 나오리라고는 전혀 예기치 않았다는 듯이 예브게니가 말했다.

「그렇군요……. 하지만 이상하군요. 공작, 당신은 정말 진심으로 대답을 한 거지요?」

「그럼 당신은 진심으로 물어보지 않은 건가요?」 공작이 의아한 듯이 반문했다.

모두들 한바탕 웃었다.

「저분의 말을 믿으세요.」 아젤라이다가 말했다. 「예브게니는 언제나 모든 사람들을 바보로 만들려고 해요! 저분이 때로는 지나치도록 진지하게 말을 하는 것을 알았다면 안 그랬을 텐데요!」

「내가 보기에 이건 매우 난해한 대화니까, 더 이상 하지 맙시다.」 알렉산드라가 날카롭게 말했다. 「산책하고 싶어했잖아요······.」

「나갑시다, 기가 막힌 저녁인데요!」 예브게니 빠블로비치가 이렇게 말하며 덧붙였다. 「그렇지만 이번에는 내가 아주 진심으로 말했다는 것을 여러분에게 입증하기 위해, 더 중요한 것은 공작에게 그 사실을 입증하기 위해(공작, 당신은 비상하게 내 마음을 끌고 있어요. 맹세컨대, 나는 겉으로 보이는 것처럼 머리가 텅 빈 인간이 절대로 아닙니다. 하기야 실제로는 좀 비어 있긴 하지만요!), 여러분들, 공작에게 마지막 질문을 하나만 하겠습니다. 이것은 개인적 호기심 때문에 그러는데 이 질문만 하고 대화를 끝냅시다. 이 질문은 문득 두 시간 전에 내 머릿속에 떠올랐던 것입니다(보시다시피 공작, 나도 때로는 진지한 문제에 대해 생각해 낼 줄 아는 인간이오). 나는 그 질문의 답을 알아냈어요. 하지만 공작이 거기에 대해 무슨 말을 할지 한번 들어 봅시다. 조금 전 우린 〈사적인 일〉에 대해 얘기를 했어요. 그 말은 우리 나라에서 잘 사용하는 말로 자주 들을 기회가 있을 겁니다. 얼마 전에 그······ 젊은 작자에 의해 6명이 살해된 무서운 사건에 대해, 또 빈곤한 상태에서 6명을 살해해야겠다는 동기가 범인의 머릿속에 떠오른다는 것이 매우 자연스런 일이라고 했던 변호인의 변론에 대해 모두들 야단스럽게 언급을 하며 글을 썼어요. 물론 변호사가 한 말을 글자 그대로 옮긴 것은 아니지만 그 요지가 그렇다는 겁니다.

내 개인적 견해로는, 그 변호인은 그가 우리 시대에서나 말할 수 있는 가장 자유주의적이고, 인도주의적이며 진보주의적인 것을 말하고 있다는 확고한 신념에서 그와 같은 변론을 했다고 봅니다. 그런데 공작은 이 사건을 어떻게 보고 있지요? 이와 같이 올바른 개념과 신념을 왜곡하고, 어느 한 사건에 대해 그처럼 일그러지고 톡톡 튀는 시각을 가질 수 있다는 것이 과연 사적인 일입니까? 아니면 일반적인 경우입니까?」

모두들 깔깔거리고 웃기 시작했다.

「물론 사적인 경우지요.」알렉산드라와 아젤라이다가 웃으며 말했다.

「한번 더 상기시키겠네만, 예브게니.」S공작이 덧붙였다. 「자네의 농담이 이젠 지나칠 정도로 진부해졌다네.」

「공작, 당신은 어떻게 생각합니까?」예브게니는 그런 말에 아랑곳하지 않고 미쉬낀의 호기심 어린 진지한 눈초리를 바라보며 물었다. 「어떻게 생각하세요? 이 사건이 사적인가요? 아니면 일반적인가요? 고백하지만 나는 일부러 당신을 떠보기 위해 이 질문을 만들어 낸 겁니다.」

「그건 사적인 사건이 아니오.」공작은 나직하지만 확고하게 대답했다.

「죄송합니다, 미쉬낀 공작! 이 사람이 당신을 좋아한다고 생각합니까? 이 사람은 지금 당신을 조롱하기로 작정을 한 겁니다.」S공작이 약간 언짢은 말투로 소리쳤다.

「난 예브게니가 진지하게 말했다고 생각해요.」공작은 얼굴이 빨개져서 고개를 떨구었다.

「미쉬낀 공작.」S공작이 계속 말을 이었다. 「석 달 전인가 우리가 함께 나누었던 말이 기억 나지 않나요? 새로이 문을 연 우리 나라의 신설 재판정에도 대단히 괄목할 만하고 재능 있는 변호사가 상당히 많다는 것에 대해 말했지요![108] 그리고 배심원들의 뛰어난 판결은 어떻고요? 당신 스스로도 몹시 흐뭇해 하지 않았나요? 나 역시 당신이 흐뭇해 하는 것을 보고 기뻐했어요……. 우리는 이제 자부심을 가져도 된다고 얘기했어요. 지금 얘기한 이 어설픈 변론, 이 이상한 논거는, 수천에 하나 있을까 말까 한 우연한 사건이오.」

미쉬낀 공작은 잠시 생각에 잠기더니, 비록 나직하고 소심한 듯한 말투였지만 강한 확신에 찬 표정으로 대답했다.

「내가 말하고 싶었던 것은(예브게니가 표현했듯) 사상과 개념의 왜곡이 매우 자주 일어나고 있어서, 그러한 경우가 사적인 경우보다 불행하게도 더 보편적이라는 사실입니다. 만약 그러한 왜곡이 보편적 경우가 아니라면 아마도 그와 같이 상상도 못할 범죄는 없었을 것입니다…….」

「상상도 못 할 범죄라고요? 하지만 확신을 시켜 드리는 바이지만 그와 같은 범죄는, 아니 어쩌면 그보다 더 가공할 만한 범죄는 예전에도 흔히 있었고, 항상 있어 왔소. 그것은 우리 나라뿐만 아니라 다른 나라에서도 그랬죠. 그리고 내 생각이지만 앞으로도 아주 오랫동안 되풀이될 겁니다. 다른 점이 있다면, 예전에 우리 나라에는 언론의 자유가 거의 없었습니다만, 지금은 그런 사건들에 대해 공개적으로 토론할 수도 있고 글로 자기 의사를 표현할 수도 있게 된 것입니다. 그렇기 때문에 그런 범죄자들이 오늘에서야 출현한 것처럼 보이는 거지요. 확신컨대, 바로 이 점에서 당신의 오류가, 그것도 아주 순진한 오류가 있는 겁니다, 공작.」 S공작이 미쉬낀 공작에게 조소의 눈길을 보냈다.

「나 역시 예전에도 범죄가 많았다는 것을 압니다. 그처럼 끔찍한 범죄가요. 나는 바로 얼마 전에 감옥을 방문하여, 일부 기결수와 미결수를 만나 볼 기회가 있었어요. 그들은 살인자보다 더 무

108 S공작과 미쉬낀의 재판 제도에 대한 새로운 대화에서는 작가가 재판 제도에 대한 자신의 흥미로운 관심을 반영하고 있다.

시무시한 범죄자들이지요. 10명을 죽이고서도 전혀 회개를 하지 않는 범죄자들이에요. 하지만 아무도 못 말리는, 회개하지 않는 살인자라 하더라도 자기가 〈범죄자〉라는 사실은 알더군요. 말하자면 양심적으로 생각해 볼 때 비록 회개는 하지 않을지언정 자기의 행동이 그릇되다는 것은 알고 있는 거지요. 그들 모두는 다 그랬어요. 그런데 예브게니 빠블로비치가 말했던 범죄자들은 자신을 범죄자라고 간주하는 것조차 원하지 않고, 자기네한테 그럴 권리가 있었으며…… 오히려 훌륭하게 행동했다고 생각하고 있어요. 즉 거의 모두가 그렇다는 거예요. 바로 여기에 무서운 차이점이 있는 겁니다. 또 그들이 모두 청년이라는 사실을 주목해야 됩니다. 바로 그러한 나이에 가장 쉽게 무방비 상태로 사상의 왜곡에 빠질 수 있는 거지요.」

S공작은 더 이상 웃지 않았으며, 납득할 수 없다는 표정으로 공작의 말을 듣고 있었다. 오래전부터 무슨 말인가를 한마디하고 싶어했던 알렉산드라는 무슨 생각에 저지당해 있는 듯 침묵을 지켰다. 예브게니 빠블로비치는 극히 의아해 하는 눈빛으로 공작을 바라보았고, 이때만은 아무런 웃음을 띠지 않았다.

「당신은 이분을 보고 몹시 놀라는군요, 신사 양반.」 그때 리자베따 쁘로꼬피예브나가 느닷없이 끼어들었다. 「이분이 당신보다 우둔하다고 생각했죠, 당신만큼 판단 능력이 없다고 생각한 건가요?」

「아닙니다. 그렇게 생각하지 않았습니다.」 예브게니가 말했다. 「그러나 공작, (이런 질문을 해서 죄송합니다만) 이 문제의 본질을 꿰뚫어 보고 있으면서, 어떻게 며칠 전의 그 이상한 사건……, 부르도프스끼 사건에서는…… (다시 한번 죄송합니다) 어떻게 똑같은 사상과 도덕적 신념의 왜곡을 알아차리지 못했나요? 똑같은 경운데! 나는 그때 당신이 그것을 전혀 알아차리지 못한다고 생각했어요!」

「바로 말이 나왔군요.」리자베따 쁘로꼬피예브나가 흥분해서 말했다.「우리 모두는 이렇게 여기 앉아서 다 눈치를 채고 이분 앞에서 자랑을 하고 있었던 차였어요. 이분은 오늘 그들 중 한 사람에게서, 그것도 가장 핵심적인 여드름투성이 사내에게서 편지를 받았어요. 알렉산드라, 기억나지? 그는 편지에서 공작에게 자기식으로나마 용서를 빌었어요. 그리고 그때 자기를 부추겼던 친구와 관계를 끝냈다고 알려 왔어요. 알렉산드라, 기억 나지? 이제는 누구보다 공작을 신임한다고 했어요. 그런데 우리는 이분 앞에서 한껏 잘난 척하고 있지만 그런 편지는 아직까지 한번도 받아 보지 못했어요.」

「이뽈리뜨도 지금 이 별장에 와 있어요!」니꼴라이가 소리쳤다.

「뭐라고! 벌써 여기에?」공작이 근심스럽게 말했다.

「공작이 리자베따 쁘로꼬피예브나 부인과 나가자마자 그가 도착해서 여기로 데려왔어요!」리자베따 쁘로꼬피예브나가 방금 공작을 칭찬했던 사실을 새까맣게 잊어버리고 발끈 화를 냈다.「내기를 해보자고요. 내 말이 맞는지 안 맞는지 내기를 하자고요. 이 양반은 어제 그 사람 집의 다락방까지 직접 찾아가 무릎을 꿇고 그 못된 인간에게 여기까지 왕림해 주십사 하고 요청을 했을 거예요. 당신 어제 갔다 왔지요? 아까 본인이 직접 실토했지요? 그랬나요 안 그랬나요? 무릎을 꿇었나요 안 꿇었나요?」

「전혀 꿇지 않았어요.」니꼴라이가 소리쳤다.「정반대였어요. 이뽈리뜨가 어제 공작의 손을 잡고 두 번이나 키스를 했어요. 그걸로 모든 것이 해명된 것을 내 눈으로 직접 보았어요. 그 밖에 별장에 가면 몸이 한결 나을 거라고 공작이 말하니까, 그는 기분이 좋아지면 가겠노라고 즉시 응답했어요.」

「니꼴라이, 쓸데없는 소리 그만 하게.」공작이 자리에서 일어나며 모자를 붙잡고는 중얼거리듯 말했다.

「무얼 하려고 그런 말을 하는 건가? 나는 그저……」리자베따 쁘로꼬피예브나가 그를 막았다. 「어디로 가려는 거지요?」

「걱정하지 마세요, 공작.」 꼴랴가 열띤 어조로 말했다. 「가지 마세요. 오히려 걱정을 끼치니까요. 그는 오느라고 피곤했는지 잠이 들었어요. 그는 아주 기뻐해요. 공작, 내 생각엔 오늘 그를 만나지 않는 게 더 좋을 것 같아요. 차라리 내일 가세요. 안 그러면 그는 또다시 당황할 거예요. 그는 오늘 아침에, 지금처럼 몸 상태가 좋아져 본 적은 거의 반년 만에 처음이라고 했어요. 기침도 3배는 적게 하고 있어요.」

공작은 아글라야가 갑자기 앉아 있던 구석 자리에서 튀어나와 탁자 쪽으로 다가온 것을 알아챘다. 그는 감히 그녀를 바라볼 수가 없었다. 하지만 그는 이 순간에 그녀가 자기를 바라보고 있다는 것을 온몸으로 느낄 수 있었다. 그를 쳐다보는 그녀의 검은 눈동자 속에는 틀림없이 분노의 빛이 서려 있고, 얼굴은 붉게 타오르고 있으리라 짐작했다.

「니꼴라이 아르달리오노비치, 당신은 그 사람을 공연히 여기로 데려온 것 같군요. 만약 그 사람이 며칠 전 울면서 자기 장례식에 우리를 초대한, 바로 그 폐병에 걸린 소년이라면요.」 예브게니가 말했다. 「그날 그 소년은 옆집 담에 대해 멋진 웅변을 했는데, 여기로 온다면 그 담장이 그리워 못 견딜 텐데요. 그걸 확실히 알아두시라고요.」

「옳은 말이에요. 그 애는 공작 당신과 이리저리 의견 충돌을 일으키다 한바탕 싸움을 벌이곤 뛰쳐나갈 게 틀림없어요! 명심하라고요!」

리자베따 쁘로꼬피예브나는 이미 모두들 산책을 나가려고 일어서 있다는 것을 잊어버리고 거드름을 피우듯 뜨개질 바구니를 끌어당겼다.

「그 애가 담을 자랑하던 일이 지금 생각나는군요.」 예브게니가 다시 말했다. 「그 담장이 없다면 그 애는 멋지게 죽지 못할 거예요. 그 애는 멋지게 죽는 게 소원이니까요.」

「그래서 그게 어떻단 말인가요?」 공작이 중얼거렸다. 「만약 당신이 그 사람을 용서하지 못한다면 그는 당신 없이 죽을 겁니다…… 지금 그가 온 것은 이곳의 나무들 때문이에요.」

「나로서는 그 애의 모든 것을 용서하는 바요. 이 말을 그대로 전해 주시오.」

「그런 식으로 내 말을 이해할 필요 없어요.」 공작은 마지못한 듯이 나지막한 소리로 대답했다. 그러면서 바다의 한 점을 계속 응시한 채 눈을 들지 않았다. 「당신도 그 사람의 용서를 받아들이는 데 동의해야 될 겁니다.」

「그게 나하고 무슨 상관이오? 내가 그 애에게 무슨 잘못을 했다는 거요?」

「만약 당신이 이해하지 못한다면 나도 더 말하지 않겠습니다…… 하지만 당신은 정확히 알고 있어요. 그 사람은 그때…… 여러분 모두에게 축복을 보내고 싶어했어요. 그러면서 여러분한테도 일일이 축복을 받고 싶어했어요. 그렇다면 아시겠지요…….」

「친애하는 공작.」 S공작이 함께 자리하고 있는 누군가와 눈짓을 교환한 후 미심쩍게 공작의 말을 재빨리 받았다. 「지상의 낙원은 쉽게 얻어지지 않습니다. 그런데 당신은 천국을 기대하고 있는 눈치군요. 천국이란 힘든 길입니다, 공작. 그곳에 도달하는 길은 당신의 아름다운 마음씨가 생각하고 있는 것보다 훨씬 복잡하고 험합니다. 차라리 그만두는 편이 낫겠군요. 안 그러면 우리 모두 또다시 황당해질 것입니다. 그렇게 되면…….」

「음악이나 들으러 갑시다.」 리자베따 쁘로꼬피예브나가 화가 난 듯이 자리에서 일어나며 날카롭게 말했다.

모두들 그녀를 따라 일어섰다.

2

공작은 갑자기 예브게니에게 다가갔다.

「예브게니 빠블로비치,」 공작은 예브게니의 손을 잡고 이상하게 흥분된 목소리로 말했다. 「나는 그 어떤 이유를 막론하고 당신을 가장 고상하고 훌륭한 사람으로 간주하고 있어요. 이 사실을 명심해 주기 바랍니다.」

예브게니는 너무 놀라서 뒤로 한걸음 물러서기까지 했다. 그리고 순간 웃음이 터져 나오려는 것을 꾹 참았다. 그러나 좀 더 가까이에서 공작의 얼굴을 들여다보니 공작이 제정신이 아닌 것 같았다. 적어도 어떤 이상한 정신 상태에 빠져 있는 것을 느낄 수 있었다.

「분명히 말해 두지만,」 예브게니가 소리쳤다. 「공작, 당신이 말하려는 것은 그게 아니오. 더구나 나에게 말하려는 건 결코 그것이 아닐 거요……. 그런데 무슨 일입니까? 어디 몸이 불편한 거요?」

「그럴지도 모르지요. 그럴 가능성이 아주 많아요. 아주 분명히 지적했어요. 어쩌면 내가 다가가고 싶었던 사람은 당신이 아니었을 거예요!」

이 말을 하고 나서 공작은 어쩐지 아주 이상하게, 우스꽝스럽게 미소를 지었다. 그러고는 갑자기 흥분한 듯이 소리쳤다.

「사흘 전의 나의 행동을 상기시키지 마세요! 지난 사흘 동안 얼마나 수치스러웠는지 몰라요……. 내가 잘못했다는 것을 알아요…….」

「그런데 당신이 무슨 끔찍한 일을 했기에 그렇지요?」

「예브게니 빠블로비치, 어쩌면 당신은 나 때문에 누구보다 수치스러워할 거예요. 얼굴이 빨개지는군요. 그것은 아름다운 마음씨를 가졌다는 표시예요. 하지만 나는 확실히 떠나겠어요.」

「저이가 왜 그러지? 혹시 발작이 시작되는 게 아닐까?」 리자베따 쁘로꼬피예브나가 놀란 표정으로 꼴랴에게 물었다.

「걱정하지 마세요, 리자베따 쁘로꼬피예브나. 발작이 아니니까요. 난 곧 떠날 거예요. 난 알아요. 내가 자연에 의해 모욕당하고 있다는 것을⋯⋯. 나는 24년 동안, 24년이 된 지금까지 병을 앓고 있어요. 그러니 병자가 하는 말이라고 여겨 주세요. 내가 지금 곧 떠난다는 것을 알아주세요. 나는 얼굴이 빨개지지 않아요. 이런 것 때문에 얼굴이 빨개진다는 것은 이상하지 않을까요? 하지만 나는 사회에서 무용지물입니다⋯⋯. 자존심 때문에 이런 말을 하는 것이 아닙니다⋯⋯. 나는 지난 사흘 동안 마음을 고쳐먹고, 여러분을 만나게 되면 제일 먼저 진실되고 점잖게 말하려고 결심했습니다. 내가 끄집어내서는 안 될 사상들, 고상한 사상들이 있지요. 내가 말하면 그것들은 웃음거리밖에 되지 않기 때문이지요. S 공작도 방금 그 점에 대해 나에게 언급한 바가 있어요⋯⋯. 나에겐 우아한 제스처도 없고, 감정의 중용도 없어요. 내가 하는 말은 사상과 일치하지 않아요. 그것은 사상을 욕되게 하는 짓이에요. 때문에 나는 사상에 대해 말할 권리가 없어요⋯⋯. 더구나 나는 의심하는 습관이 있어요. 나, 나는 이 집에서 여러분이 나를 모욕하지 않고, 나를 내가 가진 가치 이상으로 사랑하고 있다는 것을 확신해요. 하지만 나는 알고 있어요(확실히 알고 있어요), 20여 년 동안 병을 앓은 끝에 무언가가 틀림없이 내게 남아 있다는 것과, 그것이 때때로 사람들의 웃음을 불러일으키지 않을 수 없다는 것을⋯⋯. 정말 그렇지 않은가요?」

그는 주위를 돌아보며 사람들의 대답과 결정을 기다리는 눈치였다. 모두들 아무 이유 없이 예기치 않게 그가 보여 준 병적인 언동에 대해 의아해 하며 서 있었다. 그러나 공작의 이 말은 이상한 에피소드의 구실을 마련했다.

「무슨 의도로 그런 말을 하는 거지요?」 갑자기 아글라야가 소리쳤다.「무얼 하려고 그런 말을 하지요? 이들에게, 이들에게 말이에요?」

그녀의 분노는 마지막 한계에 도달한 것 같았다. 그녀의 눈에서는 불꽃이 일고 있었다. 공작은 말을 잊은 채 그녀 앞에 서 있다가 갑자기 창백해졌다.

「여기에 그런 말을 들을 가치가 있는 사람은 단 한 명도 없어요!」아글라야가 폭발을 하듯 말했다.「여기에 있는 모든 이들은 당신의 새끼손가락만큼도 못한 사람들이에요. 그들에게는 당신이 지혜나 마음을 써줄 만한 자격들이 없어요! 당신은 누구보다 정직하고, 고상하고, 훌륭하고, 선하고, 현명하단 말이에요! 여기 있는 사람들은 당신이 방금 떨어뜨린 손수건을 주우려고 몸을 굽힐 가치도 없는 이들이에요……. 왜 자신을 학대하고 비하하는 거예요? 무엇 때문에 당신 내부에 있는 모든 것을 짓밟는 거예요? 왜 당신에게는 자부심이 없는 거예요?」

「맙소사, 어떻게 저런 생각을 할 수가?」리자베따 쁘로꼬피예브나는 놀라서 손바닥을 쳤다.

「가난한 기사군요! 만세!」꼴랴가 기쁨에 넘치는 소리로 외쳤다.

「조용히 하세요……! 어떻게 감히 나를 여기 이 집에서 모욕하는 거예요!」아글라야가 돌연히 어머니 리자베따 쁘로꼬피예브나에게 대들었다. 그녀는 사람들이 아무것도 가리지 않고 장애물을 넘어 버릴 때와 같은 히스테리 상태에 있었다.「왜 모두 나를 괴롭히는 거예요? 공작, 이들은 왜 꼬박 사흘 동안 당신 문제로 나를 귀찮게 구는 거예요? 나는 무엇을 준다 해도 당신과는 결혼 안 해요! 아시라고요, 어떤 일이 있어도 절대로 안 한다고요! 명심하세요! 당신처럼 우스꽝스러운 인간과 결혼이 가능해요? 당신이 어떤 꼴을 하고 서 있는지 직접 거울을 보세요……! 저이들은 왜 내가 당신한테 시집을 갈 거라고 하면서 내 신경을 건드리는지 모르겠어요. 당신은 그걸 알아야 돼요! 당신 역시 이 사람들과 음모를 꾸미고 있는 거라고요!」

「아무도 네 신경을 건드린 적 없어!」 아젤라이다가 놀란 나머지 중얼거리는 어투로 말했다.

「누구도 머릿속에 그런 생각을 한 적이 없고 그런 말도 꺼낸 적이 없어.」 알렉산드라가 소리쳤다.

「누가 저 애를 희롱했다는 거냐? 언제 저 애가 희롱당한 거니? 누가 저 애한테 그런 말을 한 거니! 저 아이가 헛소리를 하는 거냐 뭐냐?」 리자베따 쁘로꼬피예브나가 부르르 치를 떨며 모든 사람들을 바라보며 말했다.

「모두들 희롱했어요. 모두들 하나같이 사흘 내내 그랬어요! 나는 절대로 저 사람하고 결혼하지 않을 거예요!」

이렇게 외치고 나서 아글라야는 비통하게 눈물을 흘렸다. 그녀는 얼굴을 손수건으로 가리고 의자에 주저앉았다.

「한데 이분은 너한테 아직 청…… 한 적이 없어.」

「아글라야, 나는 당신한테 청혼하지 않았습니다.」 공작이 불쑥 말을 꺼냈다.

「뭐라고 — 오요?」 리자베따 쁘로꼬피예브나가 놀라움과 분개심으로 갑자기 말꼬리를 길게 늘였다. 「그게 무슨 말이지요?」

그녀는 자기 귀를 믿고 싶어하지 않았다.

「내가 말하고 싶었던 것은…… 말하고 싶었던 것은……」 공작이 더듬거렸다. 「나는 단지 아글라야에게 청혼할 의사가 전혀 없고…… 앞으로도 그렇다는 것을…… 밝히고 싶었던 것뿐입니다. 아글라야, 그 점에 관해서 나는 아무런 잘못이 없습니다! 나는 절대로 그렇게 하길 바라지도 않았고, 그러한 생각을 품어 본 적이 없으며, 두고 보면 아시겠지만 앞으로도 그럴 것입니다. 내 말을 믿으세요! 누군가 못된 사람이 당신에게 나를 중상한 것입니다! 제발 진정하세요!」

그는 이런 말을 하면서 아글라야에게로 가까이 다가갔다. 그녀는 얼굴을 가리고 있던 손수건을 내리고 재빨리 그를 바라보았다. 그는 몹시 당황해 있었다. 아글라야는 잠시 그의 말을 곱씹어보더니 그의 눈을 똑바로 쳐다보면서 까르르 웃음을 터뜨렸다. 그 웃음은 너무나 유쾌하고 거칠 것이 없으며, 너무나 우습고 조소적으로 들려서, 역시 공작을 바라보고 있던 아젤라이다도 웃음을 참지 못하고 제일 먼저 동생에게 달려가 그녀를 껴안고는 동생처럼 화통하고 어린애 같은 유쾌한 웃음을 터뜨렸다. 이들 자매를 보고 있던 공작도 갑자기 미소를 띠며 기쁘고 행복한 표정으로 되뇌었다.

「네, 잘됐어요, 잘됐군요!」

그러자 알렉산드라 역시 웃음을 참지 못하고 자지러질 듯이 깔깔대고 웃기 시작했다.

「이 아이들이 미쳤구나!」리자베따 쁘로꼬피예브나가 중얼거렸다.「사람들을 놀라게 해놓고서는 이제……」

그러나 이제는 S공작마저 웃었고…… 예브게니도 웃었으며, 니꼴라이도 정신을 못 차릴 정도로 깔깔댔다. 미쉬긴 공작은 모든 사람들을 쳐다보며 환하게 웃었다.

「자, 다들 산책하러 나갑시다. 어서 나가자고요!」아젤라이다가 소리쳤다.「모두들 함께 가요. 공작도 꼭 같이 가요. 여기서 가버려야 할 이유가 없잖아요. 당신은 괜찮은 분이에요! 아글라야, 공작은 괜찮은 사람이란다! 안 그래요, 어머니? 게다가 나는 이분이 방금 아글라야에게 모든 걸 해명해 준 보답으로 반드시 키스를 하고 포옹을 해주어야 해요. 사랑스런 어머니, 이분한테 키스를 해줘도 되지요? 아글라야! 네 공작에게 키스를 하게 해주렴!」아젤라이다가 말괄량이처럼 소리를 지르고는 정말로 공작에게 뛰어가 그의 이마에 키스를 했다. 공작은 그녀의 두 팔을 잡고 그녀를 꼭 껴안았다. 너무 꼭 껴안아서 아젤라이다가 그만 소리를 지를 뻔했다. 공작은 무한히 기뻐하는 모습으로 그녀를 바라본 후, 갑자기 그녀의 한 손을 재빨리 입술로 가져가서 세 번이나 키스를 했다.

「나갑시다!」 아글라야가 재촉했다. 「공작, 당신은 나를 안내해 주세요. 그래도 되나요, 어머니? 나에게 딱지를 놓은 신랑감에게? 정말 당신은 나를 영영 거절한 거지요, 공작? 숙녀에게 그런 식으로 손을 내밀면 안 되는 거예요. 어떻게 숙녀의 팔을 끼고 가는지 모르나요? 바로 이렇게 하는 거예요. 자, 나갑시다. 우리가 제일 앞장서겠어요. 우리 둘이 앞장서서 나란히 tête à tête 갈까요?」

그녀는 여전히 터져 나오는 웃음을 억제하지 못하며 정신없이 지껄였다.

「잘됐군! 잘됐어!」 리자베따 쁘로꼬피예브나는 자기가 왜 기뻐하는지도 모르면서 덩달아 말했다.

〈몹시 이상한 사람들이군!〉 S공작은 이렇게 생각했다. 어쩌면 그는 이들을 만나고 난 이래로 그런 생각을 수백 번 해봤는지도 모른다. 하지만 이 이상한 사람들이 마음에 들었다. S공작은 사람들이 모두 산책하러 나왔을 때 수심에 찬 듯 약간 인상을 찌푸렸다.

예브게니 빠블로비치는 기분이 날아갈 듯해 보였다. 그는 정거장까지 가는 동안 내내 알렉산드라와 아젤라이다를 웃겼다. 두 자매는 그가 농담만 하면 신나게 웃어 주었다. 두 자매가 너무나 잘 웃어 주니까 예브게니는 이들이 혹시 자기의 말을 아예 듣지 않고 있을지도 모른다는 의심이 퍼뜩 들었다. 이러한 생각에 그는 아무런 이유도 설명하지 않고 느닷없이 깔깔대고 웃었다. 지극히도 성실한 웃음이었다(그의 성격이 원래 그러했다). 기분이 한껏 좋아져 있던 자매들은 앞장서서 가는 아글라야와 공작을 줄곧 바라보고 있었다. 막내동생이 언니들에게 커다란 수수께끼를 던진 것이 분명했다. S공작은 계속 리자베따와 다른 얘기를 하려고 했다. 그녀의 관심을 환기시키려 했는지는 모르지만 그녀는 지독히도 따분해 했다. 부인은 아주 산만해 보였고 S공작의 말에 아무렇게나 대답했으며, 때로는 아예 대꾸도 해주지 않았다. 그러나 이날 저녁 아글라야의 수수께끼는 완전히 끝난 것이 아니었다. 마지막 수수께끼는 이미 공작 한 사람의 몫이 되어 버렸다. 별장에서 1백 보쯤 벗어났을 때 아글라야는 반쯤 속삭이는 소리로 끈질기게 침묵을 지키고 있던 그녀의 기사에게 재빨리 말했다.

「오른쪽을 보세요.」

공작이 그쪽을 바라보았다.

「좀 더 주의 깊게 보세요. 저기 공원에 있는 벤치가 보이지요? 세 그루의 큰 나무가 있는 곳에 초록 벤치가 있지요?」

공작은 보인다고 대답했다.

「저 위치가 마음에 드시나요? 나는 아직 모두들 잠에서 깨어나지 않은 이른 아침 7시쯤, 가끔 이곳에 혼자 와서 앉아 있곤 해요.」

공작은 위치가 아주 멋있다고 나직이 말했다.

「자, 이제 혼자 가보세요. 나는 더 이상 당신하고 팔짱을 끼고 가고 싶지 않아요. 아니면 팔짱만 낀 채 한마디도 말하지 마세요. 나는 혼자 생각 좀 하고 싶어요······.」

그러한 주의는 별로 의미가 없었다. 그렇게 주의를 주지 않았더라도 공작은 내내 한마디도 하지 않았을 것이다. 공작은 벤치에 대한 얘기를 들었을 때 가슴이 심하게 두근거리기 시작했다. 하지만 그는 곧 마음을 고쳐먹었고, 수치심을 느끼며 자신의 어리석은 생각을 내몰았다.

빠블로프스끄 역에는 〈온갖 사람들〉이 도시를 벗어나는 일요일이나 휴일보다 평일에, 이미 잘 알려져 있고 적어도 사람들이 주장하는 바에 따르면, 〈보다 선택된〉 군중들이 모여들었다. 이들 선택된 사람들의 차림새는 화려하진 않지만 우아했다. 이들은 보통 음악소리를 듣고 몰려왔다. 우리 나라의 공원 오케스트라 중에서 가장 뛰어난 실력을 갖췄다고 말할 수 있는 오케스트라가 여기서 새로운 곡을 연주했다. 이곳의 예의범절과 격식은 가족적이고 친밀하기도 했지만 극히 엄격했다. 별장 생활을 하는 이곳의 낯익은 사람들은 서로서로를 보기 위해 모여들었다. 많은 사람들이 진실로 만족감을 얻기 위해 그러한 만남을 이행했고, 또 오로지 그것을 위해 이곳에 왔다. 그러나 단지 음악을 듣기 위해 오는 사람도 있었다. 스캔들은 극히 드물었으나 가끔은 그런 일이 불거지기도 했다. 하기야 그런 일이 없을 수는 없는 일이었다.

이날 저녁은 멋졌다. 군중도 상당히 있었다. 한창 연주를 하고 있는 오케스트라 근처에는 자리가 거의 없었다. 우리 일행은 정거장 왼쪽 출구 가까이에서 약간 벗어나 있는 의자에 앉았다. 군중과 음악은 리자베따 쁘로꼬피예브나에게 어느 정도 생기를 주었으며, 처녀들을 즐겁게 했다. 이들은 아는 사람들과 그사이에서 눈길을 주고받았고, 멀리서 누구에겐가 다정하게 고개를 끄덕였으며, 사람들의 의상을 바라보고는 무언가 이상한 점을 찾아내면 그것에 대해 이야기를 나누며 비웃듯이 미소를 지었다. 예브게니 역시 고개 숙여 인사를 주고받았다. 누군가는 자리를 함께 하고 있는 아글라야와 공작에게 시선을 던졌다. 곧 낯익은 젊은이 중의 몇 명이 리자베따 쁘로꼬피예브나와 딸들에게 다가왔다. 그 중 두 명 혹은 세 명은 그들과 환담을 나누기 위해 머물렀다. 모두들 예브게니의 친구들이었다. 그들 중에는 대단히 잘생긴 청년 장교가 있었는데, 그는 매우 유쾌한 사람이었고 말하기를 좋아했다. 그는 아글라야와 서둘러 말을 나누고 싶어했고, 어떻게 해서든지 그녀의 주의를 끌어 보려고 갖은 애를 썼다. 아글라야는 그 청년 장교를 상냥하게 대하며 활짝 웃어 주곤 했다. 예브게니는 공작에게 그 친구를 소개시켜도 되겠냐는 양해를 구했다. 공작은 그가 자신에게서 원하는 것이 무엇인지 몰랐으나 통성명하게 되자 두 사람은 고개 숙여 인사를 나누며 악수를 했다. 예브게니의 친구는 공작에게 한 가지 질문을 했는데 공작은 그 질문에 대답을 하지 않았거나, 혼잣소리로 뭐라고 중얼거린 것 같았다. 그래서 장교는 공작을 매우 유심히 바라보다가 예브게니에게로 시선을 돌린 후, 곧 예브게니가 무슨 이유로 인사를 시켰는지 이해를 하고는 엷은 미소를 짓고 나서 다시 아글라야에게 말을 걸었다. 단지 예브게니만 아글라야가 이 순간 갑자기 얼굴이 붉어진 것을 눈치 챘다.

공작은 다른 사람들이 아글라야에게 말을 걸며 그녀의 환심을 사려고 애쓰는 것조차 깨닫지 못했다. 그는 자기가 아글라야 곁에 앉아 있다는 사실조차 잊고 있었다. 간혹 어디로든 떠나가 버리고 싶은 욕구가 그를 덮쳤다. 이곳에서 완전히 사라지고 싶었다. 혼자 생각에 잠길 수 있고 사람들로부터 완전히 은폐될 수만 있다면, 음침하고 황폐한 곳이라도 좋을 것 같았다. 아니면 적어도 자기 집 테라스에라도 가 있었으면 했다. 다만 레베제프나 그의 자식들이 거기로 오지 않는다면 거기 있어도 좋을 것 같았다. 그리고 소파에 몸을 던지고 얼굴을 베개에 파묻은 채 밤낮없이 누워 있고 싶었다. 순간적으로 산들이 떠오르기도 했다. 스위스에 있던 시절 그가 즐겨 찾았던, 지금까지 항상 기억 속에서 떠올랐던 어느 한 장소였다. 그는 거기서 멀리 아래로 보이는 마을과 실줄기처럼 하얗게 빛나는 폭포수와 흰 구름, 버려진 옛 성채를 바라보았다. 아, 지금 그는 그곳에 가서 오로지 한 가지만 생각하고 싶었다! 평생토록 그러고 싶었다. 결코 천 년도 지루하지 않으리라! 이곳의 사람들이 자기에 대해 완전히 잊어버렸으면 좋겠다. 오, 정말 그렇게 되어야 한다. 만약 사람들이 그를 전혀 모르고, 이 모든 것이 꿈속의 한순간에 불과하다면 차라리 더 좋을 텐데! 하지만 모든 게 꿈이든 생시든 매한가지가 아닌가! 그는 가끔 아글라야에게 얼굴을 돌리곤 5분 가량 그녀에게서 시선을 떼지 않았다. 하지만 그의 눈빛은 몹시 이상했다. 그는 마치 5베르스따 나 떨어져 있는 사물을 바라보듯 그녀를 바라보았고, 실물이 아닌 초상화를 바라보는 듯했다.

「왜 그런 식으로 나를 쳐다보는 거지요, 공작?」 아글라야는 사람들에게 둘러싸여 즐겁게 웃으면서 대화를 하다가 갑자기 물었다. 「나는 당신이 두려워요. 당신이 마치 손가락으로 내 얼굴을 더듬으려고 나에게 팔을 뻗치고 싶어하는 것 같아요. 안 그래요, 예브게니 빠블리치? 이분의 눈빛이 그렇지요?」

공작은 놀란 듯한 표정으로 사람들이 자기에게 하는 말을 들었다. 그는 마음을 가다듬어 보았다. 무슨 말들인지 완전히 알아들을 수 없었고 대답하지도 않았지만, 그녀와 나머지 사람들이 모두 웃고 있는 것을 보고 자기도 소리 내어 웃기 시작했다. 주변의 웃음소리가 한결 커졌다. 장교는 웃음이 헤픈 사람인지 자지러질 듯 웃고 있었다. 아글라야는 갑자기 성난 듯이 뇌까렸다.

「백치 같으니라고!」

「아니! 저 애는 정말 저런 인간을……. 완전히 미쳐 버린 게 아닐까?」 리자베따 쁘로꼬피예브나는 이를 악문 소리로 혼자 말했다.

「저건 장난이에요. 그 〈가난한 기사〉 얘기와 마찬가지로 저건 장난이라고요.」 알렉산드라가 어머니의 귀에 대고 자신 있게 속삭였다. 「그 이상은 아무것도 아니에요! 저 애는 또 자기식대로 공작을 놀리고 있는 거예요. 다만 장난이 지나쳐서 탈이지요. 이제 그만 하게 하세요, 어머니! 아까부터 저 애는 배우처럼 감쪽같이 연기를 하며 우리를 깜짝 놀라게 했어요…….」

「저런 백치를 골려 줬기에 망정이지.」 리자베따 쁘로꼬피예브나가 알렉산드라에게 속삭였다. 어쨌든 큰딸의 말을 듣고 나니 마음이 가벼워졌다.

공작은 자기에게 백치라고 하는 소리를 듣고 몸을 부르르 떨었다. 잊고 있던 〈백치〉라는 말 때문은 아니었다. 그러나 사람들 속에서, 그가 앉은 곳에서 그리 멀지 않은 옆쪽에서, 정확하게 그곳이 어떤 장소였는지 또는 어떤 지점이었는지 알 수 없지만, 검은 곱슬머리를 한 창백한 얼굴이 언뜻 보였다. 그 얼굴에 나타나 있는 미소와 시선은 아주 낯익어 보였다. 하지만 얼굴은 잠깐 어른거리더니 이내 사라져 버렸다. 어쩌면 그것은 환상이었는지도 모른다. 그러한 환상을 통해 그의 망막 속에 남아 있는 것은 사라져 버린 신사의 일그러진 미소와 두 눈, 화려한 연녹색의 넥타이였다. 공작은 그 신사가 군중 속에서 사라져 버린 것인지, 역 안으로 들어간 것인지, 역시 분간할 수 없었다.

그러나 1분이 지난 후 공작은 돌연히 걱정스럽게 주위를 재빨리 둘러보기 시작했다. 이 첫번째 환영은 두 번째 환영의 사자이자 선행자일지도 모른다. 집에서 모두들 역으로 출발했을 때 그는 누군가와 만나리라는 것을 어찌 잊었단 말인가? 하기야 정거장으로 걸어가고 있었을 때, 그곳으로 가고 있다는 사실을 전혀 몰랐던 것 같다. 그는 바로 그와 같은 상태에 있었다. 만약 그에게 주의력이 있었다면, 그는 15분 전에 아글라야 역시 불안한 상태에서 자기 주변에서 무언가를 찾듯이 주위를 두리번거렸다는 것을 눈치 챌 수 있었을 것이다. 그의 불안이 눈에 띄게 심해져 가는 지금, 아글라야의 동요와 불안도 증대되어 갔다. 그가 뒤돌아보면, 거의 같은 순간에 그녀도 뒤돌아보곤 했다. 그러나 곧 불안은 해소되었다.

공작과 예빤친 가족 일행이 자리를 잡고 있는 곳에서 가까운, 정거장의 측면 출입구에서 갑자기 한 무리의 사람들이 나타났다. 적어도 10명은 되어 보였다. 그들 무리의 맨 앞에는 세 명의 여자가 있었는데, 그 중 두 명은 대단한 미녀였기 때문에 그들 뒤로 그만큼의 추종자들이 따라다니는 것이 조금도 이상하지 않았다. 그러나 이 추종자들과 여인들은 음악을 듣기 위해 모인 나머지 군중과는 전혀 다른, 무언가 독특한 데가 있었다. 거의 모든 사람들이 그들이 나타난 것을 알아챘지만, 대부분 못 본 척하는 태도를 취하려고 했다. 다만 몇몇 젊은이만이 그들에게 미소의 눈길을 주며 서로서로 나지막한 목소리로 무언가를 주고받았다. 이들 무리를 완전히 못 본 척하기란 불가능했다. 그들은 자기네가 나타났노라고 선언하듯이 큰 소리로 떠들며 웃어 댔다. 이들 중 다수가 술에 취해 있다는 것을 알아차릴 수 있었다. 겉으로 보기에 일부는 말끔하고 우아한 정장 차림새였으나, 극히 이상한 모습에 이상한 옷을 입고, 이상스럽게 상기된 얼굴을 한 사람들도 많았다. 이들 중에는 군인도 몇몇 끼어 있었고, 늙수그레한 자들도 있었으며, 풍성하고 우아하면서도 편안한 양복 차림에 번쩍이는 반지와 커프스를 끼고, 위풍 있어 보이는 반지르르한 검은 가발에 구레나룻을 기른 위엄 있는, 그러나 약간은 까다롭게 생긴 사내들도 있었다. 그러나 일반인들은 역병을 대하듯 그 사람들을 피했다. 이 교외의 모임 중에는 물론 품행이 뛰어난 사람들도 있었고, 명성이 자자한 사람들도 있었다. 그러나 아무리 조심성 있는 사람이라도 느닷없이 옆집에서 날아든 벽돌을 피할 수는 없을 것이다. 그러한 벽돌이 음악을 들으러 모인 점잖은 청중들에게 떨어지려 하고 있었다.

역에서 악단이 있는 광장으로 옮겨 가려면 세 계단을 내려가야 했다. 바로 이 계단 곁에 그 무리들이 서 있었다. 이들은 거기서 내려올 생각을 하지 않고 있었다. 그러나 여인들 중 하나가 앞장서서 내려왔다. 그녀의 수행 일행 중 두 명만이 용기를 내어 그녀의 뒤를 쫓았다. 한 명은 상당히 겸손해 보이는 중년의 사내였다. 그의 외모는 대체로 말쑥해 보이는 범부의 인상을 풍기고 있었다. 말하자면 그는 아는 사람도 없고, 또 아무도 그를 알아보지 못하는 그런 유의 사람이었다. 자기 여자에게서 물러나지 않았던 또 다른 사내는 아무런 특징이 없는 부랑자 그 자체였다. 그 밖에는 아무도 그 괴팍스런 부인을 쫓아가지 않았다. 그녀는 누가 뒤를 쫓아오든 그런 것은 상관할 바가 아니라는 듯이, 뒤도 돌아보지 않고 내려갔다. 그녀는 늘상 그러하듯이 호호거리며 큰 소리로 떠들어 댔다. 비싸 보이는 옷을 아주 고상하게 차려입었으나 좀 화려한 감이 없지 않았다. 그녀는 악단 곁을 지나 광장의 맞은편으로 가고 있었다. 길가에는 누군가의 마차가 사람을 기다리고 있었다.

공작은 3개월 남짓 〈그녀〉를 보지 못했다. 뻬쩨르부르그에 도착하고 나서 최근 며칠 동안 그는 그녀의 집에 들러 보려고 했었다. 그러나 비밀스러운 예감 때문에 그렇게 할 수가 없었다. 그는 그녀와 만나는 순간 어떤 인상을 받을지 도무지 추측할 수가 없었고, 단지 이따금 두려움을 무릅쓰고 그 순간을 상상해 보려고 했다. 한 가지 분명한 것은 그녀와의 만남이 괴로우리라는 것이었다. 그는 지난 6개월 동안 사진에서 보았던 그 여자의 얼굴이 준 첫 인상을 곱씹었다. 그 느낌은 사진에서 받은 인상이었음에도 불구하고 그에게 너무 많은 괴로운 것들을 연상시켰다. 그가 거의 매일 그녀를 보았던 지방에서의 1개월은 그에게 끔찍한 영향을 미쳤기 때문에, 그는 이 시기의 추억도 물리치려 했다. 이 여인의 얼굴에는 항상 그에게 고통스러운 무언가를 주는 느낌이 있었다. 공작은 로고진과 이야기했을 때 이 느낌을 끝없는 연민이라고 해석했고, 이것은 맞는 말이었다. 사진 속의 얼굴은 그의 가슴속에서 연민의 고뇌를 불러일으켰다. 그녀의 존재에 대한 동정심과 연민은 그의 가슴속에 새겨져 항상 그를 떠나지 않았고, 지금도 떠나지 않고 있다. 오히려 더욱더 강해지고 있었다. 그러나 공작은 자신이 로고진에게 한 말이 만족스럽지 못했다. 지금, 그녀가 갑자기 나타난 이 순간에야 그는, 어쩌면 직관적으로, 로고진에게 한 그의 말에서 무엇이 부족했는지 이해했다. 공포를 표현할 어휘가 부족했던 것이다! 그렇다, 공포였다! 그는 이 순간

전적으로 공포를 느끼고 있었다. 그는 자기만의 독특한 이유에서 그렇게 확신하고 또 확신했다. 그녀는 미쳐 있다. 세상에서 가장 사랑하는 여인이 있다거나 그 여인에 대한 사랑의 가능성을 예감하고 있는데, 그녀가 쇠사슬에 묶여서 철창 안에 있다면, 또 간수의 몽둥이 아래서 끊임없이 감시당하고 있다면 무슨 생각이 들겠는가? 그런 기분이 바로 지금 공작이 느꼈던 감정과 유사할 것이다.

「무슨 일이에요?」 아글라야가 그를 향해 뒤돌아보며 순진하게 그의 팔을 끌면서 재빨리 속삭였다.

공작은 아글라야에게 얼굴을 돌렸다. 그는 그녀를 바라보며 그 앞에서 반짝이고 있는, 납득할 수 없는 눈동자를 들여다보았다. 그는 그녀에게 웃음을 보이려고 했으나, 갑자기 거의 순간적으로 그녀에 대해 잊어버린 채, 다시 오른쪽으로 눈을 돌려 자신의 범상치 않은 환영을 지켜보았다. 이 순간 나스따시야가 바로 예빤친의 딸들이 앉아 있는 의자 곁을 지나가고 있었다. 예브게니는 신이 나서 알렉산드라에게 계속해서 무언가 대단히 우습고 흥미로운 것을 정신없이 얘기해 주고 있었다. 아글라야가 갑자기 반쯤 소곤거리는 소리로 〈어떤……〉이라고 말하는 것을 공작은 기억했다.

다 발음하지 못한 그녀의 말은 불명확했다. 그녀는 곧 말문을 닫고 더 이상 아무 말도 덧붙이지 않았다. 하지만 그 정도로 이미 충분했다. 아무도 보지 못했다는 듯이 지나쳐 가던 나스따시야가 돌연히 이쪽으로 몸을 돌렸다. 그리고 그제서야 예브게니를 본 것처럼 말했다.

「아 — 아니! 저이가 여기 있다니!」 그녀는 갑자기 걸음을 멈추고 소리를 쳤다. 「사방을 뒤져도 없더니, 도무지 있을 곳 같지 않은 곳에 떡 앉아 있구려……. 나는 당신이 큰아버지 댁에 있는 줄 알았지!」

예브게니 빠블로비치는 발끈해서 나스따시야 필리뽀브나를 사납게 쳐다보았다. 그러나 황급히 그녀에게서 등을 돌렸다.
「아니? 정말 모른단 말이야? 아직도 모를 수가 있나? 아까 아침에 당신 큰아버지가 권총 자살을 했단 말이에요! 나는 좀 전, 2시쯤에 그 소식을 들었어요. 지금쯤이면 도시 사람들이 거의 다 알고 있을 거예요. 그 양반이 공금을 횡령했다고들 하는데, 그게 35만 루블이라고 하는 이도 있고, 50만 루블이라고 하는 이도 있어요. 나는 그분이 당신한테 유산을 남겨 주리라고 계산을 했지만 모든 게 허황된 거였어요. 대단히 방탕한 노인이었더군요······. 그럼 잘 있어요. 행운을 빌겠어요 Bonne chance! 정말 초상집엔 가 보지도 않을 건가요? 당신은 미리 사표를 내고 나왔더군, 약삭빠르긴! 미리부터 알고 있던 거라고요. 어쩌면 어제서야 알았는지도 모르겠지만······.」

불손하고 도전적인 어조로 있지도 않은 친밀함을 드러내며 강조하는 데에는 분명 어떤 목적이 있었고, 이에 대해서는 의문의 여지가 없었다. 예브게니는 처음엔 어떻게 해서든 이 여자를 외면하고 무슨 일이 있든 이 능욕자를 무시해 버릴 생각이었으나, 나스따시야의 말은 그에게 날벼락 같은 충격을 주었다. 아저씨가 죽었다는 소식을 듣고 그는 백지장처럼 창백해지며, 그녀에게 고개를 돌렸다. 이 순간 리자베따 쁘로꼬피예브나가 자리에서 일어났다. 모두들 그녀를 쫓아서 일어났고, 그녀는 그곳으로부터 뛰다시피 나왔다. 오로지 미쉬낀 공작만이 1초 가량 그 자리에 남아 망설였다. 예브게니는 정신을 차리지 못하고 여전히 제자리에 앉아 있었다. 그러나 예빤친 가족이 20보도 채 가기 전에 가공할 만한 소동이 벌어졌다.

예브게니의 가까운 친구인 장교가 아글라야와 이야기를 나누다 극도로 격분한 상태에 빠졌던 것이다.

「그저 계집한테는 그냥 채찍밖에 없어요. 안 그러면 그런 인간은 다스릴 방법이 없다고요!」 그는 거의 큰 소리로 말했다(그는 전부터 예브게니의 심복이었던 것 같았다).

 나스따시야는 일순간 그에게로 몸을 돌렸다. 그녀의 눈에서 불꽃이 튀었다. 그녀는 두 발자국 가량 떨어져 있는, 전혀 생면부지의 젊은이에게 달려갔다. 그는 손에 가늘게 땋은 채찍을 쥐고 있었다. 나스따시야는 그의 손에서 그 채찍을 낚아채어 그녀를 모욕한 자의 얼굴을 있는 힘껏 내리쳤다. 이 모든 것이 한순간에 벌어졌다……. 장교는 이성을 잃고 그녀에게 달려들었다. 나스따시야 주변에는 그녀를 따르던 사내들이 이미 없었다. 중년의 기품 있어 보이는 신사는 벌써 완전히 자취를 감췄고, 또 다른 신사는 한 옆에 떨어져서 재미있어 죽겠다는 듯이 깔깔대고 웃었다. 물론 1분 후에는 경찰이 나타나야 했으나 오지 않았다. 만약 뜻밖의 도움이 없었다면 이 순간 나스따시야는 매우 불리한 상황에 빠졌을 것이다. 공작은 그녀 옆에 있다가 장교의 팔을 뒤에서 낚아챘다. 공작의 손을 뿌리친 장교는 그의 가슴을 힘껏 떠밀었다. 공작은 세 발자국 가량 밀려나다가 의자 위로 넘어졌다. 그러나 나스따시야에게는 두 명의 보호자가 더 나타났다. 독자에게 이미 알려진 기사의 필자이자 과거 로고진 일행의 실질적 일원이었던 복서가 장교 앞에 서 있었다.

 「나는 껠레르요! 퇴역 중위요!」 그는 힘 있게 자기 소개를 했다. 「대위, 만약 주먹 싸움을 원하신다면 내가 연약한 여성을 대신하여 귀하의 적수가 되어 주겠소. 영국식 권투라면 자신 있소. 대위, 그렇게 밀지 마시오. 피눈물 나는 귀하의 치욕에 동정하는 바요. 하지만 관중들의 면전에서 여성에게 주먹을 쓸 권리는 허용하지 않겠소. 고상하고 점잖은 신사로서 다른 방법을 취한다면, 귀하가 나를 이해한 걸로 보겠습니다, 대위……」

 그러나 장교는 이미 제정신이 들어서 더 이상 껠레르의 말을 듣지 않았다. 이때 군중 속에서 나타난 로고진이 재빨리 나스따시야의 팔을 붙잡아 그녀를 데리고 나갔다. 로고진은 몹시 충격을 받았는지 온통 창백해져서 떨고 있었다. 그는 나스따시야를 데리고 나가면서 장교에게 독기 어린 눈웃음을 보내고 의기양양한 시장 상인의 표정으로 말했다.

「꼴 좋다! 맛이 어때? 상판때기가 온통 피투성이군! 홍!」

정신을 가다듬고 상대가 누군지 완전히 알아차린 장교는 예의 바르게(그러나 손수건으로 얼굴을 가리며) 의자에서 일어나고 있던 공작에게 말했다.

「아까 반갑게 인사를 나누었던 미쉬낀 공작이지요?」

「저 여자는 미친 여자입니다! 미쳐 버렸어요! 틀림없어요!」 공작은 무엇 때문인지 자신의 떨리는 두 손을 그에게 뻗으며 떨리는 목소리로 대답을 했다.

「나는 물론 그런 얘기를 귀담아듣고 있을 처지가 아니오. 다만 당신의 이름을 알아 둘 필요가 있어서 그러는 거요.」

그는 고개를 끄덕이고 떠나가 버렸다. 경찰은 마지막 당사자들이 자취를 감춘 후 정확하게 5초 지나서 출동했다. 결국 소동은 2분 이상 계속되지 못했다. 군중 가운데 어떤 이는 의자에서 일어나 가버렸고, 어떤 이는 단지 자리만 바꿨다. 그리고 어떤 이는 이 소동에 매우 즐거워했고, 어떤 이는 마침 좋은 얘깃거리가 생긴 양 정신없이 떠들어댔다. 한마디로 이 사건은 평범하게 끝을 맺었다. 악단은 다시 연주를 시작했다. 공작은 예빤친 가족을 뒤쫓아갔다. 떼밀린 후 의자에 앉아 있을 때 그가 생각을 하거나 왼쪽을 보았다면, 그로부터 20보쯤 떨어진 곳에서 소동이 벌어지는 광경을 보느라고 앞서 가던 어머니와 언니들의 어서 오라는 성화를 못 들은 척하던 아글라야를 보았을 것이다. 그녀에게로 달려온 S공작이 어서 빨리 가자고 설득을 하는 바람에 마침내 그녀는 발을 뗐다. 그녀는 일행에게로 돌아왔다. 리자베따 쁘로꼬피에브나가 기억하기로는 아글라야가 몹시 흥분한 상태여서 그들이 부르는 소리를 거의 듣지 못했던 것이었다. 그러나 공원으로 들어

가자마자 정확히 2분 뒤에 아글라야는 평상시의 무심하고 변덕스런 목소리로 말했다.

「그 코미디가 어떻게 막을 내릴지 궁금해서 그랬어요.」

3

역에서 일어났던 사건은 어머니와 딸들에게 보통 끔찍하게 받아들여진 것이 아니었다. 리자베따 쁘로꼬피예브나는 불안과 흥분에 싸여 딸들과 함께 집에 도착할 때까지 거의 뛰다시피 했다. 그녀가 보고 이해하는 바에 따르면, 그 사건 속에서 너무나 많은 것이 벌어졌고 노출되었던 것이다. 때문에 그녀의 머릿속에는 온갖 혼란과 공포에도 불구하고 이미 결정적인 생각이 떠올랐다. 다른 사람들도 모두 무언가 특이한 일이 벌어져서, 아마 어쩌면 다행스럽게도 어떤 기막힌 비밀이 폭로되리라는 것을 이해하고 있었다. S공작이 이전에 확신을 주며 해명했음에도 불구하고, 예브게니의 〈정체는 만천하에 드러났고〉,〈그녀와의 관계가 정식으로〉폭로되고 공개되었던 것이다. 리자베따 쁘로꼬피예브나뿐만 아니라 두 딸까지 그러한 생각을 했다. 이러한 결론에서는 더욱 많은 수수께끼가 쌓일 뿐이었다. 딸들은 자기네들이 그렇게 심하게 놀라고 어머니가 그처럼 혼비백산하여 도망친 사실에 몹시 언짢아하면서도, 여러 가지 질문을 던져 어머니에게 걱정을 끼치고 싶어하지는 않았다. 게다가 왜 그런지 이들 자매는 막내 아글라야가 어머니와 자기네들보다는 이 일의 내막을 잘 알고 있을 거라는 생각을 했다. S공작 역시 매우 침울한 얼굴로 깊은 생각에 잠겨 있었다. 리자베따 쁘로꼬피예브나는 집으로 오는 동안 그에게 단 한 마디도 말을 걸지 않았는데, S공작은 그것을 눈치 채지 못하는 것 같았다. 아젤라이다는 그에게 〈지금 큰아버지란 누구를 말하는 거고, 뻬쩨르부르그에서는 대체 무슨 일이 있었던 거죠?)라고 물어보았다. 하지만 그는 얼굴을 온통 찌푸리고 중얼거리며 어떤 정보에 대해 무언가를 매우 불명료하게 대답했다. 그리고 이 모든 것은 당연히 쓰잘데없는 짓이라고 했다. 〈거기에 대해선 의문의 여지가 없어요!〉 아젤라이다는 이렇게 대답하고, 더 이상은 아무것도 물어보지 않았다. 아글라야는 왜 그런지 유난히 차분해졌다. 단지 도중에 너무 빨리 가고 있다는 말을 했을 뿐이었다. 그리고 한번 고개를 돌려서 그들을 쫓아오고 있는 공작을 보았다. 공작이 있는 힘을 다해 쫓아오는 것을 보고 그녀는 조롱기 섞인 웃음을 짓고는 더 이상 그를 돌아보지 않았다.

마침내, 거의 별장 근처까지 왔을 때 방금 뻬쩨르부르그에서 돌아온 예빤친 장군이 그들을 마중 나왔다. 그는 첫마디부터 예브게니 빠블로비치가 어떻게 되었느냐고 물었다. 그러나 부인은 그에게 아무런 대꾸도 안 하고, 심지어는 남편의 얼굴도 쳐다보지 않은 채 그냥 옆을 지나쳐 갔다. 장군은 딸들과 S공작의 눈빛을 보고 집안에 검은 구름이 감돌고 있다는 것을 즉시 눈치 챘다. 뿐만 아니라 장군의 얼굴에도 무언가 심상찮은 근심의 빛이 역력했다. 그는 즉각 S공작의 손을 잡아끌어 집 입구까지 데려가 거의 속삭이는 소리로 몇 마디를 나누었다. 그들은 곧 테라스로 올라가 리자베따 쁘로꼬피예브나의 방으로 걸어갔는데, 걱정스런 표정을 보아 두 사람은 무언가 대단한 소식을 들었음에 틀림없었다. 모두들 2층에 있는 리자베따 쁘로꼬피예브나의 방으로 서서히 모여들었고, 테라스에는 결국 공작 한 사람만 남아 있었다. 그는 무언가를 기다리듯 구석에 앉아 있었는데, 자신도 왜 그러고 있는지 몰랐다. 그는 집 안의 소란스런 광경을 보면서도 자리를 떠날 생각을 하지 못했고, 만사를 잊어버린 채 2년이든 얼마든, 장소에 상관없이 마냥 앉아 있을 준비가 되어 있는 것 같았다. 위층에서는 이따금 걱정스런 대화가 들려오곤 했다. 그는 자기가 얼마나 오랫동안 앉아 있었는지조차 말할 수 없을 정도였다. 날이 저물어 완전히 땅거미가 졌다. 갑자기 아글라야가 테라스로 나왔다. 그녀의 표정은 차분했지만 약간 창백해 보였다. 아글라야는 뜻밖에 이런 구석진 곳에서 의자에 앉아 있는 공작을 보자 영문 모를 미소를 지었다.

「거기서 뭘 하시는 거예요?」 그녀는 공작에게 다가갔다.

공작은 당황해서 무슨 말인가를 중얼거렸다. 그는 자리에서 얼른 일어났다. 그러나 아글라야는 바로 그의 곁에 앉았다. 공작도 다시 제자리에 앉았다. 그녀는 돌연히, 그렇지만 주의 깊게 그를 보고 나서 아무 생각도 없는 듯이 창문을 바라다보았다. 〈아마 나를 조롱하고 싶은 모양이지.〉 공작은 이런 생각이 들었다. 〈아냐, 그렇게 하고 싶었으면 아까 조롱했을 거야.〉

「차를 마시고 싶어하는 것 같군요. 그렇다면 차를 내오라고 하겠어요.」 아글라야는 잠시 침묵을 지키다 말을 했다.

「아, 아니에요. 잘 모르겠어요……」

「모를 게 뭐가 있어요! 잘 들어 보세요. 만약 누군가 당신에게 결투 신청을 하면 어떻게 하시겠어요? 아까부터 묻고 싶었던 거예요.」

「글쎄…… 누가 나에게…… 아무도 나에게 결투 신청을 하지 않을 거예요.」

「만약 신청을 받는다면요? 당신은 몹시 놀라시겠지요?」

「네, 그럴 겁니다……. 두려울 거예요.」

「진심이에요? 당신은 겁쟁이인가요?」

「아, 아닙니다. 아마 아닐 거예요. 겁쟁이란 두려워서 도망가는 자입니다. 두려워는 하지만 도망치지 않는 자는 겁쟁이가 아닙니다.」 공작은 잠시 생각을 하고 미소를 지었다.

「당신은 도망치지 않는단 말이죠?」

「아마 도망가지 않을 겁니다.」 그는 마침내 아글라야의 질문에 웃기 시작했다.

「나는 여자지만 무슨 일이 있더라도 도망은 안 갈 거예요.」그녀는 약간은 기분이 상한 듯이 말했다. 「그런데 당신은 나를 비웃으며 당신식대로 흥미를 느끼기 위해 일부러 허세를 부리는 거지요? 보통 12보 거리에서 총을 쏘는 거지요? 어떤 사람들은 10보고요? 그렇다면 사망 아니면 부상이겠네요?」

「결투시에는 총에 맞는 일이 드뭅니다.」

「드물다니오? 뿌쉬낀도 총에 맞아 죽었잖아요?」

「그건 우연일 겁니다.」

「전혀 우연이 아니에요. 목숨을 건 결투였기에 죽은 거예요.」

「뿌쉬낀을 쏜 총알이 낮게 떨어졌어요. 단테스는 틀림없이 그보다 높이, 가슴이나 머리 쪽을 향해 겨냥했을 겁니다.[109] 그렇게 낮게 떨어지게끔 쏘는 사람은 없으니까요. 뿌쉬낀이 그런 총알에 맞은 건 우연이었어요. 거의 오발로 봐야지요. 이 분야에 정통한 사람들한테 들은 말입니다.」

「나는 어느 사병한테 들었어요. 그 사병과 한번 얘기할 기회가 있었어요. 교범에 따르면 산발 발포시에 반신을 겨누라고 규정되어 있대요. 〈반신〉이라고 씌어 있다는 거예요. 그렇다면 가슴이나 머리가 아니라, 의도적으로 반신을 쏘라고 규정되어 있는 거예요. 그 후에 어느 장교에게 물어봤더니 그도 역시 같은 말을 했어요.」

「그건 맞는 말입니다. 먼 거리에서 쏠 때는 그래야 하니까요.」

「당신은 총을 쏠 줄 아나요?」

「한번도 쏴본 적이 없어요.」

「정말로 총을 장전할 줄도 모르세요?」

「못 해요. 물론 그 원리는 알아요. 하지만 직접 장전을 해본 적이 전혀 없었습니다.」

[109] 1837년 1월 27일 단테스와의 결투에서 부상당한 뿌쉬낀은 이틀 후 1월 29일 오후 3시에 죽었다. 상대방의 총알이 대장을 관통했기 때문이다.

「그렇다면 연습을 하기 전까지는 총을 쏠 줄 모른다는 말이군요. 그럼 내 말을 듣고 배우세요. 첫째, 권총용 화약을 축축하지 않은 좋은 걸로 사세요(젖은 것보다 건조한 것을 사야 된다고 하더군요). 총알이 잘아야 해요. 그런 걸 사야 해요. 대포용으로 쓰이는 것 말고요. 자기가 직접 총알을 만드는 사람들이 있다고 하더군요. 당신은 권총이 있나요?」

「없어요. 가질 필요도 없고요.」 공작이 갑자기 웃기 시작했다.

「아니, 무슨 말씀을 그렇게 하세요! 반드시 한 자루 사야 해요. 좋은 것으로요. 프랑스 제나 영국제로. 그게 제일 좋다고들 말하더군요. 그리고 뇌관 하나, 아니면 두 개 정도 화약을 꺼내서 장전하세요. 많이 집어넣을수록 좋아요. 그러고는 펠트 천을 채우세요. 왜 그런지 펠트 천을 꼭 집어넣어야 된다더군요. 그건 펠트를 가득 채운 방석이나 문 같은 데서 뽑아내면 돼요. 펠트 천을 채운 다음에는 총알을 집어넣으세요. 들으셨지요. 총알이 나중이고 화약이 먼저예요. 안 그러면 총알이 나가지 않아요. 무얼 그리 웃으세요? 나는 당신이 매일 몇 번씩 사격 연습을 하여 목표물을 관통시키는 법을 배우길 바라고 있어요. 그렇게 하겠어요?」

공작은 웃었다. 아글라야는 신경질이 난 듯 발을 한번 굴렀다. 그런 말을 하면서 심각한 표정을 짓는 아글라야의 모습에 공작은 약간 놀랐다. 공작은 어쨌든 권총을 장전하는 것보다 더욱 심각한 것에 대해 그녀에게서 알아내고, 물어봐야 할 필요성을 부분적으로 느꼈다. 하지만 자기 옆에 그녀가 앉아 있다는 것 이외의 모든 생각은 그의 머릿속에서 날아갔다. 공작은 그녀를 처다보고 있었다. 이 순간에 그녀가 무슨 말을 하든 그에게는 거의 상관이 없었다.

마침내 예빤친 장군이 위층에서 테라스로 내려왔다. 그는 찌푸린 얼굴에 수심 가득한 단호한 표정으로 어디론가 떠날 채비를 하고 있었다.

「아, 레프 니꼴라예비치, 자네…… 지금 어디로 갈 건가?」예빤친은 미쉬낀이 자리에서 일어날 생각조차 하고 있지 않는데도 이렇게 물었다. 「함께 나가세, 자네에게 한마디 할 말이 있네.」

「그럼 또 봐요.」 아글라야가 작별 인사를 하고 공작에게 손을 내밀었다.

테라스는 이미 상당히 어두웠고, 그런 순간에 공작이 그녀의 얼굴을 똑똑히 볼 수는 없었다. 장군과 공작이 별장에서 나온 지 1분 후 공작은 갑자기 얼굴이 빨개지며 자신의 오른손을 꽉 쥐었다.

이반 표도로비치는 공작과 같은 방향으로 가게 되었다. 늦은 시각이지만 누군가와 할 얘기가 있다면서 발걸음을 재촉하고 있었다. 가는 동안 예빤친은 갑자기 공작에게 말을 걸었다. 그는 빠른 어투로 걱정스럽게 자주 아내 리자베따 쁘로꼬피예브나를 언급해 가며 두서 없이 말을 했다. 만약 공작이 이 순간에 보다 주의 깊었다면, 예빤친이 그에게서 무언가를 얻어 내고 싶어 한다는 것을, 혹은 더 정확하게 말하자면 무엇에 대해서 단도직입적으로 물어보고 싶어 하면서도 말을 빙빙 돌리고 있다는 것을 눈치 챘을 것이다. 부끄럽게도 공작은 너무 산만해서 처음부터 아무것도 귀담아듣지 못했다. 장군이 그의 앞에 서서 아주 열띤 질문을 했을 때, 그는 장군에게 아무것도 이해하지 못했노라고 고백해야 했다.

장군은 어깨를 움찔해 보였다.

「자네들은 모든 면에서 이상한 사람들이 되었어.」 그는 능란한 말솜씨를 발휘하여 다시 말을 시작했다. 「자네에게 하는 말이지만, 나는 리자베따 쁘로꼬피예브나의 생각과 동요를 이해할 수 없어. 아내는 히스테리를 일으키며 우리가 모욕당하고 망신당했다고 울부짖고 있어. 누가, 어떻게, 누구와 함께, 언제, 그리고 왜 그랬냐는 거지? 난 내 잘못을 시인하네. 이건 내 고백이네만, 잘못도 아주 크게 저지른 거야. 하지만 그 막돼먹은 계집이 떼를 쓰는 것은(행실이 아주 고약해) 경찰의 힘을 빌려 저지할 수 있어. 나는 오늘 당장이라도 누군가를 만나 사전 조치를 취할 생각이네. 모든 것을 조용히, 얌전하게, 아주 부드럽게까지 처리할 수 있다네. 안면 있는 사람들이니까 아무런 소동도 일으키지 않을 걸세. 또한 앞으로 여러 가지 사건들이 벌어지리라는 것과 지금까지 해명할 수 없는 일이 많았다는 것에 대해 인정하네. 음모가 숨어 있는 걸세. 하지만 여기서 아무것도 모른다면 저기서도 아무것도 해명할 수 없는 법이라네. 나도 못 들었고, 자네도 못 들었고, 이 사람도 못 들었고, 또 저 사람도 아무것도 듣지 못했다면, 도대체 누가 들었단 말인가? 나는 바로 그걸 자네한테 물어보고 싶은 게야. 자네가 보기에는 어떤가? 더구나 이 사건의 반은 신기루와 같아. 달빛이나 다른 환영처럼 존재하질 않으니까 말야.」

「그 여자는 미쳤어요.」 공작은 돌연히 아까 일어났던 일을 고통스럽게 떠올리고는 중얼거렸다.

「자네가 그 여자에 대해 그렇게 말한다면 같은 생각이네. 나도 곧잘 그런 생각이 들 때가 있어서 편안히 잠을 잤지. 그런데 이제 와서 보니 그 여자가 더 정확한 생각을 하고 있더군. 그래서 미쳤다는 것은 믿지 않아. 제정신이 박혔다고 볼 수는 없는 여자이지만, 이 점에서는 미치지도 않았을 뿐만 아니라 아주 교묘하기까지 해. 까삐똔 알렉세이치에 관한 오늘의 행실을 보면 그걸 증명하고도 남아. 오늘의 일은 그 여자가 꾸며 낸 사기극이라네. 적어도 특별한 목적을 위해 꾸며 낸 교활한 사기극이란 말일세.」

「어떤 까삐똔 알렉세예비치를 말씀하시는 거지요?」

「아니, 이럴 수가! 미쉬낀 공작, 자네 내 말을 전혀 듣지 않았군. 자네하고 맨 처음에 까삐똔 얘기부터 시작했는데. 나는 지금까지도 놀란 가슴이 진정되지 않아 팔다리가 계속 후들거리고 있네. 바로 그 일 때문에 오늘 내가 시내에서 늦게 돌아온 걸세. 까삐똔 알렉세이치 라돔스끼는 예브게니의 큰아버지라네……」

「그래요?」 공작이 소리쳤다.
「라돔스끼는 동녘이 터오던 7시쯤에 권총으로 자살했지. 사람들한테 존경받았던 일흔 노인이었는데 대단한 향락주의자였다네. 그 여자가 말한 그대로 상당한 공금을 횡령했다는군!」
「그 여자는 어떻게……」
「어떻게 알아냈냐고? 하하! 그 여자가 나타났다 하면 주위에 일개 부대의 사내들이 모여든다네. 지금 어떤 인사들이 그 여자를 방문하며 그 여자와 〈사귈 수 있는 영광〉을 모색하고 있는 줄 아는가? 당연히 그 여자는 오늘 뻬쩨르부르그에서 온 사람들에게서 그 소식을 들었을 거네. 그곳에서는 온 도시 사람들이 다 알고 있는 일이니까. 하기야 이곳 빠블로프스끄에서도 적어도 절반은, 아니 모든 사람들이 이미 그 사실을 다 알고 있을 걸세. 하지만 내가 들은 바에 따르면, 그 여자는 예브게니의 시의 적절한 은퇴에 대해 대단히 예리하게 지적한 거야! 정곡을 찌르는 말이었어! 바로 그런 말을 할 정도라면 미치광이가 아니라고. 나는 예브게니가 비극적 사건에 대해 사전에 알았으리라는 것을 물론 믿지 않아. 말하자면 몇 월 며 일 7시 등등에 관해서 말야. 하지만 그는 이 모든 것을 예감했던 거야. 나나 우리 모두 S공작을 포함하여, 라돔스끼가 그에게 유산을 남겨 줄 것이라고 계산을 했었지! 끔찍해, 끔찍한 일이야! 하지만 이해해 주게, 나는 예브게니를 그 어떤 점에서도 비난하지 않아. 그런데도 뭔가 미심쩍은 부분이 있단 말일세. S공작의 충격은 대단해. 이 모든 일이 이상하게 닥쳐왔으니 말야.」
「예브게니의 행동에 미심쩍은 것이 있나요?」
「전혀 없네! 그는 아주 점잖게 절제된 행동을 하고 있어. 나는 그런 의도로 얘기한 게 아니라네. 난 그 사람 재산은 그대로 보전되고 있다고 생각하네. 물론 리자베따 쁘로꼬피예브나는 그 사람에 대한 말을 듣고 싶어하지 않아…… 하지만 가장 심각한 건 이 모든 집안의 파국들이야. 아니 이 모든 입씨름이라고 하는 게 좋을까……. 그걸 뭐라고 불러야 할지 모르겠지만……. 미쉬낀 공작, 자네는 우리 집안의 친구니까 한번 무슨 일이 있었나 상상해 보게. 정확한 얘기는 아니네만, 예브게니가 한 달쯤 전에 아글라야한테 청혼을 했는데 그 애한테서 정중하게 거절을 당했다는 거야.」

「그럴 리가 없어요!」 공작이 열띤 소리로 외쳤다.

「그렇다면 자네는 무얼 알고 있는 건가? 친애하는 공작.」 장군은 못에 박힌 듯이 제자리에 멈춰 서며 깜짝 놀라 몸을 부르르 떨었다. 「내가 자네한테 쓸데없는 소리를 지껄인 모양이네만, 그것은 자네가…… 자네가…… 그런 사람이기에 그랬다고나 할까. 혹시 자네는 무언가 특별한 것을 알고 있지 않나?」

「나는 예브게니에 대해 아무것도 모릅니다.」 공작이 중얼거리듯 말했다.

「나 역시 몰라! 그런데 공작, 사람들은 아예 땅을 파서 나를 그 속에 매장시키려 한단 말일세. 그것이 사람에게 얼마나 고통스러운 일인지, 또 내가 그걸 얼마나 참지 못하는지를 그들은 판단해 보려 하지 않아. 방금도 그런 난리가 있었지. 끔찍한 일이었어! 자네를 친아들처럼 생각하고 말하는 거야. 더 심한 것은 아글라야가 제 어미를 비웃고 있다는 거야. 그 애가 한 달 전 예브게니 빠블로비치의 청혼을 거절했다는 것과 둘 사이에 충분한 공식적 해명이 있었다는 건 제 언니들이 짐작한 거야……, 납득이 가는 짐작이지. 하지만 그 애는 제멋대로인 데다 공상적이어서 할 말이 없네! 뛰어난 자질의 감성과 지성, 관대함, 이 모든 것이 그 애한테 있지만 변덕과 조소가 심해. 그것은 악마적인 성격이야. 게다가 거기에 환상벽까지 있지. 지금은 어머니, 언니들, S공작까지 마음껏 조롱하고 있는 거야. 나는 말할 것도 없네. 그 애가 나를 비웃지 않을 때가 오히려 드물다니까. 하지만 난, 난 그 애를 사랑해. 그 애가 나를 비웃는 것조차 사랑해. 이 새끼 악마도 그래서인지 나를 누구보다도 유난히 사랑하는 것 같아. 맹세코 하는 말이네만 아까 테라스에서 그 애는 자네에 대해서도 무언가 비웃었네. 아까 위층에서 난리를 치고 난 다음에 그 애와 자네 둘이서 얘기하는 걸 봤네. 그 애는 자네 앞에서 아무 일도 없었다는 듯이 앉아 있더군.」

공작은 몹시 얼굴을 붉히며 오른손을 꽉 쥐었으나, 침묵을 지켰다.

「이보게, 나의 선량한 공작!」 갑자기 예빤친이 열정적인 목소리로 말했다. 「나하고…… 심지어는 리자베따 쁘로꼬피예브나 역시(리자베따 쁘로꼬피예브나는 다시 자네를 칭찬하기 시작했네. 자네 덕에 나한테조차 다정하게 대해 주더군. 왜 그렇게 되었는지 나는 이해하지 못하겠네) 자네를 여전히 사랑하고 있네. 우리는 무슨 일이 있더라도 자네의 외관이 어떻든 간에 진실로 사랑하고 존경하고 있단 말일세. 그런데 친구, 내 말을 믿어 주게. 이게 무슨 수수께끼 같은 해괴한 소린지. 느닷없이 그 냉혈의 새끼 악마가(그 애가 어머니 앞에 떡 버티고 서서 우리의 모든 질문에, 특히 나의 질문에 심한 경멸감을 보였으니 새끼 악마란 말이 안 나오겠나. 게다가 가장으로서 내가 엄한 모습을 보이려 했다니 얼마나 어리석은 짓을 한 건가), 글쎄 그 차가운 새끼 악마가 갑자기 코웃음을 치며 하는 말이, 그 〈미친 여자〉가(그 애는 그렇게 불렀지. 그 애가 자네처럼 그렇게 호칭한다는 것이 나로서는 이상했지. 〈그런데도 무슨 말인지 이해할 수 없나요〉라고 말하는 거였어), 〈그 미친 여자가 무슨 수를 써서라도 나를 미쉬낀 공작에게 시집보내려고 머리를 쓰고 있는 거예요. 그러기 위해 예브게니를 우리에게서 떼어놓으려고 하는 거예요〉라고 했네. 그렇게 말하고 나선 아무런 설명도 하지 않고 깔깔댔네. 우리는 입만 벌리고 있었지. 그러는 사이에 그 애는 문을 쾅 닫고 나가 버렸지. 그러고 나서 나는 아까 자네와 그 애 사이에 있었던 돌발적 사건에 대해 들었지. 그런데…… 그런데…… 내 말을 잘 들어 보게, 공작. 자네는 화를 잘 내는 사람이 아니라, 분별력 있는 사람이라는 걸 난 아네. 하지만 화를 내서는 안 되네. 그 애는 자네를 비웃었어. 비웃는 모습이 철부지 같았으니 그 애에게 화를 내지는 말게. 하지만 그건 틀림없는 사실이네. 다른 마음일랑 먹지 말게. 그 애가 자네와 우리 모두를 놀리는 것은 그저 심심풀이라네. 그럼, 잘 가게! 자넨 우리 감정을 알겠나? 자네에 대한 우리 가족의 진실한 감정을? 그건 무슨 일이 있더라도 절대로 변하지 않을 걸세……. 그럼, 난 이쪽으로 가야 하니, 다음에 보세! 나는 지금 가시 방석에 앉아 있는 기분일세……. 별장이니 뭐니 안중에도 없네!」

교차로에 혼자 남은 공작은 주위를 둘러보고 재빨리 길을 가로질러 어느 별장의 불이 켜진 창문으로 가까이 다가갔다. 그리고 예빤친과 대화하는 동안 오른손에 꼭 쥐고 있던 작은 종이를 펼쳐 약한 불빛에 대고 읽었다.

내일 아침 7시에 공원의 초록 벤치에서 당신을 기다리고 있겠어요. 당신과 직접적으로 관련된 아주 중요한 문제에 관해 얘기하고 싶어요.

추신 아무에게도 이 편지를 보여 주지 않으리라고 믿어요. 내가 이런 지시를 하는 게 민망스럽기는 하지만 당신에게는 그래야 한다고 생각하고 썼어요. 당신의 우스꽝스런 성격 때문에 부끄러워 얼굴이 빨개지는군요.

추신 내가 아까 당신에게 가리켰던 벤치가 바로 그 초록 벤치예요. 부끄러운 줄 아세요! 이 말을 첨부하지 않을 수 없군요.

편지는 급히 써서 접혀 있는 걸로 보아 아글라야가 테라스로 나오기 직전에 쓴 것임에 틀림없었다. 공포와 유사한, 표현할 수 없는 동요에 휩싸여 공작은 다시 그 편지를 손에 꽉 쥐었다. 그러고는 겁에 질린 도둑처럼 불빛이 비치는 창문에서 급히 물러섰다. 물러 나오다가 그는 갑자기 어느 신사와 마주쳤다. 그 신사와 어깨를 부딪힌 것이었다.

「당신을 지켜보고 있었습니다, 공작.」 그 신사가 말했다.

「당신은 껠레르 아닙니까?」 공작이 놀라서 소리쳤다.

「공작, 나는 당신을 찾고 있었어요. 예빤친 장군의 별장 곁에서 당신을 기다리고 있었지요. 물론 들어갈 수는 없었으니까요. 당신이 장군과 함께 가는 동안 줄곧 쫓아왔어요. 공작, 나는 당신을 위해 봉사할 준비가 되어 있습니다. 필요하다면 목숨 바쳐 죽을 준비까지 되어 있습니다.」

「그런데…… 무엇 때문에?」

「네, 틀림없이 도전장이 날아올 겁니다. 그 몰로프소프 중위를 나는 알고 있어요. 물론 사적으로 아는 것은 아니지만……. 그는 모욕을 참고 견디는 위인이 아닙니다. 그 사람은 우리 같은 부류들, 즉 나나 로고진 같은 인간들을 쓰레기로 여기고 있습니다. 당연하지요, 틀린 말은 아닙니다. 그러니 당신하고만 상대하려 들 겁니다. 공작, 술값을 치르셔야 됩니다.[110] 그자가 당신에 관해 물어보는 것을 들은 적이 있습니다. 어쩌면 내일이라도 그의 친구가 당신에게 찾아올지 몰라요. 아니면 벌써 지금부터 당신을 기다리고 있을 거예요. 만약 나를 결투의 증인으로 위임시켜 주신다면 나는 당신을 대신해 어떠한 희생도 감수하겠습니다.[111] 그래서 당신을 쫓아왔던 것입니다, 공작.」

「당신 역시 결투에 대해 말하고 있군요!」 공작이 갑자기 웃음

---

110 일반적으로 사용하고 있는 프랑스 어의 관용어구 〈payer bouteille〉의 차용은 〈포도주로 환대하다〉의 의미인데, 여기에서는 〈어떤 일을 수행하고 책임지다〉라는 의미로 사용되었다.

을 터뜨리자, 껠레르는 적지 않게 놀랐다. 그는 무섭게 깔깔댔다. 자기가 결투의 증인이 되겠다고 제안을 하고 나서 좋은 답이 나올까 하며 초조하게 기다리던 껠레르는 공작의 파안대소를 보고 거의 모욕감을 느낄 정도였다.

「하지만 공작, 당신은 아까 그의 손을 낚아챘어요. 많은 사람들 앞에서 체면을 생각하는 자는 그러한 행위를 용납하지 않아요.」

「그 사람은 내 가슴을 떼밀었어요.」 공작이 웃으면서 소리쳤다. 「우리들은 싸움을 해야 할 아무런 이유가 없어요! 내가 그에게 사과를 하면 다 끝나요. 그래도 싸움을 해야 된다면 싸워야지요! 쏠 테면 쏘라지요. 나는 오히려 그렇게 하길 원해요. 하하! 나는 이제 권총을 장전할 줄 아니까요. 내가 방금 권총 장전하는 법을 배웠다는 걸 아나요? 당신도 장전할 줄 알아요, 껠레르? 우선 축축하지 않은 권총용 화약을 사야 돼요. 대포용으로 쓰는 굵은 것보다 잔 것으로 골라야 해요. 그리고 먼저 화약을 집어넣은 후, 문에서 뜯은 펠트 천을 구겨 넣은 뒤 탄환을 집어넣어야 돼요. 탄환을 화약보다 먼저 집어넣으면 안 돼요. 그러면 발사가 되지 않기 때문이지요. 발사가 안 된다는 말을 들었지요, 껠레르? 하하! 이 정도면 대단하지요, 껠레르? 오, 껠레르, 난 당신에게 포옹과 키스를 해주겠소. 하하하! 아까 당신은 어떻게 그자 앞에 불쑥 나타난 거요? 샴페인을 마시러 우리 집에 들르시오. 기왕이면 빨리. 마음껏 취해 봅시다! 내가 샴페인 12병을 레베제프의 광 속에 보관하고 있다는 걸 아시오? 레베제프가 그저께 〈일이 있어〉 그것을 나한테 팔았소. 그러니까 내가 그의 집으로 옮겨 간 다음날 나는 그것들을 몽땅 사버렸던 거요! 나는 모든 사람들을 부르겠소! 그런데 당신은 오늘 저녁에 잠을 잘 건가요?」

111 러시아에서 결투는 1894년까지 금지되어 있었다. 그 당시 결투는 장교들에게만 허용되었다. 1845년 형사 범죄에 대한 법률은 결투에 대해서는 엄하게 벌한다고 규정했다.

「네, 공작. 평소와 다름없어요.」

「그럼 단꿈을 꾸세요! 하하!」

공작은 약간 넋이 나간 껠레르를 남겨 둔 채 길을 건너 공원으로 사라졌다. 껠레르는 공작이 그와 같이 이상한 언동을 하는 것을 아직까지 본 적이 없었고, 지금까지 생각할 수도 없었다.

〈어쩌면 헛소리를 했는지 몰라. 신경이 약한 사람이니까. 여러 가지 일들이 얽히고설켜 충격을 받은 거야. 물론 겁쟁이는 아냐. 그와 같은 사람들은 겁을 내질 않으니까.〉 껠레르는 이렇게 혼잣말을 했다. 〈흠, 샴페인이라! 거, 흥미로운 소식인데. 12병이라, 그러니까 한 타(打)인데. 괜찮아. 그만하면 쓸 만한 수비대야. 그 샴페인은 레베제프가 누구한테선가 담보로 받아 둔 것임에 틀림없어. 암, 그렇고말고. 그래, 공작은 귀여운 데가 있어. 사실 나는 그런 사람들을 좋아해. 어쨌든 시간을 낭비할 이유가 없지. 더욱이 샴페인을 마신다면 지금이 적기야…….〉

공작이 섬망 상태에서 헛소리를 했다는 것은 물론 맞는 말이다.

공작은 오랫동안 깜깜한 공원을 배회하다, 마침내 어느 가로수 길을 헤매고 있는 자신을 발견했다. 그의 의식 속에는 이 가로수 길을 벌써 30번 내지 40번이나 왔다 갔다 한 기억이 남아 있었다. 그것은 벤치에서 훤히 눈에 띄는 고목까지 1백여 보가 되는 거리였다. 그는 공원에서 적어도 한 시간 내내 무엇을 생각하고 있었는지 기억해 내고 싶어도 도저히 기억해 낼 수가 없었다. 그러다 그는 어떤 생각을 떠올리고는 갑자기 배를 움켜쥐고 웃었다. 물론 웃을 만한 이유는 없었지만 그저 웃고 싶었다. 결투에 관한 예상은 껠레르 한 사람의 머릿속에서 나온 것이 아니고, 권총 장전에 관한 언급이 나온 것도 결코 우연이 아니라는 생각이 들었다. 〈아!〉 그는 갑자기 걸음을 멈췄다. 또 다른 생각에 마음이 밝아졌다. 〈아까 내가 테라스 구석에 앉아 있을 때 그녀가 거기로 나와, 나를 보고선 소스라치게 놀랐지. 그리곤 미소를 띠며……

차에 관한 말을 시작했어. 그런데 이 순간 그녀의 손에 이 편지가 쥐어져 있었어. 그렇다면 그녀는 내가 테라스에 있다는 것을 틀림없이 알았던 거야. 한데 그녀는 왜 그렇게 놀랐을까? 하하하!〉

그는 주머니에서 편지를 꺼낸 다음 그것에다 키스를 했다. 그러나 곧 멈춰 서서 생각에 잠겼다.

〈참 이상하군! 너무나 이상하단 말이야!〉 그는 곧 어떤 슬픔을 머금은 채 말했다. 그는 환희를 강하게 느끼는 순간이면 항상 서글퍼졌다. 그 이유는 본인도 몰랐다. 그는 유심히 주위를 돌아보다 자기가 여기까지 와 있는 것에 놀랐다. 그는 매우 피곤함을 느끼며 벤치로 다가가 앉았다. 주위는 깊은 적막에 휩싸여 있었다. 역에서는 이미 음악이 끝났다. 공원에는 더 이상 아무도 없는 것 같았다. 물론 11시 반이 충분히 되었을 법한 시각이었다. 밤은 고요하고, 따뜻하고, 맑았다. 그게 6월 초의 뻬쩨르부르그의 밤이었다. 그러나 공작이 있는 울창하고 컴컴한 공원의 가로수 길은 거의 칠흑과 같았다.

만약 누군가가 이 순간 그에게 그는 사랑에 빠져 있고, 그것도 아주 열정적인 사랑에 빠져 있다고 말한다면, 그는 깜짝 놀라 그 말을 부인할 것이다. 그것도 화를 벌컥 내면서. 그리고 누군가가 아글라야의 편지가 연애 편지이고, 그녀가 만나자고 제안한 것은 밀애를 위한 것이라고 덧붙인다면, 그는 수치스러워 그런 말을 한 사람에게 격분을 하며 결투까지 신청했을 것이다. 이 모든 것은 진실이었다. 그는 단 한 번도 이 처녀가 자기를 사랑한다거나 반대로 자기가 그녀를 사랑한다는 가능성에 대해 추호도 〈이중적인〉 생각을 해본 적이 없었다. 그러한 생각은 결코 용납하지 않았다. 〈자신과 같은 남자에 대한〉 사랑의 가능성을 그는 괴이한 일로 간주했다. 만약 정말로 그러한 일이 있다면, 그것은 그녀가 단순히 장난을 치는 것이라고 생각했다. 하지만 그는 그러한 장난에 지나치게 무관심했으며, 그저 있을 수도 있는 일이라고 넘겨 버렸다. 그 자신은 전혀 다른 일에 커다란 관심과 신경을 쓰고 있었기 때문이었다. 아까 흥분한 장군이 아글라야가 모든 사람들을, 그 중에서 특히 공작을 희롱하고 있다는 말을 그는 믿고 있었다. 그럼에도 불구하고 그는 조금도 모욕감을 느끼지 않았다. 그의 견해로는 그렇게 해야 마땅했다. 그에게 있어서 무엇보다 중요한 것은, 내일 아침 일찍 다시 그녀를 만나 초록색 벤치에 나란히 앉아, 권총을 장전하는 법을 듣고 그녀를 바라보는 것이었다. 그 이상 그에게 필요한 것은 전혀 없었다. 문제는 그녀가 무슨 말을 하려고 하는 것일까, 그와 연관된 중요한 일이란 게 무엇일까였다. 그러한 의문이 그의 머릿속에서 한두 번 번쩍였다. 그러나 그를 불러내서 얘기할 만한 중요한 문제가 과연 존재하는 것일까에 대한 의심은 단 한순간도 품어 보지 않았다. 아니 그와 같은 중대사에 대해 아예 생각해 보지 않았고 그걸 생각하고픈 미미한 충동도 느끼지 않았다.

가로수 길의 모래를 밟는 조용한 발자국소리에 그는 고개를 들었다. 어둠 속이라 얼굴을 알아볼 수 없는 사람이 벤치 곁으로 다가와 그의 곁에 앉았다. 공작은 재빨리 그에게로 밀착하다시피 다가가가 그것이 로고진의 창백한 얼굴임을 알아차렸다.

「이곳 어디에선가 자네가 배회하고 있으리라 생각했지. 찾는데 오래 걸리지 않았네.」 로고진이 잇새에서 새어 나오는 소리로 중얼거렸다.

여관 복도에서 만난 이래로 이들은 처음으로 상봉하게 된 것이었다. 로고진의 급작스런 출현에 놀란 공작은 잠깐 동안 마음을 추스릴 수가 없었다. 그의 가슴에서는 고통스런 느낌이 솟아올랐다. 로고진은 분명히 자기가 공작에게 준 인상을 이해하고 있었다. 그는 처음에는 당황스러워했으나, 계산된 듯한 허물없는 표정으로 말을 했다. 그러나 공작이 보기에 그는 아무것도 계산한 것 같지 않았고, 당황하는 기색도 전혀 없었다. 만약 로고진의 제스쳐와 대화에 어색함이 있었다면 그것은 그렇게 보였을 따름이었다. 이 사람은 결코 마음이 변할 수 있는 사람이 아니었기 때문이다.

「아니, 자네가 여기에 있는 나를 찾았다고?」 공작이 무슨 말이든 꺼내기 위해 이렇게 물었다.

「껠레르에게 들었네. (자네 집엘 들렀더니)〈공원에 가셨어요〉라고 하더군. 나 역시 그럴 거라고 생각했지.」

「그럴 거라니?」 공작은 로고진의 입에서 나온 말을 받으며 불안스럽게 물었다.

로고진은 픽 웃었으나 거기에 대한 설명은 하지 않았다.

「난 자네 편지를 받았네, 레프 니꼴라이치. 다 부질없는 짓인데…… 쓸데없이! 난 지금 그 〈여자〉한테서 자네에게 오는 길이네. 자네를 꼭 데려오라는 명령이었어. 자네에게 긴히 할 말이 있다는 거야. 바로 오늘 기다리고 있어.」

「내일 가겠네. 나는 지금 집으로 가는 길인데, 자네는…… 우리 집에 가겠나?」

「뭘 하려고? 할 말 다 했네. 잘 가게.」

「정말 들르지 않겠나?」 공작이 나지막이 물었다.

「자넨 정말 기막힌 사람이야, 레프 니꼴라이치. 자넬 보고 놀라지 않을 수 없어.」

로고진은 심술궂은 웃음을 보냈다.

「왜 그런가? 대체 나에게 왜 그런 악의를 보이는 거지?」 공작이 서운한 듯이 열을 내며 말했다. 「자네 스스로도 자네가 생각했던 모든 것이 사실이 아니라는 걸 이제 알고 있잖나. 그런데 아직도 나에 대한 악의가 가시지 않았다는 생각이 드니, 그 이유가 무엇이라고 생각하나? 자넨 나를 해치려고 했어. 그와 같은 악의가 아직도 남아 있기 때문이지. 자네에게 하는 말이지만, 나는 그날 십자가를 교환하며 의형제를 맺던 그때의 로고진 한 사람만을 기억하네. 내가 어제 편지에 그 말을 써보낸 이유는, 이 모든 헛소리에 대해 모든 걸 잊고 그것에 대해선 나한테 다시 언급하지 말아 달라고 부탁하기 위해서였네. 자네는 왜 나에게 거리를 두나? 왜 한 손을 감추고 있는 거지? 자네한테 하는 말이지만 그때 있었던 모든 일은 헛소리에 불과할 뿐이네. 난 이제 내가 나를 알듯이, 그 당시의 자네를 훤히 알겠어. 자네가 상상했던 것은 존재하지도 않았고, 존재할 수도 없는 거였네. 무엇 때문에 우리 사이에 악의가 존재해야 하겠나?」

「자네가 악의 따위를 가질 수나 있겠는가?」 로고진이 돌연히 쏟아지는 공작의 열띤 언사에 또다시 웃음으로 대답했다. 로고진은 정말로 공작에게서 떨어져 손을 감춘 채 서 있었다.

「이제 난 자네 집에 찾아가지 않겠네, 레프 니꼴라이치.」 로고진은 결론적으로 천천히 또박또박 말했다.

「그렇게까지 나를 증오한다는 말인가?」

「레프 니꼴라이치, 나는 자네를 좋아하지 않아. 그런데 내가 왜 자네 집을 찾겠는가? 이보게, 공작. 자네는 장난감을 당장 내놓으라고 떼쓰는 어린애 같아, 세상사는 전혀 이해하지 못하면서. 자네는 지금 했던 말을 그대로 편지에도 썼어. 내가 자네 말을 안 믿는다고 생각하나? 자네가 하는 말을 한마디도 빼놓지 않고 믿을뿐더러 자네가 나를 기만한 적이 전혀 없다는 것도, 앞으로도 그럴 것이라는 것도 알고 있네. 그렇다 하더라도 난 자네를 좋아하지 않아. 자네는 모든 것을 잊고 오로지 십자가의 의형제 로고진만 기억하고, 자네에게 칼을 들이댄 로고진은 모른다고 썼네. 그런데 어떻게 자네가 내 감정을 알겠나?(로고진은 다시 코웃음을 쳤다.) 그날부터 난 거기에 대해 아직 한번도 뉘우쳐 본 적이 없는데 자네는 벌써 형제애적인 용서의 편지를 보냈네. 어쩌면 나는 그날 저녁 완전히 다른 것에 대해 생각하느라고 이런 것은……」

「생각하길 잊었지!」 공작이 로고진의 말을 받았다. 「물론 그렇지! 분명히 그날 자네는 곧바로 기차에 올라타 이곳 빠블로프스끄로 와서, 야외 음악장을 누비고 군중들 틈을 비집고 다니며 오늘처럼 그 여자를 쫓아 줄곧 감시해 왔어. 놀랄 만한 일이지! 그날 자네가 오로지 한 가지에 대해서만 집중해야 되는 상황이 아니었다면 나에게 칼을 뽑아 들지 않았을 거네. 나는 그날 아침부터 자네를 보면서 그러한 예감을 했네. 그때 자네가 어땠는지 아나? 아마 그런 생각이 들기 시작한 건 우리가 십자가를 교환하던 때일 거야. 그때 왜 나를 자네 어머니에게 데려갔나? 그렇게 함으로써 자신의 손을 막으려는 거였겠지? 아냐, 자네가 끔찍한 생각을 할 리는 없어. 자네도 나와 같이 느꼈을 거야……. 우리는 그때 같은 느낌을 가졌었네. 그때 자네가 나에게 칼을 들이대지 않았다면(물론 그걸 신이 물리쳐 주었지만), 내가 어떤 모습으로 자네 앞에 나타났겠나? 하기야 어찌 되었든 난 자네를 의심했으니, 우리는 똑같이 죄를 지은 거라네. (그렇게 인상 찌푸리지 말게! 그런데 왜 그리 웃고 있는가?) 〈뉘우쳐 보지 않았다〉고? 하지만 뉘우치고 싶어했어도 그러지 못했을걸. 자네는 나를 좋아하지 않기 때문이지. 만약 천사처럼 자네한테 아무런 잘못이 없다 하더라도 자네는 나를 곱게 보지 않을 걸세. 그 여자가 자네가 아닌 나를 사랑하고 있다고 생각하고 있기 때문이지. 그것은 질투심에서 비롯된 거야. 그런데 이번 주에 들어서야 생각이 났지만, 로고진, 잘 들어 보게. 그 여자는 지금 자네를 누구보다 사랑하고 있네. 오히려 그녀가 자네를 괴롭히면 괴롭힐수록 자네를 더욱더 사랑하고 있는 걸세. 그녀가 자네에게 이런 말을 할 수는 없으니까, 자네가 그 점을 눈여겨볼 필요가 있어. 왜 그녀가 궁극적으로 자네와 결혼하겠는가? 그녀는 언젠가 이 사실을 자네에게 직접 말할 걸세. 그런 식으로 사랑받기를 원하는 여자들이 있는데, 바로 그녀의 경우가 그래. 그녀는 자네의 성격과 자네의 사랑에 감복할 거네! 여인이란 잔혹함과 조롱으로 남자를 괴롭히면서도 양심의 가책 따위는 조금도 느끼지 않지. 남자를 바라보며 여인은 매번 이렇게 생각하기 때문이지. 〈지금은 내가 당신을 죽도록 괴롭히고 있지만, 훗날 나의 사랑으로 그것을 보상해 줄 것이다…….〉」

로고진은 공작이 하는 말을 다 듣고 나서 껄껄대고 웃기 시작했다.

「그런데 공작, 자네 자신도 그 여자한테 빠져 들지 않았나? 자네에 대해 들은 말이 있어서 그러네. 안 그런가?」

「자네가 무얼, 무얼 들을 수 있었단 말인가?」 공작은 갑자기 몸을 떨곤 몹시 당황해서 꼼짝도 하지 않았다.

로고진은 계속해서 웃었다. 그는 호기심에서, 어쩌면 만족감에서 공작의 말을 들었다. 공작이 기쁨에 넘쳐 열렬히 이 대화에 빠져 드는 것이 놀랍기도 했고, 거기서 힘을 얻기도 했다.

「나는 그 사실을 들었을 뿐만 아니라 내 눈으로 직접 확인까지 했네.」 로고진이 덧붙였다. 「자네가 언제 오늘처럼 얘기해 본 적이 있었나? 자네가 이런 말을 하다니 전혀 안 어울리는군. 자네에 대해 그런 말을 듣지 않았다면 나는 한밤중에 이곳 공원으로 오지 않았을 걸세.」

「로고진, 하나도 못 알아듣겠어.」

「그 여자가 오래전에 자네에 관해 나한테 얘기한 적이 있네. 그런데 아까 나도 자네가 음악회에서 아가씨와 앉아 있는 걸 자세히 보고 알았지. 그 여자가 맹세하다시피 어제도 오늘도 말했네. 자네가 아글라야 예빤치나에게 홀딱 빠져 버렸다고. 공작, 그런 얘기는 나와 상관없는 일이네. 그 일은 어차피 나의 일이 아니니까. 만약 자네가 그 여자에 대한 사랑이 식어서 아글라야를 사랑하게 되었다 해도, 그 여자가 여전히 자네를 사랑하고 있다면, 나한테는 마찬가지네. 그 여자는 자네와 그 아가씨를 꼭 결혼시키고 싶어해. 그렇게 할 수 있을 거라고 약속까지 했네. 하하! 그러면서 나한테 이렇게 말했지. 〈만약 둘이 결혼을 안 하면 나는 당신한테 시집가지 않을 거야. 그들이 혼례식을 치르는 날, 우리도 혼례식을 치르는 거야.〉 그게 도대체 무슨 말인지, 나는 납득이 가질 않네. 단 한 번도 이해를 해본 적이 없단 말일세. 그 여자가 자네를 무한히 사랑하고 있는 걸까? 게다가 사랑한다면 왜 자네를 다른 여자와 결혼시키려 하는 걸까? 그러면서 〈난 그 사람이 행복해지는 걸 보고 싶어〉라고 하는 걸 보면 틀림없이 자네를 사랑하는 거란 말이야.」

「내가 편지에서도 썼듯이 그 여자는…… 제정신이 아냐.」 공작이 로고진의 말을 다 듣고 나서 괴로운 듯이 말했다.

「그걸 누가 알겠나? 그건 자네가 잘못 알고 있는 걸 거야……. 그 여자는 오늘 내가 연주회에서 데리고 나올 때 결혼 날짜를 정해 주었어. 3주일 후에, 어쩌면 그전에 결혼식을 올리자는 거였어. 그 여자는 그렇게 맹세를 하고 성상을 꺼내어 거기다 키스까지 했네. 이제 모든 일은 자네의 결정 여하에 달려 있네. 헤헤!」

「모두가 부질없는 소리야! 자네가 나에 관해 말한 것은 도저히 있을 수 없는 일이네! 내일 내가 그 여자와 자네한테 찾아갈 걸세…….」

「그 여자가 미치긴 왜 미쳐?」 로고진이 말했다. 「그 여자가 어떻게 다른 모든 사람들에게는 정상이고, 자네에게만은 미친 여자가 될 수 있단 말인가? 그런 여자가 어떻게 그곳에다 편지를 쓸 수 있는가? 만약 정신이 나갔다면 그곳에서도 편지를 보고 알아챘을 것이 아닌가?」

「무슨 편지를 말하는 건가?」 공작이 깜짝 놀라서 말했다.

「그 집에다, 그 아가씨한테 편지를 써서, 그 아가씨가 편지를 읽었네. 정말 몰랐나? 그럼 한번 알아보게. 아마 자네에게 직접 보여 줄 걸세.」

「도저히 믿을 수가 없군!」 공작이 소리쳤다.

「어휴! 레프 니꼴라이치, 자넨 이쪽 방면에 이제 막 발을 내디딘 걸세. 이건 시작에 불과해. 조금만 더 있으면, 자넨 경찰처럼 여자의 일거수일투족을 밤낮으로 지켜볼 걸세. 단지 자네가……」

「그만두게. 이런 일에 대해서는 앞으로 절대 말하지 말게!」 공작이 소리쳤다. 「내 얘길 들어 보게, 로고진. 나는 자네가 나타나기 전에 이곳을 거닐다가 갑자기 웃기 시작했는데 왜 웃었는지 잘 모르겠어. 그런데 문득 그 이유가 떠올랐네. 내일이 바로 내 생일이야. 지금이 거의 12시니 함께 가세. 같이 생일을 맞자고. 집에 포도주가 있는데 함께 마시세. 그리고 나 자신도 무얼 기원해야 될지 모르는 것을 기원해 주게. 다름 아닌 자네가 기원해 주게. 난 자네를 위해 끝없는 행복을 빌겠네. 내 십자가를 되돌려 주지 말게나! 자넨 그 일이 있은 다음날에도 십자가를 돌려보내지 않았잖은가? 십자가를 걸고 다니지? 지금도?」

「걸고 다니네.」 로고진이 말했다.

「그럼 가세. 자네 없이 나는 새 삶을 맞이하고 싶지 않네. 왜냐하면 이제 나의 새 삶이 시작되었기 때문일세! 자네 모르겠나? 빠르펜. 오늘부터 새 삶이 시작되었다는 걸.」

「지금 그것이 시작되었다는 걸 직접 봐서 알겠네. 〈그 여자〉에게도 보고해야겠네. 레프 니꼴라이치, 아무튼 자네는 지금 전혀 제정신이 아냐!」

4

공작은 로고진과 자신의 별장으로 다가가면서 밝게 빛이 비치는 테라스에 수많은 사람들이 떠들썩하게 모여 있는 것을 보고 무척 놀랐다. 사람들은 유쾌하게 웃어 대며 큰 소리로 떠들고 있었다. 어떤 이들은 소리까지 지르며 논쟁을 벌이기까지 했다. 첫

눈에 즐거운 시간이 흐르고 있다는 것을 알 수 있었다. 정말로 그가 테라스에 올라가서 보니, 모두들 술을 마시고 샴페인을 마시며 이미 상당히 오래전부터 취해 있는 모습들이 역력했고, 많은 이들이 한껏 흥겨운 분위기에 젖어 있었다. 손님들은 모두 공작이 아는 사람들이었다. 하지만 그들이 마치 모두 부름을 받고 온 듯이 한꺼번에 다 모여 있는 것은 이상한 일이었다. 왜냐하면 공작은 아무도 부른 적이 없었고, 게다가 본인조차 자기 생일을 방금 기억했기 때문이다.

「누군가에게 샴페인을 대접하겠다고 선포를 했군. 그러니 사람들이 이렇게 몰려들었지.」 로고진이 공작을 따라 테라스로 올라가면서 중얼거렸다. 「우린 저들의 생리를 알고 있어. 저들에겐 그저 휘파람만 불면……」 물론 그는 최근에 있었던 자신의 경우를 상기하며, 거의 심술궂게 한마디 덧붙였다.

모두들 소리를 지르며 공작을 환영했고, 그를 둘러쌌다. 어떤 이들은 소란스럽게 떠들었으며 어떤 이들은 매우 침착한 상태에 있었으나, 모두들 공작의 생일 소식을 듣고 서둘러서 축하를 하며 자신의 차례를 기다렸다. 몇몇 사람들의 참석은 공작의 호기심을 끌었다. 예를 들어 부르도프스끼 같은 사람이었다. 그러나 무엇보다도 놀라운 사실은 이들 무리 중에 예브게니 빠블로비치가 끼여 있는 것이었다. 공작은 그를 보고 눈이 의심스러웠으며 보통 놀란 게 아니었다.

그러는 동안 얼굴이 벌게진 레베제프가 흥분하여 설명을 하려고 가까이 달려왔다. 그는 상당히 이 기회를 노리고 있었다. 그의 수다스런 설명을 통해 사람들이 이렇게 모인 것은 아주 자연스럽고도 우연히 이루어졌다는 것이 판명되었다. 늦은 오후에 제일 먼저 도착한 사람은 이쁠리뜨였다. 그는 기분이 몹시 좋아 테라스에서 공작을 기다리겠노라며 소파에 앉았다. 그 다음 레베제프가 합류했다. 그 다음에는 이볼긴 장군과 딸들이 다가왔다. 부르도프스끼는 이뽈리뜨를 대동하고 왔다. 가냐와 쁘찌쩐은 옆을 지나가다 들른 것 같았다(이들이 나타난 시간은 역에서 사건이 벌어졌을 때와 거의 같았다). 그 다음에 껠레르가 나타나서 생일에 관해 사람들에게 알리고 샴페인을 요구했다. 예브게니 빠블로비치는 불과 30분 전쯤에 나타났다. 샴페인을 들면서 축제 분위기를 내자고 있는 힘을 다해 주장했던 장본인은 니꼴라이였다. 레베제프는 흔쾌히 술을 내왔다.

「한데 이건 내 술입니다! 내 술요!」 그는 혀짤배기 소리로 공작에게 말했다. 「생일을 축하드리기 위해 내가 내는 겁니다. 안주하고 그 밖의 음식을 딸아이들이 차려 내올 겁니다. 한데 공작, 지금 여기서 무슨 화제가 오갔는지 아셔야 됩니다. 〈사느냐 죽느냐〉라는 햄릿의 말을 기억하시죠? 이건 매우 현대적인, 아주 현대적인 주제입니다! 질문과 대답이……. 이뽈리뜨 쩨렌찌예프 씨가 몹시 흥분한 상태에서…… 도무지 잠을 잘 생각을 않고 있어요! 그 양반은 한 모금씩 한 모금씩만 샴페인을 마시니까 몸이 상하지는 않을 겁니다……. 공작, 이리 가까이 오셔서 해결해 주세요. 모두들 공작을 기다렸어요. 다들 공작의 탁월한 지혜를 기다렸다고요…….」

공작은 무리 사이를 비집고 역시 그에게로 서둘러 오려 하던 레베제프의 딸 베라의 상냥하고 다정한 눈빛을 보았다. 그는 모든 사람들을 제치고 그녀에게 제일 먼저 손을 내밀었다. 그녀는 만족스러움에 얼굴을 붉히며 〈이날 이 순간부터 행복이 함께하길 빕니다〉라고 기원을 해주었다. 그러고는 곧바로 부엌으로 뛰어나갔다. 거기서 베라는 안주를 만들었다. 그러나 공작이 오기 전에 그녀는 일을 하다 말고 잠깐씩 테라스로 나가 얼큰히 취한 손님들 사이에서, 그녀로서는 가장 추상적이고 이상한 화제를 가지고 끊임없이 벌어지는 열띤 논쟁을 신경을 곤두세워 경청하곤 했다. 그녀의 막내 여동생은 옆방의 궤짝 위에서 입을 벌린 채 잠을 자고 있었다. 그러나 레베제프의 꼬마 아들은 니꼴라이와 이뽈리뜨 곁에 서 있었다. 생기 어린 그의 얼굴 표정은 사람들이 말하는 것을 열 시간이라도 계속 한자리에 서서 기꺼이 즐겨 들을 준비가 되어 있음을 보여 주고 있었다.

「나는 특히 당신을 기다렸어요. 당신이 이렇게 행복한 모습으로 와주셔서 무척 기쁩니다.」 이뽈리뜨는 공작이 베라의 손을 잡고 난 뒤 그에게 손을 내밀자 이렇게 말했다.

「당신은 내가 그렇게 행복한지 어떻게 알지요?」

「얼굴에 다 씌어 있어요. 손님들과 인사를 나누고 어서 이리로 와서 앉으세요. 나는 특별히 당신을 기다렸어요.」 이뽈리뜨는 기다렸다는 말에 다시 힘을 주어 말했다. 그는 〈이렇게 늦게까지 앉아 있는데 몸이 성하겠어요?〉라는 공작의 말에 사흘 전까지 어떻게 자기가 죽어 버렸으면 하는 마음을 품었는지 놀랄 따름이라고 대답하며, 이날 저녁처럼 기분이 좋았던 때는 없었다고 말했다.

부르도프스끼는 자리에서 벌떡 일어나 중얼거렸다. 〈저······.〉 그는 자기가 이뽈리뜨를 〈데려왔다〉고 하며, 편지에 〈쓸데없는 소리를 적었으나〉 지금은 〈그저 기쁘기만〉 하다고 말했다. 그는 미처 말을 끝마치기 전에 공작의 손을 꽉 쥐고 의자에 앉았다.

공작은 모든 사람들과 인사를 나누고 에브게니에게 다가갔다. 에브게니는 즉시 공작의 손을 잡았다.

「당신한테 짤막하게 드릴 말씀이 있어요.」 그는 나지막한 소리로 말했다. 「극히 중요한 문제여서 그래요. 잠깐 나가지요.」

「한마디만 할게요.」 또 다른 목소리가 공작의 다른 귀에다 대고 속삭였다. 반대쪽에서 또 다른 손이 공작을 붙잡았다. 공작은 깜짝 놀라서 수염이 더부룩하고 얼굴이 시뻘게진 사나이가 그를 보며 눈을 깜박이면서 웃고 있는 것을 보았다. 공작은 순간적으로 그가 페르디쉬첸꼬임을 알아챘다. 그는 대체 어디서 나타났을까.

「페르디쉬첸꼬를 기억하십니까?」 그가 물었다.

「갑자기 어디서 나타났지요?」 공작이 소리쳤다.

「저 사람은 뉘우치고 있어요!」 황급히 공작에게 달려온 껠레르가 소리쳤다.「저 사람은 숨어 있었어요. 당신에게 얼굴을 보이고 싶어하지 않았지요. 저 구석에 숨어서 뉘우치고 있었어요. 공작, 저 사람은 자신의 잘못을 알고 있어요.」

「대체 뭘 잘못했다는 거지요?」

「내가 이 사람을 방금 전에 만나서 이리로 데려왔어요. 이 사람은 내 친구들 중에서도 아주 별종이지요. 하지만 지금은 뉘우치고 있어요.」

「아주 반갑군요. 어서 와서, 모든 분들하고 같이 앉아 계세요. 난 곧 돌아오겠어요.」 공작은 예브게니에게 서둘러 가기 위해 마침내 자리를 떠났다.

「이곳은 아주 재미난 곳이군요.」 예브게니가 말했다.「나는 기쁜 마음으로 당신을 30분 남짓 기다렸어요. 상냥하신 공작, 나는 꾸르미셰프 건을 모두 해결했습니다. 당신은 걱정할 게 아무것도 없어요. 그는 아주, 아주 합리적으로 사건을 받아들였어요. 더욱이 내 생각에 잘못을 한 건 오히려 그 자신입니다.」

「어떤 꾸르미셰프이지요?」

「공작이 아까 손을 붙잡았던 사람입니다……. 그는 몹시 화가 나서 내일 당신에게 해명을 요구하려고 사람을 보낼 참이었어요.」

「그만 하세요. 그 무슨 엉뚱한 소립니까?」

「물론 처음부터 끝까지 엉터리 같은 소리로 끝날 수도 있지요. 하지만 그런 사람들은…….」

「예브게니, 당신은 아마 다른 이유가 있어서 이곳에 온 거지요?」

「물론 이유가 있지요.」 예브게니는 웃음을 터뜨렸다.「공작, 나는 내일 동이 트는 대로 그 불행한 사건 때문에(바로 큰아버지 문제로) 뻬쩨르부르그로 떠납니다. 한번 상상해 보세요. 모든 게 다 사실이에요. 나만 빼고 모두들 이미 알고 있었어요. 이 모든 일이 그저 놀라울 따름이에요. 나는 그래서 거기에(예빤친의 집으로) 갈 여유도 없었어요. 내일도 가지 않을 거예요. 내일은 뻬쩨르부르그에 있을 테니까요, 알겠지요? 아마 여기에는 사흘 가량 없을 거예요. 한마디로 내 일이 모두 기우뚱거리고 있답니다. 사건의 중요성을 과장하려는 건 아니지만, 그래도 나는 당신과 흉금을 털어놓고 얘기를 나눠야 된다고 생각했어요. 뻬쩨르부르그로 출발하기 전까지 시간을 낭비하지 않고서요. 허락하신다면 손님들이 다 돌아갈 때까지 앉아서 기다리겠어요. 그러잖아도 난 지금 갈 데가 아무데도 없어요. 더욱이 난 흥분된 상태로 잠을 잘 수도 없고요. 이렇게 노골적으로 사람을 귀찮게 구는 것 같아 무척 죄송하고 분별없이 생각되지만, 단도직입적으로 말해야겠군요. 친절하신 공작, 나는 당신의 우정을 구하러 왔습니다. 당신은 매우 보기 드문 분입니다. 당신은 거짓말을 하지 않아요. 절대로 그런 것을 모르는 사람이에요. 나는 지금 친구와 조언자가 필요해요. 난 지금 몹시 불행한 사람 중의 하나이기 때문이지요······.」

그는 다시 웃기 시작했다.

「하지만 문제가 있군요.」 공작은 일순간 생각에 잠겼다. 「손님들이 모두 돌아갈 때까지 기다리겠다니, 저분들이 언제 갈지 어떻게 알겠습니까? 차라리 지금 함께 공원으로 나가는 게 낫지 않을까요? 손님들이 기다리는 거야 내가 사과하면 되니 괜찮아요.」

「아니에요. 아니에요. 사람들이 우리가 무슨 특별한 얘기라도 했나 하고 의심하는 게 싫어서 그럽니다. 우리의 관계를 무척이나 호기심 있게 바라보는 사람들이 있어서 그래요. 공작은 그게 누군지 아시나요? 저들의 눈에 우리가 아주 이상한 관계가 아니라, 아주 가까운 친구 사이로 비치면 한결 낫겠어요. 아시겠어요? 저들은 두 시간 후쯤이면 돌아갈 겁니다. 그때 나에게 20분 아니면 30분 가량만 할애해 주세요······.」

「그렇게 하겠습니다. 나는 당신이 해명을 안 해도 무척이나 기쁩니다. 우리가 가까운 관계라고 말해 주신 데 대해 대단히 고맙게 생각합니다. 오늘 내가 정신이 산만했던 점에 대해 양해 바랍니다. 오늘은 이상하게 주의력이 떨어지는군요.」

「알고 있어요. 알아요.」예브게니가 가볍게 코웃음 치듯 말했다. 그는 이날 저녁 웃음이 꽤 헤펐다.

「무얼 알고 있단 말인가요?」공작이 갑자기 몸을 떨며 물었다.

「친절하신 공작, 정녕 아무런 의구심을 품어 보지 않았던가요?」예브게니는 공작의 질문에 직접적으로 대답은 하지 않고 계속 웃기만 했다.「내가 당신을 속여 무언가를 얻어 내려고 여기 온 것을 눈치 채지 못했나요, 네?」

「당신이 무언가를 얻어 내려고 왔다는 사실에는 의문이 없지요.」마침내 공작은 웃기 시작했다.「어쩌면 당신은 나를 약간 기만할 생각까지 하고 있을지 모르지요. 하지만 나는 당신을 두려워하지 않아요. 게다가 나한테는 이러나저러나 매한가지입니다. 믿으시겠어요? 그리고…… 그리고 나는 당신이 아주 탁월한 사람이라는 것을 무엇보다 굳게 믿고 있어요. 그러니 우리는 앞으로 우정을 나누는 친구가 될 겁니다. 당신은 무척 내 마음에 들어요, 예브게니! 당신은……, 내가 보기에 매우 괜찮은 분입니다.」

「네, 어떠한 일이 벌어진다 해도 당신과 대화를 나누는 것은 기분좋군요.」예브게니가 결론을 지으며 말했다.「갑시다. 나는 당신의 건강을 위해 건배하겠어요. 당신에게 찾아온 것이 황홀할 지경이에요. 아!」그는 갑자기 멈춰 섰다.「이쁠리뜨 씨는 당신 집으로 아예 이사 온 건가요?」

「네.」

「당장 죽지는 않겠더군요?」

「뭐라고요?」

「아니, 아무것도 아니에요. 나는 여기서 그와 30분쯤 있었어요…….」

 한쪽에서 그들이 얘기하는 동안, 이뿔리뜨는 시종일관 공작을 기다리며 그들에게서 눈을 떼지 않고 있었다. 이들이 식탁 쪽으로 다가갔을 때 그는 열광적으로 되살아났다. 그는 흥분 속에서 동요를 감추지 못했다. 이마 위로 땀이 흘렀다. 번쩍거리는 두 눈에는 무언가 헤아릴 수 없는 지속적인 동요 이외에도 분명치 않은 초조감이 어려 있었다. 그의 시선은 뚜렷한 목적 없이 여기저기, 이 얼굴에서 저 얼굴로 옮겨 다녔다. 그는 지금까지 소란스런 대화에 줄곧 끼어들었지만 그의 활기는 열에 들뜬 것이었다. 그는 대화 자체에는 집중을 하지 않았다. 그의 논쟁은 두서가 없었고, 우스꽝스러웠으며, 어설프고 역설적이었다. 그는 말을 하다가 미처 끝마치지 않고, 바로 1분 전에 열을 올리며 본인이 꺼냈던 말을 취소하곤 했다. 공작은 그저 놀랍고 유감스러울 따름이었다. 누가 이날 저녁 그에게 가득 채운 샴페인 두 잔을 마시게 했는가. 게다가 세 번째로 가득 채운 샴페인 잔이 이미 그의 앞에 있었다. 하지만 공작은 나중에서야 그것을 알아챘다. 지금 이 순간 그는 그다지 주의력이 있어 보이지 않았다.

 「다름 아닌 오늘이 당신의 생일이라니 몹시 기쁘군요!」 이뿔리뜨가 소리쳤다.

 「왜 그렇지요?」

 「곧 알게 됩니다. 어서 앉기나 하세요. 첫째, 당신을 추종하는 사람들이 모두 모였기 때문이지요. 나 역시 사람들이 모여들리라고 계산했어요. 생전 처음으로 나의 계산이 적중했어요! 다만 당신의 생일에 관해 좀 더 일찍 알지 못했던 것이 안타까워요! 알았다면 선물을 준비했을 텐데요…… 하하! 네, 선물을 준비할 수 있었을 텐데요! 날이 밝으려면 아직 멀었나요?」

 「동이 트려면 두 시간도 채 안 남았소.」 쁘찌찐이 시계를 바라보고 말했다.

「날이 밝을 때까지 기다릴 필요가 뭐 있어요? 밖은 책도 읽을 수 있을 정도로 환해요.」[112] 누군가가 한마디 했다.

「나는 태양의 모퉁이라도 봐야겠어요. 태양의 건강을 위해 한잔할 수도 있는 거 아닌가요, 공작?」

이뽈리뜨는 사람들을 하나하나 바라보며 격의 없이 날카롭게, 마치 명령하듯 물어보았다. 그러나 그 자신은 그런 어투를 깨닫지 못한 것 같았다.

「그러지 맙시다. 다만 당신은 약간 안정을 취하는 게 좋겠어요. 안 그래요, 이뽈리뜨?」

「공작, 당신은 계속 잠자는 얘기만 하시는군요. 당신은 나의 유모예요! 태양이 모습을 드러내어 하늘에 〈울려 퍼질 때〉(누가 시에서 〈하늘의 태양이 울려 퍼졌다〉고 말했나요?[113] 그건 무의미하지만 훌륭한 말이에요!) 우리는 잠자리에 들 거요. 레베제프! 태양은 사람의 원천이지요? 묵시록에서 〈삶의 원천〉이 무얼 의미하지요?[114] 공작, 〈쑥별〉에 대해 들어 봤나요?」

「레베제프가 그 〈쑥별〉을 유럽에 퍼져 있는 철도망에 비견해서 말했던 적이 있었어요.」

「아니에요, 그게 아니에요. 그런 식으로 받아들이면 안 돼요!」 레베제프가 자리에서 뛰어오르며 두 손을 흔들었다. 마치 사람들이 웃으려 하는 것을 말리는 듯했다. 「제발, 이런 사람들하고는...... 이 사람들은 모두......」 그는 갑자기 공작에게 몸을 돌렸다. 「사실 이것은 이미 다 알려져 있다시피......」 그는 아무 눈치도 보지 않고 주먹으로 식탁을 두 번이나 쳤다. 이러한 그의 행동

---

112 5월 말경은 상뜨 뻬쩨르부르그에 백야 현상이 나타나는 시기이다.
113 괴테의 『파우스트』의 〈천상의 서곡〉 첫머리를 인용한 것이다.
114 이뽈리뜨는 미쉬낀에게 요한의 묵시록에 나와 있는 삶의 원천인 생명의 물과 생명의 나무에 대해 그것이 상징적으로 무엇을 의미하는지 자세한 설명을 부탁했다.

에 사람들의 웃음소리가 한층 더 높아졌다.

레베제프는 평상시 저녁때의 기분이었지만, 이번에는 지나치게 흥분하고 있었고 앞서의 〈학문적인〉 장황한 논쟁 때문에 속이 뒤집혀 있었다. 그래서 그는 상당히 노골적인 경멸감을 보이며 반대 견해를 가진 사람들을 대했다.

「이거 이래서는 안 돼요! 공작, 우리는 30분 전에 합의를 본 바가 있지만, 말을 하는 도중에 누군가가 끼어들거나 웃어서는 안 됩니다. 그래야 자유롭게 모든 것을 표현할 수 있기 때문이지요. 그러고 나서 무신론자든 누구든 간에 반박을 해도 좋다는 말입니다. 우리는 이볼긴 장군을 의장으로 앉혔습니다. 그런데 이게 뭡니까? 이렇게 한다면 아주 고매하고 심오한 사상을 가졌다 하더라도 누가 그 사상을 피력하겠습니까……?」

「그래, 어서 말해 봐요. 말해 보라고요. 아무도 방해하지 않을 테니까!」 이곳저곳에서 목소리가 터져 나왔다.

「말은 하되, 횡설수설하지 마시오.」

「대체 〈쑥별〉이 뭐요?」 누군가가 물어보았다.

「무슨 말인지 모르겠소!」 이볼긴 장군이 다시 제자리에 앉으며 위엄 있는 표정으로 말했다.

「공작, 나는 놀랄 만큼 격앙된 분위기의 토론들을 좋아해요. 물론 학문적인 것들이지요.」 껠레르가 의자에서 몸을 뒤척이며 자아 도취의 상태에서 성급히 중얼거렸다. 그리고 그는 거의 그와 나란히 앉아 있던 예브게니 쪽을 향해 말했다. 「학문적이고 정치적인 토론들이지요. 나는 신문에서 영국 국회에 관한 기사를 무척이나 즐겨 읽어요. 물론 영국 의원들이 거기서 무얼 논의하느냐에 관심이 있는 것이 아니라(나는 정치인이 아니니까), 그들이 정치인으로서 어떻게 토론하고 어떻게 처신하느냐에 관심이 있지요. 말하자면 〈전방에 앉아 계신 고매하신 자작〉, 〈나와 견해를 같이하는 고매하신 백작〉, 〈자신의 제안으로 전 유럽을 놀라게 한 고매하신 나의 논적〉과 같은 이 모든 표현들이지요. 이와 같은 자유 국민의 의회주의가 우리 동포에게 선망의 대상이 되지 않겠습니까? 공작, 나는 거기에 반했어요. 예브게니 빠블리치, 당신에게 맹세하는 바이지만, 나는 언제나 마음 깊은 곳에서는 예술가였어요.」

「그게 대체 어떻게 되었단 말인가요?」 다른 한쪽에 앉아 있던 가브릴라가 레베제프를 향해 화를 벌컥 냈다. 「당신의 생각대로라면 철도는 저주의 대상이고, 철도는 인류에게 죽음을 가져다 주는 것이고, 〈삶의 원천〉을 흐려 놓기 위해 지상에 떨어진 해악이라는 거요?」

이날 저녁 가브릴라는 유난히 흥분되고 유쾌한 기분이어서, 공작의 눈에는 거의 득의양양해 보일 정도였다. 그의 질문은 물론 레베제프를 자극시키려는 농담이었지만 곧 자신도 발끈 화를 냈다.

「문제는 철도가 아니에요! 그게 아니라고요!」 레베제프는 자제력을 잃고 무한한 쾌감을 느끼며 반박했다. 「철도 하나가 삶의 원천을 흐려 놓는 게 아니에요. 전체적으로 그 모든 게 저주를 받은 거라고요. 지난 수세기 동안의 풍조가, 과학과 실제의 영역 전체가 어쩌면 실질적으로 저주를 받았는지 몰라요.」

「저주를 받았단 말인가요? 아니면 저주를 받았을지도 모른다는 말인가요? 여기선 그것이 아주 중요해요.」 예브게니가 나섰다.

「저주받은 거예요. 저주를 받았다고요. 저주를 받았을 거라고요!」 레베제프가 열띤 소리로 말했다.

「진정해요, 레베제프. 아침에는 아주 차분하던 사람이 왜 그래요?」 쁘찌찐이 웃으며 한마디했다.

「그 대신 저녁때면 더 솔직해지지요! 저녁이면 더 진지해지고 솔직해져요!」 레베제프가 그를 향해 열을 냈다. 「더욱 관용적이고, 분명해지고, 정직해지고, 한층 더 정직해집니다. 물론 그렇게 됨으로 인해 나는 당신에게 약점을 드러내 보이지요. 하지만 난 그런 건 무시해 버려요. 나는 당신들 무신론자 전부에게 지금 도전하고 있어요. 당신들은 무엇으로 세계를 구원하겠소. 이 세계를 구원할 수 있는 정상적인 길을 어디서 찾겠다는 거요? 과학이니 산업이니 협회니 임금 등을 운운하는 당신들이 말이오? 무엇으로? 신용으로요? 신용이 무엇입니까? 신용이 당신들에게 무엇을 준단 말인가요?」

「어이쿠, 당신은 호기심이 많군요!」 예브게니 빠블로비치가 한마디했다.

「내 의견으론, 이런 문제에 관심을 갖지 않는 자는 사교계의 한량뿐입니다.」

「모든 사람들의 연대와 이익의 균등을 가져오는 게 신용이오.」 쁘찌찐이 말했다.

「기껏해야 그것뿐이지요! 사적인 이기심과 물질적 필요만을 만족시키는 것 이외에 도덕적 원칙은 전혀 수용되지 않지요. 만인의 평화와 만인의 행복이 그저 필요하다고 해서 이루어지나요? 외람되지만 내가 귀하를 정확히 이해하지 않았나요?」

「네, 만인이 먹고 마시고 살아야 할 필요성이 존재하지요. 하지만 만인의 협회나 이해의 연대 없이 그러한 필요성을 만족시킬 수는 없다는 완전한 과학적 신념도 있어요. 또한 미래 인류에게 지주가 되고 〈삶의 원천〉이 될 수 있는 강한 사상도 있는 것 같아요.」 이미 심각해져 흥분이 고조된 가브릴라가 말했다.

「먹고 마셔야 한다는 필요성은, 다시 말해 자기 보존의 감정에 지나지 않아요……」

「하지만 자기 보존의 감정 하나로만 끝나는 걸까요? 자기 보존의 감정이란 인간의 정상적인 법칙이잖아요……」

「누가 당신에게 그런 말을 했소?」 갑자기 예브게니가 소리쳤다. 「법칙이란 진리요. 하지만 그것은 파괴의 법칙만큼이나, 어쩌면 자멸의 법칙만큼이나 정상적인 것이오. 그런데 자기 보존 하나에만 인류의 모든 정상적 법칙이 있단 말인가요?」

「앗!」 이쁠리뜨가 예브게니 쪽으로 재빨리 돌아서며 소리쳤다. 그는 호기심에 찬 눈으로 그를 돌아보았다. 그러나 예브게니가 웃고 있는 모습을 보고는 자신도 웃기 시작했다. 그는 옆에 서 있는 니꼴라이를 밀며 다시 그에게 시간을 묻고는, 자기가 직접 니꼴라이의 은시계를 끌어당겨 탐욕스런 눈초리로 시계 바늘을 들여다보았다. 그러고는 모든 것을 잊기라도 한 양 소파에 누워 두 손을 머리 뒤에 괴고 천장을 바라보기 시작했다. 30초 후에 그는 다시 탁자에 앉아 몸을 곧게 펴고 극도로 흥분해 있는 레베제프의 장광설에 귀를 기울였다.

「거참, 교활하고 우스꽝스런 사상이군요!」 레베제프가 예브게니의 역설을 부리나케 받아 쳤다. 「바늘로 콕콕 찌르는 사상입니다! 상대를 싸움에 끌어들이려는 목적으로 지어낸 사상이군요! 하지만 바른 사상이오! 당신은 사교계의 조소꾼이자 사교계의 기사이기 때문이지요(물론 능력이 없는 사람은 아니겠지만). 당신은 본인의 사상이 얼마나 깊이 있고 올바른 사상인지 모르고 있어요. 그래요, 자멸의 법칙과 자기 보존의 법칙은 인간에게 있어서 똑같이 강한 것이지요! 악마도 역시 신과 동일하게 우리가 알 수 없는 시절부터 인간을 지배해 왔어요. 웃고 계시는군요? 당신은 악마를 믿지 않나요? 악마를 믿지 않는 것은 프랑스 식의 가벼운 사상이지요. 당신은 누가 악마인지 아나요? 그 악마의 이름을 아시나요? 악마의 이름조차 모르면서 당신은 볼테르가 제시한 형태와 예에 따라 당신이 임의로 만들어 놓은 악마의 발굽, 꼬리, 뿔을 보고 비웃고 있지요. 왜냐하면 귀신이란 위대하고 가공할 혼이지, 당신이 지어낸 발굽이나 뿔을 단 것이 아닙니다. 하지만 지금 문제는 거기에 있지 않아요……!」

「문제가 거기에 있지 않다는 것은 어떻게 알지요?」 이쁠리뜨가 갑자기 소리를 치고는 발작이라도 하듯이 깔깔대고 웃었다.

「교묘하고 뭔가 암시하는 듯한 생각이군요!」 레베제프가 치켜세웠다. 「하나, 다시 한번 말하지만 문제는 그게 아닙니다. 〈삶의 원천〉이 약화되었는데, 그것은 무엇의 발달로 인해서 그랬느냐 하면……」

「철도의 발달 때문이지요?」 니꼴라이가 소리쳤다.

「철도가 아니오, 이 열정적인 애송이 양반아. 그것은 전반적인 경향에서 초래된 거요. 철도는 다만 그러한 경향의 예술적 표현인 지도로서만 역할할 따름이오. 말하자면 인류의 행복을 위한다는 명목으로 서두르고 소란 떨고 두드려 대고 난리를 친단 말입니다! 〈인간 사회가 지나치게 소란스럽고 산업적으로 변해 가지만, 정신적 평안은 적어지고 있다〉고 어느 은둔 사상가가 불평을 했어요. 〈하지만 배고픈 인간에게 빵을 날라다 주는 수레바퀴 소리가 정신적 평온보다 어쩌면 더 낫지 않을까〉[115]라고 세상을 떠돌아 다니는 또 다른 사상가가 의기양양하게 대꾸를 하고서는 뿌듯한 마음으로 거기를 떠났지요. 나, 파렴치한 레베제프는 인간에게 빵을 실어다 주는 수레를 믿지 않아요! 왜냐하면 도덕적 근본이 없이 전인류에게 빵을 실어다 주는 수레는 그 빵의 혜택을 받는 극소수 인간들의 향락을 위해 대부분의 인류를 도외시하고 있기 때문이지요. 그러한 일은 이미 있어 왔지요……」

「수레가 대부분의 인간을 도외시할 수 있단 말인가요?」 누군가가 되받아 물었다.

115 1861년, B. C. 뻬체린과 A. N. 게르쩬이 주고받은 서한에서 그들은 게르쩬에 의해 간행된 『쑥별』에 대해 논쟁했는데, 이 구절은 그것에 대한 반향을 함축하고 있다. 레베제프는 19세기 인간 사회의 과학적이고 실제적인 경향에 반대한다는 것을 밝히면서 뻬체린을 낭만적인 〈은둔 사상가〉라는 관점에서 비판하고 있다. 또한 그는 게르쩬의 선집에 씌어 있는 〈그래, 도대체 무엇을 두려워한단 말인가? 과연 수레바퀴가 굶주리고 헐벗은 군중에게 일용할 양식을 가져다 줄 수 있다는 것인가?〉라는 게르쩬의 견해와도 의견을 달리하고 있다.

「그런 일은 이미 있었어요.」 레베제프는 질문 따위는 아랑곳하지 않고 자기 말을 확인했다. 「인류의 친구인 맬서스[116]가 이미 있었습니다. 그렇지만 정신적 근본이 튼튼하지 못한 인류의 친구는 인류를 잡아먹는 식인종입니다. 그런 인간들의 허영심은 말할 필요조차 없어요. 무수하기 짝이 없는 그런 인류의 친구들 중 누군가의 허영심을 모욕해 보세요. 그는 좀스런 복수심으로 세계 방방곡곡을 불태워 버리려고 할 거예요. 하기야 우리 모두 마찬가지일 겁니다. 솔직히 말해서 나처럼 비열하기 짝이 없는 인간은 제일 먼저 장작을 갖다 놓은 뒤 자기는 멀찍감치 도망쳐 버릴 겁니다. 하지만 문제는 역시 여기에 있는 게 아닙니다.」

「그럼 어디에 있다는 거요?」

「듣고 있기가 지겹군요!」

「문제는 지나간 여러 세기에 있었던 다음 일화에 있습니다. 지난 세기들의 일화를 얘기하지 않을 수 없습니다. 오늘날, 여러분과 내가 사랑하는 조국에서 나는 마지막 피 한 방울까지 흘릴 태세가 되어 있습니다……..」

「계속해 보라고요! 어서 얘기를 해보시오!」

「우리 조국에서는 유럽에서와 마찬가지로 전국적인 끔찍한 기아가 적어도 사반세기에 한 번, 다시 말하자면 25년마다 한 번씩 찾아오고 있어요. 그것은 통계와 나의 기억에 의거한 겁니다. 이 숫자에 대해서 왈가왈부하지는 않겠지만, 그 횟수는 비교적 줄어들었습니다.」

116 토머스 로버트 맬서스(1766~1834). 영국의 사제이자 부르주아 경제학자이며 복고적인 맬서스 이론의 창시자. 「인구론에 관한 실험」이라는 논고에서 가난과 적빈은 과잉 출생률로 인한 생계비 증대의 결과라고 확신했다. 그의 이론에 근거한 모든 사회적인 개혁은 가난한 사람들의 상태 개선의 측면에서 산아 제한을 불러일으켰다. 인간 사회의 부정적인 친구들에 대한 것처럼 맬서스에 대한 레베제프의 대답은 그와 도스또예프스끼 자신과의 관계를 반영하고 있다.

「무엇과 비교한다는 말인가요?」

「12세기 전후와 비교가 되지요. 그때 씌어진 글에 의하면, 2년 내지 적어도 3년에 한 번씩 대기근이 찾아왔어요. 그러한 상황이 계속되자 인육을 먹는 사태까지 생겨났어요. 물론 그런 사실은 비밀에 부쳐졌지만요. 그런 사람들 중의 하나는 노년에 접어들어서 누가 강요하지 않았는데도 털어놓았어요. 그자는 찢어지게 가난했던 오랜 세월 동안 극비리에 60명의 수도승과 6명의 여염집 갓난애들을 살해해서 잡아먹었다고 했어요. 잡아먹은 어린애들의 숫자는 승려들의 수에 비하면 극히 적었어요. 알고 보니 어른 세속인들은 전혀 잡아먹지 않았더군요.」

「설마 그런 일이 벌어졌을라고요?」 의장인 이볼긴 장군이 약간 기분이 상한 듯한 말투로 소리쳤다. 「여러분, 나는 자주 이 사람과 사소한 사상을 가지고서도 얘기하며 논쟁을 벌였소. 하지만 이 사람은 곧잘 쓰잘데없는 말을 늘어놓아 귀가 따가울 정도요. 단 한 푼의 가치도 있을 법하지 않은 일을 늘어놓지요!」

「장군! 까르스의 포위 작전[117]을 상기하시오. 여러분, 내가 한 말은 절대 진리입니다. 한 말씀드리지요. 현실은 나름대로의 불변의 법칙을 가지고 있지만, 거의 언제나 그럴듯하지 않고 사실 같아 보이지 않아요. 현실적이면 현실적일수록 때로는 거짓처럼 보이지요.」

「정말로 60명의 승려를 잡아먹을 수 있단 말이오?」 주위에서는 웃음소리가 터져 나왔다.

「그자가 승려들을 한꺼번에 그렇게 잡아먹지 않았다는 것은 분명해요. 어쩌면 15년에서 20년 동안 그런 행동을 저질렀을 겁니다. 그렇다면 납득이 갈 만큼 자연스런 일이 아니겠어요……」

---

117 크림 전쟁 당시 러시아 군이 11개월에 걸쳐 영국, 프랑스, 투르크 연합군에 저항하던 곳. 러시아 군은 1855년 11월 6일 무라비요프 장군에게 요새를 넘겨주었다.

「자연스럽다고요?」

「자연스럽지요!」레베제프는 아주 집요하게 자신의 주장을 내세웠다.「게다가 가톨릭 승려들은 천성이 남의 말에 혹하길 잘하고 호기심이 많기 때문에, 숲속이나 어딘가 으슥한 곳으로 유인하기가 수월하지요. 그런 곳에서 아까 말한 것과 같은 행동을 취할 수 있는 거지요. 그러나 잡아먹힌 사람들의 수가 반박할 수 없을 정도로 많다는 사실에 대해서 나는 왈가왈부하지 않아요.」

「이 얘기는 어쩌면 사실일지도 모르지요.」 공작이 갑자기 말문을 열었다.

지금까지 공작은 침묵을 지키며 논쟁을 하는 사람들의 말을 잠자코 듣기만 할 뿐, 대화에 끼어들지 않고 가끔 사람들이 폭소를 터뜨릴 때면 따라서 실컷 웃곤 했다. 이렇게 유쾌하고 소란스런 분위기가 그에게는 무척이나 마음에 들었다. 손님들이 술을 많이 마시는 것조차 그에게는 기분이 좋았다. 그는 저녁 내내 단 한 마디도 하지 않을 수도 있었으나 갑자기 말을 해야겠다는 생각이 들었는지 입을 열었다. 그가 아주 심각하게 말을 했기 때문에 모든 사람들이 갑자기 호기심을 가지고 그의 말에 귀를 기울였다.

「여러분, 나는 그 당시에 그와 같은 기근이 자주 있었다는 것에 대해 말하려 합니다. 나는 그 얘기에 대해 들은 바가 있어요. 물론 자세하게는 잘 모르지만요. 하지만 그렇게 될 수밖에 없었던 것 같습니다. 내가 스위스에서 산에 갔을 때, 중세 시대에 기사들이 살았던 오래된 성을 본 적이 있는데 그것을 보고 느낀 놀라움을 지금도 잊을 수가 없어요. 그것은 급경사가 진 산비탈 위에 지어졌는데 지상에서 수직으로 반 베르스따쯤 되는 곳에 있었어요 (구불구불한 길을 따라가면 몇 베르스따는 되는 곳이었지요). 그때의 성이 어떻게 생겼는지는 잘 알겠지요. 산 전체가 돌로 되어 있습니다. 그야말로 상상이 불가능할 정도로 어마어마한 공사였지요! 당시에 그 성은 노예와 같은 가난한 백성들이 세운 것이었습니다. 게다가 백성들은 온갖 세금을 내고 성직자들을 먹여 살려야 했습니다. 그런 상황에서 제대로 끼니나 때우며 땅이나 갈았겠습니까? 백성들의 숫자는 많지 않았던 데다가, 이들은 기근으로 끔찍하게 죽어 갔어요. 말 그대로 먹을 것이 하나도 없었지요. 나는 이따금 이런 생각까지 해봤습니다. 그런 백성들이 당시에 어찌하여 씨가 말라 버리지 않았을까? 이들에게 무슨 일이 벌어지지 않았을까? 이들이 과연 어떻게 그런 역경을 참아 낼 수 있었을까? 사람을 잡아먹는 자들이 있었을 거다. 아마 대단히 많았을지도 모른다. 이 점에서 레베제프의 말은 틀림없어요. 단지 알 수 없는 것이 하나 있어요. 레베제프, 여기에 수도승을 왜 끌어들였으며, 또 그것으로 무슨 말을 하려는 거지요?」

「아마 12세기경에는 승려들만 식인의 대상이 될 수 있었을 거예요. 왜냐하면 그들만 기름졌었거든요.」 가브릴라가 지적했다. 「대단히 지당한 말입니다!」 레베제프가 소리쳤다. 「세속인은 아예 건드리도 않았어요. 수도승 60명에 세속인은 단 한 명도 없었으니까요. 그건 가공할 만한 역사적, 통계적 사실이지요. 이러한 사실들을 토대로 하여 능력 있는 사람은 역사를 만들어 낼 수 있습니다. 왜냐하면 그 당시에 승려들이 나머지 세속인들보다 적어도 60배나 행복하고 자유로운 생활을 할 수 있었다는 정확한 통계가 나와 있기 때문입니다. 그것은 승려들이 일반인보다 적어도 60배나 배에 기름이 끼여 있다는 얘기도 될 수 있는 거지요······.」

「그건 과장이오, 과장, 레베제프!」 주위에서 웃음소리가 터져 나왔다.

「나는 역사적 사실이란 말에는 공감을 합니다만, 대체 무슨 말을 하려는 거지요?」 공작이 계속해서 물어보았다. (그는 레베제프를 향한 비웃음과 농담기를 완전히 배제한 채 진지하게 말했으므로, 다른 사람들과 달리 그의 어조는 어쩐지 우스꽝스럽게 들렸다. 그래서 좌중에서는 누군가가 벌써 그의 말투를 듣고 킥킥

거리기 시작했으나, 그는 눈치 채지 못했다.)

「공작, 당신은 저 사람이 머리가 이상하다는 것을 몰라요?」예브게니가 그에게 상체를 수그리고 말했다. 「저 사람은 요즘 변호 사업과 변론에 미쳐서, 사법 시험을 치려고 한다는 말을 아까 여기서 들었어요. 이제 저 사람의 입에서 멋진 모방 변론이 나올 거요.」

「나는 이 사건에 대해 거창한 결론을 내릴 겁니다.」레베제프의 고성이 터졌다. 「하지만 우선 범인의 심리적, 법적 상태부터 풀어 봅시다. 보다시피, 우리의 범인, 아니면 우리의 고객이라 해도 되겠지요. 그는 다른 먹을거리를 찾을 수 없음에도 불구하고, 그와 같이 이상한 행동을 계속하는 동안 수차례나 회개 의사를 밝혔고 승려들을 회피했습니다. 우리는 다음과 같은 사실을 통해 이것을 분명히 알 수 있습니다. 그가 어쨌든 대여섯 명이나 되는 갓난아이를 잡아먹었다는 사실이 언급되었습니다. 이 숫자는 상대적으로 미미하지만, 그 대신 다른 관점에서는 대단한 것입니다. 무서운 양심의 가책으로 괴로워하던 그는(앞으로 증명하겠지만 나의 고객은 신앙심이 강하고 양심적인 사람입니다) 자신의 죄를 가능한 한 최소화시키기 위해 시험 삼아 여섯 번이나 승려 고기에서 세속인의 고기로 자신의 음식을 바꾸었던 것입니다. 시험삼아 그랬다는 것은 전혀 의심의 여지가 없었습니다. 미각적인 측면에서 그랬다고 하기엔 여섯 명은 지나치게 적은 숫자입니다. 하필이면 왜 서른이 아닌 여섯 일까요? (나는 예순의 절반을 말하는 거라고요.) 그러나 이것이 성물 모독과 교회 모독의 공포에서 나온 절망적 시도일 뿐이라면, 여섯이라는 숫자는 매우 납득이 갈 만합니다. 양심의 가책을 달래기 위해서라면 여섯 번의 시도로 극히 충분하기 때문입니다. 왜냐하면 이러한 시도들이 성공적일 수는 없으니까요. 첫째, 내 견해에 따르면, 갓난아이는 너무 작아서, 즉 덩치가 크지 않기 때문에, 어느 기간 동안 갓난아이의 수는 승려의 수보다 두 배, 다섯 배나 더 많아야 됩니다. 따라서 죄의 정도가 한편으로 감소되는 것 같지만, 다른 한편으로는 질이 아닌 양적인 면에서 죄의 정도가 더욱 커지는 것이지요. 여러분, 이렇게 생각하는 나는 물론 12세기 죄인의 심정을 대변하고 있을 뿐입니다. 19세기의 인간인 내 입장에서는, 여러분에게 말해 준 것과 달리 평가할 수도 있지요. 그러니까 여러분들은 지금처럼 나에게 이를 드러내 보일 필요가 없어요. 그리고 장군, 그런 모습이 볼썽사납군요. 둘째, 내 견해로 갓난아이는 영양분이 없어요. 게다가 맛이 너무 달아서 구미에 안 맞을 뿐더러, 오히려 양심의 가책만 느끼게 할 따름이지요. 이제는 결론입니다. 여러분, 이 결론 속에는 그 당시와 오늘날의 가장 큰 문제의 해답이 들어 있습니다. 범인은 마침내 자기 스스로 수도원에 찾아가 자신의 죄를 고백하고 당국에 자수를 했습니다. 그러한 죄로 인해 당시에 그가 어떤 고통을 받았는지, 어떤 굴레를 써야 했는지, 어떤 화형에 처해졌는지 의문이 생기겠지요? 누가 그로 하여금 자수를 하게 했을까요? 숨을 거두는 순간까지 비밀을 지켜 가며 예순이라는 숫자에서 왜 모든 것을 그냥 끝내 버리지 않았을까요? 왜 그는 수도원을 등지고 그냥 은자로서 참회하며 살지 않았을까요? 왜 그는 스스로 수도승이 되지 않았을까요? 바로 거기에 해답이 들어 있는 겁니다! 결국 거기에는 화형이나 불 구덩이, 심지어는 20년 간의 습관보다 더 강한 무언가가 있었던 것입니다! 거기에는 그 어떤 불행, 흉작, 능지처참, 역병, 문둥병, 온갖 지옥보다 더 강한 사상이 있었던 것입니다. 만약 사람의 마음을 움직이게 하고 삶의 원천을 풍요롭게 하는 그러한 사상이 없었더라면 인류는 그와 같은 지옥을 견뎌 내지 못했을 것입니다! 죄악과 철도가 판치는 우리 시대에 그와 같은 힘과 견줄 만한 것이 있다면 나에게 제시해 보시오……. 우리 시대를 기선과 철도의 세기라고 부를 만하겠지만, 나는 죄악과 철도의 세기라고 불러야 된다고 생각합니다. 나는 지금 취해 있지만 바른 소리를 하고 있습니다.

과거 시대에 있었던 힘의 반만큼이라도 현대 인류를 묶고 있는 사상이 있다면 대보세요! 이 〈별〉 아래서, 사람들을 동여매고 있는 이 철도망 밑에서 삶의 원천이 약화되지 않았다고, 혼탁하게 되지 않았다고 감히 말할 수 있겠어요? 그리고 여러분의 유복함, 부유함, 드물어진 기근, 빠른 교통망으로 나를 꺾으려 하지 마십시오. 재산은 더 많지만, 힘은 더 약해졌어요. 사람들을 묶는 사상은 없어졌어요. 모든 것이 나약해지고, 모든 것이 연약해지고, 모든 사람들이 연약해졌습니다! 우리 모두, 모두가 연약해졌다는 말입니다……! 그러나 지금 거기에 핵심이 있는 게 아닙니다. 문제는 손님들을 위해 차린 안주가 우리에게 나오느냐 안 나오느냐에 있습니다, 존경하는 공작!」

레베제프의 말을 듣고 있던 사람들 중의 일부는 화가 거의 머리끝까지 치솟을 지경에 이르렀지만(한 가지 지적해야 될 것은 그가 말하는 동안 계속 술병 마개는 열리고 있었다), 안주에 관한 레베제프의 예기치 않은 결론으로 그의 적수들은 금방 유쾌해졌다. 레베제프 자신은 그러한 결론을 〈교묘한 변호사적 사건 돌파〉라고 불렀다. 쾌활한 웃음소리가 또다시 떠들썩하게 들렸고, 손님들은 생기를 되찾았다. 모두들 기지개를 펴며 테라스로 나가기 위해 자리에서 일어났다. 오로지 껠레르만이 레베제프가 한 말을 못마땅해 하며 극히 흥분한 채로 남아 있었다.

「저자는 계몽주의를 공격하고 광신적인 12세기를 설파하며 잘난 척하고 있어요. 순진성이라곤 손톱만큼도 찾아볼 수 없어요. 어떻게 이런 집을 장만했는지 물어봐도 될까요?」 껠레르는 모든 사람들을 하나씩하나씩 멈춰 세우며 큰 소리로 말했다.

「나는 묵시록의 진짜 해설가를 보았어요.」 이볼긴 장군은 또 다른 구석에서 그쪽 사람들에게 말했다. 그 중에는 장군에게 양복 단추가 붙잡혀 하는 수 없이 서 있어야 했던 쁘찌찐도 있었다. 「그는 고인이 된 그리고리 세묘노비치 부르미스뜨로프입니다. 그의 말을 듣고 있으면 심장이 녹아 들어갈 지경이에요. 허연 구레나룻을 기르고 안경을 썼던 그는 헌금을 낸 대가로 받은 두 개의 메달을 가슴에 단 채, 검은 가죽 표지의 커다란 고서를 펼쳐 놓고 있었어요. 그 사람은 아주 엄숙하고 장중하여 장군들도 그의 앞에서는 고개를 숙였고, 부인들은 아예 넋을 빼앗겨 버리기가 일쑤였지요. 그런데 이 레베제프란 인간의 결론이 안주라니 말 같지도 않은 소리지요!」

이볼긴 장군의 말을 듣고 있던 쁘찌쩐은 빙그레 웃으며 모자를 집으려 하는 듯했으나, 무얼 해야 좋을지 몰랐거나 자신의 의도를 줄곧 망각했던 사람 같았다. 가브릴라는 사람들이 이미 식탁에서 일어나기 전부터 갑자기 술을 끊고 잔을 멀리했다. 그의 얼굴에는 무언가 어두운 빛이 스치고 지나갔다. 사람들이 식탁에서 일어났을 때 그는 로고진에게 다가가 그의 옆에 앉았다. 이 두 사람이 앉아 있는 모습을 보면 아주 친근한 사이로 생각할 수 있을 것이다. 처음 로고진은 살며시 떠나려고 몇 번 시도를 했지만, 떠나고 싶어했다는 사실을 잊은 것처럼 고개를 수그린 채 꼼짝 않고 앉아 있었다. 그는 저녁 내내 술 한 모금 축이지 않고 깊은 생각에 잠겨 있었고, 단지 이따금 눈을 들어 나머지 사람들을 샅샅이 둘러보았다. 지금 그는 여기서 자신에게 대단히 중요한 무엇인가를 기다리며 그때까지 자리를 뜨지 않기로 결심한 눈치였다.

공작은 술을 두세 잔밖에 마시지 않았으나 매우 유쾌한 기분에 젖어 있었다. 자리에서 반쯤 일어난 순간 그의 눈길은 예브게니 빠블로비치의 시선과 마주쳤다. 공작은 그들 사이의 약속을 상기하고 상냥하게 미소를 지었다. 예브게니는 공작에게 고개를 끄덕이다가 느닷없이 이뽈리뜨를 가리켰다. 그러잖아도 예브게니는 그를 유심히 살펴보던 참이었다. 이뽈리뜨는 소파에 몸을 길게 뻗고 잠을 자고 있었다.

「공작, 이 풋내기는 대체 무슨 속셈으로 당신 집에 찾아온 건가요?」 그가 다짜고짜 볼멘소리에 악의까지 품고 말을 하였기에 공작은 깜짝 놀랐다. 「분명히 좋지 못한 의도가 있을 거요!」

「내가 보기에,」 공작이 말했다. 「당신은 오늘 이 사람에게 대단한 흥미를 갖고 있는 게 틀림없어요. 안 그런가요, 예브게니 빠블로비치?」

「그 말에다 이렇게 덧붙이시오. 난 내 일만으로도 생각할 게 많은 사람이오. 그런데 저녁 내내 이 밥맛 없게 생긴 상판에서 한시도 눈을 뗄 수가 없으니 너무 놀라웠소.」

「얼굴이 잘생겼는데 왜 그러세요.」

「아니, 이걸 보시라고요!」 예브게니가 공작의 팔을 당기며 소리쳤다. 「이걸 봐요!」

공작은 다시 한번 예브게니를 놀란 눈으로 쳐다보았다.

5

레베제프의 변론이 끝나 갈 무렵에 갑자기 소파에서 잠이 들었던 이쁠리뜨가 잠에서 깨어났다. 누군가가 옆구리를 찌르기라도 한 듯이 흠칫 몸을 떨고는, 몸을 약간 일으켜 주위를 살펴보았다. 그의 얼굴은 창백했다. 그는 겁에 질린 듯한 표정으로 사방을 둘러보았다. 그러나 모든 것을 기억해 내고 정신을 가다듬었을 때 그의 얼굴에는 거의 공포에 가까운 빛이 돌았다.

「뭐예요? 손님들이 돌아가는 건가요? 다 끝났어요? 모든 게 끝났느냐고요? 해가 떠올랐나요?」 이쁠리뜨는 공작의 팔을 붙잡고 수심에 차서 물었다. 「몇 시지요? 제발 말해 주세요. 1시인가요? 그만 잠이 들었군요. 오랫동안 잠을 잤나요?」 그는 거의 절망에 가까운 소리로 덧붙였다. 마치 자신의 모든 운명이 달려 있는 시간을 잠으로 채우기라도 했다는 말투였다.

「당신은 7, 8분 가량 잠을 잤소.」 예브게니가 대답했다.

이뽈리뜨는 그를 뚫어지게 바라보며 잠시 생각에 잠겼다.

「아…… 그것밖에 안 잤군! 그렇다면 나는……」

그는 안도의 숨을 깊이 쉬었다. 마치 자신의 어깨에서 커다란 짐을 덜어 낸 듯했다. 그는 결국 아무것도 끝나지 않았고, 아직 동이 트지 않았으며, 손님들이 자리에서 일어난 것은 음식을 먹기 위해서였고, 레베제프의 장광설만이 끝났다는 것을 알 수 있었다. 그는 미소를 띠었다. 그의 양 볼에는 두 개의 돌출한 반점 같은 폐병 특유의 홍조가 돋보였다.

「당신은 내가 몇 분 간 자는지 그것까지 계산하고 있었군요, 예브게니 빠블로비치.」 조롱기 어린 이뽈리뜨의 말투였다. 「당신은 저녁 내내 내게서 시선을 떼지 않았다는 걸 난 알아요……. 그런데 로고진 말이에요! 난 방금 그 사람 꿈을 꾸었어요.」 그는 얼굴을 찌푸리곤 식탁 옆에 앉아 있던 로고진을 턱으로 가리키며 공작에게 속삭였다. 그가 갑자기 화제를 바꾸었다. 「아, 맞아! 그 웅변가는 대체 어디 있지요? 레베제프 말이에요? 연설을 다 끝냈나요? 무슨 얘길 했어요? 공작, 언젠가 〈미(美)〉가 이 세상을 구할 거라고 한 적이 있었지요? 여러분!」 그는 큰 소리로 모든 사람들에게 소리쳤다. 「공작이 이 세상은 미에 의해 구원받을 거라고 합니다! 공작이 그렇게 장난기 어린 생각을 하게 된 까닭은 지금 사랑에 빠져 있기 때문일 겁니다. 조금 아까 공작이 들어올 때 나는 그것을 확신했어요. 공작, 얼굴을 붉히지 마세요. 당신이 불쌍해져요. 어떤 아름다움이 세상을 구할까요? 니꼴라이가 나에게 그 말을 전해 주었어요……. 당신은 열렬한 기독교도가 아닌가요? 니꼴라이가 그러는데 공작도 자신을 기독교 신자라고 부른다던데요.」

공작은 이뽈리뜨를 주의 깊게 바라보고는 아무런 대꾸도 하지 않았다.

「대답을 해주지 않으시겠어요? 아마 내가 당신을 대단히 사랑한다고 생각하시겠지요?」이쁠리뜨가 딱 잘라 말하듯 갑자기 이렇게 덧붙였다.

「안 그렇소. 당신이 날 좋아하지 않는다는 걸 알아요.」

「뭐라고요? 어제 이후에도 그렇다는 말인가요? 어제 난 진심으로 공작을 대했는데요?」

「어제도 당신이 날 좋아하지 않는다는 걸 알았어요.」

「그러니까 내가 공작을 부러워하기 때문이라는 뜻인가요? 공작은 항상 그렇게 생각해 왔고 지금도 그렇게 생각하고 있어요. 하지만…… 근데 내가 왜 공작에게 이런 말을 하고 있지요? 샴페인을 더 마시고 싶어요. 껠레르, 샴페인 좀 따라 주세요.」

「이쁠리뜨, 당신은 술을 마시면 안 돼요. 난 당신에게 술을 따라 줄 수 없어요……」

공작도 그에게서 술잔을 치웠다.

「맞습니다……」이쁠리뜨는 생각에 잠긴 듯한 표정으로 순응했다.「사람들이 뭐라고 더 말하겠지요……. 하기야 무슨 말을 한들 내게 대수겠어요? 안 그런가요? 안 그래요? 나중에 뭐라든지 멋대로 지껄이라고 하세요. 안 그래요, 공작? 나중에 무슨 일이 벌어지든 그것이 우리에게 무슨 소용이 있겠어요……? 한데 난 아직 잠이 덜 깼어요. 아주 지독한 꿈을 꿨어요. 지금에서야 생각이 나는데……. 내가 정말로 공작을 사랑하지 않는지는 모르지만 공작만큼은 그런 꿈을 꾸지 않길 원해요. 어떤 사람을 사랑하지 않기로서니 그에게 나쁜 일이 닥치길 바랄 것까지는 없잖아요. 안 그런가요? 그런데 왜 내가 이 따위 말을 계속 물어보지? 손을 주세요. 악수를 굳게 해주겠어요. 바로 이렇게요……. 공작은 이미 손을 내민 건가요? 내가 진심으로 그 손을 꼭 잡으리라는 것을 아셨군요……. 난 더 이상 술을 마시지 않을 거예요. 몇 시나 됐지요? 하긴 대답할 필요가 없군요. 몇 시인지 나도 알고 있으니까요. 시간이 됐어요! 지금이 바로 그 시간이에요. 왜 저 구석에다 음식을 차려 놓는 거지요? 아마 그쪽의 식탁이 비어 있나 보군요. 잘됐어요! 여러분, 나는…… 한데 모두들 내 말을 들으려 하지 않고 있군요…… 공작, 난 글을 하나 읽어 주려고 해요. 물론 음식이 보다 흥미롭겠지만요. 하지만…….」

그리고 이쁠리뜨는 느닷없이 윗도리 호주머니에서 커다란 봉투를 불쑥 꺼냈다. 커다랗고 빨간 도장이 찍힌 행정 규격 봉투였다. 그는 그것을 바로 앞에 있는 탁자 위에다 내려놓았다.

사람들은 예측하지 못한 그러한 돌발성에 비상한 관심을 가졌다. 아니, 사람들은 그러한 돌발성을 예측하지 못했다기보다는 전혀 다른 일을 기대하고 있었다. 예브게니는 의자에서 펄쩍 뛰어오르기까지 했다. 가브릴라는 재빨리 탁자 쪽으로 다가갔다. 로고진 역시 그랬으나, 그는 그게 무슨 일인지 알고 있다는 듯이 못마땅한 표정을 짓고 있었다. 우연히 가까이 있었던 레베제프는 더욱 가까이 다가와 호기심 어린 작은 눈으로 그 봉투를 바라보며 그 안에 들어 있는 것을 알아맞혀 보려 했다.

「이게 대체 뭐요?」 공작이 불안한 어조로 물어보았다.

「태양의 가장자리가 떠오르는 즉시 나는 잠을 잘 거예요, 공작. 정말입니다. 두고 보세요.」 이쁠리뜨가 소리쳤다. 「그런데…… 그런데…… 여러분은 정말 내가 이 봉투를 뜯을 수 없다고 생각합니까?」 그는 도전하는 듯한 눈초리로 모든 사람들을 둘러보며 덧붙였다. 마치 모든 이들에게 무심한 태도였다. 공작은 그가 온통 떨고 있다는 것을 눈치 챘다.

「우리는 아무도 그렇게 생각하지 않소.」 공작은 모든 이들을 대신해 대답했다. 「우리들 중에 누군가 그렇게 생각하고 있다는 가정을 당신은 왜 한 것이며…… 우리에게 무언가를 읽어 주겠다는 이상한 생각은 대체 어디서 나온 거요? 여기 있는 게 뭐요? 이쁠리뜨.」

「그 안에 뭐가 들어 있는 거요?」 그를 둘러싼 사람들이 물어보았다.

모두들 그에게로 다가오고 있었다. 그 중에는 아직까지 음식을 우물거리는 사람도 있었다. 빨간 봉인이 찍힌 봉투는 모든 이들을 자석처럼 끌어들이고 있었다.

「공작, 이건 어제 내가 쓴 글입니다. 내가 공작 집으로 살러 오겠다고 약속을 한 뒤에 쓴 거지요. 나는 이걸 어제 낮과 밤에 걸쳐 하루 종일 썼고, 오늘 아침에서야 끝마쳤어요. 새벽녘에 나는 꿈을 꾸었어요……」

「내일 읽는 편이 낫지 않겠소?」 공작이 조심스럽게 그의 말을 막았다.

「내일이면 〈더 이상 시간이 없어요!〉」 이쁠리뜨가 신경질적으로 웃음을 터뜨렸다. 「하지만 걱정하지 마세요. 40분이면 다 읽을 수가 있으니까요. 아니면 한 시간 이내로요……. 보시다시피 모두들 궁금해 하고 있잖아요. 모두들 이리로 와서 나의 봉인을 바라보고 있어요. 내가 봉인을 하지 않았다면 아무런 효과도 주지 못했을 거예요! 하하! 그건 비밀스럽다는 얘기예요! 여러분들, 봉인을 뜯을까요 말까요?」 이쁠리뜨는 두 눈을 번쩍이며 야릇한 웃음을 지었다. 「비밀이 있다고요! 비밀요! 공작, 더 이상 시간이 없다고 선언한 사람이 누군지 아시나요? 묵시록에 나오는 힘이 세고 우람한 천사가 한 말이에요.」

「읽지 않는 편이 낫겠소!」 예브게니가 갑자기 외쳤다. 예기치 않은 그의 외침 속에는 어떤 불안감이 담겨 있어서 많은 이들을 의아하게 했다.

「읽지 말아요!」 공작이 봉투 위에 한 손을 얹고는 소리쳤다.

「글 읽는 게 대순가요? 지금 음식이 나왔잖아요.」 누군가가 한마디했다.

「글 따윈 잡지에나 싣는 거 아닌가요?」 또 다른 사람이 물었다.

「따분하지 않을까요?」 또 한 사람이 덧붙였다.

「그런데 무슨 글이기에?」 나머지 사람들이 물었다. 그러나 겁에 질린 듯한 공작의 태도로 인해 이뽈리뜨 자신도 놀랐음에 틀림없었다.

「그렇다면…… 읽지 말까요?」 그는 약간 새파래진 입술 위에 일그러진 미소를 띠고 왠지 겁에 질린 듯이 공작에게 속삭였다. 「읽지 말까요?」 그는 아까의 도전적인 태도로 모든 사람들의 얼굴을 빠짐없이 돌아보며 중얼거렸다. 「두려우신가 보죠?」 그는 다시 공작을 돌아다보았다.

「뭐가요?」 얼굴 표정이 점점 바뀌어 가는 공작이 물었다.

「이중에서 20꼬뻬이까짜리 은화를 가지고 있는 분이 있나요?」 이뽈리뜨는 누군가에 의해 떠밀리기라도 한 듯이 갑자기 의자에서 벌떡 일어났다. 「아무거나 좋아요!」

「여기 있네!」 레베제프가 즉각 은화를 내밀었다. 그는 환자인 이뽈리뜨가 미쳐 버렸다는 생각이 퍼뜩 들었다.

「베라 루끼야노브나!」 이뽈리뜨는 성급한 소리로 베라를 불렀다. 「자, 이 은전을 받아서 저 탁자 위에 던져 보시오! 독수리가 나올까요? 아니면 격자가 나올까요? 독수리가 나오면 읽는 겁니다!」

베라는 놀란 얼굴로 은화와 이뽈리뜨와 아버지를 바라보다가, 왠지 어색하게 고개를 위로 치켜 들곤 이젠 어쩔 수 없다는 확신이 선 듯 은화를 탁자 위로 던졌다. 독수리가 나왔다.

「읽어야겠군요!」 이뽈리뜨는 마치 운명의 선고에 승복하듯 속삭였다. 그는 이 순간 사형 선고를 받았다 해도 더 이상 창백해질 수 없을 정도로 얼굴이 새파랗게 질렸다. 「그런데…….」 그는 30초 가량 침묵을 지키고 있다가 갑자기 몸을 떨었다. 「이게 뭔가요? 내가 방금 주사위를 던졌단 말인가요?」 그는 아까의 그 노골적인 도전성으로 모든 이들을 둘러보았다. 「이건 정말로 놀랄 만한 심리적 특성이오!」 그는 정말 놀란 표정으로 공작을 바라보며 외쳤다.「이건…… 이건 도무지 이해할 수 없는 특성이에요.」그는 제정신을 차린 듯 생기를 되찾으며 힘주어 말했다.「이걸 적어 두세요, 공작. 그리고 기억해 두세요. 사형 선고에 관한 자료들을 수집하시는 걸로 알고 있는데요……. 나는 그렇게 들었어요. 하하! 오, 맙소사, 내가 뭘 이리 쓸데없는 얘길 지껄이고 있지?」그는 소파에 앉아 두 팔꿈치를 탁자 위에 얹고 자기 머리를 움켜쥐었다.「창피스럽군……! 하지만 창피한 게 뭐 대수인가?」이렇게 말하며 그는 고개를 들었다.「여러분! 여러분! 이제 봉투를 뜯겠어요.」그는 갑자기 결연한 의지를 보이며 말했다.「하, 하지만 꼭 내 말을 들으라고 하진 않겠어요……!」

그는 떨리는 손으로 봉투를 뜯고 잔글씨가 쐬어 있는 편지지를 몇 장 꺼내어 그것을 자기 앞에 내려놓고, 순서를 정리하기 시작했다.

「저게 뭐지? 뭐가 쐬어 있는 거야? 뭘 읽으려는 거지?」사람들 사이에서 이렇게 수군거리는 소리가 들렸다. 어떤 사람들은 입을 다물고 있었으나 모두들 자리에 앉아 호기심에 차서 이뽈리뜨를 바라보고 있었다. 정말로 대단한 일을 기대하고 있었는지도 모른다. 베라는 아버지의 의자를 꼭 잡고 놀라움에 울먹거릴 정도였다. 니꼴라이도 베라와 거의 마찬가지로 놀라워했다. 이미 자리에 앉았던 레베제프는 갑자기 몸을 약간 일으켜 촛대를 잡아서는 그것을 이뽈리뜨에게 가까이 가져갔다. 밝은 불빛에서 읽으라는 의도였다.

「여러분, 이게 무엇인지 곧 알게 될 겁니다.」이뽈리뜨가 무슨 속셈에서인지 이렇게 덧붙이고는 읽기 시작했다.「〈나의 불가피한 해명〉이오! 제사(題詞)는 〈나 죽고 난 다음에야 무슨 일이 있건 말건 Après moi le déluge〉입니다. 어이쿠, 제기랄!」그는 불에 데기라도 한 듯 소리쳤다.「이처럼 어리석은 제사를 어떻게 그리 심각하게 써넣을 수 있었을까……? 여러분, 주목해 주세요! 확신하건대 이 글은 결국 아주 쓸잘데없는 소리에 불과합니다! 여기에는 단지 나의 몇몇 사상이 함축되어 있을 뿐입니다. 만약 여기에 무언가 비밀스럽거나 금지되어 있는 게 있다고 생각한다면……한마디로……」

「사설은 생략하고 읽었으면 좋겠군요.」 가브릴라가 가로막았다.

「그게 다 얼버무리려는 거요!」 누군가가 한마디했다.

「말이 많군.」 이제껏 입을 다물고 있던 로고진이 끼어들었다.

이쁠리뜨는 갑자기 그를 쳐다보았다. 눈이 서로 마주쳤을 때 로고진은 매우 쑥쓰레하고 아니꼽다는 투로 이를 드러내며 이상한 말을 천천히 내뱉기 시작했다.

「이 얘기는 그런 식으로 처리하는 게 아닐세, 젊은이. 그렇게 하는 게 아냐……」

아무도 로고진이 무슨 말을 하는지 이해하지 못했다. 그러나 그의 말은 모든 이들에게 이상한 느낌을 주었다. 모두가 공감하는 무엇인가가 살며시 엿보였기 때문이었다. 그의 말을 들은 이쁠리뜨가 갑자기 심하게 몸을 부들부들 떨어서 공작이 손을 뻗어 그를 잡아 주어야만 했다. 그는 무엇인가 고함을 치려 했지만 목소리가 갑자기 탁 막혀 왔다. 그는 1분 동안 아무 말도 하지 못하고 단지 힘겹게 숨을 내쉬며 로고진을 빤히 쳐다보기만 했다. 그러다가 마침내 호흡을 가다듬고 젖 먹던 힘까지 다해 입을 뗐다.

「그렇다면 바로 당신이…… 당신이었단 말인가요?」

「뭐가 당신이란 말인가? 내가 어쨌다는 거지?」 로고진은 무슨 영문인지 모르고 대답했으나, 이쁠리뜨는 거의 미친 듯이 화를 내며 그를 덥석 붙잡고 사납게 외쳤다.

「지난 주 새벽 1시가 넘어서 우리 집에 왔던 사람이 바로 당신이었군요. 내가 아침에 당신 집에 들렀던 날 말이오. 당신이었다고요! 어서 시인하라고요, 그게 바로 당신이었다고!」

「지난 주 새벽이라고? 젊은 친구, 자네 정신이 완전히 나가 버린 게 아닌가?」

그 〈젊은 친구〉는 집게손가락을 이마에 갖다 대고 다시 1분 가량 상념에 잠긴 듯이 침묵을 지켰다. 그런데 공포로 일그러진 창백한 미소에는 무언가 교활하고 의기양양하기까지 한 무엇인가가 스쳐 지나갔다.

「바로 당신이었군요!」 그는 속삭이듯 했지만 강한 확신에 찬 소리로 되뇌었다. 「당신이 우리 집에 찾아와서 창가에 있는 나의 의자에 한 시간 가량 앉아 있었어요. 그것도 자정이 지나 새벽 1시가 넘도록 말이오. 그리고 나서 새벽 2시가 되었을 때 당신은 자리에서 일어나 집을 나왔던 거요……. 바로 당신, 당신이 그랬었군요! 무슨 이유에서인지 당신은 날 놀라게 하고, 나에게 고통을 주기 위해 찾아왔던 거요. 도무지 이해가 되지 않아요. 하지만 분명히 당신이었어요!」

이뽈리뜨의 시선에는 갑자기 끓어오르는 증오의 빛이 번쩍였다. 하지만 그는 여전히 놀라움에 떨고 있었다.

「여러분, 이제 모든 것을 알게 될 겁니다. 주목해 주세요. 내, 내가…….」

그는 또다시 황급히 서두르면서 자신의 종이를 쥐었다. 종잇장들이 흩어져서 섞여 버렸다. 그는 순서를 맞추려고 애를 썼다. 종잇장들은 그의 떨리는 손아귀 속에서 파들거렸다. 그는 오랫동안 진정을 할 수가 없었다.

마침내 낭독이 시작되었다. 처음 5분 가량 이 글의 저자는 줄곧 호흡을 가다듬지 못하고 띄엄띄엄 읽어 내려갔다. 그러나 그의 목소리는 차츰 힘을 실어 가며 글의 의미를 완벽하게 전달하기 시작했다. 단지 이따금 아주 심한 기침으로 글 읽기가 중단되었다. 글의 중간 부분에 이르러서 그는 완전히 쉰 목소리를 내었다. 글 읽기가 점점 고조되어 감에 따라 그를 사로잡았던 극도의 생기는 말미에 가서 최고조에 다다라 듣는 사람들로 하여금 병적인 인상을 심어 주었다. 그의 〈글〉의 전문은 다음과 같다.

나의 불가피한 해명

— 나 죽고 난 다음에야 무슨 일이 있건 말건Après moi le déluge.

어제 아침에 우리 집에 공작이 왔다 갔다. 요컨대 나보고 자기 집에 와 있으라는 설득이었다. 나는 그가 반드시 이런 얘기를 하리라는 것을 알고 있었다. 또한 내가 확신했던 바였지만, 그는 별장에 있는 〈사람들과 나무들 사이에서 죽는 편이 용이할 것이다〉라는 말을 단도직입적으로 했다. 그러나 오늘, 그는 〈죽을 것이다〉라는 말 대신에 〈사는 편이 나을 것이다〉라고 했다. 하지만 내 처지에서는 뭐라고 말하든 마찬가지이다. 나는 그에게 〈나무〉 얘기는 난데없이 왜 하느냐고 물었다. 왜 그가 〈나무〉라는 단어를 끄집어냈을까? 나는 그의 말을 듣고 놀라지 않을 수 없었다. 저녁 파티가 있던 날 내가 빠블로프스끄로 온 것은 마지막으로 나무들을 보러 오기 위해서였다고 내 입으로 말했다는 것이었다. 내가 나무 밑에서 죽든, 창밖의 벽돌을 보고 죽든, 그것은 매한가지며 생명이 2주일밖에 남지 않은 내가 격식을 따질 처지냐고 공작에게 말하자, 공작은 즉시 내 말에 고개를 끄덕였다. 그러나 그의 견해에 따르면, 푸른 숲과 깨끗한 공기는 나에게 어떤 육체적 변화를 가져다 줄 수 있기 때문에, 나의 동요와 〈나의 꿈들〉이 어쩌면 호전될지 모른다고 했다. 나는 다시 웃으면서 그가 꼭 유물론자처럼 말한다고 한마디했다. 그는 특유의 미소를 띠고 자기는 언제나 유물론자였다고 대답했다. 그는 절대로 거짓말을 하지 않았기 때문에 그 말은 무언가를 의미하고 있었다. 그의 미소는 호감이 갔다. 나는 그를 더욱 주의 깊게 뜯어보았다. 나는 내가 지금 그를 사랑하고 있는지 아닌지 잘 모른다. 지금은 거기에 신경 쓸 겨를이 없다. 단지 지난 5개월 간 지속되어 온 그에 대한 증오심이 지난달에 들어서는 완전히 가라앉았다는 사실을 말해야 한다. 내가 빠블로프스끄에 온 주요한 목적은 그를 보기 위해서였는지도 모를 일이다. 그런데…… 나는 그때 왜 내 방을 떠났을까? 사형 선고를 받은 자는 자기의 거처를 떠나서는 안 되는 법이다. 만약 내가 최종적인 결정을 내리지 않고, 그 반대로 죽는 마지막 순간을 여기서 기다리기로 결심했다면, 물론 나는 무슨 일이 있더라도 내 방을 떠나지 않았을 것이고 빠블로프스끄에 와서 〈죽으라〉는 공작의 제안을 거절했을 것이다.

나는 이 모든 〈해명〉을 내일까지 서둘러 끝마쳐야 한다. 다시 읽어 보며 교정할 시간이 없을 것이다. 내일 이 글을 공작과 그 집에 있을 두세 명의 증인에게 낭독할 때나 다시 읽어 보는 셈이 될 것이다. 여기에는 단 한 마디의 거짓도 없고 마지막 한마디까지 엄숙한 진실이기 때문에, 내가 이 글을 다시 읽는 순간에 나 자신이 어떠한 감회에 젖을까 하는 호기심이 벌써부터 생긴다. 그런데 〈마지막 한마디까지 엄숙한 진실〉이라는 말은 공연히 썼다. 2주일밖에 살날이 남지 않았는데 거짓을 말할 필요가 있으랴. 2주일 간 사는 삶은 그럴 가치가 없기 때문이다. 그것은 내가 진실만을 쓴다는 가장 좋은 증거가 된다. (주의 — 이 순간에, 즉 시 시때때로 내가 미치지나 않았을까 하는 생각을 잊지 마라. 말기의 폐병 환자는 가끔 얼마 동안 미친다는 말을 확실하게 들은 적이 있었다. 내일 내가 이 글을 낭독할 때 사람들의 반응을 보면 그 말을 확인할 수 있을 것이다. 이 문제는 반드시 매우 정확하게 해결해야 된다. 안 그러면 어떠한 것도 시작할 수가 없기 때문이다.)

나는 몹시 우둔한 글을 쓴 것 같다. 그러나 정정할 만한 여유가 없다. 게다가 이미 말했듯이, 다섯 줄마다 내 스스로 자가 당착에 빠지고 있다는 것을 알아차린다 하더라도 이 원고에서 단 한 줄도 의도적으로 정정하지 않을 것을 맹세한다. 나는 내일 이 원고를 낭독하는 동안 나의 사상의 논리적 흐름이 타당한지, 내가 자신의 오류를 지적하고 있는지, 내가 이 방에서 지난 6개월 동안 곱씹어 가며 생각했던 것이 정확했는지 아니면 그저 잠꼬대에 불과했었는지를 결정지을 것이다.

만약 내가 이미 2개월 전에 지금처럼 내 방을 완전히 떠나서 맞은편의 메이예로프 집의 담장과 작별을 고해야 했다면, 나는 틀림없이 서운했을 것이다. 그러나 지금 나는 아무런 느낌도 없다. 더구나 내일이면 나는 이 방과 담장을 영원히 떠날 것이다! 그렇게 되면 2주일 남은 생애 동안 무엇을 애석해 한다거나 어떤 감정에 사로잡힌다는 것이 아무런 가치도 없는 것이라는 나의 신념은 나의 본성을 지배하게 되고 나의 모든 감정을 좌우할 수 있을 것이다. 하지만 정말 그렇게 될까? 정말 지금 나의 본성은 완전히 정복당한 것인가? 만약 지금 내가 고문을 당하고 있다면 나는 아마 비명을 지를 것이다. 그러면서 앞으로 살날이 두 주일밖에 남지 않았으니 비명을 지르거나 고통을 느낄 가치가 없다고 말하진 않을 것이다.

하지만 내가 살날이 2주밖에 남지 않았다는 것이 사실일까? 그 이상은 아닐까? 그때 빠블로프스끄에서 나는 거짓말을 했다. B는 나에게 아무 말도 하지 않았고 나를 본 적도 전혀 없었다. 그러나 1주일 전쯤에 내 부탁을 듣고 끼슬로로도프라는 대학생을 우리 집으로 데려온 적이 있었다. 그는 유물론자에 무신론자에 니힐리스트라는 신념을 가지고 있었다. 나는 바로 그런 연유에서 그를 부른 것이었다. 나에게는 적나라한 진실을 무자비하고 사정없이 밝혀 줄 사람이 필요했기 때문이었다. 그는 그렇게 실행했다. 그는 서슴없이 태연했을 뿐만 아니라 만족스러워하기까지 했다(내가 보기에 그렇게 만족스러워할 필요까지는 없었다). 그는 내 생명이 이제 한 달 가량밖에 남아 있지 않다고 노골적으로 말했다. 만약 좋은 환경이라면 몇 개월 더 살 수도 있다고 했지만,

어쩌면 훨씬 더 일찍, 어쩌면 내일이라도 당장 죽을 수 있을 거라고 했다. 그런 일은 흔히 있다고 했다. 바로 엊그저께도 나와 비슷한 처지의 폐병 환자인 어느 젊은 부인이 꼴롬나[118] 지역에서 먹을거리를 사러 시장에 가려다가 갑자기 느낌이 안 좋아 소파에 누웠는데 한번 숨을 몰아 쉬더니 그대로 죽어 버렸다는 것이다. 끼슬로로도프는 멋을 부리느라고 무감각하고 태연자약하게 이 모든 얘기를 해주었다. 마치 그렇게 얘기함으로써 나에게 경의를 표시한다는 듯한 태도였다. 말하자면 죽음 따위에는 추호도 관심이 없는 그 자신처럼, 나를 모든 것을 부정하는 고등 존재로 간주하겠다는 표시였다. 어찌 됐든 한 달 이상 살 수 없다는 사실은 분명해졌다. 그 점에 관한 한 그는 틀린 게 없다는 점을 나는 완벽하게 확신할 수 있었다.

한 가지 나를 놀라게 한 것이 있었다. 공작이 나의 〈불길한 꿈〉을 아까 알아맞힌 것이다. 그는 빠블로프스끄에 오면 〈나의 흥분과 꿈〉이 한결 가벼워지리라고 정확히 말했다. 어떻게 꿈을 맞힌 것일까? 그는 의사인가 아니면 비범한 지혜를 소유한 자라서 많은 것을 예측해 낼 수 있는 능력이 있는 것일까(하지만 그가 〈백치〉라는 사실에는 의문의 여지가 있을 수 없다)? 마치 의도적으로 그런 양, 그가 도착하기 직전에 나는 좋은 꿈을 꾸었다(하지만 그건 요즈음 들어서 수도 없이 많이 꾸는 그러한 꿈이었다). 나는 깜박 잠이 들었다. 아마 그가 도착하기 한 시간쯤 전이었다고 볼 수 있다. 나는 어느 방 안에 있었다(그러나 내 방은 아니었다). 빛이 환히 드는 그 방은 내 방보다 넓고 천장이 높았으며 가구도 더 훌륭했다. 거기에는 찬장, 옷장, 소파가 있었고, 푸른 실크 누비 이불이 덮여 있는 커다란 내 침대가 놓여 있었다. 그러나 이 방에서 나는 소름 끼치는 짐승을 보았다. 그것은 무슨 괴물 같았다.

---

118 뻬쩨르부르그의 한 구역. 모이까와 볼쇼이네보, 폰딴까와 끄류꼬프 운하 사이에 위치한 구역으로 대부분 가난한 사람들이 살았다.

그것은 전갈을 닮았지만 전갈은 아니었다. 그것보다 더 흉측하고 더 소름 끼치게 생긴 것이었다. 이 세상에 그것과 비슷하게 생긴 짐승은 없다는 것, 그것이 〈의도적으로〉 내 앞에 나타난 것, 바로 그 점에 어떤 신비가 담겨 있을 것이라는 생각에 더욱 오싹해졌다. 나는 그 괴물을 꽤 자세히 들여다보았다. 그것은 갈색빛이 나는 비늘이 덮인 파충류로서 길이는 20센티미터 가량 되었다. 머리는 손가락 두 개 굵기였으며 꼬리 쪽으로 갈수록 몸체가 가늘어서 꼬리 끝의 두께는 겨우 4밀리미터가 될 정도였다. 머리 위쪽에서 4, 5센티미터 되는 곳에는 두 개의 다리가 45도 몸 밖으로 나와 있었으며 다리의 길이는 각각 9센티미터 정도가 되어 위에서 보면 삼지창을 연상시켰다. 괴물의 머리를 자세히 보지는 않았으나 역시 갈색빛이 나는 두 개의 단단한 바늘 모양의 그리 길지 않은 촉모가 있었다. 그와 같은 두 가닥의 촉모는 꼬리 끝부분과 양 발에도 나 있어서 몸 전체에 모두 여덟 가닥이나 되었다. 이 짐승은 다리와 꼬리로 몸을 의지하며 방 안을 재빠르게 뛰어다녔다. 뛰어다닐 때는 딱딱한 껍질에도 불구하고 몸통과 다리가 뱀처럼 구불구불하게 되어 대단한 민첩성을 보였다. 그걸 보자니 몹시도 징그러웠다. 나는 그것이 물지나 않을까 하여 굉장히 두려웠다. 그런 짐승은 독이 있다는 말을 들은 적이 있기 때문이었다. 하지만 무엇보다도 나를 괴롭혔던 것은 다음과 같은 의문이었다. 도대체 누가 그것을 내 방에 보냈는가? 그렇게 함으로써 나에게서 바라는 게 무엇인가? 어떤 비밀이 서려 있는가? 그 짐승은 옷장 밑과 찬장 밑으로 몸을 숨기더니 방 안 구석구석을 기어다니기 시작했다. 나는 의자에 앉아 책상다리를 했다. 그 짐승은 온 방 안을 잽싸게 이리 뛰고 저리 뛰고 하다가, 내가 앉은 의자 옆 어디론가로 사라졌다. 나는 공포에 젖어 주변을 살펴보았다. 그러나 내가 책상다리를 하고 앉아 있었으므로 그것이 의자 위로는 기어오르지 않을 거라고 생각했다. 갑자기 나는 거의 뒤

통수 근처에서 뜨룩뜨룩거리는 소리를 들었다. 뒤를 돌아보니 그 파충류가 벽 위를 기어 올라와서 거의 내 머리 높이까지 와 있었다. 놈의 꼬리가 눈 깜짝할 사이에 내 머리카락을 휘감으며 건드렸다. 내가 벌떡 일어나자, 그 괴물은 사라져 버렸다. 침대 위에 눕기조차 겁이 났다. 놈이 베개 밑으로 기어들어 오지 않을까 해서였다. 내 방으로 어머니와 어머니가 아는 어떤 남자가 들어왔다. 이들은 괴물을 잡기 시작했다. 이들은 나보다 훨씬 침착했으며 두려워하지도 않았다. 하지만 이들은 아무것도 이해하지 못했다. 갑자기 그 괴물이 기어 나왔다. 놈은 이때 아주 슬그머니 기어 나와서 무슨 특별한 의도를 가진 것처럼 서서히 몸을 틀었다. 그런 모습은 더욱더 징그러워 보였다. 놈은 방을 비스듬히 가로질러 문 쪽으로 기어갔다. 거기서 어머니는 문을 열고 우리 집 개 노르마에게 소리를 질렀다. 우람하기 짝이 없는 그 개는 새까만 털북숭이 불도그였는데 5년 전에 죽은 것이었다. 개는 방 안으로 뛰어 들어와 괴물을 내려다보며 그 자리에 얼어붙은 듯 서 있었다. 파충류도 동작을 멈췄으나 여전히 몸을 꿈틀거리며 다리와 꼬리 끝으로 방바닥을 툭툭 치고 있었다. 내가 아는 바대로라면 짐승들은 신비로운 경악을 느끼지 못하는 법이다. 그러나 이 순간만큼은 노르마의 경악 속에 무언가 매우 상서롭지 못한, 거의 신비하기까지 한 것이 있어 보였다. 노르마 역시 나처럼 이 괴물에게는 무언가 숙명적인 것과 어떤 비밀이 내재해 있다는 것을 예감했음에 틀림없었다. 조심스럽게 자기를 향해 소리 없이 기어오고 있는 괴물을 보고 노르마는 뒤로 천천히 물러섰다. 괴물은 갑자기 물어뜯을 것처럼 노르마에게 달려들었다. 그러나 무서워했음에도 불구하고 노르마는 사납게 으르렁댔고, 그러면서도 다리를 후들후들 떨고 있었다. 마침내 노르마는 천천히 사나운 이빨을 드러내며, 시뻘건 입을 쩍 벌리고 기회를 보며 공격할 채비를 갖추다가 부지불식간에 그 괴물을 이빨로 물어뜯었다. 괴물은 개의 커다란 입에서 빠져나오려고 몸부림을 쳤다. 그래서 노르마는 재빠르게 꿈틀거리고 있는 괴물을 다시 한번 물었다. 노르마는 쩍 벌린 입을 허공에 쳐든 채 두 번에 걸쳐 괴물을 꿀꺽 삼키듯이 입 속으로 집어넣었다. 갑골이 그의 이빨에 부딪혀 서걱거리는 소리를 내었고, 괴물의 꼬리와 다리는 개의 입 밖으로 나와 있는 채로 몹시 버둥거렸다. 갑자기 노르마는 애처롭게 비명을 질렀다. 괴물이 입 안에서 혀를 물었던 것이다. 개는 아픔에 못 이겨 컹컹 비명을 지르며 입을 벌렸다. 나는 그때 반쯤 으깨진 그 파충류가 개의 입 안에서 몸부림치는 것을 보았다. 바퀴벌레를 밟았을 때 잘린 몸에서 나오는 것과 비슷한 하얀 액체가 개의 혀로 흐르고 있었다. 그때 나는 잠에서 깨어났다. 공작이 들어왔기 때문이다.

「여러분.」 갑자기 이쁠리뜨가 낭독을 하다 말고 거의 수치심마저 느끼기 시작하며 말했다. 「나는 이 글을 써놓고 다시 읽어 보진 못했으나, 정말로 군더더기를 많이 쓴 것 같군요. 이 꿈이……」

「맞소.」 가브릴라가 서둘러 끼어들었다.

「여기에는 지나치게 사적인 게 많다는 걸 시인해요. 말하자면 나 자신에 관한 것 말이에요……」

이 말을 하는 이쁠리뜨는 피곤하고 맥이 빠진 모습이었다. 그는 손수건으로 이마의 땀을 훔쳤다.

「그렇군. 당신은 지나치게 자신에게 관심이 많군요.」 레베제프가 목쉰 소리로 말했다.

「여러분, 나는 아무에게도 강요하지 않아요. 다시 말하지만 원하지 않는 분은 멀찌감치 떨어져도 괜찮습니다.」

「남의 집에서…… 사람을 쫓아내려는 속셈이군.」 로고진이 들릴 듯 말 듯한 소리로 말했다.

「우리 모두가 어떻게 갑자기 일어나서 멀찌감치 떨어진단 말인가?」 지금까지 감히 큰 소리로 말을 하지 못했던 페르디쉬첸꼬가 돌발적으로 입을 열었다.

이뽈리뜨가 갑자기 눈을 내리깔고 원고를 쥐었다. 그러나 이 순간 다시 고개를 쳐들고 두 눈을 번쩍였다. 양 볼에 빨간 반점이 있는 그의 얼굴이 뻬르디쉬첸꼬를 뚫어져라 쳐다보며 말했다.

「당신은 나를 전혀 사랑하지 않는군요!」

웃음소리가 터져 나왔다. 그러나 대부분의 사람은 웃지 않았다. 이뽈리뜨의 얼굴은 붉으락푸르락했다.

「이뽈리뜨.」 공작이 말했다. 「당신의 원고를 그만 덮고 그걸 내게 줘요. 그리고 여기 내 방에서 주무세요. 잠자기 전에 그리고 내일도 나와 얘길 합시다. 그 대신 그 원고를 다신 펼치지 말아요. 그렇게 해주겠어요?」

「어떻게 그럴 수가 있단 말인가요?」 이뽈리뜨가 몹시 놀라며 공작을 쳐다보았다. 그는 광적으로 생기를 되찾으며 소리쳤다. 「여러분! 나의 무능한 처신을 알려 준 어리석은 이야기였어요. 읽는 것을 중단하지 않을 테니, 듣고 싶은 사람은 들어 주세요……」

그는 급히 목을 축이고 시선을 피하기 위해 탁자에 팔꿈치를 괴었다. 그러한 자세로 고집스럽게 계속 읽어 나가기 시작했다. 그의 부끄러움은 곧 사라졌다…….

몇 주일 정도는 살 가치도 없다는 생각이 진짜 나를 지배하기 시작했다(그는 계속해서 읽어 내려갔다). 내 생각에 그것은 한 달 전쯤부터였는데 앞으로 4주일 가량밖에 살날이 남아 있지 않았을 때였다. 그러나 그 생각이 완전히 나를 지배했던 것은 사흘 전, 빠블로프스끄에서 돌아오던 날이었다. 이러한 생각이 처음으로 나의 머릿속에 깊숙이 파고들었던 순간은 공작 별장의 테라스에서였는데, 내가 생의 마지막 시도를 행해 보려 했던 바로 그 순간이었다. 그때 나는 사람들과 나무들(내가 이렇게 말했다고 하자)을 보고 싶어했고, 흥분을 감추지 못하며 〈나와 가까운〉 부르도프스끼의 권리를 주장했다.[119] 그리고 이들 모두가 갑자기 눈을 휘둥그렇게 뜨고 두 팔로 나를 포옹하며 나에게 무언가 용서를 빌고 나 또한 그들에게 용서를 비는 꿈을 꾸어 보았다. 한마디로 나는 무능한 바보 짓을 했을 따름이었다. 바로 이 시각에 나에게 〈마지막 확신〉이 불타올랐다. 내가 지난 6개월 동안 어떻게 〈확신〉 없이 살아왔는지 놀라울 뿐이다! 나는 내게 폐병이, 그것도 치유 불가능한 폐병이 있다는 사실을 확실히 알고 있었다. 나는 자신을 기만하지 않았으며 문제를 분명하게 깨닫고 있었다. 그러나 내가 문제를 분명하게 깨달으면 깨달을수록, 더욱더 경련이 일어날 만큼 살고 싶은 마음이 강렬하게 생겨났다. 나는 삶에 집착을 하며 어떻게 해서라도 살고 싶었다. 인정한다. 난 그때 왠지도 모르면서 나를 파리처럼 짓이겨 버리기로 결정한 어둡고 적막한 운명에 화낼 수 있었다. 왜 나의 분노는 여기서 끝나지 않는가? 더 이상 삶을 시작할 수 없다는 것을 알면서도, 왜 나는 삶을 〈시작〉하려 했는가? 더 이상 시도해 볼 만한 것이 없는 걸 알면서도 왜 시도를 해보려 했는가? 게다가 나는 책마저 읽을 수가 없어서 독서를 중단하지 않았던가. 6개월 동안 무얼 위해 독서를 하고, 무얼 위해 지식을 쌓아야 하는가? 이러한 생각을 하다가 책을 내던졌던 일이 한두 번이 아니었다.

그렇다, 메이예로프 씨네 담장은 많은 것을 얘기해 줄 수 있다. 나는 거기다 많은 것을 써놓았다. 내가 다 암기하지 못할 저 더러운 담장에는 오점 하나 없었다. 저놈의 빌어먹을 담장! 하지만 나에게 저 담장은 빠블로프스끄의 모든 나무보다 더 소중하다. 다시 말해, 지금 모든 것이 나하고 아무런 관계가 없다 해도 저 담장은 무엇보다도 소중한 것이 될 것이다.

119 이뽈리뜨는 자신의 이루지 못한 기도에 대해 고통스러우리만큼 풍자적으로 이야기하면서 주위 사람들의 동정을 얻어 낸다. 그는 그리스도의 계율 중 하나를 상기한다. 〈네 이웃을 네 몸과 같이 사랑하라.〉

지금 상기해 보지만, 나는 그때 저들의 삶을 탐욕스러운 흥미를 가지고 지켜보기 시작했던 것이다. 그와 같은 흥미는 예전에 없었던 것이다. 이따금 너무 아파서 방 밖으로 나가지 못할 때는 니꼴라이를 욕하면서 애타게 기다리곤 했다. 나는 수다쟁이로 보일 정도로 시시콜콜한 일에 파고들었고, 온갖 풍문에 관심을 가졌다. 나는 사람들이 그처럼 많은 살아갈 날들을 가지고 있으면서도 부자가 되는 법을 모르고 있다는 것이 이해가 되지 않았다(하기야 지금도 이해되지 않는다). 나는 어느 가난뱅이를 알고 있었다. 나중에 그가 굶어 죽었다는 얘기를 듣고 엄청나게 울화가 치밀었던 것이 기억 난다. 만약 그 가난뱅이가 다시 살아난다 해도, 나는 그에게 형벌을 내렸을 것이다. 간혹 가다 몇 주일 내내 마음이 홀가분해지는 적도 있었다. 그런 날은 거리로 나갈 수도 있었다. 물론 다른 사람들처럼 거리로 나갈 수도 있었지만, 거리를 보면 분노가 치솟기 때문에 일부러 하루 종일 방 안에 처박혀 있곤 했다. 나는 내 주위의 길거리에서 항상 근심 어린 표정으로 침울하게 이리저리 분주하게 쏘다니는 사람들을 참을 수가 없었다. 왜 이들은 항상 우울하고, 근심에 차 있고, 분주해야 되는가? 왜 이들은 항상 인상을 찌푸리며 사납게 구는가? (그들은 사납기 때문이다, 사납기 때문이다, 사납기 때문이다). 앞으로 살날이 60년까지도 남은 사람들이 불행하고, 또 살아가는 법을 모른다니, 그건 누구의 잘못인가? 왜 가난뱅이 자르니찐은 앞으로 60년을 살 수 있는데도 불구하고 스스로를 굶어 죽게 방치했는가? 그런 사람들은 모두가 자기의 남루한 옷과 거칠어진 손을 가리키며 사납게 외친다. 〈우리는 황소처럼 일을 하고 노동을 하지만, 배를 곯아 가며 가난하게 산다! 다른 사람들은 일도 하지 않고 노동도 하지 않으면서 배부르게 살고 있다!〉(그런 말을 늘상 노래처럼 부르고 있다!) 그런 사람들 중에는 새벽부터 밤늦게까지 정신없이 뛰어다니는 〈양반 출신〉의 거렁뱅이 이반 포미치 수리꼬프라는 자가 있다. 그는 우리 건물에 함께 살고 있는데 바로 나의 위층에 거주하고 있다. 그는 언제나 팔꿈치가 다 해지고 단추가 다 떨어진 옷을 입고, 이 사람 저 사람의 심부름을 해주며 새벽부터 밤늦게까지 분주하게 돌아다닌다. 말을 나눌 기회가 있을 때마다 그가 하는 소리가 있다. 〈난 가난한 거렁뱅이에 보잘것없는 놈입죠. 마누라가 죽었습죠. 약 살 돈이라곤 단 한 푼도 없었고, 애새끼들은 겨울에 얼어 죽었습죠. 큰딸년은 첩으로 팔려 갔어요…….〉 그는 늘 흐느껴 울거나, 소리 내어 운다! 나는 그 따위 바보 같은 인간에게는 손톱만큼도 불쌍한 마음이 들지 않는다. 지금도 그렇고 과거에도 그랬다. 나는 그런 자에게 다음과 같이 당당하게 말할 수 있다! 왜 그는 로스차일드가 되지 못하는가? 그가 로스차일드 같은 백만장자가 되지 못하고, 그가 사육제의 무대[120]만큼 높이 쌓아 올린 임페리얼 금화[121]와 나폴레옹 금화를 갖지 못하는 것은 대체 누구의 잘못인가? 그가 살기만 한다면 모든 것이 그의 수중에 들어올 텐데! 그가 이 사실을 이해하지 못하는 것은 누구의 잘못 때문인가?

오, 이제 모든 것이 나와는 상관없다. 나는 더 이상 화를 낼 여유도 없다. 그러나 되풀이하지만 나는 그때 울화가 터져 밤마다 베개를 물어뜯고 이불을 박박 찢곤 했다. 오, 그때 나는 꿈의 나래를 펴고 어떻게 기원했나! 나는 일부러 이렇게 기원했다. 사람들이여, 다 떨어진 옷 하나 걸친 열여덟 살의 나를 당장이라도 집 밖으로 내쫓아 다오. 갈 곳도 없고 일자리도 없고, 빵 한 조각 얻어 먹을 친지나 친척도 없는 나를 얻어맞아 굶주린 채로 거대한 도시에 홀로 내버려 두라(그게 오히려 낫다). 그 대신 그때의 나

---

120 사육제 주간과 부활절 주간에 장터에 흥행극이 열린다. 상뜨 뻬쩨르부르그에서는 1873년까지 해군성 앞에서 열렸으며 이후에는 연병장 앞에서 열렸다.
121 러시아 금화 10루블의 가치에 해당된다.

는 건강해야 한다. 그러면 나는 무언가 보여 줄 것이다……

무엇을 보여 주느냐고?

오, 여러분은 나의 이 〈해명〉으로 내가 스스로를 얼마나 비하시켰는지 모른다고 생각하는가? 내가 열여덟 살이 아니라는 사실을 잊어버리고, 즉 내가 지난 6개월 동안 살았던 삶은 백발의 나이에 사는 삶과 맞먹는다는 사실을 잊어버리고, 누가 나를 인생 모르는 애늙은이로 보지 않겠는가? 이 모든 것이 지어낸 얘기라고 수군거리며 비웃어도 좋다. 사실 나는 자신에게 지어낸 얘기를 해주곤 했다. 나는 뜬눈으로 새는 밤을 그러한 얘기로 가득 채웠다. 나는 그 얘기들을 지금까지 기억하고 있다.

하지만 나에게 그러한 얘기의 시대가 지나가 버렸는데, 그 얘기들을 지금 다시 되풀이해야 되는가? 누가 거기에 귀를 기울이겠는가? 내가 그 얘기들을 낙으로 삼게 된 것은 내가 그리스 어 문법조차 학습해서는 안 된다는 것을 명백히 깨달았을 때였다. 나는 문법책의 첫 장을 넘기는 순간 〈문장론까지 진도가 나갈 때면 나는 죽고 말 것이다〉라는 생각이 문득 들었다. 그래서 나는 책을 책상 밑으로 내던졌다. 그 책은 지금까지도 그 자리에서 뒹굴고 있다. 나는 마뜨료나에게 그 책을 집어 들면 안 된다고 했다.

나의 〈해명〉을 수중에 넣게 되어 그것을 참을성 있게 읽게 되는 자는 나를 미치광이 아니면 중학생 정도로, 아니 보다 정확히 말한다면 사형수로 간주할 것이다. 그 사형수에겐 그를 제외한 모든 사람들이 지나치게 삶을 경시하고, 지나치게 삶을 값싸게 낭비하는 것으로 보이기 때문에, 단 한 사람의 예외도 없이 모두가 그러한 삶을 살 가치가 없는 것처럼 보이리라! 그러나 웬 말씀? 그렇게 생각하는 나의 독자는 잘못 생각하고 있는 것이다. 나의 신념은 나의 사형 선고와는 전혀 무관하다. 모든 사람들에게 딱 한 가지만 물어보라. 행복은 과연 어디에 있는 것일까? 모두들 확신하리라고 믿지만, 콜럼버스가 행복을 느꼈던 것은 그가 아메리카 대륙을 발견했을 때가 아니라, 발견하려고 시도했을 때였다. 틀림없이 그의 행복이 절정에 다다랐던 순간은 신세계를 발견하기 정확히 사흘 전이었으며, 절망에 젖은 승무원들이 유럽으로 뱃머리를 되돌리려던 찰나였으리라! 신대륙이 나타나지 않는다 하더라도 문제는 신세계에 있는 것이 아니다. 콜럼버스는 신세계를 거의 보지 못하고, 자신이 실제로 무엇을 발견했는지조차 모른 채 죽어 버렸다. 문제는 삶에 있다. 오로지 한 가지 삶에 있는 것이다. 문제는 끊임없이 그 삶을 추구하는 데 있지, 그 삶을 발견하는 데 있는 것이 아니다! 하지만 내가 무슨 소릴 지껄이는가? 내가 방금 말한 모든 것은 극히 진부한 구절이기 때문에 아마 사람들이 나를 〈일출〉에 관한 작문을 발표하는 중학교 1학년생으로 간주하기가 십상일 것이다. 그리고 사람들은 말할 것이다. 내가 무언가를 표현하려고 했지만, 그런 의도에도 불구하고 나는 발전의 가능성을 보여 주지 못했다고 말이다. 그러나 덧붙여 말하는 바지만, 누군가의 머릿속에서 탄생하는 모든 천재적 사상 또는 새로운 사상에는, 아니면 그저 진지한 모든 인간의 사상에는 다른 사람들에게 전해 줄 수 없는 무언가가 항상 있게 마련이다. 설령 그 사상에 대해 여러 권으로 책을 써내거나 그 사상을 35년 동안 설파해 왔다 하더라도 말이다. 즉 우리의 두개골에서 절대로 빠져나가지 않고 우리 안에 영원히 남아 있는 무언가가 있는 법이다. 그와 같이 우리는 어쩌면 가장 중요할지도 모를 우리의 사상을 아무에게도 전해 주지 않고 죽는 것이다. 그러나 역시 지난 6개월 동안 나를 괴롭혀 왔던 모든 것을 전해 주지 않는다면, 사람들은 내가 지금의 〈최후의 신념〉을 달성한 대가를 너무나 비싸게 치렀을 것이라고 이해하리라. 따라서 그것을 나의 〈해명〉 속에 싣는 것은 내가 설정한 어떤 목적을 위해 불가피하다고 생각했기 때문이다.

  어쨌든 나는 계속하겠다.

6

나는 거짓말을 하고 싶지 않다. 지난 6개월 동안 나는 현실이란 고리에 잡혀 있었다. 난 그 현실에 정신이 팔려서 내가 사형 선고를 받았다는 사실을 잊기까지 했다. 아니 거기에 대해서는 생각하고 싶지 않았다고 하는 편이 옳을 것이다. 심지어는 무슨 일까지 꾸며 보았다. 말이 나온 김에 그때의 개인적 상황에 대해 말을 해보련다. 8개월 전쯤 병세가 몹시 나빠지기 시작했을 때, 나는 모든 교제를 끊고 친구들과 만나기를 중단했다. 나는 워낙 침울한 성격의 소유자였기 때문에 친구들은 쉽게 나를 잊어버렸다. 물론 그들은 그렇지 않은 상황에서라도 나를 잊었을 것이다. 집에서의 나의 사정, 말하자면 〈가정〉에서의 사정 역시 고립된 것이었다. 5개월 전쯤에 나는 외부 세계와 나를 완전히 격리시켜 놓았다. 나는 가족들의 방과 내 방을 완전히 분리시켰다. 가족들은 언제나 내 말을 들어주었으므로, 아무도 내 방으로 들어오지 않았다. 예외가 있다면 방을 치울 때나 음식을 날라 올 때였다. 어머니는 나의 지시에 어찌할 바를 몰랐으며, 가끔 어머니를 내 방으로 들어오게 했을 때도 내게 잔소리를 하지 못했다. 어머니는 아이들이 시끄럽게 굴어 신경을 거스를까 봐 항상 혼을 내주곤 했다. 나는 동생들이 소리를 지를 때면 자주 불평을 했다. 어쨌든 가족들이 나를 사랑하고 있는 것은 확실하다. 나는 〈충실한 꼴랴〉도 상당히 괴롭혀 왔다고 생각한다. 최근에는 그도 나를 괴롭혔다. 이 모든 것은 자연스런 현상이다. 사람들은 서로를 괴롭히기 위해 태어난 존재이기 때문이다. 하지만 나는, 그가 병자에게는 관용을 베풀어야 된다고 혼자 맹세라도 한 듯이 나의 신경질을 그대로 받아 주고 있다는 사실을 눈치 챘다. 당연히 그러한 사실은 나를 짜증나게 했다. 하지만 그는 공작의 〈기독교적 겸손〉을 모방하고 있는 것 같았다. 그것은 약간 우스꽝스러웠다. 니꼴라이는 성급한 애송이 소년이기 때문에 그가 모든 것을 모방하는 것은 당연하다. 하지만 그도 이제 자기의 머리로 살아야 될 때가 되었다는 생각이 가끔 들었다. 나는 그를 무척이나 좋아한다. 나는 우리 위층에 사는 수리꼬프도 괴롭혔다. 그는 새벽부터 밤늦게까지 사람들의 심부름을 다니느라고 분주했다. 나는 그의 궁핍함이 그의 책임이라는 말을 귀에 못이 박이도록 해주었다. 때문에 그는 나한테 질려서 발길을 끊고 말았다. 그는 매우 겸손해서, 가장 겸손한 존재라고 말해도 과언이 아니다(주의 — 겸손은 가장 무서운 힘이라는 말이 있다. 거기에 대해서는 공작에게 알아봐야 할 것이다. 그것은 공작이 한 말이기 때문이다). 그러나 지난 3월 〈얼어 죽은〉 수리꼬프의 아기를 보러 위층으로 올라갔을 때 난 그 아기 시체를 보고 나도 몰래 코웃음을 쳤다. 나는 아버지가 잘못했기 때문에 그 아기가 죽은 것이라고 핀잔을 주기 시작했다. 그러자 가난뱅이 수리꼬프의 입술이 파르르 떨리기 시작하더니, 그는 한 손으로 나의 어깨를 잡고 다른 한손으로는 문을 가리키며 거의 속삭이는 듯한 말투로 조용히 〈나가 주시오!〉라고 말하는 것이었다. 나는 밖으로 나왔다. 그의 행동이 무척 마음에 들었다. 그가 나를 밖으로 내보내는 순간조차 마음에 들었다. 하지만 그가 한 말은 나중에 생각이 날 때마다 내가 전혀 느끼고 싶지 않았던 이상하고 경멸적인 연민의 정을 무겁게 불러일으켰다. 그와 같이 모욕적인 순간에도(나는 고의적이지는 않았지만 그를 모욕했다고 생각한다), 이 사내는 분통을 터뜨릴 줄 모른단 말인가! 맹세코 하는 말이지만, 그때 그의 입술이 떨렸던 것은 분노 때문이 아니었다. 그가 내 어깨를 붙잡고 엄숙하게 〈나가 주시오!〉라고 말한 것도 화가 치밀었기 때문이 아니었다. 위엄은 있어 보였다. 그것도 상당히. 그러나 그의 얼굴에는 어울리지 않는 것이었다(때문에 솔직히 말하자면 그의 표정이 우스워 보이기까지 했다). 그러나 거기에는 분노가 서려 있지 않았다. 어쩌면 그는 갑자기 나를 경멸하기 시작했는지도 모른다. 그때 이후로 계단에서 두세 번 가량 그를 만났을 때, 예전과 달리 그는 내게 모자를 벗어 보였다. 그리고 예전처럼 멈춰 서지 않고 당황해서 황급히 옆으로 지나쳐 갔다. 만약 그가 나를 경멸했다면 그것은 어쨌든 자기식을 따랐을 것이다. 〈겸손하게 경멸〉하는 것이 그의 식이었다. 그가 예의를 갖추기 위해 나에게 모자를 벗어 보였던 것은 내가 빚쟁이 아들이기 때문에 무서워서 그랬을지도 모른다. 그는 나의 어머니에게 언제나 빚을 지고 있는 데다 그 빚에서 도저히 헤어날 여유가 없었기 때문이다. 어쩌면 그게 가장 타당한 이유일 수도 있었다. 나는 그에게 해명을 하고 싶었다. 그러면 그는 10분도 채 되기 전에 나에게 용서를 빌 것이다. 그러나 나는 그를 건드리지 않는 편이 좋을 것이라고 결론을 내렸다.

바로 그 시기에, 즉 수리꼬프가 자기 아이를 〈얼어 죽게 했던〉 3월 중순경, 나의 병세는 왜 그런지 갑자기 호전되었다. 한 2주 동안 그러한 상태가 계속되었다. 나는 바깥으로 나가기 시작했다. 주로 땅거미가 질 무렵에 나갔다. 날씨가 추워지기 시작하고 거리의 가스등이 점화될 때, 나는 3월의 황혼을 사랑한다. 이따금 멀리까지 걸어갔다. 한번은 깜깜한 세스찌라보치나야 거리[122]에서 〈고상해 보이는〉 어느 신사가 나를 앞질러 갔다. 나는 그를 자세히 바라보지 못했다. 그는 무언가 종이에 싼 것을 들고 갔으며, 계절에 맞지 않게 얄팍하고 품이 좁아 흉하게 보이는 외투를 입고 있었다. 그가 열 발자국 가량 내 앞에 있는 가로등에 이르렀을 때 그의 주머니에서 무언가가 툭 떨어졌다. 나는 서둘러 그걸 주우려 했다. 기다란 저고리를 입은 어떤 사나이도 그걸 주우려고 했기 때문이다. 그 사나이는 물건이 내 손에 들어온 것을 보자 군말 없이 내 손을 흘끗 바라보고는 옆으로 지나쳐 가 버렸다. 그 물

[122] 현재의 마야꼬프스끼 가에 있었던 거리로 여기에서 도스또예프스끼의 『분신』의 주인공 골랴드낀이 살았다.

건은 커다란 구식 가죽 지갑이었는데 안이 두툼했다. 그러나 왜 그랬는지, 나는 첫눈에 그 안에 돈은 아니지만 매우 요긴한 것이 들어 있을 거라는 추측을 했다. 물건을 잃어버린 그 신사는 벌써 내 앞으로 40보 이상 멀어져 갔고, 군중 속으로 사라지려 했다. 나는 뛰어가서 그가 있는 쪽을 향해 소리쳤다. 그러나 나는 〈여보세요!〉 하는 소리 이외에 도무지 고함을 칠 수가 없었기 때문에 그는 뒤돌아보지 않았다. 갑자기 그는 왼쪽으로 방향을 틀더니 어느 건물의 대문으로 들어갔다. 내가 컴컴한 그 대문으로 뛰어 들어갔을 때 거기에는 이미 아무도 없었다. 그 건물은 대단히 큰 건물이었다. 그것은 투기꾼들이 지어 놓은 영세 아파트 건물이었다. 이따금 그런 건물 하나에 소규모 아파트가 1백 호나 들어서 있기도 했다. 내가 대문으로 뛰어 들어왔을 때 커다란 마당의 오른쪽 뒷구석에서 웬 사람이 걸어가고 있는 것 같았다. 날이 어두워서 나는 가까스로 식별할 수 있었다. 그 구석까지 뛰어가 보니 층계로 통하는 입구가 있었다. 층계는 협소했고 무척이나 지저분한 데다가 불이 전혀 켜져 있지 않았다. 그러나 위에서 어떤 사람이 쿵쿵거리며 계단을 뛰어가는 소리가 들렸다. 나는 어디선가 그에게 문을 열어 주는 사이에 그를 따라잡을 수 있을 거라고 계산하고 층계로 달려가기 시작했다. 나의 계산이 맞아떨어졌다. 계단은 가팔랐다. 끝이 없어 보였다. 내가 몹시 숨을 헐떡이고 있을 때 5층에서 문을 여닫는 소리가 들렸다. 나는 이미 3층에 도착해 있어서 알아맞힐 수가 있었다. 내가 5층으로 뛰어 올라가 복도에서 숨을 돌리며 초인종을 찾는 사이에 몇 분이 흘렀다. 마침내 어느 아주머니가 문을 열어 주었다. 그녀는 조그만 부엌에서 사모바르에 불을 피우고 있었다. 그녀는 말없이 나의 질문에 귀 기울여 주었다. 그리고 물론 아무것도 이해하지 못하고 조용히 옆방의 문을 열어 주었다. 천장이 아주 낮은, 역시 조그마한 방이었다. 거기에는 꼭 필요한, 형편없는 가구만이 놓여 있었고, 커튼을 드리운 큼지막한 침대가 있었다. 그 침대 위에는 내가 보기에 술에 취해 있는 〈쩨렌찌치〉가 누워 있었다. 아줌마는 그의 이름을 그렇게 불렀다. 탁자 위에는 쇠촛대에 꽂힌 초가 다 타들어 가고 있었으며 거의 비운 보드까 병이 있었다. 쩨렌찌치는 누워서 나에게 뭐라고 웅얼거렸으며 옆방 쪽으로 손을 흔들었다. 아줌마는 나가 버리고 나 혼자 있었기에 그 방문을 열어 보지 않을 수 없었다. 나는 옆방 문을 열고 안으로 들어갔다.

그 방은 앞의 방보다 더욱 비좁아서 그야말로 몸을 어떻게 돌려야 할지도 모를 정도였다. 구석에 놓여 있는 1인용 침대가 지나치게 많은 공간을 차지했다. 다른 가구라야 평범한 의자 세 개가 전부였다. 그 의자 위에는 온갖 잡동사니가 다 쌓여 있었다. 그리고 매우 단순한 부엌용 나무 식탁과 그 앞에 방수포를 씌운 낡은 소파가 있었다. 때문에 식탁과 침대 사이를 빠져나가기는 거의 불가능했다. 식탁 위에는 옆방에서 보았던 것과 같은 쇠촛대에서 양초가 타고 있었다. 침대 위에서는 갓난아이가 울고 있었다. 그 아이는 울음소리로 보아 태어난 지 이제 3주밖에 안 된 것 같았다. 아직 젊지만 병이 들어 창백해 보이는 여인이 아이의 기저귀를 갈아 주고 있었다. 간단한 평상복을 걸치고 있던 그녀는 해산 후 이제서야 걷기 시작했는지도 모른다. 그러나 아이는 다 말라 빠진 어머니의 젖을 기대했는지 좀처럼 울음을 그치지 않았다. 소파 위에는 다른 아이가 자고 있었다. 프록코트처럼 보이는 옷을 덮은 세 살배기 여자아이였다. 식탁 옆에는 한 남자가 낡은 연미복을 입고 서서(그는 이미 외투를 벗어 침대 위에 던져 놓았다) 2파운드의 밀가루 빵과 두 개의 작은 러시아 식 순대를 싼 푸른 종이를 풀고 있었다. 그 밖에도 식탁 위에는 차가 들어 있는 주전자가 놓여 있었고 흑빵 조각들이 나뒹굴고 있었다. 침대 밑에는 다 잠기지 않은 트렁크가 비죽 나와 있었고, 넝마 조각들이 들어 있는 두 개의 보따리가 튀어나와 있었다.

한마디로 방 안은 난장판이었으나, 첫눈에 그 신사와 부인은 점잖은 사람들처럼 보였다. 그런데 가난에 찌들어 살다 보니 비참한 상태까지 온 것 같았다. 때문에 집 안을 정돈하려는 의지보다 난장판 속에 사는 데 길들여져 있었고, 오히려 날이 갈수록 더해 가는 난장판 속에서 복수심 같은 쓰디쓴 만족감을 느끼는 것 같았다.

내가 방 안으로 들어갔을 때, 방금 앞서 들어와 종이에 싼 자신의 식량을 풀었던 그 신사는 무엇에 관해서인지 빠른 어투로 열을 내며 부인과 말을 하고 있었다. 부인은 미처 기저귀를 다 채우지 못한 상태였지만 벌써부터 잔소리를 하기 시작했다. 남편이 늘상 그렇듯이 반갑지 않은 소식을 전해 주었음에 틀림없었다. 겉보기에 스물여덟 살쯤 되는 신사의 거무스레하고 여윈 얼굴은 검은 구레나룻으로 테를 둘렀고, 코밑과 턱밑의 수염은 반들거릴 정도로 면도를 하고 있었다. 그러한 그의 얼굴이 나에게는 상당히 고상하고 유쾌해 보이기까지 했다. 모습과 시선이 우수에 젖어 있었음에도 불구하고. 그러나 툭하면 지나치게 신경질을 부릴 것 같은 병적인 자존심도 엿보였다. 내가 방 안으로 들어갔을 때 이상한 장면이 연출되었다.

신경질을 부릴 때마다, 특히 신경질이 극에 달할 때 지독한 쾌감을 느끼는 사람들이 있다(보통 그러한 신경질은 왈칵하는 순간에 일어나는 법이다). 그러한 순간이면 이들은 모욕당하지 않는 것보다 모욕당한 것을 오히려 더 기뻐하는 것 같다. 이렇게 신경질을 부리는 사람들은 그렇게 하고 나서 언제나 후회를 하며 괴로워한다. 물론 그것은 이들이 똑똑해서 자신이 공연히 화를 열 배나 심하게 냈다는 것을 깨달을 줄 아는 경우에나 그렇다. 신사는 한동안 놀란 눈빛으로 나를 바라보았고, 부인은 누군가가 그들을 찾아올 수 있다는 사실이 도무지 있을 수 없다는 듯이 어리둥절한 표정이었다. 그러나 갑자기 신사는 미친 듯이 나에게 덤벼들었다. 변명의 말조차 꺼낼 여유가 없었다. 그는 말쑥하게 차려입은 내가 불쑥 자기네 방에 들어와, 자신이 몹시 부끄러워하던 지저분한 방 안 꼴을 보았던 것에 대단히 자존심이 상한 모양이었다. 물론 그는 동시에 자신의 불운에 대한 원통한 마음을 누군가에게 퍼부을 기회를 은근히 반가워했다. 나는 그에게 달려들어 싸움을 한판 벌여 볼까 하는 생각도 잠시 해봤다. 그는 여자들이 히스테리를 일으킬 때처럼 얼굴이 창백해져서 그의 아내가 깜짝 놀랄 지경이었다.

「이렇게 들어와도 되는 거요? 어서 나가지 못하겠소!」 그는 덜덜 떠느라고 제대로 발음하지도 못하면서 고함쳤다. 그러나 갑자기 그는 내 손에 들린 그의 지갑을 보았다.

「선생이 떨어뜨린 거지요?」 나는 될 수 있는 한 침착하고 냉정하게 말했다(원래 그렇게 해야 했다).

그는 소스라치게 놀라서 한동안 아무것도 이해하지 못하는 사람처럼 내 앞에 서 있었다. 그러다가 재빨리 자기의 호주머니를 만져 보고는 끔찍스럽다는 듯이 입을 벌리고 자기 이마를 손바닥으로 쳤다.

「어이쿠! 이걸 어디서 주웠지요? 어떻게요?」

나는 가장 짤막한 말로 될 수 있는 한 냉정하게, 그 지갑을 주워서 그의 뒤를 쫓아오며 그를 불렀던 일이며, 결국에는 추측과 육감으로 그의 뒤를 추적하여 층계에까지 오게 된 과정을 설명했다.

「아니, 그럴 수가!」 그는 아내 쪽을 바라보며 소리쳤다. 「거기에 우리의 모든 서류와 나의 마지막 도구가 들어 있는데…… 고맙기 그지없는 분이군요. 당신이 나를 위해 무슨 일을 했는지 아십니까? 나는 파멸하고 말았을 겁니다!」

나는 대답을 하지 않은 채로 바깥으로 나가기 위해 방문 손잡이를 잡았다. 그러나 숨이 차왔고 흥분은 갑자기 심한 기침의 발작을 일으켜 제대로 몸을 가누지조차 못할 정도가 되었다. 나는 신사가 온 사방을 두리번거리며 급히 빈 의자를 찾는 모습을 보았다. 그는 의자에 쌓인 누더기를 바닥에다 황급히 집어 던지며 그 의자를 내게 권하곤 나를 조심스럽게 거기에 앉혔다. 그러나 기침은 멈추지 않고 3분 가량이나 더 계속되었다. 내가 정신을 차렸을 때 그는 바로 내 옆에 다른 의자를 가져다 놓고 거기에 앉아 있었다. 그 의자에 있던 누더기도 바닥에 던져 버린 모양이었다. 그는 나를 찬찬히 들여다보고 있었다.

「몸이 불편해 보이시는데?」 그는 흔히 의사가 환자를 진료하는 말투로 말했다. 「난…… 의료인이오(그는 의사라는 말을 쓰지 않았다).」 그는 이 말을 하고 무슨 이유에서인지 손으로 방을 가리켰다. 마치 현재의 자기 처지에 대해 반발하는 듯한 모습이었다. 「내가 보기에 당신은…….」

「난 폐병이 있어요.」 나는 짤막하게 한마디 던지고 자리에서 일어났다.

그도 즉시 자리에서 일어났다.

「어쩌면 당신은 미리 중병에 걸렸다고 단정하고 있는 거요. 약을 복용하면…….」

그는 매우 당황해 하며 제정신을 차리지 못하는 것 같았다. 그의 왼손에는 지갑이 비죽 나와 있었다.

「아, 걱정 마세요.」 나는 문 손잡이를 잡으며 그의 말을 다시 가로챘다. 「지난 주에 B씨한테 검진을 받았어요(나는 다시 B를 끌어들였다). 난 모든 게 판가름났어요. 죄송합니다만…….」

나는 수치심에 억눌려 당황해 하며 어떻게 고마움을 표해야 할지 모르는 의사를 남겨 둔 채 문을 열고 나가려고 했다. 그러나 하필 이때 기침이 다시 터져 나오기 시작했다. 이때 의사는 나에게 앉아서 휴식을 취하도록 권고했다. 그가 아내에게 뭐라고 말하자, 아내는 자리를 떠나지 않고 몇 마디의 감사와 인사의 말을 했다. 이렇게 말하는 그녀는 몹시 당황해 하고 있었다. 그녀의 누렇고 핼쑥한 뺨에 홍조가 돌기까지 했다. 나는 거기에 남아 있었으나, 이들 부부를 쑥스럽게 해서는 안 된다는 표정을 좀처럼 숨기지 못했다(마땅히 쑥스럽지 않게 해야 하기 때문이다). 마침내 나의 의사는 후회를 하며 괴로워하고 있었다. 나는 그걸 알아차릴 수 있었다.

「만약 내가……」 그는 더듬거리며 두서 없이 말을 시작했다. 「당신한테 너무 고맙고 미안하기 짝이 없습니다……. 나는…… 보시다시피……, 현재 내 처지는 이렇답니다…….」 그는 다시 방을 가리켰다.

「아,」 내가 말했다. 「보나마나한 일이겠지요. 뻔한 일입니다. 선생께서는 일자리를 잃었음에 틀림없어요. 그래서 이곳으로 와 사정을 호소하고 다시 일자리를 찾고 있지요?」

「어떻게…… 그걸 알았지요?」 그가 놀라움을 금치 못하고 물었다.

「첫눈에 드러났어요.」 나도 모르게 조소를 머금고 대답했다. 「지방에서 사람들이 희망을 품고 이곳으로 와서, 이리 뛰고 저리 뛰며 살아간답니다.」

그는 갑자기 입술을 파르르 떨며 흥분한 목소리로 말을 하기 시작했다. 그는 불평을 하기 시작하며 나에게 자초 지종을 들려주었다. 솔직히 말해 그의 얘기는 나의 흥미를 끌었다. 나는 그의 집에서 거의 한 시간 동안 앉아 있었다. 그는 나에게 자기가 살아온 얘기를 해주었는데, 매우 평범한 얘기였다. 그는 군(郡)의 보건의로 근무하고 있다가, 어떤 음모에 말려들었다. 거기에는 그의 아내까지 휩쓸려 들어갔다. 그는 몹시 분개하여 흥분하게 되었다. 군수가 경질되는 바람에 그를 시기하는 사람들이 유리한 입장에 서게 되었다. 그는 함정에 빠져 고소를 당했다. 그는 결국 직장을 잃고, 있는 재산을 다 털어 이 사건의 억울함을 호소하기 위해 뻬쩨르부르그로 왔으나, 알다시피 그의 호소에 귀를 기울여 줄 리가 없었다. 시간을 오랫동안 끌다 보면 한번쯤 들어 주고는 부정적인 대답을 해준다. 그러다간 약속을 늘어놓으며 냉혹하게 대꾸를 한다. 그런 후에는 진정서를 한번 써내라고 지시해 놓곤 그가 그걸 써내면 받아들이지 않으며, 다시 탄원서를 내보라고 명령한다. 한마디로 그는 5개월째나 동분서주하다가 가지고 있는 것을 모두 탕진했다. 마지막 남은 아내의 옷가지도 전당포에 잡혀 있었다. 그런데 이때 아이가 태어난 것이었다. 〈내가 제출한 탄원서가 오늘 기각당했어요. 설상가상으로 집에는 먹을 것도 다 떨어졌고요. 아무것도 없는데 아내는 해산을 했답니다. 나는, 나는…….〉

그는 의자에서 벌떡 일어나 등을 돌렸다. 그의 아내는 방구석에서 울고 있었으며, 아이는 빽빽거리기 시작했다. 나는 수첩을 꺼내서 거기다 메모를 하기 시작했다. 메모를 마치고 자리에서 일어나자, 그가 내 앞에 서서 불안한 표정을 지으며 궁금해 하는 눈초리를 보냈다.

「나는 선생의 이름하고,」 나는 그에게 이렇게 말했다. 「그 밖에 선생의 전 직장, 군수의 이름, 그리고 날짜를 적어 두었어요. 내겐 바흐무또프라는 동창생이 하나 있는데, 그의 삼촌 뾰뜨르 마뜨베예비치 바흐무또프는 실권이 있는 관리로 모처의 청장이에요……」

「뾰뜨르 마뜨베예비치 바흐무또프라고요!」 그 의사는 몸을 떨다시피 하며 소리를 질렀다. 「거의 모든 게 바로 그 사람한테 달려 있어요!」

사실 우연한 계기로 내가 문제 해결에 도움을 주게 되었던 이 의사의 사건은 마치 계획적인 것처럼 착착 진행되어 모든 것이 소설과 같이 잘 풀렸다. 처음에 나는 이 불쌍한 사람들이 나에게 아무런 기대도 갖지 않도록, 나는 그저 가난한 학생에 불과하다고 말했었다(그때 나는 의도적으로 나 자신을 과장되게 비하시켰다.

617

사실 나는 오래전에 학업을 끝냈기 때문에 더 이상 학생이 아니었다). 나는 그들에게 내 이름은 알 필요 없다고 덧붙이며, 나는 친구 바흐무또프를 보러 바실리예프스끼 섬으로 갈 거라고 했다. 실권이 있다는 그의 삼촌은 내가 알기로 홀아비인 데다가 자녀도 없고, 게다가 나의 친구가 가문의 대를 이어 갈 마지막 자손이라는 것을 알기 때문에 자기 조카를 끔찍이 여기며 지극히 사랑한다고 들었다. 내가 말했다. 〈어쩌면 그 친구가 나나 선생을 위해, 물론 삼촌을 통해 무언가를 해낼 수 있을지도 몰라요……〉

「그 청장님께 가서 사건의 전모를 해명할 기회만이라도 만들어 주시겠습니까? 그 어른을 뵙고 직접 말씀이라도 드릴 수만 있다면 영광이겠습니다!」 그는 마치 열병에 걸린 사람처럼 사지를 떨며 번쩍이는 눈으로 소리쳤다. 그는 만나기만 해도 좋다는 말을 했다. 난 이 일이 어쩌면 불발이 되어 모든 것이 물거품이 될 수도 있다는 말을 되풀이하고 나서, 내일 아침에 내가 그들 부부에게 다시 오지 않으면 일이 수포로 돌아간 것이니까 더 이상 나를 기다릴 필요가 없다고 말했다. 그들은 고개 숙여 인사를 하며 나를 전송했다. 그들은 거의 제정신이 아니었다. 그들의 얼굴 표정을 나는 결코 잊지 않을 것이다. 나는 마차를 타고 곧바로 바실리예프스끼 섬으로 향했다.

학교에 다닐 때 나는 바흐무또프와 줄곧 사이가 나빴다. 우리 반에서 그는 귀족으로 간주되었다. 적어도 나만큼은 그를 그렇게 불렀다. 그는 옷을 멋지게 입고, 항상 자가용 마차로 통학했다. 그러나 바흐무또프는 잘난 척하는 법 없이 언제나 훌륭한 급우였으며, 반에서는 항상 최고였다. 또한 그는 유난히 명랑했으며 어떤 때는 예리하기까지 했다. 그러나 그가 반에서 항상 최고였다 하더라도 머리가 명석한 것은 아니었다. 나로 말할 것 같으면 그 어디에서도 최고가 된 적은 한번도 없다. 나를 제외한 모든 급우들은 그를 사랑했다. 그 몇 년 동안 그는 서너 번 가량 나에게 접근해 온 적이 있었다. 하지만 그럴 때마다 나는 인상을 찌푸리며 신경질적으로 그에게서 등을 돌렸다. 지금 나는 그를 1년 가량 보지 못했다. 그는 대학에 다니고 있었다. 8시가 넘어 내가 그의 집으로 들어갔을 때(출입 절차가 복잡했는데 나에 대한 보고가 꽤 길었다), 처음에 그는 깜짝 놀라 심지어는 무뚝뚝한 표정으로 나를 맞이했다. 하지만 곧 유쾌한 표정을 지으며 나를 바라보다가 갑자기 웃음을 터뜨렸다.

「무슨 생각이 들어서 이렇게 나를 찾아온 건가, 쩨렌찌예프?」 그는 늘 그러하듯이 상냥하고 격의 없는 목소리로 외쳤다. 이러한 그의 태도는 건방져 보이기도 했지만 결코 상대방의 자존심을 해치는 것은 아니었다. 나는 그렇기 때문에 그를 좋아하기도 했고, 증오하기도 했다. 「무슨 일인가? 아주 아파 보이는데!」 그가 놀라서 소리쳤다.

기침이 또다시 나를 엄습해 왔다. 나는 의자에 쓰러진 채 간신히 숨을 쉴 수 있었다.

「걱정하지 말게. 난 폐병이 있다네. 자네한테 부탁이 있어서 왔네.」 나는 이렇게 말했다.

그는 놀라워하며 자리에 앉았다. 나는 즉시 그에게 그 의사에 얽힌 사연을 다 얘기해 주고, 그가 삼촌에게 지대한 영향을 끼칠 수 있으므로 삼촌을 통해 뭔가를 해줄 수 있지 않겠느냐고 말했다.

「해주지, 꼭 해주고말고. 내일 당장 삼촌에게 부탁하겠네. 나로서는 기쁘기 그지없네. 자네가 그 모든 것을 소상하게 말해 주다니……. 그런데 쩨렌찌예프, 자네는 어떻게 해서 그런 일을 나에게 부탁할 생각을 했나?」

「그건 자네 삼촌에게 전적으로 달려 있는 일인 데다, 자네와 나는 항상 좋은 사이가 아니었음에도 불구하고 자네 인품이 워낙 바른지라, 자네가 나의 청을 거절하지 않을 거란 생각이 들었지.」 나는 약간 아이러니컬하게 말했다.

「나폴레옹이 영국에게 대화를 걸어 온 듯하군!」[123] 그는 껄껄 웃으면서 소리쳤다. 「들어주겠네, 들어주겠어! 가능하면 지금 당장이라도 삼촌한테 찾아가겠네!」 그는 내가 매우 심각하고 엄숙하게 자리에서 일어나는 것을 보고 성급히 덧붙였다.

정말로 이 사건은 가장 예기치 않은 방법으로 더 이상 바랄 나위가 없을 정도로 순조롭게 해결되었다. 의사는 1개월 반 후에 다른 군에서 직장을 되찾았고, 여비와 보조금까지 받게 되었다. 내가 알기로, 이후에 바흐무또프는 그 의사의 집을 뻔질나게 드나들게 되었다(그리고 나서 나는 고의로 이들 집에 발길을 끊었으며, 의사가 우리 집을 찾아올 경우에도 냉담하게 맞이했다). 또한 내가 추측하는 바이지만, 바흐무또프는 의사에게 자기 돈을 빌려 쓰라고 할 정도로 그와 절친해졌다. 나는 지난 6일 동안 두 번 가량 바흐무또프와 만났다. 우리가 세 번째로 만난 것은 의사를 전송할 때였다. 바흐무또프가 자기 집에서 환송식을 겸해 샴페인을 마시며 식사나 하자고 우리를 초청했다. 거기에는 의사의 아내도 참석했다. 하지만 그녀는 아기 때문에 빨리 자리를 떠났다. 그때는 5월 초의 맑은 저녁이었다. 거대한 태양의 원반이 바다 위로 떨어지고 있었다. 바흐무또프는 나를 집에까지 바래다주었다. 우리는 니꼴라예프스끼 다리를 따라 걸었다. 우리는 둘 다 제법 취해 있었다. 바흐무또프는 내 덕분에 이 일이 잘 마무리되어서 매우 기쁘다는 말을 했다. 그리고 좋은 일을 한 직후에는 기분이 몹시 유쾌하다고 말한 후, 이 모든 것이 나의 공이라고 확신시키려 했다. 그러면서 요즈음에 많은 사람들이 개인의 선행은 아무 의미가 없다고 가르치며 주장하는 것은 근거 없는 일이라고 역설했

---

123 워털루 전투의 패배와 ㄱ 후 1815년 나폴레옹의 두 번째 패배로 프랑스 군대는 미국 대륙으로 후퇴하기로 결정했다. 그러나 영국 해군 분함대가 로쉬포르 항구를 봉쇄함으로써 하는 수 없이 프랑스의 적인 영국과 교섭을 해야만 했던 사실을 말한다.

다. 나는 말하고 싶은 욕구를 억누를 수 없었다.

「개인적인 〈자선〉을 모함하려는 자는,」 나는 말을 시작했다. 「인간의 본성을 침해하고 인간 개인의 미덕을 무시하는 자라네. 그러나 〈사회적 자선〉 단체와 개인의 자유에 관한 문제는 두 가지 다 별개 문제이지만 상치되는 문제는 아니라네. 개별적 선은 그것이 개성의 요구이자, 하나의 개성이 다른 한 개성에게 직접적으로 영향을 미치는 살아 있는 요구이기 때문에 영원히 남아 있게 마련이지. 모스끄바에 〈장군〉이라고 하는 어떤 노인이 살았네. 사실은 독일 이름을 가진 4등 문관이었지. 그는 한평생 유형지와 감옥을 돌아보며 살았지. 시베리아로 떠날 유형수들은 그들이 현재 수감되어 있는 보로비요프 언덕[124]으로 〈장군 할아버지〉가 찾아올 것을 미리 알고 있었다네. 노인은 온 정성을 다해 경건하게 자신의 일을 해왔지. 노인은 언덕에 나타나서 그를 에워싸고 있는 유형수들 앞에 일일이 멈춰 서서 그들이 필요로 하는 게 무엇인지 물어보았지. 그러면서 그 누구에게도 훈시 따위는 거의 한 적이 없었네. 노인은 모든 유형수들을 〈다정한 친구〉라고 불렀지. 노인은 돈을 주기도 하고, 각반, 발싸개, 마포와 같은 생필품을 보내 주기도 하고, 이따금 성서를 가지고 왔지. 글을 깨우친 죄수들이 유형길에서 그 성서를 읽을 것이고, 또 글을 모르는 자에게도 읽어 줄 것이라는 확신에서였다네. 죄수에게 무슨 죄를 지었느냐고 물어보는 경우는 드물었고, 죄수가 자기 죄에 관해 먼저 말을 꺼냈을 때만 들어 주는 정도였지. 그에게 있어서 모든 죄수들은 동등했고 아무런 차별도 없었다네. 그는 죄수들에게 친형제처럼 말을 했지만, 나중에 죄수들은 그를 아버지로 여기기 시작

---

[124] 모스끄바 동남쪽 지역에 있는 작은 언덕으로 이곳에서 나폴레옹과 참모들이 1812년 9월 11일 도시를 내려다보았다. 이곳은 시베리아로 유형을 떠나는 죄수들이 집결하는 곳이었다. 오늘날은 레닌 언덕이란 이름으로 불리며 산책과 스포츠를 즐기는 장소가 되었다.

했다더군. 어린애를 안고 있는 여자 유형수가 눈에 띌 때면 그는 다가가서 어린애를 어루만져 주고, 그 어린애한테 웃어 보라고 손가락을 딱딱 튀겨 보이기도 했다네. 이와 같은 그의 행동은 죽는 날까지 여러 해 동안 계속되었지. 결국에는 그에 대한 소문이 시베리아와 러시아 전역으로까지 퍼지게 되었다네. 말하자면 모든 죄수들이 그를 알게 된 거지. 시베리아에 갔다 온 사람으로부터 직접 들은 말일세만, 그 사람이 목격한 바에 따르면 흉포하기 그지없는 죄수들이라도 그 장군을 기억했고, 장군은 방문시마다 형제 각자에게 25꼬뻬이까 이상은 나누어 줄 수 없었다더군. 물론 그 장군 할아버지를 죄수들이 매우 열렬하게 혹은 아주 진지하게 회상하지는 않았지. 〈불행한 자〉 중에서 오로지 자신의 기분을 충족시키기 위해 12명의 어른을 살해하고 6명의 아이를 찔러 죽인 살인자(그러한 자들이 있다는군)가 엉뚱하게 어느 날인가, 아마 그게 20년 만에 처음이라고 알고 있는데, 갑자기 한숨을 쉬며 〈지금도 그 장군 할아버지가 살아 있을까?〉라고 말했다는 거야. 어쩌면 그렇게 말하면서 히죽 웃었을지도 모르지. 어쨌든 이게 얘기의 전부라네. 그 흉악범이 20년 동안 잊지 못했던 장군 할아버지가 그자의 영혼에 어떤 씨앗을 영원히 뿌려 놓았는지 자네는 알겠는가? 바흐무또프, 다른 개성에 대한 한 개성의 교류가 교류를 받은 자의 운명에 어떤 의미를 띠고 있는지 알겠는가……? 거기에는 완전한 삶이 있고, 우리에게 숨겨진 무수한 가지들이 싹트고 있는 걸세. 가장 뛰어나고 예리한 장기 선수라도 오로지 몇 수 앞밖에 읽을 수 없는 법일세. 열 수 앞을 읽을 줄 안다는 어느 프랑스 장기 선수에 관해 언론에서는 기적 같은 일이라고 수선을 떨었지. 알려지지 않은 장기의 묘수가 얼마든지 많은데 말이야, 그까짓 열 수 가지고? 어떤 형식이든 간에 사네의 씨앗을 뿌리고, 자네의 〈자선과 선행〉을 베푼다는 것은 자네 개성의 일부를 타인에게 내주는 동시에 타인 개성의 일부를 받아들이는 걸세.

자네는 상호 교류를 하고 있는 거라네. 타인에게 조금만 더 관심을 기울여 준다면 자네에게 가는 보상은 가장 예기치 않았던 발견이 될 걸세. 그것은 단순한 지식이 아니라네. 결국 반드시 자네는 과학을 바라보듯이 자네의 행위를 바라보게 될 걸세. 그것은 자네의 모든 삶을 휘어잡아 삶 전체를 가득 채울 수 있게 되는 거지. 다른 한편으로 자네의 모든 사상, 자네가 던진 모든 씨앗들, 그것들은 자네에게서 이미 잊혀졌을지 모르지만, 아마도 형체를 얻게 되어 쑥쑥 자라나게 될 거라네. 자네에게서 베풂을 받은 자는 제3자에게 그대로 〈베풂〉을 전해 주기 때문이라네. 자네가 미래에 인간의 운명을 해결하는 데에 어떤 역할을 하게 될지 어떻게 아는가? 만약 이러한 작업으로 보낸 평생의 삶과 지식 덕분에 마침내 자네가 엄청난 씨앗을 던져, 이 세상에 거대한 사상을 유산으로 남겨 줄 수 있는 상태에 있다면……」이와 같은 식으로 나는 그때 말을 길게 늘어놓았다.

「그렇지만 자네는 삶으로부터 버림받는 것을 생각해 보았나?」 바흐무또프는 누군가를 힐난하는 듯한 말투로 버럭 소리 질렀다.

그 순간에 우리는 다리 위에 서 있었다. 우리는 다리 난간에 팔꿈치를 기대고 네바 강을 바라보았다.

「한 가지 내 머릿속에 떠오른 게 있는데 그게 뭔지 알겠나?」 나는 난간 쪽으로 몸을 더 구부리고 말했다.

「혹시 저 물속으로 투신하겠다는 건가?」 바흐무또프는 겁을 집어먹기라도 한 듯이 외쳤다. 어쩌면 그는 내 얼굴에서 나의 생각을 읽어 냈는지도 모른다.

「그게 아닐세. 아직까지는 오직 한 가지 상념뿐인데, 잘 들어 보게. 이제 나는 앞으로 살날이 2, 3개월, 어쩌면 4개월 정도 남았네. 하지만 두 달밖에 살날이 남아 있지 않다고 가정하고, 만약 내가 얼마 전 의사 선생의 일에 얽혔던 것과 같이 분주하게 이리 뛰고 저리 뛰어가며 많은 노고를 요구하는 한 가지 선행을 간절하게 원한다면, 나는 남은 시간이 부족한 관계로 그러한 선행을 단념하고, 보다 단순하고 내 주머니 사정에 맞는 선행거리를 찾아야 될 걸세(물론 내가 선행을 하고 싶어 안절부절못하는 사람으로 간주될 경우에 그렇다는 말이지). 이게 얼마나 재미난 생각인지 자네도 알고 있지?」

가엾은 바흐무또프는 나를 몹시 걱정했다. 그는 나를 집 앞까지 바래다주었다. 그리고 매우 세심하게, 주제넘는 위로의 말 같은 건 단 한 마디도 꺼내지 않고 시종일관 침묵을 지켰다. 그는 작별을 하며 나의 손을 꽉 쥐고 나를 방문할 수 있게 해달라고 했다. 나는 그에게 만약 〈위로차〉 나를 찾으면(그가 침묵을 지킨다 하더라도, 마찬가지로 위로하기 위해 찾아오는 것이라고 설명했다), 그가 나를 찾을 때마다 나의 죽음을 더욱더 상기시키는 결과가 될 것이라고 말해 주었다. 그는 어깨를 으쓱해 보였으나 나의 말에 동의했다. 우리는 상당히 정중하게 헤어졌다. 나도 그러리라곤 예상하지 못했다.

그러나 이날 저녁과 이날 밤에 나의 〈마지막 신념〉의 첫번째 씨앗이 뿌려졌다. 나는 이 새로운 생각에 탐욕스럽게 집착해 있었다. 나는 그 생각의 모든 굴곡과 형태를 굶주린 듯이 분석해 들어갔다(나는 밤새도록 눈 한번 붙여 보지 못했다). 그 생각에 빠져 들어가면 갈수록, 그 생각을 내 자신 속으로 끌어들이면 끌어들일수록, 나는 더욱더 놀라지 않을 수 없었다. 마침내 나는 무서움과 놀라움에 사로잡혀 그 후 며칠 동안 거기에서 헤어나지 못했다. 이따금 그때의 지속적인 놀라움에 대한 생각이 들 때면 나는 새로운 공포감으로 몸이 일순간에 오싹해짐을 느꼈다. 그와 같은 놀라움으로 인해 나는 오히려 다음과 같은 결론을 내렸다. 나의 〈마지막 신념〉은 나의 내부에서 너무나 심각하게 자리잡고 있어서 즉시 해결점에 도달할 것이라는 결론이었다. 그러나 해결을 하기에는 결단력이 부족했다. 3주일 후에 모든 것이 끝이 났다. 드디어 결정이 내려졌던 것이다. 그러나 그것은 매우 이상한 사정에 의한 것이었다.

나는 이 해명에 모든 숫자와 날짜들을 적고 있다. 물론 나에게는 모든 것이 상관없을 것이다. 그러나 지금은(어쩌면 이 순간만큼은) 나의 행동을 심판하는 자들이 내가 나의 〈마지막 신념〉을 어떤 논리적 맥락에서 결론지었는지를 명백히 알았으면 좋겠다. 내가 방금 언급했듯이, 내가 〈마지막 신념〉을 이행하는 데 부족한 최종적 결단이 내 안에서 일어났다. 그것은 논리적 결론에서가 아니라, 어떤 이상한 충동, 어떤 이상한 사정에 의해 내려진 것이다. 그것은 어쩌면 사건의 추이와 아무런 관련이 없는 것일지도 모른다. 열흘 전쯤 로고진이 나에게 찾아왔다. 무슨 일 때문이었지만 그것에 관해 여기서 언급하는 것은 불필요하다고 본다. 나는 과거에 로고진을 본 적이 전혀 없었으나 그에 관해서는 대단히 많은 것을 들어 왔다. 나는 그가 알고 싶어하는 것을 모두 알려 주었고 그는 곧 돌아갔다. 그가 알고자 하는 것을 다 알아 갔으니 당연히 우리들의 관계도 끝이 났다. 하지만 로고진이란 인간은 나에게 강한 흥미를 불러일으켰다. 나는 그날 하루 종일 이상한 생각에 사로잡혀 있었다. 그래서 다음날 그를 직접 방문할 결심을 했다. 로고진은 분명히 나를 달가워하지 않았다. 심지어는 우리가 더 이상 알고 지낼 필요가 없다는 것을 〈묘하게〉 암시까지 했다. 그러나 나는 한 시간 동안 재미나게 보냈다. 아마 그도 그러했을 것이다. 그와 나 사이에는 우리 서로에게, 특히 나에게 표현할 수 없는 대조적인 면이 있었다. 나는 이미 죽을 날짜를 받아 놓은 사람이었고, 그는 가장 충만하고 현실적인 삶을 이 순간에 살고 있는 사람이었다. 〈마지막〉 결론이라든가 수치 또는 그 무엇에 대해서도, 그가 미쳐 있는 것과 관련이 없는 것에 대해선 아무런 걱정 없이 오로지 순간을 위해 살고 있는 인간이다. 〈미쳐 있는〉이란 표현은 문장력이 부족한 나로서는 어쩔 수 없이 나온 말이기에 로고진 씨가 이 점은 양해해 주리라고 믿는다. 그는 매우 냉담한 성격의 인간임에도 불구하고 똑똑하고 많은 것을 이해하는 사람처럼 보였다. 물론 그는 자신과 관련이 없는 일에 대해서는 별로 관심을 갖지 않았다. 나는 〈마지막 신념〉에 관해서 아무런 언급도 하지 않았다. 그러나 왜 그런지 내 말을 들으면서 그는 나의 〈신념〉을 눈치 챈 것 같았다. 그는 줄곧 입을 다물고 있었다. 그는 무섭게 침묵을 지켰다. 나는 그의 집에서 나가면서 우리 사이의 격차와 양극성에도 불구하고 〈les extrémités se touchent〉라고 암시를 주었다(나는 그 말을 러시아 어로 〈양극성은 만나는 것이다〉라고 해석해 주었다). 때문에 그는 나의 〈마지막 신념〉에서 그다지 멀리 있는 것 같지는 않았다. 나의 이런 말에 그는 인상을 몹시 찌푸리며 시큰둥하게 응답했다. 그러고 나서 그는 벌떡 일어나 자기 손으로 나의 모자를 집어 주었다. 마치 내가 먼저 나가겠다고 하기나 한 것처럼, 손님의 예의를 갖춰 음침한 집에서 나를 밖으로 내몰고 말았다. 나는 그의 집을 보고 매우 놀랐다. 그의 집은 묘지 같았으나 그의 마음에는 드는 모양이었다. 또한 그가 지금 살아가고 있는 충실한 현실적 삶이 지나치게 충만하기 때문에 가구나 장식을 필요로 하지 않는다는 것을 염두에 둔다면 이해할 만도 하다.

로고진의 집을 방문하고서 나는 심한 피로감에 휩싸였다. 게다가 이미 아침부터 몸이 좋지 않았다. 저녁 무렵이 되어서는 기운이 소진해 자리에 눕고 말았다. 이따금 몸이 불덩이처럼 뜨거웠으며 심지어는 몇 분씩 헛소리까지 했다. 꼴랴가 밤 11시까지 내 곁에 있어 주었다. 하지만 나는 그가 말했던 것이며, 우리가 말했던 것을 모두 기억하고 있다. 그러나 잠시 눈을 붙이고 있는 동안, 위층에 살고 있는 이반 수리쇼프가 수백만 루블을 손에 쥐게 되는 꿈을 꾸었다. 그는 거금으로 무엇을 해야 될지 몰라 머리를 쥐어짜고 있었으며, 그 돈을 도둑맞을까 봐 덜덜 떨다가 결국에는 땅속에다 숨겨 놓을 결심을 했다. 마침내 나는 그에게 그렇게 엄청난 양의 금화를 쓸데없이 땅속에 파묻어 두느니보다 〈얼어 죽은〉 아이를 위해 그 금화를 녹여서 관을 짜주는 것이 낫다고 조언해 주었다. 수리꼬프는 조소 어린 나의 농담을 감사의 눈물로 받아들이며 즉시 실행에 옮겼다. 나는 침을 퉤 뱉은 뒤 그에게서 나왔다. 내가 정신을 차렸을 때 꼴랴는, 내가 전혀 잠을 자지 않고 줄곧 수리꼬프에 관해 무슨 말을 했노라고 말했다. 몇 분 동안 나는 지독한 우수와 혼란 속에 빠져 들었고 니꼴라이는 걱정을 하며 나갔다. 나는 그가 나가고 나서 방문을 열쇠로 잠그려고 자리에서 일어났다. 그때 아까 로고진의 집에서 보았던 그림이 불현듯 생각났다. 그것은 그의 집에서 가장 음침한 현관의 문 위에 걸려 있었다. 로고진이 지나가면서 나에게 그 그림을 직접 보여주었다. 나는 그 앞에서 5분 가량 서 있었던 것 같다. 예술적인 면에서 그 그림은 뛰어난 것이 전혀 없었다. 그러나 나는 그림 속에서 이상하게도 불안감을 느꼈다.

그림 속에는 방금 십자가에서 풀려난 그리스도가 그려져 있었다. 나는 화가들이 십자가에 매달린 그리스도를 그릴 때나 십자가에서 내려진 그리스도를 그릴 때나, 그 얼굴에 비범한 뉘앙스가 담긴 미를 반영한다고 알고 있다. 화가들은 그리스도가 가장 무서운 고통에 처해 있을 때의 모습에서도 그 미를 간직하려고 부심한다. 로고진의 집에 있는 그림 속에는 미에 대한 언어가 전혀 없었다. 거기에는 인간의 시체가 적나라하게 묘사되어 있을 뿐이었다. 십자가에 매달리기 전에 받았던 끝없는 고통, 상처, 고뇌, 십자가를 지고 가거나 넘어졌을 때 행해졌던 보초의 채찍질과 사람들의 구타, 마침내는 (내 계산에 의하면 적어도) 6시간 동안 계속되었던 십자가의 고통을 다 참아 낸 자의 시체였다. 사실 그것은 〈방금〉 십자가에서 내려진 인간의 얼굴이었다. 아직까지도 많은 생기와 온기가 느껴지는 얼굴이었다. 또한 신체의 어떤 부분은 아직 굳어 버리지 않아서 죽은 자의 얼굴에는 지금까지도 그가 느끼고 있는 듯한 고통이 엿보였다(화가는 이 순간을 매우 훌륭하게 포착하고 있다). 그 얼굴에는 조금도 부족한 데가 없었다. 그것은 가치 없는 진실이었고 실제 인간의 시신은 그래야 했다. 그와 같은 고통을 겪고 난 후, 인간이면 누구나 그 같은 모습이어야 한다. 내가 알기로는, 초기에 기독교는 그리스도가 받은 고통은 상징적인 것이 아니라 실제였음을 내세웠다. 따라서 그의 육체는 십자가 위에서 완전히 자연의 법칙에 예속되어 있었던 것이다. 이 그림 속에서 그리스도의 얼굴은 구타를 당해 무섭게 일그러져 있었고, 지독한 피멍이 들어 퉁퉁 부어 올라 있었으며, 두 눈이 감기지 않은 채 동공은 하늘을 바라보고, 커다랗고 허연 흰자위는 뿌연 유리 같은 광채를 내고 있었다. 그러나 이상하게도 고통에 찢긴 이 인간의 시체를 보고 있노라면 매우 특이하고 야릇한 의문이 생겨났다. 만약 그를 신봉하며 추앙했던 모든 제자들과 미래의 사도들, 그리고 그를 따라와 십자가 주변에 서 있었던 여인들이 이 그림 속에 있는 것과 똑같은 그의 시체를 보았다면, 그들은 이 시체를 보면서 어떻게 저 순교자가 부활하리라고 믿을 수 있었을까? 만약 죽음이 이토록 처참하고 자연의 법칙이 이토록 막강하다면, 이를 어떻게 극복할 수 있겠는가 하는 생각이 저절로 들었다. 생전에 자연을 물리치고 예속시켰던 자로서 그가 〈탈리다 쿰!〉[125]라고 외치면 소녀가 일어났고, 〈라자로야, 이리 오너라〉[126] 하면 죽은 자가 걸어 나왔는데, 그런 자마저 이겨 내지 못했던 자연의 법칙을 우리가 어떻게 극복하겠는가? 이 그림을 보면 자연은 거대하고 무자비한, 어느 말 못하는 짐승처럼 비춰지기도 한다. 아니 그보다 훨씬 정확히 표현한다면, 이상하게 들릴시 모르나 이 그림 속에서 자연이란, 위대하고 귀중하

125 마르코의 복음서 5장 41절. 〈소녀야, 어서 일어나거라〉라는 뜻이다.
126 요한의 복음서 11장 43절.

기 짝이 없는 창조물을 닥치는 대로 포획하여 무감각하게 분쇄시켜 마구 삼켜 버리는 엄청나게 큰 첨단 기계처럼 보인다. 그 창조물은 자연 전체와 비견되고, 자연의 모든 법칙들과도 비견되고, 지구 전체와도 비견되는 것인데 말이다. 사실 지구 자체도 오로지 이 창조물의 탄생을 위해서 만들어졌는지도 모르는데! 이 그림에는 모든 것을 예속시키는 어둡고 불손한, 무의미하게 영원한 힘의 개념이 표현되어 우리에게 그대로 전해지고 있는 것 같았다. 그림에는 단 한 사람도 나타나 있지 않지만, 죽은 그리스도를 둘러싸고 있었던 추종자들은 그들의 희망과 믿음이 일시에 분쇄된 그날 저녁 무서운 슬픔과 혼란을 겪었음에 틀림없다. 이들은 아주 지독한 공포 속에서 뿔뿔이 흩어졌을 것이다. 물론 이들은 각자 더 이상 거부할 수 없는 거대한 사상을 안고 돌아갔으리라. 만약 이 스승이 처형 전야에 자신의 모습을 미리 그려 볼 수 있었다면 선뜻 십자가에 올라가 지금처럼 죽으려고 했을까? 그림을 보고 있으면 그러한 의문이 저절로 떠오르곤 한다.

꼴랴가 떠난 후 한 시간 반 동안 이런 생각이 머리에서 떠나지 않았다. 그 생각들은 일관성이 없고 당치도 않은 것이었지만 가끔은 실체를 띠고 나타나기도 했다. 실제로 형체가 없는 것이 형체를 가지고 나타날 수 있는가? 그러나 나에게는 놀랍고 불가능한 형태로 그 무한한 힘과, 그 무지하고 어둡고 말없는 창조물을 보는 듯한 때가 종종 있다. 내 기억에 누군가가 나의 손을 잡아끌며 촛불을 든 손으로 혐오스럽게 생긴 거대한 독거미를 가리키며, 그게 바로 어둡고 무지하고 힘이 센 창조물이라고 우기며, 분노하는 나를 비웃기 시작한 것 같았다. 내 방에는 언제나 성상 앞에 밤새도록 작은 등불을 켜놓는다. 희미하고 어슴푸레한 불빛이지만 그 빛으로 모든 것을 볼 수 있다. 그 등불 아래서 책까지 읽을 수 있다. 이미 자정이 넘었다는 생각이 들었지만, 나는 잠이 오지 않아 두 눈을 뜨고 있었다. 그런데 갑자기 방문이 열리더니 로고진이 들어오는 것이었다.

그는 들어와서 문을 닫고 조용히 나를 바라보다가 구석으로, 등불 아래에 놓인 의자로 말없이 다가갔다. 나는 몹시 놀라서 그의 행동을 예의 주시했다. 로고진은 탁자에 팔을 괴고는 조용히 나를 바라보기 시작했다. 그렇게 2, 3분이 지났다. 내가 기억하기로, 그의 침묵은 나의 기분을 몹시 상하게 했으며 나를 짜증나게 만들었다. 대체 왜 그는 말을 하지 않는가? 그가 이처럼 늦게 찾아온 것은 물론 이상해 보였으나, 늦은 방문 자체에 나는 그다지 놀라지 않았다고 기억한다. 오히려 그 반대였다. 아침에 그에게 나의 사상을 분명하게 밝히지는 않았지만 나는 그가 나의 사상을 이해한 것으로 알고 있다. 그는 바로 이 사상으로 말미암아 아무리 늦은 밤일지라도 얘기를 하러 또다시 나를 찾아오지 않을 수 없었던 것이다. 나는 이런 이유에서 그가 찾아왔다고 생각했다. 오늘 아침에 우리는 약간 사이가 틀어져서 헤어졌다. 그가 두서너 번 가량 나를 매우 조소적으로 바라보았던 것이 기억 난다. 바로 그 조소를 나는 지금 그의 시선에서 읽었다. 그것은 나의 기분을 상하게 했다. 이 사람이 진짜로 로고진이라는 것에 대해, 유령이나 허깨비가 아니라는 것에 대해 나는 아무런 의심도 갖지 않았고 그런 생각조차 들지 않았다.

그는 계속 앉아서 줄곧 조소를 띤 채 나를 바라보았다. 나는 사납게 홱 돌아누워 역시 베개에 팔꿈치를 괴고 고의로 침묵을 지킬 속셈이었다. 물론 우리는 시종일관 그렇게 있었다. 그런데 나는 왜 그런지 그가 먼저 입을 열기를 바랐다. 갑자기 한 가지 생각이 퍼뜩 떠올랐다. 이자가 로고진이 아니라 유령이 아닐까?

나는 지금까지 병을 앓으면서 단 한 번도 유령을 본 적이 없었다. 그런데 난 항상, 어렸을 때부터 지금까지, 그러니까 최근까지, 유령이 있다고 믿지는 않았지만 유령을 한번이라도 보게 된다면 그 자리에서 즉사할지도 모른다고 생각했다. 그러나 이것이 로고진이 아니라 유령이라는 생각이 들었을 때 나는 조금도 놀라지 않았던 것으로 기억한다. 더욱이 나는 그것에 대고 화까지 냈다. 또 한 가지 이상한 것이 있었다. 이것이 과연 유령인가, 로고진인가 하는 문제는 마치 너무나 당연하다는 듯이 전혀 나의 관심을 끌지 않았고, 나를 불안하게 하지도 않았다. 나는 그때 다른 것에 관해 생각했던 것 같다. 내가 몹시 궁금하게 여겼던 것은, 아까만 해도 실내복에 구두를 신고 있었던 로고진이 왜 지금은 연미복과 하얀 조끼를 입고 하얀 넥타이를 매고 있을까 하는 것이었다. 번뜩 또 다른 생각이 스쳐 갔다. 만약 이것이 유령이라 치고 내가 그것을 두려워하지 않는다면, 왜 나는 일어나서 그에게로 다가가 진위 여부를 확인하지 않을까? 어쩌면 나는 대담하지 못했고 겁을 먹고 있었는지도 모른다. 그러나 내가 겁을 먹고 있다는 생각이 들자마자 전신에 얼음 덩이가 닿는 듯한 느낌이 들었다. 나는 등골이 오싹했고 무릎이 덜덜 떨렸다. 바로 이 순간, 내가 겁을 먹고 있다는 것을 눈치 채기라도 한 듯, 로고진은 괴고 있던 팔을 펴고 웃기라도 하려는지 입을 움직이기 시작했다. 그는 나를 응시했다. 나는 울화가 치밀어 당장 그에게 달려들고 싶었다. 그러나 내가 먼저 입을 떼지 않으리라 맹세를 한 까닭에 그대로 침대에 누워 있었다. 더구나 나는 아직까지도 그것이 로고진인지 유령인지 확신할 수가 없었다.

그렇게 얼마나 시간이 흘렀는지 기억이 나지 않는다. 또한 내가 몇 분씩 의식을 잃곤 했는지도 기억이 나지 않는다. 마침내 로고진이 일어나, 들어올 때와 마찬가지로 천천히 주의 깊게 나를 둘러보았다. 그러나 이때는 조소를 멈추고 조용히 발뒤꿈치를 든 채 문 쪽으로 다가가 문을 열고 나가 버렸다. 나는 침대에서 일어나지 않았다. 내가 뜬 눈으로 얼마나 누워 있었는지도 기억 나지 않고, 무엇에 관한 생각을 계속했는지도 도무지 모르겠다. 내가 의식을 잃었던 것도 기억 나지 않는다. 다음날 아침 9시가 되어서

문을 두드리는 소리에 잠을 깼다. 내가 9시가 되도록 방문을 열어 놓지 않고 차를 가져다 달라고 소리치지 않으면 식모 마뜨료나가 직접 내 방을 두드리기로 되어 있었다. 그녀에게 문을 열어 주는 순간 불현듯 이런 생각이 들었다. 문이 이렇게 잠겨 있었는데 그가 어떻게 들어올 수 있었을까? 진짜 로고진이 들어온다는 것은 불가능했다. 나는 식구들에게 물어보고 확신을 얻었다. 밤이면 우리 집 방문들은 자물쇠를 채워 놓기 때문이었다.

내가 이처럼 자세히 묘사한 이 괴이한 사건이 단호한 〈결단〉을 내리게 한 원인이 되었다. 최종적인 결심을 굳히게 한 것은 논리나 논리적 신념이 아니라 혐오였다. 이처럼 이상하고, 이렇게 모욕적인 형태를 취하는 삶을 살아서는 안 된다. 그 유령은 나를 비하시켰다. 나는 독거미의 모습을 취하고 있는 검은 힘에 복종할 수 없다. 결국 황혼 무렵에 최종적인 결단의 순간을 감지했을 때에야 비로소 마음이 가벼워졌다. 그것은 시작에 불과하다. 그 다음 순간 나는 빠블로프스끄를 향해 가고 있었다. 그러나 이에 대해서는 이미 충분한 설명을 했다.

7

나는 작은 권총을 가지고 있었다. 나는 그것을 어렸을 때부터 소지하고 있었다. 그러니까 결투니, 강도의 습격이니, 결투 신청을 받고 멋지게 총구 앞에 서게 된다는 등의 얘기가 갑자기 마음에 들기 시작하는 그런 우스운 나이 때부터였다. 한 달 전에 나는 권총을 살펴보고 쏠 준비를 해두었다. 권총이 들어 있는 서랍 속에서 두 발의 실탄과 세 발을 장전할 수 있는 화약을 찾아내었다. 이 권총은 오래되어 열다섯 걸음만 떨어져도 빗나가기 일쑤였다. 그러나 관자놀이에 가까이 대고 쏘면 두개골을 날려 버리는 것쯤은 일도 아니었다.

나는 빠블로프스끄에서 죽을 결심을 했다. 별장에 있는 사람들에게 누를 끼치지 않기 위해 일출시에 공원으로 가서 죽기로 했다. 나의 〈해명〉만으로 경찰은 사건의 전말을 밝히기에 충분할 것이다. 심리학 애호가들이나 심리학에 대한 필요성을 느끼는 사람들은 이 해명을 통해 자기네들이 얻고 싶어하는 모든 것을 추론해 낼 수 있을 것이다. 나는 이 원고가 사람들에게 공개되는 것을 바라지 않는다. 나는 공작이 이 원고의 사본 일부를 보관해 주기 바라고, 다른 한 부는 아글라야 이바노브나 예빤치나에게 전해 주었으면 한다. 그게 나의 뜻이다. 나의 해골은 과학 발전을 위해 의학 아카데미에 기증할 것을 유언한다.

나는 나에 대한 법원의 심판을 인정하지 않으며, 나는 지금 그 어떤 법에도 구속받고 있지 않는 존재임을 깨닫고 있다. 바로 얼마 전까지 나는 다음과 같은 가정 때문에 웃었던 적이 있었다. 만약 지금 아무나 닥치는 대로 열 사람을 마구 죽여 버리겠다는 생각이 든다면, 아니면 이 세상에서 가장 가공할 만한 무시무시한 짓을 저지른다면, 앞으로 살날이 2, 3주밖에 남지 않은 나를 두고 고문이나 체벌도 가하지 못하는 재판관이 어떤 궁지에 처할까? 나는 국립 병원에서 따뜻한 손길을 받으며 세심한 의사의 보호 속에 편안히 죽을지도 모른다. 어쩌면 집에서보다 훨씬 편안하고 따뜻하게 죽을 것이다. 나와 같은 처지에 있는 사람들의 머릿속에, 장난이라도 그런 생각이 왜 떠오르지 않는지 모르겠다. 어쩌면 그런 생각을 하는 자들이 있는지도 모른다. 찾아보면 우리 나라에도 재미난 사람들이 많이 있으니까 말이다.

그러나 내가 나에 대한 재판을 인정하지 않는다 하더라도, 듣지도 말하지도 못하는 피고인 나를 여전히 재판하리라는 것을 안다. 그러므로 나는 한마디 말도 남기지 않은 채 떠나고 싶지 않다. 그것은 물론 강요된 말이 아니라 자유 의사에서 나온 말로서,

나 자신을 변명하려는 말이 절대로 아니다! 나는 누구에게도 나의 그 어떠한 행동에 대해 용서를 빌 이유가 없다. 나는 다만 하고 싶은 말을 할 뿐이다.

여기에 첫째, 이상한 생각이 있다. 누가 어떤 권리로, 어떤 동기에서 2, 3주 남은 삶에 대한 나의 권리를 가지고 왈가왈부할 것인가? 이런 문제에 재판이 무슨 소용이란 말인가? 내가 선고를 받는 것뿐만 아니라, 도덕적으로 선고 기간을 참아 내는 것이 어느 누구에게 필요한가? 단지 도덕성을 위해서인가? 만약 내가 건강과 힘에 넘쳐 나와 가까운 사람을 위해 목숨을 버리려 든다면, 사람들은 물어보지도 않고 자신의 생명을 좌지우지하려 한다고 나의 정신 상태에 상투적인 도덕을 끌어다 대며 힐난할 것이다. 나는 이해할 수 있다. 그러나 지금, 나에게 이미 사형 선고가 내려진 지금은? 이미 목숨을 내놓은 상태인데도 도덕성을 위해서라면, 마지막 생명의 원자를 내뿜는 최후의 단말마까지 바쳐야 된단 말인가? 차라리 죽는 편이 본질적으로 더 낫다는 행복한 기독교적 사상까지 끌어대는 공작의 위로를 들으면서? (공작과 같은 기독교인들은 언제나 그러한 생각에 이른다. 그것이 바로 그들이 선호하는 결론이다.) 우습지도 않은 〈빠블로프스끄의 나무들〉을 가지고 대체 어쩌자는 건가? 내 생애의 마지막 시간을 수놓겠다는 건가? 그들은 나에게서 메이예로프 집 담장과 그 위에 노골적으로 솔직하게 씌어 있는 모든 것을, 삶과 사랑의 마지막 환영으로 차단시키길 원하고 있다. 그러나 내가 망각 속에서 그러한 환영에 빠지면 빠질수록 나는 더욱 불행해지고 있다는 사실을 그들은 이해하지 못하는 걸까? 당신들이 말하는 자연, 빠블로프스끄 공원, 일출과 일몰, 푸른 하늘, 흡족스러워하는 당신들의 얼굴이 나에게 무슨 소용이란 말인가? 끝없이 계속되는 이 향연이란 것이 나를 잉여 인간으로 간주하는 데서 시작되는 마당에. 햇볕을 받으며 내 곁에서 윙윙거리는 파리마저 이 모든 향연과 합창의 동반자로서 자신의 위치를 알고 그 위치를 사랑하며 행복해 하는 것을 매분, 매초마다 알아야 되고 또 깨닫지 않으면 안 되는 상황 속에서, 그 모든 아름다움이 나에게 무엇이란 말인가? 나 혼자만 대열에서 튀어나와 소심함 속에서 지금까지 그것을 이해하고 싶어하지 않았다! 아, 나는 알고 있다, 공작을 비롯한 모든 이들이 내가 〈교활하고 악의에 찬〉 언사 대신에 도덕성의 승리를 위해 덕망 있게 밀부아의 유명한 고전적 시구를 낭송해 주길 바란다는 것을!

오, 나의 하직에 귀를 기울이지 않는 친구들이
당신의 아름다움을 보게 된다면!
그들은 노년에 죽음을 맞이하여 애도를 받고,
눈을 감겨 주는 친구까지 있으리![127]

그러나 소박한 사람들이여, 이 도덕적인 시구 속에, 세계를 축복하는 아카데믹한 프랑스 시 속에 울분이 숨겨져 있다는 것을 믿으시라, 믿으시라. 그 울분은 원한의 각운 속에서 너무나 비타협적이고 자위적이어서 시인 자신조차 미궁에 빠져 그 원한을 감동의 눈물로 착각하여 죽고 말았다. 그의 명복을 빈다! 인간에게는 자신의 왜소함과 무력함을 인식시키는 수치심에도 한계가 있음을 알아 두라. 인간은 바로 그런 수치 속에서 엄청난 향락을 느끼기 시작한다⋯⋯. 물론 겸손은 이러한 의미에서 대단한 힘이다. 인정한다. 그러나 이 힘이 종교에서 말하는 힘을 의미하는 것은 아니다.

127 O, puissent voir votre beauté sacrée / Tant d'amis sourds à mes adieux! / Qu'ils meurent pleins de jours, que leur mort soit pleurée, / Qu'un ami leur ferme les yeux! 이 시는 C. 밀부아(1782~1816)가 지은 것이 아니라 프랑스의 시인 N. 질베르(1751~1780)가 지은 것이다.

종교! 나는 영원한 삶을 인정한다. 어쩌면 항상 인정해 왔는지도 모른다. 최상의 힘의 의지에 의해 자의식이 불타 버리도록 하라. 자의식이 세상을 돌아보고 〈나는 존재한다!〉고 말해도 좋다. 최상의 힘으로 하여금 자의식을 갑자기 소멸시키라는 명령을 받도록 한다. 거기에는 무언가를 위해, 아니면 무언가를 위한다는 해명조차없이 그렇게 할 필요가 있기 때문이다. 나는 이 모든 것을 인정한다. 그러나 또다시 영원한 의문이 남는다. 나의 겸손은 도대체 왜 필요한 것인가? 내가 잡아먹히게 되었으니 고맙게 됐다는 인사말을 요구하지 않고 나를 그냥 잡아먹으면 안 되는 것일까? 내가 두 주를 기다리고 싶지 않다고 해서 누군가가 정말로 자존심이 상한 것일까? 나는 그런 것을 믿지 않는다. 이렇게 상상하는 편이 훨씬 더 정확할 것이다. 즉, 어떤 우주적인 조화를 위해 매일같이 어떤 생물이 희생되지 않으면 나머지 다른 생명체들이 살아 남을 수 없듯이, 삶의 가감의 법칙을 위해, 아니면 그 어떤 대조나 그 밖의 것들을 위해 나의 하찮은 삶, 즉 인류를 구성하는 한 원자의 삶이 필요했던 것이다(물론 이런 생각은 그다지 위대한 것이 아니란 점을 지적해야 한다). 그렇다고 하자! 다른 식으로, 즉 끊임없이 서로서로를 잡아먹지 않고 이 세계를 형성해 간다는 것은 도저히 불가능하다. 나는 이것에 동의한다. 내가 그러한 세계의 구조를 전혀 이해하지 못하고 있다는 가정에도 동의한다. 그러나 내가 알 수 있을 만한 것도 있다. 만약 〈내가 존재하고 있다〉는 것을 나로 하여금 인식하게 했다면, 이 세상의 구조가 오류투성이인 데다가 그러한 오류가 없다면 버텨 나갈 수 없다는 것에 내가 왜 신경 써야 되겠는가? 그렇다고 누가 나를 비난할 수 있겠는가? 어쨌든 이 모든 것은 불가능하고 공정하지 못한 것이다.

그런데 나는 나의 모든 소망에도 불구하고 내세와 신이 존재하지 않는다는 것을 결코 상상할 수가 없었다. 보다 정확히 말하면 그 모든 것은 존재한다. 그러나 우리는 내세와 내세의 법칙을 전혀 이해하지 못한다. 하지만 그런 사실을 이해하기가 어렵거나 완전히 불가능하다면, 불가사의한 것을 이해할 수 없다는 것에 대해 과연 내가 책임을 져야 하는가? 실제로 사람들은 말한다. 물론 공작도 마찬가지이다. 그럴 경우에는 복종해야 한다. 따지지 말고 오로지 도덕이라는 이름으로 복종해야 한다. 그렇게 순종하면 나는 저 세상에 가서 보상을 받게 될 것이라고 말한다. 우리는 신에게 우리 식의 개념을 뒤집어씌워 신을 지나치게 비하시키고 있기 때문에, 그를 이해하지 못한다. 그러나 신을 이해하기가 불가능하다면, 인간의 능력으로 신을 이해할 수 없다는 사실에 대해 책임을 지기란 어려운 노릇이다. 그렇다면 진짜 신의 의지와 섭리를 이해할 수 없다고 해서 나를 심판할 수 있겠는가? 아니다, 이젠 종교에 대한 얘기는 그만두는 게 좋겠다.

이제 얘기도 할 만큼 했다. 내가 이 정도까지 읽어 내려가면 아마 태양이 떠올라 〈하늘에 울려 퍼지고〉 온 세상에 거대하고 무수한 힘이 흘러내릴 것이다. 나는 그 힘과 삶의 원천을 똑바로 바라보며 죽을 것이다. 나는 그러한 삶을 원치 않는다. 내가 태어나지 않을 권리를 가졌다면 이와 같은 조소적 삶의 조건 아래서 존재하길 거부했을 것이다. 그러나 나에게는 이미 죽을 날짜가 잡혀 있지만 죽을 수 있는 권리를 아직도 가지고 있다. 대단치 않은 권리이다. 그만큼 반항도 대단치 않다.

마지막 해명. 나는 나머지 3주일을 견뎌 낼 힘이 없어서 죽는 것이 결코 아니다. 아, 내게 힘이 넘쳐 난다면, 내가 원하기만 한다면, 나에게 가해진 모욕을 생각하는 것만으로도 충분히 위안이 될 것이다. 그러나 나는 프랑스 시인이 아니므로 그 따위 위안을 바라지 않는다. 마침내 한 가지 유혹이 생겼다. 자연은 3주일의 선고로 나의 활동을 제한했기 때문에, 나의 의지대로 시작했다가 끝마칠 수 있는 유일한 행위는 아마 자살밖에 없을 것이다. 나는 이러한 행위의 마지막 가능성을 이용하길 원할지도 모른다. 반항은 이따금 작지 않은 행위일 수가 있다······.

〈해명〉은 끝났다. 이쁠리뜨는 마침내 멈추었다······.

극단적인 경우에 자신의 노골성을 이판사판 마지막까지 몽땅 드러내는 경우가 있다. 따라서 화가 치밀어 제정신이 아닌 신경질적인 사람은 아무것도 두려워하지 않고, 그 어떤 추태도 불사하지 않겠다는 태세를 취하며, 오히려 그런 추태를 반기기도 한다. 예를 들어 막연하지만 확고한 목적을 가지고 사람들에게 마구 달려들어 추태를 보이고, 그러자마자 자신의 납득할 수 없는 행위를 한번에 해결하기 위해 종탑에서 뛰어내려 죽어 버리는 것이다. 이러한 상태의 징후는 보통 육체적 힘이 점점 소모되어 가는 데서 볼 수 있다. 지금까지 이쁠리뜨를 지탱해 왔던 극단적인, 거의 부자연스런 긴장감은 이처럼 갈 데까지 간 것이다. 당연히 열여덟 살 된 이 청년은 병에 시달려서 나뭇가지에 간신히 붙어서 파들거리고 있는 나뭇잎처럼 약해 보였다. 그러나 청년이 한 시간 동안 처음으로 자신의 청중을 둘러보는 순간, 그의 시선과 미소 속에는 가장 거만하고, 가장 경멸적이고 모욕적인 혐오의 빛이 담겨 있었다. 그는 서둘러 도전적인 자세를 취했다. 그러나 청중은 몹시 분개하고 있었다. 모두들 기분이 상해서 요란스럽게 자리에서 일어나고 있었다. 그러한 혼란은 피로와 술과 긴장감으로 한층 더해 갔다. 모임의 분위기는, 이런 표현이 허용된다면 더럽다고까지 할 수 있었다.

이쁠리뜨는 무엇에 찔린 사람처럼 갑자기 의자에서 벌떡 일어났다.

「태양이 떠올랐다!」 그는 반짝이는 나무 꼭대기를 보고 마치 기적이라도 본 양 공작에게 그곳을 가리켰다. 「떠올랐어요!」

「그럼 자네는 태양이 떠오르지 않을 거라고 생각했나?」 페르디쉬첸꼬가 한마디했다.

「또 종일 뜨겁겠군.」 가브릴라가 태평한 말투로 투덜거렸다. 그는 모자를 쥐고 기지개를 펴며 하품을 했다. 「이놈의 가뭄이 한 달씩이나 계속되다니……! 갈 거요 안 갈 거요, 쁘찌찐?」

이뽈리뜨는 사람들이 하는 말을 듣고 있다가 놀라움에 망연자실해졌다. 그러다 그는 느닷없이 새파랗게 질리더니 온몸을 떨기 시작했다.

「당신은 나를 모욕하기 위해 아주 서툴게 태연한 척하고 있군요. 당신은 불한당이오!」 이뽈리뜨가 가브릴라를 빤히 쳐다보며 말했다.

「아니, 이런 빌어먹을 일이 있나. 당장 대들 듯한 기세군!」 페르디쉬첸꼬가 소리쳤다. 「힘이 없어 비실거리고 있는 주제에!」

「그냥 바보라고 생각하면 되지 뭐.」 가브릴라가 말했다.

이뽈리뜨는 약간 주춤거렸다.

「여러분, 내가 이해하는 바대로라면,」 그는 여전히 몸을 떨며 한 마디씩 끊으며 말을 시작했다. 「나는 여러분 각자에게 미움을 샀어요. 그래서…… 이 헛소리로(그는 자신의 원고를 가리키며) 여러분을 괴롭게 한 점을 유감스럽게 생각합니다. 하지만 진짜 안타까운 사실은 여러분이 조금도 괴로워하지 않았다는 것입니다……(그는 멍청하게 웃었다). 예브게니 빠블로비치, 괴로웠나요?」 그는 돌연히 예브게니 빠블로비치에게 물어보았다. 「괴로워했어요, 안 했어요? 말해 보세요!」

「약간 지루했지만…….」

「모든 걸 말해 봐요! 생애에서 단 한 번이라도 거짓말을 하지 말아 보세요!」 이뽈리뜨는 손발을 떨면서 재촉했다.

「아, 나에겐 이러나저러나 마찬가지요! 제발 부탁인데, 날 조용히 내버려 둬요.」 예브게니는 퉁명스럽게 말하며 얼굴을 돌렸다.

「잘 자요, 공작.」 쁘찌찐이 공작에게 다가왔다.

「이 사람은 지금 권총 자살을 하려고 하는데 대체 뭐 하는 짓들이에요! 이 사람을 쳐다봐요!」 베라가 소리를 치며 기겁을 한 채 이뽈리뜨에게 달려들었다. 그녀는 그의 양손을 붙잡기까지 했다. 「태양이 떠오르면 자살을 하겠다고 본인 입으로도 말했잖아요! 그런데 뭣들 하는 거예요?」

「자살하려는 게 아니오!」 몇 사람의 짓궂은 목소리가 중얼거리듯 동시에 튀어나왔다. 그 중에는 가브릴라도 끼어 있었다.

「여러분, 조심하세요!」 역시 이뽈리뜨의 손을 붙잡고 있던 니꼴라이가 외쳤다. 「여러분, 이 사람을 바라보기만 하세요! 공작, 공작, 대체 무얼 하고 계신 건가요?」

이뽈리뜨 주변으로 베라, 니꼴라이, 껠레르, 부르도프스끼가 모였다. 이들 네 사람은 이뽈리뜨의 손을 꼭 붙잡고 있었다.

「이 청년은 권리가 있어요, 권리가……!」 부르도프스끼가 이렇게 중얼거렸으나, 그도 역시 완전히 정신이 나간 사람 같았다.

「공작은 어떤 조치를 취하겠습니까?」 레베제프가 술에 취해 주정을 부릴 듯한 태도로 공작에게 다가가 물었다.

「무슨 조치를요?」

「아니, 난 이 집 주인장인데 공작을 존경하지 않을 마음은 전혀 없어요……. 반대로 공작이 집주인이라고 해도 자기 집에서 이런 일이 일어나길 바라진 않을 거예요…… 안 그런가요?」

「자살하려는 게 아니오. 그저 아이가 장난을 쳐보려는 거요!」 이볼긴 장군이 난데없이 화가 난 소리로 태연하게 외쳤다.

「장군 말이 맞아요!」 페르디쉬첸꼬가 맞장구를 쳤다.

「저 사람이 권총으로 자기를 쏘지 않으려는 걸 알아요, 존경하는 장군님. 하지만 어찌 되었든 나는 이 집의 주인이니까…….」

「내 말 좀 들어 보시오, 이뽈리뜨.」 공작과 작별 인사를 나누었던 쁘찌찐이 이뽈리뜨에게 악수를 청하며 갑자기 말문을 열었다. 「당신은 아까 노트에서 당신의 해골에 대해 말하며, 그것을 아카데미에 기증하겠다고 한 걸로 알고 있는데? 그게 바로 당신 자신의 해골인가요? 이를테면 당신 자신의 뼈를 두고 한 말인가요?」

「네, 나의 뼈입니다……」

「그렇군요. 안 그러면 실수할 수도 있으니까요. 이미 그런 사고가 한번 있었다고 말들 하기에 물어봤지요.」

「당신은 왜 이 사람의 신경을 건드리는 건가요?」 공작이 갑자기 소리쳤다.

「눈물을 쏟게 만들었군요.」 페르디쉬첸꼬가 덧붙였다.

그러나 이쁠리뜨는 울지 않았다. 그는 자리에서 움직여 보려고 했으나, 그를 에워싼 네 사람이 갑자기 그의 두 팔을 꼭 붙잡았다. 사람들의 웃음소리가 터져 나왔다.

「저것이 바로 이자가 바랐던 거야. 자기 팔을 붙잡아 주길 바랐던 거야. 그럴 목적으로 자기 글을 읽었던 거야.」 로고진이 말했다.「잘 있게, 공작. 너무 오랫동안 앉아 있었더니 뼈가 쑤시는군.」

「만약 당신이 정말로 권총 자살을 원했다 하더라도, 이쁠리뜨,」 예브게니가 웃음을 띠고 말했다.「나 같으면 저런 찬사를 듣고 난 이상 저들을 곯려 주기 위해서라도 자살을 하지 않을 거요.」

「저들은 내가 자살하는 꼴을 보고 싶어 어쩔 줄을 몰라 해요!」 이쁠리뜨가 그에게 언성을 높였다.

그는 덤벼들 듯한 말투로 말했다.

「저들은 그런 광경을 보지 못해 안달이지요.」

「못 볼 거라고 생각하는 건가요?」

「나는 당신을 부추기는 게 아니오. 반대로 나는 당신이 자살을 할 가능성이 매우 크다고 생각해요. 다만 화는 내지 마시오……」 예브게니는 말을 길게 끌며 이쁠리뜨를 두둔하는 듯한 말을 했다.

「이제서야 이들에게 글을 읽어 준 것이 대단한 실수였다는 것을 깨달았어요!」 이쁠리뜨는 예브게니를 바라보며 갑자기 상대방을 신뢰하는 표정으로 말을 했다. 그는 마치 친구에게 우정 어린 조언을 바라는 듯한 눈치였다.

「우스운 처지에 빠졌지만…… 어떤 충고를 해주어야 할지 모르겠군요.」예브게니가 미소를 띠며 대답했다.

이뽈리뜨는 줄곧 그를 엄하게 응시했다. 그리고 계속 침묵을 지켰기 때문에 몇 분 동안 정신을 잃은 사람이라고 생각할 정도였다.

「내 말을 들어 봐요. 그건 대체 무슨 방식인가요?」레베제프가 말을 꺼냈다. 「아무에게도 폐를 끼치지 않게 하기 위해 공원에서 자살할 거라고 말해 놓고서, 결국은 현관에서 세 발자국 걸어 나가 아무에게도 걱정을 끼치지 않게 할 생각이었다고요?」

「여러분……」공작이 말을 시작하려 했다.

「아니, 잠깐 내 말 좀 들어 보세요, 존경하는 공작.」레베제프가 잽싸게 말을 가로막았다. 「공작도 보시다시피 이건 장난이 아니에요. 손님들의 절반은 나와 같은 생각이고, 지금 이렇게 말을 뱉어 놓은 이상 이 사람은 자신의 명예를 위해서라도 반드시 자살하고 말 거라고 확신하고들 있어요. 나는 이 집의 주인으로서 여기 입회자들이 있는 데서 공작께서 이 일을 매듭지어 주시기를 청하는 바입니다.」

「내가 무얼 해줬으면 좋겠어요, 레베제프. 나는 당신을 도와줄 준비가 되어 있어요.」

「바로 이런 거예요. 첫째, 우리들 앞에서 자랑했던 권총을 탄약과 함께 당장 내놓게 해야 돼요. 만약 내놓는다면 그의 병세를 고려해 오늘 밤 우리 집에서 머무는 것을 허용하겠어요. 물론 나의 감시를 받으면서요. 그러나 내일은 본인이 원하는 곳으로 가도록 해야 됩니다. 죄송해요, 공작! 만약 무기를 내놓지 않는다면 당장 그의 손을 붙잡겠어요. 내가 한쪽 손을 잡으면 이볼긴 장군이 다른 쪽 손을 잡아 줄 거예요. 그리고 경찰서에다 즉각 신고하겠어요. 그러면 이 사건은 경찰서의 소관으로 넘어가 버리지요. 페르디쉬첸꼬 씨가 서로 아는 처지니까 경찰서에 다녀올 겁니다.」

웅성거리는 소리가 들렸다. 레베제프는 흥분하여 이미 자제력을 잃었다. 페르디쉬첸꼬는 경찰서에 갈 채비를 하고 있었다. 가브릴라는 아무도 자살하지 않을 거라고 펄펄 뛰며 우겼다. 예브게니 빠블로비치는 입을 다물고 있었다.

「공작, 언젠가 종루에서 뛰어내려 본 적이 있나요?」 이뽈리뜨가 갑자기 공작에게 속삭였다.

「아 — 아니오……」 공작이 순진하게 대답했다.

「공작은 내가 사람들의 이와 같은 증오를 예견하지 못했다고 생각하나요?」 이뽈리뜨가 눈을 번뜩이며 다시 속삭였다. 그는 공작을 바라보며 분명한 대답을 기다리는 듯했다. 「됐어요!」 그는 모든 사람들을 향해 소리쳤다. 「내가 누구보다 더 잘못했단 말이에요! 레베제프, 여기 열쇠가 있어요(그는 지갑을 꺼내더니 열쇠가 서너 개 가량 꿰어 있는 쇠고리를 끄집어냈다). 뒤에서 두 번째 이 열쇠예요……. 꼴랴가 보여 줄 거예요……. 꼴랴! 꼴랴, 어디 있어요?」 그는 니꼴라이를 바라보면서도 알아보지 못한 채 소리쳤다. 「아, 여기 있는 니꼴라이가 당신에게 알려 줄 거예요. 아까 이 사람이 나와 함께 짐을 쌌으니까요. 이분을 데려가게, 니꼴라이. 공작의 서재 책상 밑에…… 나의 트렁크가 있으니까……, 이 열쇠로 트렁크를 열면 그 밑에 나의 권총과 화약통 상자가 있다네. 이 사람이 아까 짐을 꾸렸어요, 레베제프 씨. 따라가면 보여 드릴 겁니다. 하지만 나는 내일 아침 일찍 뻬쩨르부르그로 가니까 그때 권총을 되돌려 주세요. 알겠지요? 나는 공작을 위해서 이러는 겁니다. 당신을 위해서가 아니에요.」

「그렇게 하는 편이 좋겠군!」 레베제프는 열쇠를 받아 쥐고 독살스럽게 웃으며 옆방으로 쫓아갔다.

니꼴라이는 멈춰 서서 무언가 한마디를 하려 했지만 레베제프가 잡아끌었다.

이뽈리뜨는 웃고 있는 손님들을 바라보았다. 공작은 이뽈리뜨가 아주 심한 오한에 이를 덜덜거리며 떨고 있는 것을 알아챘다.

「저렇게 몰상식한 인간들이 있다니!」 또다시 이뽈리뜨가 분에 겨워 공작에게 투덜댔다. 그는 공작에게 말할 때는 언제나 고개를 수그리고 속삭였다.

「내버려 두세요. 당신은 지금 몹시 쇠약해 있어요……」

「잠깐만, 잠깐만요. 난 곧 떠나겠어요.」

이뽈리뜨는 갑자기 공작을 포옹했다.

「공작은 아마 내가 미쳤다고 생각하겠지요?」 그는 야릇하게 웃으며 공작을 바라보았다.

「아니오. 하지만 당신은……」

「잠깐, 잠깐만 조용히 해주세요. 아무 말도 하지 말고 가만 계세요. 나는 공작의 눈을 보고 싶어요……. 내가 볼 수 있게끔 서 계세요. 나는 인간과 작별을 고하는 거예요.」

그는 꼼짝도 않고 서서 공작을 바라보았다. 침묵 속에서 10여 초가 흘렀다. 이마가 땀에 흠뻑 젖어 매우 창백한 모습을 하고 있었다. 그는 공작을 풀어 주기가 겁이라도 나는 듯 한 손으로 이상하게 공작을 붙잡고 있었다.

「이뽈리뜨, 이뽈리뜨, 무슨 일이오?」 공작이 소리쳤다.

「잠깐만요……. 이젠 됐어요……. 눕겠어요. 태양의 건강을 위해 한 모금 마시겠어요……. 그렇게 하고 싶으니 내버려 두세요!」

그는 재빨리 식탁에서 술잔을 들고 자리를 옮겨 일순간에 테라스의 층계 쪽으로 다가갔다. 공작은 그의 뒤를 쫓아가려 했으나, 마치 고의로 그런 것처럼 바로 이 순간 예브게니 빠블로비치가 그에게 작별의 악수를 청했다. 1초가 지났을 때 갑자기 테라스에서 사람들의 고함이 들렸다. 그러고 나서 극도의 혼란스런 사태가 이어졌다.

사건의 전말은 이렇다.

테라스에서 층계로 다가왔을 때 이뽈리뜨는 오른손을 외투의 오른쪽 주머니에 찔러 넣고 왼손에 술잔을 쥔 채 멈춰 섰다. 나중에 껠레르가 확신하는 바에 따르면, 이뽈리뜨는 공작과 말을 하고 있을 때부터 오른손을 주머니에 넣고 왼손으로 공작의 어깨와 칼라를 잡고 있었던 것이다. 결국 오른손은 주머니에 계속 넣고 있었다는 말이다. 껠레르의 확언에 따르면, 이때부터 그에게 첫 번째 의혹이 생겼다고 한다. 어찌 되었건 어떤 불안감에 사로잡혀 그는 이뽈리뜨의 뒤를 쫓아갔다. 그러나 때는 늦었다. 그가 이뽈리뜨의 오른손에서 갑자기 무언가가 번쩍거리는 것을 본 순간 조그만 권총이 그의 정수리 옆에 와 있었던 것이다. 껠레르가 그의 손을 잡으려고 뛰어들자마자 그는 방아쇠를 당기고 말았다. 방아쇳소리가 날카롭고 건조하게 찰각거렸다. 그러나 발사되지는 않았다. 껠레르가 이뽈리뜨를 끌어안으려 하자 그는 의식을 잃은 듯 껠레르의 품 안으로 쓰러졌다. 아마 그는 자신이 이미 죽었다고 생각한 모양이었다. 권총은 벌써 껠레르의 손에 있었다. 사람들이 이뽈리뜨를 부축하여 그를 의자에다 앉혔다. 모두들 그의 주위로 몰려들었고, 소리를 지르며 무슨 영문인지 물어보았다. 모두들 방아쇠의 찰칵 소리를 들었으나 찰과상조차 입지 않은 살아 있는 사람을 본 것이었다. 이뽈리뜨 자신은 무슨 일이 벌어지고 있는지조차 이해하지 못한 채 그저 앉아 있었다. 그는 주변에 모인 사람들을 멍한 눈으로 바라보았다. 레베제프와 니꼴라이가 이때 달려왔다.

「불발인가요?」 주위에서 사람들이 물었다.

「아마 장전도 되지 않았지요?」 다른 사람들은 이렇게 추측했다.

「장전되었어요!」 껠레르가 권총을 훑어보며 말했다. 「그런데……」

「불발이었나요?」

「뇌관이 아예 없었어요.」 껠레르가 목소리를 높였다.

그 뒤에 일어났던 안타까운 광경은 말해 주기가 어려울 정도이다. 처음에 모든 사람들이 느꼈던 경악은 곧 웃음으로 바뀌었다. 어떤 사람들은 깔깔대고 웃기 시작했다. 그와 같은 사건 속에서 오히려 짓궂은 재미를 맛보고 있기 때문이었다. 이뽈리뜨는 히스테리를 부리듯 울음을 터뜨리며 자기의 손을 비틀었다. 그리고 모든 사람들에게, 심지어는 페르디쉬첸꼬에게까지 달려들어 그의 두 손을 꼭 잡고 뇌관을 넣는 것을 〈고의가 아니라 무심코 잊어버렸다〉고 하소연했다. 그러면서 뇌관은 그의 조끼 주머니에 모두 10개나 넣어 두었다고 밝혔다(그는 주위에 모인 사람들에게 손짓을 했다). 그가 진작에 뇌관을 넣고 다니지 않았던 것은 혹시 주머니 속에서 우연히 오발이 일어날지도 모른다는 걱정에서였다고 하며, 필요시에는 언제나 집어넣을 수 있다는 계산을 하다가 그만 깜박 잊어버렸노라고 말했다. 그는 공작과 예브게니에게도 달려들었다. 껠레르에게는 다시 권총을 돌려 달라고 애원했다. 그는 모든 사람들에게 자기가 명예를 중히 여기는 사람이라는 것을 증명해 보이겠다고 하며, 자신의 〈명예가 영원히 더럽혀졌다!〉고 개탄을 했다.

그는 마침내 의식을 완전히 잃고 쓰러졌다. 사람들이 그를 공작의 서재로 옮겨 놓았다. 레베제프는 완전히 술이 깨어 즉시 의사를 부르러 사람을 보냈고, 그 자신은 딸과 아들과 부르도프스끼와 이볼긴 장군과 함께 환자의 침대 곁에 남았다. 의식 불명의 이뽈리뜨를 옮겨 갔을 때 껠레르는 방 한가운데 서서 모두가 들을 수 있도록 말 한 마디 한 마디를 분명하게 발음하며 큰 소리로 말했다.

「여러분, 여러분 중에 누군가가 다시 한번 내 앞에서, 일부러 뇌관을 장착하지 않았을 거라고 의심하며 불행한 이 청년이 코미디를 한 데 지나지 않았을 뿐이라고 큰 소리로 주장한다면, 그 사람은 나하고 한판 겨루어 보는 겁니다.」

그러나 아무도 그의 말에 응답을 하지 않았다. 손님들은 마침내 무리를 지어 서둘러 헤어졌다. 쁘찌쩐과 가브릴라와 로고진이 함께 떠났다.

 공작은 예브게니가 자신의 의도를 바꾸고 아무런 해명도 없이 나가 버리려 하자 몹시 놀랐다.

 「당신은 사람들이 모두 간 후에 나하고 얘기하고 싶다고 했잖아요?」 공작이 그에게 물었다.

 「네, 그랬지요.」 예브게니는 갑자기 의자에 앉으며 공작을 자기 옆에 앉혔다. 「하지만 지금은 생각을 바꿨어요. 솔직히 말해 나는 약간 혼란스러워요. 당신도 그러시겠지만. 머릿속이 엉망진창이에요. 게다가 당신과 함께 밝혀야 될 문제는 나에게 너무나 중요한 일이기 때문이에요. 물론 당신에게도 그렇지만요. 공작, 나는 인생에 단 한 번만이라도 진정으로 정당하게 일을 하고 싶어요. 이를테면 꿍꿍이속 같은 게 전혀 없이 말이오. 그런데 지금 이 순간만큼은 진정으로 정당하게 일을 할 수가 없는 상황이에요. 당신도 마찬가지겠지요. 그러니까 나중에 얘기하기로 합시다. 나는 뻬쩨르부르그에 사흘 동안 가 있을 예정입니다만, 그때까지 기다렸다가 일을 처리하면 피차 일의 처리가 분명해지겠지요.」

 예브게니는 자리에서 일어났다. 이렇게 일어나려면 무엇 하러 앉았는지 의아할 정도였다. 공작에게는 예브게니가 화가 잔뜩 나 있어 불만에 차 있는 것처럼 보였다. 예브게니의 시선은 아까와 전혀 딴판이었다.

 「그런데 지금 당신은 환자한테 가볼 건가요?」

 「네……. 걱정이 되는군요.」

 「걱정하지 마세요. 그 친구는 6주 정도 더 살 수 있어요. 게다가 잘하면 여기서 차도를 보일 수도 있어요. 내일 그를 여기서 아예 쫓아 버리는 것이 최선의 방법일 거요.」

 「내가 아무 말을 하지 않았던 것이 그를 자극했던 모양이에요.

그는 나 또한 그의 자살을 똑같이 의심하고 있었다고 생각하지 않았을까요? 어떻게 생각해요, 예브게니?」

「전혀 안 그래요. 당신은 너무나 착해서 그렇게 걱정하는 거라고요. 인간이 칭찬을 받거나 누군가 칭찬을 해주지 않아서 오기로 일부러 자살을 시도한다는 말을 들어 보긴 했지만 직접 눈으로 보진 못했어요. 하지만 그자의 노골적인 소심함은 믿어지지가 않는군요! 어쨌든 그자를 내일 쫓아 보내세요.」

「그가 다시 권총 자살을 하리라고 생각합니까?」

「아니오. 이제는 더 이상 그런 시도는 하지 않을 겁니다. 하지만 우리 나라의 라세네르[128]와 같은 흉악범들을 조심해야 됩니다! 다시 말하지만, 재능도 없고 인내심도 없는 이들 탐욕스런 천민에게 범죄는 극히 흔한 피난처입니다.」

「그들이 정말로 라세네르 같은 사람들일까요?」

「다양한 분장은 있을 수 있지만 본질이란 똑같은 거예요. 이 젊은 친구가 자신의 〈해명〉[129]에서 읽은 그대로 〈농담〉 삼아 10명을 죽일 수 있는지 두고 보세요. 그의 말을 새기려면 오늘 밤 잠도 오지 않을 것 같아요.」

「염려가 지나치신 것 같군요.」

「당신은 놀라운 분이에요, 공작. 그자가 〈지금〉 10명을 살해할

---

[128] 피에르 프랑수아 라세네르(1800~1836). 1830년 파리에서 소문이 자자했던 소송 사건의 주범. 극단적인 허세와 잔인성으로 특징지어지는 살인자로 라세네르 공작의 사후 발표된 그의 「수기」와 「대화」(1836)에는 자신을 〈이상적인〉 범죄자라고 덧붙이고 있다. R. R. 쉬뜨란드만이 번역한 라세네르의 소송 진술은 도스또예프스끼의 서문과 함께 1861년 잡지 『시대』지에 실렸다.
[129] 예브게니 빠블로비치는 갑자기 이뽈리뜨의 〈해명〉을 언급하고 있다. 그러나 여기서 그는 농담이라는 뜻의 〈chtouka〉라는 단어를 사용한 데 비해 이뽈리뜨는 장난이라는 뜻의 〈choutka〉를 썼다. 이 두 단어 사이의 유사성은 도스또예프스끼의 편집자들이 인쇄 실수를 그냥 내버려 둔 것이 아닌가 하는 생각을 하게 한다. 저자는 아마도 같은 단어를 썼을 것이다.

수 있다는 것을 믿지 않나요?」

「대답하기 거북하군요. 이 모든 것은 아주 이상해요. 하지만······.」

「그렇다면 마음내키는 대로 생각하세요!」 예브게니가 신경질적으로 말을 마쳤다. 「어쨌든 당신은 용감한 사람이군요. 단지 그 10명의 명단에 끼는 일이 없도록 하세요.」

「그는 분명히 아무도 살해하지 않을 거예요.」 공작이 예브게니를 바라보며 생각에 잠긴 채 말했다.

예브게니는 심술궂게 웃었다.

「이제 그만 잘 가세요! 그 친구가 사본 한 부를 아글라야 이바노브나에게 유언으로 전한 것을 기억하지요?」

「물론 기억해요······. 거기에 대해 생각 중입니다.」

「그렇군요. 10명의 사고가 생길 경우에······.」 예브게니가 또다시 웃으며 나갔다.

한 시간이 지났다. 이미 오후 4시가 넘었다. 공작은 공원으로 내려갔다. 그는 집에서 잠을 청해 보았지만 심장이 심하게 고동치는 바람에 잠을 이룰 수가 없었다. 하지만 집 안에는 모든 것이 정돈되어 있었고, 최대한으로 안정되어 있었다. 환자는 잠이 들어 있었다. 왕진하러 온 의사는 특별한 위험은 전혀 없다고 진단했다. 레베제프, 니꼴라이, 부르도프스끼는 환자의 방에 누워서 번갈아 가며 당번을 서고 있었다. 결국 걱정거리가 하나도 없게 되었다.

그러나 공작의 불안은 1분 1초가 흐를수록 깊어만 갔다. 그는 공원을 배회하며 불안하게 주위를 둘러보았다. 그는 역 앞 소광장에 도착했을 때 놀라움에 발길을 멈추었다. 거기에는 서너 개의 빈 벤치와 악단을 위한 악보대가 있었다. 그는 이 장소를 보고 놀랐다. 왠지 몹시 흉해 보였기 때문이다. 그는 뒤돌아서서 어제 예빤친 장군의 가족들과 정거장을 향해 걷던 길을 따라, 약속 장소로 지정해 둔 초록 벤치 앞으로 갔다. 그는 거기에 앉아서 갑자기 커다랗게 웃기 시작했다. 그는 즉시 그러한 자신에 대해 극도로 화가 치밀었다. 그는 계속 우수에 사로잡혀 있었다. 그는 어디론가 떠나고 싶었다……. 어디로인지는 몰랐다. 그의 머리 위에서 나무에 앉은 새가 노래를 불렀다. 그는 나뭇잎 사이에 있는 새를 찾기 시작했다. 갑자기 새가 나무에서 푸드덕 날아올랐다. 이 순간 그에게는 왜 그런지 이뽈리뜨가 썼던 〈뜨거운 햇볕을 받고 있는 파리〉 한 마리가 떠올랐다. 그 파리는 합창대의 단원이지만 이뽈리뜨 혼자만은 열외자가 아니던가. 이러한 글귀가 아까부터 그에게 충격을 주었다. 그는 지금도 그 내용에 대해 상기하고 있었다. 오래전에 잊어버렸던 한 가지 회상이 꿈틀거리다 갑자기 불거져 나왔다.

그것은 스위스에서였다. 그가 치료를 받던 첫해, 스위스에 간 지 얼마 안 되던 달이었다. 그때 그는 거의 백치에 가까운 상태였다. 말도 제대로 할 줄 모르고, 사람들이 자기에게 무얼 원하는지도 이해하지 못했다. 그는 태양이 밝게 비치는 어느 날 산에 올라가서 오랫동안 풀리지 않는 고통스런 상념으로 인해 괴로워했다. 그의 위에는 빛나는 하늘이 있었고, 아래에는 호수가 있었으며, 밝고 끝없이 펼쳐지는 지평선이 있었다. 그는 오랫동안 풍광을 바라보며 괴로워했다. 그는 이 밝고 끝없는 푸르름을 향해 두 손을 뻗고 울었던 일이 떠올랐다. 이 모든 것과 무관한 이방인이라는 생각이 그를 괴롭혔던 것이다. 대체 이 향연이 무엇이란 말인가? 오래전부터, 유년 시절부터 항상 그에게 손짓해 오던, 그러면서 도저히 접근할 수 없었던, 끝이 없는, 언제나 위대한 저 축제는 대체 무엇이란 말인가? 매일 아침 저와 똑같은 태양이 떠오르고, 매일 아침 폭포수 위로 무지개가 생기고, 매일 저녁이면 저 멀리 하늘 가장자리에 있는 만년설의 고봉은 자줏빛 불꽃으로 타오른다. 〈햇볕을 받으며 내 곁에서 윙윙거리는〉 작은 파리는 어느 것이나 〈이 모든 향연과 합창의 동반자로서 자신의 위치를 알고 그 위치를 사랑하며 행복해 한다). 작은 풀잎은 한 포기마다 자라나며 행복을 느낀다! 모든 것에는 자기의 길이 있고, 모든 것은 자기의 길을 알고 있다. 모두 다 노래를 부르며 물러섰다가 노래를 부르며 온다. 오로지 그 혼자만이 사람이든 소리이든 아무것도 모르고, 아무것도 이해하지 못한다. 모든 것이 이질적인 그는 낙오자다. 아, 물론 그는 이 모든 것을 말할 수 없었고, 자신의 문제를 표현할 수 없었다. 그는 벙어리 냉가슴 앓듯 괴로워했었다. 그러나 이제 그는 이 모든 것을 다 말해 버린 것 같았다. 이뽈리뜨가 〈파리〉라고 한 말은 바로 그에게서, 그 당시에 그가 한 말과 그가 흘린 눈물에서 인용해 온 것 같았다. 그는 이것을 확신했고 이런 생각으로 그의 가슴은 왠지 쿵쿵 뛰었다…….

공작은 벤치에서 깜박 잠이 들고 말았다. 그러나 그의 걱정은 잠을 자면서도 계속되었다. 잠들기 직전에 그는 이뽈리뜨가 10명을 살해할 것이란 말을 상기하고 그처럼 어리석은 상상에 쓴웃음을 지었다. 그의 주위에는 아름다운 적막이 감돌았다. 다만 나뭇잎들이 사각거리는 소리만 들릴 뿐이었고 그 소리에 주위는 더욱더 조용해지고 외부와 차단되는 것 같았다. 그는 아주 많은 꿈을 꾸었다. 모두가 불길한 꿈이어서 그는 매순간마다 몸을 떨었다. 마침내 그에게 여인이 다가왔다. 그는 이 여인을 알고 있었다. 고통스러울 정도로 잘 알고 있었다. 그는 항상 그녀의 이름을 댈 수 있었고 그녀를 가리킬 수 있었다. 그러나 이상하게도 지금 그녀의 모습은 그가 항상 알고 있던 그런 모습이 아니었다. 때문에 그는 고통스러울 정도로 이 여인을 예전의 그 여인으로 인정하고 싶지 않았다. 지금 이 여인의 얼굴에는 회오(悔悟)와 공포의 빛이 짙게 깔려 있어서, 그녀는 마치 무서운 범죄자 같았고 방금 대단한 범죄를 저지른 듯 보였다. 그녀의 창백한 얼굴에서는 눈물 방울이 반짝였다. 그녀는 그에게 오라고 손짓했다. 조용히 따라오라는 시늉을 하듯 입술에다 손가락을 갖다 대었다. 심장의 박동이 맺을 것만 같았다. 그는 결코 그녀를 범죄자로 인정하고 싶지 않았다. 그러나 그는 곧 그의 모든 생애에 영향을 끼칠 무언가 무서운 일이 벌어지리라는 것을 예감했다. 그녀는 공원에서 멀리 떨어지지 않은 곳에서 그에게 무언가를 보여 주려는 것 같았다. 그는 이 여인을 쫓아가기 위해 일어섰다. 갑자기 그의 곁에서 누군가의 밝고 신선한 웃음소리가 들려왔다. 누군가의 손이 갑자기 그의 손아귀에 잡히는 것이었다. 그는 이 손을 쥐었다. 그 손을 꽉 쥐는 순간 잠에서 깨어났다. 그의 앞에는 아글라야가 큰 소리로 웃으면서 서 있었다.

8

그녀는 웃으면서 화를 내고 있었다.

「주무시고 계셨군요! 잠을 잤어요!」 그녀의 놀란 말투에는 조롱기가 섞여 있었다.

「당신이었군요!」 아직 잠에서 완전히 깨어나지 못한 공작이 놀란 표정으로 그녀를 알아보며 중얼거렸다. 「아, 맞아! 약속이 있었지……. 나는 여기서 잠을 잤던 거야.」

「다 보았어요.」

「당신 이외에 아무도 날 깨우지 않았지요? 당신 이외에 아무도 없었지요? 나는 여기에 다른 여자가 왔다 간 줄 알았어요…….」

「여기에 다른 여자가 있었다고요?」

마침내 공작은 완전히 잠에서 깨어났다.

「그건 꿈이었을 뿐이에요.」 그는 생각에 잠긴 듯 말했다. 「이런 순간에 그런 꿈을 꾸다니 참으로 이상하군요……. 앉으세요.」

공작은 아글라야의 손을 잡아 벤치에 앉혔다. 그 자신도 그녀의 옆에 앉으며 생각에 잠겼다. 아글라야는 대화를 시작하지 않고, 상대방을 유심히 쳐다보기만 했다. 공작 역시 그녀를 바라보았다. 그러나 때로는 자기 앞에 있는 그녀를 전혀 쳐다보지 않는 것도 같았다. 그녀의 얼굴이 붉어지기 시작했다.

「아, 그래요!」 공작이 몸을 부르르 떨었다. 「이뽈리뜨가 자신에게 총을 쏘았어요!」

「언제요? 당신 집에서요?」 아글라야는 그다지 놀라는 기색 없이 물었다. 「어제 저녁까지만 해도 그 사람은 살아 있지 않았던가요? 이런 사건이 벌어졌는데도 어떻게 여기서 잠을 잘 수가 있었지요?」 그녀는 갑자기 생기를 띠며 소리를 질렀다. 「하지만 그는 죽지 않았어요. 총이 불발되었어요.」

아글라야가 조르는 바람에 공작은 지난밤에 있었던 사건의 자초지종을 즉시 말해 주어야 했다. 그녀는 성급하게 얘기를 재촉했지만 엉뚱한 질문을 자꾸 퍼붓는 통에 말의 흐름을 차단시켰다. 그런데 그녀는 대단한 호기심을 가지고 예브게니 빠블로비치가 한 말을 새겨 들었으며, 수차례나 되묻곤 했다.

「흠, 그 얘긴 그만 해요.」 그녀는 모든 것을 다 듣고 결론을 지었다. 「어서 빨리 본론으로 들어가요. 이제 같이 있을 시간이 여덟 시까지 한 시간밖에 없어요. 8시가 되면 나는 집에 있어야 돼요. 집에서 내가 여기 있었다는 걸 알면 안 돼요. 나는 일을 보러 온 거예요. 나는 당신에게 전해 줄 말이 많아요. 그런데 당신이 내 머리를 혼란스럽게 만들었어요. 이뽈리뜨에 관해서 말하자면, 그의 권총은 불발할 수밖에 없었다고 생각해요. 그게 이뽈리뜨에게는 더 어울려요. 하지만 당신은 그가 자신을 쏘기를 원했다고, 거기에는 속임수가 없다고 확신하나요?」

「어떠한 속임수도 없어요.」

「그 편이 더 그럴듯해요. 당신이 그의 고백을 나에게 전해 줘야 한다고 그가 썼나요? 그런데 왜 그걸 가져오지 않았나요?」

「아직 그는 죽지 않았으니까요. 그에게 물어보겠어요.」

「꼭 가져다 주세요. 그리고 물어볼 필요가 전혀 없어요. 그러는 것이 그에게는 더 기분좋을 거예요. 어쩌면 그럴 목적으로 그는 자기를 쏘았을 거고요. 그런 다음에 내가 그 고백을 읽기를 바랐던 거예요. 내가 이렇게 말을 했다고 해서 나를 비웃지는 마세요, 공작. 그럴 소지가 다분하니까요.」

「나는 비웃지 않아요. 부분적으로는 그럴 가능성이 상당히 있기 때문이지요.」

「정말이에요? 당신도 그렇게 생각한단 말이지요?」 아글라야가 갑자기 몹시 놀란 듯 말했다.

그녀는 빠른 말투로 물어보며 급히 말을 했으나, 이따금 혼란스러워하며 자주 말을 끝마치지 못했다. 시시각각 그녀는 무언가에 대해 주의를 주려고 했다. 한마디로 그녀는 평소와는 다르게 불안해 하며, 매우 용감하고 도전적인 시선으로 그를 바라보았지만 약간은 소심해 보이기도 했다. 그녀는 가장 평상적인 단출한 옷을 입고 있었으며, 그것은 그녀에게 잘 어울렸다. 그녀는 자주 몸을 떨며 얼굴을 붉히면서 벤치에 앉아 있었다. 이뽈리뜨가 자살을 시도했던 것은 그녀에게 그의 고백을 읽어 주기 위해서였다는 공작의 말에 그녀는 적지 않게 놀랐다.

「물론입니다. 그는 당신뿐만 아니라 우리 모두가 자기를 칭찬해 주길 바랐어요……」 공작이 해명했다.

「어떻게 칭찬해 주길 바랐나요?」

「말하자면…… 글쎄 어떻게 설명할까? 말하기가 몹시 힘들군요. 다만 그는 모두들 자기를 둘러싸고, 자기에게 사랑하고 존경한다는 말을 하며 제발 살아 있어 달라고 간청해 주길 바랐을 겁니다. 그러한 순간에 당신에 관해 언급한 걸로 봐서 그는 누구보다도 당신을 염두에 두고 있었을 가능성이 커요……. 물론 그 자신은 아마도 당신을 염두에 두고 있다는 사실을 모를 거예요.」

「나는 도무지 이해하지 못하겠군요. 염두에 두었는데 염두에 둔 것을 몰랐다는 게 무슨 뜻이에요? 하지만 이해할 것도 같아요. 나도 열세 살 먹었을 때부터 극약을 먹고 부모에게 유서를 남긴 채 자살해 보겠다는 생각을 30번도 더 해봤어요. 그리고 내가 관에 들어가면 모두들 울면서 살아생전에 나에게 잔인하게 굴었던 것을 안타까워하리라고 생각했지요……. 왜 또 웃으시는 거지요? 혼자서 공상을 하며 뭘 또 생각하고 있는 거지요? 혹시 육군 원수가 되어 나폴레옹을 격파하는 것을 공상하나요?」 그녀는 미간을 찌푸리며 빠르게 말했다.

「글쎄, 솔직히 말해서 그런 생각을 안 하는 것도 아니에요. 특히 잠이 올 때 그렇지요.」 공작이 웃었다. 「하지만 내가 격파하는 대상은 나폴레옹이 아니라 오스트리아 인들입니다.」

「나는 당신하고 농담하고 싶은 맘이 전혀 없어요. 레프 니꼴라이치. 이뽈리뜨를 직접 봐야겠어요. 내가 보고 싶어한다고 그에게 미리 알려 주세요. 당신은 이뽈리뜨를 심판하듯 인간의 영혼을 그런 식으로 함부로 바라보며 심판할 건가요? 그건 아주 나쁜 태도라고 봐요. 당신은 다정다감하지가 못해요. 한 가지 확실한 것이 있다면, 당신이 공정치 못하다는 거예요.」

공작은 생각에 잠겼다.

「내가 보기엔 당신이 나에게 공정치 못한 것 같군요.」 공작이 말했다. 「이뽈리뜨가 그렇게 생각한다고 해서 나쁠 건 하나도 없어요. 모두들 그런 식으로 생각하게 마련이니까요. 게다가 그는 전혀 생각 같은 것은 하지도 않고 그러고 싶은 마음만 갖고 있는지도 몰라요……. 그는 마지막으로 사람들과 만나서 사람들의 존경과 사랑을 받고 싶어했어요. 그건 아주 좋은 감정이에요. 다만 모든 게 그렇게 성사되지 않았을 따름이지요. 병 때문이기도 하고, 또 다른 무슨 원인이 있겠지요. 게다가 어떤 사람들은 모든 일이 항상 순조롭게 되어 가지만, 어떤 사람들은 되는 일이 전혀 없기도 해요…….」

「그건 당신 자신을 두고 한 말이지요?」 아글라야가 말했다.

「네, 내 얘깁니다.」 공작은 아글라야의 말이 조금도 짓궂다는 생각을 하지 않고 대답했다.

「다만 내가 당신이라면 이런 때 잠을 잘 순 없었을 거예요. 당신은 어디를 가나 쉽게 잠에 빠지는군요. 그건 별로 탐탁지 않아요.」

「사실 난 밤새도록 잠을 자지 못했어요. 줄곧 걸어다니다가 음악회에 갔다 왔어요.」

「어떤 음악회에 갔었지요?」

「어제 악단이 연주를 했던 곳 말이에요. 그러고는 이리로 와 앉아서 이 생각 저 생각을 하다 잠이 들고 말았어요.」

「아, 그랬군요? 당신한테 좋은 쪽으로 돌아가는군요……. 한데 음악회는 뭣 하러 갔었지요?」

「모르겠어요. 그저…….」

「좋아요, 좋아요. 나중에 얘기해요. 당신은 계속 내가 하는 말을 막고 계신데, 당신이 음악회에 갔다 온 것이 나랑 무슨 상관이에요? 꿈속에서 어떤 여자를 봤지요?」

「그 여잔…… 당신이 본 적이 없는 사람이에요…….」

「알겠어요. 아주 알 만하다고요. 당신은 그녀를 아주…… 그녀가 꿈속에서 어떤 모습으로 보이던가요? 하지만 난 아무것도 알고 싶지 않군요.」 그녀는 못마땅한 듯이 갑자기 잘라 말했다. 「내 말을 가로막지 마세요…….」

그녀는 호흡을 조정하고 노여움을 내쫓기라도 하려는 듯 약간 다소곳이 앉아 있었다.

「내가 당신을 불렀던 까닭은 다름이 아니에요. 나는 당신에게 나의 친구가 되어 달라고 제안하고 싶어서예요. 아니 왜 그렇게 나를 뚫어지게 바라보는 거예요?」 그녀는 분노에 찬 표정으로 말했다.

공작은 이 순간 그녀를 정말로 뚫어지게 바라보고 있었다. 그녀는 다시 얼굴이 붉어지고 있었다. 이러한 때에 그녀의 얼굴이 붉어지면 질수록 그녀는 자신에 대해 더욱더 화를 내고 있는 것 같았다. 그것은 그녀의 빛나는 눈 속에 역력하게 드러났다. 보통 1분 후에 그녀는 상대방의 잘못 여부를 떠나 자신의 분을 삭이고 언쟁을 시작하곤 했다. 그녀는 자기가 거칠고 수치를 잘 느낀다는 것을 알고 있기에, 대화에 좀처럼 끼어들지 않았으며 언니들보다 말이 없는 데다가 때로는 아예 입을 다물고 있기가 일쑤였다. 특히 이와 같이 미묘한 경우, 반드시 한마디해야 할 때는 보기 드물게 거만한 태도로 마치 도전을 하듯 대화를 시작했다. 그녀는 얼굴이 붉어지기 시작하거나, 붉어지려고 할 때를 항상 예감하곤 했다.

「나의 제안을 받아들이고 싶지 않은가 보지요?」 그녀는 공작을 거만하게 바라보았다.

「아, 아니에요. 받아들이고 싶어요. 하지만 그럴 필요까진 없잖아요……. 그런 제안을 하지 않아도 된다고 생각했어요.」 공작이 당황했다.

「그럼 무엇을 생각했나요? 내가 무얼 하러 당신을 이리로 불러냈다고 보나요? 머릿속에 뭐가 든 거예요? 나를 우리 집에서처럼 작은 바보 정도로 생각하고 있는 거 아닌가요?」

「집에서 당신을 바보라고 생각한다는 걸 난 몰랐어요……. 난…… 난 그렇게 안 봐요.」

「그렇게 안 본다고요? 그것 참 현명하시군요. 특히 이번만큼은 현명하군요.」

「내 생각으로는 당신이 이따금 대단히 현명하다고 봐요.」 공작이 계속했다. 「당신은 아까 아주 현명한 한마디를 했어요. 당신은 〈딱 한 가지 확실한 것은 공정치가 못하다는 거예요〉라고 하며 내가 이쁠리드를 의심한다고 말했어요. 난 그 말을 잊지 않고 곱씹어 보고 있다고요.」

아글라야는 만족감에 갑자기 얼굴을 붉혔다. 이같은 표정 변화는 그녀에게서 극히 노골적으로 순식간에 일어나곤 했다. 공작 역시 기뻐했다. 그녀를 보고 기뻐서 웃음까지 터뜨렸다.

「내 말을 들어 보세요.」그녀가 다시 시작했다.「나는 오랫동안 이 모든 것을 당신에게 얘기해 줄 기회를 기다려 왔어요. 당신이 그곳에서 내 편지를 보내왔을 때부터, 어쩌면 그전부터인지 몰라요. 이 얘기의 절반은 어제 이미 당신에게 말했죠. 나는 당신을 가장 정직하고 가장 의로운 사람으로 생각하고 있어요. 그 누구보다 정직하고 의로운 사람으로요. 사람들이 당신에 관해 말할 때면 당신의 머리, 즉 당신의 정신이 가끔 이상하다고들 하지요. 그건 옳지 못해요. 나는 사람들에게 그렇지 않다고 주장해 왔어요. 당신이 정말로 정신병을 앓는다 해도(물론 이렇게 말해도 당신은 화를 내지 않을 거라고 믿어요. 나는 가장 높은 차원에서 말을 하고 있는 거예요), 당신의 멀쩡한 지혜는 누구도 따를 자가 없어요. 당신과 같은 지혜는 꿈도 꾸지 못할 거예요. 사람에게는 중요한 지혜와 그렇지 않은 지혜가 있기 때문이지요. 안 그래요? 정말 안 그런가요?」

「그럴지도 모르지요.」공작이 이 말을 하자마자 심장이 무섭게 떨리며 고동을 쳤다.

「나는 당신이 이해할 줄 알았어요.」그녀는 계속 거만한 태도로 말했다.「S공작과 예브게니 빠블리치는 이와 같은 두 가지 지혜를 이해하지 못해요. 알렉산드라 언니도 마찬가지예요. 하지만 엄마는 이해하고 있다는 것을 상상해 보세요.」

「당신은 리자베따 쁘로꼬피예브나와 너무 닮았어요.」

「어떻게요? 정말로요?」아글라야는 놀랐다.

「신을 걸고 말하건대 그래요.」

「고맙군요.」그녀는 잠시 생각을 하고 나서 말했다.「내가 엄마와 닮았다니 무척 기쁘군요. 당신은 우리 어머니를 아주 존경하시죠?」 그녀는 자신의 질문이 얼마나 순진한지 깨닫지 못하고 덧붙였다.

「아주, 아주 존경하지요. 당신이 그렇게 솔직하게 이해를 하니 기쁩니다.」

「나도 기뻐요. 사람들이 간혹 어머니를 비웃는 걸 알기 때문이지요. 하지만 제일 중요한 게 있어요. 오랫동안 생각해 보다 결국에는 당신을 선택한 거예요. 나는 식구들이 나를 깔보는 걸 원치 않아요. 또한 나를 작은 바보로 여기는 것도요……. 나는 그걸 즉시 눈치 채고 예브게니 빠블로비치에게 딱지를 놓은 거였어요. 나를 시집보내려고 법석들을 떠는 게 마음에 안 들기 때문이지요! 내가 바라는 건, 바라는 건…… 집에서 도망치는 거예요. 그래서 나를 도와달라고 당신을 선택한 거예요.」

「가출한다고요?」 공작이 소리쳤다.

「네, 네, 네, 집에서 도망치는 거라고요!」 그녀가 분노로 후끈 달아오른 얼굴로 갑자기 소리쳤다. 「나는 끊임없이 내 얼굴을 수치스럽게 하는 짓을 참을 수 없어요. 나는 사람들 앞에서, S공작 앞에서나, 예브게니 빠블로비치 앞에서, 누구 앞에서든 창피를 당하고 싶지 않아요. 그래서 당신을 택한 거예요. 나는 당신에게 모든 것을 다 말하고 싶어요. 만약 원한다면 가장 중요한 문제까지도요. 당신도 마찬가지로 나에게 아무것도 숨겨서는 안 돼요. 나는 비록 한 사람일지언정 그와 모든 것에 대해 말하고 싶어요. 저들은 느닷없이, 내가 당신을 기다리고 내가 당신을 사랑한다는 말을 해요. 당신이 오기 전부터 그랬어요. 나는 그 사람들에게 편지를 보여 주지 않았어요. 그런데 지금은 모두 같은 말을 하고 있어요. 나는 대담해지고 싶고, 그래서 아무것도 두려워하지 않고 싶어요. 나는 저들의 가면 무도회나 돌아다니고 싶지 않아요. 의미 있는 일을 하고 싶어요. 나는 이미 오래전부터 가출하고 싶었어요. 20년 동안 저들에게 감금당해 온 거나 마찬가지예요. 모두 나를 시집보내려고 혈안이 되어 있어요. 나는 이미 열네 살 때 가출할 생각을 했어요. 그땐 바보 같았지만요. 지금 나는 모든 계산을 다 해놓고 외국에 대해 이것저것 물어보기 위해 당신을 기다렸던 거예요. 나는 고딕 사원이라곤 단 한 번도 본 적이 없어요. 로마에 가고 싶어요. 학자들의 서재도 모두 보고 싶어요. 파리에서 공부도 하고 싶고요. 나는 1년 내내 준비를 해오며 공부를 했어요. 책도 대단히 많이 읽었고요. 금서란 금서는 모두 다 읽었어요. 알렉산드라와 아젤라이다 언니는 자기들은 모든 책을 다 읽으면서 나는 못 읽게 해요. 항상 감시를 하고 있거든요. 나는 언니들과 다투고 싶지 않아요. 나는 이미 오래전에 부모님에게 나의 사회적 지위를 완전히 바꿔 보고 싶다고 선언했어요. 나는 어린이 교육에 종사하려고 결심했어요. 그래서 내가 당신에게 기대를 걸었던 거예요. 당신이 아이들을 좋아한다고 말했기 때문이지요. 지금 당장이 아니고 미래일지라도 교육에 함께 종사해 보면 어떨까요? 우리 함께 이로운 일을 해봐요. 나는 장군의 딸로 남고 싶지 않아요……. 당신은 매우 학식이 있는 분이지요?」

「전혀 그렇지 않아요.」

「그거 유감이군요. 난 그렇게 생각했는데……. 왜 내가 그렇게 생각했을까? 어쨌든 당신이 나를 지도할 거예요. 당신을 택했으니까요.」

「그건 어리석은 일이에요, 아글라야 이바노브나.」

「난 원해요, 가출하기를!」 그녀는 소리를 질렀고, 그녀의 두 눈에서 다시 불이 번쩍거렸다. 「당신이 동의하지 않는다면 나는 가브릴라 아르달리오노비치와 결혼해 버리겠어요. 집에서 나를 혐오스런 여자로 보고 터무니없이 욕을 하는 게 싫어요.」

「지금 제정신인가요?」 공작이 자리에서 벌떡 일어날 뻔했다. 「집에서 당신을 뭐라고 욕하던가요? 누가 욕을 한다고 그래요?」

「집에서 모두들 그래요. 어머니, 언니들, 아버지, S공작, 심지어는 당신의 건방진 니꼴라이까지도요! 직접 대놓고 말하지는 않지만 그렇게 생각들 하고 있어요. 나는 그들 면전에서 내 생각을 분명히 밝혔어요. 어머니하고 아버지에게도요. 엄마는 하루 종일 몸이 편찮았어요. 다음날 알렉산드라와 아빠가 내가 거짓말로 지껄인 소리가 무슨 소린지 알기나 하느냐고 나무랐어요. 나는 내가 한 말을 모두 이해하고 있다고 딱 잘라 말하며, 더 이상 나를 어린애 취급하지 말라고 했어요. 그리고 이미 2년 전에 모든 것을 알아내려고 일부러 폴 드 콕[130]의 소설 두 권을 읽었노라고 대답했지요. 엄마는 그 말을 듣자 기절하려고 했어요.」

갑자기 공작에게 이상한 생각이 스치고 지나갔다. 그는 아글라야를 유심히 바라보고 미소를 지었다.

앞에 앉아 있는 여자가 언젠가 콧대를 세우며 도도하게 가브릴라의 편지를 읽어 주었던 바로 그 거만한 처녀라는 사실이 믿기지 않았다. 그는 도도하고 가혹한 미녀에게 이와 같이 천진스런 면이 있을까, 그녀는 지금까지도 모든 말을 이해하지 못하는 어린애에 불과하지 않는가라는 생각을 했다.

「당신은 지금까지 집에서 살았나요, 아글라야?」 공작이 물었다. 「내가 묻고 싶은 건, 초급 학교나 전문 학교를 다닌 적이 없느냐는 말입니다.」

「나는 아무데도 다닌 적이 없어요. 계속 집 안에만 있었어요. 마치 병 속에 갇혀 있듯이요. 나는 그 병 속에서 곧바로 시집을 갈 참이에요. 왜 또 웃는 거예요? 당신도 나를 비웃고 있는 것 같은데요. 그 사람들을 편들고 있군요.」 그녀는 엄하게 미간을 찌푸리며 덧붙였다. 「나를 화나게 하지 마세요. 나는 지금 내게 무슨 일이 벌어지는지도 모르는 사람이에요……. 당신은 내가 사랑에

---

[130] 폴 드 콕(1794~1871). 프랑스의 장편 역사 소설가로 주로 부르주아지와 파리 하층민들의 삶을 그리고 있다. 그의 작품들에는 속어와 같은 볼품없는 말들이 그대로 사용되고 있음.

빠져서 이렇게 당신에게 데이트 신청을 하는 거라고 확신하고 이곳에 오셨겠지요.」 그녀는 신경질적으로 잘라 말했다.

「나는 어제 정말로 그걸 걱정했어요.」 공작은 허심탄회하게 시인했다(그는 매우 당황하고 있었다).「그러나 오늘은 확신컨대, 당신이……」

「뭐라고요?」 아글라야가 언성을 높였다. 그녀의 아랫입술이 갑자기 파르르 떨리기 시작했다.「당신이 걱정했다고요? 내가 어떻게라도 할까 봐서요? 감히 내가 그러리라고 생각하다니……. 맙소사! 당신은 내가 당신을 이리로 불러내서 덫을 씌우고 사람들이 우릴 보게 한 다음에, 당신이 나와 결혼하지 않으면 안 되게끔 만들 거라고 의심했던 거지요……」

「아글라야 이바노브나! 창피하지도 않으세요? 당신의 순수하고 결백한 마음속에서 어떻게 그리 불순한 생각이 떠오를 수 있을까요? 맹세컨대, 당신은 자신의 말을 한마디도 믿지 않고 있으며…… 무슨 말을 하고 있는지 본인 자신도 모르고 있어요!」

아글라야는 자기가 한 말에 스스로 경악한 듯이 고개를 아래로 무겁게 떨군 채 앉아 있었다.

「나는 전혀 창피하지 않아요.」 그녀가 중얼거렸다. 「내 마음이 결백하다는 걸 당신이 어떻게 알지요? 그때 당신은 어떻게 나에게 연애 편지를 보낼 수 있었지요?」

「연애 편지라고요? 내 편지가 연애 편지라니! 그 편지는 경의를 갖춘 편지로서 내 인생에서 가장 힘든 순간에 내 가슴속에서 우러나온 것입니다! 그때 나는 당신을 그 어떤 광명처럼 생각했답니다……. 나는……」

「그래, 좋아요, 좋아.」 그녀가 갑자기 그의 말을 막았다. 그러나 이미 전혀 다른 어조였다. 거기에는 후회의 빛이 완연했으며 거의 놀란 듯한 표정으로 그를 향해 몸을 수그리기까지 했다. 그러면서 그의 눈을 똑바로 보지도 못하며 제발 화를 내지 말아 달라고 부탁하는 투로 그의 어깨를 건드리려고 했다. 「좋아요.」 그녀는 몹시 수치를 느끼며 덧붙였다. 「내가 대단히 멍청한 표현을 쓴 것 같아요. 당신을 시험해 보려고 그랬던 거였어요. 이미 했던 말은 없었던 걸로 해주세요. 기분이 나빴다면 용서해 주세요. 나를 똑바로 쳐다보지 말고 시선을 돌려 주세요. 당신은 내 생각이 몹시 불순하다고 했어요. 당신의 기분을 들쑤셔 놓으려고 일부러 그랬어요. 내가 하고 싶은 말을 불쑥 말해 버릴까 봐 겁이 날 때가 가끔 있어요. 당신은 인생에서 가장 힘든 순간에 그 편지를 썼다고 했어요……. 나는 그게 어떤 순간인지 알아요.」 그녀는 다시 땅바닥을 쳐다보며 나직이 말했다.

「오! 당신이 모든 걸 알 수만 있다면!」

「나는 다 알아요!」 그녀는 또다시 흥분을 하며 소리쳤다. 「그때 당신은 함께 뛰쳐나간 건방진 여자와 함께 한 달 동안 같은 방에서 살았어요…….」

그녀는 더 이상 얼굴이 붉어지지 않았다. 오히려 이 말을 하면서 얼굴이 창백해졌다. 그녀는 정신이 나간 사람처럼 자리에서 벌떡 일어났으나, 그 순간 제정신이 들었는지 도로 앉았다. 그녀의 입술은 오랫동안 계속 떨렸다. 1분 가량 침묵이 흘렀다. 공작은 사태의 돌발성에 몹시 충격을 받고 왜 이런 일이 벌어졌는지 영문을 몰라 했다.

「나는 당신을 전혀 사랑하지 않아요.」 그녀는 갑자기 딱 잘라 말했다.

공작은 아무 대답도 하지 않았다. 또다시 1분 가량 침묵이 흘렀다.

「나는 가브릴라 아르달리오노비치를 사랑해요…….」 그녀는 이 말을 워낙 빨리 해서 겨우 알아들을 수 있을 정도였다. 그녀는 고개를 더욱 수그렸다.

「그건 사실이 아니에요.」 공작 역시 속삭이듯 말했다.

「그렇다면 내가 거짓말을 하고 있단 말인가요? 그건 사실이에요. 나는 그저께 바로 이 벤치에서 가브릴라에게 맹세했어요.」

공작은 깜짝 놀라서 일순간 생각에 잠겼다.

「그건 사실이 아닙니다.」 그는 단호하게 되풀이했다. 「당신이 모든 걸 다 꾸며 낸 겁니다.」

「놀랄 만큼 공손하시군요. 가브릴라가 다른 사람이 되었다는 걸 아셔야 해요. 그는 자기 목숨보다 나를 더 사랑해요. 그는 내 앞에서 자기 손을 지지기까지 했어요. 나에게 자기 목숨보다 나를 더 사랑한다는 것을 증명하기 위해서였지요.」

「자기 손을 지졌다고요?」

「그래요, 자기 손을요. 믿거나 말거나 상관없어요.」

공작은 다시 침묵을 지켰다. 아글라야의 말 속에 농담기는 없었다. 그녀는 화를 내고 있었다.

「그런 일이 여기서 벌어졌다면 그가 초를 가져왔단 말인가요? 그렇지 않고서는 달리 생각할 수가 없군요……」

「그래요, 초를…… 뭐 그게 어려운 일인가요?」

「초만 가져왔나요, 촛대에 꽂아 왔나요?」

「글쎄…… 반쯤 남은 초였던가…… 거의 다 타버린 건가…… 그냥 새거였던가? 그런 게 무슨 상관이에요. 그만 해두세요! 성냥까지 가져왔더군요. 이제 됐어요? 촛불을 켜두고 30분 동안이나 손가락을 초에 대고 있었어요. 도저히 믿어지지가 않나요?」

「어제 그 사람을 봤는데, 손가락이 멀쩡하던데요.」

아글라야는 자지러지게 웃었다. 마치 어린아이 그대로였다.

「내가 왜 방금 거짓말을 했는지 아세요?」 그녀는 갑자기 공작에게 얼굴을 돌렸다. 어린아이 같은 천진난만한 표정을 지은 그녀의 입술에서 묘한 미소가 감돌았다. 「거짓말을 할 때 무언가 흔치 않고 기발한 것을, 즉 전혀 일어나지 않거나 극히 드물게 일어나는 것을 교묘하게 섞어 말하면, 거짓말이 훨씬 더 그럴듯하게 들리는 법이지요. 그걸 알아냈답니다. 하지만 내 경우는 잘 먹혀 들어가지 않는군요. 내 거짓말이 워낙 서툴러서……」

그녀는 정신을 차렸는지 갑자기 미간을 찌푸렸다.

「내가 그때,」 그녀는 공작을 심각하면서도 슬프기까지 한 눈초리로 바라보며 말했다. 「내가 그때 당신에게 〈가난한 기사〉에 대해 읽어 준 까닭은, 그걸로 당신의 일면을 칭찬해 주려는 뜻도 있었지만, 당신의 행위에 대해 낙인을 찍고 당신에게 내가 모든 것을 알고 있다는 것을 보여 주려고 했던 거였어요……」

「당신은 나나 방금 당신이 아무렇게나 말해 버린 그 불행한 여인에게나 아주 공정하지 못해요, 아글라야.」

「왜냐하면 내가 모든 것을 알고 있기 때문이에요. 그래서 그렇게 표현한 거였어요! 반년 전에 당신이 모든 사람들 앞에서 그 여자에게 청혼을 했던 사실을 난 알아요. 내 말을 막지 마세요. 보다시피 나는 아무런 토도 달지 않고 말하고 있어요. 그 후에 그 여자는 로고진과 함께 도망갔어요. 그 다음에는 어느 시골인지 도시에서 그 여자는 당신과 함께 살다가, 누구에겐가로 가버렸어요(아글라야의 얼굴이 몹시 빨개졌다). 그 여자는 다시 로고진에게 돌아왔지요. 자기를 미친 듯이 사랑하는 로고진에게로요. 그 후에 역시 대단히 현명한 당신이 그 여자를 쫓아 여기로 왔지만, 즉시 그 여자가 뻬쩨르부르그로 가버렸다는 것을 알아냈지요. 어제 저녁에 당신은 그 여자를 죽기 살기로 옹호하고, 오늘은 여기에서 그 여자의 꿈까지 꾸었어요……. 보다시피 나는 모든 걸 다 알아요. 당신이 여기에 온 것은 바로 그 여자, 그 여자 때문이지요?」

「네, 그녀 때문이에요.」 공작은 서글픈 듯이 생각에 잠겨 고개를 수그리고, 그를 바라보는 아글라야의 눈에서 불꽃이 튀고 있다는 것을 의식하지 못한 채 조용히 대답했다. 「그녀 때문이라는 것은 단지 알고 싶은 게 있어서였어요……. 나는 로고진과 그녀와의 삶이 행복하리라는 것을 믿지 않아요……. 그렇다고 내가 그녀를 위해 무엇을 해줄 수 있는지, 또 어떻게 도와야 되는지도 몰라요. 하지만 나는 오고 말았어요.」

그는 몸을 흠칫 떨며 아글라야를 바라보았다. 그녀는 증오심에 차서 그의 말을 듣고 있었다.

「만약 무엇 때문인지도 모르면서 왔다면, 대단히 사랑하고 있다는 얘기가 되는 거예요.」 마침내 그녀가 입을 뗐다.

「아니에요.」 공작이 대답했다. 「아니에요, 사랑하지 않아요. 아실지 모르지만 그녀와 보냈던 때를 생각하기만 하면 몸서리가 쳐져요!」

이 말을 하는 공작의 온몸에는 경련마저 일어났다.

「그럼 다 얘기해 보세요.」 아글라야가 말했다.

「당신이 귀를 기울일 만한 얘기가 전혀 없어요. 왜 내가 당신 한 분에게만 이 모든 얘기를 해주어야 하는지 모르겠군요. 아마도 당신을 진정으로 사랑했기 때문일 거예요. 그 불행한 여인은 자기가 이 세상에서 가장 타락하고, 가장 죄가 많다고 깊이 믿고 있어요. 아, 그 여인을 욕되게 하지 마세요. 그 여인에게 돌을 던지지 마세요.[131] 그녀는 자신이 부당하게 모욕을 받는다는 생각에 몹시 괴로워했어요. 그녀가 무슨 죄를 지었기에! 〈오, 하느님!〉 그녀는 계속 광란적으로 외쳤어요. 〈나는 내 죄를 인정하지 않아! 나는 세상 사람들의 희생자야, 탕자와 악당의 희생물이야!〉라고요. 하지만 그녀가 당신에게 뭐라고 말하든 간에 그녀 자신이 먼저 자신을 믿지 않아요. 반대로 그녀는 자기가 죄인이라고 굳게 믿고 있어요. 내가 그와 같은 암흑을 그녀에게서 몰아내려고 시도했을 때 그녀는 너무나 고통스러워했어요. 그때를 생각

---

131 미쉬킨은 복음서의 이 말로 아글라야를 상기시키고 있다. 바리사이인과 학자들이 간통에 관련된 여자와 죄인을 교회로 인도해 오자 그리스도는 법에 따라 여자를 벌해야만 한다는 모세의 말에 〈너희들 중 죄 없는 자가 첫 번째로 그녀에게 돌을 던져라〉라고 대답한다.

할 때마다 내 가슴의 상처는 아물지 않습니다. 내 가슴은 영원히 찢겨져 있는 거나 마찬가지예요. 그 여인이 내게서 떠난 이유를 아시나요? 그녀가 저급한 여인이라는 것을 나에게 증명하기 위해서예요. 무엇보다 끔찍한 것은 그녀 자신도 나에게 증명하기 위해 그런 행동을 하고 있다는 것을 모른다는 겁니다. 나에게서 도망간 것도 치욕스런 행위를 보여 주고 싶은 생각이 내부에서 일어났기 때문이지요. 그렇게 하여 자기 스스로에게 〈너는 또 수치스런 짓을 했어. 그러니까 너는 결국 비열한 짐승에 불과해!〉라고 말하고 싶었던 거였어요. 아, 어쩌면 당신은 이것을 이해하지 못할 거예요, 아글라야! 아실지 모르겠지만 그녀가 끊임없이 자신의 수치를 의식하는 배경에는 자연스럽지 못한 무서운 쾌감이 스며 있을 거예요. 누군가에 대한 복수심 같은 것 말이에요. 이따금 나는 그녀가 자기 주변에서 광명을 찾을 수 있게끔 이끌어 주었지만, 그녀는 즉각적으로 분개했어요. 내가 그녀 위에 너무 높이 서 있다고 심하게 반발하기까지 했어요(내 마음속엔 전혀 그런 생각이 없었는데도요). 그러면서 나의 청혼에 대해 그녀는 누구에게도 오만한 연민이나 도움을 구하지 않으며 〈자기만큼이나 위대한 인간으로 만들기〉 따위는 거절한다고 선언했어요. 당신이 어제 그녀를 보았다시피, 그녀가 그런 무리의 사람들하고 있는 게 행복해 보였나요? 그녀의 추종자들이 대체 어떤 사람들이던가요? 그녀는 머리가 깨어 있어 이해력이 많은 여자입니다. 간혹 가다 내가 놀랄 정도이니까요!」

「당신은 그 여자에게 이런 식으로…… 설교를 했나요?」

「아, 아니에요.」 공작은 질문의 어조를 깨닫지 못한 채 생각에 젖어 말을 계속했다. 「나는 시종일관 가만히 있었어요. 자주 하고 싶은 말이 있었지만 무슨 말을 해야 될지 몰랐어요. 어떤 때는 전혀 아무 말도 하지 않는 편이 좋을 수도 있죠. 아, 나는 그녀를 사랑했어요. 아주 사랑했지요……. 그런데 후에…… 후에……, 그녀는 모든 것을 알아챘어요.」

「알아챘다뇨?」

「내가 그녀를 동정하기만 할 뿐, 더 이상…… 사랑하지 않는다는 것을요.」

「그걸 어떻게 알아요? 그녀가 함께 달아난 그 지주를 정말로 사랑했을 수도 있잖아요?」

「그렇지 않아요. 나는 모든 걸 다 알고 있어요. 그녀는 단지 그를 조롱했을 뿐이에요.」

「당신을 비웃은 적은 한번도 없었나요?」

「있었어요. 그녀는 오기로 나를 비웃었어요. 아, 당시에 그녀는 울분에 차서 나를 무섭게 나무랐어요. 그러면서 괴로워했지요! 그러나…… 그 후에는…… 아, 제발 나에게 그 일을 상기시키지 마세요, 제발!」

그는 두 손으로 얼굴을 가렸다.

「그 여자가 거의 매일같이 나에게 편지를 썼던 사실을 아시나요?」

「그게 사실이었군요!」 공작은 불안에 싸여 소리를 질렀다. 「그렇다는 말은 들었지만 믿지는 않았어요.」

「누구한테 들었나요?」 그녀는 겁에 질려 놀란 얼굴로 물었다.

「로고진이 어제 나한테 말해 주었지만, 그렇게 분명하진 않았어요.」

「어제라고요? 어제 아침에요? 어제 언제였지요? 음악회 이전인가요 이후인가요?」

「이후였어요. 밤 11시 가량 되어서였어요.」

「아, 만일 로고진이라면……. 당신은 그 여자가 편지에 무슨 말을 썼는지 아세요?」

「나는 놀랄 게 하나도 없어요. 그녀는 제정신이 아니에요.」

「여기 그 편지들이 있어요(아글라야는 주머니에서 봉투에 든 편지 세 통을 꺼내어 공작 앞에다 던졌다). 그 여자는 벌써 1주일째 나에게 애원하고 고개를 조아리고 당신과 결혼하라고 설득하고 있어요. 그 여자는 미치기는 했지만 똑똑해요. 당신은 그녀가 나보다 훨씬 영리하다고 말했어요. 그 말은 맞는 말이에요. 그 여자는 나한테 반했다고 하며, 매일 멀리서나마 나를 볼 수 있는 기회를 찾고 있다고 썼어요. 그 여자는 또 당신이 나를 사랑하고 있고 그 여자도 이 사실을 오래전부터 눈치 채고 있었다고 하며, 나에 대해 당신이 그녀에게 말했다고 썼어요. 그 여자는 당신의 행복한 모습을 보길 원하며, 오로지 나만이 당신의 행복을 보장한다고 믿고 있어요……. 그 여자는 아주 거칠고…… 이상하게 편지를 썼더군요. 나는 아무에게도 이 편지를 보여 주지 않았어요. 나는 당신을 기다렸어요. 그게 무얼 의미하는지 알겠어요? 아무것도 추측을 못 하겠단 말인가요?」

「그건 미친 짓이지요. 그녀가 미쳤다는 증거입니다.」 이렇게 말하는 공작의 입술이 떨리기 시작했다.

「당신은 지금 울고 있는 게 아닌가요?」

「아니에요, 아글라야. 난 울고 있지 않아요.」 공작은 그녀를 바라보았다.

「어떻게 하면 좋을까요? 나에게 어떤 조언을 해주겠어요? 나는 더 이상 이런 편지들을 받을 수 없어요!」

「오, 제발 그녀를 내버려 두세요. 제발 부탁합니다!」 공작이 소리쳤다. 「이 같은 진창 속에서 당신이 무엇을 할 수 있나요? 그녀가 더 이상 당신에게 편지를 쓰지 않도록 최선을 다해 보겠어요.」

「만약 그렇다면 당신은 매정한 사람이에요!」 아글라야가 소리쳤다. 「그녀가 반한 사람이 내가 아니라 바로 당신, 당신 한 사람이라는 것을 정말 모르시나요? 그녀의 내부에 있는 모든 것을 다 알아챘으면서, 이건 몰랐단 말인가요? 이 편지들이 도대체 무얼 의미하는지 아세요? 이건 질투예요. 질투보다 더 강한 거지요!

그녀가……, 당신은 그 여자가 정말로 로고진과 결혼할 거라고 생각하시나요? 이 편지에 써 있는 것처럼요? 그 여자는 우리가 결혼식을 올리면 바로 그 다음날 자살하고 말 거예요!」

공작은 몸을 떨었다. 심장이 멎어 버릴 것만 같았다. 그는 놀란 표정으로 아글라야를 바라보았다. 아글라야가 아까까지는 어린애 같기만 하더니 어느새 여인으로 돌아와 있다는 사실을 인정하지 않을 수 없었다.

「아글라야, 맹세합니다. 그녀에게 평온을 돌려주고 행복하게 해주기 위해서라면 목숨이라도 바칠 거예요! 하지만…… 나는 이제 그녀를 사랑할 수 없어요. 그녀는 이 사실을 알고 있어요!」

「그럼 자신을 희생해 보세요. 그런 행동은 당신에게 아주 어울리니까요! 당신은 위대한 자선가가 아닌가요? 나를 〈아글라야〉라고 부르지도 마세요. 아까부터 나에게 다정스럽게 〈아글라야, 아글라야〉 하는데…… 당신은 그 여자를 부활시켜야 하고, 또 그렇게 할 의무가 있어요. 당신은 그 여자의 가슴을 쓰다듬어 주고 진정시켜 주기 위해 다시 그녀와 함께 떠나가야 해요. 당신이 그 여자를 사랑하니까 말이에요!」

「나는 그런 식으로 나 자신을 희생시키지 못해요. 물론 딱 한 번 그렇게 하고 싶었던 적이 있었지만요……. 어쩌면 지금도 그렇게 하고 싶은지 모르겠어요. 하지만 난 틀림없이 알고 있어요, 그녀가 나와 함께 있으면 죽게 된다는 것을. 그래서 그녀를 내버려 두는 거예요. 나는 오늘 7시에 그녀를 봐야 돼요. 그러나 아마 난 가지 않을 거예요. 그녀는 자존심이 강해서 나의 사랑을 결코 용서하지 않을 거예요. 그러면 우리 둘은 다 파멸하고 말 테니까요! 이건 부자연스러워요. 하지만 우리에게 모든 것은 다 부자연스러웠어요. 당신은 그녀가 나를 사랑한다고 했지만, 그게 정말로 사랑일까요? 내가 겪은 것들을 경험한 뒤에도 과연 사랑이 가능할까요? 아니에요, 그건 사랑이 아니라 다른 거예요!」

「얼굴이 몹시 창백해졌군요!」 아글라야가 깜짝 놀랐다.

「괜찮아요. 잠을 거의 못 잤더니 기운이 빠진 거예요……. 우리는 그때 정말로 당신에 관해 말했어요, 아글라야…….」

「그게 사실인가요? 당신이 정말로 〈그 여자와 나에 대해 말할 수 있었단〉 말인가요? 그리고…… 나를 딱 한 번 보고 어떻게 나를 사랑할 수 있었지요?」

「어떻게 그런지는 모르겠어요. 그 당시 나는 암흑 속에서 꿈을 꾸었는데……, 새로운 서광이 비쳤던 것 같아요. 처음 본 당신을 어떻게 생각하게 되었는지 모르겠어요. 나는 그걸 모른다고 그때 당신에게 편지에 썼어요. 이 모든 것은 그 당시의 참담함에서 나온 꿈에 불과할 뿐입니다……. 그 후 나는 일을 하기 시작했고, 3년 동안은 이곳으로 오지 않을 셈이었어요…….」

「결국은 그 여자 때문에 온 게 아닌가요?」

아글라야의 목소리가 떨리기 시작했다.

「네, 그녀 때문이지요.」

두 사람은 2분 가량 무거운 침묵을 지켰다. 아글라야가 자리에서 일어났다.

「만약 당신이…….」 아글라야는 확고하지 못한 어조로 말문을 열었다. 「만약 당신 자신이 이…… 당신의 여자가…… 미쳤다는 사실을 믿지 않는다면, 그 여자의 미친 환상은 나하고 아무런 상관이 없는 거예요……. 레프 니꼴라이치, 이 세 통의 편지를 가져다가 내가 주더라고 하면서 그 여자에게 던져 주세요!」 아글라야가 갑자기 큰 소리를 쳤다. 「만약 그 여자가 앞으로 한 줄이라도 다시 나에게 이런 편지를 보내오면, 저희 아버지에게 말해서 그 여자를 형무소에 보내 버리겠다고 말해 주세요…….」

공작은 벌떡 일어나서 놀란 눈으로 갑자기 분노를 터뜨리는 아글라야를 바라보았다. 느닷없이 그에게 안개가 덮이는 것만 같았다.

「당신은 그렇게 못할 거예요……. 그건 진심이 아니에요!」 공작이 중얼거렸다.

「그건 진심이에요! 진심이라고요!」 아글라야는 거의 자제력을 잃고 소리쳤다.

「진심이라니? 뭐가 진심이라는 거냐?」 그들 곁에서 놀란 목소리가 들렸다.

그들 앞에 리자베따 쁘로꼬피예브나가 서 있었다.

「진심이란 다름이 아니라, 내가 가브릴라 아르달리오노비치와 결혼한다는 거예요! 나는 가브릴라를 사랑하고 있고, 내일 그와 함께 집에서 도망갈 거예요!」 아글라야는 어머니에게 대들었다. 「내 말 들었지요? 이제 호기심이 충족되었나요? 이 말을 듣고 나니 만족스러우신가요?」

이렇게 말하고 나서 그녀는 집으로 달려갔다.

「아니, 당신은 가지 말고 있어 주세요.」 리자베따 쁘로꼬피예브나는 공작을 세웠다. 「제발 부탁이니 나에게 자초지종을 들려주세요……. 대관절 이렇게 고통스런 일이 어떻게 일어났지요? 나는 밤새도록 잠을 못 잤어요…….」

공작은 리자베따 쁘로꼬피예브나의 뒤를 따라갔다.

9

자기 집으로 들어서자 리자베따 쁘로꼬피예브나는 첫번째 방에서 멈추어 섰다. 더 이상 걸어갈 힘이 없었기 때문이다. 그녀는 기진맥진해서 공작에게 앉으라고 권하는 것마저 잊어버렸다. 거기는 꽤나 넓은 방이었다. 한가운데는 둥그런 탁자가 놓여 있었고, 창가의 선반에는 갖가지 꽃들이 꽂혀 있었고 벽난로가 있었다. 뒤쪽 벽에는 정원으로 통하는 별개의 유리문이 나 있었다. 곧

이어서 아젤라이다와 알렉산드라가 들어와 영문을 몰라 하며 미심쩍은 듯이 공작과 어머니를 바라보았다.

예빤친의 딸들은 별장에서 보통 9시쯤에 일어났다. 그런데 막내 아글라야만은 요 며칠 전부터 조금 일찍 일어나는 버릇이 생겨 정원으로 산책하러 나갔다. 그렇다고 7시에 일어난 적은 없고 일러야 8시였다. 온갖 걱정거리 때문에 뜬눈으로 밤을 새운 리자베따 쁘로꼬피예브나는 8시쯤에 잠자리에서 일어났다. 그녀는 아글라야가 먼저 일어나 정원에 있을 거라는 생각에서 일부러 그곳으로 나갔다. 그러나 정원에서도 침실에서도 아글라야를 찾지 못했다. 리자베따 쁘로꼬피예브나는 깜짝 놀라서 나머지 두 딸들을 깨웠다. 언니들은 아글라야가 6시쯤 되어서 공원으로 갔다는 하녀의 말을 듣고 상상력이 풍부한 막내동생의 새로운 공상을 비웃었다. 언니들은 어머니에게, 만약 아글라야를 찾으려고 공원에까지 간다면 아글라야는 오히려 화를 낼 거라고 일러 주었다. 틀림없이 그녀는 지금쯤 초록 벤치에 책을 펴들고 앉아 있을 거라고 했다. 거기에 대해서는 이미 사흘 전에 본인이 직접 말한 바가 있었고, S공작이 그 벤치의 주변 경치가 그다지 특별하지 않다고 해서 거의 다툴 뻔한 일도 있었기 때문이라고 했다. 그러므로 리자베따 쁘로꼬피예브나는 공작과 딸의 밀회 장면을 목격하고 딸이 이상한 말을 하는 것을 듣고는 까무러치게 놀랐다. 그 이유는 여러 가지에서였다. 하지만 공작을 자기 집으로 데려와 공연한 일을 벌인 것은 경솔하다는 생각이 들었다. 〈아글라야가 공원에서 공작과 만나 얘기를 하지 말란 법이 있나? 설령 둘이서 사전에 만날 약속을 했다 하더라도 말이야.〉

「공작,」 마침내 부인은 힘을 내어 말문을 열었다. 「내가 무언가를 캐내기 위해 공작을 여기까지 데려왔다고는 생각하지 말아 주세요……. 난 어제 저녁 이후로 오랫동안 당신을 만나고 싶지 않았어요…….」

그녀는 약간 말문이 막혔다.

「어쨌든 부인께서는 오늘 내가 아글라야와 만나게 된 동기가 궁금하지요?」 공작은 극도로 침착하게 말을 마쳤다.

「물론 궁금해요!」 리자베따 쁘로꼬피예브나가 발끈했다. 「나는 무슨 소리를 한다 해도 겁나지 않아요. 나는 아무도 모욕하지 않고 또 모욕하려 한 적도 없으니까요……」

「별말씀을 다 하시는군요. 모욕과는 별개로 궁금한 게 당연하지요. 특히 어머니로서 그렇지요. 어제 아글라야 이바노브나가 보자고 해서 우리는 오늘 아침 7시 정각에 초록 벤치 곁에서 만났던 겁니다. 어제 저녁에 아글라야가 나를 만나서 무언가 중요한 문제에 대해 상의를 하고 싶다는 내용의 메모를 보내왔어요. 우리는 만나서 아글라야의 신상에 관련된 얘기를 한 시간 내내 나눴어요. 그것뿐이에요.」

「물론 그것뿐이겠지요. 별다른 의문이 들지 않는군요.」 리자베따 쁘로꼬피예브나는 위엄 있는 어조로 말했다.

「훌륭해요, 공작!」 아글라야가 갑자기 방 안으로 들어오며 말했다. 「진심으로 감사해요. 나를 비열한 거짓말 따위는 할 줄 모르는 여자로 생각해 주시다니. 이젠 됐어요, 엄마? 아니면 아직도 더 캐물을 작정인가요?」

「나는 지금까지 네 앞에서 얼굴을 붉힐 만한 짓을 한 적이 없었다. 너는 그렇게 되길 바랐겠지만.」 리자베따 쁘로꼬피예브나는 훈계조로 말했다. 「그럼, 안녕히 가세요, 공작. 실례가 많았어요. 하지만 변함없이 공작을 존경하고 있다는 사실을 믿어 주길 원해요.」

공작은 양쪽에 고개를 숙여 인사를 한 뒤 조용히 나왔다. 알렉산드라와 아젤라이다는 빙긋 웃으며 자기네끼리 무언가 속삭였다. 리자베따 쁘로꼬피예브나는 엄하게 두 딸을 쳐다보았다.

「엄마, 우리는 그저……」 아젤라이다가 웃으며 말했다. 「공작이 너무 우아하게 인사를 해서 그랬어요. 여느 때는 그냥 보릿자루였는데 오늘은 마치…… 마치 예브게니 뺨칠 정도였으니까요.」

「우아함과 품격은 사람의 마음씨에서 나오는 거지, 댄스 교사가 가르쳐 주는 게 아니란다.」 리자베따 쁘로꼬피예브나는 격언처럼 말을 끝맺고 아글라야에게는 눈길 한 번 주지 않고 곧바로 위층으로 올라갔다.

공작이 집으로 돌아왔을 때는 이미 9시 가량 되어 있었다. 그는 테라스에서 베라와 하녀를 만났다. 둘은 어제 저녁의 주연으로 어수선해진 테라스를 정돈하며 비로 쓸고 있었다.

「돌아오실 때까지 청소를 끝마쳐서 다행이에요.」 베라가 기쁘게 말했다.

「안녕들 한가? 머리가 약간 어지러운데, 잠을 못 잔 탓인가 봐. 한숨 잤으면 해.」

「어제처럼 여기 테라스에서요? 좋아요. 그럼 다른 사람들이 깨우지 않도록 일러두겠어요. 아버지는 외출했어요.」

하녀가 먼저 나갔고, 베라는 그 뒤를 쫓아 나가려다 무슨 생각이 났는지 되돌아와서 근심스런 얼굴로 공작에게 다가갔다.

「공작, 그…… 불행한 사람을 불쌍히 여겨 주세요. 그 사람을 오늘 쫓아내지 마세요.」

「무슨 일이 있어도 안 쫓아낼 거야. 본인이 원하는 대로 내버려 둘 거야.」

「그 사람은 이제 아무 소동도 벌이지 않을 거예요. 그러니 너무 엄하게 대하지 마세요.」

「그래, 무엇 때문에 엄하게 대하겠니?」

「그리고…… 그 사람을 비웃지 마세요. 그게 가장 중요해요.」

「오, 절대로 안 그런다.」

「어리석게도 내가 공작 같은 분에게 이런 말을 하다니…….」 베라는 얼굴이 빨개지기 시작했다. 「피곤하시다면서,」 그녀는 나가려고 몸을 돌린 채 웃으면서 말했다. 「눈동자가 매우 초롱초롱하네요……. 행복해 보여요.」

「정말로 행복해 보여?」 공작은 생기 있게 물어보곤 호탕하게 웃었다.

그러나 사내아이처럼 순박하고 직선적인 베라는 갑자기 당황해 하며 얼굴을 더욱 붉히면서 황급히 방에서 나갔다.

공작은 〈어쩌면 저리…… 귀여울까〉라고 생각하다가, 곧 그녀에 대해 잊어버렸다. 그는 푹신한 소파와 탁자가 놓여 있는 테라스 구석으로 가서 앉았다. 그는 두 손으로 얼굴을 가린 채 10분 정도 앉아 있다가, 갑자기 불안한 표정으로 한 손을 바지 주머니에 넣고 거기서 세 통의 편지를 꺼냈다.

그러나 다시 문이 열리더니 니꼴라이가 들어왔다. 공작은 편지를 주머니에 넣고 괴로운 순간을 비켜 갈 수 있다는 생각에 기뻐했다.

「흠, 한바탕 소동이 있었군요!」 니꼴라이는 소파에 앉으면서, 그와 같은 사람들이 모두 그러하듯이 곧바로 본론으로 들어갔다. 「공작은 이뽈리뜨를 지금 어떻게 보고 있나요? 별로 존중하는 마음이 없지요?」

「무슨 그런 말을……. 니꼴라이, 난 지금 피곤해……. 게다가 그런 말을 다시 꺼내기가 너무 부담스럽네……. 그런데 그는 어떤가?」

「자고 있어요. 앞으로 두 시간 정도 더 잘 거예요. 알아요. 공작은 집에서 잠을 못 자고 공원을 산책했지요……. 물론 흥분하지 않을 수 없었겠지요!」

「내가 공원에 갔다 온 것 하며 잠을 자지 못했다는 것을 자네가 어떻게 알지?」

「베라가 금방 말해 주었어요. 나보고 여기에 들어가지 말라고 했는데 한시도 참을 수가 없었어요. 나는 두 시간 동안 병상에 붙어 있다가, 꼬스쨔 레베제프와 교대를 하고 나왔어요. 부르도프스끼는 벌써 떠났어요. 그럼 편히 쉬세요, 공작. 나도 엊저녁에는 놀랐어요!」

「물론 그럴 수밖에……. 이 모든 일이…….」

「아니에요, 공작. 나는 그 고백에 놀란 거예요. 무엇보다도 신과 내세에 대해 언급한 대목에 놀랐어요. 거기에 거 — 대 — 한 사상이 깃들어 있는 거라고요!」

공작은 다정하게 니꼴라이를 바라보았다. 물론 니꼴라이는 한시라도 빨리 이 거대한 사상에 대해 얘기를 하고 싶어 찾아왔던 것이다.

「하지만 무엇보다 중요한 것은 그 사상 한 가지에 있지 않고 전체적인 배경에 있어요! 만약 볼테르나 루소나 프루동이 그것에 관해 썼다면, 나는 그것을 읽어 보고 내 생각을 말하겠지만 이처럼 놀라지는 않을 거예요. 그러나 자신의 생명이 10분밖에 남지 않았다는 것을 틀림없이 알고 있는 사람이 그렇게 말한다는 것이야말로 자랑스러운 일입니다! 이거야말로 인간 존엄성의 최상의 독자성이지요. 말하자면 호연지기인 셈이지요……. 아니, 인간 혼의 거대한 힘이지요……. 그런데 그가 고의로 뇌관을 장착하지 않았다고 우겨대는 것은 비열하고 부자연스러운 짓이지요! 사실 어제 그가 나를 능청맞게 속인 걸 아시지요? 나는 그와 함께 짐을 꾸린 적도 없었고, 권총을 본 적도 전혀 없었어요. 그가 혼자서 모든 것을 챙겨 가지고 나왔어요. 그래서 난 얼떨떨했어요. 베라의 말로는 공작이 그를 여기에 머물게 했다더군요……. 맹세컨대 다신 위험한 일이 없을 거예요. 더욱이 우리 모두가 그의 곁에서 한시도 떠나지 않을 테니까요.」

「간밤에 누가 또 지키고 있었지?」

「나하고 레베제프의 아들 꼬스쨔하고 부르도프스끼예요. 껠레르는 잠시 있다가 잠을 자러 레베제프의 집으로 갔어요. 우리 방엔 누울 만한 곳이 없었거든요. 페르디쉬첸꼬 또한 레베제프의 집에서 잠을 자고 7시에 나갔어요. 레베제프 집에서 항상 머물다시피 하던 우리 아버지 이볼긴 장군도 나갔어요……. 레베제프는 아마 지금쯤 이곳으로 오고 있을 거예요. 그는 무슨 까닭인지 모르지만 공작을 찾고 있었어요. 두 번씩이나 내게 묻더군요. 만약 한숨 주무신다면 그를 들여보낼까요 말까요? 나도 잠을 자야겠어요. 아, 한 가지 더 할 말이 있어요. 아까 아버지 때문에 놀랐어요. 아침 6시가 넘어서 부르도프스끼가 교대를 하자며 나를 깨웠어요. 거의 6시였을 거예요. 난 잠시 잠을 깨려고 바깥으로 나갔는데 갑자기 아버지를 만났어요. 아버지는 나를 알아보지 못할 정도로 취해서, 내 앞에 말뚝처럼 서 있었어요. 그러고는 정신이 드는지 나에게 와락 달려들었어요. 〈그래, 환자는 어떠니? 환자가 궁금해서 온 거란다…….〉 나는 대충 아버지에게 보고하듯이 말해 주었어요. 〈모든 게 잘됐구나. 하지만 내가 잠자다 말고 이렇게 나온 것은 너에게 한 가지 경고를 해주기 위해서다. 다 그럴 만한 이유가 있으니까 페르디쉬첸꼬 씨 앞에서는 아무 말이든 함부로 하지 말고 입조심을 하라는 것이다.〉 무슨 말인지 알겠지요, 공작?」

「그런가 정말? 어쨌든 우리와는 상관없다.」

「그야 의심의 여지없이 상관없지요. 우리는 메이슨[132]이 아니니까요! 아버지가 나를 깨우러 한밤중에 일부러 왔다는 사실이 놀랍기까지 했어요.」

「페르디쉬첸꼬는 떠났다고 했지?」

「7시에 떠났어요. 내가 간병하고 있을 때 잠깐 들렀지요. 그는 빌낀의 집으로 가서 더 자야겠다고 하더군요. 빌낀이라고 하는 사람은 술꾼이지요. 그럼, 이만 가보겠어요! 어, 루끼얀 찌모페예

132 종교적이고 신비적인 단체. 18세기와 19세기 초, 러시아에 확산된 비밀 결사 조직으로 1822년 알렉산드르 1세에 의해 금지되었다.

비치가 들어왔네요. 공작이 주무시고 싶어해요. 이따가 오세요!」

「존경하는 공작, 무척이나 중대한 일 때문에 그러니 잠깐이면 됩니다.」 레베제프는 긴장한 듯 가만가만 속삭이듯 말하며 정중하게 고개를 숙였다. 그는 방금 돌아왔기 때문에 자기 방에도 들르지 못해 아직까지 두 손에 모자를 쥐고 있었다. 그의 얼굴은 걱정스러워 보였지만 평소와 달리 위엄의 빛이 역력했다. 공작은 그에게 앉으라고 했다.

「두 번이나 내가 있는 곳을 물었다고요? 혹시 어제 일 때문에 신경이 쓰여서 그런가요?」

「어제 그 애송이를 염두에 두고 있는 건가요, 공작? 그건 아니에요. 어제 내 생각은 뒤죽박죽이었어요. 하지만 오늘은 공작의 견해를 추호도 콩트르카레contrecarrer 하고픈 마음이 없어요.」

「콩트르카…… 방금 뭐라고 발음했지요?」

「콩트르카레라고 했어요. 이 말은 오늘날 흔히 볼 수 있는 러시아 어화된 프랑스 어 단어 중의 하나지요. 하지만 이 단어가 가장 적합하다고 볼 수는 없어요.」

「레베제프, 오늘따라 아주 점잖군요. 말도 한 음절씩 잘라 말하고.」 공작이 씩 웃었다.

「니꼴라이 아르달리오노비치!」 레베제프는 아주 진지한 말투로 니꼴라이에게 말했다. 「개인적으로 공작에게 전할 말이 있는데……」

「알겠어요. 나하곤 상관없는 일이겠지요! 안녕히 계세요, 공작!」 니꼴라이는 즉시 자리를 비켜 주었다.

「눈치가 빨라서 예쁜 애라니까요.」 레베제프는 그의 뒷모습을 바라보며 말했다. 「성가시긴 하지만 꽤나 똘똘한 애지요. 한데 존경하는 공작, 나에게 지극히 불행한 사건이 터졌어요. 어제 저녁인지 오늘 새벽인지 정확히는 잘 모르겠지만……」

「무슨 일인가요?」

「주머니에 있던 4백 루블이 없어졌어요, 존경하는 공작. 한바탕 당한 거지요!」 레베제프가 쓰디쓴 웃음을 띠고 덧붙였다.

「4백 루블을 잃어버렸다고요? 안됐군요.」

「특히 정직하게 일을 해서 벌어먹고 사는 가난한 사람에게는 더 그래요.」

「물론이지요. 물론 그래요. 어떻게 하다가 그런 일이?」

「술 탓이지요. 존경하는 공작, 나는 당신을 신처럼 생각하고 말하는 거예요. 4백 루블은 어제 오후 5시에 어느 채무자로부터 은화로 받았는데, 그러고 나서 나는 기차를 타고 여기로 돌아왔어요. 지갑은 주머니 속에 있었지요. 제복을 벗고 프록코트로 갈아입고서 거기다 돈을 넣어 두었지요. 수중에 돈을 보관하고 싶어서였어요. 어떤 사람의 요청으로 저녁때 그 돈을 대리인이 오면 내줄 계산이었어요.」

「레베제프, 말이 나왔으니 말인데요, 당신이 귀금속을 저당 잡고 돈을 대출해 준다고 신문에 광고를 낸 게 사실인가요?」

「대리인을 통해서지요. 그래서 주소 아래에도 내 이름이 나와 있지 않아요. 자본도 소액인 데다 식솔이 늘어나서 그런 거니 양해하리라 믿어요. 하지만 이자는 정직하게 받고 있어요……」

「아니, 괜찮아요. 나는 그저 알고 싶었을 따름이에요. 미안해요, 말을 끊어서.」

「대리인은 나타나지 않았어요. 그러는 사이에 그 불행한 청년을 데리고 왔던 거예요. 나는 식사를 하고 난 후라 이미 얼큰한 상태였지요. 이때 손님들이 와서 차를…… 마시고 나는 파멸을 눈앞에 두고 흥을 돋우었지요. 시간이 늦었는데 껠레르가 들어와서 당신의 생일을 알리고 샴페인을 내오겠다는 말을 했을 때, 친애하고 존경하는 공작, 나는 감상적이라기보다 고마움을 아는 마음씨를 가지고 있는 사람인지라(이 점은 당신이 이미 눈치 챘으리라 믿어요. 나로서는 능히 그럴 만하니까), 그런 마음씨를 자랑스럽게 생각하는 바입니다만, 공작을 보다 장엄하게 맞이하고 개인적으로 축하를 해주고 싶은 심정에서 낡은 프록코트를 아까 벗어 놓은 제복으로 다시 갈아입으러 갈 생각이 떠올랐어요. 나는 그렇게 했어요. 공작, 실제로 저녁 내내 내가 제복을 입었던 걸 보았지요? 옷을 갈아입으면서 나는 프록코트에 있는 지갑을 그냥 내버려 두었어요. 신이 벌을 내릴 때 제일 먼저 그 사람의 지혜를 빼앗아 간다는 말이 꼭 들어맞았던 거예요. 오늘 아침이 돼서야, 그때가 벌써 7시 반쯤이었나, 눈을 떴을 때 나는 정신 나간 사람처럼 펄쩍 뛰어서 제일 먼저 프록코트부터 움켜쥐었어요. 주머니가 텅 비었더군요! 지갑은 흔적조차 없었어요.」

「아, 불쾌한 소식이군요!」

「불쾌하고말고요. 아주 적절한 표현이에요.」 레베제프는 능청스레 덧붙였다.

「어떻게 그럴 수가, 하지만……」 공작은 생각에 잠겨서 걱정스럽게 말했다. 「그거 참 심각하군요.」

「정말 심각한 거라고요. 또 한번 이러한 경우에 적절한 표현을 찾아냈군요……」

「아, 됐어요, 레베제프. 대체 무얼 찾아냈다고 그래요? 중요한 것은 말이 아니에요……. 혹시 술에 취해 주머니에서 빠뜨릴 수도 있지 않았나요?」

「그럴 수도 있지요. 술에 취하면 방금 말했듯이 모든 실수를 다 범할 수 있는 법이지요, 존경하는 공작! 그렇지만 이성적으로 판단해 보세요. 내가 프록코트를 갈아입으면서 지갑을 떨어뜨렸다면, 떨어진 물건이 바닥에 그대로 놓여 있어야 하잖아요. 대체 그 물건이 어디에 있을까요?」

「혹시 책상 서랍 같은 데다 넣어 둔 건 아닌가요?」

「온통 다 뒤져보고 샅샅이 찾아봤어요. 더구나 지갑을 어디에 숨기거나 어떤 책상 서랍에도 넣어 둔 적이 없어요. 분명히 기억하고 있어요.」

「농 속을 찾아봤나요?」

「제일 먼저 봤어요. 심지어는 오늘 몇 번씩이나 들여다봤어요……. 내가 어떻게 농 속에다 넣어 두겠어요, 진실로 존경하는 공작?」

「고백하건대, 심히 걱정이 되는군요, 레베제프. 그렇다면 누군가 바닥에서 주워 가지는 않았을까요?」

「아니면 주머니에서 훔쳐 갔을 거예요! 둘 중의 하나이지요.」

「대단히 걱정스럽군요. 누가 그런 짓을 했단 말인가요? 그게 문제로군요!」

「의문의 여지없이 그게 중요한 문제입니다. 아주 놀랄 정도로 정확한 단어를 끄집어내는군요. 그런 판단력에 감탄할 뿐이에요. 이런 상황을 어떻게 보아야 할까요, 지극히 존경하는 공작?」

「아, 레베제프, 제발 조소하지 마세요…….」

「조소라뇨?」 레베제프가 두 손을 치켜 들며 소리쳤다.

「알았어요, 알았으니 그만두세요. 난 화를 내고 있지 않아요. 문제는 전혀 다른 거예요……. 다른 사람들이 걱정이에요. 당신은 누굴 의심하고 있는 거지요?」

「아주 난처하고 까다로운 질문이네요! 하녀에게 혐의를 둘 순 없어요. 그녀는 부엌에 있었어요. 우리 아이들도 마찬가지예요…….」

「그야 당연하지요…….」

「그렇다면 손님 중에서 누군가였을 텐데.」

「글쎄, 과연 그럴까요?」

「그건 정말 불가능한 일이지만, 필시 그럴 수밖에 없지요. 만약 손님 중에 누군가가 그런 짓을 저지른 것을 인정한다면 절도 행각은 모두들 모여 있던 저녁때가 아니라, 한밤중 아니면 새벽녘에 밤을 새던 사람 중 누군가에 의해 이루어졌을 거예요.」

「아, 그럴 수가 있을까!」

「부르도프스끼와 니꼴라이는 당연히 배제시키고서요. 그들은 내 방에 들어오지도 않았어요.」

「그야 당연하지요. 설사 방으로 들어갔다손 치더라도요! 누가 당신 방에서 밤을 지샜지요?」

「나까지 포함해서 네 명이 두 칸이 붙은 방에서 잤어요. 나와 이볼긴 장군, 껠레르, 페르디쉬첸꼬 씨지요. 우리 네 사람 중 하나가 되겠지요!」

「세 사람 중에 하나지요! 하지만 누가 그랬을까요?」

「공정하게 나까지 계산에 넣었어요. 하지만 내가 내 물건을 훔칠 수는 없는 노릇이지요. 그와 비슷한 일이 세상에 있다고는 하지만요…….」

「아, 레베제프, 아주 답답하군요!」 공작이 참지 못하고 소리쳤다. 「어서 요점으로 들어갑시다!」

「그러니까 세 명이 남았어요. 첫째, 껠레르 씨는 주거가 정확하지 않은 주당(酒黨)으로 어떻게 보면 자유주의자이지요. 즉 주머니 사정으로 보자면 자유주의인 셈이지요. 그 밖의 측면으로는 자유주의자라기보다 고대 기사적 성향이 강한 사람입니다. 그는 처음에 여기 환자의 방에서 자다가, 바닥에서 자려니 등이 배긴다는 구실로 한밤중에 우리들이 있는 방으로 건너왔지요.」

「그 사람을 의심하는 건가요?」

「의심했었지요. 내가 아침 7시가 넘어서 미친놈처럼 벌떡 일어나 한 손으로 이마를 칠 때, 옆에서 곤히 잠자고 있던 이볼긴 장군을 깨웠어요. 페르디쉬첸꼬가 이상하게 사라진 것을 염두에 두고, 우리는 그에 대해 혐의를 두기 시작했지만, 우리는 마치…… 마치…… 못처럼 누워 자던 껠레르의 몸을 우선 뒤져보기로 했지요. 우리는 껠레르의 상하의를 샅샅이 뒤져봤지만 주머니 속에는 땡전 한 푼 없었어요. 거기다가 주머니란 주머니는 모두 구멍이 뚫려 있었어요. 푸른색 줄무늬의 무명 손수건이 나왔는데 그나마 형편없는 것이었어요. 거기다 연애 편지 한 통이 나왔는데, 어느 식모가 보낸 거였지요. 돈을 내놓으라고 협박하는 내용이었어요. 그리고 공작도 잘 아는 신문 기사 조각이 있었지요. 이볼긴 장군은 그에게 아무 죄가 없다는 결론을 내렸어요. 보다 정확한 정보를 캐내기 위해 우리는 그를 깨워서 강제로 일으켜 앉혔어요. 그는 영문을 몰라 했어요. 입을 쩍 벌린 숙취 상태에서 그의 얼굴 표정은 얼이 빠져 있었고 결백해 보였지요. 덜떨어져 보이기까지 했어요. 그는 아니에요!」

「그거 다행이군요!」 공작이 안도의 한숨을 내쉬었다. 「나는 그를 걱정했어요!」

「걱정했다고요? 그렇다면 무슨 근거라도 있는 게 아닌가요?」 레베제프가 실눈을 뜨고 말했다.

「아, 아니에요. 그저 그랬던 거예요.」 공작이 더듬으며 말했다. 「내가 몹시 어리석게도 걱정스럽다는 말을 한 거예요. 레베제프, 제발 부탁이니 아무에게도 말하지 마세요……」

「공작, 공작, 당신의 말은 내 가슴속에…… 내 가슴 깊은 곳에 묻혀 있어요! 거기는 무덤이나 마찬가지예요!」 레베제프는 모자를 가슴에 갖다 대고 의기양양하게 말했다.

「좋아요, 좋아요! 그럼 페르디쉬첸꼬는 어떤가요? 내 말인즉, 페르디쉬첸꼬도 의심하느냐는 거지요.」

「누가 더 있겠어요?」 레베제프는 공작을 찬찬히 바라보며 나직이 말했다.

「그렇군요. 그 이외에…… 더 이상 의심할 사람이 없군요. 그렇다면 무슨 증거라도 있나요?」

「증거가 있지요. 첫째, 아침 7시에 사라진 사실이지요. 아니 6시가 막 지나서였어요.」

「그건 알고 있어요. 니꼴라이가 말해 주었지요. 그는 아침에 니꼴라이에게 들러서, 누군지 이름은 잊어버렸지만 자기 친구네 집에 가서 다 못 잔 잠을 더 자야겠다고 했다더군요.」

「빌낀 네 집이겠지요. 니꼴라이 군이 벌써 말을 했던가요?」

「그는 절도 사건에 관해서는 아무 말도 안 했어요.」

「니꼴라이는 몰라요. 내가 이 사건을 비밀에 부치고 있으니까요. 페르디쉬첸꼬는 그렇게 해서 빌낀 네 집으로 갔지요. 술꾼이 자기와 같은 술꾼의 집에 찾아간다는 것은 때가 새벽이라도 지극히 당연한 일 같아요. 하지만 거기에 꼬투리가 있어요. 그는 집을 나가면서 주소를 남겨 놓았어요······. 공작, 이 문제에 신경을 써 보세요. 왜 그가 주소를 남겨 놓았는지? 그가 무엇 때문에 고의로 시간을 지체해 가며 니꼴라이에게 들러 〈나는 빌낀 네 집에 좀 더 자러 가네〉라고 말했겠어요? 그가 빌낀 네 집에 가든 어딜 가든 누가 거기에 관심을 갖겠느냐 말이에요? 무얼 하러 보고를 했어야 됐나요? 바로 거기에 켕기는 것이 있는 거예요! 말하자면 〈내가 고의로 자신의 행보를 숨기지 않았는데, 어떻게 나를 도둑으로 몰 수 있겠는가?〉라는 식이지요. 혐의를 없애 버리고 모래 위의 흔적을 지워 버리려는 고도의 속셈이지요······. 내 말을 이해하겠지요, 대단히 존경하는 공작?」

「알아들었어요. 아주 잘 알아들었어요. 한데 그걸로는 증거가 부족하지 않을까요?」

「두 번째 증거가 있어요. 그의 행보가 가짜임이 드러났어요. 그리고 주소도 분명하지 않고요. 한 시간 후에, 즉 8시에 나는 이미 빌낀 네 문을 두드려 봤어요. 빌낀은 알고 보니 5번지[133]에서 살고 있었고 나하고는 구면이기까지 했어요. 그 집에 페르디쉬첸꼬 따위는 코빼기도 안 보였어요. 귀가 먹통인 그 집의 하녀에게 겨우 알아낸 바에 따르면, 한 시간 전쯤에 정말로 누군가가 문을 두드렸는데 그것도 너무나 세게 두드려 대서 그만 초인종이 떨어져

---

133 로즈제스뜨벤스끼 5가(소비에뜨스끼 5가)를 가리킨다.

버리고 말았다지 뭐예요. 그러나 하녀는 주인인 빌낀을 깨우고 싶지 않아 문을 열어 주지 않았대요. 어쩌면 노파 자신부터 일어나고 싶지 않았는지도 모르지요. 그럴 수도 있는 일이니까요.」

「이 증거들이 답니까? 그래도 부족한데요.」

「공작, 그러면 누구를 의심해야 되는지, 판단해 주세요.」 레베제프는 사정하듯이 말을 맺었다. 그의 웃음 속에는 무언가 교활한 것이 스치고 지나갔다.

「다시 한번 이 방 저 방 뒤져 보고 서랍들을 확인해 보세요!」 공작은 잠시 생각에 잠기더니 염려스럽게 말했다.

「다 뒤져 봤다니까요!」 레베제프는 더욱더 사정하는 듯이 한숨을 쉬었다.

「흠! 프록코트는 뭣 하려고 갈아입고 그래요!」 공작은 버럭 소리를 지르며 안타까운 듯이 탁자를 쳤다.

「그건 옛날 어느 코미디에 나오는 질문입니다요. 하지만 지극히 고매하신 공작, 나의 고뇌를 너무 가슴 깊이 받아들이는군요! 나는 그럴 가치가 없는 인간이에요. 말하자면, 나 하나만으로도 그런 마음 씀씀이가 벅찹니다. 하지만 당신은 범인에 대해서까지…… 미천하기 짝이 없는 페르디쉬첸꼬 씨에게까지 마음을 쓰느라고 괴로워하고 있지요?」

「그래요, 당신은 정말로 나를 염려스럽게 만들어 가고 있군요.」 공작은 불만스러운 듯이 무심한 말투로 그의 말을 가로막았다. 「만약 페르디쉬첸꼬가 범인이라고 그렇게 확신한다면…… 도대체 어떻게 할 참이오?」

「공작, 존경하는 공작, 그럼 누가 범인이란 말인가요?」 레베제프는 점점 하소연하며 몸을 꼬았다. 「혐의를 둘 만한 사람이 없다는 사실 자체가 페르디쉬첸꼬 씨 이외에 그 누구도 의심할 사람이 없다는 얘기가 아닌가요? 그것이야말로 페르디쉬첸꼬 씨의 혐의를 인정하는 또 하나의 증거로서, 세 번째 증거가 되는 셈이지요! 심증이 갈 만한 다른 사람이 있나요? 내가 부르도프스끼 씨를 의심한다는 게 가당할까요? 헤헤헤!」

「그 무슨 쓸데없는 소리를!」

「그럼 이볼긴 장군을 의심해야 되나요? 헤헤헤!」

「무슨 무례한 말을 하는 거요?」 공작은 그 자리에서 참을 수 없다는 듯이 몸을 홱 돌리며 거의 화가 나서 말했다.

「무례한 말이고말고요! 헤헤헤! 그 사람도 나를 조롱했어요. 바로 장군 말이에요! 아까 나는 이볼긴과 함께 생생한 흔적을 쫓아 빌긴 네 집으로 갔어요……. 그런데 한 가지 얘기해 줄 게 있어요. 글쎄 내가 지갑을 도둑맞고 제일 먼저 그 양반을 깨우니까 나보다 더 놀라는 거였어요. 얼굴까지 변해서 붉으락푸르락하더니 하얗게 질리더군요. 그러다가 느닷없이 진노를 하더라고요. 나는 이볼긴 장군이 그렇게까지 반응하리라고는 예상도 못 했어요. 세상에서 가장 숭고한 사람이지요! 그에게 한 가지 약점이 있다면 끊임없이 거짓말을 하는 버릇이 있지만 숭고한 사람이지요. 그 점에 관해서는 이의가 없어요. 게다가 워낙 순진한 양반이라 사람들에게 대단한 믿음을 주지요. 대단히 존경하는 공작, 이미 말했던 바와 같이 나는 이볼긴에게 마음이 약할 뿐만 아니라 그 사람에 대한 사랑까지 가지고 있어요. 그런데 그 이볼긴 장군이 나와 함께 가다가 갑자기 길 한복판에 멈춰 서더니 프록코트를 벗어 제치곤 가슴을 열어 보이는 거였어요. 〈내 몸도 뒤져 보게. 껠레르의 몸은 뒤져 보고 왜 내게는 가만히 있는 건가? 어서 뒤져 봐. 그래야 공평하지!〉라고 말했어요. 막상 그러면서 사지를 떨고 있는 거였어요. 게다가 얼굴까지 창백해져 아주 두려워하는 것같아 보이더군요. 나는 웃으면서 이렇게 말했지요. 〈장군, 만약에 다른 사람이 장군에 대해 내게 이런 식으로 말한다면, 나는 이 손으로 직접 내 모가지를 잘라 커다란 대접에 넣어 장군을 의심하는 모든 놈들의 대접에다 직접 넣어 주겠어요. 그러면서 《자, 이

목을 보거라. 나는 이 머리로 장군의 결백을 보여 주는 것이다. 아니 그 결백을 위해서라면 목이 문제가 아니라 불 속에라도 뛰어들겠다》고 할 거요. 나는 장군을 위해서라면 그렇게 할 준비가 되어 있는 사람이오!〉 그러자 장군이 달려와서 나를 와락 껴안았어요. 그것도 길 한가운데서. 눈물 범벅이 된 장군은 온몸을 떨며 나를 자기 가슴에다 너무나 꼭 끌어안아서 난 헛기침조차 하지 못할 정도였어요. 〈자네는 불행에 처한 내 곁에 남아 있는 유일한 친구야!〉 감상적인 사람이지요! 그뿐이었겠어요? 이 양반은 물론 그런 경우에 처했던 자기의 일화를 얘기해 주었어요. 젊었을 때 5만 루블을 도난당했던 사건이 있었는데 그때 자기가 혐의를 뒤집어썼다고 하더군요. 그러나 다음날 젊은 이볼긴은 불이 나던 집의 화염 속으로 몸을 날려 자기에게 혐의를 씌웠던 백작과 그 당시까지 처녀였던 니나 알렉산드로브나를 불구덩이 속에서 끌어냈다는 거예요. 나중에 백작은 이볼긴을 포옹했고, 그 결과 이볼긴과 니나는 결혼을 하게 되었다더군요. 다음날 잿더미 속에서 잃어버린 돈이 들어 있는 금고가 발견되었는데, 영국식 비밀 자물쇠가 채워진 채였고 어쩌다가 바닥 아래로 굴러 떨어진 것을 아무도 몰랐었는데 집에 불이 나는 바람에 찾았다고 했어요. 새빨간 거짓말이지요. 그런데 니나는 얘기를 꺼낼 때는 흐느끼기까지 하더군요. 고상하기 그지없는 니나 이볼기나 부인이지만 나한테는 신경질적이에요.」

「잘 모르는 사인가요?」

「거의 모른다고 할 수 있지요. 하지만 진심으로 사귈 수 있길 원해요. 그래야 그 부인 앞에서 변명이라도 할 수 있을 테니까요. 니나는 내가 자기 남편을 주정뱅이로 타락시키고 있지 않나 해서 나를 의심하고 있지요. 하지만 나는 그 양반을 타락시키지 않을 뿐더러 오히려 잘되도록 인도하고 있지요. 어쩌면 나는 그 양반을 망나니 무리에서 구해 내고 있는지 몰라요. 게다가 그 사람은 나와 친구 사이지요. 그래서 고백하지만 나는 결코 그 사람을 그대로 버려 두지 않을 거예요. 어디든지 따라갈 작정이에요. 그 사람을 묶어 두는 데는 오직 감상적인 방법밖에 없어. 요즈음 그 사람은 대위 부인에게 완전히 발길을 끊고 있어요. 물론 마음속으로는 가고 싶은 마음이 굴뚝 같지만서도요. 어떤 때는 그 여자가 그리워 신음까지 한다니까요. 특히 아침마다 일어나서 신발을 신을 때 그래요. 왜 꼭 그 시간에 그러는지 알 수가 없어요. 문제는 그 사람에게 돈이 없다는 거예요. 한데 돈도 없이 그 여자에게 간다는 것은 불가능한 일이지요. 지극히 존경하는 공작, 그 사람이 돈을 부탁하지 않던가요?」

「아니오, 그런 적 없었어요.」

「부끄러워 그러는 거예요. 마음속으로는 그러길 바라면서. 나한테까지 공작을 졸라 봐야겠다고 털어놨어요. 하지만 창피한 거예요. 공작이 자기한테 돈을 빌려 준 지가 얼마 되지 않았기 때문이지요. 더욱이 공작이 융통을 해주지 않을 거라고 생각하고 있어요. 내가 친구니까 내게 그런 사실을 다 불더라고요.」

「당신은 이볼긴 장군에게 돈을 빌려 주나요?」

「공작! 지극히 존경하는 공작! 돈뿐만이 아니에요. 나는 그 인간에게 목숨까지 저당 잡혀 주고 있어요. 아니 그건 약간 과장이고요. 목숨까지는 아니지만 열병이나 종기 또는 기침까지는 참을 용의가 있어요. 다만 그럴 만한 필요성이 크다면요. 이볼긴 장군은 위대하지만 이미 죽어 버린 사람이나 마찬가지라고 생각하기 때문이지요! 그러니까 돈만이 다는 아니에요!」

「그러니까 돈을 빌려 주고 있다는 건가요?」

「아니에요, 돈 따윈 빌려 주지 않았어요. 장군 자신도 내가 돈을 빌려 주지 않으리라는 걸 알고 있어요. 하지만 그건 장군에게 절제하는 습관을 들이고 나쁜 버릇을 고치기 위해서지요. 방금 나를 졸라 함께 뻬쩨르부르그에 가겠다고 했어요. 나는 정말 뻬쩨르부르그에 갈 거예요. 페르디쉬첸꼬 씨의 흔적을 쫓아 찾아낼 거예요. 나는 그가 거기에 있다는 것을 틀림없이 알고 있어요. 나의 장군은 지금 펄펄 뛰고 있지만 뻬쩨르부르그에 도착하면 대위 부인을 찾아가려고 나에게서 슬슬 발뺌을 하고 말 거예요. 솔직히 말하자면, 나는 고의로라도 장군을 놓아줄 거예요. 우리끼리 약속한 바에 따르면, 페르디쉬첸꼬 씨를 용이하게 찾을 수 있도록 도착 즉시 우리는 흩어지기로 했으니까요. 이렇게 장군을 놓아주었다가 벼락치듯이 그 대위 부인 집에서 찾아내는 거예요. 그렇게 해서 그 사람을 가정의 일원으로서, 한마디로 말해 인간으로서 창피를 줄 작정이에요.」

「다만 소란을 피우지는 마세요, 레베제프. 제발이지 소란은 피우지 말아요.」 공작은 나지막한 소리로 깊은 수심에 잠겨서 말했다.

「아, 안 그래요, 단지 창피를 주고 나서 그 양반의 얼굴 표정이 어떤지 지켜보기 위해서입니다. 얼굴 표정으로 많은 것을 결론지을 수 있기 때문이지요, 지극히 존경하는 공작! 특히 그런 사람은 더 그래요! 아, 공작! 나에게 커다란 화가 불어닥쳤지만 장군과 그의 개전에 대해서 생각을 안 할 수가 없어요. 지극히 존경하는 공작, 간절한 부탁이 하나 있어요. 사실은 이 부탁 때문에 오기도 했어요. 당신은 이미 이볼긴 장군 집 사람들과 아는 처지고 그들 집에 살았던 적도 있어요. 고매하신 공작, 오직 장군 한 사람과 그의 행복을 위해서라면 당신은 이 일이 잘 해결될 수 있도록 도와줄 수 있을 텐데요……」

레베제프는 기도할 때처럼 두 손을 모았다.

「무엇을요? 어떻게 도울 수 있다고요? 당신의 말을 확실하게 이해하고 싶어한다는 것을 명심하세요, 레베제프.」

「나름대로의 확신이 있어서 당신을 찾아온 거예요! 니나 알렉산드로브나를 통한다면 일이 해결될 수 있다는 확신이지요. 니나가 가족들 사이에서 장군의 일거수일투족을 속속들이 지켜보게 하면 되지요. 나는 불행하게도 니나와 아는 사이가 아니에요……. 게다가 당신을 존경해 마지않는 니꼴라이 아르달리오노비치는 젊은이의 모든 열기를 쏟아 사태 해결을 도와줄 수 있는 사람이에요…….」

「그건 안 돼요……. 이 사건에 니나 알렉산드로브나를 개입시키지 말아요! 그리고 꼴랴도요. 어쩌면 내가 당신의 말뜻을 잘못 이해했는지도 몰라요, 레베제프.」

「거기에 뭐 이해하고 자시고가 있어요!」 그가 의자에서 갑자기 벌떡 일어나며 소리쳤다. 「우리의 환자를 위한 치료약이 있다면 딱 한 가지가 있지요. 그건 감상적인 말과 부드러움이에요. 공작, 내가 장군을 환자로 간주해도 괜찮겠지요?」

「그건 당신의 섬세함과 이성을 증명하는 것이겠지요.」

「좀 더 분명하게 하기 위해 경험에서 한 가지 예를 들어 설명하겠습니다. 장군이 어떤 사람인지 보세요. 그는 대위 부인에게 약점을 가지고 있어요. 돈이 없으면 그녀에게 갈 수 없다는 약점이지요. 내가 오늘 그 여자 집을 덮쳐서 현장을 잡아낼 생각이에요. 이건 그의 행복을 위해서지요. 그러나 대위 부인과의 문제를 접어 두고 그가 진짜 범죄를 저질렀다 하더라도, 이를테면 어떤 뻔뻔스런 범행을 도발했다 해도, 따뜻함과 다정함만으로도 그를 모든 길로 이끌 수 있다는 말입니다. 그 양반이 워낙 감상적이기 때문이지요! 내 말만 믿으세요. 장군은 닷새를 견디지 못하고 모든 걸 자기 입으로 불면서 결국엔 울음을 터뜨리며 모든 것을 고백할 거예요. 특히 그의 모든 행보와 특징을 가족과 당신이 잘 관찰하며 재치 있고 고상하게 움직여 준다면요……. 아, 지극히 고매하신 공작!」 레베제프가 갑자기 생기라도 찾은 듯 벌떡 일어났다. 「사실 나는 장군이 틀림없다고 주장하는 바는 아니에요……. 나는 지금 당장이라도 그 사람을 위해 내 모든 피를 흘릴 각오가 되어 있는 사람이에요. 물론 무절제와 과음과 대위 부인 등을 모두 합쳐서 판단해 본다면 못 할 일이 없겠지요.」

「그런 목적이라면 나는 언제라도 도와줄 준비가 되어 있어요.」 공작이 일어나면서 말했다.「다만 당신한테 솔직히 말하지만 난 지금 몹시 염려스러워요. 어쨌든 한마디로 당신은 페르디쉬첸꼬에게 혐의를 둔다고 자기 입으로 말했어요.」

「그럼 누구를 더 의심한단 말인가요? 누굴 더요, 지극히 성실하신 공작?」 레베제프는 다시 하소연하듯 두 손을 모으고 겸연쩍게 웃었다.

공작은 미간을 찌푸리며 자리에서 일어났다.

「이것 봐요, 루끼얀 찌모페이치, 여기서 말실수를 하게 되면 무서운 일이 일어나요. 페르디쉬첸꼬에 대해 나쁘게 말하고 싶지는 않아요……, 하지만 이 페르디쉬첸꼬가 어쩌면 바로 그 장본인일지 누가 알겠어요……? 내가 말하고 싶은 바는 다른 누구보다도 …… 그가 실제로 이런 일을 저지를 가능성이 더 많다는 거예요.」

레베제프는 눈을 휘둥그렇게 뜨고 귀를 쫑긋했다.

「보세요.」 공작은 이리저리 방 안을 서성이며 레베제프를 보지 않으려 하며, 더듬거리는 소리로 점점 더 미간을 찌푸렸다. 「사람들이 내게 알려 준 말인데……, 페르디쉬첸꼬 씨에 관한 말이지요. 무엇보다도 그가 있는 데서는 말을 자제하고 불필요한 말은 아예 꺼내지도 말아야 된다고 했어요. 이해하겠어요? 그가 다른 누구보다도 그런 짓을 할 소지가 많이 있고, 실수할 확률이 적을 거예요. 알겠지요?」

「그런데 페르디쉬첸꼬 씨에 대해 누가 그런 말을 했지요?」 레베제프는 언성을 높였다.

「귀띔으로 들었어요. 한데 나는 막상 그 말을 믿을 수 없어요……. 내가 이런 말을 해주지 않으면 안 된다는 사실이 몹시 안타까워요. 확실히 말하지만 나 자신은 믿지 않아요……. 그건 황당무계한 말이에요……. 어휴, 내가 왜 이렇게 멍청한 짓을 했을까?」

「보세요, 공작.」 레베제프는 온몸을 부르르 떨기까지 했다. 「그건 중요합니다. 이 시점에서 아주 중요해요. 페르디쉬첸꼬 씨와 관련된 그것 말고 당신의 귀에 그런 얘기가 어떻게 들어갈 수 있었느냐는 게 중요하다고요(이 말을 하면서 레베제프는 공작을 따라 보조를 맞추려 하면서 앞뒤로 왔다 갔다 했다). 공작, 나도 할 말이 있어요. 아까 아침에 빌긴 네 집에 갔을 때, 장군이 화재에 얽힌 얘기를 마치고, 물론 분노에 끓고 있었을 때, 갑자기 페르디쉬첸꼬 씨에 대해 똑같은 말을 암시하기 시작하는 거였어요. 그런데 말을 얼마나 두서없이 하는지 나는 부득이 몇 가지 질문을 해야 했어요. 그 결과 명확한 확신이 섰어요. 이 모든 얘기는 장군 각하의 머릿속에서 나온 거라고요. 말하자면 장군의 온화한 성격 탓으로 돌릴 수 있는 거지요. 왜냐하면 그가 사람을 속이는 유일한 원인은 감동을 참지 못하는 데 있기 때문이에요. 잘 생각해 보세요. 그가 거짓말을 했더라도, 물론 나는 그의 거짓말을 확신합니다만, 대체 어떻게 당신은 그 얘기를 들을 수 있었지요? 그것은 정말 장군에게 일순간 그런 생각이 문득 떠올랐던 거라고요. 알겠어요? 그런데 누가 당신에게 말전주를 했을까요? 그게 중요해요……. 그게…… 그게 아주 중요하단 말씀이에요…….」

「그 말은 방금 꼴랴에게 들었어요. 그가 6시에, 아니 6시가 조금 넘어서 무슨 일인가 있어서 밖으로 나오는데 현관에서 아버지 이볼긴 장군을 만났다고 하더군요. 그때 아버지가 직접 말해 주었다는군요.」 공작은 자세하게 모든 것을 다 얘기해 주었다.

레베제프는 양손을 비비며 회심의 미소를 지었다.

「바로 그게 흔적이라는 거지요. 난 바로 그렇게 생각했어요! 그러니까 장군 각하가 새벽 5시에 일부러 자신의 순진 무구한 꿈에서 깨어나, 사랑하는 아들을 깨우러 가서 그에게 페르디쉬첸꼬 씨를 가까이하면 몹시 위험하다는 것을 전해 주었다는 거지요! 자식을 아끼는 장군의 걱정이 대단하지요, 헤헤헤……!」

「내 말 좀 들어 봐요, 레베제프.」 마침내 공작이 당황했다. 「내 말을 듣고 좀 조용히 행동하세요! 소란을 피우지 마세요! 부탁이에요, 레베제프, 당신에게 빌겠어요……. 그러한 경우라면 맹세코 도와주겠어요. 하지만 아무도 알아서는 안 돼요. 아무도 모르게 하자고요!」

「자신을 가져야 해요, 지극히 온화하고 성실하고 고매하신 공작.」 레베제프가 강한 흥분에 사로잡혀 소리쳤다. 「안심하세요. 지금까지 있었던 모든 말은 나의 이 고결한 가슴속에 묻히게 될 테니까요! 그것도 아주 조용히 그 속으로 걸어 들어가요! 나의 피까지도 모두 당신에게…….[134] 지극히 고명하신 공작, 나는 영적으로나 정신적으로나 저열한 자입니다. 그러나 저열한 자뿐만 아니라 온갖 비열한에게 모두 물어보세요. 그자들이 누구와 일하고 싶어 할까요, 지극히 성실하신 공작. 그자들이 관계를 맺고 싶어 하는 사람이 자기네와 같은 비열한일까요? 당신과 같이 가장 고상한 사람일까요? 그네들의 대답은 매우 고상한 사람일 거예요. 거기에 바로 미덕의 대가가 있는 거지요! 지극히 존경하는 공작, 안녕히 계세요! 우리 함께 조용히 조용히…… 걸어 들어가는 거예요.」

10

마침내 공작은 이 세 통의 편지를 건드릴 때마다 몸이 오싹오싹해지는 이유와 저녁이 될 때까지 편지 읽기를 미루어 왔던 이유를 깨달았다. 아까 아침에 안락의자에서 세 통의 편지 중 어떤 것을 먼저 개봉할까 망설이다가 깊은 잠에 빠져 들었을 때 그는 또다시 무서운 꿈을 꾸었다. 이때도 아까의 〈죄 많은 여인〉이 나

[134] 레베제프가 좋아하는 이 표현은 도스또예프스끼가 유형 기간 동안 쓴 그의 「시베리아 수기」에 자주 사용되었다.

타났다. 그녀는 기다란 속눈썹에 눈물 방울을 반짝이며 또다시 그를 바라보면서 자기를 따라오라고 불렀다. 그는 아까와 같이 그녀의 얼굴을 고통스럽게 떠올리며 잠에서 깨었다. 그는 당장에 그 〈여인〉을 찾아가고 싶었으나 그럴 수가 없었다. 마침내 절망에 이르러 그는 편지를 개봉하고 읽기 시작했다.

이 편지 역시 꿈과 비슷했다. 이따금 불가능하고 부자연스런 꿈을 꿀 때가 있다. 당신은 잠에서 깨어날 때 그런 꿈을 뚜렷이 떠올리며 이상한 사실에 놀랄 것이다. 우선 꿈을 꾸고 있는 동안에도 정신은 계속 말짱했다는 사실이 떠오를 것이다. 예를 들어, 살인자들이 당신을 궁지에 몰아넣고 마각을 숨긴 채 당신을 현혹시키느라 다정하게 대하면서도, 신호가 떨어지기가 무섭게 준비된 흉기로 내리칠 준비가 되어 있을 때, 당신은 이 기나긴 시간을 극히 재치 있고 논리적으로 대처해 나갔던 기억을 되살려 볼 수 있다. 당신은 마침내 저들을 교묘히 속여 몸을 숨기곤 했다. 그러고 나서 저들은 당신의 속임수를 낱낱이 알아차리고 당신이 숨어 있는 곳을 알면서 모르는 척한다. 하지만 당신은 한술 더 떠 저들의 계략을 짐작해 낸다. 그리고 꾀를 짜내어 저들을 다시 한번 속여넘긴다. 당신은 이 모든 사실을 분명히 기억해 낼 것이다. 그러나 이와 동시에 당신의 이성은 꿈속을 가득 채웠던, 불을 보듯 뻔한 황당 무계하고 터무니없는 사건들과 어떻게 타협을 할 수 있었던가? 살인자들 중 한 명이 당신이 보는 데서 여인으로 변했고, 그 여인에서 다시 교활하기 짝이 없는 난쟁이로 둔갑한다. 이 모든 과정을 조금도 의심하지 않고 기존의 사실로 받아들이면서 당신의 이성은 극도로 긴장하여 막강한 힘, 영특함, 추리력, 논리력을 발휘하지 않는가? 또한 잠에서 깨어나 완전히 현실로 들어가면서 왜 당신은 거의 매번, 때로는 비상하게, 당신이 수수께끼와 비슷한 것을 꿈속에 남겨 놓고 왔다는 인상을 받는 것일까? 당신은 당신의 꿈이 황당무계하다고 웃어넘기면서도, 그러한 황당무계함 속에 어떤 사상이, 그것도 현실적인 사상이 얽혀 있다는 느낌을 받고 있다. 그 사상은 당신의 현실 생활과 관련을 맺고 있으면서 당신의 가슴속에서 과거부터 지금까지 항상 존재하고 있는 무엇이다. 당신의 꿈은 당신에게 기다려 오던 무언가 새롭고, 예언적인 것을 말해 주는 것 같다. 당신의 인상은 강렬하다. 그것은 환희와 고통이 엇갈리는 것이다. 그러나 당신이 받은 그 인상과 꿈속에서 들은 말이 구체적으로 무엇인지 당신은 이해하지도 못할 뿐더러 떠올리지도 못하고 있다.

세 통의 편지를 읽고 난 후에 느끼는 기분이 거의 똑같았다. 그러나 편지를 개봉하기 전부터 공작은 편지의 존재와 존재 가능성은 그 사실 자체만으로 악몽과 흡사하다고 느꼈다. 그는 저녁때 배회하면서(때로는 어디를 거니는지 기억조차 못 하면서) 어떻게 〈그 여인이 아글라야에게〉 이런 편지를 쓸 수 있었을까 하고 자문해 보았다. 어떻게 그녀는 〈이런 내용〉을 쓸 수 있었을까? 어떻게 그런 무모한 공상이 머릿속에서 떠올랐을까? 그러나 그 공상은 이미 실행되었다. 무엇보다 놀랄 만한 것은 그가 편지를 읽는 동안 이 공상의 실현 가능성과 그 정당성까지 거의 믿게 되었다는 사실이다. 물론 그것은 꿈, 악몽, 광기였다. 그러나 바로 그 공상 속에 고통스런 현실과 수난자다운 정의 같은 무언가가 들어 있어, 그것이 꿈도 악몽도 광기도 정당화시켰다. 그는 계속 몇 시간 동안 읽었던 내용을 잠꼬대하듯 읊어 댔으며, 편지의 일부를 수시로 상기해 가며, 거기다 신경을 쏟으며 생각에 잠기곤 했다. 간혹 가다 이 모든 것을 전부터 예감하고 추측했었다는 말을 자신에게 하고 싶기도 했다. 언젠가 오래전에 이 모든 것을 읽었다는 생각마저 들었다. 전부터 그가 그리워하고, 괴로워하고, 두려워하던 모든 것이 아글라야에게 보낸 이 세 통의 편지 속에 다 들어 있지 않은가?

당신이 이 편지를 개봉할 때(편지의 서두는 이렇게 시작되었다), 제일 먼저 서명을 보게 될 거예요. 이 서명은 당신에게 모든 것을 말해 주고 모든 것을 해명해 줄 거예요. 그러니 따로 변명이나 해명 따위는 하지 않겠어요. 내가 어느 정도 당신과 동등하다면 그와 같은 뻔뻔스러움에 당신은 기분이 상할 수 있겠지요. 하지만 나는 누구이고 당신은 누구인가요? 우리 둘은 정반대의 신분인지라, 나는 당신이 서 있는 축에도 끼지 못해요. 이 점을 주지한다면 그리 기분 나쁠 일도 없을 거예요. 설령 내가 당신의 기분을 상하게 하더라도 말이에요.

  그녀는 편지에 이런 말도 썼다.

  내가 하는 말을 환자의 머릿속에서 나온 병적 열광이라고 간주하지 마세요. 그러나 당신은 나에게 있어서 완벽함 그 자체예요! 나는 과거에 당신을 보았고, 지금도 매일같이 보고 있어요. 내가 당신을 비판하는 건 아니에요. 당신이 완벽하다는 결론은 비판을 통해 얻은 것이 아니에요. 나는 그렇게 믿고 있을 뿐이에요. 하지만 나는 당신에 대한 죄를 지었어요. 그건 내가 당신을 사랑하고 있는 거예요. 사실 완벽함은 사랑할 수가 없겠지요. 완벽함은 완벽함으로만 바라볼 수 있는 거예요, 안 그런가요? 그런데 나는 당신을 향한 사랑에 빠졌어요. 사랑이 사람들을 평등하게 해준다고 하지만, 염려하지 마세요. 나는 당신을 나와 동등시할 생각이 없으니까요. 내 마음 깊숙한 곳에서도 그런 생각은 털끝만치도 존재하지 않으니까요. 내가 〈염려하지 마세요〉라고 쓰긴 했는데, 당신이 과연 염려할 분인가요? 만약 그렇게 된다면 나는 당신의 발자국에 키스를 하겠어요. 아, 나는 당신과 나를 동등시하지 않아요……. 서명을 보세요. 어서 서명을 보세요!

그렇지만 나는(그녀는 다른 편지에서 이런 말도 썼다) 그를 당신과 연결시키면서 단 한 번도 당신이 그를 사랑하느냐고 물어보지 않았던 사실을 시인해요. 그는 당신을 보자마자 사랑했어요. 그는 당신을 〈광명〉처럼 회상하곤 했어요. 이건 그가 한 말 그대로예요. 그에게서 직접 들은 말이지요. 하지만 나는 말을 하지 않아도 당신이 그에게 광명이라는 사실을 깨달았어요. 나는 한 달 내내 그의 곁에서 지내며, 그도 당신을 사랑한다는 사실을 깨달았어요. 내게 있어서 당신과 그는 하나예요.

어제(그녀는 또 이렇게 썼다) 내가 당신 곁을 지나갔을 때 당신은 얼굴을 붉히는 것 같았어요. 왜 그랬지요? 그냥 내게만 그렇게 비쳤던 걸까요? 설령 당신을 가장 더러운 매음굴로 데려가 노골적인 추행을 보여 준다 하더라도 당신은 얼굴을 붉혀서는 안 돼요. 당신은 모욕을 당했다고 해서 화를 낼 수는 없어요. 당신은 비열하고 저급한 모든 인간들을 증오할 수 있지만, 그건 자신을 위해서가 아니라 타인을 위해서, 즉 그러한 인간들에게 모욕당한 자들을 위해서지요. 아무도 당신을 모욕할 수 없어요. 내 견해로는 당신은 나를 사랑해야 해요. 내게 있어서나 그에게 있어서나 당신은 마찬가지 존재예요. 당신은 맑은 영혼이에요. 천사는 증오할 줄 몰라요. 천사는 사랑을 주지 않을 수 없는 존재예요. 과연 모든 사람을, 모든 이웃을 사랑할 수 있을까? 나는 혼자서 자주 이런 질문을 던져 봐요. 물론 아닐 거예요. 그렇게 한다는 것은 부자연스럽기까지 해요. 인류애라는 추상적 사랑을 통해 사람들은 거의 자기 자신만을 사랑하지요. 하지만 그것은 우리에게 불가능하나, 당신에게는 별개의 문제예요. 당신은 누구든 사랑하지 않을 수 없어요. 당신은 자신을 누구와도 똑같다고 생각할 수 없어요. 당신은 그 어떤 모욕도, 그 어떤 개인적 노여움도 초월할 수 있는 분이니까요. 당신만이 이기심 없이 사랑할 수 있어요. 당신만이 자기 자신을 위해서가 아니라 당신이 사랑하는 사람을 위해 사랑할 수 있어요. 당신이 나로 인해 수치심과 분노심을 갖게 되었다는 소식을 듣고 얼마나 가슴이 아팠는지 몰라요! 거기에 당신의 파멸이 있어요. 당신이 자신과 나를 비교하는 거기에요…….

어제 나는 당신을 만나고 집으로 돌아와서 어느 그림을 생각해 냈어요. 화가들이란 하나같이 복음서의 얘기에 의거해 그리스도를 그리고 있어요. 하지만 나라면 달리 그리겠어요. 나는 그리스도 한 사람만을 그리겠어요. 그의 제자들도 이따금 그를 혼자 남겨 둘 때가 있었을 테니까요. 나는 오로지 어린아이 하나와 함께 있는 예수를 그리겠어요. 아이는 그의 곁에서 놀고 있는 거예요. 아마 아이는 그리스도에게 무언가 애들끼리 하는 말을 들려주고 있는지도 몰라요. 그리스도는 아이의 말을 듣고 있으나 지금 생각에 잠겨 있지요. 그의 손은 무심결에 잊혀진 듯이 아이의 귀여운 머리 위에 놓여 있는 상태지요. 그는 멀리 지평선을 바라보고 있어요. 그의 시선 속에는 이 세상만큼 거대한 사상이 깃들여 있는데, 얼굴은 수심에 차 있어요. 아이는 입을 다물고 그의 무릎에 팔꿈치를 괴고 고개를 들어 아이들이 흔히 그러하듯 그를 유심히 바라보고 있는 거예요. 태양은 뉘엿뉘엿 지고 있고요……. 이게 내가 구상하는 그림이에요! 당신은 아무 죄가 없어요. 그 결백 속에 당신의 완벽함이 모두 들어 있어요. 아, 그것만 기억해 주세요! 당신에 대한 나의 열정이 무슨 상관이랴 하겠지요? 당신은 이미 나의 것이에요. 나는 평생 당신 곁에 있을 거예요……. 나는 곧 죽을 몸이에요.

마침내 세 번째 편지에는 이런 내용이 실려 있었다.

제발 나에 대해 아무것도 생각하지 마세요. 또한 내가 이렇게 편지를 씀으로써 자신을 비하시키고 있다고도 생각하지 마세요. 자신을 비하시키는 데서 쾌락을, 자존심을 찾는 존재로 생각하지 마세요. 아니, 나에게는 나름대로 위안이 있어요. 하지만 그걸 당신에게 밝히긴 힘들어요. 사실 그걸 나 자신에게 말하는 것조차 힘들어요. 물론 그것 때문에 괴로워하지만요. 하지만 자존심의 발작에서일지라도 자신을 비하시킬 수는 없어요. 또한 내 마음이 깨끗하기 때문에 나는 자기 비하를 할 수 없어요. 그러니까 나는 스스로를 전혀 비하하지 않는 셈이지요.

왜 내가 당신들을 결합시키려 할까요? 당신을 위해서일까요? 아니면 나를 위해서일까요? 물론 나를 위해서지요. 거기에 나의 모든 해답이 있어요. 나는 오래전에 스스로에게 그렇게 말했어요……. 내가 듣기로는 당신의 언니 아젤라이다가 그때 내 사진에 대해 말하며, 이 정도의 미모라면 온 세상을 뒤집을 수 있다고 했다지요. 하지만 나는 세상을 등졌어요. 당신은 레이스와 다이아몬드로 치장한 내가 주정뱅이와 건달들에 둘러싸여 있는 것을 보았으니, 이런 소리를 들으면 우습겠지요? 그런 건 무시해 버리세요. 나는 이미 존재하지 않는 몸이나 마찬가지예요. 나는 그걸 알아요. 내 안에서 나 대신에 무엇이 존재하는지는 신만이 알고 있겠지요. 나는 이 사실을 무서운 두 눈의 주시 속에서 매일 읽고 있어요. 그 두 눈은 줄곧 나를 지켜보고 있어요. 두 눈은 내 앞에 없을 때도 바라보고 있어요. 두 눈은 지금 〈침묵을 지키고 있네요(항상 침묵을 지키고 있지만)〉. 그러나 나는 두 눈의 비밀을 알아요. 그는 우중충하고 단조로운 집을 가지고 있어요. 그 집 안에도 비밀이 있어요. 확신컨대 그의 책상 서랍에는 실크 천으로 싸놓은 면도칼이 숨겨져 있어요. 바로 모스끄바의 그 살인자와 마찬가지로요. 그 살인자 역시 어머니와 함께 한 집에서 살았고 역시 면도칼을 실크 천으로 싸두었어요. 누군가의 목을 자르기 위해서지요. 그 살인자의 집에 갔을 때 어딘가 마루 밑에 이미 죽은 그의 아버지가 숨겨 놓은 시체가 있는 듯한 느낌이 줄곧 들었어요. 그 시체도 모스끄바의 피살자처럼 기름 천에 싸여 방부제 병들 사이에 놓여 있을 것만 같았어요. 나는 당신에게 그 장소를 보여 줄 수도 있어요. 그는 계속 침묵을 지켜요. 그러나 나는 그가 나를 더 이상 증오할 수 없을 정도로 사랑하고 있다는 사실을 알고 있어요. 〈당신의 결혼과 나의 결혼을 함께 하는 거예요〉라고 우리는 결정해 두었어요. 나는 그에게 아무런 비밀이 없어요. 나는 무서워서 그를 죽일지도 몰라요……. 하지만 그가 먼저 나를 죽일 거예요……. 내가 이렇게 쓰는 걸 보고 그가 웃었어요. 잠꼬대를 하고 있다고요. 그는 내가 당신에게 편지를 쓴다는 것을 알고 있어요.

정말로 세 통의 편지 속에는 거짓말 같은 잠꼬대가 많았다. 그중의 두 번째 편지는 두 장의 커다란 편지지에 잔글씨로 가득 채워져 있었다.

마침내 공작은 어제와 마찬가지로 오랫동안 배회하던 깜깜한 공원으로 나왔다. 밝고 투명한 밤이 평소보다 더욱 환하게 보였다. 〈시간이 이렇게 이른가?〉 그는 이렇게 생각했다(그는 시계를 가져오는 것을 잊어버렸다). 멀리서 음악소리가 그에게 흘러오는 듯했다. 〈정거장에서일 거야. 틀림없어.〉 그는 다시 생각했다. 〈물론 오늘 그 집 식구들이 거기에 가진 않았을 거야.〉 이런 생각을 하다 보니 자기가 벌써 예빤친의 별장 앞에 와 있다는 것을 깨달았다. 그는 결국 여기로 왔어야 된다는 것을 알았다. 그리고 마음을 조이며 테라스로 걸어 들어갔다. 아무도 그를 맞이하지 않았다. 테라스는 휑하니 비어 있었다. 그는 잠시 기다리다 문을 열었다. 〈이 문은 잠겨 있던 적이 한번도 없었는데〉라는 생각이 머릿속을 스치고 지나갔다. 홀 역시 텅 비어 있었다. 그 안은 거의 컴컴한 상태였다. 그는 방 한가운데 서서 망설였다. 갑자기 문이 홱 열리며 알렉산드라가 촛불을 들고 들어왔다. 그녀는 공작을 보곤 깜짝 놀라서 마치 무언가를 물어보기라도 할듯이 그의 앞에 멈춰 섰다. 분명히 그녀는 다른 쪽 문으로 들어가기 위해 이 방을 지나쳐 가는 중이었다. 누군가가 여기에 있으리라고는 생각조차 못했다.

「어떻게 여기에 와 있지요?」 마침내 알렉산드라가 입을 열었다.

「난…… 그저 들른 거예요…….」

「어머니가 몸이 아주 안 좋아요. 아글라야도 그렇고요. 아젤라이다는 잠자리에 들었고, 나도 잘 거예요. 우리는 오늘 저녁 내내 집에 있었어요. 아버지와 S공작은 뻬쩨르부르그로 갔고요.」

「내가 온 것은……. 내가 여기 온 까닭은…… 지금…….」

「지금이 몇 신 줄 아세요?」

「모르겠는데요.」

「12시 반이에요. 우리는 항상 1시에 잠자리에 들어요.」

「아하, 난…… 9시 반인 줄 알았어요.」

「괜찮아요!」 그녀는 웃었다. 「왜 아까는 오지 않았어요? 당신을 기다리는 걸 몰라요?」

「내…… 생각에…….」 공작은 말을 더듬거리며 나갔다.

「안녕히 가세요. 내일 식구들을 웃겨 줄 일이 생겼군요.」

공작은 공원을 끼고 도는 길을 따라 자신의 별장을 향해 갔다. 그의 가슴은 쿵쿵 뛰었고, 정신은 혼란스러웠다. 그의 주변의 모든 것이 꿈과 흡사했다. 아까 그의 꿈속에서 두 번씩 나타났던 환영이 갑자기 그의 앞에 서 있었다. 아까의 그 여자가 공원에서 나와 그의 앞에 서 있었다. 마치 그곳에서 그를 기다리고 있었다는 듯이. 그는 몸을 흠칫 떨곤 발을 멈췄다. 그녀는 그의 팔을 붙잡고 그의 손을 꼭 잡았다. 〈아냐, 이건, 환영이 아냐!〉

마침내 그녀는 그의 앞에 얼굴을 맞대고 서 있었다. 그들이 헤어지고 난 후 처음이었다. 그녀는 그에게 무슨 말인가를 했으나,

그는 조용히 그녀를 쳐다보기만 할 뿐이었다. 그의 가슴은 무엇인가로 꽉 차 올라 통증이 느껴졌다. 오, 그는 이 만남을 결코 잊을 수 없을 것이며 항상 똑같은 통증을 느끼며 이 만남을 상기할 것이다. 그녀는 미친 여자처럼 길 한복판에서 그에게 무릎을 꿇었다. 그는 얼떨결에 뒤로 물러섰으나, 그녀는 그의 손에 키스를 하기 위해 그의 팔을 붙잡았다. 아까 꿈속에서 본 그대로였다. 그녀의 기다란 속눈썹에는 눈물 방울들이 반짝거리고 있었다.

「일어나, 어서 일어나!」 공작은 그녀를 일으켜 세우며 놀란 소리로 속삭였다. 「어서 일어나라니까!」

「당신은 행복해? 행복해?」 그녀가 물었다. 「내게 한마디만 해 줘 봐. 당신 지금 행복해? 오늘, 지금 말야? 그 아가씨 집에 갔다 왔어? 그 아가씨가 뭐라고 했어?」

그녀는 일어나지 않았다. 그녀는 공작이 하는 말을 듣지 않았다. 그녀는 성급히 물어보며 빠르게 말했다. 마치 누구에게 쫓기기라도 하듯이.

「난 당신이 말한 대로 내일 떠날 거야. 난 앞으로 나타나지 않을 거야……. 당신을 보는 건 지금이 마지막이야. 마지막! 지금이 완전히 마지막이란 말야!」

「진정하고 일어나!」 공작이 절망적으로 말했다.

그녀는 공작의 두 팔을 붙잡고 그의 얼굴을 뚫어져라 쳐다보았다.

「잘 있어!」 그녀는 마침내 이렇게 말하곤 일어서서 그로부터 총총히 멀어져 갔다. 거의 달아나다시피 뛰어갔다. 공작은 그녀 곁에 홀연히 로고진이 나타나는 것을 보았다. 로고진은 그녀를 끌어안고 데려갔다.

「잠깐 기다리게, 공작.」 로고진이 소리쳤다. 「정확히 5분 후에 돌아올게.」

5분 후에 로고진은 정말로 돌아왔다. 공작은 같은 장소에서 그를 기다리고 있었다.

「마차에 태워 보냈네.」로고진이 말했다. 「저쪽 모퉁이에서 마차가 10시부터 기다렸지. 저 여자는 자네가 그 아가씨 집에서 저녁 내내 있을 거라는 걸 알았어. 아까 자네가 써준 것을 저 여자에게 정확하게 전해 주었네. 그 아가씨한테 더 이상 편지를 보내지 않을 걸세. 그렇게 하겠다고 약속했어. 자네가 원하는 대로 내일 여기서 떠날 걸세. 저 여자는 마지막으로 자넬 보고 싶어했던 거였어. 자네가 거절하니까 여기 이 자리에서 기다렸던 거네. 자네 뒤 쪽에 벤치가 보이지? 바로 거기서 말이야.」

「자네는 그녀가 원해서 온 건가?」

「그게 무슨 소리지?」로고진이 허연 이를 드러냈다. 「자네가 뻔히 알고 있는 거네. 편지는 읽어 보았겠지?」

「자네도 그 편지를 읽어 보았단 말인가?」공작이 문득 생각이 나서 물었다.

「물론이지. 본인이 알아서 편지란 편지는 다 보여 주었네. 면도칼에 대한 글도 기억하나? 헤헤!」

「실성한 여자야!」공작이 두 손을 비비대며 소리쳤다.

「누가 그걸 알겠나? 어쩌면 아닌지도 몰라.」로고진이 혼잣말처럼 나직이 말했다.

공작은 아무런 대꾸도 하지 않았다.

「그럼 잘 있게.」로고진이 말했다. 「난 내일 떠나야 해. 날 너무 나쁘게 생각하지 말게! 그런데 형제.」로고진이 재빨리 뒤돌아보며 말했다. 「자넨 왜 저 여자에게 아무런 대답도 해주지 않았나? 자네는 행복한가, 행복하지 않은가?」

「아니, 아니, 행복하지 않아!」공작이 무한한 슬픔을 느끼며 소리쳤다.

「물론, 〈행복해!〉라고 대답할 리 없겠지.」로고진이 짓궂게 껄껄 웃고 나서는 뒤도 돌아보지 않고 가버렸다.

# 제4부

1

우리 얘기의 두 주인공이 초록색 벤치에서 만난 지 1주일이 지났다. 햇살이 밝은 어느 날 아침 10시 반쯤에 친지를 만나러 나갔던 바르바라 아르달리오노브나가 침통한 표정으로 생각에 잠겨 집으로 돌아왔다.

유형적인 면에서나 성격적인 면에서 한마디로 어떤 인물이라고 꼬집어 말하기가 어려운 사람들이 있다. 그런 이들은 보통 〈평범하다〉든지 〈대부분에 속한다〉는 말로 불린다. 사실상 그들은 모든 계층의 절대 다수를 이루고 있다. 대부분의 경우 작가들은 각계 각층의 전형을 자신의 소설 속으로 도입하여 그것을 다시 예술적으로 나타내려고 노력한다. 그러한 전형은 현실 세계에서 드물게 나타나지만, 현실 자체보다 더욱 현실적으로 등장한다. 뽀드꼴료신[135]은 전형의 측면에 있어서 아마도 과장되었는지 모르지만 그다지 유례없는 인물은 아니다. 다수의 현명한 사람들은 고골의 작품을 통해 뽀드꼴료신을 알고 나서, 그들이 알고 있는 수십 명 수백 명의 착한 알음알이들과 친구들이 뽀드꼴료신과 너무나 흡사하다는 것을 알게 되었다고 한다. 고골의 희극이 나오기 전부터 그들은 친구들이 뽀드꼴료신과 같다는 것을 알고 있었

---

135 고골의 희극 『결혼』의 주인공. 약한 성격의 소유자이면서도 갑작스럽게 방종한 행동을 한다. 극 중에서 그는 결혼하는 순간 창을 넘어 달아난다.

으나, 그들이 이와 같은 이름으로 불린다는 것은 미처 몰랐던 것이다. 실제로 결혼식을 거행하기 전에 신랑이 밖으로 뛰쳐나가는 경우는 매우 희박하다. 뭐니뭐니 해도 그런 짓을 하기가 불편하기 때문이다. 더욱이 결혼식 직전에 신랑들이란, 심지어는 아주 마음가짐이 곱고 현명한 사람일지라도 마음 깊숙한 곳에서 자신이 바로 뽀드꼴료신이라는 사실을 인정하려 한다. 물론 모든 남편들이 그럴 때마다 〈이거야말로 네가 바라 마지않던 것이다, 조르주 당댕[136]Tu l'as voulu, George Dandin!〉이라고 외치지는 않을 것이다. 그러나 밀월이 끝난 후 이 세상의 남편들은 마음으로부터 나오는 그러한 외침을 수백만 번 수십억 번 되풀이하지 않았던가! 아니, 어쩌면 바로 결혼식 다음날부터 그렇게 외쳤는지 누가 알겠는가?

그래서 보다 더 심각한 설명에 빨려 들어가지 않고 오직 다음과 같은 말만 하겠다. 〈현실 속에는 인물들의 전형성이 물에 탄 듯 묽어져 있다. 그러나 온갖 부류의 조르주 당댕과 뽀드꼴료신이 실제로 존재한다. 그들은 매일같이 우리 앞에 얼쩡거리며 돌아다니고 있지만, 약간은 희석된 듯한 기분이 든다.〉 진실의 완전한 해명을 위해 몰리에르가 창조한 조르주 당댕 같은 사람들이 역시 현실 속에서 드물게나마 존재할 수 있다는 사실을 인정하고, 잡지 평론과 비슷해져 가는 우리의 고찰을 끝맺기로 하자. 그러나 우리에게 한 가지 의문이 남아 있다. 과연 소설가가 극히 〈평범한〉 사람들을 어떻게 해서든 독자들 앞에 흥미롭게 제시하려면 이들을 어떻게 처리하면 좋을까? 소설 속에서 이와 같은 인물들을 그대로 둔다는 것은 절대로 있을 수 없는 일이다. 평범한 사람들은 대부분의 경우 일상적 사건들 속에서 빼놓을 수 없는 고리 관계를 시시각각으로 유지하고 있기 때문이다. 그들을 빼버린다면 소설

---

136 조르주 당댕은 몰리에르의 희극 『조르주 당댕』의 주인공이다.

의 사실성을 파괴하게 되는 셈이다. 단지 흥미를 위해 실제로 있음 직하지 않은 이상하고 희박한 인물들의 전형으로 소설을 가득 채운다는 것은 비현실적이기도 하고 아마 재미도 없을 것이다. 우리들의 견해로 작가는 평범한 소재에서라도 흥미롭고 교훈적인 뉘앙스를 찾을 수 있도록 노력해야 한다. 예를 들어 어느 평범한 인물들의 가장 본질적인 특성이 언제나 변하지 않는 평범성에 있다든지, 이보다 더 좋은 예로 이런 인간들이 진부하고 일상적인 궤도로부터 탈피하려고 몸부림을 쳐보지만 영원히 그 궤도를 벗어나지 못한다는 사실을 들 수 있다. 하지만 이러한 경우에 이런 인물들은 평범성의 화신으로 일종의 독자적 전형성을 갖게 된다. 다시 말해서, 있는 그대로의 평범함에 만족하려 하지 않고 어떻게 해서라도 독창적이고 독립적이 되려 하지만, 결국에는 독립적 비범인이 될 수 있는 아무런 자질도 지니지 못한 평범한 인물을 전형으로 삼는 것이다.

이와 같이 〈일반적〉 또는 〈평범한〉 인간의 범주에 속하는 인물들이 우리의 얘기 속에도 등장한다. 물론 그들에 관해서는 아직까지 독자들에게 충분히 서술되지 않은 상태이다. 다름 아닌 바로 바르바라 아르달리오노브나와 그녀의 남편 쁘찌찐 그리고 오빠 가브릴라 아르달리오노비치가 그런 인물들이다.

사실 부유한 가문 출신에 수려한 용모를 갖추고 교육도 충분히 받았으며 머리가 영리하고 성품까지 착한 편인데도, 이렇다 할 재능이나 특징을 전혀 갖추지 못하고 어떠한 괴벽이나 자기 사상마저도 없는, 철저하게 〈남들과 다를 바 없는〉 사람이 되는 것처럼 안타까울 때가 없다. 말하자면 이러한 경우들이다. 재산은 있되 로스차일드와 같은 부호는 못 된다. 뼈대 있는 가문이라 할 수 있되 가문의 명예를 세워 볼 만한 업적이 전혀 없다. 용모는 뛰어나되 표정이 풍부하지는 못하다. 그럴듯한 교육을 받았는데도 그것을 써먹을 줄 모른다. 지성은 있되 본인의 사상이 없다. 가슴은 있되 관용이 없다. 만사가 다 이런 식이다. 세상에 이와 같은 사람들은 부지기수로 깔려 있다. 우리들이 생각하는 것보다 훨씬 더 많을 수도 있다. 이들은 다른 모든 사람들과 마찬가지로 두 부류로 구분할 수 있다. 하나는 틀에 박힌 사람들이고, 또 하나는 그보다 〈훨씬 더 똑똑한〉 사람들이다. 전자가 후자보다 행복하다. 틀에 박힌 〈평범한〉 사람은 자기가 비범하고 독창적인 인간이라고 가장 편안하게 상상함으로써 아무런 심적 동요 없이 흡족하게 살고 있기 때문이다. 어떤 러시아 상류층 아가씨는, 단발을 한 뒤 푸른 안경을 쓰고 니힐리스트라고 자칭하기만 하면 이미 그 자체로 자신이 독자적인 〈신념〉을 얻게 되는 것이라 믿어 버린다. 어떤 이는 마음속에서 동포애적이고 선량한 감정을 털끝만큼이라도 느끼기만 하면 자기야말로 사회 발전의 선구자라고 자각하며, 누구보다도 그러한 자각을 철석같이 믿게 된다. 또 어떤 이는 남들에게서 들은 사상을 추호의 의심도 없이 자기 것으로 받아들이거나, 어떤 책 한 쪽을 다짜고짜 잠깐 들여다보고 그것이야말로 〈자신의 독자적 사상〉이며 자신의 머릿속에서 생겨난 사상이라고 즉시 믿어 버린다. 순진함에서 나온 뻔뻔스러움이라 할까, 그러한 뻔뻔스러움은 그와 같은 경우에 놀랄 만한 정도에까지 이르게 된다. 이 모든 일은 도저히 일어날 수 없을 듯이 보이지만 실제로는 수시로 벌어지고 있다. 순진함에서 나온 이 뻔뻔스러움, 자신의 능력과 재능을 의심해 보지 않는 어리석은 인간의 자신감은 삐로고프 중위[137]의 전형을 통해 고골에 의해 경탄스러울 만큼 잘 묘사되어 있다. 삐로고프는 자기가 천재라는 것을, 아니 천재 중의 천재라는 것을 한번도 의심해 본 적이 없을 뿐더러, 거기에 대한 의문조차 스스로에게 제기하지 않는다. 그에게 의문이란 존재하지 않는다. 문호 고골은 독자들의 모욕당한

---

137 고골의 단편 「네프스끼 거리」의 주인공.

도덕성을 충족시켜 주기 위해 결국 이 사내에게 호된 채찍질을 가하지 않을 수 없었다. 그러나 고골은 이 위대한 사내가 몸을 흠칫 떨었을 뿐, 찢겨진 신체에 원기를 회복시키기 위해 고기 만두 한 개를 날름 먹어 버리는 것을 보자, 어이없다는 듯이 두 손을 벌려 보인 채 자기의 독자들을 분노 속에 그냥 내버려 둘 수밖에 없었다. 나는 늘 이 위대한 뻬로고프가 그처럼 낮은 관등에 있을 때 고골에 의해 차출된 사실에 고소를 금할 수 없다. 뻬로고프는 워낙 자존심이 강해서 해를 거듭할수록 자기의 견장에 금줄이 늘어가고 마침내는 원수가 될 수 있으리라고 공상하는 사람이기 때문이다. 아니 공상하는 정도가 아니다. 아예 그렇게 되길 믿어 의심치 않고 있다. 장군으로 승진된 이상, 사령관이 된다는 것은 따논 당상이 아닌가? 이런 자들이 나중에 전쟁터에 나가면 얼마나 무서운 실패를 범하겠는가? 우리의 문인, 학자, 지도자 중에 이와 같은 뻬로고프가 얼마나 많이 있었던가? 나는 〈있었다〉라고 말했지만, 물론 지금도 그런 인간들은 지천에 깔려 있을 것이다.

소설의 등장 인물인 가브릴라 아르달리오노비치 이볼긴은 두 번째 범주의 인물에 속한다. 그는 〈훨씬 더 똑똑한〉 사람들의 범주에 들어간다. 물론 본인은 머리끝에서 발끝까지 독창성에 대한 희망에 불타고 있기는 하다. 이 범주의 인물은 앞에서 말한 바와 같이 첫번째 범주의 인물보다 훨씬 불행하다. 〈똑똑한 보통〉 사람은 잠깐 동안, 아니 한평생이라 해도 괜찮지만, 자기를 천재적이고 지극히 독창적인 사람으로 상상한다 하더라도, 마음 한구석에 숨어 있는 회의의 벌레가 똑똑한 이 보통 사람을 절망의 늪 속에서 헤어나지 못하게 하기 때문이다. 그리고 운명 앞에 굴복한다 해도 마음 깊은 곳에 틀어박힌 허영심 때문에 완전히 중독 상태에 있는 경우가 허다하다. 하지만 그러한 경우는 매우 극단적이다. 똑똑한 범주에 속한 절대 다수는 그처럼 비극적인 상황에 빠지지는 않는다. 기껏해야 말년에 이르러 간장이 좀 나빠지는 정도에 머문다고나 할까. 그렇지만 이 같은 범주의 인간들은 운명에 굴복하여 모든 것을 단념해 버릴 수 있게 되기까지, 젊은 시절부터 인생의 말년에 이르기까지, 때로는 상당히 오랫동안 어리석은 짓을 한다. 이 모든 것은 독창적 인간이 되겠다는 소망에서 빚어진다. 때로는 이보다 더 괴이한 경우도 있다. 독창적이 되어 보겠다는 열망이 지나쳐서 정직한 사람이 비열한 행위를 마다하지 않는 경향까지 있다. 심지어 이 불행한 사람들 중에서 어떤 이는 정직할 뿐만 아니라 선량하기까지 하여, 가정의 신(神)으로서 가족은 물론이며 타인까지 부양하기도 한다. 평생 편한 마음으로 살아가지 못한다! 이런 사람에게 자기가 인간으로서 훌륭한 의무를 수행하고 있다는 생각은 조금도 위안이 되지 않는다. 오히려 그 같은 생각이 속을 뒤집어 놓는다. 〈내 일생을 어디에 허비했던가? 무엇이 나의 손발을 묶어 내가 화약을 발명하지 못하게 했는가? 이런 하찮은 일들만 아니었어도 나는 어쩌면, 아니 틀림없이 무언가를 발견했을 것이다! 화약인지 아메리카 대륙인지는 모르겠지만, 어쨌든 무언가를 틀림없이 발견했을 것이다!〉 이러한 신사들의 가장 두드러진 특징은 대체 무엇을 발견해야 하고, 무엇을 발견할 준비를 갖춰야 되는지조차 평생 동안 확고히 알지 못한다는 점이다. 이를테면 발견해야 될 것이 화약인지 아메리카 대륙인지 확실치 않다는 것이다. 그러나 무언가를 발견해야겠다는 고뇌와 갈망은 콜럼버스나 갈릴레이보다 조금도 뒤지지 않을 것이다.

  가브릴라도 바로 그와 같은 고뇌를 겪고 있었다. 그러나 아직은 시작에 불과했다. 가브릴라는 끊임없이 자신이 재능이 없다는 사실을 절실하게 자각해 왔다. 동시에 그는 자기가 가장 독창적인 사람이라고 믿고 싶은 욕구를 억제할 수 없었다. 그것은 소년 시절부터 그의 마음에 심한 상처를 주었다. 그는 질투심과 돌발적인 욕망을 가지고 있는 젊은이로서 신경질적인 성격을 타고난 것 같았다. 그는 자신의 욕망이 돌발적인 것은 그만큼 욕망이 강렬하기 때문이라고 받아들였다. 이따금 그의 강렬한 욕망 속에는 무분별한 도약을 감행해 보려는 시도가 역력히 보였다. 그러나 막상 그러한 모험을 단행할 계기가 닥칠 때면, 우리의 주인공은 지나치게 똑똑해져서 결행을 하지 못하는 것이었다. 이것이 그를 죽도록 괴롭혔다. 아마 그에게 기회가 주어지면 목적 달성을 위해 극단적으로 비열한 짓일지라도 실행에 옮길 용의가 있었는지 모르지만, 정작 막다른 골목에 이르러서는 그의 지나친 정직함 때문에 극단적 행위가 불가능해지곤 했다. 하지만 그는 하찮게 여겨지는 비열한 행위라면 언제든지 서슴지 않고 해낼 만한 위인이었다. 그는 집안의 빈곤과 영락을 혐오와 증오의 눈으로 바라보고 있었다. 심지어는 어머니의 평판과 성격이 현재로서는 그의 출세를 보장해 주는 주요한 버팀목이 되고 있다는 사실을 그는 잘 알고 있으면서도, 그녀에게까지 경멸적으로 대할 때가 있었다. 그는 예빤친 장군 집에 발을 들여놓았을 때도 마음속으로 이렇게 다짐했다. 〈비굴하게 행동하려면 끝까지 철저하게 비굴해야 한다. 그게 이익이 된다면!〉 그러나 그가 철두철미할 정도로 비굴하게 행동한 적은 결코 없었다. 그러나 가브릴라는 왜 반드시 비굴하게 행동해야 한다고 상상했을까? 그는 아글라야에게 한번 놀랐을 뿐이었다. 그러나 그녀와 결혼하겠다는 생각을 버리지 않았고, 아글라야가 콧대를 꺾고 자기를 상대하게 되리라고 심각하게 믿어 본 적은 한번도 없었으나, 이 결혼은 계속 그의 마음을 끌었다. 그 후 나스따시야 필리뽀브나와의 혼담이 있었을 때, 만사의 성공 비결은 오직 돈밖에 없다는 생각을 갑자기 하게 되었다. 〈비굴하게 행동하려면 철저히 비굴해야 돼!〉라고 그는 자기만족감으로, 하지만 약간은 공포심을 가지고 매일같이 혼자 중얼거리기를 되풀이했다. 〈비굴하게 굴려면 완벽하게 하는 거야.〉 그는 쉴 새 없이 자신을 고무했다. 〈이러한 경우에 시시한 친구들은 겁을 먹게 마련이지만, 나는 안 그래!〉 아글라야를 잃고 심하게 억눌려 있던 그는 완전히 풀이 죽어서 공작에게 정말로 돈을 갖다 주었다. 한 미친 사내가 미친 여자에게 안겨 준 돈이었지만, 그 미친 여자가 다름 아닌 그에게 내동댕이쳤던 그 돈이었다. 돈을 돌려주고 난 다음에 그는 몇 번이나 후회를 했지만, 한편으로는 그러한 사실에 허세를 부려 보기도 했다. 공작이 뻬쩨르부르그에 머물고 있던 그때, 그는 정말로 사흘 동안이나 울었다. 이 사흘 동안 그는 공작을 증오하게 되었다. 공작이 너무나 연민에 찬 눈으로 그를 바라보았기 때문이다. 사실 그만한 돈을 되돌려 주기란 아무나 할 수 있는 일이 아니잖은가. 그러나 그의 번민은 오로지 끊임없이 억눌리고 있는 허영심 때문이라는 솔직한 시인(是認)이 그를 무섭게 괴롭혔다. 그는 상당히 오랜 시일이 경과하고 나서야, 아글라야처럼 결백하고 남다른 아가씨는 아주 진지하게 대해 주었어야 했다는 사실을 깨닫게 되었다. 가슴이 찢어질 정도로 후회가 되었다. 그는 직장을 집어치우고 우수와 비애 속에 파묻혀 살았다. 그는 매제 쁘찌찐의 집에서 부모와 함께 그의 부양을 받으며 살아갔다. 그는 항상 쁘찌찐의 조언을 듣고, 거의 언제나 그의 조언을 요청할 정도로 분별력을 유지하고 있었으나, 동시에 노골적으로 그를 경멸했다. 가브릴라는, 예를 들면 쁘찌찐이 로스차일드 같은 부호가 되기를 바라지도 않고, 그것을 생애의 목적으로 삼지 않는다는 데 화를 내곤 했다. 〈고리대금업을 하는 이상 철두철미하게 해야지. 사람들을 쥐어짜서 돈을 긁어 모으란 말이다. 폭군이 되어 유대의 왕처럼 되라고!〉 원래가 온순하고 말수가 적은 쁘찌찐은 그런 말을 들으면 그저 빙긋이 웃을 따름이었다. 그러나 언젠가 한번 그는 가브릴라에게 이 문제를 분명히 해둘 필요성을 느끼고 근엄한 표정까지 지어 가며 그것을 실행에 옮긴 적이 있었다. 그는 가브릴라에게, 자기는 결코 비양심적인 짓을 하고 있는 게 아니니까 자기를 유대 인이라 부르는 것은 부질없는 짓이라고 밝혔다. 그리고 돈이 지금처럼 위력을 떨치게 된 것도 자기 잘못이 아니고, 자기는 공정하고 정직하게 행동하고 있으며, 실질적으로 자기는 〈이러한〉 사업의 대리인일 뿐이라고 주장했다. 게다가 자신의 정확한 업무 능력 덕택에 그는 지금 최상류층 인사들에게까지 유명해져서 사업이 확장 일로에 있다고 덧붙였다. 〈나는 로스차일드가 되지 않을 거요. 그렇게 될 만한 까닭이 없소.〉 쁘찌찐은 웃으면서 덧붙였다. 〈리쩨이나야 가에 집이나 한 채 장만할 셈이오. 어쩌면 두 채가 될지도 모르겠소. 난 그것으로 만족하겠소.〉 그는 속으로 생각해 보았다. 〈어쩌면 세 채가 될지 누가 안담.〉 하지만 그는 자신의 꿈을 결코 겉으로 드러내지 않고 감추고 있었다. 자연은 이런 사람들을 사랑하고 귀여워하게 마련이다. 때문에 자연은 쁘찌찐에게는 세 채가 아니라 네 채의 집도 틀림없이 마련해 줄 것이다. 그가 이미 유년 시절부터 결코 로스차일드가 되지 못하리라는 것을 알아 왔던 데 대한 보상이기 때문이다. 하지만 다섯 채 이상을 소유하는 것은 자연도 용납하지 않을 것이다. 쁘찌찐의 사업도 그 정도 선에서 끝나게 될 것이다.

가브릴라 아르달리오노비치의 여동생은 완전히 다른 성격의 여자였다. 그녀에게도 강렬한 욕망이 있었으나, 그것은 돌발적이라기보다는 오히려 집요하다고 할 수 있었다. 어떤 일을 행할 때 그녀에게는 언제나 지혜가 넘쳐 났다. 그리고 일이 끝났을 때에도 그녀는 지혜를 잃지 않았다. 사실 그녀 역시 독창성을 꿈꾸는 〈평범한〉 사람들 중의 하나였지만, 그녀는 자기에게 일말의 특별난 독창력도 없다는 사실을 재빨리 간파할 수 있었기 때문에 여기에 대해 지나치게 상심하지는 않았다. 그러한 처신이 나름대로의 자존심 때문이었는지도 모른다. 그녀는 쁘찌찐과 결혼하면서 비범한 결단력을 가지고 실질적인 첫걸음을 내디뎠다. 그러나 결혼을 하면서 〈비굴하려면 끝까지 비굴해야 한다. 목적만 달성하면 그만이니까)라는 식의 의도는 전혀 없었다. 그녀의 오빠라면 그와 같은 상황에서 반드시 그런 마음을 먹었을 것이다(사실 오빠로서 여동생의 결심을 북돋아 주고 있을 때, 이 말이 입 밖으로 튀어나올 뻔했다). 오빠와는 정반대로, 바르바라는 미래의 남편이 겸손한 호인에 어느 정도 교양까지 겸비하고 있어서 비열한 짓은 절대로 하지 않으리라는 것을 철저히 확인한 후에야 혼인을 했다. 그리고 대수롭지 않은 비열한 행위에는 신경을 쓰지 않았는데, 세상에 사소한 결점도 없는 사람은 없다고 생각했기 때문이다. 너무 이상형을 찾으려 해도 안 되는 법이다! 게다가 그녀는 쁘찌찐과 결혼하면 남편이 그녀의 부모 형제에게 거처를 마련해 주리라는 것을 알고 있었다. 그녀는 집안에 있었던 모든 오해를 잊고 불행에 빠진 오빠를 도와주길 원했다. 쁘찌찐은 처남인 가브릴라에게 직장으로 복귀해야 된다고 가끔 권고했다. 그는 이따금 농담조로 말했다. 〈처남은 무턱대고 장군이나 장군의 신분을 경멸하고 있소. 하지만 두고 봐요, 저들은 모두 때가 되면 장군이 되고 말 테니.〉〈어떻게 해서 내가 장군이나 장군 신분을 경멸한다고 보는 걸까?〉 가브릴라는 씁쓰름하게 혼자 중얼거렸다. 바르바라는 오빠를 돕기 위해 자신의 활동 영역을 넓히기로 마음먹었다. 우선 예빤친의 집을 드나들기 시작했다. 그렇게 하기까지는 유년 시절의 기억이 많은 도움을 주었다. 그녀와 오빠 가브릴라는 어렸을 때 예빤친의 딸들과 함께 논 적이 있었다. 여기서 한 가지 지적할 것이 있다. 지금 바르바라가 예빤친의 집을 방문하며 굉장한 꿈 같은 것을 찾고 있었다면, 그녀 스스로가 속해 있다고 단정한 평범한 사람들의 범주에서 탈퇴했을 것이다. 하지만 그녀가 찾았던 것은 결코 꿈이 아니라 상당히 근거가 있는 계산이었다. 그녀는 예빤친 네 가족들의 성격에 그 근거를 두었다. 특히 아글라야의 성격에 대해서는 항상 연구를 게을리하지 않았다. 그녀의 목적은 오빠와 아글라야의 사이를 다시 원만하게 해주는

데 있었다. 어쩌면 정말로 그러한 목적을 달성했거나, 아니면 오류를 범했는지도 모른다. 왜냐하면 그녀가 지나치게 많은 것을 오빠에게 의존하고, 오빠로서는 도저히 해낼 수 없는 것을 기대하고 있었기 때문이다. 어쨌든 그녀는 예빤친의 집에서 제법 교묘하게 처신했다. 몇 주일 동안이나 오빠 얘기를 한 마디도 입 밖에 꺼내지 않았고, 언제나 지극히 공정하고 성실했으며, 수수하면서도 품위 있게 행동했다. 그녀는 마음 깊이 양심의 가책을 받는 일도 없었고, 그 무엇 하나에도 자신을 힐난하지 않았다. 이것이 또한 그녀에게 힘을 주었다. 다만 한 가지 스스로에게 이따금 화를 냈는데, 그것은 자신이 아주 자존심이 상하고 거의 억제할 수 없는 허영심을 가지고 있다는 것을 깨달을 때였다. 특히 예빤친의 집에서 나올 때마다 거의 한결같이 그녀는 자신의 이러한 특성을 목격했다.

바로 지금 바르바라는 예빤친의 집에서 돌아오는 길이었다. 앞에서 언급한 바와 같이 그녀는 몹시 침통한 표정으로 생각에 잠겨 있었다. 이와 같은 침통함 속에는 쓰디쓴 냉소 같은 것이 엿보였다. 빠블로프스끄의 먼지투성이 한길에 있는 쁘찌쩐의 집은 말끔해 보이지는 않았지만 널찍한 목조 가옥이었다. 그는 곧 이 집의 소유권을 차지하게 되어 있었다. 때문에 그는 이 집을 벌써 매물로 내놓을 채비를 하고 있었다. 바르바라는 현관 층계를 올라가며 위층에서 소란스러운 소리를 들었다. 그것은 오빠와 아버지가 싸우는 고함소리였다. 홀에 들어가 보니 극도의 분노로 얼굴이 창백해진 가브릴라가 머리털을 쥐어뜯다시피 하며, 방 안을 이리저리 돌아다니고 있었다. 그녀는 미간을 찌푸리며 피로한 표정으로 모자도 벗지 않은 채 소파에 주저앉았다. 그녀가 1분 가량 계속 침묵을 지키며 오빠에게 왜 이렇게 방 안을 돌아다니고 있느냐고 물어보지 않는다면 그가 틀림없이 화를 내리라는 것을 잘 알고 있었기에, 그녀는 궁금한 표정으로 이렇게 말문을 열었다.

「무슨 일 없었죠?」

「무슨 일이 없긴 뭐가 없어?」 가브릴라가 버럭 고함을 질렀다. 「그래, 아무 일도 없다! 지금 무슨 일이 벌어지고 있는지 알기나 하니? 노인네는 아예 미친 사람 꼴이 되어 버리지 않나……, 어머니는 울고불고 난리다. 바랴, 네 생각은 어떨지 모르지만, 아버지를 집에서 내쫓아 버리든지…… 내가 나가든지 하겠다.」 자기 집이 아닌 이상 사람들을 자기 뜻대로 내쫓을 수 없다는 것을 깨달았는지 그렇게 덧붙여 말한 것이다.

「관용을 베풀어야지요.」 바랴가 이렇게 중얼거리자 가브릴라는 불끈 했다.

「무슨 관용을 베풀란 말이냐? 누구에게? 아버지의 치사함에? 안 돼, 너야 어떨지 몰라도 난 그렇게 못한다! 그건 못 해, 못 해, 못 한다고! 그게 무슨 도리란 말이냐? 자기가 잘못했으면서도 오히려 큰 소리를 치고 있으니! 대문이 좁다고 울타리를 부숴 버리라는 격이잖아!¹³⁸ 그런데 넌 왜 그러고 앉아 있니? 얼굴이 영 말이 아니구나.」

「얼굴이 다 그렇지.」 바르바라는 퉁명스럽게 말했다.

가브릴라는 더욱 유심히 그녀의 얼굴을 들여다보았다.

「거기 갔다 왔구나?」 그가 불쑥 이렇게 물었다.

「그래요.」

「잠깐, 또 고함을 지르고 있군! 저게 무슨 창피야. 하필이면 이런 때에 말이야!」

「이런 때라니? 지금이 뭐 그렇게 특별한 땐가요?」

가브릴라는 더욱더 유심히 여동생을 바라보았다.

「뭘 알아낸 게 있니?」 그가 물었다.

---

138 도스또예프스끼는 속담을 인용하면서 〈나무 울타리zabor〉라는 단어 대신에 지방적인 특색이 있는 〈담장zaplot〉을 사용했는데 이것은 시베리아에서 쓰여졌기 때문이다.

「일은 아무것도 없어요. 그 모든 게 사실이라는 것을 알았어요. 남편이 오빠나 나보다 더 옳았어요. 애초에 그이가 예견한 대로 되었어요. 그이는 어디 있죠?」

「집에 없다. 뭐가 어떻게 되었다는 거냐?」

「공작이 정식으로 약혼자가 되었어요. 그렇게 결정되었대요. 언니들한테 그렇게 들었지만 아글라야도 승낙했대요. 이제는 숨기려 하지도 않더군요. 그 집에선 지금까지 무슨 일이든 비밀이었거든요. 아젤라이다의 결혼식은 또 연기되었나 봐요. 두 자매의 결혼식을 같은 날 동시에 올리기 위해서죠. 이건 완전히 시예요! 시에서나 볼 수 있는 일이 아닌가요? 오빠도 공연히 방 안을 정신없이 걸어다니지 말고 결혼 축시라도 한 수 지어 보세요. 오늘 저녁에 벨로꼰스끼 공작 부인이 그 집에 온대요. 오게 되면 다른 손님들도 초대할 거예요. 전부터 아는 사이지만 공작을 신랑감으로 부인에게 정식으로 소개시키고 그 사실을 공표할 모양이에요. 다만 공작이 방에 들어오다가 손님들한테 기가 질려 무엇을 떨어뜨리거나 깨뜨리거나 어디에다 몸을 부딪히지나 않을까 걱정하고 있어요. 그런 사람에게 있을 수 있는 일이니까요.」

가브릴라는 매우 주의 깊게 귀를 기울이고 있었다. 그러나 충격적인 이 소식이 뜻밖에도 그에게 그다지 강렬한 충격을 주지 못한 것 같았다. 바르바라는 오빠의 이러한 반응에 놀랐다.

「그야 뭐, 처음부터 명백한 사실이었으니까.」 그는 잠시 생각에 잠기고 나서 이렇게 말했다. 「결국 끝장난 셈이군!」 그가 야릇한 웃음을 지었다. 그는 여동생의 얼굴을 능청스럽게 바라보며 계속 방 안을 왔다 갔다 했다. 그러나 걸음걸이가 훨씬 조용해졌다.

「오빠가 철학자처럼 이 소식을 받아들이니 다행이에요. 그러니까 마음이 놓이네요.」 바르바라가 말했다.

「적어도 너한테는 부담이 없어진 셈이지.」

「난 오빠를 위해 성심 성의껏 애를 써왔다고 생각해요. 군말이나 잔소리 한마디하지 않으면서요. 오빠가 아글라야에게서 어떤 행복을 찾으려 했는지에 대해서는 한번도 물어본 적이 없었으니까요.」

「그러나 내가 과연…… 아글라야에게서 행복을 찾으려 했을까?」

「제발 그런 철학적 냄새 풍기지 마세요. 다 그런 거예요. 다 끝난 일이고 우리도 할 만큼 한 거예요. 이제 바보 노릇은 그만 해요. 솔직히 말해서 나는 이 일이 성공할 수도 있다는 생각은 한번도 해본 적 없어요. 다만 〈만일의 경우〉 아글라야의 그 괴상한 성격에 기대를 걸었을 뿐이에요. 그리고 무엇보다도 오빠를 위로해 주고 싶어서 그랬어요……. 십중팔구는 틀어질 줄 알았어요. 나는 지금까지 오빠가 무얼 얻으려 했는지조차 몰라요.」

「이제 너희 부부는 나를 직장으로 몰아내겠지? 의지의 집요함과 힘이 어떻다느니, 하찮은 것이라도 결코 소홀히 해서는 안 된다느니 하며 강의하려 들 거라는 것을 훤히 알고 있다.」 가브릴라는 이렇게 말하며 껄껄 웃기 시작했다.

〈오빠 머릿속에 무슨 꿍꿍이가 있는 거야!〉 바르바라는 생각했다.

「그래, 그 집에선 좋아들 하고 있냐? 부모들은 어때?」 가브릴라가 갑자기 이렇게 물었다.

「그렇지는 않은 것 같더군요. 하지만 오빠도 짐작이 갈 거예요. 장군은 흡족해 하지만 부인은 꺼림칙한 모양이에요. 알다시피 전부터 공작을 사윗감으로론 시원찮게 보아 왔잖아요?」

「난 그걸 묻는 게 아냐. 사윗감으로서는 어림 반푼도 없는 소리라는 건 분명하지. 난 현재의 사정을 묻고 있는 거야. 지금 그 집의 분위기가 어떠냔 말야? 그 여자가 정식으로 승낙한 거니?」

「아글라야가 아직 〈싫다〉고 하지는 않았다더군요. 그게 다예요. 그 여자한테 그 이상의 대답을 기대하는 건 무리예요. 그 여자가 얼마나 부끄러움과 수줍음을 타는지 오빠도 잘 알죠? 어렸을 때는 손님들 앞에 나가기가 싫어서 옷장 속에 두세 시간씩이나 꼼짝 않고 들어앉아 있었던 적도 있었다니까요. 지금은 다 컸다고는 하지만 역시 옛날이나 마찬가지예요. 내 생각엔 왠지 그 집에 심각한 일이 있는 것만 같아요. 들리는 말에 따르면, 아글라야가 자기 속마음을 드러내지 않으려고 아침부터 밤까지 일부러 공작을 비웃고 있지만, 그것은 단지 남이 안 보는 데서 매일같이 달콤한 속삭임을 감추기 위해서 그러는 거래요. 게다가 공작은 마치 허공을 걷는 것처럼 행동하며, 아주 행복한 듯이 언제나 싱글벙글하고 있다는 거예요. 그 벙글거리는 꼴이란 정말 가관이래요. 이건 모두 그 집 사람들한테서 들은 말이에요……. 하지만 오빠! 나는 어쩐지 그 사람들, 특히 아글라야의 언니들이 나를 보고 비웃는 듯한 생각이 들어요.」

가브릴라는 마침내 얼굴을 찌푸리기 시작했다. 바르바라가 이 문제에 이렇게까지 깊이 파고 들어간 까닭은 일부러 오빠의 마음을 떠보려는 속셈이었는지도 모른다. 그러나 이때 또다시 위층에서 고함소리가 들려왔다.

「내 저 영감을 당장 쫓아 버리고 말 거다!」 가브릴라는 분풀이를 할 기회가 와서 다행이라는 듯이 소리를 질렀다.

「그러면 어제처럼 사방 팔방으로 돌아다니며 우리 얼굴에 먹칠을 할 거예요.」 바르바라가 말했다.

「뭐라고? 어제처럼이라고? 그게 뭐야? 어제 무슨 일이 있었단 말이냐?」 가브릴라가 깜짝 놀라서 물었다.

「그럼 오빠는 정말로 몰랐어요?」 바르바라가 갑자기 생각난 듯이 말했다.

「그렇다면……, 아버지가 그 집에 갔었다는 게 사실이었구나!」 끓어오르는 분노와 수치로 얼굴이 벌겋게 상기된 가브릴라가 소리쳤다. 「그러고 보니, 너는 그 집에서 돌아오는 거구나? 거기서 뭐라도 알아냈느냐? 아버지가 정말 그 집에 갔던 거니? 간 거야

안 간 거야?」

 가브릴라는 문 쪽으로 뛰쳐나갔다. 바르바라도 황급히 달려가 두 손으로 그를 붙잡았다.

 「뭐 하는 거예요? 어딜 가려고요?」 그녀가 말했다. 「아버지를 내쫓으면 천지 사방을 다니며 지금보다 더 창피한 짓을 저지를 거예요.」

 「그 집에서 아버지가 무슨 짓을 한 거냐? 무슨 소리를 지껄인 거냐고?」

 「그 집 사람들도 시원스럽게 얘기하지 않았어요. 무슨 말인지 이해를 못 한 모양이에요. 모두가 어리둥절해 있었어요. 아버지는 이반 표도로비치를 찾아갔다가 장군이 없으니까 리자베따 쁘로꼬피예브나를 불러냈다는 거예요. 처음에는 일자리를 구해 달라, 취직을 시켜 달라고 조르더니 나중에는 우리 가족들을, 우리 부부와, 특히 오빠를 잘 보살펴 달라고 애원했대요……. 이 소리 저 소리 잔뜩 늘어놨었나 봐요.」

 「무슨 소릴 늘어놨는지 알아보지는 못했니?」 가브릴라는 히스테리라도 일으킨 듯 온몸을 떨고 있었다.

 「어디서 알아본단 말이에요? 아버지 자신도 무슨 말을 했는지 횡설수설하는데요. 그 집 식구들이 나에게 모든 걸 다 털어놓지 않았을 수도 있어요.」

 가브릴라는 손으로 머리를 움켜쥐고 창문 옆으로 달려갔다. 바르바라는 다른 쪽 창가로 가서 앉았다.

 「아글라야는 우스운 데가 있어요.」 갑자기 그녀는 이렇게 입을 열었다. 「글쎄 나를 느닷없이 붙잡고는 〈부모님께 나의 각별한 존경심을 전해 주세요. 기회가 닿는 대로 며칠 있다가 아버님을 찾아뵐게요〉라고 심각하게 말하더군요! 참 이상했어요…….」

 「우릴 조롱하는 거 아냐?」

 「그렇진 않았어요. 그러니 더욱 이상하잖아요.」

「혹시 그녀가 아버지에 대해 아는 게 아닐까? 넌 어떻게 생각하니?」

「그 집에선 아버지에 대해 아는 사람이 아무도 없을 거라고 생각해요. 어쩌면 지금 오빠가 말한 대로 아글라야만은 알고 있는지도 모르죠. 아글라야가 알고 있을 거라고 추측하는 까닭은 그 여자가 심각하게 아버지한테 안부를 전해 달라고 했을 때 언니들이 깜짝 놀란 것으로 미루어 틀림없어 보여요. 뭐 때문에 아버지를 보겠다는 걸까요? 만약 그 여자가 알고 있다면, 공작이 말한 게 아닐까요?」

「누구한테 들었는지 알아내기란 어렵지 않다! 도둑놈! 이젠 그런 것까지. 우리 집안에 도둑이 있다. 바로 〈가장〉이지!」

「무슨 쓸데없는 소릴 그렇게 해요!」 바르바라는 발끈 성을 내며 언성을 높였다. 「취중에 저지른 일을 그렇게까지 말할 건 뭐예요! 더구나 누가 이 이야기를 지어냈는지 알아요? 레베제프나 공작 같은 족속들이에요. 자기네들이 대단히 똑똑한 줄 알고 있어요. 난 이 사건이 조금도 중요하다고 생각지 않아요.」

「우리 영감은 도둑에다가 주정뱅이야.」 가브릴라는 울화가 치민 소리로 말했다. 「나는 거지에다, 동생의 남편이란 작자는 고리대금업자지. 이쯤 되면 아글라야가 솔깃하겠지! 더 이상 무슨 말이 필요하겠어? 얼마나 멋져!」

「그 고리대금업자인 매제가 오빠를……」

「먹여 살린다고? 어려워하지 마라. 그럴 필요까진 없다!」

「오빠는 무엇 때문에 화를 내는 거죠?」 바르바라는 문득 생각난 듯이 말했다. 「아무것도 이해하지 못하는 오빠는 꼭 초등학생 같아요. 그런 일 때문에 오빠에 대한 그 여자의 인상이 나빠질 것 같아요? 오빤 아직 그 여자의 성격을 모르고 있어요. 그 여자는 일류급 신랑도 거들떠보지 않고, 다락방에서 굶어 죽는 한이 있어도 가난뱅이 대학생과 살기 위해 기꺼이 집을 뛰쳐나갈 여자예요. 이것이 그 여자의 꿈이에요! 그러니까 오빠도 굳은 의지와 자부심을 가지고 지금의 난관을 극복해 나가도록 해봐요. 그러면 그녀도 오빠를 좋아할 거예요. 오빠는 그걸 이해하지 못했던 거예요. 공작이 그 여자를 낚아챌 수 있었던 데는 다 이유가 있다고요. 공작이 그 여자를 낚을 의사가 전혀 없었던 것이 첫번째 이유이고요, 둘째 이유는 모든 사람들이 공작을 백치로 보고 있기 때문이지요. 어쨌든 그 여자는 공작으로 인해 가족들을 괴롭힐 수 있다는 한 가지 사실만으로 흡족해 하고 있으니까요. 정말 오빠는 아무것도 몰라요!」

「그래, 아는지 모르는지 두고 보자!」 가브릴라는 수수께끼 같은 말을 중얼거렸다. 「하지만 나는 아글라야가 우리 노인네에 대해 아는 바가 없었으면 좋겠어. 그래도 공작만은 아무에게도 발설하지 않을 줄 알았는데……. 그 사람은 레베제프의 입을 봉해 놓았어. 나한테도, 내가 졸라대는 데도 털어놓길 꺼려 했었거든…….」

「그렇다 해도 그 얘기가 쫙 퍼진 것만은 사실이잖아요. 그래, 오빠는 어떻게 생각하죠? 뭘 기대하고 있는 거죠? 아직도 희망이 남아 있다면, 아글라야의 눈에 오빠가 순교자처럼 보이는 거지요.」

「하지만 아글라야가 아무리 로맨틱하더라도 말썽이 나는 것은 꺼려할 거야. 모든 것이 일정한 범위를 벗어날 수는 없어. 일정한 선을 넘을 수는 없지. 너희 같은 여자는 모두 다 그렇거든.」

「아글라야가 꺼려 한다고요?」 바르바라는 경멸적으로 오빠를 바라보면서 발끈했다. 「정말 오빠는 비굴한 근성을 가졌군요! 오빠는 아무런 가치도 없는 인간이에요. 그 여자가 우스꽝스런 괴짜일지는 모르지만 우리들보다 천 배는 더 고결한 사람이에요.」

「이제 그만 됐다, 됐어. 그만 화내라.」 가브릴라는 거드럭거리며 말했다.

「나는 어머니가 불쌍할 뿐이에요.」 바르바라가 계속 말끝을 이었다. 「아버지 일이 제발 어머니 귀에 들어가지 않으면 좋겠어요……. 정말 걱정이에요!」

「하지만 어머니는 알고 있을걸, 벌써 알고 있을 거야!」 가브릴라가 말했다.

바르바라는 2층에 있는 어머니한테 가려고 자리에서 일어나려다, 그대로 멈춰 서서 오빠의 얼굴을 빤히 들여다보았다.

「누가 어머니한테 그런 말을 했을까요?」

「이뽈리뜨가 고자질을 한 게 틀림없어. 우리 집에 이사 오자마자 어머니한테 그 일을 고해 바칠 수 있게 된 것을 더없이 만족스럽게 생각했을 테니까.」

「그 사람이 어떻게 그걸 알고 있을까요? 어서 말해 봐요. 공작과 레베제프가 아무에게도 말하지 않기로 해서 꼴랴도 아직 모르고 있는데.」

「이뽈리뜨 말이지? 저 혼자 알아냈을 거야. 그 녀석은 험담하는 데 도가 텄거든. 불미스런 일과 추문이라면 무엇이든지 대뜸 냄새를 맡는 예리한 코를 가졌어. 믿거나 말거나지만, 녀석은 어느새 아글라야까지 자기 손아귀에 넣었을 거야! 아직 손에 넣지 못했다면, 곧 손에 넣어 버리고 말 거야. 로고진 역시 그 녀석과 관계가 있어. 공작이 어떻게 이걸 눈치 채지 못하고 있을까! 지금 그 녀석이 날 함정에 빠뜨리려고 하는 거야. 날 원수처럼 여기는 걸 나는 전부터 잘 알고 있단 말이야. 그런데 무엇 때문일까? 어차피 죽을 녀석이 대체 무얼 하겠다는 거야? 아무리 생각해도 모를 일이야! 하지만 두고 봐. 놈을 골탕먹여 줄 테니까! 그 녀석이 나를 함정에 빠뜨리는 게 아니라 내가 그 녀석을 빠뜨려 버릴 거야.」

「오빤 그렇게 미워하면서 왜 집으로 그 사람을 불러들인 거죠? 함정에 빠뜨릴 가치가 있나요?」

「네가 놈을 불러들이라고 했잖아.」

「무슨 도움이 될지도 모른다고 생각했죠. 그건 그렇고, 그 사람이 요새 아글라야한테 반해서 편지까지 써보낸 걸 아세요? 나한테 그 집 얘기를 꼬치꼬치 캐묻더군요……. 리자베따 쁘로꼬피예브나에게도 편지를 보낼 눈치였어요!」

「그 점에서는 위험하지 않아!」 가브릴라가 사납게 웃으며 말했다. 「그렇지만 반드시 무슨 꿍꿍이속이 있을 거야. 그 녀석이 반했다는 건 있을 수 있지. 아직 애송이니까! 하지만…… 그 집 노파에게 익명의 편지 따위는 쓰지 않을 거야. 놈은 굉장히 짓궂으면서도 터무니없이 자만심이 강한 하찮은 놈이거든! 나는 확신해. 아니 분명히 알아. 녀석은 아글라야에게 나를 음모꾼으로 일러바쳤을 거야. 솔직히 말해 처음에 나는 바보같이 그 녀석에게 몽땅 털어놓았어. 녀석이 공작한테 복수를 하는 것이 나에게 이익이 된다고 판단했기 때문이지. 한데 보통 교활한 짐승이 아냐! 이젠 나도 놈의 꿍꿍이속을 훤히 알아냈어. 이번 절도 사건은 자기 어머니한테, 즉 대위 부인한테 들은 게 분명해. 우리 아버지가 그런 짓을 결심한 것은 그 여자 때문이야. 글쎄, 녀석이 밑도 끝도 없이 나한테 이렇게 말하지 않겠니. 〈이볼긴 장군〉이 자기 어머니한테 4백 루블을 주겠다고 약속했다는 거야. 이 말을 듣고 나서 나는 모든 걸 깨달았지. 그때 녀석은 고소하다는 듯이 내 얼굴을 빤히 쳐다보더군! 어머니한테 고자질한 것도 오로지 어머니의 오장 육부를 뒤흔들어 놓기 위해서였을 거야. 왜 그놈이 빨리 죽지 않는지 말 좀 해다오! 3주면 꼭 죽을 거라던 놈이 우리 집에 와선 오히려 살이 쪄버렸어! 기침도 멈춰 버렸어. 어제 저녁에 제 입으로 이 집에 온 다음날부터 각혈이 멎었다고 하더군.」

「내쫓아요!」

「나는 녀석을 증오하는 게 아니라 경멸할 뿐이다!」 가브릴라가 으쓱해서 말하더니 유난스레 격노하며 외쳤다. 「그래, 그래, 내가 녀석을 증오한다고 하자. 그렇다고 해! 난 놈이 죽어 가는 자리에서 서슴지 않고 그렇게 말하겠어! 네가 놈의 〈해명〉이란 것을 한번 읽어 보았더라면…… 그 뻔뻔스러운 순진함이라니! 놈은 삐로고프 중위야, 놈은 비극의 노즈드료프[139]야. 아니 그보다는 어린 애야! 아, 그때 놈을 놀라 자빠지게 했더라면 얼마나 후련했을까! 그때 엉성하게 놈을 방치해 두었기 때문에 지금 모든 사람에게 앙갚음을 하고 있는 거야……. 그런데 이게 뭐야? 저 위가 또 소란하군! 이게 대체 무슨 일이람? 나도 이젠 도저히 참을 수 없어. 쁘찌찐!」 그는 막 방 안으로 들어오는 쁘찌찐에게 소리쳤다. 「이게 무슨 꼴이오? 우리 집안이 왜 이렇게 된 거요? 이거…… 이거야…….」

그러나 소음이 귓전에 한층 가까워졌다. 방문이 갑자기 활짝 열리더니, 이볼긴 영감이 분에 못 이겨 붉으락푸르락 온몸을 후들거리며 쁘찌찐에게 미친 듯이 대들었다. 그 뒤를 부인 니나와 니꼴라이, 그리고 이쁠리뜨가 따라 들어왔다.

2

이쁠리뜨는 벌써 닷새 전부터 쁘찌찐의 집으로 옮겨 와 있었다. 이 일은 어쩐 일인지 자연스럽게 성사되어 그와 공작 사이에 별다른 잡음이나 알력은 없었다. 이들은 서로 다투지도 않았을 뿐더러 친구와 같은 모습으로 헤어졌다. 그날 저녁 이쁠리뜨에게 그토록 적대적이었던 가브릴라가 자진해서 문병을 왔다. 사건이 있고 난 후 벌써 3일째 되는 날이었다. 그가 문병 온 것은 틀림없이 어떤 갑작스런 발상에 의해서였다. 웬일인지 로고진도 문병을 오기 시작했다. 처음에 공작은 차라리 이 〈가엾은 청년〉이 자기 집에서 나가는 편이 그를 위해 더 좋겠다는 생각을 했다. 그러나 거처를 옮길 때 이쁠리뜨는, 쁘찌찐이 친절하게도 방을 하나 제

---

139 고골의 희곡 『죽은 혼』에 나오는 희극적인 인물로 자유 분방하며 악의를 가진 인간.

공하겠다니 그 집으로 옮기겠다고 말했다. 그러면서 마치 일부러 그러는 것처럼 가브릴라의 집으로 간다는 말은 한번도 입 밖에 꺼내지 않았다. 막상 가브릴라가 그렇게 되게끔 주선했음에도 불구하고. 가브릴라는 이 사실을 알고 마음속으로 매우 못마땅하게 여겼다.

가브릴라가 누이동생 바르바라에게 이뽈리뜨의 병세가 좋아졌다고 한 말은 사실이었다. 사실 이뽈리뜨도 전보다 나아졌다고 느끼고 있었으며 그 사실은 누구든지 첫눈에 알 수 있었다. 그는 조롱기 섞인 심술궂은 미소를 띠고 맨 뒤에서 서두르는 기색없이 방 안으로 들어왔다. 니나 알렉산드로브나는 놀란 표정이었다. 그녀는 지난 반년 동안 몰라보게 변했으며, 몹시 수척해졌다. 딸을 시집보내고 딸네 집에서 함께 살게 된 후부터 자식들의 일에 겉으로는 간섭하지 않았다. 니꼴라이는 의아해 하며 걱정에 싸여 있었다. 이른바 〈장군의 광기〉에 대해 모르는 것이 너무 많았기 때문에 집안에서 일어난 새로운 소동의 근본적 원인을 모르고 있었다. 하지만 분명한 것이 있었다. 아버지가 전과 달리 영 딴사람이 되어 언제 어디서나 헛소리를 늘어놓고 다닌다는 것이었다. 또한 지난 사흘 동안 노인네가 술 한 모금 입에 대지 않은 것도 걱정이 되었다. 그는 레베제프와 공작이 아버지하고 갈라선 뒤 언쟁까지 벌였다는 사실도 알았다. 니꼴라이는 자기 돈으로 보드까 한 병을 사들고 방금 집으로 돌아왔다.

「어머니, 맞아요.」 그는 위층에서 니나를 설득했다. 「차라리 술을 드시게 하는 편이 더 나아요. 벌써 사흘째나 술을 끊고 있는 걸 보면 근심거리가 있는 거라고요. 그렇게 하는 편이 좋아요. 채무 감옥에 들어가 있을 때도 내가 술을 갖다 주곤 했으니까요……」

장군은 문을 활짝 열어젖히고 문지방에 서 있었다. 그는 분을 삭이지 못해 떨고 있는 듯이 보였다.

「이보게나!」 그는 쩌렁쩌렁한 소리로 쁘찌찐에게 소리쳤다.

「자네가 좆비린내 나는 이 무신론자놈 때문에 자네 장인, 즉 황제 폐하의 은총을 입은 이 명예로운 노인을 희생시키기로 결심했다면 나는 이 순간부터 자네 집에 발을 들여놓지 않겠네. 어서, 선택하게. 나인가 아니면 이 나사못인가! 빨리 선택하게! 나사못인가? 내가 무심결에 말해 봤지만 결국 나사못이로군! 나사못이야! 이놈은 나사못으로 내 가슴을 뚫고 있어, 존경 따윈 일체 보이지도 않고!」

「병따개는 아니고요?」 이쁠리뜨가 끼어들었다.

「아냐, 병따개가 아냐. 나는 네 앞에서 장군이지 술병은 아니다. 나에겐 훈장이 있다, 훈장이……. 그런데 너는 못이나 가지고 있지? 자, 누굴 선택하겠나? 이놈인가 나인가? 이보게, 사위, 지금 당장 결정해 주게!」 그는 또다시 극도로 흥분해서 쁘찌찐에게 소리쳤다. 이때 니꼴라이가 의자를 가져다 주자 그는 거의 기진맥진하여 의자에 털썩 주저앉았다.

「차라리 눈을 붙이시는 게…… 좋을 것 같군요.」 이렇게 쁘찌찐은 당혹스러워하며 중얼거렸다.

「또 위협이군!」 가브릴라는 누이에게 나지막이 말했다.

「잠이나 자라고?」 장군은 버럭 소리쳤다. 「여보게, 나는 취하지 않았어. 나를 모욕하지 말게나. 나는 다 알아.」 그는 다시 의자에서 일어나며 계속했다. 「다 안단 말야. 여기서는 모두가 내게 반대하고 있어. 모두 내가 못마땅한 거야! 좋아! 내가 나가 버리고 말지……. 그런데, 자네는…….」

그는 말을 채 끝마치지 못했다. 모두들 그를 의자에 앉히며 진정하라고 채근했기 때문이다. 가브릴라는 불끈 성이 나서 한쪽 구석으로 갔다. 니나 알렉산드로브나는 몸을 떨면서 울고 있었다.

「내가 무슨 짓을 했다고 그러지? 노인네가 웬 불평을 그렇게 하는지 모르겠네!」 이쁠리뜨가 이를 드러내고 소리쳤다.

「정말로 아무 짓도 하지 않았단 말인가?」 니나 알렉산드로브나가 갑자기 일침을 가했다. 「저런 노인을 몰인정하게 괴롭히다니 부끄럽지도 않은가? 더구나 자네 처지에서 말야……」

「내 처지라니, 그게 어떤 처지란 말입니까? 나는 부인을 무척 존경해요. 바로 당신을요, 개인적으로……」

「이 아이는 나사못이야!」 장군이 외쳤다. 「이 아이는 나사못으로 내 가슴과 내 영혼에 구멍을 뚫고 있어! 나를 무신론자로 만들려고 안달하고 있다고! 이 젖비린내 나는 녀석아, 나는 너 따위가 세상 밖으로 나오기도 전에 명예를 떨치고 있었다. 네놈은 몸뚱이가 두 동강 난 질투심 많은 구더기야……. 너는 콜록거리며 악의와 무신앙으로 죽어 가는 인간이다. 너 같은 놈을 무얼 하려고 가브릴라가 집 안으로 들였는지 모르겠다. 남들은 물론이고 친자식까지 내게 대들고 있으니……」

「자, 이젠 그만 해둬요. 그 따위 비극은 그만 읊조리세요!」 가브릴라가 소리쳤다. 「온 시내를 돌아다니며 우리 얼굴에 그만 똥칠하세요. 그렇게 좀 해줬으면 좋겠어요!」

「내가 네 얼굴에 똥칠을 한다고, 이 애송이야? 난 너를 사람들에게 잘 보이게 했으면 했지, 네 위신을 떨어뜨리지는 않았다!」

그는 벌떡 일어났다. 이제 더 이상 아무도 그를 저지할 수 없었다. 그러나 가브릴라 아르달리오노비치도 화가 머리끝까지 치민 것 같았다.

「위신은 무슨 위신이에요?」 그는 사납게 말했다.

「그게 무슨 말이냐?」 장군은 버럭 소리를 지르고 창백한 얼굴로 한 걸음 앞으로 나왔다.

「내가 입만 벙긋하면 아버진……」 가냐는 갑자기 언성을 높였으나 말끝을 맺지는 못했다. 두 부자는 서로 얼굴을 맞댄 채 서 있었다. 둘 다 극도의 흥분 상태에 있었고, 특히 가냐가 더 심했다.

「가냐, 왜 그러냐!」 니나 알렉산드로브나가 아들을 말리기 위해 달려가며 소리쳤다.

「양쪽 다 괜스레 그러는 거예요!」바랴가 발끈하며 잘라 말했다. 「그냥 내버려 두세요, 어머니.」그녀는 어머니 니나를 붙잡았다.

「어머니를 봐서 참겠어요.」가냐가 비통하게 말했다.

「말해 봐라!」장군은 흥분이 극에 달해 소리쳤다.「어서 말해 봐라, 이 아비의 저주가 무섭지 않거든 어서 말해 보란 말이다!」

「흥, 내가 놀라나 어디 한번 저주해 보세요! 아버지가 벌써 여드레째 실성한 사람처럼 행세하는 건 대체 누구의 잘못이지요? 벌써 여드레째란 말이에요. 난 날짜까지 세고 있어요……. 참는 데에도 한계가 있다는 걸 알아 두세요. 모든 걸 다 말해 버릴 테니까……. 어제는 뭘 하러 예빤친 댁에 어기적거리며 갔다 왔지요? 노인네가, 머리는 하얗게 세어 가지고, 더구나 한 가정의 가장이! 훌륭하군요!」

「그만 해, 형!」꼴랴가 소리쳤다.「그만 해두라니까, 바보같이!」

「내가 장군을 어떤 식으로 모욕했다는 겁니까?」이쁠리뜨가 냉소적 어조로 따지듯이 말했다.「다들 들으셨겠지만 무엇 때문에 장군이 나를 나사못이라 부르는 걸까요? 다짜고짜 역정부터 낸 건 오히려 장군 자신인데 말이에요. 조금 전 나한테 와서 예로뻬고프 대위 얘기를 꺼냈어요. 장군, 난 당신의 말동무가 되고 싶은 생각이 조금도 없어요. 아시다시피 예전에도 당신을 피해 다녔잖아요. 예로뻬고프 대위가 나와 무슨 상관이 있다고 그래요? 무슨 말인지 알겠어요? 나는 예로뻬고프 대위 때문에 이 집으로 오진 않았어요. 나는 다만 장군에게 예로뻬고프 대위는 이 세상에 존재한 적이 없었던 인물이라고 내 의견을 솔직히 표현했을 뿐이에요. 그랬더니 진노를 하며 호통을 치는 거예요!」

「의심의 여지없이 그런 사람은 존재하지 않았어요!」가브릴라가 잘라 말했다.

그러나 장군은 된통 얻어맞은 사람처럼 멍하니 주위를 둘러볼 따름이었다. 너무나도 노골적인 아들의 언동에 그는 완전히 기가 질렸다. 처음 한순간 그는 무슨 말을 해야 될지 몰라서 당황했다. 가브릴라의 대답을 듣고 이뽈리뜨가 깔깔거리며 소리쳤다. 「그것 보라니까요, 아드님마저 예로뻬고프 대위는 전혀 생존한 적이 없었던 사람이라잖아요.」 그제서야 노인은 얼이 빠져 이렇게 중얼거렸다.

「대위[140]란 말이 아니라…… 까삐똔이란 말야……. 까삐똔 예로뻬고프지. 퇴역 중위 까삐똔 예로뻬고프라고!」

「까삐똔이란 사람도 없었어요!」 가브릴라는 화가 치밀 대로 치밀었다.

「왜 없었다는 거냐?」 장군은 중얼거렸으며 그의 얼굴에는 홍조가 돌았다.

「그만 하세요!」 쁘찌찐과 바르바라가 진정시키려 했다.

「조용히 해, 형!」 니꼴라이가 또다시 소리쳤다.

그러나 이러한 만류는 오히려 장군의 기를 살려 주었다.

「어떻게 없다는 거냐? 왜 생존한 적이 없다는 거냐?」 그는 아들을 향해 무섭게 내뱉었다.

「없었으니까 없다고 그러는 거지요. 절대로 그런 사람은 생존하지 않았어요. 그런 인물이 있을 리가 만무하지요. 그만 집어치우자고요.」

「이게 내 아들 맞아? 내 친아들? 내가 저를 어떻게 키웠는데…… 오, 하느님! 예로뻬고프가, 예로쉬까 예로뻬고프가 세상에 없었다고?」

「글쎄, 이렇다니까! 까삐똔이라 했다가 이번에는 예로쉬까라니?」 이뽈리뜨가 끼어들었다.

「아, 까삐똔이지 까삐똔이야, 예로쉬까가 아니라 까삐똔이야! 까삐똔 알렉세예비치…… 퇴역한 중위 까삐똔이다! 마리야 뻬뜨

---

140 러시아 어로 〈까삐딴〉이다.

로브나 수…… 수…… 수뚜기나와 결혼했지. 사관생도 시절부터 친구이자 동료였지. 나는 그를 위해 피를 흘렸고 총알받이가 되어 주었는데, 그는 전사하고 말았어. 까뻬똔 예로뻬고프란 사람이 없었다니? 생존하지 않았다니?」

장군은 고래고래 소릴 질렀다. 그러나 그의 고함과 이 사건은 별개의 문제로 생각할 수 있었다. 그의 소리와 마음은 서로 다른 곳에 가 있었다. 사실 다른 때 같았으면 까뻬똔 예로뻬고프의 존재를 부정당하는 것보다 더 심한 모욕이라도 당연히 참았을 것이며, 고함을 지르더라도 할 말을 다하고 화를 내다 간 결국 잠을 자러 2층의 자기 방으로 가버렸을 것이다. 그러나 지금은 인간적으로 극히 이상한 감정 때문에 예로뻬고프의 존재를 부정당하는 사소한 모욕이 그의 분노를 일으켰다. 노인은 얼굴이 시뻘겋게 달아 두 손을 올리고 소리쳤다.

「됐어! 빌어먹을…… 이 집에서 나가 버릴 테다! 꼴랴, 내 가방 가져와라. 나가 버릴 테니까!」

그는 분에 못 이겨 황급히 밖으로 나갔다. 니나 알렉산드로브나, 꼴랴, 그리고 쁘찌찐이 그 뒤를 급히 쫓아 나갔다.

「이게 무슨 짓이에요?」 바르바라가 오빠에게 말했다. 「아버지는 그 집으로 가실 게 뻔해요. 이게 웬 창피예요?」

「도둑질이나 하지 말아야지!」 가브릴라는 울화로 숨이 막힐 듯했다. 그의 시선이 갑자기 이뽈리뜨와 마주치자, 그는 몸을 부르르 떨다시피 했다. 「알량하신 이뽈리뜨, 당신은 지금 남의 집에 손님으로 와 있다는 사실을 염두에 두고, 저렇게 정신 나간 노인을 자극해서는 안 된다는 걸 알아야 해요……」

이뽈리뜨는 그런 말을 듣고 울컥 화가 치밀었으나, 그 순간 자신을 억제했다.

「내 생각은 전혀 달라요. 당신의 부친은 정신 나간 게 아니에요.」 그는 침착하게 대답했다. 「내가 보기엔 반대로 최근에 와서 두뇌가 더욱 명석해진 것 같더군요. 내 말을 믿지 않나요? 부친은 아주 신중하고 의심이 많아져서 모든 걸 알아내려 하고, 말 한마디를 예사롭게 하지 않아요. 아까 예로빼고프의 얘기도 무슨 목적이 있어서 나한테 꺼냈을 거예요……」

「그 양반이 당신을 어떻게 하든 그건 나와 상관없는 일이오! 부탁이니 내 앞에서 머리를 굴려 말꼬리를 이리저리 돌리지 마시오.」 가냐는 신경질적으로 말했다. 「노인네가 왜 저리 되었나 당신이 그 이유를 진짜 알고 있다면, 아마 닷새째 나를 염탐하고 있으니까 알고 있겠지만, 저렇게 불행한 인간을 자극하거나 사건을 과장해 우리 어머니를 괴롭혀서는 안 되는 거요. 왜냐하면 이 모든 일이 무의미하기 짝이 없는 일인 데다 취중에 저지른 실수에 불과하니까요. 더욱이 아무런 증거도 없단 말이오. 난 아예 신경 쓸 가치조차 없다고 생각해요. 그런데 당신은 멋대로 험담을 하고 남의 일을 몰래 엿보고 있어요. 왜냐하면 당신은…… 당신은……」

「나사못이니까요?」 이뽈리뜨가 실소(失笑)했다.

「당신은 원래가 폐물이나 마찬가지요. 30분씩 사람들을 괴롭히다가, 뇌관도 장전하지 않은 권총을 쏴서 사람의 간을 콩알만 하게 만들고, 비겁하고 유치한 자살 소동을 벌이지 않았소? 그런데도 내가 잘 보살펴 준 덕에 당신은 살도 찌고 기침도 멎었소. 그런데 보답이 겨우……」

「실례지만 딱 한마디만 하겠어요. 나는 바르바라 아르달리오노브나 쁘찌찌나 부인 집에 머무는 거지 당신 집에 머무는 게 아니에요. 당신은 나에게 아무런 호의도 베풀지 않았어요. 내 생각으로는 오히려 당신이 쁘찌찐 씨에게 신세를 지고 있어요. 나흘 전에 나는 어머니에게 집을 얻어 빠블로프스끄로 내려오라고 부탁했어요. 이곳에 온 후부터 정말 기분이 한결 나아졌기 때문이지요. 물론 몸이 불었거나 기침이 완전히 멎은 건 아니에요. 어머니한테 어제 저녁에 기별이 왔는데 집을 구해 놓았다고 하더군요.

그래서 나는 오늘 당신의 어머니와 누이에게 감사의 말씀을 드리고 서둘러 그쪽으로 옮길 작정이에요. 어제 저녁에 이미 그렇게 하리라고 마음을 먹었지요. 얘기하는 도중에 죄송했습니다. 아직도 나한테 하고 싶은 말이 많은 것 같군요.」

「아, 그렇다면……」 가브릴라는 몸을 흠칫 떨었다.

「그렇다면 여기 좀 앉겠습니다. 나는 아직 환자니까요. 자, 이제 얘기를 들을 준비가 됐어요. 어쩌면 이게 우리의 마지막 대화, 아니 마지막 만남이 될지도 모르겠군요.」 이렇게 말하며 이뽈리뜨는 장군이 앉았던 자리에 살며시 앉았다.

가브릴라는 갑자기 겸연쩍어했다.

「안 믿을지 모르겠지만, 나는 당신 앞에서 무얼 따지고 들 정도로 스스로를 깔아뭉개고 싶지 않소.」 그가 말했다. 「만일 당신이……」

「그렇게 거만하게 구는 건 좋지 않아요.」 이뽈리뜨가 말을 가로챘다. 「나는 이 집으로 옮겨 온 첫날부터, 우리가 헤어지는 날 내 마음속에 있는 모든 것을 속이 후련하게 툭 터놓고 가겠다고 맹세했어요. 바로 지금 그것을 실행에 옮기려는 거예요. 물론 당신의 얘기를 다 듣고 나서지요.」

「난 당신이 이 방에서 나가 주었으면 하오.」

「할 말이 있으면 지금 하는 게 나을 겁니다. 지금 안 해두면 나중에 후회하게 되니까요.」

「그만 해요, 이뽈리뜨. 창피하기 짝이 없네요. 제발 부탁이니 그만두세요!」 바르바라가 말했다.

「부인을 위해서라면요.」 이뽈리뜨는 자리에서 일어나며 냉소를 머금었다. 「바르바라 아르달리오노브나, 당신을 위해 거두절미하겠어요. 단지 몇 마디만 말하죠. 당신의 오빠와 꼭 해명해야 될 문제가 있어서 그렇습니다. 어물쩍 이 집에서 나갈 수는 없습니다.」

「당신은 이러쿵저러쿵해도 모략가요!」 가브릴라가 버럭 소리를 질렀다.「그러니까 무슨 말을 억지로 지어내지 않고서는 떠날 수 없다는 얘기로군요!」

「자, 보세요.」이쁠리뜨가 냉정하게 말했다.「당신은 참지 못했어요. 하고픈 말을 지금 해버리지 않으면 나중에 후회할 거예요. 한번 더 당신에게 양보할 테니 어서 말해 보세요.」

가브릴라 아르달리오노비치는 입을 다물고 경멸 어린 눈으로 이쁠리뜨를 쳐다보았다.

「마음이 내키지 않나요? 참고 싶다는 의도인가요? 그건 당신의 자유니까 나도 되도록이면 간단히 하겠어요. 당신은 오늘 두세 번씩 내게 호의를 베풀었다고 힐난하듯 말했어요. 그건 공정하지 않아요. 당신은 나를 여기로 데려다가 자신의 그물 속에 가둬 버렸어요. 당신은 내가 공작한테 원한을 품고 있는 것으로 추측했던 거예요. 그리고 아글라야가 나한테 동정을 표시하며 나의 고백을 읽었다는 말을 들은 겁니다. 그리고 당신은 내가 당신의 이익을 위해 헌신할 거라 생각하고서, 나에게서 무슨 도움 같은 걸 기대했던 겁니다. 더 이상 자세한 설명은 않겠어요! 당신이 내 말을 인정하거나 확인해 주길 요구하지는 않아요. 다만 당신을 양심 앞에 세워 놓고 떠나게 된 것과 우리가 이제는 충분히 서로를 이해하고 있다는 것에 만족할 따름이에요.」

「그렇다면 당신은 가장 평범한 일을 가지고 괜한 일을 만든 거군요?」바르바라가 소리쳤다.

「내가 말했잖니, 이 친구는 모략가에다 아직 애송이라고!」가냐가 말했다.

「실례지만, 바르바라 아르달리오노브나, 하던 말을 계속하겠습니다. 물론 나는 공작을 사랑할 수도 존경할 수도 없어요. 하지만 그이는 몹시도 착한 사람이에요. 좀…… 우스꽝스럽기는 해도. 하지만 내가 그이를 증오해야 될 까닭은 전혀 없어요. 당신의 오빠가 공작을 음해하라고 부추길 때 나는 내색하지 않았어요. 끝에 가서 실컷 웃어 보려는 속셈이었지요. 당신의 오빠가 나에게 자기 속을 다 드러내 보이며 큰 실수를 범하리라는 것을 이미 알고 있었으니까요. 결국은 그렇게 되었어요……. 이제 오빠를 너그러이 봐드릴 준비가 되어 있어요. 하지만 그것은 오로지 당신을 존경하는 마음에서입니다, 바르바라 아르달리오노브나. 하지만 내가 쉽사리 미끼에 빠져 들 위인이 아니라는 사실을 밝혔으니, 이번에는 내가 왜 당신 오빠를 바보로 만들려고 했는지 그 까닭을 밝히겠어요. 내가 그런 짓을 한 까닭은, 솔직히 말해 증오 때문이었어요. 죽음에 임박해, 당신들은 나를 보고 살이 쪘다고 하지만 나는 틀림없이 죽을 거예요. 어쨌든 죽음을 목전에 두고 난 이런 느낌을 받았어요. 일생 동안 나를 박해하여 내 미움을 샀던 부류의 대표자들 중 한 명이라도 좋으니 바보로 만들어 골탕을 먹인다면 나는 더 바랄 나위 없이 조용히 천국으로 향할 것이다. 그런데 바로 그 대표적인 인물이 존경해 마지않는 당신의 오빠랍니다. 가브릴라 아르달리오노비치, 난 당신을 증오해요. 왜 그런 줄 아세요? 딱 한 가지 이유가 있어서 그래요. 아마 내가 이렇게 말해서 적이 놀랐겠지요. 당신은 가장 파렴치하고, 가장 교만하고, 가장 비열하고 추악한 범인(凡人)의 전형이자 화신이자 그 극치이기 때문이에요. 당신은 거만한 범인이고, 자신을 의심할 줄 모르는 범인이며, 가장 태연 자약한 범인의 챔피언이에요. 당신은 상투적 인물의 대명사예요. 자신의 머리나 가슴에는 아무리 하찮더라도 자기만의 독자적인 사상이 전혀 없어요. 그 대신 끝없는 질투심으로 가득 찼지요. 당신은 자기가 가장 위대한 천재라고 확신하고 있지만, 그러나 이따금 암울한 순간에 당신의 마음속에도 의심이 솟구치지요. 그러면 당신은 화를 내기도 하고 부러워하기도 하지요. 아, 당신의 지평선에는 아직도 검은 구름이 걷히지 않고 있어요. 이제 얼마 남지 않았지만 당신이 좀 더 바보스러워지면 그 구름은 사라질 거예요. 그러나 어쨌든 당신 앞에는 길고도 변화 무쌍한 길이 놓여 있어요. 그리 유쾌한 길이라고는 할 수 없겠지요. 나는 그게 통쾌한 겁니다. 첫째, 내 예언으로 당신은 잘난 그 여자를 얻지 못할 겁니다……」

「더 이상 참을 수가 없군!」 바르바라가 외쳤다. 「그만두지 않겠어요? 못된 악당 같으니라고……!」

가냐는 파랗게 질려서 몸을 떨며 침묵을 지키고 있었다. 이쁠리뜨는 말을 끊고 흡족한 표정으로 찬찬히 그를 바라보다가 바랴에게 시선을 돌렸다. 그는 씩 웃으며 고개 숙여 인사를 한 후 아무 말도 없이 밖으로 나갔다.

이러니 가브릴라 아르달리오노비치가 자기의 운명과 실패를 한탄하지 않을 수 있겠는가? 바랴는 얼마 동안 오빠에게 말을 걸 용기가 나지 않았다. 그가 뚜벅거리며 옆으로 지나갈 때도 곁눈질해 볼 수조차 없었다. 마침내 가브릴라는 창문 쪽으로 다가가 그녀를 등지고 섰다. 바르바라는 〈양끝의 지팡이〉[141]라는 러시아 속담이 생각났다. 위층에서는 또다시 떠들썩한 소리가 들려왔다.

「올라가 보려고?」 의자에서 일어나는 소리를 듣고 가브릴라는 갑자기 여동생 쪽으로 몸을 돌렸다. 「잠깐, 이걸 좀 봐라.」

그는 여동생에게 다가와 편지처럼 접어 놓은 종이 쪽지를 탁자 위로 툭 던졌다.

「어머나!」 바르바라는 소리를 지르며 손뼉을 쳤다.

쪽지에는 정확히 일곱 줄이 적혀 있었다.

가브릴라 아르달리오노비치! 나에 대한 당신의 호의를 확신하기에 중대한 문제로 당신의 조언을 얻고 싶습니다. 내일 아침 7시 정각 초록 벤치에서 만났으면 합니다. 거기는 우리 별장에서 가까운 곳입니다. 바르바라도 꼭 동반해서 나와 주세요. 장소는 여

---

[141] 이쪽도 저쪽도 아닌, 모호하기 짝이 없다는 뜻.

동생이 아주 잘 알고 있습니다.

A. E.

「가보세요. 그 여자 쪽에서 청하는 거니까요!」 바르바라 아르달리오노브나는 놀라움의 표시로 양손을 벌려 보였다.

이 순간 가브릴라는 아무리 점잔을 빼고 가만 있으려 해도, 자신의 의기양양한 모습을 보여 주지 않을래야 않을 수가 없었다. 이쁠리뜨가 그처럼 굴욕적 예언을 내뱉고 나간 직후라 더욱더 그러했다. 자신만만한 미소가 얼굴에 역력히 드러났다. 바랴 역시 희색이 만면했다.

「바로 내일은 그 집에서 약혼을 선포하는 날이군요! 가서 잘 얘기해 보세요.」

「네 생각은 어떠냐? 그 여자가 내일 무슨 말을 하려는 걸까?」 가브릴라가 물었다.

「어쨌든 간에 중요한 것은 그 여자가 6개월 만에 처음으로 오빠를 보려 한다는 거지요. 내 말 좀 들어 봐요, 오빠. 그 집에서 무슨 일이 벌어졌든, 사정이 어떻게 돌변했든, 이건 〈중대한〉 사건이에요! 지나칠 만큼 중대한 사건이죠! 너무 젠체하지 말고 다시 실패하는 일이 없도록 해요. 하지만 겁을 먹지 않도록 조심하세요! 내가 지난 반년 동안 그 집을 무엇 때문에 뻔질나게 드나들었는지 그 여자가 눈치 채지 못했을 리 없잖아요? 그리고 생각해 봐요. 그 여자는 오늘 나한테는 단 한 마디도 안 했고, 코빼기조차 비치지 않았어요. 나는 그 집에 밀수꾼처럼 몰래 들어갔기 때문에 부인은 내가 들른 줄 모르고 있었어요. 알았다면 당장에 내쫓았을 거예요. 오빠를 위해 모험하는 셈치고 어떻게 해서든지 그 집 형편을 알아봐야겠다고 결심했어요……」

또다시 위층에서 고함과 소음이 들려왔다. 서너 사람이 층계로 내려왔다.

「이 일을 이대로 내버려 두면 큰일나겠어요!」 바르바라가 놀라서 겁에 질린 목소리로 외쳤다. 「손톱만치도 말썽을 일으켜서는 안 돼요. 어서 올라가 빌어 봐요!」

그러나 아버지는 벌써 바깥에 나가 있었다. 꼴랴가 가방을 끌고 그 뒤를 쫓아가고 있었다. 니나 알렉산드로브나는 현관 층계 위에 서서 울고 있었다. 그녀는 남편의 뒤를 쫓아가려 했으나 쁘찌찐이 못 가게 붙잡고 있었다.

「이러시면 장인의 부아를 돋우기만 할 뿐입니다.」 그는 장모를 달랬다. 「장인께서는 갈 데도 없잖아요. 30분 후 집으로 모셔 올 겁니다. 꼴랴한테 그렇게 하도록 말해 놨어요. 약간만 더 바보 짓을 하게 그냥 두세요!」

「이게 무슨 추태예요? 대체 어디로 가는 거예요?」 가냐가 창문에서 소리쳤다. 「갈 데도 없잖아요!」

「돌아오세요, 아버지!」 바랴도 소리쳤다. 「옆집 사람들이 다 듣겠어요.」

장군은 발길을 멈추고 몸을 돌려 한 손을 내밀고 외쳤다.

「예끼, 저주받을 놈의 집!」

「꼭 저렇게 신파조로 나온다니까!」 가브릴라가 창문을 쾅 닫으며 중얼거렸다.

정말로 옆집 사람들이 귀를 기울이고 있었다. 바랴는 방에서 뛰쳐나갔다.

바르바라가 밖으로 나가자 가냐는 쪽지를 집어 들고 거기다 입을 맞춘 뒤, 혀를 끌끌 차곤 발레하듯 몸을 날려 한 바퀴 회전을 했다.

3

 이불긴 장군의 소동은 여느 때와 마찬가지로 가볍게 지나쳐 버릴 수도 있었다. 이전에도 대체로 이런 식의 돌발적이고 우매한 소동을 겪곤 했지만, 본디 장군은 천성이 착하고 온순한 사람이었기 때문에 좀처럼 흔한 일은 아니었다. 그는 최근 자신을 좀먹기 시작한 무질서를 통제하기 위해 이미 수백 번에 달하는 자신과의 싸움을 벌인 바 있었다. 그러다 갑자기 자신이 한 가정의 아버지임을 상기해 내고, 회개의 눈물을 흘리며 아내 니나 알렉산드로브나에게 용서를 빌기도 했다. 그는 니나를 거의 병적으로 떠받들고 있었는데, 그녀는 항상 말없이 그를 용서해 주곤 했으며, 장군이 저질러 놓은 우스꽝스럽고 한심스런 상황 속에서도 여전히 그를 사랑으로 대했기 때문이다. 그러나 장군과 무질서와의 알량한 투쟁이 그리 오래가진 못했다. 성격상 장군은 지나치게 충동적인 편이었다. 평소에도 그는 자기 가정 내에서 일어나는 회의에 찬 무익한 삶의 무게를 견디지 못한 채 반란을 일으키곤 했다. 결국엔 초조함에 빠져 자신을 책망하게 되면서도 그 순간만큼은 자신을 억제할 수가 없었다. 괜한 시비를 걸거나 거창한 웅변조로 떠들어대다가, 자신에 대해 터무니없는 깍듯함을 요구하기도 했다. 그러다 마침내는 집에서 뛰쳐나가 버리곤 했는데, 가끔 꽤 오랜 시간 동안 행방이 묘연할 때도 있었다. 최근 2년간 그가 집안일에 대해 아는 것이라곤 아주 전반적인 사항이나 오고 가는 얘기들을 주워들은 것뿐이었다. 더 이상 그런 일들에 대한 최소한의 의무감마저도 느끼지 못했으며, 이러쿵저러쿵하는 일도 없어졌다.

 그러나 이번에 일어난 장군의 난동은 어쩐지 예사스럽지 않아 보였다. 모두들 무언가를 알고 있으면서도 막상 그것에 대해 말하기를 두려워하는 듯했다. 장군이 형식상 집으로 돌아온 것은,

즉 니나 앞에 모습을 드러낸 것은 불과 사흘 전이었으나, 웬일인지 이전에 항상 그래 왔던 것처럼 온순하게 굴지도 후회스러운 빛을 띠지도 않았고, 오히려 걸핏하면 화를 내곤 했다. 그는 매우 수다스럽고 불안정해 보였으며, 마주치는 모든 사람들에게 욕지거리를 하며 싸우는 것처럼 요란하게 지껄여 댔다. 그러나 장군이 하는 얘기는 온통 뒤죽박죽인 데다가 전혀 이해할 수 없는 것 투성이라, 도무지 무슨 말인지 알 수 없을 정도로 들쭉날쭉했다. 잠깐씩 생기를 되찾기도 했으나, 그것보다는 생각에 잠기는 시간이 더 많았다. 그러면서도 정확히 무엇에 관해 생각하는지 자신도 모르는 듯싶었다. 갑자기 무엇인가에 관해, 예빤친 일이나 공작과 레베제프에 관해 말을 꺼내다가도 돌연히 하던 말을 멈추고 아예 입을 다물어 버리곤 했으며, 이어지는 질문들에 대해서는 다만 흐릿한 미소로 대답할 뿐이었다. 누가 물어보고 있는지도, 자신이 웃고 있는 것조차 느끼지 못하는 것 같았다. 지난밤엔 한숨과 신음소리를 토해 내서, 니나 알렉산드로브나가 밤새도록 찜질할 물을 데우며 간호하느라 애를 먹었다. 새벽녘에야 잠이 들어 4시간 가량을 곤히 자더니, 그는 갑작스레 과대 망상적 발작을 심하게 일으키며 깨어나서 이쁠리뜨와 한바탕 언쟁을 치르고 난 후에 〈이 집에 저주가 있을지어다〉라는 말을 끝으로 발작을 멈추었다. 지난 사흘간 집안 식구들은 장군이 끊임없는 강한 공명심에 사로잡혀 곧잘 성을 내게 되었다는 것을 눈치 챘다. 꼴랴는 어머니에게 이 모든 우울증은 술을 마시지 못했기 때문이거나, 최근 장군과 유난히 가깝게 지냈던 레베제프 때문이라고 단언했다. 그러나 장군은 사흘 전 레베제프와 크게 말다툼을 벌인 후 불같이 노여워하며 그와 헤어졌고, 공작과도 한바탕 난리를 치렀다. 꼴랴는 공작에게 자초 지종을 얘기해 달라고 했으나 결국 공작이 자신에게 뭔가 숨기려 한다는 인상만 받고 돌아왔다. 만약 가브릴라가 추측한 바와 같이 이쁠리뜨와 니나 알렉산드로브나 사이에 어떤 특별한 대화가 오갔다면, 가브릴라가 까놓고 〈험담가〉라 불렀던 이 짓궂은 사나이가 니꼴라이에게도 똑같은 방법으로 설교하는 데 만족하지 않았다는 것은 이상한 일이었다. 어쩌면 그는 가브릴라가 누이와의 대화에서 묘사했던 것처럼 짓궂은 청년이 아니라 좋은 의미에서 머리가 잘 돌아가는, 즉 다소 영민함을 지닌 사람일 수도 있었다. 정말이지 그가 단순히 니나 알렉산드로브나의 가슴을 찢어 버리려고 자신이 본 광경을 그대로 전해 줬을 가능성은 희박했다. 통상적으로 인간의 행동 동기란, 우리가 항상 일을 벌인 후에 해명하는 것 이상으로 복잡하고 다양한 것이며, 규정지어 묘사할 수 있는 부분이 극히 드물다는 것을 떠올려 보라. 어떤 경우에는 그저 사건 요약에 그치는 것이 말하는 사람의 입장에서 볼 때 더 편할 수도 있다. 그래서 이에 의거하여 최근 장군과 관련된 사건을 서술하고자 한다. 왜냐하면 노력하지 않은 건 아니지만, 우리가 지금까지 해왔던 것 이상으로 얘기의 부수적 인물에 대해서도 더 많은 주의를 쏟아 주어야 되고 위치 선정을 해줘야 할 결정적인 필요성이 있기 때문이다.

이 사건은 다음과 같은 순서로 연달아 일어났다.

페르디쉬첸꼬를 찾으러 뻬쩨르부르그에 갔다 온 후, 레베제프는 공작에게 아무런 통보도 하지 않고, 바로 그날로 장군과 함께 빠블로프스끄로 돌아와 버렸다. 만일 그 당시 공작이 자신의 심경에 변화를 가져올 만한 중대한 사건으로 인해 정신이 딴 곳에 팔리지만 않았더라도, 그는 그 후 이틀간 레베제프가 자신에게 아무런 설명도 하지 않고, 어떤 연유에서인지 자신과의 대면을 피하고 있다는 것을 금세 눈치 챌 수 있었을 것이다. 뒤늦게나마 이 일에 주의를 쏟으며 공작은 요 이틀간 우연히 레베제프와 마주칠 때마다, 그가 기분이 한껏 들떠 항상 이볼긴 장군과 함께 있었던 사실을 떠올렸다. 이 두 친구는 잠시도 떨어져 있지 않았다. 가끔 공작은 위층에서 흘러 나오는 요란하고 빠른 어조의 대화와 웃음 섞인 유쾌한 논쟁을 듣곤 했다. 한번은 꽤 늦은 시각에 생각지도 않던 군대풍의 노래가 술 좌석에서 갑작스레 울려 퍼졌는데, 공작은 금세 그 중 쉰 목소리로 낮게 노래 부르는 사람이 장군임을 알아챘다. 그러나 노래는 계속 이어지지 않고 갑자기 잠잠해졌다. 그 후 한 시쯤 다시 매우 활기 띤, 그러나 앞의 상황으로 미루어 보아 이미 고주망태가 되어 버린 사람들 사이에 계속 대화가 오고 갔다. 한껏 흥이 난 위층 친구들이 서로 껴안고 뒹굴다가, 결국 울음을 터뜨리고 마는 상황이 벌어졌다는 것쯤은 충분히 짐작할 수 있었다. 그리고 나서는 갑자기 심한 말다툼이 벌어졌는데 역시 금세 조용해졌다. 이때 꼴랴는 특히나 심한 불안감에 휩싸여 있었다. 공작은 대부분 집에 붙어 있지 않았고 더러는 매우 늦게 집으로 돌아오곤 했다. 그는 하루 종일 니꼴라이가 자기를 찾아다녔다는 것을 매일같이 전해 들었다. 그러나 막상 공작과 만나게 되면, 니꼴라이는 다만 이볼긴 장군과 최근 그의 행동에 대한 불만을 토로하는 것에 그쳤고, 그 외에 딱히 특별한 얘기는 하지 않았다. 〈이곳저곳 기웃거리며 돌아다니다 아쉬운 대로 가까운 선술집에서 술이나 퍼먹고, 거리에선 술에 취해 껴안고 뒹굴고 욕지거리를 해대며 매번 서로의 성질을 돋우면서도, 그놈의 인연을 끊지 못한다니까요.〉 공작이 전에도 똑같은 일들이 거의 매일 일어나지 않았었냐고 하자, 니꼴라이는 이 물음에 어떻게 답해야 할지, 최근 그의 걱정거리를 어떻게 꼭 집어 설명해야 할지 알 수 없었다.

떠들썩한 술 좌석의 노래와 논쟁이 휩쓸고 간 다음날 아침, 공작이 11시쯤 집을 나서려 할 때 문득 이볼긴 장군의 모습이 나타났다. 그는 무엇인가에 굉장히 흥분되어 심한 충격을 받은 듯했다.

「오랫동안 당신을 만날 수 있는 영광의 순간을 기다려 왔소, 레프 니꼴라예비치. 오래, 아주 오랫동안 말이오.」 장군은 이렇게 중얼거리며 공작의 손을 아플 정도로 덥석 잡았다. 「아주, 아주 오랫동안 이 순간을 기다려 왔소.」

공작은 장군에게 우선 앉으라고 했다.

「아니, 괜찮소, 어딜 나가는 중인 것 같은데 내가 붙잡는 것 같아서…… 다음번에 다시 오기로 하겠소. 그냥 지금은 당신이 소원을 이루게 된 것을 축하할까 하고…….」

「소원을 이루다니오?」

공작은 당혹스러워했다. 이런 경우 대부분의 사람들이 그렇듯이, 공작도 누군가가 자신의 속마음을 눈치 채거나 또는 이해하리라고는 생각지도 못했다.

「안심하시오, 걱정할 만한 것은 아니오. 당신의 가장 예민한 부분을 들쑤셔 놓을 생각은 추호도 없소. 경험해 본 바로 그 기분이 어떻다는 것쯤은 이미 알고 있으니까. 다른 사람의…… 거 뭐더라…… 그러니까 속담에, 왜 이런 말이 있잖소, 〈다른 사람의 일에 쓸데없이 참견하지 마라〉. 나도 매일 아침 이 사실을 피부로 느끼고 있소. 오늘은 다른 중요한 일로 찾아왔소만…… 매우 중요한 일이라오, 공작.」

공작은 다시 한번 앉기를 청하고 자신도 의자에 앉았다.

「그럼 아주 잠시만……, 조언을 좀 구하려고 들렀소. 난, 물론 현실적인 목적을 갖고 사는 사람은 아니오. 하지만 나 자신은 물론 러시아 인들이 곧잘 등한시하는 사무적 수완을 높게 사고 있소. 구체적으로 말하자면 나 자신과 아내, 자식들을 그럴싸한 위치에 올려놓고 싶은데, 한마디로 말해서 공작, 난 지금 당신의 조언을 좀 얻었으면 하는 거요.」

공작은 장군의 의도를 매우 칭찬했다.

「하지만 이런 건 모두 부질없는 짓거리에 지나지 않소.」 장군은 재빨리 말을 가로챘다. 「중요한 건 그런 게 아니라 다른 것이오. 다름이 아니라, 당신에게 모든 걸 해명하기로 결심했단 말이오. 미쉬낀, 당신에게만은, 확신하건대, 진실된 태도와 고결한 감정의 소유자인 당신에게 그러니까…… 그러니까…… 내 말이 놀랍지 않소, 공작?」

공작은 그다지 크게 놀라진 않았지만, 특별한 관심과 호기심에 차서 자신의 방문객을 주시하였다. 노인은 다소 안색이 창백해져서 이따금 가볍게 입술을 실룩거리기도 하고, 두 손을 가만두지 못한 채 연신 이리저리 움직여 댔다. 장군은 단지 몇 분 동안밖에 앉아 있지 않았지만, 무엇 때문인지는 몰라도 벌써 두 번 이상을 갑자기 의자에서 벌떡 일어났다 앉았다 했다. 그러나 정작 당사자인 장군은 자신의 그런 행동에 대해서 전혀 신경 쓰지 않는 듯이 보였다. 탁자 위에는 책들이 놓여 있었다. 그는 계속해서 말을 하며, 그 중 한 권을 꺼내 들어 펼쳐진 페이지를 흘긋 보더니 다시 덮어서 탁자에 올려 놓고는, 이번엔 다른 책을 집어 들어 오른손에 쥔 채 얘기하는 동안 쉴 새 없이 허공에다 흔들어 댔다.

「이제 됐소.」 그는 갑자기 크게 소리쳤다. 「공연히 당신을 너무 걱정시킨 것 같소.」

「천만에요, 무슨 섭섭한 말씀을……. 오히려 저는 귀를 기울여 장군의 말씀을 이해하려고 애쓰고 있습니다만…….」

「공작! 나도 존경받는 지위에 올라서고 싶단 말이오……. 난, 사람들이 나와 내 권리를 존중해 주길 바라고 있소.」

「그러한 소망을 지닌 사람은 이미 그 사실만으로도 충분히 존경받을 만한 자격이 있다고 봅니다.」

공작은 이 진부한 자신의 어구 하나가 훌륭한 효과를 이끌어 낼 것이라는 확신에 차서 말했다. 공작은 어쨌거나 별 뜻은 없지만 그러한 식의 듣기 좋은 말을 함으로써, 특히나 장군과 같은 처지에 있는 사람들의 마음을 달래고, 순간적이나마 편안케 해줄 수 있다는 것을 꿰뚫어 본 것이다. 어떤 경우에서든지 이런 손님들은 좀 더 홀가분한 마음으로 돌려보내는 것이 상책이었으며, 때문에 골칫거리이기도 했다.

공작의 한마디는 장군을 우쭐하게 만들고 감동시키는 한편 그의 마음에도 썩 들었다. 장군은 갑자기 목이 메이는 듯하더니, 눈 깜짝할 사이에 목소리를 높여 감격에 가득 찬 장황한 연설을 늘어놓기 시작했다. 그러나 공작이 아무리 정신을 집중하고 귀를 기울여 봐도 도무지 무슨 얘기인지 알아들을 수가 없었다. 장군은 산더미처럼 쌓여 있는 자신의 생각을 미처 다 얘기하지 못할까 봐 열정적인 빠른 어조로 약 10분 간 지껄여 댔다. 심지어 눈가엔 눈물이 반짝이기도 했는데, 어쨌거나 그의 연설은 시작도 끝도 없는 엉뚱한 단어들과 생각의 나열에 불과했으며, 매우 빠르고 급작스럽게 이 얘기 저 얘기가 마구 튀어나왔다.

「충분합니다! 이젠 당신도 내 마음을 알았을 테고, 내 속도 훨씬 진정된 것 같소.」 그는 벌떡 일어서며 말을 맺었다. 「당신 심정에 나의 고통스런 마음을 이해하지 못했을 리가 없소. 공작, 이상(理想)처럼 고귀한 사람이여! 무엇이 감히 당신의 앞날을 가로막겠소? 그렇지만 당신은 아직 젊으니 내가 축복을 빌어 주리다. 사실 난 가장 귀중한 소망이 담긴 대화를 함께 나누고 싶어서, 혹시 시간을 좀 내줄 수 있나 해서 찾아왔던 것이오. 나는 우정과 진실된 마음을 지닌 친구를 찾고 있소, 공작. 그런데 아직까지 썩 마음에 드는 친구를 발견하지 못했소.」

「왜 지금은 안 된다는 거지요? 나는 지금이라도 장군의 말씀을 들어드릴 수 있습니다만…….」

「아니오, 공작,」 장군은 단호하게 말을 끊었다. 「지금은 때가 아니오! 지금은 때가 아니오. 이건 정말 중요한 문제요. 아주 중요하단 말이오! 바로 이 대화가 나의 마지막 운명을 결정지을 수도 있단 말이오. 이건 곧 나의 마지막 기회가 될지도 모르는데, 정말이지 난 이 신성한 순간에 아주 건방진 자가 들어와 우리의 대화에 끼어드는 것을 바라지 않소.」 장군은 황급히 공작 쪽으로 몸을 기울여 이상하고 비밀스럽게, 아니 거의 놀란 듯이 귀엣말로 속삭였다.「그런 철면피들은 구두 뒤축만도 못한 놈들이지……. 공작, 당신의 사랑스런 발을 기준으로 볼 때 말이오! 내 발을 말하는 게 아니오! 특히나 내가 나의 발에 대해 언급하지 않는 점을 유념해 주기 바라오. 왜냐하면 나 역시 여기에 대해 거리낌 없이 말할 수 있을 정도의 자신감은 있기 때문이오. 그렇지만 이번 경우만큼은 내 구두축을 끌어다 대지 않은 이유가, 어찌 보면 특별하다 싶은 자긍심에 대한 역설적 표현이라는 것을, 공작 당신만은 눈치 챘을 것으로 아오. 당신 외에 그 누구도, 다른 녀석들의 우두머리인 그놈도 이해하지 못할 거요. 그놈은 말이오, 공작, 아무것도 이해하지 못한다니까, 절대, 절대로 이해할 수준이 못 돼! 이해하려는 마음을 지녔어야지!」

얘기의 끝무렵에 이르자 공작은 거의 질리다시피 하여 장군에게 내일 이 시간에 다시 만날 것을 청했다. 이볼긴 장군은 매우 기뻐하며 훨씬 누그러지고 안정을 되찾은 기분으로 혈기 왕성해져서 방을 나갔다. 저녁 7시에 공작은 사람을 보내 레베제프에게 잠깐 들러 줄 것을 청하였다.

레베제프는 황급히 달려오자마자 문간에서 〈영광입니다〉라는 말을 꺼냈다. 지난 사흘간 어떻게 해서든 눈에 띄지 않으려 하며 공작과의 만남을 회피하려던 기색은 조금도 찾아볼 수가 없었다. 레베제프는 의자 모퉁이에 걸터앉아 다소 비웃는 듯이 일그러진 웃음을 띠고 두 손을 비비대며, 오래전부터 이미 알아채고 기다려 온 무슨 굉장한 소식 같은 것을 이제야 직접 들을 수 있게 된 것 같아 기뻐 죽겠다는 순진한 표정을 지었다. 공작은 다시금 불쾌함을 느꼈다. 최근 갑작스럽게 모두들 자신에게서 뭔가 듣기를 바라면서, 한편으론 축하라도 해주고 싶어 안달이라도 난 듯 묵시적인 웃음과 눈짓을 보내며 그를 주목하고 있다는 걸 확실히 알게 되었다. 껠레르는 벌써 세 번 가량 잠깐씩 얼굴을 비치며 축하의 뜻을 전하려 했으나, 매번 흥분하여 제대로 말끝을 맺지도 않고 잽싸게 사라지곤 했다. 그는 최근 어디선가 고주망태가 되도록 마신 후, 당구장에서 큰 소리로 떠들어대며 소란을 피운 적도 있었다. 걱정에 잠겨 있는 니꼴라이마저도 두 번인가 공작에게 모호한 얘기를 꺼냈었다.

공작은 다소 초조해 하며, 요즘 장군의 근황과 장군이 무슨 일로 그토록 불안해 하는지 레베제프에게 재빨리 물어보았다. 레베제프는 공작에게 일전에 있었던 사건에 대해 요점만 간단히 얘기해 주었다.

「누구나 걱정거리는 한 가지씩 있지요, 그리고…… 특히나 이 기묘하고 불안정한 시대엔 말입니다. 그렇잖습니까……?」 레베제프는 다소 무뚝뚝하게 대답하고는 뭔가 자신의 기대에 어긋났다는 표정으로 무례하게 입을 다물어 버렸다.

「대단한 철학이군요!」 공작은 약간 씁쓸한 웃음을 흘렸다.

「철학은 필요한 것입죠. 특히나 요즘에는, 실생활에서도 적용시킬 수만 있다면 매우 요긴하게 쓰일 수도 있는데, 모두들 무시해 버리곤 해서 문제가 생기곤 한단 말입니다. 제 생각에는 말입니다, 존경해 마지않는 공작님, 제가 공작님께서도 알고 계신 몇 가지 사항에 있어서는 당신의 신임을 얻어 놨습니다만, 그나마 일정한 범위를 벗어나지 못하고 있고 사실 그 이상의 구체적인 사항들은 거의 접할 수가 없단 말입니다……. 물론 저도 공작님의 입장을 충분히 이해하기 때문에 이러쿵저러쿵하진 않겠습니다만…….」

「레베제프, 무엇 때문인지 몰라도 화가 좀 난 것 같군요.」

「절대로 그렇지 않습니다, 존경해 마지않는 공작, 전혀 아닙니다! 오히려 지금 막 깨달았습니다만, 사회적 지위로 보나 지혜와 마음 씀씀이로 보나, 재산과 과거 저의 행동, 제가 지닌 보잘것없는 지식을 모두 합치더라도, 저라는 인간은 언제까지나 저의 이상형으로 존재하는 공작 앞에선 아무것도 아니란 걸, 신임을 받을 가치조차 없는 놈이란 걸 알고 있습죠. 만의 하나 당신을 위해 일하게 되더라도 노예나 뜨내기 하인, 그 이상도 그 이하도 아닐 겁니다. 그 외에 달리 생각할 수는······ 저는 지금 화를 내고 있는 게 아닙니다. 그저 슬플 뿐이죠.」 레베제프는 가슴에 손을 얹고 격앙된 목소리로 외쳤다.

「루끼얀 찌모페예비치, 어떻게 그런 말을 하지요?」

「그럼 어쩌란 말입니까? 지금도 그렇잖아요, 지금도 난 온 마음과 뜻을 다해 당신을 주시하면서 나 자신을 타일렀어요. 내가 비록 공작과 우정 어린 대화를 나눌 자격은 못 되지만, 아마 미리 정해 둔 적당한 시기에 집주인 자격으로 최소한의 암시라도 받게 되거나, 가까운 장래에 닥칠 현저한 변화를 고려해 보면 뜻밖에 많은 얘기를 듣게 될지도 모른다고요.」

이 말을 하면서 레베제프는 자신의 조그맣고 날카로운 두 눈으로 놀란 듯 자신을 바라보고 있는 공작을 응시했다. 레베제프는 아직까지도 자신의 호기심을 충족시키고야 말겠다는 망상을 버리지 않았던 것이다.

「정말이지 알 수가 없군요.」 공작은 화낼 듯이 소리쳤다. 「정말이지 당신이란 사람은······ 악랄한 모략가로군요!」 그러나 공작은 실로 오랜만에 박장 대소했다.

순간 함께 웃어 대던 레베제프의 번뜩이는 시선은 그가 원하는 것이 무엇인지 드러냈을 뿐 아니라 그 욕구가 한층 더 강해졌음을 시사했다.

「내가 당신께 뭘 말하려는지 알고 있나요. 루끼얀 찌모페예비치? 화를 내진 말기 바라오. 나는 당신의 그 순진함에, 아니 비단 당신뿐만 아니라 비슷한 부류의 사람들이 지녔을 만한 순진성의 위력에 놀라울 따름이오! 당신은 그런 순진한 태도를 가장하여 내게서 뭔가를 캐내려 하고 있지만, 지금 이 순간 나에겐 당신을 만족시킬 만한 그 어떤 것도 없어서 도리어 무안하고 부끄럽기까지 하군요. 하지만 맹세컨대 정말로 아무 할 말이 없어요. 당신이 멋대로 상상하는 것까지 말리진 않겠소!」

공작은 다시금 웃기 시작했다.

레베제프는 무안해 하며 헛기침을 했다. 그가 이따금 놀랍도록 순진하고 집요한 호기심을 드러내는 것은 사실이었지만, 동시에 그에게는 매우 능청스럽고 일그러진 면이 있었다. 심지어 몇몇 순간에는 간사하리만큼 침묵을 유지하기도 했다. 이렇듯 반복되곤 하는 그의 고약한 성격 때문에 공작은 차츰 레베제프를 싫어하게 되었다. 그러나 공작이 레베제프를 멀리했던 것은 그를 경멸해서가 아니라, 레베제프의 호기심을 끄는 것들이 항상 매우 미묘한 것들이기 때문이었다. 벌써 며칠 전부터 공작은 자신이 품고 있는 일련의 공상들이 큰 죄라도 되는 양 괴로워하고 있었는데, 레베제프는 공작이 만나 주지 않는 이유가 자기에 대한 혐오감과 불신 때문이라고 오해하고 잔뜩 마음이 상해서 자리를 뜨곤 했다. 또한 그런 오해로 인해 그는 공작과 여전히 친분 관계를 유지하고 있는 니꼴라이와 껠레르, 심지어는 친딸인 베라에게도 질투의 눈길을 보냈다. 지금 이 순간에도 그는 진심으로 공작에게 흥미로울 만한 소식을 전해 주고 싶어했지만 우울한 듯이 입을 봉한 채 침묵을 지켰다.

「개인적으로 당신께 무엇이든 해드릴 용의가 있습니다, 존경하는 공작. 어찌 되었든 당신은 지금…… 나를 부르지 않으셨습니까?」 레베제프는 마침내 계속되던 침묵을 깨고 말문을 열었다.

「그래요, 사실은 장군에 관한 걸 좀 알고 싶어서……」 공작은 또다시 사색에 잠겨 한 차례 몸을 부르르 떨었다. 「그리고…… 전에 당신이 말했던 절도 사건이 어떻게 되었나 싶어서…….」

「아니, 무엇에 관한 거라고요?」

「이런, 정말 무슨 얘기를 하고 있는지 모르겠다는 거요! 하느님 맙소사, 레베제프, 정말이지 당신은 배우로 나서도 손색이 없겠소. 돈 말이오, 그 돈, 그때 당신이 잃어버렸다던 지갑 속의 4백 루블 말이오. 뻬쩨르부르그로 떠나는 이른 아침에 여기로 와서 도난당했다고 말했잖소, 자, 이제 좀 생각이 날 것 같소?」

「아, 그 4백 루블 말씀이군요.」 그제서야 모든 게 생각났다는 듯이 레베제프는 천천히 말을 끌며 대답했다. 「공작의 진정 어린 배려에 황송할 뿐이군요. 정말 분에 넘치는 영광입죠, 그런데 사실…… 벌써 오래전에 그 돈을 찾아냈어요.」

「찾았단 말이오? 거참, 다행이구려!」

「공작의 감탄 속엔 가장 고결한 의미가 함축되어 있어요……. 왜냐하면, 4백 루블이란 돈은 나처럼 어미 없는 자식 놈들을 여럿 거느리고, 온갖 중노동을 해가며 근근이 살아가고 있는 불쌍한 사람들이 매우 요긴하게 쓸 수 있는 큰돈이니까요…….」

「아니 난 그런 뜻으로 말한 건 아니오. 물론 그걸 찾았다니 다행이지만서도…….」 공작은 황급히 말을 바로잡았다. 「그런데 어떻게 찾아냈소?」

「진짜 우습지도 않게 찾았어요. 프록코트를 걸쳐 놓았던 의자 아래서 발견했지 뭡니까? 그러니까, 호주머니 속에서 미끄러져 내린 지갑이 마룻바닥에 떨어졌던 거였어요.」

「의자 아래라고 했소? 아니겠지, 당신은 온 방구석을 다 뒤지고 다녔다고 말하지 않았소? 그런데 어떻게 그런 가장 중요한 장소를 그냥 지나칠 수 있었단 말이오?」

「물론 그곳도 살펴봤습죠. 정말이지 샅샅이 뒤졌던 게 생각나요. 의자를 치운 다음 엉금엉금 기어다니면서 손으로 더듬어 보기도 했지만, 이 손바닥만한 맨질맨질한 게 도무지 눈을 씻고 봐도 찾을 수가 없었답니다. 그래도 미련이 남아 어쨌든 계속 더듬거렸지요. 뭘 좀 찾으려 들면 그런 식으로 힘 빠지는 일들이 일어나곤 한다니까요……. 아끼던 물건이 사라져서 애를 태우기 시작하면 아무것도 없다는 걸 뻔히 알면서도 수십 번도 넘게 물건이 놓여 있던 자리를 되돌아보게 되지요.」

「그렇다 치더라도 어떻게 갑자기…… 정말 알 수가 없군……」 공작은 뭐가 뭔지 모르겠다는 듯 중얼거렸다. 「앞서 당신이 아무리 그 자리를 찾아봐도 쌀 한 톨 나오지 않았다고 했는데, 갑자기 지갑이 하늘에서 뚝 떨어지기라도 했다는 거요?」

「맞습니다, 갑자기 나타났다니까요.」

공작은 레베제프를 의문에 찬 눈길로 바라보았다.

「그럼, 이볼긴 장군은?」 갑자기 공작이 물었다.

「장군이라니 무슨 말이지요?」 레베제프는 다시금 모르겠다는 표정을 지었다.

「오, 맙소사! 난 지금 당신이 의자 밑에서 지갑을 찾았을 때 장군이 뭐라고 했냐고 묻고 있는 거요. 당신들은 함께 그걸 찾아다니지 않았소?」

「네, 함께 찾아다녔지요. 그런데 솔직히 말하자면, 이번만큼은 나 혼자서 지갑을 찾아낸 사실을 장군에게 말하고 싶지 않았어요.」

「왜…… 어째서 그런 거요? 돈은 다 있었소?」

「네, 지갑을 열어 봤더니 1루블도 틀리지 않고 고스란히 있더군요.」

「그래도 나한테만큼은 귀띔이라도 해줄 수 있었잖아요.」 생각에 잠긴 얼굴로 공작이 가볍게 책망했다.

「개인적 문제로 바쁘신 공작께 폐를 끼칠 것 같아서요. 그리고 나 역시 아무것도 찾지 못한 것처럼 행동했지요. 지갑을 찾은 즉시 열어서 돈을 세어 본 뒤 다시 얌전히 의자 아래 놔뒀어요.」

「그건 또 왜 그랬지?」

「저, 그건 앞으로 어떻게 될까 하는 호기심에 발동이 걸렸기 때문이지요.」 레베제프는 갑자기 두 손을 비비대며 히죽거렸다.

「그렇다면 지금 지갑이 그 자리에 있단 말이오? 사흘 전부터?」

「아, 아닙니다. 그저 하루 동안만 있었어요. 눈치 채셨을지 모르지만, 난 사실 장군이 지갑을 발견해 주길 바랐어요. 나도 지갑을 찾아냈는데, 그렇다면 어째서 장군은 의자 아래에 떨어져 뻔히 눈에 들어오는 지갑을 못 보고 지나칠 수 있었냐는 거지요. 내가 몇 번쯤 의자를 이리저리 옮겨 놓았던 탓에, 지갑의 위치가 완전히 드러났는데도 장군은 도통 눈치를 못 챈 채 하루가 지나갔어요. 생각해 보니, 요즘 장군은 매우 산만해서 딴 데 정신을 팔고 다니는 것 같더군요. 잘 얘기하고 떠들어대며 허허거리다, 아무 이유 없이 벌컥 화를 내는 그 속을 어떻게 헤아립니까? 결국 장군과 나는 방에서 나왔는데 그때 내가 일부러 문을 잠그지 않았지요. 아니나다를까, 장군은 머뭇거리며 뭔가를 얘기하려 하더군요. 그렇게 돈이 많이 든 지갑을 놓고 나가기 꺼림칙했나 봅니다. 그러더니 갑자기 또 화를 내더니 입을 다물어 버리고, 두 발자국도 못 가서 나를 내버려 둔 채 반대쪽을 향해 훌쩍 가버리더군요. 저녁때나 되서야 술집에서 맞닥뜨렸지요.」

「그래서 결국 당신은 의자 아래서 지갑을 집어 왔소?」

「아니에요, 그날 저녁 지갑이 그만 자취를 감춰 버렸어요.」

「그렇다면 지금 지갑은 어디 있단 말이오?」

「여기 잘 있지요.」 레베제프는 갑자기 웃음을 터뜨리며 재미있다는 듯이 공작을 바라보고는 의자에서 몸을 일으켜 세웠다. 「정신을 차리고 보니, 아 글쎄, 내 프록코트 자락 속에 있더군요. 자, 한번 보세요. 만져 보시라고요.」

정말 프록코트 왼쪽 주머니의 앞쪽이 마치 뭔가로 꽉 찬 듯 보였는데, 만져 보면 금세 구멍난 속주머니 사이를 파고들어 가 불거져 나온 가죽 지갑 때문임을 알 수 있었다.

「꺼내 보니까 모든 게 멀쩡하더란 말입니다. 다시 지갑을 넣고는 어제 아침부터 이렇게 잘 돌아다니고 있습니다. 다리로 지갑을 툭툭 치면서 말이에요.」

「도대체 어떻게 된 일인지 생각해 보지도 않았소?」

「생각해 보지 않았는뎁쇼, 헤헤! 그런데 존경하는 공작, 비록 공작이 보시기에 그다지 가치 있는 물건은 아닐지라도, 한번 생각 좀 해보세요. 항상 내 주머니는 멀쩡했었는데 어떻게 하룻밤 새에 그런 구멍이 생길 수 있을까요? 그래서 더욱 꼼꼼히 살펴봤더니만, 아, 글쎄, 누군가 칼로 구멍을 낸 듯한 흔적이 있더군요. 믿으실 수 있겠습니까?」

「그럼…… 장군은?」

「어제 오늘 불만에 가득 차서 하루 종일 화가 나 있어요. 기쁨에 넘쳐 아부라도 할 듯 좋아 날뛰다 눈물이라도 흘릴 듯이 감상적이 되기도 하고, 그러다 갑자기 벌컥 화를 내곤 해요. 이젠 나에게까지 그런 증상이 나타날 지경이라니까요. 신이라면 모를까, 어쨌든 공작, 나는 그를 이해할 만한 군인은 아니잖아요. 어제 선술집에 앉아 있을 때는 우연히 내 옷자락이 산과 같은 모양새로 비죽 드러났는데, 장군은 이내 주머니를 흘끔거리더니 화를 내더군요. 벌써 오래전부터 장군은 술에 취하거나 감상적인 기분에 젖지 않으면 나를 똑바로 쳐다보지 않았어요. 어제는 두 번인가를 똑바로 쳐다보는데 정말 등골이 오싹하더군요. 어찌 되었든 내일이 되면 지갑을 찾았다고 하겠지만, 내일까진 이 상황을 즐겨 볼까 합니다.」

「무엇 때문에 그렇게까지 장군을 괴롭히는 겁니까?」 공작은 버럭 소리를 질렀다.

「괴롭히는 게 아니에요, 공작님. 괴롭히는 게 아니라고요.」 격앙된 목소리로 레베제프는 공작의 말을 받아넘겼다. 「사실 난 진심으로 장군을 좋아하고 있어요. 그리고…… 네, 존경해 마지않아요. 게다가 지금은, 믿든 말든, 장군은 내게 더욱 소중한 사람이 됐습니다요, 더욱 중요한 사람으로 말이에요!」

레베제프는 공작이 분개할 정도로 진지하고 심각하게 모든 말을 쏟아 냈다.

「사랑해서 그렇게 괴롭히는군요? 좋게 생각하세요. 당신이 잃어버린 물건을 의자 밑에, 아니 프록코트 속에 놓아둔 사실만 보더라도 이미 장군은 당신을 속이려 하는 게 아니라 소박한 마음으로 용서를 구하고 있다는 걸 충분히 알아차릴 수 있소. 듣고 있는 거요? 용서를 구한단 말이오! 그런 까닭에 장군은 무안을 주지 않고 사건을 마무리할 수 있는 당신의 우정 어린 마음을 바라고 있는 건지도 모르오. 그런데도 당신은 가장 정직한 사람에게 그런 식으로 모욕을 줄 수 있는 거요?」

「가장 정직하다고요? 공작님, 장군이 가장 정직한 사람이라고요?」 레베제프는 두 눈을 번득이며 말했다. 「단 한 사람, 세상에서 가장 고매하신 공작 한 분에게만 그런 말씀이 통할 겁니다. 바로 그런 점 때문에 공작을 존경할 수밖에 없는 거죠, 하다못해 수많은 죄를 짓고 마음까지 썩어 문드러진 나 같은 놈마저 말입니다! 알겠습니다! 지금 당장에, 내일이 아닌 지금 당장 지갑을 찾은 걸로 하죠. 자, 여기 지갑을 보여 드리겠어요. 여기 있어요. 여기 돈도 다 있습니다. 자, 가져가세요, 존경하는 공작, 가져가서 내일까지 맡아 주십시오. 내일이나 모레경에 찾아가도록 하겠습니다. 지갑을 잃어버렸던 첫날 밤 우리 집 뜰 어딘가의 돌멩이 아래에 지갑이 있었던 걸로 하지요. 어떨까요, 공작?」

「이봐요, 그렇게 직접적으로 장군 면전에 대고 지갑을 찾았다고 하진 마시오. 당신 옷자락에 아무것도 없는 걸 보고 자연스럽게 알 수 있도록 그냥 내버려 두는 쪽이 나을 것 같소.」

「그 편이 나을까요? 여태 몰랐다고 하는 식으로 꾸며 대며 찾아냈다고 말하는 것이 낫지 않을까요?」

「아니, 아니오.」 공작은 잠시 생각에 잠겼다. 「아니오, 그러기엔 너무 늦었고, 들킬 염려도 많소. 그래, 말하지 않는 편이 낫겠소! 그리고 장군을 되도록 부드럽게 대하시고, 하지만⋯⋯ 너무 친한 척도 하진 말고⋯⋯ 또⋯⋯ 그리고⋯⋯.」

「압니다, 알아요 공작님, 그리고 그렇게 하지 못할 수도 있다는 것까지도요. 그렇게 하자면 공작님과 같은 마음씨를 지녀야 하기 때문이지요. 게다가 장군은 마구 흥분하다가도 양처럼 순해지고, 종종 내게 지나치다 싶을 만큼 거만한 태도를 보이곤 한단 말입니다. 울음을 터뜨릴 것처럼 되어 얼싸안았다가 난데없이 창피를 주며 멸시에 찬 눈길로 이죽거리기도 합니다. 만일 또다시 그런 식으로 나온다면 난 거짓으로라도 옷깃을 세우고 말 겁니다, 헤헤헤! 그럼 공작, 안녕히 계세요. 보아하니 내가 공작을 잡고 늘어지면서, 거 뭐랄까, 공작의 유쾌했던 기분을 망쳐 놓은 듯싶어요.」

「제발, 이전처럼 비밀을 지켜 주기 바라오!」

「네, 소리 소문 없이 끝내도록 하죠!」

이렇게 사건은 일단락지어졌지만 공작은 전보다 더욱 걱정스런 기분에 휩싸였다. 공작은 안절부절못하며 내일로 예정된 장군과의 만남을 기다렸다.

4

약속한 시간은 12시였지만 공작은 전혀 뜻하지 않게 늦고 말았다. 집으로 돌아와서 공작은 그를 기다리고 있는 장군을 만나게 되었다. 공작은 장군이 기다리게 되어 못마땅해 하고 있다는 걸 첫눈에 알아보았다. 사과를 청하며 공작은 서둘러 자리에 앉았는데, 어찌 된 일인지 장군은 도자기처럼 꼿꼿이 서 있어서 공작은 약간 겁을 집어먹고 잠시 동안 장군의 성질을 건드릴까 봐 주저했다. 예전에 공작은 전혀 장군을 두려워해 본 적이 없었고, 또 그런 생각조차 들지 않았다. 공작은 금세 장군이 어제와 전혀 다른 사람이 되어 있음을 눈치 챘다. 당혹감이나 산만함 대신 범상치 않은 자제력이 엿보였고, 모르긴 해도 뭔가 최후의 결단을 내린 것처럼 보일 정도였다. 이런 태연 자약함은 진짜 속마음보다 외면적으로 더욱 많이 드러났다. 아무튼 손님은 모든 면에 있어서 품위를 지켜 보고자 애를 썼으나 고상한 예의를 갖추지는 못했다. 처음엔 아예 가문을 들먹이며 무례하게 구는 잘난 척하는 인간들이 부당하게 모욕을 받았을 때 종종 그렇듯이, 대단한 관대함을 베푸는 듯한 태도로 공작을 대했다. 그의 말소리로 미루어 보아 우울해 보이긴 했지만 꽤 상냥한 투로 말했다.

「내가 요전에 빌려 갔던 책 말이오.」 장군은 과장스런 고갯짓으로 탁자 위에 올려놓은 책을 가리켰다. 「고맙게 잘 보았소.」

「아 — 네, 이 기사를 다 읽으셨습니까, 장군님? 어땠는지요? 정말이지, 흥미로운 기사가 아닙니까?」 공작은 다른 화제로 대화를 시작할 수 있다는 것에 내심 기뻐했다.

「호기심을 자극할지는 모르지만, 기사 한 줄 한 줄마다 조잡하고 황당해서 새빨간 거짓말처럼 느껴지더군요.」

장군은 다소 말끝을 늘여 강조까지 하며 자신만만하게 말했다.

「아, 이건 정말 소박한 얘기입니다. 프랑스 인들의 모스끄바 주둔을 목격한 노병(老兵)의 얘기지요.[142] 게다가 목격자가 누구였든 간에 실제로 보았던 사람들의 기록이란 항상 소중한 가치를 지니게 마련이지요, 그렇지 않습니까?」

「만일 내가 편집장이었으면, 그런 건 싣지 않았을 거요. 보통 목격자들의 수기라 하면, 훌륭하고 명예스러운 사람보다 상스럽지만 재미있는 협잡꾼들의 말을 더 믿게 된단 말이오. 나도 조국 전쟁에 관한 몇몇 수기를 알고 있소만…… 참, 공작, 난 여기 레베제프 씨의 집을 나가기로 했소.」

장군은 공작을 뚫어져라 바라보았다.

「빠블로프스끄에 집이 있지요? 저…… 그러니까 따님 댁이 거

---

[142] 장군의 다음 말에서 볼 수 있듯이 도스또예프스끼는 확실히 〈1812년 모스끄바의 노보데비치 수도원의 정식 관리이자 목격자인 세묜 끌리미치의 이야기〉라는 기사를 염두에 두고 있는 듯하다.

기에…….」 공작은 무슨 말을 꺼내야 할지 몰라 당황하며 말했다. 공작은 장군이 그의 운명과 관련된 중요한 문제에 대해 조언을 구하고자 찾아왔음을 상기해 냈다.

「내 아내 집이라오. 다시 말해서 내 집도 되고 딸네 집도 된다는 말이오.」

「죄송합니다. 나는 그저…….」

「난 레베제프의 집을 떠날 거요, 친애하는 공작. 이유인즉슨, 내가 그 인간과 갈라섰기 때문이오. 어제 저녁, 좀 더 빨리 그러지 못한 걸 후회하며 그자와 절교했소. 나는 말이오 공작, 존경을 요구할 뿐만 아니라 내가 정을 준 사람들에게서도 존경받고 싶단 말이오. 공작, 나는 매번 정을 주곤 하지만 거의 매번 속곤 한다오. 레베제프란 인간은 나의 선물을 받을 가치도 없는 작자요.」

「매우 종잡을 수 없는 사람이지요.」 공작은 매우 조심스럽게 지적했다. 「그리고 어떤 면에 있어선…… 감상적인 부분도 엿보이긴 하나, 전반적으로 교활하고 우스꽝스런 기지를 발휘하는 인물로 보입니다.」

아직까지도 이따금 돌연 의심에 찬 눈길을 던지기도 했지만, 공작의 치밀한 묘사와 정중한 어조가 장군의 기분을 누그러뜨린 것 같았다. 공작의 말투는 의심을 품지 못할 정도로 자연스럽고 정성 어린 것이었다.

「레베제프에게도 뭔가 좋은 점이 있다는 것은……」 장군이 말을 이었다. 「그자에게 우정을 선물할 뻔했던 바로 내가, 최초로 만인에게 일러줬던 것이오. 내게도 가족이 있는데 굳이 이 집에 머물며 이따위 대접을 받을 이유가 없소. 나를 정당화시키고자 하는 얘기가 아니오. 나는 신중한 편이 못 되오. 이전에 레베제프와 술을 마셔 댔지만, 지금에 와선 그런 것들이 후회막급일 뿐이오. 정말로 술을 마신다는 구실 때문이었는데, 미안하오, 공작, 흥분하다 보니 노골적으로 말이 거칠어졌구려, 여하튼 술 마실

일을 빼면 그와 만날 일이 뭐가 있었겠소? 당신이 지적했던 그 능청맞은 성격에 홀렸던 거요. 하지만 그 모든 것이, 어느 한계에 도달하면 말이오, 장점까지도 불경스럽고 오만 불손하게 보이는 것 아니겠소. 예를 들어, 레베제프 녀석이 뻔뻔하게도 바로 면전에 대고 1812년 조국 전쟁 당시에, 아직 어린애였을 때인데 말이오, 자기 왼쪽 다리를 잃고 그걸 모스끄바에 있는 바간꼬프스끼 묘지[143]에 묻었다고 우긴다면 이미 정도를 넘어선 짓거리가 아니고 뭐겠소, 그 뻔뻔한 꼴이라니…….」

「그냥 웃으라고 한 농담이었겠지요.」

「알아요. 즐거운 웃음을 자아내는 악의 없는 거짓말은 다소 무례하다 해도 사람들의 마음에 상처를 주진 않지요. 어떤 이는 단순히 우정 때문에 상대방을 즐겁게 해주려고 거짓말을 하기도 하지요. 그렇지만 불경스런 기색을 드러내고, 그런 돼먹지 않은 태도로 관계가 돈독하다는 것을 표시하려 든다면, 고상한 사람이라면 누구나 그런 놈들을 외면해 버린 채 관계를 끊어 버리고, 녀석의 현주소를 깨우쳐 줄 것이오.」

말하는 도중 장군의 얼굴은 상기되기까지 했다.

「그래요, 1812년에 레베제프가 모스끄바에 있을 수는 없지요. 그러기엔 지금 나이가 너무 젊어요. 정말 우스운 얘기네요.」

「다른 건 둘째치고, 당시에 그가 이미 태어났다손 치더라도, 프랑스 병사가 심심풀이로 다리를 겨냥해 대포를 쏘아 넘어뜨렸다는 게 말이나 되냔 말이오. 그런 후에 다리를 집으로 들고 와서 바간꼬프스끼 묘지에 묻었다는 거요. 그러고 나서 무덤가에 묘비를 세우고, 앞면에는 〈여기 10등관 레베제프의 다리 묻히다〉라고 새기고 뒷면에는 〈기쁨으로 넘치는 그날이 올 때까지 고이 잠드소서〉[144]라고 새겼다는 둥 하며, 마침내는 매년 〈다리〉의 명복을

---

143 모스끄바 변두리에 있는 공동 묘지.

빌며 추모제를 지낸다니, 이건 분명한 성물 모독이오. 그것 때문에 매년 모스끄바를 오간다고 우기는 거요. 이걸 증명해 보이겠답시고 사람들을 모스끄바로 오라고 해서 무덤과 끄레믈 성 안에 있는 전리품인 프랑스 제(製) 대포까지 보여 주고는, 문에서부터 열한 번째 서 있는 대포가 옛날에 자기 다리를 쏜 프랑스 소구경 포라고 떼를 쓰기도 한다오.」

「그렇지만 겉으로 볼 때 레베제프의 다리는 양쪽 다 멀쩡하던데요! 별 뜻 없는 우스갯소립니다, 기분 상해 하진 마십시오.」 공작이 웃음을 터뜨리며 말했다.

「내게 해명할 기회를 좀 주시오. 겉모양새가 그럴듯해 보이는 그 다리는 말이오, 아직 확실하진 않지만, 추측컨대 체르노스비또프의 다리가 아닐까 하오.」

「아 — 맞아요. 체르노스비또프 의족을 달면 춤도 출 수 있다지요?」

「그렇소. 체르노스비또프가 그 다리를 발명한 후 첫번째로 내게 달려와 보여 줬소. 체르노스비또프 다리는 전무후무한 발명품이었지……. 게다가 이미 저 세상으로 가버린 레베제프의 아내마저 생전에 자기 남편의 다리 한쪽이 나무토막이라는 걸 몰랐을 정도니까 말이오. 내가 레베제프에게 그런 바보 같은 소리는 이제 집어치우라고 하자 대뜸 한다는 소리가, 〈1812년 조국 전쟁 당시에, 네가 나폴레옹의 시동(侍童)이었다는 걸 인정받고 싶으면, 내 다리 역시 바간꼬프스끼에 잘 묻혀 있다는 걸 시인해야만 할걸!〉 하고 말하는 게 아니겠소.」

「그럼 정말로 당신이…….」 공작은 당황하기 시작했다.

장군은 거의 조소에 가까운 웃음을 흘리며 오만한 표정으로 공

144 N. M. 까람진의 묘비명의 하나. 이 말은 도스또예프스끼와 그의 형 미하일 미하일로비치 도스또예프스끼의 바람대로 1837년 그들의 어머니의 묘석에 새겨졌다.

작을 바라보았다.

「다 말하시오, 공작.」 장군은 매우 유쾌한 듯이 말끝을 길게 늘였다. 「다 말해 보시오. 나도 꽤나 관대한 사람 축에 속하오. 다 털어놔 보시오. 지금 당신 앞에 마주하고 있는 사람의 생각이 모욕적이고 부질없는 것에 지나지 않는다고 느껴지고, 동시에 그 인간이 위대한 사건의 목격자였다는 걸……. 그런 것들을 듣고 있다는 사실이 우습게 여겨진다면 솔직히 고백해 주시오. 그런데, 레베제프가 무슨 헛소리를…… 지껄여 대진 않았소?」

「아니오, 아무것도 들은 바가 없는데요. 만일 레베제프를 겨냥한 말이라면…….」

「음, 난 그 반대로 생각하고 있었소. 사실, 어제 우리는……『고문서』[145]에 실린 이상한 기사가 어이없다고 언급했소. 왜냐하면 개인적으로 나 역시 사건의 목격자였기 때문이오……. 웃는군요, 공작. 지금 내 얼굴을 보고 웃는 거요?」

「아, 아니에요. 난 그저…….」

「겉으로 보기엔 젊어 보여도……..」 장군은 천천히 입을 열었다. 「보기보단 꽤 나이를 먹었소. 1812년도에 나는 열 살이나 열한 살쯤 됐었지. 정확한 내 나이는 사실 지금도 잘 모르고 있소. 서류상에 나이는 적게 기록하는 것이 통례였소. 나 역시 살아가는 동안 실제보다 나이를 낮추고 싶더군요.」

「장군, 1812년도에 모스끄바에 계셨다는 얘기는 조금도 이상하게 들리지 않습니다. 장군께서도 당시 사람들과 마찬가지로 그때의 이야기를 당연히 하실 수 있겠지요. 어떤 사람은 자서전에서, 1812년도에 아직 젖먹이에 지나지 않았는데도, 자기가 당시 모스끄바에 주둔하고 있던 프랑스 군인들이 주던 빵으로 연명했었다는 말로 책머리를 장식하고 있더군요.」[146]

145 1863년 P. 바르쩨네프가 만든 역사 잡지. 발행 부수는 매우 적었으나 가장 좋은 선집으로 평가되었다.

「그것 보시오.」 장군은 기세가 등등해져서 맞장구를 쳤다. 「나 같은 경우엔, 물론 평범한 얘기는 아니지만 그렇다고 아주 허무맹랑하지도 않소. 진실이 거짓처럼 보이는 일은 종종 있으니까. 내가 황제의 시동이었다는 말은 정말 이상하게 들릴지도 모르오. 하지만 열 살배기 어린애의 모험은 나이만으로도 모든 것이 설명되는 것 아니겠소? 물론 열다섯 살부터는 반드시 그렇다고 볼 수는 없겠지. 만일 내가 당시에 열다섯 살이었다면, 나폴레옹이 모스끄바로 입성하던 날, 미처 피하지 못해 두려움에 떨고 있는 어머니를 남겨 두고 스따라야 바스만나야에 있던 집을 뛰쳐나오진 않았을 거요. 하지만 당시 열 살배기 소년이었던 나는 아무것도 두려울 것이 없었고, 나폴레옹이 말에서 내릴 때 궁전 정문을 향해 군중들 사이를 비집고 나갔소.」

「의심할 여지가 없지요. 열 살배기 꼬마들이 그 무렵에 겁이 없다는 것을 훌륭히 묘사해 내시는군요······.」 공작은 혹 얼굴이 상기되지나 않았을까 걱정스러워하며 맞장구를 쳤다.

「물론 의심의 여지없이, 모든 일은 실제로도 그렇게 단순하고 자연스럽게 일어났소. 그러나 소설가에게 이 일이 맡겨졌더라면 꾸며 낸 헛소리로 전락하고 말았을 거요.」

「오, 그 점은 동감하는 바입니다.」 공작이 탄성을 질렀다. 「얼마 전에도 비슷한 일로 경악했던 적이 있었지요. 신문에 실린 것인데, 시계 하나로 인해 살인이 일어났다는 거였어요. 만일 글쟁이들에게 이걸 쓰도록 내버려 뒀다면, 민중들의 생활에 정통한 사람들이나 비평가들이 당장이라도 들고 일어났을 게 분명합니다. 그러나 이 사건을 신문 지상에서 하나의 사실로 접하게 되면, 그러한 사실들로부터 러시아의 현실을 배워 나가고 있음을 금세 느낄 수 있지요. 정말 훌륭한 지적이었습니다, 장군!」 얼굴에 드

---

146 게르쩬의 『지난날의 회상』의 한 에피소드를 작가가 떠올린 것으로 보인다.

러나 있는 홍조를 열띤 어조를 통해 감출 수 있다는 사실에 매우 기뻐하며 공작은 말을 맺었다.

「정말 그렇소? 정말 그렇게 생각하오?」 장군은 극히 흡족하게 두 눈을 빛내며 소리쳤다. 「그래서 어린 소년은 위험한 것도 모르고 번쩍이는 군복과 친위병들, 그리고 귀가 닳도록 들어 온 위대한 인물을 보려고 군중들 사이를 헤치고 나간 거요. 더군다나 벌써 몇 년째 모든 사람들이 그 인물에 대해서만 얘기해 왔던 터였기 때문이었소. 내가 세상에 나올 때부터 전세계가 나폴레옹이라는 이름으로 들끓고 있었다고 해도 과언이 아니오. 우연찮게도 나폴레옹이 그런 내 눈앞을 지나가다가, 나의 시선을 의식하게 된 거요. 당시 나는 귀족의 아들답게 잘 차려입고 있었소. 수많은 사람들 중 유독 나만이 그런 옷을 걸치고 있었던 거요……. 상상이 가오?」

「말할 필요도 없이 그런 옷차림은 나폴레옹을 놀라게 했을 테고, 귀족들이 모두 피난을 가지 않고 아이가 딸린 몇몇 집은 모스끄바에 남아 있다는 사실을 깨닫게 해주었겠지요.」

「바로, 바로 그거였소! 나폴레옹은 귀족들의 환심을 사고 싶어 했소. 그가 나를 향해 독수리같이 날카로운 시선을 던지자 나 역시 두 눈을 번뜩이며 응수했소. 〈참으로 생기 넘치는 소년이로구나! 네 아버지가 누구냐Voilà un garçon bien éveillé! Qui est ton père?〉 그 순간 나는 너무도 흥분해서 숨도 제대로 못 쉬고 대답했소. 〈조국의 대지에 안겨 전사한 장군이십니다.〉 〈귀족의 아들에다 영웅의 아들이로구나. 난 귀족을 좋아하지. 어떠냐 꼬마야, 내가 마음에 드느냐Le fils d'un boyard et d'un brave par-dessus le marché! J'aime les boyards. M'aimes-tu, petit?〉 그의 재빠른 질문에 나도 빠른 속도로 대답했소. 〈러시아 인은 심지어 상대방이 조국의 적일지라도 위인을 알아보는 안목을 가지고 있습니다!〉 사실 내가 그런 표현을 썼는지 정확하게 기억 나지는 않소만……,

당시 나는 아직 어린아이였고……, 그렇지만 아마도 그런 말을 하고자 했을 거요. 나폴레옹은 내 말에 놀란 듯 잠시 생각에 잠기더니 근위병에게 이렇게 말하는 게 아니겠소. 〈난 이 아이의 자부심이 마음에 든다! 그러나 만일 모든 러시아 인들이 이 아이와 같은 생각을 가지고 있다면…….〉 그는 말끝을 흐리며 궁 안으로 들어갔소. 바로 그 순간 나는 근위병들의 사이를 비집고 들어가 나폴레옹의 뒤를 따라 달려갔소. 마침 근위병들이 내 앞에서 길을 터주며 내가 총애받는 군신이라도 되는 양 쳐다보더군요. 이 모든 게 이젠 희미해졌소만……. 첫번째 홀로 들어서며 나폴레옹은 갑자기 예까쩨리나 여제의 초상화 앞에 멈춰 서더니 오랫동안 사색에 잠겨 바라보다가, 〈정말 대단한 여성이로다!〉라고 한마디하고는 스쳐 지나갔소. 이틀이 지나자 끄레믈 궁 안의 사람들이 모두 나의 존재를 알게 되었고, 〈꼬마 귀족 le petit boyard〉이라는 애칭으로 나를 불렀소. 나는 밤에 잠을 잘 때만 집으로 돌아가곤 했소. 집안은 말할 것도 없이 발칵 뒤집히고 말았소. 그러고 나서 이틀이 더 지났던가…… 나는 나폴레옹의 시동이었던 드 바쟁쿠르 남작이 행군에 나갔다가 죽음에 임박해 있다는 소식을 접하게 되었소. 그때 나폴레옹은 나를 기억해 낸 모양이었소. 사람들이 와서 아무 설명도 없이 나를 데려가더니 열두 살 나이에 이미 고인이 되어 버린 바쟁쿠르 남작의 제복을 입혀서 황제 앞에 데려가는 것이었소. 그리고 나폴레옹이 나를 향해 고갯짓을 한번 해보이자, 모두들 내가 황제의 은총을 입어 위대한 나폴레옹 황제의 시동이 되었다고 말해 주는 게 아니겠소? 난 매우 기뻤소. 사실 난 이미 오래전부터 나폴레옹에 대해 굉장한 호감을 느끼고 있었다오……. 그리고 어린아이에게 있어서 화려한 군복이란 단순한 옷 이상의 의미를 지니게 마련이오……. 나는 뒤쪽으로 길게 늘어진 제비 꼬리가 달린 짙은 초록색 연미복을 입고 다녔소. 금빛 단추, 금실로 수놓아 빨간 모피를 두른 소맷부리, 역시 금실로 자수를 떠서 빳빳이 세워 열어젖힌 옷깃, 자수로 장식한 옷자락, 몸에 딱 달라붙던 하얀 사슴가죽 바지, 하얀 비단 조끼, 비단 양말, 채움쇠가 달려 있던 장화…… 근위병들의 틈에 끼여 황제의 승마에 따라 나설 때엔 기병들이 착용하는 기다란 장화를 신곤 했소. 비록 상황이 유리하게 돌아가지는 않았고 모두들 마지막으로 치열한 전투가 벌어질 것이라는 불길한 예감을 떨칠 수 없었지만, 가능한 모든 격식이 지켜지고 있었소. 아니, 오히려 그런 참사를 강하게 예감하면 할수록 격식은 더욱 엄격하게 지켜졌소.」

「네, 그래야지요……」 공작은 어리둥절하여 중얼거렸다. 「장군께서 기록을 남겼더라면…… 상당히 흥미로웠을 텐데요.」

장군은 어제 레베제프에게 얘기했던 것을 되풀이하고 있어서 청산 유수로 말하며, 다시금 미심쩍은 눈초리로 공작을 흘끔거렸다.

「수기를?」 장군이 더욱 기세 등등하여 말했다. 「나더러 수기를 쓰란 말이오? 괜스레 치켜세우지 마시오, 공작! 하긴 이미 수기를 써서…… 내 독서대 위에 잘 모셔 놨는데, 내 눈에 흙이 덮이는 날 선보일 작정이오. 물론 문학적인 가치는 없겠지만, 어리긴 했어도 당시 내가 직접 목격했던 사실에 의거한 기록이라는 중요성 때문에 다른 나라에서도 출판될 거요. 당시 나는 아이였기 때문에 한층 더 비밀스러운 것들, 그러니까 나폴레옹의 침실까지도 엿볼 기회가 있었소. 나는 밤마다 비탄에 빠진 이 〈위인〉의 신음 소리를 들었소. 그가 알렉산드르 러시아 황제의 침묵 때문에 괴로워하고 있다는 것을 나는 이미 이해하고 있었지만, 어린아이 앞에서 신음하며 눈물 짓는 것을 부끄러워했던 거요.」

「아, 그래서 나폴레옹이 유럽 협정을 맺자고…… 그런 편지를 썼던 거군요.」 공작이 조심스럽게 말했다.

「사실 그가 어떤 제의를 했는지는 자세히 모르지만 매일, 매시간마다 편지를 쓰고 또 쓰곤 했소. 정말이지 그는 몹시 불안해 했소. 어느 날 밤, 그와 단둘이 있게 되자 나는 울먹이며 그의 품으로 달려들었소. 난 진심으로 그를 좋아했던 거요! 〈제발, 제발, 알렉산드르 황제에게 용서를 구하세요!〉 나는 그를 향해 소리쳤소. 사실, 〈알렉산드르 황제와 휴전 협정을 맺으십시오!〉라고 표현했어야 옳았겠지만, 나는 천진 난만하게 있는 그대로의 내 생각을 말했던 거요. 〈오, 귀여운 내 아가!〉 나폴레옹은 이렇게 대답하고 방 안을 서성이다가 다시 한번 〈오, 사랑스런 아가야, 난 지금 당장에라도 알렉산드르 황제의 발에 키스할 수 있단다. 하지만 프로이센 왕과 오스트리아 황제는 영원히 저주할 것이다……. 어쨌든 너는 정치에 대해 아무것도 이해하지 못할 거다.〉 그는 불현듯 얘기 상대가 누구인지 기억 난 듯 입을 다물어 버렸지만, 그의 눈동자는 여전히 이글거리고 있었소. 내가 이 모든 사실을 글로 옮겨 지금 출판해 버린다면, 어쨌든 나도 위대한 역사적 사건의 증인이지 않소? 모든 비평가들과 문학적 허영심에 들뜬 일당들이 쏟아 내는 악평, 게다가 따가운 질투의 시선을 모면하기 어려울 것이오……. 안 돼요, 수기 쓰는 일은 사양하겠소!」

「소위 그 〈일당〉들에 관해서 올바로 지적하셨어요. 나 역시 동감이에요.」 공작은 조용히 대답하고 잠시 침묵에 잠겼다. 「나는 얼마 전에 워틸루 전투에 대해 쓴 샤라스의 책[147]을 읽을 기회가 있었어요. 내용이 꽤 진지해서, 사건에 대한 탁월한 사전 지식을 바탕으로 씌어진 책이라고 전문가들조차도 확신하더군요. 그렇지만 각 장마다 나폴레옹의 몰락을 기뻐하는 저자의 심정이 엿보이더군요. 만일 나폴레옹이 지녔던 재능의 전부를, 다른 전투에서 발휘되었던 그의 재능까지도 논박할 수 있다면 샤라스는 아주 좋아했을 것 같더군요. 그러한 식의 진지함을 띤 문장들은 파당

---

147 장 바티스트 아돌프 샤라스(1810~1865). 프랑스의 자유 정치 사상가이며 전쟁 역사학자. 미쉬낀은 그의 책 『1815년, 워털루 전투』에 대해 말하고 있다. 이 책은 도스또예프스끼의 서재에 있었다.

적인 경향이 강하기 때문에 썩 좋다고 볼 수는 없지요. 그건 그렇고, 당시에 장군은 황제를 모시는 일로 매우 바쁘셨겠군요?」

장군은 뛸 듯이 기뻐했다. 공작의 신중하고도 순박한 소견이 장군에게 남아 있던 마지막 의혹의 찌꺼기까지 말끔히 털어 내게 했다.

「샤라스! 아, 정말 나는 화가 머리끝까지 났었소. 그에게 편지를 보내기까지 했는데…… 아, 지금은 기억이 잘 나지 않는구려……. 당시에 내가 황제를 모시느라고 바쁘지 않았냐고 물었소? 그렇진 않았어요. 사람들이 나를 시동이라고 부르긴 했지만, 난 이미 예전부터 그런 명칭이 중요하다고 생각진 않았소. 게다가 얼마 안 있어 나폴레옹은 러시아 인들을 자기편으로 만들고자 하는 희망을 버렸소. 솔직히 말해서, 나폴레옹이 만약…… 만약 나를 개인적으로 아끼지 않고 단순히 정치적인 선전 효과로 나를 가까이 두었던 거라면, 그는 나를 금세 잊었을 거요. 하지만 내 마음도 이미 그에게 끌리고 있었소. 당시에 나는 무슨 특별한 일을 하진 않았고, 이따금 궁에 들르거나 황제가 승마를 나가면 따라 나가는 것이 전부였소. 덕분에 나도 제법 말을 탔다오. 나폴레옹은 점심 전에 승마를 했는데, 다부 장군과 나, 그리고 친위병이었던 루스탕이 따라가곤 했소.」

「콩스탕이지요.」 무엇 때문인지 갑자기 공작의 입에서 엉뚱한 이름이 튀어나왔다.

「아니오, 콩스탕은 그때 없었소. 그는 칙서를 가지고…… 조제핀 황후에게 보내는 편지를 전하러 가는 중이었소. 콩스탕 대신에 두 명의 장교와 폴란드 창기병 몇 명이 있긴 했소만……. 어쨌거나 수행원 중에는 장군들 외에도, 지형과 군대 배치를 살피고 상의하기 위해 나폴레옹이 대동하던 원수들의 얼굴도 빠지지 않고 보였소. 그 중에서도 나폴레옹은 다부를 가장 신임했소. 그의 모습은 지금까지도 기억에 생생하오. 그는 거구의 냉혈한으로,

안경을 쓰고 바라보는 시선이 기묘했소. 황제는 누구보다도 다부와 자주 의논을 하며 자문을 구했소. 나폴레옹은 다부의 생각을 존중해 주었지. 며칠씩이나 계속 의견을 주고받던 때도 있었소. 다부는 아침 저녁 가리지 않고 드나들다가, 나폴레옹과 자주 논쟁을 벌이기 시작했소. 오랜 협의 끝에 마침내 나폴레옹은 다부의 의견에 따르기로 결정을 내린 듯이 보였소. 그들은 단둘이 집무실에 있었고, 사실 또 다른 참석자였던 나의 존재는 그들에게 거의 무시당하고 있었소. 그러다 갑작스럽게 나폴레옹의 시선이 나에게 떨어졌을 때, 그의 눈은 이상한 상념으로 번득이고 있었소. 〈아가야!〉 그가 대뜸 나에게 물었소. 〈어떻게 생각하느냐? 만일 내가 러시아 정교로 개종하고, 노예들을 해방시킨다면 러시아인들이 나를 따르겠느냐?〉 〈절대로 그렇지 않을 겁니다!〉 나는 분노에 찬 목소리로 외쳤고, 때문에 나폴레옹은 적잖이 놀란 듯이 보였소. 〈애국심으로 빛을 발하는 이 아이의 눈에서 나는 러시아 민중들의 생각을 엿볼 수 있소. 안 되겠소, 다부! 이 모든 건 환상에 지나지 않아요. 다른 계획을 얘기해 보시오.〉」

「사실 그 계획이야말로 정말 대단한 발상이었지요!」 공작이 관심을 표명하며 얘기했다. 「장군께서는 그 계획이 다부의 작품이라고 생각하시지요?」

「적어도 그들은 함께 문제를 논했으니까요. 물론 그 계획은 나폴레옹다운 독수리와도 같은 발상이 돋보였지만, 또 다른 계획도 나폴레옹다운 것이었소. 다른 계획이란 바로 나폴레옹 자신이 명명했듯이, 다부의 그 유명한 충고, 즉 〈사자의 충고conseil du lion〉를 일컫는 거요. 이 계획은 끄레믈 안에 모든 군대를 집결시켜 막사를 세우고 참호를 파고 대포를 배치하는 한편, 되도록 많은 말[馬]을 도살시켜 소금에 절이고, 가능한 한 많은 식량을 약탈해서라도 어떻게든지 겨울을 난 후, 봄이 되면 러시아 군의 방어선을 뚫고 나가겠다는 심산에서 작성된 것이었소. 나폴레옹은 이 계획에 비상한 관심을 보였소. 우리는 말을 타고 매일같이 끄레믈 성벽 주위를 순찰했는데, 그때마다 나폴레옹은 어디를 허물고 어디를 쌓아 올릴 것이며, 어디에 보루를 세우고 어디에 요새를 배열해야 할 것인지를 지시했소. 그 통찰력과 기민함이란! 다부가 매일같이 최후의 결단을 다그치자 비로소 모든 것이 확실하게 되었소. 그 둘은 다시 모였고, 나 역시 제3자의 입장으로 상황을 지켜보았소. 나폴레옹은 두 손을 문지르며 또다시 방 안을 서성거렸소. 나는 그의 얼굴에서 눈을 뗄 수가 없었고 내 가슴은 마구 뛰고 있었소. 〈가겠습니다〉라고 다부가 말하자 〈어디로?〉 하고 나폴레옹이 물었고, 〈말고기를 절여야지요〉 하고 다부가 대답했소. 운명의 방향이 결정되자 나폴레옹의 몸은 전율했소. 〈아가야! 우리 계획이 어떤 것 같으냐?〉 그는 나에게 불쑥 이런 질문을 던졌소. 그는 뛰어난 지혜를 지닌 사람이라도 극적인 순간이 닥치면 지푸라기라도 잡게 된다는 심정으로 내게 물었던 것이오. 그러나 나는 나폴레옹이 아닌 다부를 쳐다보며 무슨 계시라도 받은 양 이렇게 말했소. 〈당신 고국으로나 제대로 가시죠, 장군!〉 이로써 계획은 취소되었고, 다부는 어깨를 움찔거리며 밖으로 나서더니 이렇게 속삭였소. 〈후, 이젠 미신까지 믿는군Bah! Il devient superstitieux!〉 다음날 퇴각 명령이 떨어졌소.」

「모든 게 정말로 흥미롭군요.」 공작은 아주 작은 소리로 말했다. 「만약 모든 게 사실이라면…… 그러니까, 내가 말하고자 하는 건…….」 공작은 황급히 덧붙여 말했다.

「오, 공작!」 장군은 너무나 자신의 얘기에 도취한 나머지 자신의 경솔한 행동을 알아차릴 겨를조차 없었다. 「당신은 〈모든 게 사실이라면!〉 하고 말했지만, 당신을 믿게 할 만한 훨씬 많은 일들이, 보다 많은 사건들이 일어났었소! 하지만 그런 것들은 단순한 정치적 사실에 지나지 않소. 다시 한번 말해 두지만, 나는 그 위대한 인물이 흘리는 눈물과 한밤중에 내는 신음소리를 목격한 사람이오. 나 이외에 누가 그런 장면을 볼 수 있었겠소! 종전이 가까워지자 그는 더 이상 흐느끼지 않았으며 이따금 신음소리를 내다 말았소. 하지만 그의 얼굴은 점점 더 칠흑 같은 어둠으로 덮여 갔소. 영원할 것 같던 그의 권세는 괴로운 날갯짓을 하며 추락하고 있었소. 이따금 우리는 아무 말 없이 밤을 지새기도 했는데, 마침 옆방에 있던 근위병 루스탕은 얄궂게 코까지 골면서 단잠에 빠져 들곤 했소. 그럴 때마다 나폴레옹은 〈그래도 녀석은 나와 우리 왕조에 충성을 다해〉하고 혼잣말을 내뱉었소. 내가 몹시 슬퍼하던 어느 날, 나폴레옹은 내 눈가에 얼룩진 눈물을 발견하고 감동한 눈길로 나를 바라보며 이렇게 외쳤소. 〈나를 동정하고 있는 게로구나. 아가야, 너 말고도 아마 다른 아이가, 내 아들 로마의 왕le roi de Rome이 나를 동정해 주겠지. 그러나 나머지 사람들은 모두 나를 증오하고 있다. 형제들이 제일 먼저 나를 배반할 것이다!〉 나는 흐느끼면서 그의 품에 안겼소. 나폴레옹 역시 복받쳐 오르는 감정을 이기지 못했고, 우리는 눈물이 범벅이 되어 서로 부둥켜안고 있었소. 〈조제핀 황후에게 편지를 쓰세요!〉 나는 훌쩍거리며 간청했소. 나폴레옹은 흠칫 몸을 떨며 잠시 생각에 잠기더니 내게 이렇게 말했소. 〈얘야, 너는 내가 잊고 있었던, 나를 사랑하는 또 다른 사람을 깨우쳐 줬다. 고맙구나, 사랑스런 친구야!〉 그는 즉시 자리에 앉아 조제핀에게 편지를 썼고 이튿날 콩스탕을 시켜 편지를 보냈소.」

「정말 훌륭한 일을 하셨습니다.」 공작이 말했다. 「적개심으로 가득 차 있는 그에게 선한 마음을 불러일으켰군요.」

「바로 그거요, 공작. 당신은 당신의 착한 품성처럼 멋지게 해석해 내는구려.」 장군은 매우 기뻐하며 소리쳤고, 심지어 그의 눈에선 눈물이 반짝거렸다. 「그렇소, 공작. 정말 대단한 광경이었소! 내가 나폴레옹을 따라 파리로 가려고까지 했던 걸 아시오? 물론 그렇게 했다면 〈찌는 듯한 유형의 섬〉까지 동행하게 됐을 거요.

아아! 우린 운명의 길을 달리하게 되었던 거요! 우리는 헤어졌소. 그가 무더운 섬에 갇혀 엄청난 비탄에 빠져 있는 동안 적어도 한 번쯤은 모스끄바에서 그의 품에 안겨 작별을 고했던, 가련한 소년의 눈물을 기억해 냈을 거요. 그 후 나는 가혹한 훈련과 난폭한 동료들밖에 존재하지 않는 육군 유년 학교로 보내졌소. 그리고⋯⋯ 아아! 모든 것이 물거품이 되어 버리고 말았소.〈나는 네 어머니에게서 너를 뺏어 가는 걸 원치 않기 때문에 너를 데려갈 수 없단다!〉퇴각하는 날 나폴레옹은 내게 이렇게 말했소.〈하지만 너를 위해 뭔가를 해주고 싶구나.〉그때 이미 나폴레옹은 말 위에 올라 있었소.〈기념으로 간직할 수 있도록 제 누이동생의 앨범에 무슨 말이든 써주세요.〉그가 몹시 낙담하여 괴로워했기 때문에 나도 울먹이며 말했소. 그는 말머리를 돌려 앨범을 집어 들더니 펜을 찾아오라고 했소.〈누이가 몇 살이지?〉그가 어느새 펜을 쥐고 나에게 묻고 있기에,〈세 살이오〉라고 재빨리 대답했소.〈정말 어리구나Petite fille alors.〉그러고 나서 나폴레옹은 앨범에 다음과 같이 썼던 것이오.

거짓말을 해서는 절대로 안 돼요Ne mentez jamais!
당신의 진정한 벗, 나폴레옹Napoléon, votre ami sincère.

바로 당시에 이런 조언을 해줬단 말이오, 수긍이 가오?」
「네, 정말 놀라울 따름이군요.」
「누이는 이 글을 금빛 액자에 넣어 유리를 씌운 후, 그녀가 해산하다 죽을 때까지 거실에서 가장 눈에 잘 띄는 장소에 걸어 놓았소. 지금 그 액자가 어디 있냐 하면⋯⋯ 그게 잘 생각나지 않는구려⋯⋯. 아, 하느님 맙소사! 벌써 2시가 다 되었군! 내가 시간을 너무 오랫동안 뺏은 것 같소, 공작. 정말 미안하오.」
장군은 의자에서 일어섰다.

「오히려 그 반대예요!」 공작은 우물거리며 말했다. 「너무나 흥미로웠어요……. 아주 감사합니다!」

「공작!」 장군은 갑자기 어떤 생각이 떠올라 제정신이 난 듯, 번득이는 두 눈으로 뚫어지게 공작을 바라보며 다시 한번 아플 정도로 손을 덥석 잡았다. 「공작! 당신은 가끔 내가 안타까울 정도로 선량하고 순진한 사람이오. 나는 지금 감동으로 가득 차 당신을 바라보고 있는 거요. 아, 당신에게 신의 축복이 함께하길 기원하오! 당신의 새로운 인생이…… 사랑이라는 테두리 안에서 꽃피게 하소서……. 내 인생은 이미 끝나 버렸소! 오, 미안하오, 정말 미안하오!」

장군은 양손으로 얼굴을 감싸고 서둘러 방을 나갔다. 공작은 장군의 흥분 섞인 감격이 거짓이라고 의심하진 않았지만, 노장군이 자신의 작전이 맞아떨어진 데 대해 기뻐하며 나갔다는 느낌이 들었다. 그러나 어찌 되었든 공작의 입장에서는, 자기 자신마저 잊을 정도로 거짓말에 도취된 상태에서도 환희의 절정에 이르러서는 상대방이 혹시 자신을 믿지 않을까 안절부절못하는, 물론 믿을 수 없을 거라고 생각하는 허풍선이와 상대했다는 느낌이었다. 방금 전에도 이 노인은 필요 이상 낯을 붉히고 공작이 자신에게 동정을 보내는 것은 아닌지 의심스러워하며 일종의 모욕감 속에서 겨우 정신을 수습할 수 있었다. 〈그런 생각이 들도록 내버려 둔 게 역효과를 가져오진 않을까?〉 공작은 이같이 낭패스러워하다가 갑자기 터져 나오는 웃음을 참지 못하고 10분 가량을 껄껄거리며 웃어 댔다. 그는 웃고 있는 자신을 나무랄 뻔했지만, 장군을 한없이 딱하게 여기는 자신을 질책해야 할 이유가 전혀 없다고 마음을 바꿔 먹었다.

공작의 예감은 적중했다. 그날 저녁, 공작은 이상하고도 짤막한, 그러나 단호한 면이 엿보이는 편지 한 통을 받았다. 이볼긴 장군은 편지에 자신이 공작을 존경하고 있고 감사함을 느끼는 게 사실이나, 그렇지 않아도 이미 불행한 자신이 공작에게까지 동정을 받으며 위엄을 손상시키고 싶지 않기 때문에 공작과 영원히 결별하기로 했다고 써놓았다. 공작은 노장군이 아내 니나 알렉산드로브나에게 갇혀 있다는 소식을 듣고서야 한시름 놓을 수 있었다. 그러나 이미 살펴본 바와 같이, 장군은 리자베따 쁘로꼬피예브나의 저택에서 뭔가 심상치 않은 일을 저질렀던 것이다. 여기서 자세하게 언급할 수는 없지만 간단히 말해서, 이볼긴 장군은 리자베따 쁘로꼬피예브나를 만나 가브릴라에 대한 험담을 잔뜩 늘어놓고 소동을 피워 그녀를 경악시키고 분노케 했다. 결국 장군은 톡톡히 창피를 당하고 쫓겨났다. 그날 밤과 이튿날 아침까지 얌전히 있던 장군이 갑자기 광기를 부리며 거리로 뛰쳐나간 이유는 바로 그것 때문이었다.

니꼴라이는 아직까지 사건을 완전히 파악하지 못하고 있었기 때문에, 강제로 힘을 써서라도 장군을 데려오길 바라고 있었다.

「그런데, 지금 어디로 가고 있는 거지요? 어디로 갈 셈이냐고요, 아버지? 공작에겐 가지 않을 테고, 레베제프와도 틀어졌고, 돈도 없을 텐데. 나 역시 무일푼이라고요. 지금 우린 길 한복판에서 콩알 위에 앉아 있는 신세라고요.」[148]

「콩알 위에 앉아 있으니 콩알을 가지고 앉아 있는 편이 나을 테지.[149] 이 비유로…… 장교들을 열광하게 만든 적이 있었지……. 44년도이던가…… 1천8백…… 그래, 1844년도였다! 기억이 잘 나질 않는구나…… 아, 기억이, 기억이 나질 않아! 〈내 청춘은, 싱그러웠던 내 청춘은 어디로 갔단 말이냐?〉[150] 다음이 어떻게 되

148 러시아 식 표현으로 〈포기한 상태〉를 나타낸다.
149 여기엔 모두 〈콩〉으로 되어 있지만 장군은 〈콩〉이라는 단어 〈bobami〉와 여자라는 단어 〈babami〉 사이의 음의 유사성을 이용해 말장난을 하고 있다.
150 이볼긴 장군은 고골의 『죽은 혼』 제1권 제4장의 시작 부분에 나오는 낭만적인 삽입구인 결정적인 이 말로 부정확한 질문을 던진다.

더라…… 꼴랴, 이게 누구의 말이었지?」 장군이 중얼거렸다.

「고골의 『죽은 혼』에 나오는 말이에요, 아버지.」 니꼴라이는 겁먹은 표정으로 아버지를 흘끔거리며 대답했다.

「『죽은 혼』이라! 그래, 죽은 이들! 내가 죽어 무덤에 묻히면 묘비에 이렇게 써다오. 〈여기 죽은 혼 잠들다.〉 〈치욕스러움이 나를 괴롭게 한다.〉 이건 누가 한 말이지, 꼴랴?」

「모르겠어요, 아버지.」

「예로쉬까 예로뻬고프가 없었다고? 예로쉬까 예로뻬고프는 실존 인물이다!」 장군은 극도로 흥분해서 걸음을 멈추며 버럭 소리를 질렀다. 「내 아들이란 놈이, 내 친아들놈이 그걸 안 믿어? 예로뻬고프는 열한 달 동안 내게 형 노릇을 해준 사람이었고, 나는 그를 위해 결투까지……. 우리 부대의 대위였던 비고레쯔끼 공작이 어느 날 술 좌석에서 그에게 넌지시 얘기했지. 〈이봐, 그리샤,[151] 대체 자네의 안나 훈장은 어디서 얻은 거지? 말 좀 해보라고.〉 〈조국의 전장에서 선사받았소.〉 〈멋지다 그리샤!〉라고 내가 외쳤지. 그것 때문에 결투가 벌어졌지. 나중에 그는 마리야 뻬뜨로브나 수, 수뚜기나와 결혼했지만 전쟁터에서 그만 죽고 말았지……. 내 십자가 훈장에 맞고 튕겨 나간 총알이 곧장 그의 가슴과 이마를 정면으로 관통하고 만 거야. 〈영원히 잊지 않을 테다!〉 그는 이렇게 울부짖고는 그 자리에 쓰러지고 말았지. 나는…… 나는 평생을 정직하게 일해 왔다, 꼴랴. 나는 청렴하게 근무했는데 치욕이라니……. 〈치욕이 나를 괴롭히는구나!〉 너와 너의 엄마 니나만은 내 무덤에 와주겠지. 〈가엾은 니나!〉 벌써 오래전부터, 그러니까 네 어머니와 막 사귀기 시작할 무렵 나는 그렇게 불렀다. 그 무렵에 니나는 나를 무척 사랑해 줬었는데……. 니나! 니나! 내가 당신의 신세를 이렇게 만들어 놓은 거요! 무엇이 당신으로 하여금

---

151 그리고리의 애칭.

나를 사랑하도록 만든 거요, 인내의 영혼이여! 네 어머니는 천사 같은 영혼의 소유자다, 꼴랴, 듣고 있느냐? 네 어머니는 천사란 말이다!」

「네, 알고 있어요, 아버지. 그러니까, 이제 그만 어머니가 계신 집으로 가요. 아까 어머니도 우리를 쫓아 뛰어 나왔다고요! 자, 이젠 됐어요. 아버진 잘 모르시겠지만…… 아버지, 지금 우시는 거예요?」

니꼴라이도 울면서 아버지 손에 입을 맞췄다.

「내게 키스하는 거냐? 내게!」

「그래요, 아버지, 아버지에게요. 그게 그리 놀랄 일인가요? 하지만 장군이라 불리는 군인이 길 한가운데서 울고 있을 수는 없잖아요. 자, 이젠 가요!」

「사랑스러운 이 아이가 수치로 얼룩진 내게 경의를 표한 것에 대해 신의 가호가 있기를! 다른 사람도 아니고 추잡한 이 노인에게, 자기 아비에게…… 그래, 네게도 너 같은 아들이 생기게 될 테지……. 로마 왕le roi de Rome 같은……. 아, 〈이 집에 저주가 있을지어다!〉」

「결국 여기서도 똑같은 일이 벌어지고 마는군!」 니꼴라이는 갑자기 화가 치밀었다. 「도대체 무슨 일이에요? 왜 집으로 가지 않으려고 하죠? 미치기라도 한 거예요?」

「내가 설명해 주마. 네게 설명해 주마……. 모든 걸 털어놓겠다, 그러니까 소리 지르지 말거라, 누가 듣겠구나…… 로마 왕le roi de Rome…… 오, 괴롭도다, 슬프도다! 〈유모, 너의 무덤은 어디에!152〉 이건 누구 말이지, 니꼴라이?」

「몰라요, 누가 그랬는지 모른다고요! 이제 집으로 가요! 지금

---

152 N. P. 오가료프(1840~1877)의 미완의 시 「유머」의 제3부에서 인용한 것이다. 시의 이 부분은 1868년 11월에 출간된 문예 작품집 『북극성』에 1869년 발표되었다.

당장에요! 만일 원하신다면 내가 가브릴라를 실컷 두들겨 줄게요……. 아니 또 어딜 가시는 거예요?」

장군은 집 근처에 있는 다른 집 계단으로 니꼴라이를 끌고 갔다.

「어딜 가시려고요? 여긴 다른 집 계단이라고요!」

장군은 층계에 앉아 자꾸만 니꼴라이의 손을 잡아당겼다.

「몸을 숙여 봐라! 몸을 숙여 보라니까! 네게 모든 걸 얘기해 줄 테니……. 그건 수치야……. 자, 몸을 숙이라니까…… 귀를, 귀를 좀 다오, 귓속말로 해주마……」 장군이 웅얼거리며 말했다.

「도대체 지금 뭐 하시는 거예요?」 니꼴라이는 무척 놀라긴 했지만 어쨌든 귀를 갖다 댔다.

「로마 왕……」 장군은 사시나무 떨듯 경련을 일으키며 가만히 속삭였다.

「뭐라고요? 로마 왕이 아버지에게 어쨌는데요? 도대체 뭐예요?」

「나는…… 나는……」 아들의 어깨를 더욱 세게 움켜잡으며 장군은 다시금 속삭이기 시작했다.「내가 원하는 건…… 그러니까 네게 모든 걸…… 마리야, 마리야…… 뻬뜨로브나 수 — 수 — 수……」

꼴랴는 몸을 홱 돌려서 장군의 어깨를 꽉 붙잡고 마치 넋 나간 사람처럼 장군을 쳐다보았다. 노장군의 안색은 시뻘게지고 입술은 파랗게 질리더니, 얼굴에 미세한 경련이 일어났다. 그러더니 갑자기 몸을 기우뚱하며 살며시 니꼴라이의 팔에 안겼다.

「뇌졸중이야!」 그제서야 무슨 일이 벌어졌는지 깨달은 꼴랴는 온 동네가 떠나가도록 고함을 질렀다.

5

사실 바르바라 아르달리오노브나는 오빠에게 공작과 아글라야 예빤치나의 혼담에 관해 약간 과장해서 말했다. 눈치 빠른 바르바라가 가까운 장래에 일어나게 될 일을 미리 예측했는지도 모른다. 하지만 연기처럼 사라진 꿈을(사실 그녀 자신도 이 꿈을 믿지는 않았지만) 슬퍼한 나머지 그 불행을 과장하여 오빠의 가슴에 더 많은 독을 부어 주어서 만족감을 얻으려 한 것인지 모른다. 그렇긴 해도 바르바라는 진심으로 오빠 가브릴라를 동정하고 있을 뿐 아니라 아끼고 있었다. 아무튼 바르바라는 친구인 예빤친의 딸들에게서 아주 정확한 소식을 얻어낼 수는 없었다. 그 아가씨들과의 대화에서 오고 갔던 것은 암시, 끝을 맺지 못한 말, 침묵, 수수께끼였다. 하지만 아글라야의 언니들은 어렸을 적부터 친구 사이임에도 불구하고 바르바라에게서 무엇인가 캐내려고 일부러 아무 말이나 지껄였거나, 다소 약을 올리기 위해 여성 특유의 심술을 부렸을 수도 있다. 오히려 여러 해 동안 사귀어 왔던 터이기에 그들은 바르바라의 작은 속셈까지 여우처럼 읽어 냈다.

한편, 공작이 레베제프에게 전해 줄 말이 전혀 없다는 것과 별다른 일이 일어나지 않았다고 말한 것은 물론 맞는 말이지만, 어쩌면 사실이 아닐 수도 있었다. 실제로 모두에게 아주 묘한 일이 일어났던 것이다. 아무 일도 없는 듯했지만 사실은 아주 많은 일들이 벌어졌다. 그 일을 바르바라 아르달리오노브나는 여자의 정확한 직감으로 눈치 챘다.

예빤친 네 가족은 뭔가 획기적인 일이 아글라야에게 벌어져서 그녀의 운명을 결정지을 것이라고 생각하게 되었다. 이들은 어떻게 그런 생각에 갑자기 의견을 같이 하게 되었을까? 그 이유를 논리 정연하게 설명하기란 어렵다. 가족들은 그런 생각이 떠오르자마자 벌써 오래전부터 이 모든 사실을 불 보듯이 확실히 예견해 왔다는 듯한 태도를 취했다. 그것은 이미 〈가난한 기사〉 얘기가 나왔을 때부터, 아니 그보다 훨씬 전부터 명백했다. 다만 그때는 그처럼 터무니없는 얘기를 믿고 싶지 않았을 뿐이다……. 그렇게 아글라야의 언니들은 말하고 있었다. 리자베따 쁘로꼬피예브나는 누구보다 먼저 눈치를 챘고, 이미 오래전부터 〈가슴앓이〉를 해왔다. 그러나 오래전부터인지는 모르지만 요즘 공작에 대한 생각을 하면 갑자기 속이 뒤집히는 것이다. 갈피를 잡을 수 없었기 때문이다. 시급히 해결해야 될 문제가 눈앞에 있는데, 가엾은 리자베따 쁘로꼬피예브나는 해결은커녕 아무리 애를 써도 그게 무슨 문제인지조차 파악하지 못했다. 난해한 문제였다. 〈공작은 좋은 사람일까, 좋지 못한 사람일까? 이 모든 게 상서로운 징조일까, 불길한 징조일까? 만일 불길하다면(틀림없이 그렇겠지만)…… 대체 무엇이 불길하단 말인가? 그리고 만일 상서롭다면(역시 가능한 얘기겠지만) 무엇이 상서롭단 말인가?〉 물론 가장인 이반 표도로비치도 처음에는 무척 놀란 것 같았으나 얼마 후에 불쑥 이렇게 고백했다. 〈솔직히 말해 나도 비슷한 생각을 줄곧 해왔소. 그럴 리가 만무하다고 여기면서도 갑자기 그렇게 될 수도 있다는 생각이 드는 거요!〉 그는 아내가 무섭게 노려보는 바람에 즉시 입을 다물었다. 그러나 아침에만 입을 다물었을 뿐 저녁에 아내와 단둘이 마주앉게 되자 다시 입을 열 수밖에 없었다. 특히 활기에 차서 뜻밖의 의견을 피력했다. 〈이게 대체 무슨 일인가? …… (침묵) …… 물론 이 모든 것이 사실이라면 허무 맹랑한 일이고, 더 이상 왈가왈부하지 않겠지만……. (다시 침묵) 한데 다른 쪽에서 이 문제를 바라보면, 말이 났으니 말이지 공작은 아주 기가 막힌 젊은이오……. 그리고…… 그리고 뭐랄까…… 그래, 결국 공작이 우리와는 친척 관계에 있으니까, 현재 불우한 처지에 있는 친척의 이름을 사교계에 알려 주는 뜻에서라도…… 그리고 사교계 사람들의 눈에도 뭐랄까, 어쨌든 사교계의 시선도 있으니 말이오……. 게다가 공작에게 재산이 없는 것도 아니고, 그것도 상당히 꽤 되는데…….〉 (끝없는 침묵이 계속되자 장군은 말문을 닫았다.) 남편의 말을 듣고 있던 리자베따 쁘로꼬피예브나는 분노를 터뜨리고 말았다.

리자베따 쁘로꼬피예브나는 모든 사건이 〈용서할 수 없고 심지어는 터무니없는 범죄와 다름없이 멍청하고 어리석기 짝이 없는 망상적 소치〉에 불과하다는 견해를 피력했다. 〈무엇보다도 공작은 다루기 힘든 백치이고 세상을 알지도 못할 뿐더러, 사회적 지위도 없는 바보예요. 그런 인간을 누구에게 선보이며 어디다 내세우냔 말이에요? 쓰잘데없는 민주론자에다가 관직조차 없잖아요……. 그리고 벨로꼰스까야 부인이 뭐라 하겠어요? 우리가 그따위 백치를 사위 삼겠다고 아글라야를 고이 길러 왔나요?〉 물론 리자베따 쁘로꼬피예브나의 마지막 논리가 가장 중요했다. 어머니의 심장은 그러한 생각을 하면 피가 끓어올랐지만 동시에 마음 깊은 곳에서 돌연 무엇인가가 꿈틀거리며 〈글쎄, 공작의 어디가 네 마음에 들지 않는 거냐?〉라고 나직이 묻는 것이었다. 마음속의 이러한 반항이 무엇보다도 리자베따 쁘로꼬피예브나를 혼란스럽게 했다.

아글라야의 언니들은 어쩐지 공작과의 혼사를 반기는 눈치였다. 뿐만 아니라 별로 이상하게 느끼지도 않았다. 한마디로 언니들은 어느새 공작의 편이 되어 있었다. 그러나 두 언니는 잠자코 있기로 했다. 일단 가족 전체의 논란거리에 대해 리자베따 쁘로꼬피예브나가 완강하게 반대하고 고집을 부리면 부릴수록 부인은 그 사안을 내심으로 이미 동의한다고 볼 수 있었기 때문이다. 가족 모두가 그러한 분위기를 잘 알고 있었다. 알렉산드라 이바노브나는 침묵으로 일관할 수 없었다. 이미 오래전부터 어머니는 큰딸 알렉산드라를 조언자로 삼아 왔기 때문에, 이번에도 끊임없이 큰딸을 불러 의견을 들어 보고자 했기 때문이다. 〈어째서 이 모든 일이 벌어지게 됐니? 아무도 이번 일을 눈치 채지 못한 이유가 뭐니? 어째서 당시에는 아무 말들이 없었니? 재수없는 그 《가난한 기사》란 무슨 뜻이었냐? 어째서 나만 홀로 모든 식구들을 염려하고 애를 태워야 하며, 모든 것을 짐작이나 해야 되고, 나머지 식구들은 멍하니 하늘만 쳐다보는 거냐?〉 따지듯이 물어 보는 리자베따 쁘로꼬피예브나의 질문은 한이 없었다. 처음에 알렉산드라 이바노브나는 조심하며 잠자코 있다가 예빤친의 딸 중에서 누구 하나가 미쉬낀 공작을 신랑감으로 선택하는 것은 사교계를 염두에 둘 때 상당히 만족스러운 일이며, 아버지의 의견이 꽤나 지당한 것 같다고 말했다. 그러나 대화의 분위기가 점차 고조되어 감에 따라 나중엔 공작은 절대로 〈바보〉가 아니며, 바보 같은 언동을 보여 준 적이 여태까지 한번도 없었다는 말까지 덧붙였다. 또한 관직 건에 관해서 말하기를, 러시아에서 훌륭한 인물이라는 의미가 몇 년 뒤에도 종전과 같이 높은 관직에 있는 사람만을 지칭하게 될지는 하느님만이 아는 문제라고 했다. 어머니는 알렉산드라에게 그 따위 생각은 모두 그 저주스런 여성 문제와 진배없는 자유 사상이라고 잘라 말했다. 그런 다음 30분 후에 리자베따 쁘로꼬피예브나는 때마침 뻬쩨르부르그에 돌아와 있기는 하나 곧 떠날 예정인 벨로꼰스까야 부인을 방문하려고 까멘니 섬[153]을 향해 출발했다. 벨로꼰스까야 부인은 아글라야의 대모였다.

벨로꼰스까야 〈노파〉는 절망에 가득 차 고열에 시달리는 듯한 리자베따 쁘로꼬피예브나의 고백을 듣고, 한 집안의 어머니가 흘리는 혼란스러운 눈물에 조금도 동정의 빛을 보이지 않으며 오히려 조소를 머금기까지 했다. 노부인은 굉장히 콧대가 높은 할머니로서 상대가 누구든 간에, 설사 오래된 지기일지라도, 동동한 관계로 대해 주는 법이 없었다. 그래서 35년 전과 똑같이 리자베

---

153 상뜨 뻬쩨르부르그 북부 네바 강에 있는 섬.

따 쁘로꼬피예브나를 여전히 자신의 피보호자protégée로 여기며, 그녀가 천방지축에 까탈스럽게 성질을 부릴 때면 그냥 눈감아 주지 못했다. 그건 그렇다 치고 노부인은 자기 나름대로 주석을 달았다. 〈너희 집안은 모두 지나치게 지레 짐작하는 버릇이 있는 것 같다. 아무래도 파리 새끼를 코끼리로 만들고서[154] 야단법석을 떠는 게 아닌지 모르겠어. 아무리 귀를 쑤시고 들어 봐도 정말 집안에 무슨 심각한 일이 일어났다고는 믿을 수 없다. 당분간 무슨 일이 일어날 때까지 기다리고 있는 편이 낫지 않겠느냐. 보기에 공작은 훌륭한 젊은이인 것 같다. 하기야 병자에다 이상야릇하고 시원찮은 인물이긴 하지만서도. 뭐니뭐니 해도 제일 고약한 것은 공공연히 다른 애인을 두고 있다는 거다.〉 리자베따 쁘로꼬피예브나는 벨로꼰스까야 부인이 신랑감으로 직접 추천한 예브게니와의 혼사가 실패한 것 때문에 약간 화가 나 있는 것을 눈치 챘다. 리자베따 쁘로꼬피예브나는 떠나기 전보다 훨씬 신경질이 나서 빠블로프스끄의 집으로 돌아왔다. 가족들은 어머니가 집안에 들어서자마자 잔소리를 들어야 했다. 모두들 〈미쳤다〉는 것이었다. 〈일을 이 따위로 처리하는 집은 세상에 우리 집밖엔 없을 게다. 뭘 하려고 그렇게 서두르는 거냐? 대체 무슨 난리라도 터졌다는 거냐? 나는 눈을 아무리 까뒤집고 봐도 별일 없더구먼! 당분간 두고 보자꾸나! 파리 새끼로 코끼리를 만드는 것 말고도 아버지가 얼마나 뚱딴지 같은 발상을 하는지 잘 알잖니?〉

결국 마음을 가라앉히고 냉정히 관찰하면서 기다려야 된다는 결론이 나왔지만, 안타깝게도 평온은 잠시도 계속되지 못했다. 냉정함에 첫번째 타격을 가했던 것은 어머니가 까멘니 섬에 다녀오느라고 집을 비운 사이에 일어난 소식들이었다(리자베따 쁘로꼬피예브나가 벨로꼰스끼 공작 부인을 방문한 것은 공작이 10시

---

[154] 러시아 속담. 심하게 과장하여 말한다는 뜻.

가 안 되었을 거라고 생각하며 자정이 넘어 나타난 그 다음날 아침이었다). 어머니가 성급하게 캐묻자 아글라야의 언니들은 극히 상세하게 대답했다. 우선 〈어머니가 없는 동안 아무 일도 없었던 거나 다름없어요〉라고 알렸다. 공작이 왔을 때 아글라야는 오랫동안 못 본 척하다가 30분 후에야 내려와선 다짜고짜 공작에게 장기를 두자고 했다는 것이다. 공작은 장기 두는 법을 잘 몰랐기 때문에 아글라야는 그를 무난히 이겼다. 그녀는 아주 기뻐하며 공작의 실력이 서툴다고 심한 창피를 주면서 마구 조롱했다. 옆에서 바라보기가 민망할 정도였다. 그 다음엔 카드 놀이를 제안했다. 그러나 여기서는 완전히 역전되었다. 카드 놀이에선 공작이 아글라야보다 한수 위 같았다. 아니 그보다는 완전히 전문가였다. 아글라야는 속임수를 써서 공작이 보는 앞에서 카드 패를 바꿔치기도 하고 슬쩍 훔치기까지 했으나, 그래도 공작은 다섯 번이나 연거푸 이겼다. 아글라야는 발끈 성을 내며 독설을 퍼붓기 시작했다. 아글라야가 하도 기를 쓰고 대드는 바람에 공작도 웃고만 있을 수 없게 되었다. 더욱이 〈공작이 이 방 안에 앉아 있으면 발도 들여놓지 않겠다는 것과 자정이 넘은 시간에 남의 집에 찾아오는 것은 염치없는 행위〉라고 말하자 공작은 새파랗게 질려 버리고 말았다. 아글라야는 이렇게 말하고선 문을 쾅 닫고 나가 버렸다. 언니들의 위로에도 불구하고 공작은 마치 장례식에서 돌아가는 사람처럼 떠나갔다. 공작이 돌아간 지 15분이 채 되지 않아 뜻밖에도 아글라야는 2층 테라스에서 뛰어 내려왔는데 어찌나 다급했던지 미처 눈물마저 닦을 겨를이 없었던 듯 얼굴이 온통 눈물에 젖어 있었다. 내려온 이유는 꼴랴가 고슴도치를 가지고 왔기 때문이었다. 모두들 고슴도치를 구경하기 시작했고, 이들의 질문 세례에 니꼴라이는 고슴도치는 자기 것이 아니라고 대답했다. 그리고 자기는 레베제프의 아들인 중학생 친구 꼬스쨔와 함께 오다가, 꼬스쨔가 도끼를 가지고 있어서 집 안에 들어오길 꺼려 한길에 서 있다고 했다. 두 소년은 좀 전에 지나가던 농부에게서 이 고슴도치와 도끼를 샀다는 것이다. 농부는 고슴도치 값으로 50꼬뻬이까를 받았으며, 마침 아주 좋은 도끼까지 갖고 있어서 농부를 설득하여 함께 구입했노라고 말했다. 그때 느닷없이 아글라야는 고슴도치를 자기에게 팔라고 무척이나 졸라대다가 급기야는 〈귀여운〉 니꼴라이라고 불렀다. 니꼴라이는 한동안 거절하다가 더 이상 견디질 못하고 꼬스쨔를 불러들였다. 꼬스쨔는 정말로 도끼를 들고 들어오며 몹시 당황스러워했다. 알고 보니 고슴도치의 주인은 이들이 아니라 뻬뜨로프라는 제3의 소년이었다. 뻬뜨로프는 돈 때문에 고통을 겪고 있는 또 다른 소년에게서 슐로서의 저서 『역사』[155]를 사다 달라고 부탁받고 이들에게 돈을 맡겼던 것인데, 이들이 책을 사러 가던 도중에 참지 못하고 고슴도치를 사버렸던 것이다. 그래서 고슴도치와 도끼는 제3자인 소년에게 슐로서의 『역사』 대신에 갖다 줘야만 되었다. 그러나 아글라야가 졸라대는 바람에 결국 고슴도치를 팔기로 했다. 고슴도치를 넘겨받자마자 아글라야는 니꼴라이의 도움을 받아 그것을 바구니에 넣고 냅킨용 천으로 씌워서, 자신의 〈깊은 존경의 표시〉라고 말하며 공작에게 곧바로 전해 달라고 니꼴라이에게 부탁했다. 니꼴라이는 그녀의 부탁대로 틀림없이 전해 주겠노라고 약속했다. 하지만 대뜸 〈고슴도치를 선물로 보내려는 의도가 대체 무엇인가요?〉라고 덧붙였다. 아글라야는 상관 말라고 대답했다. 니꼴라이는 무슨 비유가 담겨져 있는 게 분명하다고 말했다. 아글라야는 발끈 화를 내며 코흘리개 주제에 건방지다고 잘라 말했다. 니꼴라이는, 만약 자기가 아글라야를 숙녀로 존경하지 않고

---

[155] 프리드리히 크리스토프 슐로서(1776~1861). 독일 역사학자. 그의 저서 『세계의 역사』(1844~1856)는 1861년부터 1869년에 걸쳐 러시아에서 번역되어 출판되었다. 도스또예프스끼의 서재에는 이 번역본의 제1권이 있었다.

더욱이 자신을 받쳐 주는 신념이 없었다면, 이런 모욕적인 말에 당장 대꾸할 수 있다는 것을 증명했을 것이라고 말했다. 그럼에도 불구하고 니꼴라이는 기꺼이 고슴도치를 들고 떠났고 꼬스쨔도 그 뒤를 따라 달려갔다. 아글라야는 니꼴라이가 바구니를 심하게 흔들어 대는 것을 보고는 참다 못해 테라스에서 큰 소리로, 방금 그와 싸웠던 것을 까맣게 잊은 듯 〈꼴랴, 떨어뜨리지 않도록 조심해. 부탁이야〉 하고 외쳤다. 꼴라도 역시 가다 말고는 언제 싸웠냐는 듯이 〈안 떨어뜨려요, 아글라야. 염려 말아요〉 하고 흔쾌히 외친 후 다시 쏜살같이 달려갔다. 그러고 나서 아글라야는 깔깔거리며 지극히 흡족한 표정으로 자기 방으로 들어갔고, 종일토록 유쾌한 기분을 유지했다.

리자베따 쁘로꼬피예브나는 이러한 소식에 아연실색했다. 〈도대체 뭘까?〉 겉보기에는 아무렇지 않아 보여도 그녀의 불안은 극에 달했다. 그녀는 무엇보다도 고슴도치가 마음에 걸렸다. 고슴도치는 무엇을 의미할까? 대체 무슨 암호일까? 대체 무슨 뜻일까? 이따위 전보가 있단 말인가? 때마침 자리에 있던 가엾은 이반 표도로비치는 엉뚱하기 짝이 없는 대답으로 일을 그르쳐 버렸다. 예빤친은 전보 따위는 없으며 〈고슴도치는 단지 고슴도치일 뿐이오. 단지 우정을 위해 모욕을 잊고 화해하자는 뜻에서 나온 악의 없는 장난이라고요〉라고 말했다.

장군의 추측이 정확했다는 말을 미리 해두고 싶다. 아글라야의 놀림을 받고 쫓겨나다시피 한 공작은 집으로 돌아와서 벌써 30분가량이나 암울한 절망에 젖어 앉아 있었는데, 뜻밖에도 니꼴라이가 고슴도치를 가지고 나타났다. 돌연히 먹구름이 걷히는 느낌이었다. 공작은 죽었다가 별안간 소생한 사람처럼 니꼴라이에게 꼬치꼬치 캐묻기 시작했다. 그는 말 한 마디 한 마디를 되씹으며 같은 질문을 10번씩이나 되풀이했다. 그러고는 천진난만하게 웃으며 자기를 바라보고 벙글거리는 두 소년의 손을 몇 번이나 쥐고 흔들었다. 결국 아글라야가 공작을 용서해 당장 오늘 저녁에라도 다시금 그녀의 집을 방문할 수 있게 된 셈이다. 공작에게 그것은 무엇보다도 중요한 일이자 전부이기조차 했다.

「우리는 아직도 어린애야, 꼴랴! 그리고…… 그리고…… 우리가 애들이라서 참 좋구나!」 마침내 공작은 희열을 느끼며 즐거워했다.

「아주 간단합니다. 그녀는 공작을 사랑하고 있어요. 그 이상도 그 이하도 아닐 거예요!」 니꼴라이는 자못 위엄 있는 말투로 한마디를 던졌다.

공작은 얼굴이 화끈 달아올랐지만 아무런 대꾸도 하지 않았고, 니꼴라이 혼자 손뼉을 치며 깔깔 웃어 댔다. 몇 분 후에 공작 역시 막 웃어 대더니 저녁이 될 때까지 5분이 멀다 하고 시계를 들여다보며 시간이 가기를 초조하게 기다렸다.

이렇게 해서 분위기는 한껏 고조되었다. 그러나 리자베따 쁘로꼬피예브나는 마침내 더 이상 견뎌 내질 못하고 히스테리 상태에 이르게 되었다. 남편과 딸들의 만류에도 불구하고 최종적으로 분명한 대답을 듣고자 즉시 아글라야를 불러오도록 했다. 〈이런 일은 아예 결판을 내야 해요! 다시는 입 밖에 내지도 못하게 만들어야 해요! 그렇지 않으면 난 오늘 밤 안으로 죽고 말 거예요!〉 그제서야 모두들 문제가 갈피를 잡을 수 없을 만큼 뒤죽박죽 된 것을 알아차렸다. 아글라야는 공작에 대한 모든 심문에 시치미를 떼고 놀라워하거나 노여워하기도 하고, 박장 대소를 하지 않으면 조소를 할 뿐 아무런 대답도 하지 않았다. 리자베따 쁘로꼬피예브나는 자리에 앓아 누웠다가 공작이 올 때쯤 되어서야 차를 마시러 나왔다. 안절부절못하던 리자베따 쁘로꼬피예브나는 공작이 나타나자마자 다시 히스테리 상태에 도달했다.

공작도 묘한 미소를 띠고는 마치 모두에게 뭔가 묻고 싶은 듯 힐끗힐끗 눈치를 살피며 쭈뼛쭈뼛 들어왔다. 그러나 아글라야의 모습이 또다시 방 안에서 보이지 않자 당혹스러웠다. 이날 저녁은 가족들 이외에 다른 사람은 없었다. S공작은 예브게니의 삼촌 문제로 아직도 뻬쩨르부르그에 있었다. 〈하다못해 그 사람이라도 여기 있었다면 뭔가 말해 주었을 텐데.〉리자베따 쁘로꼬피예브나는 안타까워했다. 예빤친 장군은 매우 걱정스런 표정으로 앉아 있었다. 언니들은 심각한 모습으로 짐짓 침묵을 지키고 있는 듯했다. 리자베따 쁘로꼬피예브나는 어디서부터 이야기를 꺼내야 할지 몰랐다. 끝내는 느닷없이 철도에 대한 비난을 맹렬하게 퍼부으면서 극히 모욕적인 태도로 공작을 바라보았다.

아글라야가 나오지 않자 공작은 절망에 빠졌다. 어찌할 바를 몰라 하다가 간신히 말을 꺼낸 그는, 길을 닦는 것은 참 유용한 일이라는 의견을 피력했다. 그렇지만 아젤라이다가 웃음을 터뜨리는 바람에 공작은 다시 의기소침해졌다. 바로 이 순간에 아글라야가 살며시 들어오더니 아주 예의 바르게 공작에게 인사를 하고는 둥근 탁자 주위에서 가장 눈에 잘 띄는 곳에 오만하게 자리를 잡았다. 그녀는 무엇인가를 묻는 듯한 시선으로 공작을 쳐다보았다. 마침내 모든 의혹이 풀릴 때가 왔나 보다라고 모두들 생각했다.

「내가 보낸 고슴도치는 받으셨나요?」 그녀는 퉁명스럽게 거의 화가 난 듯이 물었다.

「받았습니다.」 얼굴을 붉히며 꺼져 가는 목소리로 공작이 대답했다.

「거기에 대해 어떻게 생각하는지 빨리 얘기해 보세요. 어머니와 우리 가족 전체를 진정시키기 위해 필요하니까요.」

「잠깐, 아글라야……」 불현듯 장군은 불안해지기 시작했다.

「정말 네가 나중에는 못 하는 말이 없구나!」 리자베따 쁘로꼬피예브나가 놀라서 외쳤다.

「어머니, 내가 뭐 못 할 말을 했나요?」 딸은 즉시 쌀쌀맞게 대답했다.「오늘 공작께 고슴도치를 보내 드려서, 거기에 대한 의견을 듣고 싶은 것뿐이에요. 그래, 어떻게 생각하나요? 공작!」

「그러니까……, 무슨 얘기지요, 아글라야!」

「고슴도치에 대해서예요!」

「저…… 아글라야, 고슴도치를 받고 어떻게 생각했는지 알고 싶단 얘기군요? 아니, 이렇게 말하는 게 낫겠군요. 내가 어떤 눈으로 보았느냐…… 다시 말해, 이런 경우에 생각컨대…… 한마디로……」

공작은 숨이 막혀 입을 다물었다.

「무슨 말인지 하나도 못 알아듣겠군요」한 5초 가량 기다리다 아글라야가 이렇게 쏘아붙였다.「좋아요. 고슴도치 얘기는 그만하기로 하죠. 어쨌든 이제서야 쌓이고 쌓인 오해를 풀 기회가 생겨 기쁘군요. 직접 말해 보시죠, 내게 청혼할 건가요, 아닌가요?」

「어이구, 하느님!」이 말이 리자베따 쁘로꼬피예브나의 입에서 저절로 튀어나왔다.

공작은 흠칫 놀라서 한 걸음을 뒤로 물러섰다. 예빤친은 화석처럼 굳어 버렸고 언니들은 눈살을 찌푸렸다.

「거짓말하지 말고 사실대로 얘기하세요, 공작! 당신 때문에 내가 이상한 심문을 받고 있으니까요. 무슨 근거가 있으니까 그런 심문을 하는 게 아닐까요? 어서요!」

「난 당신한테 청혼하지 않았습니다, 아글라야 이바노브나.」공작이 갑자기 생기를 되찾으며 말했다.「하나 내가 당신을 얼마나 사랑하고 신뢰하는지 당신 자신이 잘 알고 있어요……. 바로 이 순간에도 말입니다…….」

「내가 여쭙고 싶은 건 내게 청혼할 의사가 있냐 없냐는 거예요!」

「청혼하고 싶습니다.」공작은 조용히 대답했다.

모두들 술렁대기 시작했다.

「글쎄, 그런 게 아니라고, 친구!」 예빤친 장군이 몹시 동요하며 말했다. 「만약 그렇다면, 아글라야, 그건…… 그건 가당치도 않아! 여보게, 공작, 미안하네! 리자베따 쁘로꼬피예브나, 당신한테도 미안해! 분명히…… 해두었으면 좋겠소…….」 예빤친은 좀 거들어 달라는 듯이 부인을 쳐다보았다.

「아무 말 하고 싶지 않아요! 아무 소리도 듣고 싶지 않다고요!」 부인은 두 손을 내저었다.

「어머니, 나한테도 말할 기회를 주세요. 이런 경우엔 당사자의 의견도 중요하잖아요. 내 운명이 결정되는 특별한 순간이니까요 (아글라야는 그와 같은 표현을 썼다). 나 자신도 알고 싶은 게 있을 뿐만 아니라, 이처럼 여러 사람 앞에서라 기분이 무척 좋기도 하고요. 공작, 이렇게 묻는 게 실례가 될지 모르지만 만일 당신이 〈그런 의향〉을 품고 있다면, 과연 무엇으로 날 행복하게 해주실 거죠?」

「정말 어떻게 대답해야 할지 모르겠군요. 이럴 땐 대체 뭐라고 대답해야 좋을까요? 게다가…… 그런 걸 반드시 말해야 할 필요가 있을지…….」

「너무 흥분해서 숨이 가쁜 모양이군요. 잠깐 한숨을 돌려 기운을 차리도록 하세요. 물이라도 한 잔 드시는 게 어때요? 하긴 곧 차가 나오겠지만.」

「난 당신을 사랑하고 있습니다, 아글라야 이바노브나. 진심으로 사랑하고 있어요. 오직 당신만을 사랑하고 있습니다……. 아무쪼록 농담은 말아 주십시오. 당신을 열렬히 사랑하고 있습니다!」

「그렇다 치더라도 이건 중대한 문제예요. 우린 어린애들이 아니니 문제를 실질적으로 짚고 넘어가야 해요……. 좀 어렵겠지만 재산이 얼마나 되는지 말해 주겠어요?」

「얘, 얘, 아글라야, 그게 무슨 소리냐? 그런 건 문제가 아니다. 그런 건……」이반 표도로비치는 경악을 금치 못한 채 중얼거렸다.
「이게 무슨 창피람!」리자베따 쁘로꼬피예브나가 커다란 소리로 투덜댔다.
「정신이 나갔어!」알렉산드라도 어머니와 마찬가지로 외쳤다.
「재산이라니…… 돈 말입니까?」공작은 놀라움을 금치 못했다.
「네, 바로 그거예요.」
「내가 가진 재산은…… 내가 가진 것은 현재 13만 5천 루블입니다.」공작은 얼굴을 붉히며 중얼거렸다.
「겨우 그것뿐이에요?」아글라야는 얼굴빛 하나 변하지 않고 노골적으로 커다랗게 외쳤다.「하기야 그 정도면 되겠지요. 절약을 단단히 한다면 말이에요……. 그래, 직업은 가질 계획인가요?」
「가정교사 자격증을 따고 싶었어요…….」
「그게 좋겠군요. 물론 그만큼 수입이 늘 테니까요. 시종 무관이 될 생각은 없나요?」
「시종 무관이오? 그런 생각은 해보지 않았습니다만…….」
이때 언니들은 터져 나오는 웃음을 참지 못하고 깔깔거리기 시작했다. 아젤라이다는 아까부터 억지로 웃음을 참으려고 온갖 애를 쓰고 있는 아글라야의 모습을 눈치 채고 있었다. 아글라야는 깔깔거리는 언니들을 무서운 얼굴로 쏘아보았으나, 결국은 그녀 자신도 참지 못하고 미친 듯이 웃어 댔다. 마치 히스테리를 부리는 것 같았다. 마침내 아글라야는 벌떡 일어나서 방을 뛰쳐 나갔다.
「결국 웃음으로 끝날 거라 생각했어요!」아젤라이다는 소리쳤다.「처음에 고슴도치를 보낼 때부터 알아봤어요!」
「아니다. 이런 짓은 용서할 수 없다!」리자베따 쁘로꼬피예브나는 노기 등등하여 벌떡 일어나서는 재빨리 아글라야의 뒤를 쫓아갔다. 언니들도 즉시 쫓아 나갔다. 방 안에는 공작과 아버지만 남게 되었다.

「이거, 원…… 이게 무슨 일인지 대체 상상할 수 있겠나, 공작? 아니, 솔직히, 솔직하게 말해 보게나!」 장군은 버럭 소리를 질렀으나, 자신도 무슨 말을 해야 되는지 모르는 눈치였다.

「아글라야 이바노브나가 날 조롱했을 뿐입니다.」 공작이 서운한 듯이 대답했다.

「여보게, 기다려 보게. 내가 가서 좀 보고 올 테니 자네는 여기서 기다려 주게, 알겠나? 자네만이라도 나한테 자세히 얘기해 줘야 할 게 아닌가? 어떻게 해서 이런 일이 벌어졌고, 대체 이 일이 뭘 의미하는 건지……. 생각해 보게, 난 가장이 아닌가. 누가 뭐래도 저 애 아비란 말일세. 그런데도 뭐가 뭔지 모른다고 해서야 어디 말이 되나. 정말 자네만이라도 사실대로 얘기해 주게!」

「난 아글라야 이바노브나를 사랑하고 있습니다. 그녀도 이 사실을 알고 있습니다. 벌써 오래전부터 알고 있었을 겁니다.」

장군은 어깨를 으쓱해 보였다.

「뜻밖이야…… 뜻밖이야! 그래, 진심으로 사랑하나?」

「진심으로 사랑하고 있습니다.」

「아무튼 뜻밖이야. 나로서는 모든 것이 뜻밖이야! 정말이지 예기치 않은 충격이야……. 물론 나는 자네의 재산을 두고 하는 말은 아닐세(하긴 좀 더 많기를 기대했지만). 나로서는 딸의 행복이……, 결국 뭐랄까, 자네는 그 애를 행복하게 해줄 수 있나? 그리고, 그리고 말이야……. 그건 뭔가, 그 애가 한 말은 농담인가 진담인가? 자네가 아니라 그 애가 말일세?」

이때 방문 뒤에서 알렉산드라 이바노브나의 목소리가 들려왔다. 아버지를 부르는 것이었다.

「기다려 주게. 잠깐 기다려 보게! 기다리는 동안 잘 생각해 보게나. 내 곧 돌아올 테니…….」 그는 성급하게 말하고 알렉산드라가 부르는 쪽으로 허겁지겁 달려갔다.

아내와 딸이 꼭 부둥켜안고 눈물을 흘리고 있었다. 그것은 행복과 환희에 찬 화해의 눈물이었다. 아글라야는 어머니의 손이며 볼이며 입술에 정신없이 키스를 하고 있었다. 모녀는 뜨거운 포옹을 나누고 있었다.

「글쎄, 이 아일 좀 보세요, 여보. 금세 이렇다니까요!」 리자베따 쁘로꼬피예브나가 말했다.

아글라야는 어머니의 가슴에서 눈물에 젖은 행복한 얼굴을 들고 아버지를 쳐다보더니 커다란 소리로 웃으며 그에게로 달려가서 두 팔로 얼싸안고 몇 번이나 키스를 퍼부었다. 그런 다음 또다시 어머니한테 달려들어서는 아무도 안 보이게 어머니의 가슴에 얼굴을 푹 파묻고 다시금 울음을 터뜨렸다. 리자베따 쁘로꼬피예브나는 자기의 숄로 딸을 감싸 주었다.

「대체 우리에게 뭘 한 거니? 이 무정한 것 같으니. 대체 어쩌겠다는 거냐?」 리자베따 쁘로꼬피예브나는 마치 호흡이 갑자기 수월해진 것 같은 기쁨에 찬 어조로 말했다.

「그래요, 난 무정한 것이고, 몹쓸 아이예요!」 아글라야가 말꼬리를 잡았다. 「쓸모없는 데다가 버릇까지 없죠! 아버지한테도 그렇게 말해 주세요. 아, 참, 아버지가 여기 와 계시지요. 아버진 거기서 다 듣고 있지요?」 흐르는 눈물 속에 웃음을 섞어 가며 그녀는 이렇게 말했다.

「귀여운 것아, 넌 내 우상이야!」 장군은 행복에 겨운 얼굴로 딸의 손에 입을 맞추었다. (아글라야는 손을 뿌리치지 않았다.) 「그러니깐 그 청년을 사랑하고 있단 말이구나.」

「아니에요, 아니에요! 아버지가 말하는 그 사람은 꼴도 보기 싫단 말이에요!」 아글라야는 발칵 성을 내며 고개를 번쩍 쳐들었다. 「아버지, 그런 소리는 입 밖에 내지도 마세요……. 진심이에요, 아시겠어요? 정말이라고요.」

사실 그녀의 표정은 심각했다. 빨갛게 상기된 얼굴에서는 두 눈이 이글거리고 있었다. 아버지는 입을 다문 채 어리둥절해 있었으나 아글라야의 등 뒤에서 리자베따 쁘로꼬피예브나가 눈짓을 했다. 〈묻지 말라〉는 뜻이었다.

「그럼 얘야, 네 맘대로 하려무나. 지금 저기서 그 청년이 혼자 기다리고 있는데, 이젠 돌아가 보라고 정중하게 말하는 게 좋지 않을까?」

이번에는 장군이 아내 리자베따 쁘로꼬피예브나에게 눈짓을 했다.

「아니에요, 그럴 필요 없어요. 게다가 〈정중하게〉라면 더 더욱 그렇게 할 필요가 없어요. 아버지가 먼저 그 사람한테 가보세요. 나는 곧 뒤따라갈 테니까요. 가서 무례하게 군데 대해…… 사과해야겠어요.」

「너무 심했지 뭐냐!」 예빤친은 진지한 어조로 힘주어 말했다.

「저…… 모두들 여기 계시는 게 좋겠어요. 나 혼자 먼저 갈 테니 다들 조금 있다가 따라들 오세요. 그게 좋겠어요.」

아글라야는 문 앞에까지 갔다가는 갑자기 되돌아왔다.

「우스워 죽겠어요! 너무 우스워서 죽을 것 같아요!」 그녀는 호소하듯 말했다.

그러나 잠시 후 몸을 홱 돌려 공작에게 달려갔다.

「도대체 어찌 된 일이오? 그래, 당신 생각은 어떻소?」 이반 표도로비치가 재빨리 말했다.

「입 밖에 내기가 무섭군요.」 리자베따 쁘로꼬피예브나 역시 서둘러 말했다. 「그러나 내가 보기엔 뻔해요.」

「그래, 내가 봐도 뻔한 것 같소. 자명한 일이지, 사랑하는 거야.」

「사랑 정도가 아니에요. 푹 빠졌어요!」 알렉산드라 이바노브나가 한마디 거들었다. 「겨우 저런 사람한테…….」

「저 애의 운명이 그렇다면, 하느님, 축복해 주세요!」 리자베따 쁘로꼬피예브나가 경건하게 성호를 그었다.

「말하자면 이것도 운명이야.」 장군은 힘주어 말했다. 「운명을 피할 순 없지!」

그러고는 다들 거실로 들어갔는데 거기선 또다시 뜻밖의 상황이 기다리고 있었다.

아글라야는 자기가 걱정했던 것처럼 웃음을 터뜨리지 않았고, 공작에게 다가가서 오히려 수줍게 말하고 있었다.

「어리석고 짓궂은 말괄량이를 용서하시고(그녀는 공작의 손을 잡았다) 우리가 당신을 정말로 존경하고 있다는 걸 믿어 주세요. 내가 선량하고 아름다운 당신의 순박함을 조롱했다면 그저 어린애 같은 장난이려니 하고 용서해 주세요. 또 내가 아무 소용 없는 어리석은 것을 고집한 데 대해 용서해 주세요!」

아글라야는 마지막 말에 특히 힘을 주었다.

아버지, 어머니, 두 언니가 이때에 맞춰 거실로 들어와서는 그 장면을 보고 다들 〈아무 소용 없는 어리석은 것〉이란 말에 놀랐다. 게다가 아글라야의 심각한 표정에 한층 더 경악을 금할 수가 없었다. 모두들 의아하다는 얼굴이었다. 그러나 정작 이 말을 알아듣지 못한 공작은 흡사 행복의 절정에 도달한 듯한 모습이었다.

「원, 별말을 다 하십니다.」 공작은 중얼거렸다. 「무엇 때문에 당신은...... 내게 용서를 비는 겁니까?」

공작은 용서를 받거나 말거나 할 자격이 자기에게는 없다고까지 말하고 싶었다. 그도 어쩌면 〈아무 소용 없는 어리석은 것〉이라는 말뜻을 알아들었는지 모른다. 그러나 이상한 사람인지라 오히려 이 말을 반갑게 받아들일 수도 있었다. 누구의 방해도 받지 않고 아글라야한테 놀러 와서, 그녀와 더불어 대화를 나누고, 같이 앉아 있기도 하고, 함께 산책을 나갈 수 있다는 것만으로도 더없이 행복해 할 것이다. 또한 한평생 그것만으로 만족할 수도 있을 것이다(리자베따 쁘로꼬피예브나는 은근히 이런 만족감을 우려하고 있었다. 부인은 공작의 사람됨을 잘 알고 있었기에, 마음

발달되어 있기 때문에 동시에 두세 가지 이상을 품고 있단 말이지요……. 요즘 사람이 훨씬 폭이 넓어요. 때문에 그 시대 사람들처럼 외곬로만 나가기가 어렵지요. 나는…… 나는 단지 그런 쪽으로 말하고 싶었을 뿐이지, 결코…….」

「알겠습니다. 당신은 아까 내 의견에 이의를 제기한 것이 미안해서 지금 날 위로하는 거군요. 하하하, 당신은 정말 어린애군요, 공작. 아무튼 당신네들은 모두 나를…… 무슨 사기 그릇처럼 조심조심 다루고 있는 것 같군요. 하지만 상관없습니다. 상관없어요. 난 절대로 화를 내지 않을 테니까요……. 한데 얘기가 좀 이상하게 된 것 같군요. 어떤 때 보면 당신은 완전히 어린애 같아요. 공작, 실은 나도 오스쩨르만보다는 좀 더 그럴듯한 인간이 되고 싶은 마음이 없는 것도 아닙니다. 오스쩨르만은 죽었다가 다시 소생할 가치가 없거든요……. 하긴 나 같은 놈은 하루 바삐 죽는 편이 좋을 거예요. 그렇지 않으면 차라리 나 스스로……. 아니, 내버려 두세요. 그럼, 안녕히 계세요! 아니, 당신의 방법대로라면 어떻게 해야 가장 뜻 있게 죽을 수 있을까요? 말해 주세요.」

「우리 옆을 그냥 지나쳐 가시오! 그리고 우리들의 행복을 빌어 주구려!」 공작은 나직이 말했다.

「하하하, 그러실 줄 알았어요. 틀림없이 그런 말이 나올 줄 알았어요. 그렇지만 당신은…… 당신은 말이에요……, 아니, 됐어요. 달변이시군요! 안녕히, 안녕히 계세요!」

6

바르바라 아르달리오노브나가 오빠에게 전한 소식은 확실한 것이었다. 예빤친 일가의 별장에서 열리는 파티에 벨로꼰스끼 공작 부인이 초대되었다는 내용이었다. 이날 저녁에는 몇 사람의 손님을 초대하기로 되어 있었지만 바르바라는 사실보다 약간 더 부풀려 말했다. 사실 예빤친의 집에서는 모든 행사가 여느 집에서와는 전혀 달리 진행되었기 때문에, 혼사 문제는 불필요한 소동까지 불러일으키며 몹시 서둘러서 결정되었다. 〈모든 일을 더 이상 우물쭈물하고 있을 수 없다〉는 리자베따 쁘로꼬피예브나의 성급한 재촉과 사랑스런 딸의 행복을 바라는 부모의 간절한 바람 때문에 번갯불에 콩 볶아 먹을듯이 이루어진 것이다. 뿐만 아니라 벨로꼰스까야 부인이 곧 떠날 예정이라 더욱 서두르지 않으면 안 되었다. 이 노부인의 추천은 사교계에서 매우 권위가 있었으므로 예빤친 부부는 노부인이 공작에게 호의를 가져 주길 바랐고, 위세 당당한 〈노파〉의 추천을 받아 아글라야의 신랑감이 〈사교계〉로 진출하게 될 거라는 계산도 하고 있었다. 이 결혼에 약간 개운치 않은 면이 있더라도 〈노파〉의 비호 아래서라면 어느 정도 무마될 수 있지 않을까 하는 희망이 엇갈려 있었다. 사실 문제는, 부모들이 〈이 결혼 계획에 뭔가 개운치 않은 점이 있는가? 있다면 어느 정도까지인가, 아니면 전혀 없는가?〉 하는 물음에 스스로 해답을 내지 못하는 데 있었다. 아글라야 덕분에 무엇 하나 명백하게 결정되어 있지 않은 현 상황에서 권위 있는 유능한 사람들의 솔직하고 우정 어린 의견은 참으로 유용할 것이다. 어쨌든 조만간 공작을 사교계에 선보여야만 했다. 그런데 공작은 그 방면에 완전히 문외한이었으므로 한마디로 그를 〈선보일〉 계획이었다. 파티는 단지 〈가까운 친구〉만 초대될 예정이어서, 별다른 격식 없이 계획되었다. 벨로꼰스까야 부인 이외에 어느 고관의 부인도 초대되었다. 젊은이라곤 예브게니 빠블로비치만 초대되었다. 그가 벨로꼰스까야 할머니를 모셔 오기로 되어 있었다.

공작은 벨로꼰스까야 부인이 참석할 것이라는 소식을 파티가 있기 사흘 전에 들었지만, 바로 전날에서야 파티가 열린다는 사실을 알았다. 물론 공작은 예빤친 가족들의 분주한 분위기를 눈치 채고 있었다. 더러는 뭔가 암시하는 듯한 걱정스러운 가족들의 말투로 미루어 자기가 손님들에게 줄 인상을 은근히 염려하고 있다는 것을 알아챌 수 있었다. 그러나 예빤친 네 사람들은 약속이나 한 듯이 공작이 어수룩해서 남들이 자기를 아무리 염려해 줘도 절대로 눈치 채지 못하리라고 생각했다. 그들은 공작이 다가올 행사에 대해 어떠한 의미도 두지 않고 있는 것을 보고 속이 탔다. 그는 전혀 다른 일에 몰두해 있었다. 아글라야가 날이 갈수록 변덕이 심해져 가고 침울해져 가는 것이 무엇보다도 공작의 애를 태웠다. 공작은 예브게니가 초대되었다는 사실을 매우 반기면서 오래전부터 그가 보고 싶었다고 말했다. 그런데 왜 그런지 아무도 공작의 말에 코방귀도 뀌지 않았다. 아글라야는 신경질을 부리며 방에서 나가 버리더니 밤늦게, 자정이 되어서 공작이 떠날 채비를 하려니까 배웅하러 나왔다. 아글라야는 단둘이서 말할 틈을 찾아 공작에게 속삭였다.

「내일은 낮에 오지 말고, 손님들이 다 모이는 저녁에 오셨으면 해요. 손님들이 온다는 건 알고 있죠?」

아글라야는 빠르고도 아주 냉랭한 어조로 말했다. 그녀가 〈파티〉에 대해 언급한 것은 이번이 처음이었다. 그녀도 손님들 앞에 공작을 선보인다는 게 마냥 꺼림칙했다. 가족들은 아글라야의 그런 마음을 눈치 채고 있었다. 어쩌면 이 일로 부모와 한바탕 언쟁이라도 벌이고 싶었겠지만 자존심과 부끄러움 때문에 입을 다물고 있었다. 그제서야 공작은 아글라야가 자기를 걱정하고 있다는 것을 알아차리고(그녀는 걱정한다는 자체를 시인하고 싶어하지 않았으나) 갑자기 당황스러워졌다.

「네, 나도 초대받았어요.」 공작이 대답했다.

아글라야는 말을 잇기가 곤란한 듯 보였다.

「정말 당신과 진지한 얘기를 나눌 수 있을까요? 일생에 단 한 번만이라도요.」 그녀는 갑자기 발끈 화를 내면서 자신을 억누르지 못했다.

「물론이지요. 그렇게 하겠어요. 난 매우 기쁜걸요……」 공작이 중얼거렸다.

아글라야는 잠시 말을 멈추었다가 아주 혐오스럽다는 듯이 말하기 시작했다.

「난 이 문제로 집안 식구들과 다투고 싶지 않아요. 말해 봐야 알아듣지 못할 게 뻔하잖아요. 난 엄마가 절대 복종하는 사교계의 규칙들이 아주 진절머리가 나요. 아버지는 물어보고 싶지도 않고요. 아버지한테 제대로 들어 본 대답이 없으니까요. 물론 어머니는 고상한 분이지만 시험삼아 비열한 일을 아무거나 제안해 보세요. 아주 난리가 날 거예요. 그렇지만 쓰레기 같은 그 심술쟁이 앞에서만은 굽실거릴 거예요! 그게 꼭 벨로꼰스까야 할머니를 두고 한 말은 아니에요. 다 늙어빠진 할머니가 성질은 아주 고약한데도 영리한 덕에 우리 집 사람들을 모조리 손아귀에 쥐고 놀아요. 그걸로도 대단하다고 할 수 있죠. 아, 구역질 나! 아니 가소로워요. 우리는 언제나 중류층에서도 대표적인 중류층에 속하는 사람들인데 상류 사회에 끼어들려고 발버둥쳐야 할 까닭이 있을까요? 언니들은 거기에 끼어들 생각인가 본데, S공작이 부추겼기 때문이에요. 어째서 당신은 예브게니가 오는 것을 반가워하지요?」

「아글라야.」 공작이 말했다. 「내일 있을 파티에 내가 낙제나 당할까 봐 당신이 우려하고 있다는 걸 알아요……」

「당신을 우려한다고요?」 아글라야는 얼굴을 붉혔다. 「어째서 내가 당신 걱정을 한다는 거죠? 설사…… 당신이 망신을 당한들 그게 나와 무슨 상관이죠? 도대체 어떻게 이런 말을 할 수 있죠? 〈낙제〉라는 건 무슨 뜻이에요? 그건 저속하고 천박한 용어예요.」

「그건…… 초등학교에서나 쓰는 말이지요.」

「그래요, 꼬마들이나 써먹는 저속한 용어죠! 그래, 내일도 그런 말만 골라 가며 쓸 작정인가요? 집에 돌아가거들랑 아예 사전을 펼쳐 놓고 그런 말을 더 많이 찾아보세요. 효과가 만점일 테니까! 거실에 들어오는 방법은 잘 아시는지 모르겠군요. 그런 걸 어디서 배우긴 했나요? 또 남들이 자기에게 주목할 때 점잖게 찻잔을 들고 차를 마시는 법을 알기라도 하나요?」

「알 거예요.」

「안타깝군요, 실컷 웃어 볼 작정이었는데. 그래도 최소한 거실에 있는 중국제 화병 하나쯤은 깨주세요! 아주 비싼 거니까 꼭 좀 깨뜨려 주세요. 누구한테 선물받은 것인데 어머니가 정신이 나가 사람들 앞에서 엉엉 울 거예요. 아주 소중하게 여기시는 거니까요. 늘 하시던 괴상한 몸짓대로 떨어뜨려 깨뜨리세요. 일부러 그 옆에 앉는 것이 좋겠군요.」

「되도록 반대편에 멀리 앉겠어요. 미리 충고를 해줘서 고맙습니다.」

「당신은 그런 몸짓을 할까 봐 미리부터 걱정하고 있었군요. 내기해도 좋아요. 당신은 틀림없이 심각하고 현학적인 고상한 〈테마〉를 끄집어내겠지요? 당신한테 썩 잘 어울릴 테니까요!」

「그런 얘길 꺼내면 우스꽝스러울 거예요……. 더욱이 엉뚱할 때 꺼내요.」

「분명히 들어 두세요, 마지막으로 하는 말이니까.」 마침내 아글라야는 못 참겠다는 듯이 말했다. 「만일 당신이 사형 제도니 러시아의 경제 현황이니 〈아름다움이 세계를 구원한다〉느니 하는 말을 늘어놓는다면 물론 난 재미있게 웃어 주겠어요. 미리 경고하지만, 만약 그런 불상사가 벌어진다면 다시는 내 눈앞에 나타나지 마세요. 아시겠죠? 이건 진담이에요! 이번만큼은 진담이라는 걸 알아 둬요!」

그녀의 위협은 정말로 심각했다. 그 말 속에는 무언가 심상치 않은 것이 엿보였고, 그녀의 시선 속에는 공작이 지금껏 한번도 본 적이 없는 빛이 스쳐 갔다. 물론 장난 같지는 않아 보였다.

「아니, 당신은 내가 반드시 〈쓸데없는 수다를 떨고〉 심지어는 화병까지 깨뜨리게끔 유도하는군요. 조금 전까지만 해도 괜찮았는데 이젠 정말로 겁이 나는군요. 난 기어이 무슨 실수를 저지르고야 말 겁니다.」

「그럼 아예 아무 말도 입 밖에 내지 마세요. 잠자코 앉아만 있어요.」

「그러지 못할 것 같아요. 겁이 나서 반드시 무슨 소릴 지껄이든가, 아니면 화병을 깰 것만 같습니다. 어쩌면 마룻바닥에 미끄러져 벌렁 나자빠지거나 전에도 가끔 그랬듯이 그와 유사한 뭔가가 벌어질 것 같아요. 오늘밤 내내 그런 꿈에 시달릴 거예요. 무엇 때문에 그런 말을 한 거지요?」

아글라야는 침울하게 그를 쳐다보았다.

「차라리 내일 나타나지 않는 편이 낫겠어요! 물론 몸이 아프다고 어물쩍 넘겨 버리고요!」 공작은 마침내 마음을 굳힌 듯이 말했다.

아글라야는 발을 동동 굴렀다. 안색마저 새파랗게 변했다.

「세상에 그런 말이 어디 있어요? 누구를 위해 베푸는 파티인데 장본인이 안 나타나겠다니오? 맙소사! 당신같이 얼빠진 사람은 충분히 그러고도 남겠지만요!」

「알겠어요, 올게요!」 공작이 재빨리 말했다. 「맹세컨대 저녁 내내 입을 꼭 봉하고 앉아만 있겠어요. 틀림없이 그렇게 하겠어요.」

「품위 있게 처신하세요. 지금 당신은 〈어물쩍 넘겨 버린다〉고 했는데, 도대체 어디서 그 따위 말을 배웠죠? 나에게 그런 천박한 말을 사용하다니 내 속을 긁어 놓을 작정이에요?」

「죄송해요. 이 말 역시 초등학생이나 쓰는 말이지요. 그런 말 안 쓸게요. 당신이 날 염려해 주고 있다는 걸 잘 알았어요……(화는 내지 말아 주세요……). 그리고 난 그걸 무척 기쁘게 생각하고 있어요. 그러나 당신의 말 때문에 기쁜 만큼 두려움 또한 크다는 사실을 모를 거예요. 그러나 단언하지만, 그런 걱정은 모두 기우(杞憂)에 불과해요, 아글라야! 반드시 기쁜 일만 남을 거예요. 난 당신이 그와 같은 어린애라는 걸, 그와 같이 아름답고 착한 마음씨를 지닌 어린애란 걸 죽도록 사랑해요. 아, 당신은 너무나도 아름다운 사람이 될 거예요, 아글라야!」

아글라야는 화를 내야 마땅했지만 순식간에 예기치 못한 감정의 포로가 되었다.

「당신은 나의 거친 언사를 나무라지 않을 건가요…… 언젠가…… 먼 훗날에라도…….」 이렇게 아글라야가 불쑥 물었다.

「아니, 갑자기 왜 그런 말을 하지요? 무엇 때문에 그리 흥분하세요? 아니, 또다시 우울해지는군요! 아글라야, 당신은 전에는 보이지 않았던 우울함을 가끔 보일 때가 있어요. 나는 왜 그러는지 알아요…….」

「그만 하세요, 그만 하세요!」

「아니에요, 말해 버리는 편이 나을 거예요. 오래전부터 말하고 싶었어요. 이미 말한 적도 있지만…… 그걸로는 모자라요. 당신이 내 말을 믿지 않았으니까요. 우리 사이에 제3자가 끼여 있는 거예요…….」

「그만, 그만 하세요, 그만, 그만 하세요!」 갑자기 아글라야는 공작의 손을 꼭 움켜쥐고 공포에 질린 듯한 눈으로 그를 바라보며 말을 끊었다. 바로 이때 그녀를 부르는 소리가 들렸다. 그녀는 마침 잘됐다는 듯이 공작을 내버려 두고 달려갔다.

공작은 밤새 열병에 걸린 듯했다. 이상하게도 벌써 며칠 밤째 계속해서 열이 났다. 그런데 이날 밤만은 섬망 상태 속에서, 내일 손님들 앞에서 발작을 일으키면 어쩌나 하는 생각이 떠올랐다. 실제로 그는 멀쩡한 상태에서도 발작을 일으키지 않았던가? 그는 어느 생경한 사교 모임의 이상한 사람들 사이에 끼여 있는 자신을 상상하고서 밤새 얼어붙어 있었다. 중요한 것은 그가 〈떠들기 시작했다〉는 것이다. 그는 해서는 안 될 말을 알고 있었지만 시종일관 말을 하며 사람들에게 무엇인가를 설득하고 있었다. 손님 중에는 예브게니 빠블로비치와 이뽈리뜨도 있었다. 이들은 아주 다정한 사이처럼 보였다.

공작은 8시가 지나서 눈을 떴으나, 머리가 쑤셔 오는 데다가 머릿속은 뒤죽박죽이었고 꿈속에서 본 괴이한 장면만이 마음속에 뚜렷이 남아 있었다. 그는 왠지 로고진을 무척이나 만나 보고 싶었다. 만나서는 여러 얘기를 나누고 싶었으나 무슨 얘기를 하려는지는 자신도 알 수 없었다. 그런 다음에는 무엇 때문인지 이뽈리뜨를 찾아갈 작정을 했다. 어쨌든 이날 아침에 겪었던 모험들이 무척이나 강렬한 인상을 주었지만, 그 인상이 무언가 완전하지 못했으므로 석연치 않은 것이 가슴속에 가득 남아 있었다. 모험 중의 하나는 레베제프의 방문이었다.

레베제프는 상당히 이른 시각에, 아마 9시쯤에, 그것도 잔뜩 취해 가지고 찾아왔다. 비록 요즘 공작이 눈치 채지 못했다손 치더라도, 이볼긴 장군이 레베제프의 집을 나간 지 벌써 사흘이나 되었다는 것과, 레베제프의 품행이 몹시 나빠진 것은 한눈에 알아차릴 수 있었다. 레베제프는 갑자기 볼썽사납게 지저분해졌다. 넥타이는 비뚜름하게 매고 다녔으며 프록코트의 깃은 찢겨진 채로 다녔다. 심지어 행패를 부리는 일까지 있어, 그런 소식이 마당을 가로질러 공작의 귀에까지 들려왔다. 한번은 베라가 눈물을 흘리며 찾아와서는 무언가를 말한 적도 있었다. 레베제프는 주먹으로 자기 가슴을 치며 아주 괴상한 소리를 늘어놓으며 무언가 용서를 빌었다.

「세례를 받았어요……. 비열한 배신 행위에 보복을 받은 거지요. 따귀 세례를 받았단 말이에요.」 그는 비참한 말투로 말을 맺었다.

「따귀라니오! 누구에게서요? 이른 아침부터 말이오?」

「이르다니오?」 레베제프는 빈정대는 웃음을 웃었다. 「시간이 무슨 상관이에요? 육체적 보복을 가하는 데 있어서 말이에요. 하지만 나는 정신적…… 정신적 보복을 당했지 육체적 보복이 아니란 말이에요!」

그는 의자에 편하게 털썩 주저앉더니 횡설수설하며 얘기를 늘어놓기 시작했다. 때문에 공작은 이맛살을 찌푸리고 밖으로 나가려고 했다. 그러나 이때 레베제프가 충격적인 말을 했다. 공작은 너무 놀라 몸이 마비되는 듯했다. 레베제프는 괴상한 얘기를 들려주었다.

처음에는 분명히 어떤 편지 얘기를 꺼내는 것 같았다. 아글라야 이바노브나의 이름도 거론되었다. 그런 다음 레베제프는 갑자기 공작을 마구 비난하기 시작했다. 그가 공작에게 모욕을 당했다고 이해해도 될 것 같았다. 레베제프의 말을 빌리자면, 공작은 나스따시야 필리뽀브나라는 유명한 〈인물〉과 관련하여, 처음에는 그를 신임했다가 나중에는 그와의 관계를 완전히 끊고 모멸적으로 내쫓고서는, 최근 들어서는 〈집안에 곧 닥쳐올 변화에 대한 선의의 문제〉도 무참하게 묵살시켜 버렸다는 것이다. 레베제프는 술에 취해 눈물까지 흘리면서 고백했다. 「그렇게 당하고 나서 참는 데도 한계를 느꼈지요. 난 공작이 모르는 걸 많이 알고 있다고요. 그것도 아주 많이요……. 로고진에게서도, 나스따시야 필리뽀브나에게서도, 그녀의 친구에게서도, 바르바라 아르달리오노브나에게서도, 또 바로…… 당사자인 아글라야 이바노브나에게서도…… 많은 걸 주워들었어요. 물론 곧이듣지 않겠지만 하나밖에 없는 내 딸 베라를 매개로 해서도…… 알아냈지요. 아니, 하나밖에 없다고 할 수는 없겠네요. 내겐 자식이 셋이나 되니까. 그런데 누군가가 리자베따 쁘로꼬피예브나에게 극비리에 편지를 보냈지요……. 헤헤! 그자는 나스따시야 필리뽀브나의 행각에 대해

……그리고 남자들과의 관계에 대해 다 털어놓았지요. 헤 — 헤 — 헤! 그 익명의 인물이 누군 줄 아시나요?」

「설마 당신이?」 공작이 소리쳤다.

「바로 나예요.」 술꾼은 위엄 있게 대답했다. 「오늘 8시 반쯤, 그러니까 지금부터 30분 전에, 아니 45분 전에 고상한 부인 댁에 들러 어떤 사건에 대해…… 아주 놀라운 사건에 대해 알려 줬어요. 뒷문에서 하녀를 통해 쪽지로 전달해 주었지요.」

「그럼, 지금 리자베따 쁘로꼬피예브나를 만나고 오는 길인가요?」 공작은 자신의 귀를 못 믿겠다는 듯 물었다.

「지금 만나서 따귀 세례를 받고 오는 중이오……. 소위 정신적 따귀라고나 할까……. 부인께선 봉투도 뜯지 않은 채로 편지를 되돌려 줬어요. 그냥 내동댕이치더군요……. 난 목덜미를 잡힌 채 끌려 나왔어요. 육체적이 아니라 정신적으로 쫓겨난 거예요. 하기는 거의 육체적으로 쫓겨난 거나 마찬가지지요!」

「뜯지도 않고 돌려준 편지란 어떤 거요?」

「아, 그건요……. 헤 — 헤 — 헤! 그러고 보니 당신에게 아직 해주지 않은 얘기가 있군요! 벌써 얘기한 줄로 알고 있었는데……. 나는 전해 달라고 부탁받은 편지 한 통을 가지고 있습죠.」

「누구 부탁으로 누구한테 보내는 거죠?」

레베제프의 설명은 도무지 횡설수설이어서 무슨 소리인지 하나도 알아들을 수가 없었다. 공작은 단지 그 편지가 아침 일찍이 하녀를 통해서 주소가 적힌 대로 전해 달라고 베라에게 맡겨진 사실을 추측할 수 있었다. 「지난번과 같아요……. 지난번과 같이…… 그 귀인이 그 유명한 천민에게……. 난 그들 중 한 명은 〈귀인〉이라 부르고 또 한 명은 〈천민〉이라고 부르겠어요. 신분의 높낮이를 분명히 가리기 위해서지요. 순결하고 고상한 장군 영애와…… 창부는 하늘과 땅 차이지요. 편지는 〈아〉 자로 시작되는 귀인이 보내는 것이었지요.」

「어떻게 그럴 수가? 나스따시야에게? 말도 안 돼요!」 공작은 소리쳤다.

「이미 벌어진 일인걸요. 분명 있는 일이고말고요. 하지만 그 여자에게가 아니라 로고진 앞으로 보내는 편지죠. 로고진에게 보내는 거라 해도 매한가지죠. 언젠가는 이뽈리뜨에게까지 전달된 적이 있었어요. 〈아〉 자로 시작되는 귀인이 전달해 달라는 요청으로요.」 레베제프는 윙크를 하며 씩 웃어 보였다.

그는 이 얘기에서 저 얘기로 자주 넘나들었기 때문에 자기가 무슨 얘기를 시작했는지 곧잘 잊어버려서, 공작은 그가 무슨 소리 하는지 끝까지 들어 볼 양으로 잠자코 있었다. 하지만 편지가 레베제프를 거쳤는지 베라를 거쳐 전달되었는지는 정말로 분명치 않았다. 만약 그런 편지 전달이 실제로 있었다면, 편지가 〈로고진이나 나스따시야나 누구에게 보내져도 마찬가지다〉라는 레베제프의 말로 미루어 그를 통해 전해지지 않은 것은 분명한 셈이다. 그런데 어째서 이 편지만이 그의 수중에 들어왔는지는 쉽게 짐작이 가지 않았다. 레베제프가 베라에게서 편지를 훔쳐내어, 무슨 꿍꿍이속이 있어서 리자베따 쁘로꼬피예브나에게 가져갔던 것이라고 추정하는 편이 가장 정확할 것이다. 마침내 생각을 정리한 공작은 그제서야 이해를 할 수 있었다.

「당신은 정신이 나갔군요!」 이렇게 공작은 극히 당황하여 외쳤다.

「뭐, 그런 건 아니굽쇼, 존경하는 공작.」 레베제프는 퉁명스런 기색을 띠고 대답했다. 「사실 공작에게 갖다 드릴까 생각도 했지요. 봉사를 한다는 뜻에서 공작의 손에 직접 쥐어 주려고 했어요. 하지만 고결하신 어머님께 봉사를 하는 편이 더 낫다고 생각했어요. 왜냐하면 전에도 익명의 편지로 알려 드린 적이 있었기 때문이지요. 그래서 아까 8시 20분에 면담을 요청하며 종이 쪽지에, 〈귀하의 비밀 통신원〉이라고 서명하자 당장 뒷문으로 황급히 들여보내 주더군요……, 고결하신 어머님의 방으로요.」

「그래서요……?」

「아시다시피 거기로 들어가서 부인한테 얻어맞을 뻔했어요. 그러니까 거의 얻어맞았다고나 할까. 거의 그 지경에까지 갔으니까요. 부인은 편지를 내게 내던지더군요. 사실 받아 두려 하는 기미였으나 마음이 바뀌었는지 결국 내던지는 것이었어요. 〈자네가 심부름을 맡았다면 지시받은 대로 전해 주면 될 게 아냐!〉라며 화를 벌컥 내더군요. 내 앞에서 부끄러운 줄도 모르고 그렇게 말했다는 것은 보통 기분이 상한 게 아니란 증거지요. 성격이 불 같았어요!」

「지금 그 편지는 어디에 있소?」

「아직 내가 가지고 있어요. 자, 여기요…….」

레베제프는 공작에게 아글라야가 가브릴라 아르달리오노비치에게 보내는 쪽지 편지를 건네주었다. 그것은 이날 오전 두 시간 뒤에 가브릴라가 자신만만하게 누이동생에게 보여 주었던 그 쪽지였다.

「당신이 이 편지를 이대로 갖고 있으면 안 돼요.」

「공작, 당신께 드리겠어요.」 레베제프는 감동 어린 표정으로 말했다. 「이제 이 몸은 당신 겁니다. 머리끝에서 발끝까지 몽땅 당신 것이지요. 어찌하다 보니 내가 잠시 배반한 꼴이 되었지만 이제 당신의 종으로 다시 돌아왔어요! 대영제국의 토마스 모어[158]가 말했듯이, 제발 나의 심장은 벌하되 턱수염은 용서해 주세요. 로마 여왕이 〈내 탓이오, 내 탓이오 Mea culpa, mea culpa〉[159]라

---

158 토마스 모어(1478~1535). 위대한 영국의 휴머니스트, 공상적 사회주의 이론을 창시한 이론가들 중 한 사람. 종교 개혁의 반대자로 영국왕 헨리 8세에 의해 집행된 사형장에서 토마스 모어는 사형 집행인에게 수염을 그대로 둬 달라고 했다고 한다. 〈나하고는 그다지 상관없으나 당신은 당신 직업을 잘 이해할 수 있을 거요. 판결문에 당신은 내 수염이 아닌 내 머리를 베어야 한다고 표명되어 있기 때문이오.〉

고 말한 것과도 같지요. 아니, 로마 교황이지요. 내가 발음을 좀 이상하게 했습니다만요.」

「이 편지는 지금 당장 전해 줘야 돼요.」 공작이 서둘렀다. 「내가 전달하겠소.」

「아니, 지극히 고매하신 공작, 더 낫기로는, 더 낫기로는, 이걸……」

레베제프는 야릇하고 비굴하게 인상을 썼다. 그야말로 바늘방석 위처럼 좌불안석이었다. 그는 교활하게 눈을 찡긋거리며 두 손으로 무슨 시늉을 해보였다.

「대체 뭐요?」 공작이 준엄하게 물었다.

「미리 뜯어 보시지요!」 그는 일급 비밀을 언급하는 듯한 말투로 다정하게 속삭였다.

공작이 노발대발하여 자리에서 벌떡 일어나자 레베제프는 겁이 나서 도망치려고까지 했다. 그러나 문턱을 넘어서기 전에 용서를 받을지도 모른다는 생각에서 그대로 멈췄다.

「아니, 레베제프! 어떻게 하다가 그런 비열한 발상에 이르게 된 거요? 당신 원래 그런 사람인가요?」 공작이 씁쓸하게 외쳤다. 레베제프의 표정이 밝아졌다.

「난 비열해요, 비열해요!」 레베제프는 가슴을 치고 눈물을 글썽거리며 공작에게 다가갔다.

「이건 후안무치한 짓이오!」

「맞아요, 후안무치예요. 적합한 표현입니다.」

「그렇게 이상한 짓만 하다니…… 그게 무슨 버릇이오? 당신은 정말…… 첩자군요! 도대체 익명의 편지는 왜 써가지고 그처럼 고상하고 선량한 부인을 괴롭히는 거요? 그리고 아글라야는 편지 쓰고 싶은 사람에게 편지를 쓸 권리도 없단 말인가요? 오늘

---

159 당시 고대 로마 가톨릭교에서 사용한 참회의 말로 〈내가 죄인이오, 죄를 뉘우치고 있소〉라는 의미로 사용된다.

그 집엔 왜 찾아간 거요? 무슨 대가를 받으려 한 거요? 어떻게 해서 고자질을 하려 했던 거요?」

「단지 기분좋게 궁금증을 풀고 고매한 마님에게 봉사 정신을 보여 주기 위해서였지요.」 레베제프가 중얼거렸다. 「이제 이 몸은 당신 것이에요. 다시 완전한 당신의 몸이 되었어요! 내 목을 자르든 어쩌든 이제 공작 마음대로 하세요!」

「지금 같은 모습으로 리자베따 쁘로꼬피예브나의 집을 갔다 온 거요?」 공작은 혐오감을 느끼며 호기심에 물었다.

「아니올시다. 좀 더 단정하고 고상하게까지 차려입고 갔었지요. 망신을 당하고 이런 꼴이 된 겁니다.」

「그럼, 좋아요. 날 혼자 있게 해줘요.」

그러나 이런 부탁이 몇 번 더 반복되어서야 불청객은 방에서 나갈 생각을 했다. 레베제프는 이미 방문을 활짝 열었다가는 다시 발뒤꿈치를 들고 방 한가운데까지 돌아와서 편지를 개봉해 보라고 손짓을 했다. 차마 말로 자신의 조언을 종용할 수가 없었던지 마침내 조용히 상냥한 웃음을 지으며 밖으로 나갔다.

그가 지껄이는 얘기들을 다 듣고 있기란 무척 괴로운 일이었다. 하지만 거기에서 매우 중요하고 비상한 사실이 밝혀졌다. 다름 아니라 아글라야가 극심한 불안과 망설임, 그리고 무서운 고통 속에 사로잡혀 있다는 사실이었다(공작은 〈질투 때문에〉라고 혼자 중얼거렸다). 물론 못된 사람들이 아글라야의 마음을 뒤흔들어 놓았던 것이다. 아글라야는 이상하게도 그런 사람들의 말을 신뢰하고 있었다. 물론 미숙하고 열정적이며 거만한 이 처녀의 머릿속에서 뭔가 별난 계획이 무르익어 가고 있었는지도 모른다. 하지만 엉뚱하기 짝이 없는 그 계획은 파멸을 자초할 수 있는 무서운 계획이었다. 공작은 너무나 놀란 나머지 갈피를 잡을 수 없을 정도로 당황했다. 어떻게든 경고를 해줘야겠다는 마음뿐이었다. 공작은 봉해진 편지 겉봉의 주소를 다시 들여다보았다. 공작으로서는 의심이나 불안의 여지가 없었다. 믿는 마음이 있었기 때문이다. 공작이 이 편지 속에서 느끼는 불안은 다른 것이었다. 가브릴라가 도무지 믿음직스럽지 않았다. 공작은 자기가 직접 이 편지를 가브릴라에게 전해 주기로 작정했다. 때문에 일부러 집을 나섰지만 도중에 생각을 바꾸었다. 마침 쁘찌쩐의 집 앞에서 니꼴라이를 만났기 때문에 공작은 직접 아글라야에게서 부탁받은 것처럼 말을 하며 니꼴라이에게 편지를 전해 주라고 했다. 니꼴라이는 군소리 없이 형에게 편지를 전했기 때문에 가브릴라는 어떤 경로를 통해 이 편지가 전해졌는지 상상도 못했다. 집으로 돌아온 공작은 베라를 불러다가 이러한 경위를 말해 주고는 그녀를 안심시켰다. 베라는 내내 편지를 찾으며 울고 있었던 것이다. 베라는 아버지가 편지를 훔쳐 간 사실을 알고 깜짝 놀랐다. (공작이 나중에 안 일이지만, 베라는 그동안 로고진과 아글라야를 위해 몇 번씩이나 비밀 전령 노릇을 해주었다. 물론 그녀는 이것이 공작에게 해를 끼치리라곤 미처 생각도 못했다.)

공작은 정신이 몹시 혼란하여 두 시간 뒤 니꼴라이로부터 이볼긴 장군이 아프다는 소식을 전해 들었을 때도 처음엔 무슨 영문인지 거의 이해하지 못했다. 그러나 이 사건이 주는 강한 충격에 정신을 차렸다. 공작은 니나 알렉산드로브나의 집에(물론 환자가 옮겨져 있는 집에) 저녁때까지 머물렀다. 물론 공작은 아무런 도움도 주지 못했다. 그러나 흔히 난관에 봉착했을 때 곁에 있어 준다는 것만으로도 한결 위안이 되는 사람이 있는 법이다. 니꼴라이는 심한 충격을 받고 히스테리를 부리듯 울었지만, 그러면서도 세 사람의 의사를 불러오기도 하고 약방이나 이발소에도 달려갔다 오는 등 급한 심부름을 혼자 도맡아 했다. 그렇게 하여 이볼긴 장군을 살려 냈으나 그의 의식은 좀처럼 회복되지 않았다. 의사가 〈환자는 중태입니다〉라고 말할 정도였다. 바랴와 니나 알렉산드로브나는 한시도 환자 곁을 떠나지 않았다. 가브릴라는 어찌할 바를 몰라 허둥대고 있었으나 2층에 올라가 보기를 꺼려 하며 심지어는 환자의 얼굴을 보기조차 두려워했다. 가브릴라는 두 손을 쥐어짜며 공작과 두서 없는 대화를 나누다가 급기야는 〈이게 웬 불행이에요? 하필이면 이런 때에!〉라고 말했다. 공작은 〈이런 때〉라는 말의 의미를 꿰뚫어 볼 수 있었다. 공작은 쁘찌찐의 집에서 더 이상 이뽈리뜨의 모습을 찾아볼 수 없었다. 저녁 무렵에서야 레베제프가 달려왔다. 아침 나절의 〈해명〉이 끝난 다음 여태까지 내내 잠을 잤던 것이다. 거의 술에서 다 깨어난 레베제프는 마치 친형이 앓아 눕기라도 한 듯이 진짜 눈물을 흘리면서 울었다. 이유에 대해서는 함구하고 그는 무턱대고 큰 소리로 용서를 빌었다. 그러고는 니나에게 찰싹 달라붙어서 〈내가 죄인이에요. 이건 전적으로 내 탓이에요. 잘못한 이는 나밖에 없어요....... 그냥 호기심이 발동해서 그랬어요....... 《고인》(그는 아직 살아 있는 장군을 무엇 때문인지 자꾸만 그렇게 불렀다)은 천재적 인물이라고까지 할 수 있어요〉라는 말을 되풀이했다. 그는 특히 천재적이라는 말을 강조했다. 그 말이 이 순간에는 특별한 도움이 될 수 있을 거라고 생각한 듯했다. 니나는 레베제프의 진실된 눈물을 보면서 언짢은 기색을 보이지 않고 상냥히 말했다. 〈신이 당신과 함께하시길...... 울지 마세요. 당신은 신의 용서를 받을 거예요.〉 레베제프는 그녀의 따뜻한 말에 깊은 감명을 받아 저녁 내내 니나의 곁을 떠나려 하지 않았다(그 다음날부터 장군이 죽을 때까지 레베제프는 거의 아침부터 밤중까지 그 집에 붙어 있었다). 이날 하루 동안 리자베따 쁘로꼬피예브나는 니나의 집으로 두 번씩이나 사람을 보내 환자의 병세를 물어보았다. 저녁 9시에 공작이 이미 손님으로 가득 찬 예빤친 네 거실에 나타나자, 리자베따 쁘로꼬피예브나는 환자의 상태를 꼬치꼬치 물었다. 벨로꼰스까야 부인은 리자베따 쁘로꼬피예브나가 그렇게 묻는 것을 보고 거드름을 피우며 물었다. 〈환자가 대체 누구냐? 니나 알렉산드로브나는 또 누구고?〉 공작은 그 질문이 마음에 들었다. 그래서 니나에 대한 얘기를 하면서 그야말로 〈훌륭하게〉 대답을 했다. 아글라야의 언니들은 나중에 이렇게 말했다. 〈군말이라곤 한마디도 없었고 이상한 몸짓도 없었을 뿐더러, 방 안으로 멋지게 들어왔고 옷 매무새도 고상했어.〉 공작은 전날 걱정했듯이 〈마룻바닥에 미끄러져 벌렁 나자빠지지〉 않았을 뿐더러, 파티에 참석한 모든 이들에게 괜찮은 인상을 주기까지 했다.

공작은 자리를 잡고 앉아 주위를 둘러보았다. 이 자리는 아글라야가 겁을 주었던 어제 저녁의 상상이나 밤에 꾸었던 악몽과는 거리가 멀었다. 생전 처음 그는 〈사교계〉라고 불리는 이상한 것의 한 귀퉁이를 보았다. 그는 별난 의도, 상상, 유혹 때문에 이미 오래전부터 매혹적인 이런 모임에 참석하기를 갈망해 왔던 터라, 이 자리에서 받은 첫인상에 비상한 흥미를 느꼈다. 이 첫인상은 거의 매혹적이었다. 이 모든 사람들은 이렇게 함께 있기 위해 태어났을지도 모른다는 생각이 불현듯 스치고 지나갔다. 오늘 저녁 예빤친의 집에는 〈파티〉나 초대된 손님 따윈 없다. 여기 참석한 모든 사람들은 〈한 집안 식구〉나 다름없고, 자신은 오래전부터 이들의 충실한 친구였는데 다만 얼마 동안 헤어져 있다가 지금 다시 만났을 뿐이라는 느낌을 받았다. 우아한 매너, 간결한 몸가짐, 겉으로 보이는 솔직성에서 우러나오는 매력은 거의 혹하고 넘어갈 정도였다. 공작은 그러한 솔직성과 우아한 매너, 기지, 고상한 품위가 고도의 예술적 모조에 지나지 않는다는 사실을 미처 몰랐다. 대부분의 손님들이 존경할 만한 외모의 소유자였지만, 텅 빈 머리를 가지고 있는 사람들이었다. 손님들 자신도 그들의 장점이 〈단지 겉치장〉에 불과하다는 사실을 모르고 있었다. 그러한 겉치장은 이들 손님의 탓이 아니었다. 그것은 무의식중에 생긴 유전이었기 때문이다. 공작은 첫인상에 매료되어 그런 것은 생각해 보려 들지도 않았다. 예를 들어 연배로 보아 그의 할아버지뻘인 거물 고관이 아직 미숙하기 짝이 없는 애송이의 말을 듣기 위해 일부러 하던 말을 중단한다는 것은 그의 눈에 대단하게 비쳐졌다. 게다가 이 노신사는 그냥 듣고만 있는 게 아니라 상냥하고 친절한 태도로 그를 대하고 있는 것처럼 생각되었다. 이들은 생전 처음 보는 사람들이 아니던가. 이처럼 우아하고 정중한 매너가 공작의 예민한 감수성을 강하게 건드렸는지도 모르고, 어쩌면 그가 처음부터 지나치게 황홀한 인상에 마음이 쏠려 매료되었는지도 모른다.

그렇다손 치더라도 서로서로 〈가까운 친구〉 사이라는 것만은 틀림없었다. 그러나 공작이 이들과 처음 인사를 나눈 직후에 받았던 인상대로, 이들이 모두 상호간에 가까운 친구들은 아니었다. 심지어는 예빤친 네 사람들을 조금도 자기네와 대등하지 않다고 생각하는 사람들도 있었다. 또는 자기네끼리 증오하는 사람들도 있었다. 벨로꼰스까야 부인은 한평생 〈노관리〉의 부인을 〈경멸〉했다. 또한 노관리의 부인은 리자베따 쁘로꼬피예브나를 결코 좋아하지 않았다. 남편인 이 관리는 예빤친 부부가 젊었을 때부터 그들의 〈보호자〉였으므로 자연히 사교 모임의 구심점이 되었다. 예빤친 장군은 그를 굉장한 인물로 간주하고 있었기에, 그 앞에서는 외경심 이외에 어떤 감정도 가질 수 없었다. 만약 일순간이라도 자신을 그와 동등하게 여기거나 그를 올림포스 산정의 제우스 신으로 여기지 않았다면 자신을 진정으로 경멸했을 것이다. 손님들 중에는 혐오감은 아니지만 무관심으로 일관하며 몇 해 동안 모른 척하고 지내 오다, 오늘 갑자기 다정스럽게 만나는 사람들도 있었다. 그들은 마치 어제 우호적이고 유쾌한 관계로 만났다가 오늘도 그렇게 만나는 것처럼 보였다. 그러나 오늘의 파티에 참석한 사람의 수는 그리 많지 않았다. 벨로꼰스까야 부인과 정말로 거물인 〈노관리〉 부부, 이들 외에 첫손가락에 꼽히는 인물은 남작인가 백작인가 하는 독일식 이름을 가진 위풍당당한 장군이었다. 정부의 고위직을 맡고 있는 이 장군은 원래 말수가 적지만 정치 방면에 해박한 지식을 갖고 있어서 차라리 학자라고 불러도 될 정도였다. 독일식 이름의 이 장군은 〈조국 러시아에 관한 것〉 이외에도 모르는 게 없는, 이른바 올림포스 신과도 비견할 수 있는 인물로, 5년에 한 번씩 〈깊이에 있어서 괄목할 만한〉 경구를 구사했다. 그러한 경구는 한번 그의 입에서 나왔다 하면 그 즉시 격언처럼 유행하여 나중에는 황궁에까지 퍼진다는 것이다. 그는 흔히 러시아에서 볼 수 있는 전형으로, 〈이상하리만큼〉 여러 해 동안 근무하다가 높은 관직과 훌륭한 벼슬을 얻어 막대한 재산을 모아 놓고 죽어 가는 고관 대작 중의 하나였다. 이 장군은 예빤친 장군의 직속 상관이었다. 예빤친은 마음씨가 고결하고 열정적인 데다가 유난스런 자존심 때문인지는 몰라도 그를 은인으로 간주하고 있었다. 반면에 그의 직속 상관은 자신이 예빤친의 은인이라는 생각을 결코 해본 적이 없어서 그런지 예빤친을 담담하게 대해 주었다. 그 장군은 예빤친의 여러 가지 서비스를 흡족스럽게 받아들였지만, 어쩌다가 예빤친의 태도가 마음에 안 드는 날이면 설사 타당한 근거가 없더라도 가차없이 예빤친을 다른 관리로 갈아 치울 위인이었다. 손님들 중에는 나이가 지긋하니 위엄 있어 보이는 남작이 있었다. 남작이 리자볘따 쁘로꼬피예브나의 친척이라는 설도 있지만 그런 설은 전혀 근거가 없었다. 그러나 관등이나 지위도 높고, 상당한 재산에 훌륭한 가문 출신의 남작은 단단한 체격에 건강한 안색을 지닌 굉장한 달변가였다. 어떤 이들은 남작을 가리켜 불평 불만으로 가득 찬 사람이라고 하지만, 그것은 아주 온건한 의미에서 그렇다는 평이었다. 어떤 이들은 지나치게 흥분을 잘한다고 지적하기도 했다. 하지만 그와 같은 흥분이 남작에게 커다란 흠이 된다는 얘기는 아니었다. 오히려 유쾌하게 느껴졌다. 남작은 영국 귀족의 흉내를 내려다 보니 취미도 영국식이었다(그 예로, 피가 흐를 듯한 로스트 비프를 먹는다거나, 마구나 하인들의 복장 등을 보면 짐작이 간다). 남작은 〈노관리〉와 절친한 사이여서 그의 기분을 풀어 주곤 했다. 그런데 리자베따 쁘로꼬피예브나는 어쩐 일인지 엉뚱한 생각을 품고 있었다. 나이 지긋한 이 신사가 느닷없이 알렉산드라에게 청혼을 하여 행복을 안겨 줄 것이라는 생각이었다(이 신사는 경솔한 데다 여성 편력 경향이 있었다). 이와 같은 최고 상류층 밑으로는 역시 우아한 자질로 빛나는 보다 젊은 사람들의 계층이 있었다. 젊은 계층에 속하는 사람들로는 S공작과 예브게니 이외에 모든 유럽 여성들의 마음을 사로잡았던 쾌남아로 널리 알려진 매혹적인 N공작이 있었다. 그는 이미 마흔다섯 살이나 되었지만 여전히 수려한 용모에 뛰어난 말솜씨를 겸비하고 있었다. 재산도 꽤 있지만 일부 탕진한 상태였으며, 주로 외국에서 습관적으로 살아온 사람이었다. 마지막으로 좌중에는 〈선민 계급〉에 속하진 않지만 특이한 제3계급의 사람들이 있었다. 이들은 예빤친 가의 사람들처럼 〈선민 계급〉의 사람들과 자주 접할 수 있는 사람들이었다. 이들이 원칙으로 삼고 있는 일종의 〈전략〉에 따라 예빤친 가의 사람들은 그들의 사교 모임에 상류층과 〈중간층〉에서 선출된 사람들을 섞어서 초대하기를 즐겼다. 이런 연유로 사람들은 예빤친 가의 사람들을 가리켜 자기 위치를 이해할 줄 아는 사교술에 능한 사람들이라고 칭찬했으며, 예빤친 가의 사람들도 그러한 여론을 자랑스럽게 여기고 있었다. 중간 계급의 대표자로 이 파티에 참석한 인물은 오로지 공병 대령뿐이었다. 진지한 성품에 S공작과도 지기인 공병 대령은 S공작을 통해 예빤친 가의 사람들에게 소개되었다. 그러나 사교장에서 그는 과묵했으며, 오른쪽 검지에는 하사받은 듯한 커다랗고 눈에 잘 띄는 보석 반지를 항상 끼고 있었다. 마지막으로 독일 출신의 문학 연구가이자 시인이 있었다. 하지만 그는 러시아 시인이었으며 품성이 뛰어난 인물이어서, 괜찮은 사교 모임에 소개되어도 손색이 없을 정도였다. 밉살스러운 구석이 없지는 않았으나 수려한 외모를 지니고 있었다. 서른여덟 살의 시인은 옷차림도 나무랄 데가 없었다. 그는 최고 부르주아 계층의 독일 가정 출신이었다. 그는 고위층의 후견과 촉망을 받기 위해서 다양한 기회를 이용할 줄 알았다. 언젠가 그는 저명한 독일 시인의 대작을 번역했다. 그는 잊지 않고 권두에 헌시를 붙여 어느 명사에게 바쳤으며, 이미 고인이 된 어느 유명한 러시아 시인과 친분이 있었다는 것을 자랑으로 삼고 있었다 (문학가들 중에는 위대한, 그러나 이미 작고한 문호와의 친교를 출판에 이용하는 이들이 허다하다). 시인은 최근에 〈노관리〉의 부인에 의해 예빠친 가에 소개되었다. 노관리의 부인은 문학가들과 학자들의 후견인으로 통하고 있었으며, 실제로 부인은 그녀에게 존경을 표하는 고위 명사들의 후원을 받아 한두 작가에게 장려금까지 지급하고 있었다. 이 점에서 부인은 주요 인사였다. 마흔다섯 살 가량의 부인은(늙은 정치가의 아내로서는 꽤 젊은 축이었다) 한때 미인이었음에 틀림없겠지만, 지금은 나이 먹은 보통 중년 부인들처럼 옷차림만 지나치게 화려할 뿐이었다. 부인은 영특한 편도 아니었으며, 문학 지식도 지극히 의심스러웠다. 그러나 문인들에 대한 후견 활동은 화려한 옷차림만큼이나 광적이었다. 많은 시와 번역물들이 그녀에게 헌정되었다. 서너 작가들은 그녀의 양해를 얻어 아주 중대한 문제에 대해 그녀 앞으로 보낸 서한을 출판했다······. 공작은 이 사교 모임에 참석한 모든 사람들을 불순물이 전혀 섞이지 않은 진짜 금화라고 여겼다. 그러나 이들은 한결같이 약속이나 한 것처럼 행복한 기분에 도취해 자신들에게 완전히 만족해 있었다. 이들은 나름대로 자신들의 방문이 예빠친 가에 크나큰 명예가 되리라고 믿었다. 애석하게도 공작은 그러한 미묘한 점까지는 의심조차 하지 않았다. 예를 들어 예빠친 장군 딸의 운명과 연관된 중요한 결정을 내리는 마당에 〈노관리〉에게 감히 미쉬킨 공작을 소개하지 않고 그냥 넘어가

버리는 행위는 용납할 수 없는 일이라고 마음속으로 꼬투리나 잡고 있었다. 공작은 이들이 그런 생각이나 하고 있을 줄은 꿈에도 상상할 수 없었다. 그럼 노관리는 어떤 인물인가? 노관리는 예빤친의 집에서 아무리 끔찍한 사건에 대해 보고를 받는다 해도 눈 하나 깜박하지 않을 위인이었다. 그러나 예빤친 부부가 자신과 의논하지 않고 딸의 혼사 같은 문제를 임의로 결정해 버렸다면 자기를 깔봤다고 분명히 진노할 것이다. 사랑스럽고 언변 좋은 N공작이라는 고매한 인물은 어떤가? N공작은 자기야말로 오늘 저녁 예빤친의 거실에 떠오른 태양과 같은 존재라고 굳게 믿는 사람이었다. 때문에 예빤친 가의 사람들을 자기보다 형편없이 저급하게 여겼다. 이처럼 단순하고 자아 도취적인 생각은 그로 하여금 예빤친 네 사람들을 더할 나위 없이 다정하고 허물없이 대하게 해주었다. 그는 오늘 저녁에 무엇이든 사람들을 매료시킬 만한 얘기를 반드시 해줘야 된다고 단단히 벼르고 있었기 때문에, 약간 흥분된 상태로 그러한 기회가 올 때만을 기다리고 있었다. 미쉬낀 공작은 나중에 N공작의 얘기를 듣고 나서, 돈 후안 같은 자의 입에서 나온 반짝이는 유머며, 기막히게 쾌활한 어조며, 감동적이고 순진한 그 화술은 여태껏 한번도 들어 본 적이 없을 만큼 매혹적이었다고 탄복해 마지않았다. 그러나 N공작의 얘기는 손님들에게는 싫증나는 진부하고 낡아 빠진 얘기라 먹혀 들어가지 않았다. 다만 그런 얘기는 어수룩한 예빤친의 집에서나 멋진 신사의 진실되고 화려한 추억담으로 통할 수 있다는 사실을 미쉬낀은 몰랐다. 독일 태생 시인조차도 매우 친절하고 겸손한 태도를 취하고 있기는 했지만, 그래도 자기의 내방으로 이 집에 영광을 베풀기나 하는 것처럼 생각하는 눈치였다. 그러나 공작은 이러한 속사정을 조금도 알아차리지 못했다. 아글라야조차 그러한 불행을 예견하지 못했다. 그녀는 이날 저녁 아주 놀랄 정도로 아름다워 보였다. 세 딸은 그리 화사하게 차려입지는 않았으나 여느 때와는 달리 특이한 머리 단장을 하고 있었다. 아글라야는 예브게 니와 나란히 앉아서 유난히 다정스레 담소를 나누며 농담을 하고 있었다. 예브게니는 명사들에 대한 경의의 표시에서인지 여느때보다 더 점잖은 태도를 취했다. 하지만 그는 이미 오래전부터 사교계에 알려져 있었으므로 젊은 나이에도 불구하고 그와 같은 모임에 친숙하게 적응되어 있었다. 이날 저녁에 그는 모자에 상장을 달고 예빤친의 집에 나타났는데 벨로꼰스까야 부인은 이것을 칭찬했다. 다른 사람 같으면 사교계에 출입할 때 숙부를 위해 상장 같은 건 달지 않을 텐데라고 하면서. 리자베따 쁘로꼬피예브나 역시 그런 칭찬에 만족해 하고 있었으나, 몹시 걱정되는 일이라도 있는 듯한 표정이었다. 아글라야는 두서너 번 공작 쪽을 유심히 바라보며 그의 처신에 흡족해 하는 것 같았다. 공작은 아글라야의 그런 태도를 눈치 챘다. 서서히 공작은 몹시 행복해졌다. 아까(레베제프와 만나고 난 후에) 경험한 〈망상적〉 발상이나 경계심이 불쑥불쑥 고개를 쳐들기도 했으나, 이미 그런 것은 이 세상에 있을 수 없는, 터무니없고도 우스꽝스런 꿈처럼 느껴졌다(그는 하루 종일 잠재적으로 그 꿈을 안 믿으려고 무던히 애를 써왔다). 그는 거의 입을 열지 않았다. 간혹 가다 질문을 해오면 마지못해 대답하는 것이 고작이었으나 나중에는 아예 입을 봉해 버리고, 마치 향락에 도취된 듯 귀를 기울이고만 있었다. 그러나 차츰차츰 그의 마음속에서 무언가 영감 같은 것이 일어나 기회만 닿으면 터질 것 같았다. 그가 말을 시작한 것은 우연이었다. 어떤 질문에 대답을 하다 보니 말이 나왔던 것이지 사전에 준비된 의도가 있었던 것은 결코 아니었다.

7

공작이 N공작과 예브게니 빠블로비치와 더불어 유쾌한 얘기를 나누고 있는 아글라야의 모습을 넋이 빠지게 바라보고 있는 동안, 나이가 지긋한 영국풍 신사는 다른 쪽에 앉아 〈고위층의 노관리〉를 상대로 무엇인가에 관해 얘기를 활발히 전개해 나가고 있었다. 그러던 중 영국풍 신사의 입에서 난데없이 니꼴라이 안드레예비치 빠블리쉬체프의 이름이 튀어나왔다. 공작은 순식간에 몸을 돌려 그들의 얘기를 듣기 시작했다.

애기는 다름이 아니라, 귀족들의 세습 영지와 관련하여 어느 군(郡)에서 현재 실시되고 있는 법령과 이에 뒤따른 몇몇 문제점에 관한 것이었다. 영국풍 신사의 얘기 중에 뭔가 재미있는 사실이 섞여 나온 듯싶었다. 그의 짜증 섞인 넋두리에 마침내 노관리가 웃음을 참지 못했기 때문이다. 영국풍 신사는 모음이 나올 때마다 가볍게 강세를 주고 한 마디 한 마디를 천천히 발음했다. 딱히 돈을 필요로 했던 것도 아니었는데, 그 잘난 군 형법 덕택에 헐값으로 팔아 넘겨 버리고 만 어느 군 소재의 자기 옥토와, 반대로 소송이 걸려 처분하지도 못하고 돈까지 써가며 모셔 두고 있는 전혀 쓸모없는 황무지에 관해 다소 푸념 어린 말투로 꽤나 못마땅하게 얘기했다. 「게다가 빠블리쉬체프 가와 관련된 소송에 휘말리지 않으려고 나는 슬쩍 꽁무니를 빼고 말았지요. 그런 유산이 하나나 두 개만 더 있었다면 아마 일찌감치 파산해 버렸을 거예요. 그렇긴 해도 그쪽에다가 3천3백 헥타르 가량의 옥토를 확보해 놓긴 했지요!」

「그러니까 저기…… 이반 뻬뜨로비치는 고(故) 니꼴라이 안드레예비치 빠블리쉬체프와 친척지간이라네……. 혹시 자네, 빠블리쉬체프의 친척뻘 되는 사람들을 찾지 않았었나?」 두 사람의 대화에 공작이 각별한 관심을 보이는 것을 눈치 챈 예빤친 장군이 어느새 공작 근처로 다가와 속삭이듯이 말했다. 지금껏 예빤친 장군은 자기 직속 상관인 장관과 함께 담소하고 있긴 했으나, 벌써 아까부터 홀로 우두커니 앉아 있는 미쉬낀 공작을 발견하고는 불안감에 휩싸여 있었다. 장군은 어느 정도까지는 공작도 대화에 참여시킴으로써 다시 한번 〈상류층 인사〉들에게 공작의 존재를 인식시키고 싶어했다.

「레프 니꼴라이치는, 양친을 여읜 후 니꼴라이 빠블리쉬체프의 보살핌을 받았습니다.」 장군은 이반 뻬뜨로비치와 시선이 마주치자 이렇게 말했다.

「아, 매우 반갑군요.」 영국풍 신사가 인사를 건넸다. 「그러고 보니 기억이 나는군요. 방금 전에 예빤친 장군이 소개할 때 금방 알아봤지요. 얼굴까지도 말입니다. 정말이지, 어렸을 때 공작을 보긴 했지만 그때 모습이 거의 변하지 않았군요. 아마 당신이 열 살인가 열한 살 때쯤이었지요. 생김새를 보아하니 뭔가 기억 날 듯도 싶은데…….」

「어렸을 때 나를 보셨단 말씀인가요?」 공작은 범상치 않은 놀라움을 표시하며 질문을 던졌다.

「아, 무척 오래전의 일이지요.」 이반 뻬뜨로비치가 말을 이었다. 「즐라또베르호프 마을이었는데, 그때 당신은 내 사촌 누이들 집에서 살고 있었지요. 나는 옛날에 무척이나 자주 그곳에 들르곤 했었는데……. 내가 기억 나지 않나요? 하기야 기억하지 못할 수도 있지요. 그때 당신은 어떤 병을 앓고 있었는데, 한번은 나도 무척 놀란 적이 있었지요…….」

「아무것도 기억 나지 않는군요!」 공작은 흥분하면서 단호하게 말했다.

매우 침착하게 얘기하는 영국풍 신사 이반 뻬뜨로비치와 대조적으로 공작은 의외로 흥분해 있었다. 이후 오고 간 몇 마디 말에서, 고 빠블리쉬체프와 친척지간이며 즐라또베르호프 영지에 살면서 그의 부탁으로 공작의 양육을 맡아 주었던 2명의 중년 귀부인들이 다름 아닌 이반 뻬뜨로비치의 사촌 누이들이었음이 밝혀졌다. 그러나 이반 뻬뜨로비치 역시 다른 사람들과 마찬가지로, 어떤 연유에서 빠블리쉬체프가 양자로 들인 나이 어린 공작을 그토록 살뜰히 보살펴 주었는지에 대해서는 거의 아는 것이 없었다. 「당시에는 그런 것에 관심을 쏟을 겨를이 없었지요.」 어찌 되었든 이반 뻬뜨로비치라는 인물이 남다른 기억력의 소유자라는 사실만은 확인되었다. 그는 사촌 누이들 중 손위인 마르파 니끼찌쉬나가 어린 공작을 매우 엄하게 교육시킨 것까지 기억하고 있을 정도였기 때문이다. 「그래서 언젠가 한번은 당신에 대한 교육 방법 때문에 나와 마르파가 심하게 다툰 적도 있었지요. 그녀는 모든 걸 매로 다스리려고 했는데 아픈 아이에게 매질이라니오……. 정말이지 이건……, 당신이라면 찬성하시겠습니까……?」 반대로 동생인 나딸리야 니끼찌쉬나는 이 가엾은 소년을 상냥하게 감싸 주었다고 하는 것이었다. 그는 설명을 이어 갔다. 「지금은 두 명 모두 어떤 군에 내려가 살고 있지요. 사실 지금까지 살아 있는지는 잘 모르겠군요……. 빠블리쉬체프가 그 군 쪽에다 얼마 되진 않지만 제법 좋은 땅을 두 누이 앞으로 남겨 놓았다고 하더군요. 마르파는 수녀원에 들어가고 싶어했던 것 같았는데…… 하지만 장담할 만한 것은 못 됩니다. 아마도 다른 사람에 관한 얘기를 들은 건지도 모르니까요……. 맞아요, 이건 얼마 전에 전해 들은 어느 여의사에 관한 것이군요…….」

공작은 기쁨과 감동에 두 눈을 반짝이며 이야기를 끝까지 경청했다. 이번에는 공작 쪽에서 지난 6개월에 걸친 국내 여행 동안, 이전에 자신을 길러 주었던 보모들을 찾거나 방문하고자 하는 시도를 전혀 하지 않았던 자기 자신을 도저히 용서할 수 없다며 열을 올렸다. 「매일마다 찾아가 보고 싶다는 것이 생각에만 그치고 주위 사정을 핑계로 미뤄 왔지요……. 하지만 지금 내 자신에게 맹세하건대, 그곳이 어느 고장이든 간에 반드시 찾아가 볼 겁니다. 그건 그렇고 나딸리야 니끼찌쉬나를 아신다고 했지요? 참으로 아름답고 경건한 분이지요! 하지만 마르파 니끼찌쉬나도……그렇지요. 죄송합니다만, 마르파 니끼찌쉬나에 대해 뭔가 오해하신 것 같군요! 물론 그녀가 엄격했던 건 사실이지만…… 하지만 참을성을 잃을 수밖에 없었어요……. 그 당시 백치였던 나를 상대하고 있었으니까요, 하하! 사실 말이 나왔으니 하는 얘기지만, 그때 나는 진짜 바보나 다름없었다니까요. 믿어지지 않는 모양이지요? 하하! 그런데…… 그런데 당신은 그때 나를 보셨단 말이지요, 한데 어째서 나는 당신이 기억 나지 않는지, 이걸 좀 해명해 주시지 않겠습니까? 말하자면 당신은…… 아, 하느님 맙소사, 그러니까 결국 당신이 니꼴라이 빠블리쉬체프의 친척이란 말입니까?」

「확실히 말하지만, 틀림없는 친척지간입니다.」이반 뻬뜨로비치는 공작을 찬찬히 바라보며 빙긋 미소를 지었다.

「오, 나는 미심쩍어서 그렇게 말한 것이 아닙니다. 그리고 어디 의심을 품을 수나 있는 일입니까, 하하! 설령 다소나마라도…… 그러니까 요만큼이라도 의심할 수 없다는 거지요! 나는 다만 돌아가신 니꼴라이 빠블리쉬체프가 훌륭하신 분이기 때문에 그런 말을 한 겁니다. 정말 너그러운 분이셨지요. 그렇고말고요!」

이튿날 아침, 아젤라이다가 자신의 약혼자인 S공작과의 대화에서 표현했던 것처럼, 공작은 숨이 차서가 아니라 〈무한한 감동이 끓어오르는 바람에 목이 메어〉 헐떡거리며 말을 맺었다.

「이런, 맙소사!」이반 뻬뜨로비치가 너털웃음을 지었다.「나 같은 사람이 그렇게 너그러운 분과 친척이 될 성싶지 않은가 보지요?」

「천만에요!」공작이 당황하며 목에 더욱 힘을 주고 황급히 외쳤다.「내가…… 내가 또 바보 같은 소리를 지껄이고 말았군요.

하지만…… 그럴 수밖에 없었어요. 왜냐하면 내가…… 내가, 또 삼천포로 빠져 버렸기 때문이지요! 이와 같은 관심사를 두고…… 이런 엄청난 관심사를 목전에 두고 무슨 말씀이라도 해보세요! 그처럼 어진 분과 견주어서요……. 맹세컨대, 그분은 정말 아량이 깊은 분이었어요. 그렇지요? 안 그런가요?」

공작은 몸을 부들부들 떨기까지 했다. 무엇 때문인지 몰라도 공작은 몹시 초조해 하며 밑도 끝도 없이 앞서의 대화에 대해 필요 이상의 흥분을 나타냈다. 그 원인을 무엇이라고 딱 집어 말할 수는 없었다. 공작은 아까부터 그러한 감흥에 젖어 있다가, 바로 이 순간 누구에겐가 무엇인지 형언할 수 없는 감사의 정을 느꼈을 수도 있었다. 어쩌면 이반 뻬뜨로비치에게 아니 주위의 모든 손님들에게 그러한 정을 표시하고 있었는지도 모른다. 공작은 이미 행복감에 도취되어 있었다. 이반 뻬뜨로비치는 아까보다 더욱 뚫어지게 공작을 바라보기 시작했다. 〈고관〉 역시 공작을 유심히 관찰하고 있었다. 벨로꼰스까야 부인은 잔뜩 화가 나서 공작을 쏘아보고 있다가 입술을 지그시 깨물었다. N공작과 예브게니 빠블로비치, S공작, 그리고 함께 있던 아가씨들까지도 각자의 얘기를 뒤로 하고 사태를 지켜보고 있었다. 아글라야도 매우 놀란 듯 싶었고, 리자베따 쁘로꼬피예브나 역시 어쩔 줄을 몰라 하며 허둥거리고 있었다. 이 딸들과 어머니로 말할 것 같으면 매우 웃기는 사람들이었다. 처음에는 공작이 파티에서 아무 말썽도 부리지 않고 잠자코 앉아 있는 것이 자신들을 돕는 길일 텐데 하고 은근히 바라고 있었지만, 실제로 공작이 한쪽 구석으로 밀려나 혼자 우두커니 앉아 연신 싱글거리고 있는 모습을 보게 되자 금방 불안감을 느꼈던 것이다. 알렉산드라는 아까부터 방 저쪽에 앉아 있는 공작을 벨로꼰스까야 부인 옆으로 살며시 데려와 N공작이 한참 떠벌리고 있는 대화에 자연스레 끼어들게 하려던 참이었다. 그런데 방금 전, 막상 공작이 스스로 말문을 열기 시작하자 그들

모녀는 오히려 초조해 하는 것이었다.

「그가 훌륭한 인물이라는 말은 옳아요.」 감탄조로, 그러나 더 이상의 웃음은 머금지 않은 채 이반 뻬뜨로비치가 말했다. 「그래요, 틀림없이…… 뛰어난 분이셨지요! 선량하고 존경받을 만한 분이지요.」 이렇게 덧붙인 후 공작은 잠시 말을 멈췄다. 「존경스러운, 아니 모든 사람의 찬양을 받을 만한 분이었지요.」 이미 세번째 같은 말을 하면서, 그는 더욱더 감탄 어린 말투로 과장해 가며 말했다. 「그리고…… 당신의 입장에서 본다면 더욱 그럴 수밖에 없겠지요.」

「빠블리쉬체프 씨에 관한 얘기 중에 뭔가 언급되지 않은 것이 있는 듯한데…… 수도원장과 관련된 이상한 얘기가…… 아, 어느 수도원장인지…… 잘 기억 나지는 않지만, 당시에 어느 수도원장과 관련된 얘기가 떠돌았었지요.」 무엇인가 생각이 난 듯 고위층 노관리가 말했다.

「예수회 수도원장이었던 구로에 관한 말씀인가 보군요.」 이반 뻬뜨로비치가 기억을 더듬었다. 「맞아요. 두 분 모두 훌륭하고 존경받을 만한 인물이었지요! 어쨌든 빠블리쉬체프는 가문도 좋고 재산도 꽤 지녔었으니까…… 계속 봉직했으면 시종 무관쯤은 넉넉히 되었을 텐데……. 어느 날 갑자기 관직과 재산을 다 버리고 가톨릭으로 개종하더니, 예수회 신자가 되어 나타나지 않았겠습니까! 그때까지만 해도 공공연한 비밀에 부치곤 했었는데, 거의 광적이었다고 할 수 있지요. 어쩌면 때마침 돌아가신 게 잘된 일인지도…… 맞아, 당시에 모두들 그렇게 얘기했지요.」

공작은 어쩔 줄을 몰랐다.

「빠블리쉬체프가…… 빠블리쉬체프께서 가톨릭으로 개종하셨단 말입니까? 그럴 리가 없습니다!」 그는 경악하며 크게 소리 질렀다.

「〈그럴 리가 없다〉니오!」 이반 뻬뜨로비치는 믿음직한 목소리로 띄엄띄엄 말문을 열었다. 「이미 많은 걸 언급했는데…… 친애하는 공작, 당신은 아마 믿지 않을 수도 있지만…… 그렇다 하더라도, 공작께서는 고인이 된 그분에게 무척이나 후한 점수를 주고 있군요……. 사실 정말 좋은 분이었던 건 틀림없어요. 문제는 그 교활한 구로라는 녀석이 그분을 등에 업고 성공을 거뒀다는 데 있지요. 이 일로……, 바로 그 구로라는 인물과 관련되어 후에 내가 얼마나 많은 사건과 음모를 겪었는지 내게 물어보세요! 한번 상상을 해보시라고요.」 이반 뻬뜨로비치는 이렇게 말하며 갑자기 고관 쪽을 바라보았다. 「심지어 유언장에서 미미하게 언급된 유산 분배 문제를 놓고 한몫 잡으려고 달려들었다니까요! 그래서 나는 뭔가 단호한 조치를 취할 수밖에 없었지요…… 본때를 보여 주기 위해서 말입니다……. 정말이지 가톨릭교도들은 상습적인 사기꾼들이었어요! 대단한 족속들이었다고요! 다행스럽게 이 사건은 모스끄바에서 일어났었는데, 아는 백작의 도움을 받아 놈들을 혼쭐내 줬지요…….」

「당신이 얼마나 내 마음을 아프게 하고 놀라게 했는지 모르실 겁니다!」 공작이 다시금 소리 질렀다.

「유감이군요. 하지만 본질적으로 볼 때, 이 사건 역시 항상 그렇듯이 의미를 둘 만한 가치도 없는 시시한 일상적인 일 나부랭이에 지나지 않습니다. 지난해 여름에는」 이반 뻬뜨로비치는 다시 한번 노관리 쪽을 바라보며 말했다. 「K백작 부인이 외국에 있는 어느 가톨릭 수녀원에 들어갔다는 소문이 돌았지요. 러시아 인들이 한번 가톨릭 사기꾼들에게 걸려들면 헤어나는 것이 무척이나 힘든 것 같습니다……. 특히나 외국에서는 말할 것도 없겠지요.」

「오! 모든 것들이 우리 러시아 인들의 지친 삶에서 연유한 것이 아닐까 하오.」 노관리가 권위적인 어조로 거드름을 피우며 한마디 던졌다. 「가톨릭의 전도 방식이…… 그럴싸해 보이긴 하는데…… 사람을 놀라게 하는 방법을 알아요. 나 또한 1832년도에

빈에서 그 수법에 걸려 놀란 적이 있었는데, 녀석들의 감언이설을 뒤로하고 삼십육계 줄행랑을 놓고 말았지, 하하!」

「그때 당신은 예수회 사람들로부터 도망친 게 아니라 관직까지 내팽개치고, 절세 미인이었던 레비쯔끼 백작 부인과 함께 빈에서 파리로 밀월을 떠난 거라고들 수군대던데요?」 난데없이 벨로꼰스까야 부인이 참견하고 나섰다.

「그렇긴 했지만 어찌 되었든 예수회 녀석들의 손아귀로부터 벗어난 것 아니겠소?」 질문에 대답하며 노인은 간만에 떠오른 유쾌한 회상에 박장 대소했다. 「그런데 공작, 당신은 요즘 젊은이들치고는 드물게 신앙심이 깊은 사람인 듯싶소.」 노관리는 여태 놀라움을 거두지 못하고 있는 미쉬낀 공작에게 부드러운 눈길을 던지며 말했다. 그는 놀라움에 입을 반쯤 벌린 채 이 모든 얘기를 듣고 있었다. 노인은 공작에 대해 좀 더 많은 것을 알고 싶어하는 눈치였다. 이 노인은 몇 가지 사실들로 인해 공작에게 관심을 갖기 시작했다.

「빠블리쉬체프는 남다른 지혜를 지닌 독실한 기독교도였습니다.」 공작이 불쑥 입을 열었다. 「그런데 어떻게 그분이 기독교가 아닌 다른 종교에…… 몸담을 수 있었을까요? 가톨릭교는 어쨌든 정통 기독교 사상으로 볼 수는 없으니까요!」 공작은 두 눈에 광채를 발하며 자기 앞쪽과 주위에 있는 모든 사람들을 둘러보면서 그렇게 덧붙였다.

「흠, 그건 좀 지나치구먼.」 노관리는 혼잣말을 읊조리며 뜻밖이라는 눈초리로 예빤친 장군을 바라보았다.

「어떤 근거로 가톨릭교가 비기독교 사상이란 말을 하지요?」 이반 뻬뜨로비치가 의자를 돌리며 물었다. 「그럼 가톨릭은 도대체 뭐죠?」

「첫번째로, 가톨릭교는 비기독교적 교리를 지닌 사상입니다.」 공작은 광적인 흥분에 휩싸여 필요 이상으로 언성을 높이며 다시 말하기 시작했다.「이것이 바로 첫번째 이유이며, 두 번째 이유는 로마 가톨릭교란 무신론보다도 더욱 형편없다는 것입니다. 이것이 제 소견입니다. 네, 저는 그렇게 생각합니다. 무신론은 단순히 〈무(無)〉에 대한 설파에 그치고 말지만, 가톨릭은 거기에서 더 나아가 그리스도의 이상을 왜곡시키고 있으며, 심지어 모략에 의해 훼손된 사상을 전파시키는 등, 반그리스도적 행위를 일삼고 있단 말입니다! 가톨릭은 적그리스도의 앞잡이에 불과하다고 감히 단언합니다! 이것은 이미 오래전에 나의 개인적 신념으로 굳어진 동시에 나를 끊임없이 괴롭혀 온 명제이기도 합니다……. 로마 가톨릭은 전세계적인 국가 권력 없이는 교회도 설 자리를 잃고 만다는 언어도단적 맹신 속에서 〈우린 보고 들은 것을 말하지 않을 수가 없다Non possumus!〉[160]고 외쳐 대고 있습니다. 제 좁은 소견으로, 로마 가톨릭은 이미 종교적 위치를 벗어났으며, 서로마 제국의 명맥을 유지하는 수단으로밖에 여겨지지 않습니다. 이렇듯 로마 가톨릭에서는 〈믿음〉에 관한 것부터 시작하여 다른 모든 것들이 그 돼먹지 못한 사상 속에 얽매여 있단 말입니다. 로마 교황은 교회령을 재산삼아 종교적 왕이 아닌 속세에 찌든 왕좌를 차지해 버리고 손에는 칼자루를 쥔 채 천하를 호령하지 않았습니까? 그때부터 이런 악순환이 되풀이되었지요. 달라진 것이 있다면, 칼만으로는 모자라다 싶어서 거짓말에 교활함, 속임수, 맹신, 미신 등 온갖 악행을 끌어들인 점이라고나 할까요. 그러면서도 경건함과 진실함, 소박함을 가장한 채 자기들이 얼마나 민중에 대해 뜨거운 애정을 간직하고 있는지 보여 주려고 애쓰고 있지요. 그들은 돈과 하잘것없는 속세의 권력을 위해 모든 걸 하루아침에 뒤집어 버리곤 했습니다. 자, 이래도 적그리스도적 사상이 아니라고 하겠습니까? 이런 상황 속에서라면 무신론이 나올 법

[160] 사도행전에 나오는 말로 사도 베드로와 요한이 의회에 있던 학자들에게 한 말이다(사도행전 4장 19~20절).

도 하지 않은가요? 무신론은 바로 여기서, 다름 아닌 로마 가톨릭에서 비롯된 것입니다. 무신론은 바로 가톨릭 추종자들로부터 시작된 겁니다. 이러니 자기 자신은 믿을 수 있었겠습니까? 무신론은 가톨릭에 대한 증오심으로 인해 더욱 공고해진 것입니다. 무신론은 가톨릭의 허위성과 종교적 무력감의 산물인 것입니다. 무신론! 러시아에서는 아직까지 일부 집단에서만 신을 부정하고 있는 상태입니다. 즉, 일전에 예브게니 빠블로비치가 아주 적절히 표현했던 바와 같이, 근본을 상실한 사람들은 신을 믿지 않고 있습니다. 그러나 유럽 권에서는 이미 민중들이 결성한 극우 단체들을 필두로 하여 신을 부정하고 나서기 시작했다고 합니다. 이전에는 무지와 허위를 대상으로 싸웠지만, 지금은 비뚤어진 광신과 교회와 기독교에 대한 증오를 바탕으로 투쟁을 펼치고 있는 겁니다.」

공작은 한숨 돌리기 위해 말을 멈췄다. 그는 심하다 싶을 만큼 빠른 어조로 말했던 것이다. 얼굴이 하얗게 질리는가 싶더니 이내 숨을 가쁘게 몰아쉬었다. 모두들 서로의 눈치를 슬금슬금 보고만 있었는데, 마침내 노관리가 박장 대소를 터뜨렸다. N공작은 오페라글라스를 꺼내 들고는 공작에게서 눈을 떼지 않고 유심히 지켜보고 있었다. 독일 시인은 구석 자리에서 슬며시 기어 나오더니 기분 나쁜 웃음을 흘리며 탁자 쪽으로 약간 다가섰다.

「당신은 과장을 좀 심하게 하시는군요.」 이반 뻬뜨로비치가 뭔가 뜨끔한 표정을 지으면서 다소 따분하다는 투로 말끝을 끌면서 한마디 던졌다. 「유럽 쪽 교회에도 모든 존경을 한 몸에 받고 있는 덕망 있는 인사들이 있지 않나요?」

「내 말은 개별적 교회 대표들에 대한 것이 아닙니다. 나는 본질적으로 로마 가톨릭에 대해 언급했을 뿐입니다. 〈로마〉에 대해 하는 말입니다. 교회가 사라져 버린다는 게 가능한가요? 나는 절대로 그렇게 말하지 않았습니다.」

「아니오. 그렇지만 이미 기정 사실인 것을 다시 논할 필요가 지는……. 이건 신학적 차원에서 다뤄야 하는 문제니까요…….」

「아니, 아닙니다. 비단 신학에만 국한된 문제가 아니지요. 네, 그렇고말고요! 이건 당신의 생각 이상으로 우리와 밀접합니다. 단순히 신학적인 면만 보고 그 이면은 보지 못하는 데서 이미 하나의 실수를 범하고 있는 겁니다. 사회주의라는 것도 결국은 가톨릭과 그 교리의 산물이지 않습니까! 사회주의라는 것도 그 형제나 다름없는 무신론과 마찬가지로, 가톨릭에 대한 회의감에서 파생된 것입니다. 가톨릭과 반대되는 정신적 입장을 취하고 있긴 하지만, 사회주의는 종교가 상실한 정신적인 권위를 차지하려 하고, 인류가 애타게 호소하고 있는 정신적 갈증을 해소하려 하고, 인류 구원을 〈그리스도〉가 아닌 〈폭력〉을 통해 얻으려 한다는 점은 가톨릭과 별다른 점이 없습니다. 사회주의 역시 폭력에 의한 자유, 칼과 피에 의한 결속을 다지려는 것에 불과합니다! 〈신을 믿지 마라, 사유 재산도 가지지 마라, 개성도 살리지 마라, 2백만 민중이여! 뭉치면 살고 흩어지면 죽는다 fraternité ou la mort.〉 그들이 하는 짓거리로 미루어 보아 어떤 부류라는 걸 쉽게 알 수 있을 겁니다. 설마 이 모든 것들이 우리들에게 아무런 해도 되지 않고, 위협을 주는 것도 아니라고 생각하시진 않겠지요. 우리가 소중히 지켜 온 그리스도를, 저들이 아직 모르고 있는 그리스도를 앞세워, 무지한 서유럽에 대해 위대한 투쟁을 펼치고 그 이름을 떨쳐야만 합니다. 노예 근성을 버리지 못하고 예수회 신자들이 던져 놓은 미끼에 걸려들 것이 아니라, 오히려 그들에게 러시아 문명을 전해 주고 서유럽 사회에 당당히 진출하여, 방금 전 누군가 말씀하셨듯이 감언이설로 위장한 그네들이 더 이상 우리의 그리스도에 대해 함부로 말하지 못하도록 해야만 합니다…….」

「죄송해요. 죄송하지만!」 이반 뻬뜨로비치가 겁을 집어먹은 듯한 표정으로 좌중을 한차례 둘러보며, 매우 불안한 듯이 말을 꺼냈다. 「물론 당신의 견해는 칭송받을 만한 데다 충만한 애국심의 발로인 줄 압니다만, 너무 과장되었군요. 그러니까…… 이쯤에서 끝맺는 편이 좋겠군요…….」

「아니, 과장된 게 아니라 오히려 축소된 느낌입니다. 그래요, 뭔가 모자랍니다. 내겐 이 모든 걸 표현해 낼 능력이 부족하기 때문이지요. 그러나…….」

「이것 보 — 세 — 요!」

공작은 입을 다물었다. 그는 자세를 바로잡고 앉은 후, 미동도 않고 이글거리는 눈빛으로 이반 뻬뜨로비치를 응시했다.

「아무래도 당신의 은인에 관한 얘기가 당신에게 심한 충격을 준 것 같소.」 아직까지 침착성을 잃지 않은 노신사가 달래듯이 말했다. 「또한 당신은 곧잘 흥분하는 듯싶소……. 아마도 외로움 때문일 것이오. 만일 당신이 좀 더 많은 사람들과 어울려 살았더라면, 사회에 나와서도 다른 훌륭한 젊은이들과 마찬가지로 환영받을 수 있었을 테고, 자연히 자신의 감정도 잘 통제할 수 있을 뿐더러, 모든 일들이 지금보다는 훨씬 수월하게 느껴졌을 거요. 더군다나 이렇게 흔치 않은 사건들은 어느 면에서 보면 우리에게 내재되어 있는 권태로움과 일종의 포만감으로부터 발생하는 듯싶으니 말이오.」

「바로, 바로 그겁니다!」 공작이 소리를 질렀다. 「정말 훌륭한 지적이십니다. 이런 일은 바로 그 〈권태로움〉 때문에, 극도의 만족에서 비롯된 싫증 때문이 아니라, 그러니까 무언가에 대한 갈망으로 인해 일어나는 것이죠……. 확실히 어떤 포만감 때문은 아닙니다. 이 점은 잘못 짚으신 것 같군요! 단순한 갈망에서뿐만 아니라, 격정과 어떤 열망으로부터도 발생될 수 있지요! 그리고…… 그리고 이것이 단순히 웃고 지나쳐 버리는 하찮은 일에만 적용되는 사항이라고 여기고 계시진 않겠지요? 이런 식으로 말하는 나를 부디 용서하시기 바랍니다. 우리는 좀 더 앞을 내다볼 줄 아는 능력을 배양시킬 필요가 있습니다. 러시아 인들은 직접 강을 건너가서 저쪽에도 육지가 존재한다는 사실을 확인한 후에야 비로소 손뼉을 치며 기뻐합니다. 도대체 어째서 이러는 걸까요? 지금 여러분들은 빠블리쉬체프 때문에 놀라워하고 있습니다. 모든 것이 그의 광적인 믿음과 선량함 때문에 일어났다고 생각하고 계십니다. 하지만 그게 아닙니다. 러시아적인 열정은 종종 러시아 인 자신뿐만 아니라 전 유럽을 들썩이게도 한단 말입니다. 일단 러시아 인들이 가톨릭으로 개종하고 나면, 가장 맹신적인 예수회 신자가 됩니다. 또한 러시아 인들이 무신론자로 탈바꿈하면 제일 앞장서서 강제로, 즉 검을 내세워 신에 대한 믿음을 근절시키려 덤벼든단 말입니다. 무엇 때문에, 도대체 어디서 이런 광기가 순식간에 분출되는 것일까요? 정말 모르겠습니까? 러시아 인들은 이런 것들 속에서 그동안 망각하고 있던 조국의 실체를 발견하고 기뻐해 마지않기 때문입니다. 일단 새로운 세계를 접하고 나면 미친 듯한 열정을 가지고 빠져 든단 말입니다! 러시아 인이 무신론자나 예수회 신도가 되는 것은 허영심이나 쓸데없는 허세를 부리는 데서 비롯된 것이 아니라, 정신적 고통과 종교적 욕구로부터 이상과 탄탄한 기반, 이전에는 미처 깨닫지 못했던 조국애에 대한 동경심으로부터 비롯된 것입니다. 게다가 러시아 인들은 단순한 무신론자에 머무는 것이 아니라, 또 하나의 새로운 종교로서 무신론을 받아들이고, 실제로 어떤 믿음도 존재할 수 없는 무신론을 〈믿고 있다〉는 자가 당착과 모순에 빠져 헤어나지 못합니다. 러시아 인들의 답답한 마음이 이런 상황까지 연출하게 된 것입니다! 〈자신이 설 자리를 잃어버린 사람들은 신에 대한 믿음도 상실해 버린다.〉 이건 내가 생각해 낸 말이 아닙니다. 이것은 내가 여행 도중 알게 된 어느 러시아 정교 상인의 말입니다. 하긴 그가 이 말을 그대로 하진 않았고, 〈자신의 조국을 인정하지 않는 사람은 신을 부정하는 것과 마찬가지다〉라고 했습니다. 소위 지식인층에 속하는 사람들조차 분리파[161]로 돌아선 것을 생각해 보십시오……. 과연 이런데도 계속 니힐리스트나 예수회 신도, 또는 무신론자들 이상으로 분리파 교도들을 비난할 수 있겠습니까? 어쩌면 더 심오한 사상을 가졌을 수도 있는데 말입니다. 러시아 인들의 절망이 여기까지 이른 것이라고 볼 수 있습니다……! 애타게 신세계를 찾아 헤매던 콜럼버스 일행의 정신을 좇아, 러시아 인들에게도 러시아적 세계관을 제시할 때가 왔습니다! 그들이 미처 모르고 있던, 땅속의 금은 보화를 캐낼 때가 왔습니다. 러시아적인 사상과 러시아적인 그리스도의 힘에 의해서만 이룩될 수 있는 전인류의 개혁된 미래상과 그 부흥에 관한 청사진을 제시하세요! 그러면 머지않아 훌륭하고 성실한, 고명하고 어진 모습을 한 우리들의 영웅이, 놀라서 경탄을 금치 못하는 전세계 앞에 우뚝 서 있는 모습을 보게 될 것입니다. 그네들은 항상 러시아 인에 대해서 힘과 무력만을 앞세우는 미개한 민족이라고만 판단하고 있었고, 우리들에게 숨어 있는 뛰어난 능력은 간과해 버린 탓에 더욱 놀랄 것입니다. 이런 생각은 지금까지도 계속 이어져 왔지만, 앞으로 갈수록 더욱 현저해질 겁니다! 그리고…….」

그러나 이때 갑자기 뜻하지 않은 사건이 일어나면서 공작의 장황한 연설이 본의 아니게 중단되었다.

혼란스럽게 이 얘기 저 얘기를 넘나들던 공작의 열변과 열정적이면서도 염려하는 듯한 말, 희열에 들뜬 생각의 나열들은 겉으로 봐서 이렇다 할 징후가 없었지만, 금방이라도 공작의 내면에서 뭔가 심상치 않은 것이 터져 나올 듯함을 예고하고 있었다. 거실에 있던 공작을 아는 모든 사람들은, 소심했던 평소의 모습과 달리 평소에 거의 찾아볼 수 없었던 재치를 발하며, 상류 사회의 예절로 통용되곤 하는 본능적인 조심스러움에 어긋나고 있는 공

---

[161] 17세기부터 19세기 전반기에 걸쳐 러시아에서 발생한 종파로 신비, 교의, 승려를 부정하고 자신의 몸에 매질을 가함으로써 속죄하는 이단을 말한다.

작의 당돌하기 짝이 없는 언동을 조심스러운 눈길로(개중에는 수치심을 느끼며) 지켜보면서 놀라움을 금치 못했다. 그들 모두 어떤 연유로 이러한 사태가 발생했는지 전혀 파악하지 못하고 있었다. 빠블리쉬체프에 대한 얘기가 원인이 된 것 같지는 않았다. 부인네들은 마치 미친 사람이라도 보는 듯한 시선으로 공작을 바라보고 있었다. 훗날 벨로꼰스끼 공작 부인은 〈1분만 그런 상태가 더 지속되었더라면 뛰쳐나가 버릴 참이었다〉고 고백했다. 〈노인들〉은 놀라서 어쩔 줄 모르며 허둥거렸다. 예빤친 장군의 상관은 불만스런 표정을 지으며 자리에 앉아, 자못 엄한 눈길을 공작에게 보내고 있었다. 공병 대령은 꼼짝도 하지 않고 지그시 눌러앉아 있었다. 독일 시인은 하얗게 질리긴 했지만, 여전히 입가에 부자연스런 웃음을 머금고 다른 사람들의 반응을 슬금슬금 살피고 있었다. 그렇긴 해도 만일 1분 간의 여유만 더 있었더라면, 이 모든 〈불미스러운 사건〉 역시 보통때와 다름없이 지극히 자연스러운 방법에 의해 마무리되었을 수도 있었다. 놀란 예빤친 장군은 누구보다 먼저 사태의 심각성을 깨닫고 몇 번씩이나 공작의 말을 중단시켜 보려고 했다. 그러나 별다른 효과를 거두지 못하자, 이번엔 확고하고 단호한 마음을 먹고 공작 쪽으로 다가갔다. 예빤친은 조금만 더 버텨 보다가 공작이 여전히 떠벌린다면, 병세를 구실삼아 호의적인 태도로 공작을 방에서 데리고 나가기로 결심했다. 어쩌면 공작의 병이 재발되었는지도 모른다는 생각도 했다. 하지만 사건은 전혀 다른 방향으로 전개되었다.

처음에 거실로 들어오자마자, 공작은 아글라야가 그렇게 주의를 주었던 중국 화병으로부터 되도록 멀찌감치 떨어져 앉아 있었다. 어제 아글라야의 말이 있은 후 그가 아무리 멀리 떨어져 앉는다거나, 그 재앙을 피하려고 아무리 발버둥친다 하더라도, 결국은 화병을 깨뜨려 버릴 것이라는 지워지지 않는 어떤 신념과, 도저히 불가능하고 놀랄 만한 일이 벌어지리라는 불길한 예감이 들었기 때문이었다. 그런데 예감이 그대로 적중했다. 파티가 계속되면서 이미 얘기한 바와 같이 강렬하고 선명한 또 다른 인상들이 공작의 마음속으로 밀려들기 시작했다. 그는 자기의 예감에 대해서 완전히 잊고 있었다. 공작이 빠블리쉬체프에 관한 말을 듣고 예빤친 장군이 그를 데려가 다시금 이반 뻬뜨로비치에게 소개시킬 때, 자연히 공작은 탁자에 가까운 곳으로 자리를 옮겨 마침 옆에 놓여 있던 안락의자에 앉게 되었다. 공교롭게도 공작이 자리한 안락의자 바로 옆쪽으로 공작의 팔꿈치에 닿을락 말락한 거리를 두고 크고 아름다운 문제의 그 화병이 받침대 위에 놓여 있었다.

열변을 토하던 공작이 마지막 단어를 입 밖에 내며 갑자기 자리를 박차고 일어나더니, 조심성 없이 팔을 휘두르며 무슨 영문에서인지 어깨를 으쓱해 보였다. 그리고…… 비명소리가 여기저기서 터져 나왔다. 처음에 화병은 이쪽저쪽으로 기우뚱거렸다. 그러다 어느 노인의 머리 위로 떨어질 듯하다가 돌연 반대쪽으로 방향을 틀더니, 겁을 집어먹고 간신히 옆으로 피한 독일 시인 쪽으로 기울며 바닥에 떨어져 박살이 났다. 쨍그랑 하는 소리, 날카로운 비명소리, 양탄자 위에 흩어진 도자기 파편들, 놀라움, 경악…… 아, 공작에게 도대체 무슨 일이 일어난 것인지 차마 설명할 수 없다. 아니, 그럴 필요조차 없다! 하지만 화병이 깨지는 찰나 그동안 공작의 마음을 뒤덮고 있던 모든 불안감과 이상한 예감의 정체가 비로소 밝혀졌다. 여기에 대해서 언급하지 않을 수가 없다. 수치심, 불미스러움, 두려움, 갑작스러움, 이 모든 것을 제쳐 두고 공작은 무엇보다도 자신의 예감이 적중했다는 사실에 적잖이 놀라고 말았다. 정확히 어떤 예감이었는지는 자신에게조차 설명해 낼 수 없었다. 다만 심장이 멎을 정도로 놀라서 불가사의한 공포감을 감추지 못한 채 멍하니 서 있을 따름이었다. 이윽고 공포감 대신 한줄기 빛과 기쁨 그리고 환희가 공작 앞에 펼쳐졌다. 숨통을 조이던 순간은 마침내 지나가 버렸다. 다행히도 그런 불편한 시간이 오래 계속되진 않았다! 공작은 숨을 한번 내쉬고 주위를 둘러보았다.

공작은 자기 주변을 휩쓸고 간 소동에 대해 한참 동안 어리둥절해 있었다. 그는 모든 걸 눈으로 확인한 후에야 사태를 완전히 파악했다. 그러나 공작은 여전히 딴사람처럼, 마치 살며시 방으로 기어들어 가 좋아하는 사람들을 몰래 지켜보곤 하는 동화 속의 투명 인간이라도 된 듯이, 자신은 이 일과 아무런 관련이 없다는 표정을 짓고 서 있었다. 깨진 화병 조각이 치워지는 것을 지켜보며 빠르게 오고 가는 대화를 듣고 있던 공작은 이상하리만큼 창백한 표정으로 그를 바라보는 아글라야와 시선이 마주쳤다. 아글라야의 눈빛 속에서는 그 어떤 혐오감도, 일말의 분노감조차 찾아볼 수 없었다. 그녀는 다른 사람들에게는 날카로운 시선을 던지면서도, 공작에게는 놀라움과 다소 연민 어린 눈빛을 보내고 있었다. 공작의 가슴이 갑자기 두근거리기 시작했다. 잠시 후 공작은 모두들 아무 일도 없었다는 듯이 웃기까지 하며 다시 자리에 앉는 것을 보고 놀라움을 금치 못했다. 시간이 좀 흐르자 웃음소리도 커졌다. 모두들 화석처럼 굳어진 공작의 모습을 보고 웃었다. 그러나 다정함과 유쾌함이 가득한 웃음이었다. 리자베따 쁘로꼬피예브나 부인을 필두로 많은 사람들이 공작에게 다가와 상냥한 어조로 말을 건네기 시작했다. 리자베따 쁘로꼬피예브나는 웃으면서 지나치리만큼 친절한 어조로 공작에게 무언가를 얘기했다. 갑자기 공작은 예빤친 장군이 다정하게 자신의 어깨를 두드리고 있음을 느꼈다. 예빤친 역시 웃고 있었다. 게다가 노관리는 예빤친 장군보다 더욱 애정과 호의가 깃든 태도를 보여 주었다. 그는 한 손으로 공작의 손을 살며시 쥐고 다른 한 쪽 손바닥으로는 가볍게 공작의 어깨를 두드리며, 마치 놀란 어린아이를 달래듯이 그를 타일렀다. 이 모든 상황이 공작을 기쁘게 만들었다.

마침내 노관리는 공작을 자기 옆으로 바싹 끌어 앉혀 놓았다. 공작은 황홀한 표정으로 노인의 얼굴을 바라보았지만, 어찌 된 영문인지 여전히 말을 못 하고 숨쉬기조차 힘겨워했다. 노인의 얼굴이 꽤나 마음에 들었다.

「어떻든 간에,」 공작이 마침내 우물쭈물 입을 열었다. 「정말로 여러분들은 나를 용서해 주는 건가요? 그리고⋯⋯ 리자베따 쁘로꼬피예브나, 당신도?」

웃음소리가 더욱 커졌다. 어느새 공작의 눈가에 눈물이 고였다. 그는 자신의 눈을 의심하며 마법에라도 걸린 듯한 모습을 하고 있었다.

「하긴, 멋진 화병이긴 했지요. 내 기억으론 거의 15년 간 이 집에 놓여 있었어요.」 이반 뻬뜨로비치가 말을 꺼냈다.

「아유, 정말 슬픈 일이군! 도자기 때문에 사람 하나 끝장나다니!」 리자베따 쁘로꼬피예브나가 큰 소리로 말했다. 「정말 많이 놀랐나요, 레프 니꼴라예비치?」 부인은 여전히 걱정이 되는 듯 이렇게 덧붙였다. 「됐어요, 이젠 다 끝났어요. 사실은 당신 때문에 더 놀랐다고요.」

「그럼 모든 걸 용서한다는 말인가요? 화병 말고도 내가 저지른 모든 일들을?」 갑자기 공작이 일어서며 이렇게 말하자 노관리가 다시금 공작의 팔을 잡아끌었다. 노인은 공작의 팔을 놓으려 하지 않았다.

「정말 흥미롭고도 진지한 일이로군C'est très curieux et c'est très sérieux!」 노인은 탁자 건너편에 있는 이반 뻬뜨로비치에게 나름대로 속삭인다고 말했지만, 의외로 목소리가 커서 공작이 들은 듯싶었다.

「그럼 내가 여러분 누구에게도 모욕을 주지 않았단 말이지요? 내가 지금 얼마나 행복한지 믿지 못하실 겁니다. 하지만 분명히 무슨 일을 저지른 것 같아요! 과연 내가 여기서 누구에게든 모욕을 줄 수 있었을까요? 만일 내가 그렇게 생각한다면 여러분을 다시 모욕하는 거겠지요.」

「이봐요 친구, 이제 진정해요. 그건 지나친 말이오. 그런 것에 대해 감사할 필요는 전혀 없어요. 물론 감사의 정은 아름답지만 과장되어 있소.」

「나는 감사를 표하는 것이 아니라 다만…… 여러분의 너그러움에 매료된 거예요. 여러분을 바라보니 정말로 행복하군요. 어쩌면 바보 같은 말로 들릴지 모르지만 이 말은 해야 될 것 같습니다. 내 자신의 명예를 위해서라도 필요합니다.」

공작은 발작을 일으킬 듯 불안하고 상기된 모습이었다. 그는 자신이 말하고자 하는 것과는 다른 단어들을 자꾸만 입 밖에 냈다. 그의 시선은 계속 얘기해도 좋겠냐고 묻고 있는 듯했다. 마침내 공작의 눈길은 벨로꼰스까야 부인에게 멈췄다.

「괜찮네, 공작. 망설이지 말고 계속 얘기해 보게나.」 부인이 이렇게 말했다. 「당신은 아까부터 계속 숨이 턱에 차서 말하고 있어요. 그렇게 겁내지 말고 그냥 얘기해 봐요. 여기 계신 분들은 당신보다 훨씬 이상한 사람들도 대한 적이 있어요. 당신은 그리 놀라게 할 만한 일을 저지르지도 않았고, 당신이 얼마나 지혜로운 사람인지는 신만이 판단할 수 있으니까. 당신이 화병을 깨서 잠시 놀란 것 외에는 아무렇지도 않다고요.」

공작은 미소를 머금고 그녀의 말을 끝까지 들었다.

「그분이 당신이었지요?」 공작은 난데없이 노관리에게 질문을 던졌다. 「석 달 전에 뽀드꾸모프라는 학생과 쉬바브린이라는 관리를 유형에서 구해 준 이가 바로 당신이었지요?」[162]

노인은 약간 얼굴을 붉히며 좀 더 진정을 해야겠다고 중얼거

---

162 도스또예프스끼가 A. C. 뿌쉬낀의 『대위의 딸』에서 차용한 성으로 알렉세이 이바노비치 쉬바브린은 장교였는데 결투로 인해 백러시아의 성으로 유형당했다.

렸다.

「당신에 관한 소문을 들었습니다.」 바로 그 순간 공작이 이반 뻬뜨로비치 쪽을 보면서 말했다. 「농노 해방 후에 어느 군에서 당신에게 못된 짓을 일삼던 농부들이 화재로 재산을 모두 날리자, 집을 지으라고 숲의 벌채를 허용했지요?」

「아니, 그건 다소 과장된…… 소문입니다.」 이반 뻬뜨로비치는 머뭇거리긴 했지만 은근히 자랑하는 듯한 말투로 대답했다. 그러나 이번만큼은 소문이 과장되었다는 그의 말이 사실로 판명되었다. 와전된 소문이 공작의 귀에까지 들어왔던 것이다.

「그런데 공작 부인,」 이번엔 공작이 유쾌한 미소를 지으며 벨로꼰스까야 부인 쪽을 바라보았다. 「부인께서는 반년 전에 리자베따 쁘로꼬피예브나의 편지 한 통에 모스끄바에 막 도착한 나를 친아들처럼 맞아 주셨지요. 그리고 친자식에게 하시듯 영원히 잊지 못할 한마디 조언도 해주셨지요. 기억 나세요?」

「이번엔 무슨 심산에서 그렇게 말하는 건가요?」 벨로꼰스까야 부인이 기분 나쁜 듯이 말했다. 「당신은 착하긴 한데 좀 바보스런 구석이 있군. 누가 동전 두 닢만 적선하기라도 한다면, 마치 생명의 은인이라도 되는 양 그 사람 앞에 머리를 조아리고 말 걸세. 당신은 그런 점에 대해 칭송이라도 받을 줄 아나 본데, 오히려 그 반대네.」

부인은 이미 화가 머리끝까지 나서 얘기하다가 느닷없이 깔깔거리며 웃었다. 악의가 있어 보이진 않았다. 순간 리자베따 쁘로꼬피예브나의 안색이 밝아졌고, 예빤친 장군도 명랑한 기분을 되찾았다.

「이미 말했지만, 미쉬낀 공작은…… 공작은…… 한마디로, 공작 부인이 방금 지적했듯이 숨이 턱에 차서 얘기하지만 않는다면…….」 예빤친 장군은 기쁨에 들떠, 벨로꼰스까야 부인이 뜻밖에 한 말을 다시 끄집어내며 말했다.

아글라야 혼자만이 왜 그런지 우수에 잠겨 있었다. 그러나 그녀의 얼굴은 여전히 상기되어 있었다. 아마도 화가 난 듯했다.

「공작은 정말 사랑스러운 사람이오.」 노관리가 다시 한번 이반 뻬뜨로비치에게 속삭였다.

「나는 가슴속에 고통을 안고 이 방에 들어왔어요.」 공작은 점점 당혹스러워하는 듯했으나, 차츰 생기를 되찾으며 상당히 빠르고 기묘한 어조로 말을 이어 갔다. 「나는…… 나는 여러분과 내 자신에 대해 겁이 났어요. 특히 나 자신에 대해서 말이에요. 이곳 뻬쩨르부르그에 돌아오면서, 나는 어떻게 해서든 이곳 전통 명문가의 인사들을 만나 보리라고 다짐했어요. 내 자신이 최고의 가문 출신인 만큼 그런 생각이 들었지요. 결국 나는 지금 나 자신과 같은 공작들과 함께 있는 것이 아닌가요? 그렇지요? 나는 여러분을 알고 싶어했고 그건 꼭 필요한 일이었어요. 나는 항상 여러분의 미덕보다는 부덕(不德)에 관해 더 많이 들어 왔어요. 시시하고 이상한 것에만 관심을 쏟는다느니, 시대 착오적이라느니, 쓸데없는 것에 대한 교육과 우스꽝스러운 습관들을 고수한다느니 하는 얘기들이었어요. 아, 정말이지 여러분에 대한 비난이 도처에서 쏟아지고 있어요! 나는 오늘 호기심 반, 두려움 반 섞인 마음으로 여기 왔어요. 내겐 눈으로 직접 확인해 볼 필요가 있었으니까요. 실제로 러시아 상류 계급은 이미 아무짝에도 쓸모없는 구시대적 산물로 치부되고 있지 않나요? 전통마저 상실해 버린 이 마당에 상류 계급은 사장되어 갈 수밖에요. 그래도 여전히 사소한 시기심 때문에, 자신들의 앞을 가로막는다고 생각하며 진보적인 젊은 사람들과 싸우는 모습이란…… 자기들이 소멸되어 가는 줄도 모르고 말이에요. 이전에 나는 이러한 견해에 전적으로 찬성하진 않았어요. 사실상 러시아에 상류 계급은 결코 존재한 적이 없으니까요. 제복 또는 우연한 일로 구별되었던 시종 무관은 제외하고요……. 그나마 이젠 아예 자취를 감춰 버리고 말았지요, 그렇게 생각되지 않나요?」

「아니, 전혀 그렇지 않아요.」 이반 뻬뜨로비치가 싸늘하게 웃으면서 일침을 가했다.

「저럴 수가, 또 소란을 부리는군!」 벨로꼰스까야 부인이 참을 수 없다는 듯이 투덜거렸다.

「말하게 두시오Laissez le dire! 온통 떨고 있잖소.」 다시 노관리가 속삭이면서 말렸다.

공작은 제정신이 아니었다.

「여기서 내가 무엇을 보았을까요? 나는 오늘 이 자리에서 고상하고 순박하며 현명한 분들을 만났어요. 나 같은 애송이의 말도 기꺼이 들어 주시는 어른도 알게 됐어요. 내가 스위스에서 만났던 사람들에게 결코 뒤지지 않는 선량한 분들로, 이해하고 용서할 줄 아는 따뜻한 마음의 러시아 인들을 마주하고 있단 말입니다. 내가 한편으로 기쁘면서도 얼마나 놀랐는지 모를 겁니다! 오, 이 말만큼은 꼭 하고 넘어가도록 해주세요! 그동안 나는 이 세상에서 본질은 이미 사라지고 형식과 구습만이 남았을 뿐이라고 들어 왔고, 나 자신도 그렇게 믿어 왔어요. 그러나 지금 생각해 보니 러시아는 아직까진 그렇지 않은 듯싶군요. 이런 사실은 우리 나라가 아닌 다른 나라 얘기 같아요. 과연 여러분 모두가 위선적인 가톨릭 신자인가요? 나는 방금 전에 N공작이 하는 얘기를 들었어요. 과연 그 얘기가 진심에서 우러나오지 않은, 거짓되고 별 뜻 없는 농담에 불과한가요? 과연 메마른 가슴과 재능을 지닌 죽은 자에게서 그런 말을 기대할 수 있을까요? 과연 죽은 자들이 여러분이 내게 해주신 것처럼 할 수 있을까요? 이것은 미래와 희망을 실현하기 위한…… 바탕이 아닌가요? 그런 사람들이 시대적 흐름을 파악하지 못하고 퇴보할 수 있을까요?」

「제발, 이젠 진정하게나, 젊은 양반. 다음에 기회를 봐서 다시 얘기하도록 하지. 내 기꺼이 들어 주겠네…….」 노관리가 조용히 미소 지으며 말했다.

이반 뻬뜨로비치가 있는 대로 언성을 높였다가 의자에 앉은 채 얼굴을 돌렸다. 그러자 예빤친이 살짝 물러나 앉았다. 예빤친의 상관인 장관은 더 이상 공작에게 관심을 두지 않고 노관리의 부인과 얘기하고 있었다. 하지만 부인은 자주 공작을 힐끔거리며 귀를 기울였다.

「아니에요. 다 말해 버리는 편이 낫겠어요!」 또다시 새로운 열정의 충동을 이기지 못하고, 공작은 무슨 까닭에서인지 신념에 차서 은밀하기까지 한 눈길을 노관리에게 쏟으며 계속 말을 이어 갔다. 「어제 아글라야 이바노브나가 나에게 이 파티에서 나서지 말 것을 당부하며, 말해서는 안 될 것까지 지적해 줬습니다. 그녀는 내가 이 속에 끼어들면 웃음거리밖에 되지 않는다는 걸 알고 있었기 때문이지요. 내가 지금 스물하고도 일곱 살이지만, 자꾸 어린애 같은 짓을 한다는 것쯤은 본인도 알고 있어요. 내겐 사상을 논할 만한 자격이 없다는 걸 이미 오래전부터 스스로 얘기해 왔지요. 다만 모스끄바에서 로고진과는 흉금을 털어놓고 얘기해 봤어요……. 나는 그와 함께 뿌쉬낀의 작품을 모조리 읽었지요. 로고진은 뿌쉬낀의 이름조차 모르고 있었어요……. 나는 항상 나의 우스꽝스러움 때문에 행여 〈훌륭한 사상〉에 흠이라도 낼까 봐 걱정했어요. 나는 적절한 제스처를 사용할 줄 몰라요. 언제나 말과 반대되는 행동을 해서 웃음거리가 되거나 사상을 깎아 내리곤 하지요. 감정을 자제할 줄도 모릅니다. 이건 중요한, 가장 중요한 것이에요……. 나는 차라리 아무 말 않고 앉아 있는 편이 낫습니다. 침묵하고 있는 순간에는 분별력도 좋아지고 사색에 잠기기도 하지요. 하지만 지금은 말을 하는 편이 나을 듯합니다. 내가 말을 시작한 까닭은, 여러분이 그처럼 아름다운 눈길로 나를 바라보고 있기 때문입니다. 정말로 아름다운 모습이 아닐 수 없어요! 나는 어제 오늘 저녁 내내 입도 벙긋 않겠다고 아글라야 이바노브나에게 약속했어요.」

「그게 사실이오Vraiment?」 노관리가 빙긋 웃었다.

「그러나 시간이 흐를수록 그런 생각이 잘못되었다는 느낌이 들었어요. 과연 진실 앞에서 제스처가 필요할까요? 그렇다고 생각합니까?」

「가끔은 필요하지요.」

「모든 걸 설명해 드리고 싶군요. 모든 걸, 모든 걸 말입니다! 아, 그렇군요! 여러분이 생각하기에 내가 이상주의자 같은가요? 아니면 사상가로 보이나요? 오, 아닙니다! 맹세컨대 나는 지극히 평범한 인간이에요……. 내 말이 믿어지지 않나 보지요? 내 얘기가 우스운 모양이지요? 들어 보세요……, 나는 이따금 믿음을 상실한 채 비열해지곤 합니다. 방금 전에도 이리로 오며 생각해 봤어요. 〈사람들과 어떻게 말을 시작할까? 그들이 조금이라도 이해할 수 있게 하려면 어떤 말부터 꺼내야 할까?〉 겁도 났지만 특히나 여러분에 대한 커다란 두려움이 앞섰어요! 그런데 왜 두려워했던 걸까요? 그렇게 두려워하는 것은 부끄러운 일이 아니었을까요? 아무리 낙오자와 악인이 들끓는 곳이라도 한 사람 정도의 선각자는 있게 마련 아닌가요? 거기에 나의 기쁨이 있지요. 세상에는 악의 덩어리가 있는 게 아니라 살아 있는 구성원들만 있을 뿐이라는 것을 확신합니다. 우리의 현재 모습이 바보스러워 보인다고 당황할 필요는 없지요. 그렇지 않은가요? 우리의 실체가 우스꽝스럽고 경솔하며, 때로는 쓸데없는 타성에 젖어 권태로워하기도 하고, 사물을 바로 볼 줄도, 판단할 줄도 모르고 있는 게 사실 아닌가요? 우리 모두가 그러하지요. 모두가 말이에요. 여러분이나 나도, 우리 모두가! 내가 직선적 표현으로 여러분이 우스운 꼴로 살고 있다고 말한 점에 대해 화가 나진 않았겠지요? 만약, 모욕감이라도 느꼈다면 살아 있는 구성원이 될 자격이 없는 거지요. 나의 짧은 소견으로 볼 때, 가끔은 바보스러워지는 편이 좋을 때도, 아니 오히려 더 나을 경우도 있어요. 그러면 서로에게 보다 빨리 용서를 구하고 화해할 수 있으니까요. 모든 것을 단번에 이해하고, 항상 완전함을 갖추고 일을 시작할 수는 없는 노릇이니까! 완전에 도달하기 위해서는 이해하지 못하는 많은 단계를 거쳐야만 합니다. 너무 빨리 모든 걸 알려고 들면, 제대로 이해도 못 하고 지나쳐 버릴 수 있어요. 바로 이 점을 여러분에게, 이미 모든 걸 이해할 능력을 갖춘, 아니면 아직 그렇지 못한…… 여러분에게 전하고자 합니다. 나는 더 이상 여러분에 대한 두려운 마음을 갖고 있지 않아요. 그런데, 이런 애송이가 이처럼 주제넘는 말을 해서 화가 나지는 않나요? 이반 뻬뜨로비치는 웃고 있군요. 당신은 내가 민중을 염려하는, 대변자이자 평등을 부르짖는 민주주의자라고 생각하지요?」 공작은 히스테릭하게 웃기 시작했다 (그는 짧고 환희에 찬 웃음을 끊임없이 터뜨렸다). 「나는 여러분을, 여러분과 우리 모두를 염려하고 있어요. 사실 나 자신도 공작 가문 출신이며, 지금도 여러 공작님과 함께 자리하고 있어요. 나는 우리 모두를 구하기 위해서, 예측 불허의 암울함 속에서도 귀족 계급이 사라지지 않게 하기 위해서 서로 헐뜯다 모든 것을 잃어버린 계층을 대변하고 있는 거예요. 진보적이고 성숙한 채로 남아 있는다면 굳이 다른 이들에게 우리의 자리를 내주고 사라져 버릴 필요가 있을까요? 진보적 인간이 됩시다. 그러면 자연히 원로가 되는 법이지요. 원로가 되기 위해서는 하인의 일도 마다하지 말아야지요.」

순간 공작이 의자를 세게 박차고 일어서자 노관리는 아까보다 훨씬 불안한 시선으로 공작을 바라보며 그를 제지하고 나섰다.

「내 말 좀 들어 보세요! 나도 말만 하는 것은 좋지 않다고 봅니다. 그보다는 모범을 보이며 실행하는 편이 낫지요……. 나는 이미 시작했어요……. 그리고, 그리고, 현실 속에서 인간이 진정으로 불행해질 수 있다고 보는가요? 오, 만일 내가 행복할 수 있다면, 나의 슬픔과 불행이 무슨 문젯거리가 되겠습니까? 나는 나무 옆을 지나가면서 행복을 느끼지 못하는 사람을 도무지 이해할 수 없어요. 도대체 그런 사람들은 뭘 보고 다니는 거지요? 사랑하는 사람과 얘기를 나누면서도 행복을 느끼지 못한다는 게 말이나 됩니까! 아, 내가 모든 걸 표현해 낼 능력이 없음을 한탄할 따름입니다……. 발을 내디딜 때마다 얼마나 아름다운 사물이 펼쳐지나요? 심지어 그런 것을 잊고 살아가던 사람조차 그 아름다움을 발견해 내곤 하지 않습니까? 어린아이를 바라보세요, 신이 선물한 아름다운 노을을 바라보세요, 풀잎이 어떻게 자라고 있는지 바라보세요, 당신을 쳐다보며 사랑하고 있는 눈을 바라보세요…….」

공작은 이렇게 말하며 꽤 오랫동안 서 있었다. 노관리도 이젠 놀라워하며 공작을 쳐다보고 있었다. 리자베따 쁘로꼬피예브나가 누구보다 빨리 사태를 짐작하고 두 손을 꼭 쥐며 〈아, 하느님 맙소사!〉 하고 소리 질렀다. 아글라야는 재빨리 공작에게 달려가 두려움에 떨며 고통에 일그러진 표정을 하고, 양팔을 벌려 공작을 감싸 안았다. 이윽고 그녀는 이 가엾은 청년의 〈뒤흔들며 내동댕이쳐 버린 영혼〉에서 나오는 소름 끼치는 비명소리를 들었다.[163] 공작은 양탄자 위에 쓰러져 있었다. 누군가 환자의 머리 뒤로 얼른 베개를 받쳐 주었다.

이런 상황은 누구도 예상하지 못했다. 15분 정도가 흐른 후, N 공작과 예브게니 빠블로비치 그리고 노관리가 다시금 파티에 활기를 불어넣으려 애썼지만, 30분 가량이 지나자 모두들 자리를 뜨고 말았다. 연민이 섞인, 다소 한탄하는 듯한 많은 얘기들이 오고 갔으며, 개중에는 몇몇 의견도 끼어 있었다. 그 중에서도 이반 뻬뜨로비치는 〈보아하니 젊은 공작은 슬라브주의자[164]이거나 그 비슷한 유 같군요. 하지만, 뭐 그렇게까지 위험해 보이진 않습니

---

163 도스또예프스끼는 정신 착란과도 같은 매우 흥분한 상태에 관한 에피소드를 복음서적인 문체로 표현하고 있다.

다〉라고 말했다. 노관리는 일체의 언급을 회피했다. 사실 그들 모두는 시간이 좀 흐른 뒤에야, 다시 말해서 그 이튿날이나 모레가 되어서야 약간씩 화가 나기 시작했던 것이다. 이반 뻬뜨로비치는 모욕감마저 느꼈으나 그리 심한 편은 아니었다. 예빤친 장군의 직속 상관인 장관은 얼마 동안 예빤친을 다소 쌀쌀맞게 대했다. 예빤친 가의 〈보호자〉격인 노관리는 예빤친 장군에게 한바탕 설교를 해대면서도 무엇인가에 대해 선뜻 말을 꺼내지 못하고, 다만 자신이 아글라야의 미래에 아주 깊은 관심을 가지고 있음을 곰살맞게 얘기했다. 사실 노관리가 어느 정도 선량한 사람이긴 했지만, 어제 저녁 그가 공작에게 호기심을 보였던 이유 중에는 나스따시야 필리뽀브나와 공작 사이에 있었던 옛사랑 이야기가 들어 있었다. 노인은 그들의 사랑에 관한 어느 부분을 듣고 나서 매우 흥미로워했으며, 더욱 자세한 이야기를 알고 싶어했었다.

벨로꼰스끼 공작 부인도 파티에서 자리를 뜨며 리자베따 쁘로꼬피예브나에게 한마디했다.

「나 원 참, 장단점을 골고루 갖춘 사람인 것 같군요. 굳이 내 생각을 말하자면 나쁜 점이 더 눈에 띄었다고나 할까? 그 사람이 어떤지는 부인도 똑똑히 봤지? 그 사람은 환자야!」

이 말에 리자베따 쁘로꼬피예브나는 공작이 사윗감으로 가망이 없다는 최종적 결론을 내리고, 밤새 〈내가 살아 있는 한 공작이 아글라야의 남편이 되도록 내버려 둘 순 없다〉고 다짐했다. 부인은 매우 이른 시각에 눈을 떴다. 일찍이라 해도 낮 1시가 다 되어서 겨우 아침 식사를 시작했다. 바로 이때 리자베따 쁘로꼬피예브나는 혀를 찰 만한 자기 모순에 빠져 들어갔다.

언니들의 매우 조심스러운 질문에 대해 아글라야는 대뜸 냉랭

164 도스또예프스끼가 말하는 슬라브주의는 모든 슬라브 인들의 정치적 부흥을 겨냥한 주장일 뿐 아니라 사회·도덕적 문제에 대한 러시아적 해답을 내포한 민족 철학이기도 하다.

하고도 오만 불손한 어조로 대답했다. 아니 단호하게 딱 잘라 이렇게 말했다.

「나는 공작에게 어떤 약속도 한 적이 없을 뿐더러, 그를 내 배우자로 생각해 보지도 않았어. 나에게 있어서 공작은 다른 사람들과 마찬가지로 부수적 존재에 지나지 않아!」

그러자 리자베따 쁘로꼬피예브나가 벌컥 성을 냈다.

「그런 말이 네 입에서 나오다니! 공작이 신랑감으로 부적당하다는 걸 난 알고 있다. 또 때마침 일이 그렇게 맞아떨어져서 다행스럽게 생각하고는 있지만, 네가 그렇게 말해야 옳은 거니? 그래도 난 너만은 다를 거라고 생각했는데……. 내가 어제 왔던 모든 사람들은 쫓아 버렸어도 공작만큼은 그대로 두었을 거다! 그가 어떤 사람인지 알겠니?」

그녀는 서운한 표정으로 말했다. 부인은 자신이 내뱉은 말에 스스로 놀라며 갑자기 말을 멈추었다. 만약 그 순간 자신이 딸들에게 얼마나 심하게 행동하고 있는지 알았더라면 어떻게 되었을까? 아글라야의 머릿속에선 이미 모든 것이 결정되어 있었다. 그녀 역시 모든 것에 결단을 내려야 할 순간만을 기다리고 있었다. 그래서인지 모든 암시와 모든 부주의한 언동이 그녀의 가슴에 깊은 상처를 주었다.

8

공작에게도 이날 아침은 불길한 예감 속에서 시작되었다. 그런 예감은 물론 공작의 병세 때문이라고 할 수 있었다. 그러나 그는 지나치게 막연한 슬픔에 젖어 있었다. 그것은 무엇보다도 고통스러웠다. 물론 공작 앞에는 가슴을 찌를 듯한 고통스런 사실이 너무나 명백하게 버티고 있었지만, 그의 슬픔은 그가 기억하고 상상하는 것보다 훨씬 깊었다. 공작은 혼자서 이 상태를 도저히 진정시킬 수 없다는 것을 깨달았다. 공작의 마음속에는 오늘 무언가 특별하고도 결정적인 사건이 일어날 것 같은 예감이 조금씩 자리잡고 있었다. 전날 밤 공작이 일으킨 발작은 다소 경미한 것이었다. 우울증과 약간의 두통, 그리고 몸이 좀 쑤시는 것을 제외하고는 별다른 이상을 느끼지 못했다. 마음이 아프긴 했지만, 머릿속은 지나칠 정도로 맑은 상태를 유지하고 있었다. 공작은 꽤 늦은 시각에 잠에서 깨어났는데, 순간 어제 저녁에 일어났던 일들이 생생하게 떠올랐다. 모든 것을 확실하게 기억해 낼 수는 없었지만, 어찌 되었든 발작을 일으키고 반시간쯤 후에 집으로 돌아온 것은 생각났다. 공작은 그의 병세를 묻기 위해 이미 예빤친의 집에서 사람이 왔다 갔다는 것을 알게 되었다. 11시 반경에는 또 다른 사람을 보내왔다. 공작은 기뻤다. 레베제프의 딸 베라가 가장 먼저 공작에게 문병을 와서 시중을 들었다. 공작을 본 순간 그녀는 울음을 터뜨렸다. 공작은 그녀를 재빨리 달래고 곧 환한 웃음을 지어 보였다. 이 소녀의 강한 연민에 공작은 갑자기 감동을 받았다. 그는 베라의 팔을 잡고 손등에 키스를 했다. 베라의 얼굴이 빨갛게 달아올랐다.

「아니, 뭐 하시는 거예요!」 그녀는 놀란 듯이 얼른 손을 잡아뺐다.

베라는 알 수 없는 당혹감 속에 얼른 방에서 나가 버렸다. 하지만 그 와중에서도 베라는 아버지 레베제프가 〈고인〉이라고 부르는 이볼긴 장군이 밤새 사망하지 않았나 알아보기 위해 그 집으로 새벽녘에 달려갔다는 말과 아마 가까운 시일 내에 장군이 죽을 것 같다는 소문을 전해 주었다. 12시에는 레베제프가 직접 공작을 찾아왔는데, 〈옥체의 건강이 어떤지 잠깐〉 살피기 위해서 그리고 선반을 좀 들여다본다는 구실에서였다. 레베제프가 〈아아〉, 〈오오〉 하는 한숨만 내쉬고 있기에 공작은 그를 곧 내보냈다. 레베제프

역시 어제 공작이 발작을 일으켰던 것에 관해 이미 상세한 것까지 알고 있는 듯했으나 그래도 이것저것 더 캐묻고 싶은 눈치였다. 레베제프가 나간 후에는 니꼴라이도 잠시 얼굴을 비쳤다. 니꼴라이는 몹시 허둥거리며 매우 불안해 하고 괴로워했다. 그는 다짜고짜 거의 모두가 알고 있는 사건을 자신만 모르고 있다는 말을 꺼내며, 사람들이 자기에게만 쉬쉬하고 있는 이 사건의 전말을 자세히 얘기해 달라며 졸랐다. 니꼴라이는 심하게 동요하고 있는 상태였다.

공작은 자신이 표시할 수 있는 최대한의 동정을 가지고, 완벽하도록 정확하게 사실을 짚어 가며 사건의 경위를 얘기해 주었다. 그 내용은 가엾은 소년에게 청천 벽력과 같은 것이었다. 니꼴라이는 한마디 말도 하지 못하고 망연자실해 있더니 기어이 울음을 터뜨렸다. 공작은 이 사건이 소년의 뇌리에서 영원히 지워지지 않을 강렬한 인상으로 남을 것이며, 인생의 전환점이 되리라는 것을 예감했다. 공작은 황급히 사건에 대한 자신의 견해를 말했다. 그리고 죄를 저지른 후 마음속에 잔재해 있는 공포감으로 장군이 죽을지도 모른다는 말을 덧붙였다. 공작의 말을 모두 듣고 난 니꼴라이의 눈에서 갑자기 불꽃이 튀었다.

「가브릴라도 바르바라도 쁘찌찐도 모두 소용없어요! 그 사람들하고는 더 이상 이러쿵저러쿵하지도 않을 거고, 지금 이 시간부터 그 사람들과는 다른 길을 걸을 거예요! 아아, 공작님, 나는 어제부터 여러 가지 새로운 사실들을 경험했고, 그건 커다란 교훈이 되었어요! 이젠 어머니도 내가 직접 모실 거예요. 바르바라가 부양하고 있긴 하지만, 그것과는 또 다른 거라고요⋯⋯.」

니꼴라이는 밖에서 사람들이 기다리고 있다는 사실을 기억해 내고는 자리에서 벌떡 일어나 서둘러 공작의 몸이 어떤지 물어보았다. 공작의 대답을 들은 니꼴라이는 재빠른 어조로 이렇게 덧붙였다.

「다른 일은 전혀 없었나요? 내가 듣기로는, 어제…… (내가 이런 말을 꺼낼 자격은 없지만) 하지만 언제라도 믿을 만한 사람이 필요하시면, 내가 항상 대기하고 있다는 사실을 잊지 마세요. 보아 하니 우리 둘 다 그다지 행복하지는 않아요, 그렇지요? 그런데…… 아니에요, 괜스레 이것저것 묻지는 않을게요…….」

니꼴라이는 갔지만 공작은 더욱 깊은 사색에 잠겼다. 〈어째서 모두들 불행을 예고하고 있고, 이미 모든 판단을 내려 버린 채 내가 모르는 무언가에 대해 자기네들은 알고 있는 듯한 표정일까……. 레베제프는 이것저것 집요하게 캐묻고, 니꼴라이는 대놓고 암시를 하고, 베라는 눈물을 흘리고…….〉 마침내 공작은 짜증을 내며 두 손을 내저었다. 공작은 이 모든 것이 〈저주스런 병적 의심〉에서 비롯되었다고 생각했다. 2시경에 예빤친 가의 사람들이 〈잠깐 동안〉이라는 조건을 달고 공작을 방문하자, 공작의 얼굴에 이내 희색이 돌았다. 그들은 정말 잠시 들른 것이었다. 아침 식사를 마치고 일어나서 리자베따 쁘로꼬피예브나가 다 같이 산책을 나가자고 제안했다. 그러나 말이 제안이지 아무런 설명도 없는 급작스럽고 무미건조한 명령조의 말투였다. 모두들, 즉 부인과 예빤친의 딸들, 그리고 S공작이 집을 나섰다. 부인은 평소와 정반대 방향으로 갔다. 일동은 부인이 무슨 생각을 하고 있는지 알아차렸지만, 행여 그녀의 심기를 건드릴까 봐 아무 말 않고 쫓아갔다. 그러나 부인은 쏟아지는 질책과 항의를 모면하기 위해 뒤도 한번 돌아보지 않고 앞장서서 걸어가고 있었다. 마침내 아젤라이다가 산책을 하는 것인데도 그렇게 뛰듯이 걸어가는 어머니를 도저히 쫓아갈 수 없다며 투덜거렸다.

「어머나, 이런.」 리자베따 쁘로꼬피예브나가 갑자기 고개를 돌리며 말했다. 「그리고 보니 공작네 근처까지 오고 말았구나. 아글라야가 무슨 생각을 하고 있든지 간에, 그리고 이 다음에 무슨 일이 생기더라도 공작은 남이 아니야. 게다가 지금 그는 병이 나서 매우 불행한 상태에 있잖니? 나만이라도 잠깐 얼굴을 비쳐야겠다. 같이 가고 싶은 사람은 따라오고, 싫은 사람은 그냥 가거라. 일부러 잡진 않을 테니까.」

말할 필요도 없이 모두들 공작에게 들렀다. 공작은 또다시 어제 화병을 깬 것과 이하 불미스러운 소동을 벌인 것에 대해 정중히 사과했다.

「무슨 그런 말씀을, 이젠 됐어요.」 리자베따 쁘로꼬피예브나가 대답했다. 「화병이야 별거 아니지만 당신이 염려되는군요. 아직도 어제 일이 신경 쓰이나 보군요. 〈다음날 아침에 보니……〉라는 말은 이런 때 쓰는 건가요? 그렇지만 정말 별일 아니에요. 지금 이 자리에 있는 어느 누구도 당신에게 잘잘못을 따지지 않잖아요? 그럼 이만 가봐야겠군요. 그리고 기력이 된다면 나처럼 산책하고 들어와서 다시 눈을 붙여 보도록 해요. 이건 내 충고랍니다. 옛날처럼 마음내키면 언제고 놀러 오세요. 앞으로 무슨 일이 일어나더라도, 당신은 변함없이 우리 집안의 친구라는 사실과, 최소한 나는 영원히 당신을 친구로 생각한다는 사실을 명심해 주길 바랍니다. 적어도 난 내가 한 말에 책임을 질 수 있으니까요……」

모두들 이 말에 고개를 끄덕이며 부인의 속마음을 확실히 알아차리게 되었다. 일행은 자리를 떴다. 부인은 격려하듯이 상냥하게 얘기한, 어찌 보면 순진하다고까지 볼 수 있는 자신의 경솔한 언행 속에 어느 정도 잔인한 요소가 내재되어 있다는 사실을 전혀 알아채지 못하고 있었다. 〈이전과 다름없이〉 놀러 오라는 초대의 말과 〈적어도 나만큼은〉이라는 얘기 역시 뭔가를 암시하는 듯한 인상을 풍겼다. 공작은 아글라야에 대해 생각하기 시작했다. 들어올 때와 나갈 때 아글라야가 놀랍게도 미소를 지은 게 사실이었지만, 모두 공작에게 자신의 변함없는 우정을 얘기할 적에도 그녀는 아무 말 없이 우두커니 앉아 있기만 할 따름이었고, 다만 두 번 가량 공작을 뚫어지게 쳐다본 것이 전부였다. 아글라야의 안색이 평소보다 더욱 창백한 것으로 보아 간밤에 잠을 설친 것 같았다. 공작은 저녁때가 되면, 반드시 〈이전처럼〉 예빤친 가를 방문하겠다고 마음먹고 조급한 마음에 시계를 들여다보았다. 예빤친의 가족이 돌아가고 정확히 3분이 지나서 베라가 들어왔다.

「레프 니꼴라예비치, 방금 아글라야 이바노브나가 살짝 말씀 좀 전해 달라고 하며 돌아갔어요.」

공작은 몸을 떨기 시작했다.

「메모를 남겼나?」

「아니에요, 간신히 몇 마디 전하고 갔어요. 오늘 하루 종일 절대 외출하지 마시라고 했어요. 확실히 듣진 못했지만 적어도 저녁 7시나, 가능하면 9시까지는 그렇게 해주셨으면 한대요.」

「그래…… 뭣 때문에 그런 말을? 도대체 무슨 의미일까?」

「나도 전혀 모르겠어요. 다만 꼭 전해 달라는 부탁만 남겼어요.」

「〈꼭〉이라고 했단 말이지?」

「아니, 직접 그렇게 말한 건 아니고요, 잠깐 몸을 돌려 말하기에, 내가 얼른 그쪽으로 달려가서 들은 거예요. 하지만 얼굴 표정에 꼭 전해야 된다는 당부의 빛이 서려 있었어요. 마치 심장이 멎어 버릴 듯한 눈빛으로 나를 바라보았거든요…….」

몇 마디 질문이 더 오고 간 뒤에도 공작은 도무지 영문을 알 수 없었고, 불안감만이 더욱 엄습해 올 따름이었다. 홀로 남은 공작은 소파에 누워 다시 생각에 잠기기 시작했다. 〈아마 9시까지 예빤친 댁에 누군가 손님이 올 모양인가 보지. 그래서 아글라야는 내가 손님들 앞에서 또다시 무슨 일이나 저지르지 않을까 하고 걱정하는 거야.〉 마침내 이런 생각에 이른 공작은 다시금 저녁때가 되길 기다리며 초조하게 시계를 들여다보기 시작했다. 그러나 이 수수께끼는 저녁 시간보다 훨씬 이전에 새로운 형태의 방문에 의해 풀렸다. 그 해답 역시 또 하나의 새롭고도 괴로운 수수께끼 형식을 갖추고 있었다. 예빤친 가의 사람들이 나가고 꼭 30분이

지나고 나자, 이뽈리뜨가 한마디도 못할 정도로 기진맥진해서 들어왔다. 그는 의식이라도 잃을듯이 그대로 안락의자 위에 쓰러져 한동안 심한 기침을 해댔다. 그는 피를 쏟을 정도로 심하게 쿨룩댔다. 그의 눈은 번뜩였고, 반점들이 뺨 주위에 붉은빛을 띠고 나타났다. 공작이 그에게 뭐라고 중얼거렸으나 그는 아무 대답도 못하고, 괜찮으니까 신경 쓰지 말라는 듯 꽤 오랫동안 손을 내젓기만 할 따름이었다. 가까스로 이뽈리뜨는 정신을 수습했다.

「나가겠어요!」 그는 목에 힘을 주며 쉰 듯한 목소리로 이렇게 말하였다.

「원한다면 내가 바래다주겠소.」 공작은 자리에서 몸을 약간 일으키다가 집 밖으로 나가지 말라는 방금 전의 아글라야의 부탁을 떠올리고는 머뭇거렸다.

이뽈리뜨가 웃기 시작했다.

「당신 곁을 떠나겠다는 뜻이 아닙니다.」 그는 숨이 떨어질 정도로 기침을 해대면서 계속 말을 이어 갔다. 「반대로 당신에게 일이 좀 있어서 찾아왔습니다……. 그렇지 않다면 이렇게 번거롭게 굴지도 않았을 겁니다. 이번만큼은 내가 〈저기〉로 떠나겠다는 말이 단순히 가버린다는 의미만은 아닙니다. 이제 끝장이란 말입니다! 동정을 바라고 하는 말이 아니에요, 정말입니다……. 벌써 오늘 아침 10시부터 〈그 순간〉이 닥칠 때까지 일어나지 않을 셈으로 꼼짝 않고 침대에 누워 있었지요. 그렇게 자포자기하고 있다가, 당신을 뵈려고 다시 한번 몸을 일으키게 된 것입니다……. 와야만 했어요.」

「당신을 보고 있으니 딱한 생각이 절로 드는군요. 그렇게 힘들여 몸소 나설 게 아니라, 나를 부르는 편이 나을 뻔했소.」

「아니에요, 됐습니다. 동정하는 겁니까? 상류 사회의 그 잘난 예의치레로 하는 말이라면 사양하겠습니다……. 아, 잊고 있었군요. 건강은 좀 어떠신지요?」

「난 괜찮아요. 어제는…… 그다지 좋지 않았지만……」
「예, 나도 들은 바 있습니다. 중국제 화병만 얄궂게 되었다죠. 어제 그 자리에 없었던 게 유감 천만일 뿐입니다! 그건 그렇고, 일이 있어서 들른 겁니다. 먼저, 나는 오늘 초록 벤치에서 아글라야와 밀회 중이던 가브릴라의 모습을 보며 즐거운 시간을 보낸 바 있습니다. 사람이 어느 정도로 바보같이 될 수 있는지 알고 나서 놀라울 따름이었어요. 가브릴라가 자리를 뜬 후 아글라야에게 이 말을 하긴 했지만…… 그런데, 공작, 놀라는 기색이 전혀 없군요.」 이뽈리뜨는 믿어지지 않는다는 눈길로 공작의 침착한 얼굴을 바라보며 덧붙여 말했다. 「어떤 것에도 놀라워하지 않는다는 건 뛰어난 지혜를 지닌 자들의 특성이라는 말도 있습니다만, 내가 보기엔 그만큼 바보 같다는 소리와도 일맥 상통하는 듯싶어요……. 그렇다고 당신을 빗대어 하는 말은 아닙니다. 실례했습니다……. 오늘따라 내가 바보 같은 말만 늘어놓는군요.」

「나는 이미 어제 알고 있었어요, 가브릴라가……」 이뽈리뜨가 왜 놀라워하지 않냐고 다그쳤음에도 불구하고 공작은 난처해 하며 입을 다물어 버렸다.

「이미 알고 있었다고요! 이거야말로 뉴스거리군요! 그렇지만 거기에 대해 얘기하진 마십시오……. 그럼 오늘의 밀회 장면은 목격하지 않았나요?」

「만일 당신이 그 자리에 있었다면, 내가 그곳에 없었다는 사실도 알고 있을 게 아니오.」

「아니지요. 관목 숲 뒤 어딘가에 앉아 있었을 수도 있지요. 어쨌든 당신을 위해선 기쁜 일이 아닐 수 없군요. 나는 이제 더 이상 재고의 여지도 없이 아글라야 아가씨가 가브릴라에게 돌아선 줄로만 생각했거든요!」

「제발 부탁이니, 이 얘기는 이제 그만 해주기 바라오, 이뽈리뜨. 그리고 그런 식의 표현은 삼가해 주시오.」

「하기야 벌써 다 아는 일이니까요.」

「아니, 잘못 짚었소. 난 전혀 아는 바가 없어요. 아글라야는 내가 아무것도 모른다는 걸 잘 알고 있을 게요. 밀회에 관한 얘기조차 전혀 모르고 있었단 말이오……. 당신이 그걸 밀회라고 표현했지요? 뭐, 좋아요. 이제 그만두도록 하죠…….」

「그게 무슨 말씀인가요? 방금 전까지 안다고 하더니, 이젠 모르는 얘기라니오? 당신은 〈좋아요. 이제 그만두도록 하죠〉라고 했나요? 하지만 그런 식으로 쉽게 믿어 버리지 마십시오! 특히 아무것도 모른다면요. 당신이 사람을 그렇게 쉽게 믿어 버리는 건 뭘 모르기 때문일 겁니다. 그 두 인물이, 그러니까 가브릴라와 바르바라 두 남매가 어떤 속셈을 품고 있는지 알기나 합니까? 아마도, 어느 정도 짐작은 하고 계셨겠지요……? 알았습니다, 알았다고요, 이제 그만 하도록 하지요…….」 이쁠리뜨는 공작의 초조해 하는 몸짓을 알아채고 이렇게 덧붙였다. 「하지만, 내가 온 것은 개인적 용무 때문입니다. 여기에 관해…… 설명을 좀 드리고 싶어요. 빌어먹을, 설명을 하지 않고서는 도저히 죽을 수가 없을 것 같더란 말입니다. 얼마나 많은 걸 설명해야 하는지 끔찍할 지경입니다. 들어 보시렵니까?」

「듣고 있으니, 어서 말해 보시오.」

「그런데 또다시 생각이 바뀌는군요. 어쨌건, 가브릴라의 얘기부터 하기로 하죠. 오늘 나도 초록 벤치로 나와 달라는 전갈을 받았다는 것쯤은 이미 염두에 두고 있겠지요? 하지만 솔직히 말해서…… 내가 먼저 꼭 만나야 된다며 고집을 부리고, 비밀을 털어놓겠다는 약속까지 해가며 애걸복걸했던 결과입니다. 내가 너무 일찍 갔는지는 잘 모르겠지만(정말로 일찍 갔던 듯싶어요) 내가 아글라야 옆에 앉자마자, 가브릴라와 바르바라 남매가 나란히 팔짱을 끼고 산책하는 모습이 눈에 들어오더군요. 두 남매가 나를 보더니 꽤나 놀랐던 모양입니다. 생각조차 못했던 일인지 낯까지 붉히더군요. 아글라야도 갑자기 얼굴이 빨개지더군요. 안 믿을는지 모르겠지만, 다소 당황하는 기색마저 보이더군요. 내가 그 자리에 있어서인지, 아니면 그 순간에 가브릴라를 보게 되어서 그랬는지는 알 수 없었어요. 그때 가브릴라의 모습은 정말 괜찮아 보였습니다. 하지만 아글라야는 얼굴을 붉히고 1초 만에 모든 일을 멋지게 끝내 버리더군요. 정말 재미있는 광경이었지요. 가브릴라의 목례와 바르바라의 아첨하는 듯한 미소에 답하기라도 하듯 몸을 약간 일으키는가 싶더니, 갑자기 단호한 어조로 이렇게 말하더군요. 〈난 다만 당신들의 우정 어린 마음에 개인적인 기쁨을 표시하는 것뿐이에요. 만일 내게 당신들의 그러한 우의(友誼)가 필요하다면, 안 믿어도 좋겠지만…….〉 아글라야가 이렇게 말을 끊으며 작별을 고하자, 두 남매도 그냥 자리를 뜨고 말더군요. 얼이 빠져서 갔는지, 아니면 의기양양해져서 갔는지는 잘 모르겠지만, 가브릴라만큼은 한 대 얻어맞은 듯한 얼굴이었어요. 무슨 말인지 전혀 이해가 가지 않는다는 표정을 하고 새우처럼 얼굴이 시뻘게지더군요. (그 사람 얼굴에는 가끔 경이로운 표정이 떠오르곤 하지 않습니까!) 그런데 누이동생인 바르바라는 빨리 그 자리를 벗어나는 게 상책이며, 아글라야에게서 받는 모욕은 그것으로 충분하다고 판단했는지 가브릴라를 억지로 끌다시피 하며 가 버렸어요. 바르바라가 가브릴라보다는 똑똑한 면도 있고, 확신하건대 지금쯤은 의기양양해 있을 겁니다. 나는 아글라야와 나스따시야의 만남을 주선하기 위해 그 자리에 다녀온 겁니다.」

「나스따시야와의 만남이라니!」 공작은 경악에 가까운 소리를 질렀다.

「아하! 이제서야 냉정을 잃으시고 놀라기 시작하는군요? 사람다운 모습을 보이시는 걸 보니 기쁘기 그지없습니다. 그럼 내가 위안이 될 만한 얘기를 해드리도록 하죠. 젊고 고귀한 신분을 지니신 아가씨의 비위를 맞춘다는 게 쉬운 일은 아니더군요. 나는 오늘 아글라야 아가씨에게 뺨을 얻어맞고 말았습니다!」

「마, 마음의 뺨을 맞았단 말인가요?」 공작이 반사적으로 질문을 던졌다.

「네, 육체적인 것은 아니었지요. 나 같은 인간에게 손을 댈 만한 사람은 아무도 없으니까요. 이제는 여자들조차 내게 손 끝 하나 대지 않는 형편이니까요. 하물며 가브릴라까지도 말입니다. 어제 그 인간이 나에게 해꼬지라도 하지 않을까 하는 생각이 잠깐 들긴 했었지만…… 당신이 지금 무슨 생각을 하고 계신지, 내기를 걸어도 좋을 만큼 잘 알고 있습니다. 지금 당신은 〈저 따위 녀석은 두드려 줄 필요도 없어. 대신 잠을 잘 때 베개나 물걸레로 숨통을 끊어 버릴 수 있겠지. 아니, 그렇게 해버려야 돼…….〉 이런 생각을 하고 계시지요? 지금 이 순간 당신이 어떤 생각을 품고 있는지 얼굴에 모두 씌어 있어요.」

「난 추호도 그런 생각을 한 적이 없소!」 혐오감을 느끼는 듯한 말투로 공작이 잘라 말했다.

「잘은 모르겠지만, 간밤에 꿈속에서 물걸레로…… 누군가가 나를 질식시키려 들었단 말이에요……. 그게 누군지 말할까요, 어떤 인물인지 한번 상상이라도 해보시지요. 바로 로고진입니다! 물걸레로 사람을 질식시킬 수 있다고 생각하나요?」

「잘 모르겠소.」

「내가 들은 바로는 가능한 얘기라고 하더군요, 좋습니다. 이제 이 얘기는 그만 하지요. 그런데 무슨 근거로 나더러 수다스런 허풍선이라고 하는 걸까요? 무엇 때문에 오늘 아글라야가 나에게 수다스러운 허풍선이라고 쏘아붙인 걸까요? 그리고 마지막 한 마디까지 다 듣고 난 마당에, 심지어 재차 물어보기까지 하더군요……. 뭐, 여자란 다 그런 거지요! 나는 그녀를 위해서 로고진이라는 흥미로운 사나이와의 연락도 주선해 줬는데 말입니다. 나스따시야 필리뽀브나와 개인적인 만남을 갖고 싶어하기에 자리를 마련해 준 적도 있어요. 확실치는 않지만, 아가씨는 나스따시야가 먹고 난 〈찌꺼기〉에도 감지덕지한다는 나의 암시에 자존심이 상했기 때문일까요? 그래도 난 나름대로 그 아가씨를 위해 줄곧 많은 진언을 했고, 그와 관련된 두 통의 편지를 썼어요. 그리고 오늘 세 번째 만나기로 했던 겁니다....... 아가씨의 품위를 떨어뜨리는 짓을 했는지도 모르겠습니다....... 그렇지만 〈찌꺼기〉란 표현은 내 입에서 나온 게 아닙니다. 다른 사람이 한 말이에요. 적어도 가브릴라 네 집안 사람들은 모두들 그렇게 말하고 있어요. 그리고 아가씨 자신도 이미 인정하는 사실이고요. 그런데, 왜 내가 그 아가씨에게 수다스런 허풍쟁이라는 말을 들어야 하는 거죠? 지금 공작이 나를 얼마나 한심한 눈길로 바라보고 있는지 다 알고 있어요! 지금 당신은 십중팔구 저 우매한 시 나부랭이를 내게 맞게끔 꿰맞추고 계시지요......?

〈사랑은 나의 서글픈 황혼에
작별의 미소를 보내지 않을까.〉[165]

하 — 하 — 하!」이뽈리뜨가 갑자기 히스테릭하게 웃어 대더니, 콜록거리며 기침을 시작했다. 이뽈리뜨는 기침을 해서 쉰 목소리로 말했다. 「한 가지 알아 두세요! 가브릴라가 어떤 작자인지! 〈먹다 남은 찌꺼기〉라고 말하면서도, 그 찌꺼기를 못 먹어 안달이 났다고요!」

공작은 기가 막혀 오랫동안 말이 없었다.

「나스따시야와의 만남에 관해 얘기한 거요?」공작이 마침내 우물거리며 입을 열었다.

---

[165] 뿌쉬낀의 시 작품 중 걸작으로 평가받는 「미친 시대의 꺼진 기쁨」의 일부이다. 아마도 젊은 이뽈리뜨는 대(大)시인을 중상하는 자기 시대의 평론가들(뻬사레프와 다른 사람들)의 영향을 받은 듯하다.

「아니, 그럼 정말로 아글라야와 나스따시야가 오늘 만나는 사실을 몰랐단 말입니까? 이 일로 나스따시야는 뻬쩨르부르그에서 일부러 여기까지 왔는걸요. 아글라야의 초대를 받아 로고진을 통해서, 그리고 내가 애를 쓴 덕택에 지금 그녀는 로고진과 함께 여기서 그리 멀지 않은 곳에, 그러니까 요전에 묵었던 다리야 알렉세예브나 부인 댁에 있습니다...... 평판이 매우 모호한 자기 친구 집에 말이지요. 그리고 오늘, 다름 아닌 바로 그 집으로 아글라야가 나스따시야와 친구 간의 대화라는 명목으로 여러 가지 문제들을 해결하기 위해 간단 말입니다. 이를테면, 산수 문제를 풀고 싶다는 거지요. 정말로 모르셨나요?」

「믿을 수가 없군!」

「뭐, 믿지 않아도 상관없습니다. 어디선들 모르고 지나치겠습니까? 여기는 파리 새끼 한 마리만 날아와도 금세 소문이 퍼지는 동네니까...... 그 정도로 좁은 곳이지요! 그렇지만 내가 미리 알려 주었으니 고맙게 생각해야 합니다. 그럼 이만 가겠어요. 아마 저 세상에서나 다시 뵐 것 같군요. 아, 한 가지만 더요. 내가 당신에게 아첨을 떨긴 했어도...... 무슨 이유로 내 것을 잃어야 하지요? 제발 판단해 주세요. 당신에게 이익이라도 되나요? 사실 나는 아글라야에게 사랑을 고백했어요. (공작도 이건 몰랐지요?) 아글라야가 어떤 식으로 나왔는지 아세요? 헤 — 헤! 하지만 나는 그녀 앞에서 입에 발린 말은 하지도 않았어요. 그녀에게 아무런 잘못도 없으니까요. 그런데도 그녀는 나를 수치스럽게 하고 곤혹스럽게 했어요. 하지만 난 당신에게도 아무런 잘못이 없어요. 설령 얘기 도중에 〈음식 찌꺼기〉란 말을 하고, 그 비슷한 맥락으로 모든 얘기를 했더라도, 당신에게 만나는 날짜, 시간, 장소에 이르기까지, 이 게임에 관한 모든 것을 전해 주었으니까요...... 물론 화가 치밀어서 얘기해 준 거지, 결코 아량이 넓어서 그랬던 건 아니지요. 안녕히 계세요. 말더듬이나 폐병 환자처럼 수다를 피웠군요. 되도록이면 빨리 어떤 조치를 취하도록 하세요. 만일 당신이 인간이라고 불릴 자격이 있는 분이라면 말입니다. 만남은 오늘 저녁에 있을 거예요. 확실합니다.」

이쁠리뜨가 문 쪽을 향해 가는 순간, 공작이 소리를 지르는 바람에 그는 문 가에서 잠시 멈춰 섰다.

「그러니까, 당신 생각에 오늘 아글라야 이바노브나가 나스따시야 필리뽀브나를 직접 찾아갈 거란 말이죠?」 공작이 물었다. 그의 뺨과 이마께엔 어느새 붉은 반점들이 솟아 있었다.

「정확하게는 모르겠지만, 아마 그럴 거예요.」 반쯤 돌아보면서 이쁠리뜨가 말했다. 「아마 다른 방법이 없을 테니까요. 나스따시야 필리뽀브나가 아글라야를 찾아갈 수는 없잖아요? 그렇다고 가브릴라 네 집에서 만날 수도 없는 노릇이고. 그쪽은 거의 초상집 분위기니까요. 장군이 지금 어떤 상태이겠어요?」

「그것 하나만 보더라도 있을 수 없는 일이지요!」 공작이 재빨리 말을 받았다. 「어떻게 아글라야가 나갈 수 있을까? 본인이 원한다 하더라도, 당신은 그 댁의…… 관습을 잘 모르고 하는 소리요. 그녀는 절대 나스따시야 필리뽀브나를 만나러 혼자 집 밖을 나설 수 없단 말이오? 말도 안 돼!」

「한번 생각을 해보세요, 공작. 멀쩡한 사람이 창문에서 뛰어내리진 않습니다. 하지만 불이 났을 경우엔, 제아무리 고명한 신사, 숙녀라도 체면 불구하고 창에서 뛰어내리지요. 만약 필요에 의한 것이라면, 우리의 아가씨도 어쩔 수 없이 나스따시야 필리뽀브나에게 가지 않을 도리가 없잖아요? 그런데 정말로 그 집에서는 당신의 아가씨들을 아무데도 내보내지 않는단 말인가요?」

「아니, 내 말은 그게 아니라……」

「그게 아니라면, 아가씨가 현관에서 내려와 곧장 가버리면 그만이겠군요. 설령 집으로 돌아오지 못하더라도. 이판사판이라고 마음먹으면 집으로 아예 돌아가지 못할 경우도 생기니까요. 삶이란 한 끼의 아침이나 점심, 아니면 공작, 백작들로만 이루어져 있지 않아요. 내 견해로, 공작은 아글라야를 얌전한 규수나 기숙사 여학생 쯤으로밖에 여기질 않는 듯싶군요. 나는 이 점에 관해서도 이미 그녀에게 말한 바 있고, 아가씨도 동감하시는 눈치더군요. 7시나 8시에 기다려 보세요. 내가 만일 당신의 입장이라면, 아가씨가 현관을 나서는 정확한 시간을 알기 위해서라도 그쪽에다 사람을 보낼 겁니다. 하다못해 니꼴라이라도 한번 보내도록 하지요. 기꺼이 들어줄 겁니다. 한번 믿어 보시라니까요. 바로 당신을 위해서…… 왜냐하면 이 모든 것들이 다 상대적인 거니까요…… 하 — 하 — 하!」

이뽈리뜨는 밖으로 나갔다. 공작은 누군가에게 부탁까지 해가며 아글라야의 동태를 살피고 싶지는 않았다. 물론 그렇게라도 할 수는 있었지만, 공작에게 집에만 있어 달라고 아글라야가 신신당부했던 이유가 이제는 밝혀진 것이다. 어쩌면 그녀는 공작의 뒤를 밟으려 했는지도 모른다. 그녀는 공작이 그쪽에 전연 모습을 드러내지 않기를 바랐는지도 모른다. 이미 그녀는 공작에게 집에만 있어 달라고 다짐해 놓은 상태였기 때문이다……. 공작은 머리가 핑핑 돌았다. 방 전체가 원을 그리며 돌아갔다. 그는 소파에 누워 두 눈을 감아 버렸다.

어쨌든 이 문제는 이미 결정된 바나 다름없었다. 공작이 아글라야를 얌전한 아가씨나 기숙 학교 여학생으로 생각해 본 적은 없었다. 하지만 이미 오래전부터 이와 같은 상황이 연출되지 않을까 하며 걱정했었다. 공작은 이제서야 직접 실감하게 되었다. 그렇지만 도대체 무엇 때문에 아글라야가 나스따시야를 보려고 할까? 온몸에 한기가 들었다. 공작은 다시금 열병에 빠져 들었다.

그렇다, 공작은 아글라야를 어린애 취급한 적이 없었다! 최근들어 이전과 다르게 느껴지는 그녀의 시선과 언동이 오히려 공작을 놀라게 했다. 때때로 공작의 눈에 아글라야가 지나치게 잘 참고, 억제를 잘 하는 모습이 보여 매우 놀랐던 일이 떠올랐다. 사실 요 며칠간 공작은 이런 것들에 대해 생각하지 않으려 하며, 괴로운 상념들을 몰아내려고 애쓰던 참이었다. 그런데 도대체 아글라야는 무슨 마음을 먹고 있는 걸까? 공작이 아글라야의 마음을 전적으로 신뢰하고 있을지라도 오래전부터 이러한 의문이 그를 괴롭혀 왔다. 그리고 이 모든 것이 오늘 당장 해결되고 밝혀져야 된다. 얼마나 끔찍한 생각인가! 그리고 또다시 〈그 여자 나스따시야 필리뽀브나〉와 관련된 일이라니! 어째서 항상 이 여자는 결정적인 순간마다 나타나서, 썩은 동아줄을 끊듯 나의 운명을 끊어 놓으려는 걸까? 비록 정신이 반쯤은 혼미한 상태에 놓여 있었지만 공작은 기꺼이 맹세할 수 있었다. 항상 모든 일이 이런 식으로 진행되어 왔다고. 최근 들어 공작이 그녀를 잊으려 했다 해도, 그것은 오로지 그녀를 두려워했기 때문이다. 그럼 뭐란 말인가! 공작은 이 여자를 사랑하는 걸까, 증오하는 걸까? 오늘 공작은 한번도 이 질문을 자문해 보지 않았다. 이에 대한 공작의 마음은 순수했다. 공작은 자신이 누구를 사랑하고 있는지 잘 알고 있었다······. 그가 두려워하는 것은 두 여인이 만나는 것도, 이 만남의 이상스러움도, 자기 모르게 만나야 하는 이유도, 이 사건에서 느껴지는 석연찮음도 아니었다. 그의 두려움의 대상은 다름 아닌 나스따시야 필리뽀브나였다. 이 사건이 있고 며칠 지난 후에야, 공작은 신열에 시달리던 동안 줄곧, 자신의 눈앞에 나스따시야의 눈동자와 눈초리가 어른거리고 말소리까지 귓전을 울렸던 기억이 났다. 그 중에 이상한 몇 마디는 신열과 우울증에 시달린 이후에도 공작의 뇌리에 그대로 남아 있었다. 공작이 기억하는 것은 고작 베라가 그에게 점심을 가져다 줘서 식사를 한 사실뿐이었고, 식사를 한 후에 잠을 잤는지조차도 기억해 낼 수 없었다. 공작은 다만 아글라야가 테라스를 통해 그의 앞에 나타난 순간부터 모든 사물을 확실하게 감지하기 시작했다. 그는 소파에서 튕겨 나가듯이 벌떡 일어나 아글라야를 맞이하러 방 한가운데로 달려나갔다. 시간은 7시 15분이었고, 혼자 있는 아글라야의 모습이 무척 외로워 보였으며, 급히 서둘러 나왔는지 그녀는 단순한 옷차림에 가벼운 외투만 걸치고 있었다. 아글라야의 안색은 평소와 마찬가지로 창백해 보였으며, 그녀의 눈은 선명하면서도 매몰찬 빛을 발하고 있었다. 공작은 그녀의 눈 속에서 그와 같은 표정을 한번도 본 적이 없었다. 그녀는 주의 깊게 공작을 훑어보았다.

「완벽하게 준비가 되어 있군요. 옷도 다 입었고, 손에 모자까지 든 걸 보니 말이에요. 그러니까 누군가 미리 말해 주었지요? 난 누군지 알아요. 이쁠리뜨죠?」 아글라야가 침착하고 조용한 목소리로 입을 열었다.

「맞아요, 그가…… 말해 주었어요.」 공작은 거의 사색이 되어 우물우물 대답했다.

「그럼, 갑시다. 당신은 무슨 일이 있어도 나와 동행해야 된다는 사실을 알지요? 외출할 정도의 기력은 있는 것 같은데요?」

「기력은 있소만…… 정말로 이 일이 가능할까요?」

공작은 일순간 말문을 닫고, 더 이상 아무 말도 꺼내지 않았다. 그것은 무분별함을 저지시켜 보려는 그의 유일한 시도였다. 공작은 이내 노예처럼 아글라야의 뒤를 따라 나섰다. 공작의 머릿속이 아무리 뒤죽박죽이었을지언정, 자신이 가지 않더라도 아글라야는 그곳에 가리라는 것을 공작은 너무도 잘 알고 있었다. 그렇기 때문에 어떤 경우라도 공작은 아글라야의 뒤를 쫓아가야만 했다. 공작은 그녀의 결단이 얼마나 확고한지도 알게 되었다. 자신의 힘으로는 이 맹렬한 발작적 기세를 도저히 멈추게 할 수 없었다. 그들은 말없이 걸어갔다. 도착할 때까지 거의 한마디도 하지 않았다. 다만 공작이 아글라야에게 길을 참 잘 안다는 말을 건넸을 뿐이었다. 길이 너무 휑하니 나 있어서, 공작이 조금만 더 가서 작은 도로로 우회하자고 아글라야에게 권하자, 그녀는 〈어느

쪽이든 마찬가지예요!)라고 한 음절마다 힘을 줘가며 대답했다. 그들이 거의 다리야 알렉세예브나 집 근처에(꽤 큼지막하고 오래된 목조 건물에) 이르렀을 때, 현관 근처에 화려한 옷차림의 귀부인과 어린 소녀가 모습을 드러냈다. 둘은 밖으로 나오면서 소란스럽게 웃으며 얘기를 하고 있었다. 이들은 그쪽으로 다가서고 있는 사람들에겐 눈길 한번 주지 않은 채, 아니 정확히 얘기해서 아무런 신경도 쓰지 않고 현관 옆에서 대기 중이던 근사한 사륜마차 위로 올라탔다. 마차가 떠나자마자 현관 문이 열리고, 그들을 기다리고 있던 로고진이 나와 공작과 아글라야를 맞이하며 집 안으로 들인 후 빗장을 질렀다.

「이제 집 안에 우리 네 사람을 제외하곤 아무도 없소.」 로고진이 혼잣말을 하듯 얘기하며, 이상한 눈길로 공작을 바라보았다.

첫번째 방에서 나스따시야가 역시 간소한 검은색 옷을 차려입고 손님을 기다리고 있었다. 그녀는 문 쪽으로 일어서긴 했지만, 얼굴에서 미소는 찾아볼 수 없었으며, 심지어는 의례적인 공작의 입맞춤에 손을 내밀지도 않았다.

긴장되고 불안해 보이는 그녀의 시선은 초조한 듯이 아글라야를 향해 집중되었다. 두 여인은 서로에게서 조금씩 떨어져 앉아 있었다. 아글라야는 방 구석 자리에 놓인 소파에, 나스따시야 필리쁘브나는 창가에 앉아 있었다. 공작과 로고진은 선 채로 있었다. 두 여인 중 누구도 그들에게 앉으라는 말조차 건네지 않았다. 공작은 아프기라도 한 듯이 어쩔 줄 몰라 하며 로고진을 바라보았으나, 그는 이전과 다름없는 야릇한 미소를 흘릴 뿐이었다. 그 후 몇 초 간 침묵이 계속되었다.

마침내 어떤 불길한 느낌이 나스따시야의 얼굴을 스치고 지나갔다. 그녀의 시선은 완강하고 확고했으며, 거의 증오로 차 있었다. 그녀는 잠시도 손님에게서 눈길을 떼지 않았다. 아글라야는 당황한 듯싶었으나 겁을 먹지는 않고 있었다. 그녀는 들어오는 순간 자신의 경쟁자를 잠깐 바라보고는, 줄곧 뭔가를 골똘히 생각하듯 눈을 내리깐 채 조용히 앉아 있었다. 그녀는 무심코 방을 두 번 가량 둘러보았다. 여기 계속 있다가는 자기 몸이 더럽혀질 것 같다는 혐오의 빛이 아글라야의 얼굴에 드러났다. 그녀는 무의식적으로 매무새를 만지다가, 불안한 표정으로 소파 귀퉁이 쪽으로 옮겨 앉기도 했다. 그러나 아글라야 자신은 그러한 자신의 행동을 전혀 자각하지 못하는 것 같았다. 그러나 그런 무의식적인 행동들이 그들의 모욕감을 증대시키고 말았다. 마침내 그녀가 나스따시야의 얼굴을 확고하게 똑바로 바라보는 순간, 경쟁자의 원한 어린 눈매 속에서 빛을 발하는 모든 것을 확실하게 읽어 낼 수 있었다. 여자는 여자를 간파할 수 있었던 것이다. 아글라야는 순간 몸서리가 쳐졌다.

「물론, 무슨 이유로 내가 당신을 보자고 했는지 잘 알고 있을 거예요……」 마침내 아글라야가 입을 열긴 했으나, 이 짧은 한마디를 두 번 가량이나 머뭇머뭇하며 매우 조용한 목소리로 얘기했다.

「아니오, 난 아무것도 몰라요.」 나스따시야가 무뚝뚝하고 매몰차게 대답했다.

아글라야는 얼굴을 붉혔다. 아마도 자신이 지금 〈이 여자와 함께〉 바로 〈이 여자의 집〉에 앉아서 그녀의 대답을 구하고 있다는 사실이 어느 순간 갑자기 두렵고 이상하게 느껴졌을 뿐만 아니라, 도무지 믿기지 않았기 때문일 것이다. 나스따시야의 첫마디가 전율하듯이 그녀의 몸을 휘감고 지나갔다. 이 모든 것을 〈이 여자〉는 정확히 알아차렸다.

「당신은 모든 걸 알고 있어요……. 그런데도, 일부러 모르는 체하고 있군요.」 아글라야는 거의 속삭이다시피 말하며 언짢은 시선으로 방바닥을 내려다보았다.

「내가 도대체 무엇 때문에 그런 짓을 하겠어요?」 나스따시야가 피식 웃었다.

「당신은 지금 나의 상황을 이용하려 들고 있어요……. 지금 내가 당신 집에 와 있다는 걸 말이에요…….」 아글라야는 서툴고 우스꽝스럽게 말을 이었다.

「이런 상황에서라면 잘못이 있는 쪽은 당신이지 내가 아니야!」 나스따시야가 갑자기 울화를 터뜨렸다. 「내가 당신을 초대한 게 아니라 당신이 나를 초대한 거란 말이야. 지금까지 왜 그런지 난 영문도 모르고 있어요!」

아글라야는 오만하게 고개를 쳐들었다.

「말씀을 삼가해 주세요. 나는 그걸 무기삼아 당신과 싸우러 오진 않았으니까…….」

「아! 그러니까 어쨌든 당신은 〈싸우러〉 왔단 말이군요? 어디 해봐요. 나는 그래도 당신이 제법 총명하다고 생각했는데…….」

두 여인 모두가 더 이상 적의를 숨기려 들지도 않고, 서로서로를 노려보고 있었다. 이 중 한 여인은 또 다른 여인에게 얼마 전 편지까지 써보냈었다. 그런데, 첫번째 만남과 첫마디부터 모든 것이 산산조각 나버렸다. 도대체 무슨 일이란 말인가? 지금 현재로서는 이 방에 있는 네 인물 중 어느 누구도 이 상황을 이상하게 보는 사람은 없는 듯했다. 어제까지는 꿈에도 이런 일이 벌어지진 않을 거라고 굳게 믿었던 공작마저, 지금은 멍하니 서서 마치 옛날부터 이런 일을 예감하고 있었듯이 모든 상황을 지켜보며 오가는 얘기를 듣고 있었다. 가장 환상적으로 빛나던 꿈이 느닷없이 가장 선명하고 날카로운 모습의 현실로 탈바꿈된 것이었다. 바로 이 순간 두 여인 중 한 명은 상대방을 극도로 경멸하고 있고, 이 사실을 당사자에게 말하고 싶어 안달이 나 있는 상태였기 때문에(이튿날 로고진이 말한 것처럼, 어쩌면 이 목적 하나만을 가지고 왔을지도 몰랐다), 다른 한 여자가 제아무리 무분별하고, 비뚤어진 마음을 지닌 기인이라 할지라도 악의로 가득한 자신의 경쟁자가 보내는 여성적 모멸감은 사전에 어떤 대비를 하고 있었더라도 견뎌 내기 힘들었을 것이다. 공작은 나스따시야 쪽에서 먼저 편지에 대해 언급하진 않을 거라고 믿고 있었다. 그녀의 번득이는 시선으로부터 공작은 지금 상황에서 이 편지가 그녀에게 어떤 가치를 지니는지를 짐작했다. 그래서 공작은 지금 아글라야가 편지에 관한 얘기를 꺼내는 걸 막기 위해서라면 삶의 절반이라도 떼어다 바칠 수 있을 것 같았다.

그러나 아글라야는 갑자기 불만을 참아 보려는 양 다시 한번 자신을 달래는 것이었다.

「당신이 잘못 생각한 거예요.」 아글라야가 말했다. 「내가 당신을 좋아하지는 않을지언정 당신과 말다툼이나 벌이려고 여기 온 게 아니라고요. 내가…… 내가 당신에게 온 이유는 인간적인 대화를 하고 싶어서예요. 당신을 불러내면서 당신에게 할 말을 이미 생각해 놓고 있었어요. 당신이 나를 전혀 이해하지 못한다 해도 결정을 번복할 수는 없어요. 불리해지는 것은 내가 아니라 당신이지요. 나는 당신의 편지에 개인적으로 답장을 해주고 싶었어요. 그래야 마음이 훨씬 편할 거란 생각이 들었기 때문이죠. 그러니 당신의 편지에 대한 나의 대답을 끝까지 들어 주길 원해요. 나는 바로 그날 공작을 소개받은 순간부터, 그리고 당신의 파티에서 벌어진 일을 알게 된 이후로 미쉬킨 공작을 딱하게 생각했어요. 내가 딱하게 여긴 이유는 공작이 순진한 마음의 소유자였고, 그 천진난만함 때문에 그와 같은 성격의 여자와…… 결혼해도 행복할 것이라고…… 믿고 있었기 때문이었지요. 내가 그에 대해 염려하던 일이 벌어졌어요. 당신은 너무나 교만해서 그를 사랑할 수 없었던 거예요. 아니, 내가 잘못 말했군요. 교만해서가 아니라 허영에 가득 차 있기 때문이지요……. 어쩌면 그것도 아닐지 몰라요. 당신은 광적이다시피 자기를 사랑하기 때문이에요. 내게 보낸 당신의 편지들이 그 증거라고요. 당신은 공작처럼 순진한 사람을 사랑할 수 없어요. 어쩌면 속으로 그분을 경멸하며 비웃었을지도 모르죠. 당신은 다만 자신의 수치를 사랑하고, 자기가 창피를 당하며 끊임없이 모욕에 시달리고 있다는 비뚤어진 생각 밖에 사랑할 줄 몰라요. 만약 당신에게 수치스런 일이 줄어들거나, 아예 사라져 버린다면 당신은 더욱 불행해질 거예요……. (아글라야는 지극히 만족스러워하며 이미 오래전에 심사숙고하여 준비해 둔, 자꾸 앞질러 나오려는 얘기를 끝까지 했다. 그 얘기를 준비할 때만 해도 오늘의 만남 따윈 꿈속에서조차 상상해 보지 않았다. 아글라야는 증오에 가득 찬 눈길로 흥분 때문에 일그러진 나스따시야의 얼굴을 바라보며, 자신이 한 말이 어떤 효과를 냈는지 살피고 있었다.) 기억하세요?」 아글라야가 말을 이었다. 「공작이 내게 편지를 보냈던 때를요. 공작 말로는 당신이 이 편지에 대해 알 뿐만 아니라, 읽어 보기까지 했다던데요? 이 편지로 인해서 나는 모든 걸 이해하게 됐어요. 정확하게 사태를 파악한 거죠. 바로 얼마 전에 공작이 지금 내가 당신에게 말하고 있는 모든 것을 심지어 단어 하나까지 그대로 확인시켜 주었어요. 편지를 받은 후로 나는 기다리기 시작했지요. 나는 당신이 이곳으로 반드시 돌아올 거라고 생각했어요. 당신은 뻬쩨르부르그라는 도시의 화려함이 없이는 절대로 살아갈 수 없는 여자니까요. 시골에만 파묻혀 있기에 당신은 너무 젊고 미인이에요……. 그렇지만 이것 역시 내 생각은 아니에요.」 아글라야는 몹시 얼굴을 붉히면서 이렇게 덧붙였다. 이 순간부터 대화가 거의 끝나는 시간까지 아글라야의 얼굴에서는 홍조가 가시지 않았다. 「내가 다시 공작을 만났을 때는 매우 마음이 아픈 데다 모욕감마저 느꼈어요. 웃지 마세요. 만약 당신이 비웃는다면 당신은 내 마음을 이해할 만한 자격이 없는 거예요…….」

「보다시피, 난 웃고 있지 않아요.」 나스따시야가 우울하고도 경직된 어조로 말했다.

「어쨌든 난 상관없으니, 웃고 싶거든 마음껏 웃어 보라고요. 내가 공작에게 직접 물어보기 시작했을 때 공작은 이미 오래전부터 당신을 사랑하지 않고 있었고, 심지어 당신에 대한 기억마저 괴로운 고문과 같다고 했어요. 그러나 당신에 관한 기억이 떠오를 때면 자신의 심장이 〈영원히 찔린〉 듯한 아픔이 느껴지며 당신을 동정하게 된다는 거예요. 당신에게 한 가지 더 말하겠는데, 지금껏 살아오면서 나는 공작과 같이 고결하고, 순수하며, 끝없는 신뢰성을 지닌 분을 본 적이 없었어요. 나는 공작의 말씀이 있고 난 후에야 비로소, 공작을 속이고자 마음만 먹으면 충분히 속이고도 남지만 누가 속였든 간에 공작은 모든 사람을 용서해 준다는 걸 알게 됐지요. 바로 그런 연유로 난 그를 사랑하게 된 거예요.」

아글라야는 자신이 그런 말을 끝까지 해낼 수 있었다는 것을 믿지 못하겠다는 듯이 매우 놀란 표정으로 잠시 할 말을 잊고 있었다. 그러나 동시에 무한히 넘쳐 드는 자랑스러움이 그녀의 눈 속에서 빛을 발하기 시작했다. 이젠 〈이 여자〉가 자신이 무심코 뱉은 고백과 다름없는 얘기들을 비웃거나 말거나 상관없다는 듯한 태도였다.

「난 모든 걸 다 털어놨어요. 어때요, 이 정도면 내가 당신에게 무얼 바라는지 알겠지요?」

「아마 알 것도 같군요. 하지만 직접적으로 얘기해 주셨으면 하는데요.」 나스따시야가 나지막하게 대답했다.

아글라야의 얼굴에 분노의 불꽃이 타올랐다.

「당신에게서 좀 알고 싶은 게 있는데요. 당신이 무슨 권리로 나에 대한 공작의 감정까지 간섭하려 드는 거죠? 무슨 권리로 감히 내게 편지 따윌 보낸 거예요? 당신 자신이 공작을 차버리고 모욕감과 수치심으로 달아나 버린 주제에, 이제 와서 무슨 권리로 틈만 나면 나와 공작에게, 공작을 사랑하고 있다고 공공연히 밝히는 거지요?」 아글라야가 단호하게 끊어지는 음절로 얘기했다.

「공작을 사랑한다는 말을 당신이나 그에게도 공표한 적이 결코 없어요.」 나스따시야 필리뽀브나는 간신히 말을 맺었다. 「그리고 당신 말이 맞아요. 난 그에게서 도망갔어요…….」 그녀는 겨우 들릴락 말락 한 소리로 말했다.

「어떻게 〈그나 나에게도〉 공표한 적이 없다는 거죠?」 아글라야가 소리를 질렀다. 「그럼 당신의 편지들은 뭐지요? 누가 당신에게 우리 사이에 중신 좀 서달라고, 그리고 제발 나를 설득해서 공작에게 시집가게 해달라고 부탁했던가요? 이게 광고가 아니면 뭐란 말이에요? 어째서 당신은 우리의 숨통을 조이는 거지요? 처음에 나는 당신이 정반대의 것을 원한다고 생각했어요. 내 마음속에 공작에 대한 혐오감을 심어 주기 위해, 내가 그를 차버리게 하려는 속셈으로 우리 사이에 끼어든 거라고요. 나중에서야 당신의 본심을 이해했지요. 당신은 단순히 그렇게 잘난 척을 하여 큰 공이라도 세운 양 착각하고 있었던 거예요. 글쎄, 허영심에 몰두해 있는 당신이 공작을 사랑할 수 있었을까요? 나에게 그 따위 가소로운 편지를 쓰는 대신 이곳을 조용히 떠나 버릴 생각은 왜 하지 못한 거지요? 왜 지금 당신은 그토록 당신을 사랑하고 경의마저 표하며 구애하던 이 고귀하신 분과 결혼하지 않는 거지요? 거기엔 너무나도 확실한 답이 있지요. 로고진과 결혼하면 무슨 치욕이 남겠느냐는 생각이지요? 아니, 오히려 분에 넘치는 명예마저 얻게 되겠지요! 예브게니가 당신이란 사람에 대해서 얘기하길, 지나치게 많은 시를 읽었다고 하더군요. 〈당신의 사회적 지위에 비해…… 지나치게 교육을 많이 받았다〉면서, 당신은 책 냄새가 나는 여성이고 손끝에 물 한 방울 묻히지 않는 여자라고 말하더군요. 당신의 허영심까지 보탠다면, 모든 이유가 분명해지는 거지요…….」

「당신도 마찬가지 아닌가요?」

지나치게 노골적으로 사건이 치달아 전혀 예상치도 못했던 지점까지 이르렀다. 나스따시야는 빠블로프스끄로 오면서 좋은 일보다는 나쁜 일이 더 빨리 닥치리라는 예감을 했었지만, 무언가에 대해 꿈을 가지고 있었다. 아글라야는 산에서 굴러 떨어진 듯이 일순간 돌발 상태에 휘말려 소름 끼치는 복수의 희열감을 만끽하며 자신을 통제하지 못하고 있었다. 나스따시야는 그런 모습의 아글라야를 마주하고 있다는 게 이상하기까지 했다. 그녀는 자신의 눈을 믿지 못하겠다는 듯이 아글라야를 바라보았다. 처음 순간엔 매우 당황했다. 나스따시야는 예브게니가 말했듯이 많은 시를 탐독한 여성인지도, 아니면 공작의 생각처럼 단순히 정신이 나간 여자인지도 몰랐다. 이따금 이 여자가 냉소적이면서 뻔뻔스런 태도를 취하긴 했지만, 그녀는 실제로 그녀에 대한 선입견 이상으로 훨씬 수줍음도 많이 타고 상냥한 데다가 믿음이 많이 가는 여자였다. 사실 그녀의 내면 속에 문학적이고, 공상적이고, 자폐적이면서도 환상을 쫓는 면이 존재하고 있었으나, 대신 강인하고 깊은 속마음이 자리하고 있었던 것이다. 공작은 이 사실을 알고 있었다. 공작의 얼굴에 고통의 빛이 떠올랐다. 아글라야는 금방 눈치를 채고 증오심에 몸을 부르르 떨었다.

「어떻게 감히 내게 그런 식으로 말할 수 있지요?」 아글라야는 말할 수 없이 거만한 태도로 나스따시야의 가벼운 질책에 대답했다.

「당신은 뭔가 잘못 들은 것 같군요.」 나스따시야가 놀란 듯이 얘기했다. 「내가 당신에게 어떻게 얘기했다는 거지요?」

「당신이 순결한 여자가 되길 원했다면, 그때 당신은 왜 그 난봉꾼 또쯔끼를 걷어차지 않았지요⋯⋯, 그 따위 극장식 연극을 하지 않으면 안 되었나요?」 아글라야가 밑도 끝도 없는 얘기를 갑자기 끄집어냈다.

「당신이 감히 나를 심판할 정도로, 내 상황에 대해 잘 알고 있나요?」 나스따시야가 백지장처럼 하얗게 질리더니 몸을 후들거렸다.

「당신은 일하기 위해 떠난 게 아니라 타락한 천사가 되기 위해

갑부인 로고진과 함께 도망쳤다는 걸 난 알아요. 또쯔끼가 타락한 천사 때문에 권총 자살을 한다 해도 놀라지 않는다고요!」

「그만 해요!」 나스따시야는 병을 앓고 난 뒤의 귀찮은 표정으로 말했다. 「당신은 얼마 전에 약혼자와 함께 재판을 받았던 다리야 알렉세예브나의 하녀와 같은 식으로…… 나를 판단하는군요. 그녀가 당신보다 나를 잘 이해할 거예요…….」

「아마 그 정직한 아가씨는 자기가 노동을 해서 먹고 살 텐데, 왜 당신은 그렇게 경멸적으로 그 하녀를 보는 거죠?」

「나는 노동을 경멸하진 않아요. 하나 노동에 대해 이러쿵저러쿵하는 당신은 경멸해요.」

「정직해야 된다면 난 세탁부[166]도 마다 않을 거예요.」

두 여자는 자리를 박차고 일어나 창백한 얼굴로 서로를 쏘아보았다.

「아글라야, 그만 해요! 그렇게 말해서는 안 돼요!」 공작이 이성을 잃은 듯 소리쳤다. 로고진도 더 이상 미소를 띠고 있지 않았다. 그는 입술을 깨문 채 두 손을 비비대며 귀를 기울이고 있었다.

「이 아가씨를 좀 쳐다보세요.」 나스따시야가 치를 떨며 말했다. 「귀한 아가씨를 말이에요! 난 이 여자를 천사라고 생각했어요! 가정교사도 없이 나한테 어인 행차를 하셨나이까, 아글라야 아가씨……? 원한다면……, 원한다면 당장에 아가씨가 여기 오게 된 이유를 한마디 과장 없이 말해 주겠어. 도대체 아가씨가 나를 찾아온 이유가 뭐지? 겁이 났기 때문이라고! 그래서 여기까지 행차하신 거야.」

「당신을 겁냈다고?」 아글라야는 상대가 드세게 나오자 순진하면서도 거만한 놀라움으로 되물었다.

「물론 나를 겁냈죠! 아가씨가 나를 찾아오기로 했다는 자체가

---

[166] 러시아 어의 세탁부란 단어는 경멸적인 뉘앙스를 담고 있으며 사회적으로 가장 비천한 처지에 있음을 뜻한다.

나를 두려워했다는 뜻이지요. 자기가 두려워하는 사람은 경멸할 수 없는 법이죠. 그런데 방금 전까지 나는 당신에게 존경을 표했던 사람이라고요! 당신이 왜 나를 두려워하는지, 지금 당신의 최대 목표가 무엇인지 알고 있나요? 당신은 지금 그걸 직접 확인하려는 거예요. 공작이 우리 둘 중에서 누구를 더 사랑하는지를. 당신은 질투심이 많은 여자이니까.」

「공작은 이미 나에게 당신을 증오한다고 했어요.」 아글라야가 겨우 말문을 열었다.

「아마, 나에게 공작이 과분할지도 몰라요……. 다만 당신은 방금 거짓말을 하고 말았어요. 공작은 나를 증오할 수 없을 뿐더러 그렇게 말할 위인이 아니라고요! 하지만 당신의 입장을 생각해서 당신을 용서해 줄 용의가 있어요. 어쨌든 난 당신을 좋게 생각해 왔어요. 훨씬 현명하고 처신도 잘하는 줄로 알고 있었어요! 자, 여기 아가씨의 보물을 가져가요. 당신을 바라보고 있군요. 이이가 정신을 차리려면 아직 멀었으니까요. 당신이 데려가요. 그러나 딱 한 가지 조건이 있어요. 지금 당장 꺼져 버리는 거예요. 지금 당장에요!」

나스따시야는 안락의자에 털썩 앉더니 눈물을 흘리기 시작했다. 그런데 갑자기 그녀의 눈에서 뭔가 새로운 것이 빛나기 시작했다. 그녀는 아글라야를 뚫어지게 바라보다가 자리에서 일어났다.

「정, 원한다면 지금 당장…… 명령을 할 거야. 알아들어? 공작에게 명령을 하기만 하면 너 따윈 당장 걷어차고 내게 영원히 머물 거야. 우린 함께 결혼식을 올리고 넌 혼자 집으로 뛰어가겠지? 그러길 원하니? 그러길 원하냐고?」 나스따시야는 정신 나간 사람처럼 소리를 질렀다. 그녀 스스로도 자기 입에서 그런 말이 나왔다는 사실이 믿어지지 않는 듯싶었다.

아글라야는 놀라움에 문을 향해 뛰쳐나가다 문 앞에서 몸이 얼어붙은 채 나스따시야의 말을 듣고 있었다.

「넌 내가 로고진을 쫓아내길 바라지? 너는 내가 너를 만족시켜 주기 위해 벌써 로고진과 결혼식을 올렸을 줄 알았겠지? 그럼, 지금 네가 있는 데서 큰 소리로 말해 주지. 〈로고진, 나가!〉 그리고 공작에게 말하겠어. 〈당신이 약속했던 걸 잊지 않았지?〉 오, 맙소사! 내가 이 사람들 앞에서 뭣 하러 이렇게 나를 깎아 내리는 걸까? 공작, 내게 무슨 일이 벌어지더라도 당신은 절대로 나를 떠나지 않을 거라고 장담했지? 당신은 나를 사랑하고 나의 모든 것을 용서하고 나를 조…… 존경한다고 분명히 말했지? 그래, 바로 당신이 그런 말을 했어! 나는 당신을 풀어 주기 위해 당신에게서 떠났지만, 지금은 아냐. 이 아가씨가 왜 나를 방탕한 여자로 취급하는 거지? 내가 행실이 바른지 아닌지는 로고진에게 물어 봐. 그가 당신에게 모든 걸 말해 줄 거야! 지금 이 순간에, 저 아가씨가 나한테, 그것도 당신 앞에서 창피를 줄 때, 당신은 내게서 등 돌리고 저 여자하고 팔짱을 끼고 나가 버릴 건가? 그렇게 한다면 나는 당신 한 사람만을 믿어 왔기 때문에 당신은 저주를 받아야 마땅할 거야. 나가, 로고진, 당신 따위 필요 없어!」 그녀는 가슴속에서 힘껏 소리를 내어 일그러진 얼굴에 바싹 타버린 입술로 정신없이 고함을 쳤다. 그러나 자기 자신이 한 말을 전혀 믿지 않는 눈치였다. 동시에 1초만이라도 자신을 기만하는 순간을 연장시키고 싶어했다. 그러한 충동이 죽고 싶을 정도로 강하게 일어났다. 적어도 공작의 눈에는 그렇게 비쳤다. 「자, 여기 이 사람을 쳐다봐!」 마침내 그녀는 손으로 공작을 가리키며 아글라야에게 소리쳤다. 「공작이 지금 내게 다가와 나를 택하지 않고 너를 차버리지 않는다면, 네가 공작을 갖는 거야! 그땐 내가 양보를 하겠어. 나에게 그런 사람은 필요 없으니까……!」

나스따시야와 아글라야는 궁금하다는 표정으로 제자리에 멈춰 서서 광기 어린 눈으로 공작을 쳐다보았다. 그러나 당사자인 공작은 이러한 도전의 위력을 실감하지 못하는 듯했다. 아니, 틀림없이 실감을 못한다고 말할 수도 있었다. 그는 다만 이성을 잃고 서 있는 여인의 절망적인 얼굴만 볼 따름이었다. 그런 얼굴을 보니 언젠가 아글라야에게 말했듯이 〈심장이 영원히 뚫려 버린 것〉 같이 느껴졌다. 공작은 더 이상 참지 못하고, 나스따시야를 가리키며 애원과 원망이 절반씩 섞인 소리로 아글라야에게 말했다.

「이런 일이 결국 벌어지고 말았군요! 이 사람은…… 몹시 불행한 여자잖아요!」

그러나 이 말이 끝나자마자 공작은 아글라야의 매서운 눈길에 온몸이 굳어 버렸다. 그녀의 시선 속에는 크나큰 고통과 동시에 끝없는 증오가 서려 있었기 때문이다. 공작은 두 손바닥을 치고 소리를 지르면서 아글라야에게 뛰어가려 했지만, 때는 이미 늦었다! 아글라야는 동요하는 공작의 모습을 한순간도 견뎌 낼 수 없었다. 그녀는 두 손으로 얼굴을 감싸고, 〈오, 하느님 맙소사!〉라고 외치며 방을 뛰쳐나갔다. 그 뒤를 쫓아 현관 문을 열어 주려고 로고진이 달려나갔다.

공작도 뛰어갔으나, 문턱에서 저지당했다. 누군가의 두 손이 그를 붙잡았다. 참혹해 보이는 나스따시야의 일그러진 얼굴이 그를 뚫어지게 바라보고 있었다. 새파래진 그녀의 입술이 속삭이듯 물었다.

「저 여자를 쫓아가는 거야? 저 여자를……?」

나스따시야는 의식을 잃고 공작의 팔에 쓰러졌다. 공작은 그녀를 안고 방으로 데려와 안락의자에 눕힌 후 무감각하게 그녀를 내려다보며 기다리고 있었다. 탁자에는 물컵 하나가 놓여 있었다. 방으로 돌아온 로고진은 그 컵을 집어 나스따시야의 얼굴에 끼얹었다. 그녀는 눈을 떴으나, 잠시 동안 아무런 영문도 모른 채 주위를 둘러보고 몸서리를 치더니, 느닷없이 소리를 지르며 공작에게로 달려들었다.

「당신은 내 거야, 내 거!」 그녀는 소리쳤다. 「그 건방진 아가씨는 갔어? 호호호!」 그녀는 히스테릭하게 웃음을 터뜨렸다. 「호호! 내가 그년에게 당신을 내주려고 했다니! 왜? 무얼 하려고? 미쳤지! 난 미친년이야! 로고진은 저리 꺼져 버려, 호호호!」

로고진은 공작과 나스따시야를 응시하다가 아무 말 없이 모자를 움켜쥐고 밖으로 나갔다. 10분이 지나자 공작은 나스따시야 옆에 앉아 그녀에게서 한시도 눈을 떼지 않고 두 손으로 그녀의 얼굴과 머리를 아이처럼 쓰다듬고 있었다. 공작은 그녀가 깔깔대면 같이 웃어 주고, 그녀가 눈물을 보이면 같이 울어 줄 준비를 하고 있었다. 그는 아무 말도 하지 않았으나 돌발적이고 환희에 차서 횡설수설하는 그녀의 얘기를 들어 주었다. 그는 무슨 내용인지 선뜻 이해가 되지 않았으나 잔잔한 미소를 잃지 않았으며, 그녀가 다시 슬퍼하거나 울려 하면, 또는 야단을 치거나 푸념을 털어놓으려 하면, 즉시 양손으로 그녀의 머리를 쓰다듬어 주고 부드럽게 볼을 비벼 주며 어린애처럼 그녀를 위로하고 달래 주었다.

9

앞 장에서 얘기한 사건 이후로 2주가 지나갔다. 우리의 등장 인물들의 상황은 그동안 완전히 바뀌어 버려서 얘기를 계속하려면 특별한 설명을 부연해야만 한다. 그렇지만 되도록 특별한 설명 없이 사건들의 단순한 서술 정도로 그쳐야 된다고 느끼는 바이다. 그 이유는 매우 간단하다. 여러 경우에서 그렇듯이 지난 일들을 설명하는 데는 많은 어려움이 따르기 때문이다. 이러한 서두는 당연히 독자에게는 매우 이상하고 모호하게 보일 것이다. 사건에 대한 명확한 개념이나 개인적 견해 없이 어떻게 얘기할 수 있겠는가? 더 이상의 빗나간 상황 설정을 하지 않기 위해서 예를 들어 설명하는 편이 낫겠다. 아마 호의적인 독자는 우리가 왜 힘들어하는지 이해할 것이다. 더욱이 그 예는 본론에서 빗나가는 것이 아니라 그 반대로 우리 이야기의 직접적인 연속이다.

2주 후, 즉 7월 초였다. 우리 주인공의 이야기는, 특히 이야기의 마지막 사건은 이 2주 동안 아주 이상하고, 아주 기가 막히고, 전혀 있을 법하지 않은, 그와 동시에 거의 일목요연한 일화로 변했다. 그 일화는 레베제프, 쁘찌쩐, 다리야 알렉세예브나, 예빤친의 별장 근처에 사는 모든 이웃 동네로 조금씩 퍼져 나가기 시작했다. 거두절미하자면, 도시 전체와 도시 주변까지 퍼져 나간 것이다. 지역 주민들, 별장 사람들, 음악을 들으러 온 사람들, 누구 하나 가릴 것 없이 한 가지 사건을 수천 가지 얘기로 부풀리고 다녔다. 소문의 진상은 이러했다. 어느 공작이 명망 높은 집안의 규수를 약혼녀로 삼았다가 이름난 창녀에게 반해 자기의 약혼녀를 차버려 추문을 일으켰다. 협박이나 대중의 일관된 분노 등 그 어떤 것에도 개의치 않고 공작은 예전의 모든 관계를 끊어 버리고, 며칠 후 바로 여기 빠블로프스끄에서 고개를 똑바로 세운 채 거리낌 없이 모든 사람들의 눈을 똑바로 쳐다보며 그 타락한 여인과 결혼식을 올릴 예정이다. 이 이야기는 갖가지 추문으로 얼룩져 있었고, 저명한 인사들과도 상당히 연루되어 있었으며, 가상적이고 수수께끼 같은 여러 뉘앙스들까지 실려 있었다. 하지만 이 이야기는 반박할 수 없는 확연한 사실을 근거로 하고 있었으므로 온갖 호기심을 불러일으키기에 충분했고, 여러 소문이 난무하는 것도 충분히 있을 수 있는 일이었다. 이 사건에 대한 가장 미묘하고 교활하면서도 그럴듯한 해설은 소수의 진지한 험담가들이 도맡아 하고 있었다. 제법 양식이 있는 계층 출신인 그들은 장소를 불문하고, 누구에게 뒤질세라 늘상 제일 먼저 나서서 어떤 사건이든지 주석을 다는 데 여념이 없는 사람들이다. 그것이 바로 그들의 소명이며, 흔히 그렇듯 어떤 때는 위안이다. 그들의 해설에 따르면 좋은 가문의 청년 공작은 꽤 부자이며 바보였다.

그러나 민주주의자인 공작은 뚜르게네프에 의해 개념이 정립된 니힐리즘에 완전히 미쳐 있었다.[167] 러시아 어를 거의 구사할 줄 모르는 그는 예삔친 장군의 딸을 사랑하게 되어 그 집에선 약혼자로 맞아들였다. 그러나 그는 얼마 전 지면에 소개된 일화의 프랑스 신학생과 흡사했다. 그 신학생은 일부러 고위 성직자에게 가서 스스로 성직자가 되기를 부탁했으며, 모든 의식과 예식을 수행한 뒤 입맞춤까지 하며 맹세를 했다. 성직자가 된 신학생은 다음날 주교에게, 자신은 신을 믿지 않으며 민중의 헌금으로 살면서 민중을 속이는 것은 정직하지 못한 짓이라고 생각하기에 어제의 직위를 취소시켜 줄 것을 공개적으로 서한을 통해 밝혔으며, 그 서한을 자유주의 성향의 신문에 게재했다. 공작은 바로 이 무신론자와 비슷하게 위선적인 행동을 했다는 것이다. 험담가들은 그가 약혼녀의 부모가 마련한 성대한 만찬에 초대받기를 의도적으로 기다려 만찬회장에서 매우 저명한 인사들에게 소개되었고, 자신의 사고 방식을 큰 소리로 주장했으며, 덕망 높은 고관들을 욕하고 공개적으로 자신의 약혼녀에게 모욕을 주어 파혼을 선언한 뒤, 자신을 끌어내던 하인들과 옥신각신하다가 귀중한 중국산 도자기까지 깨뜨렸다는 얘기를 했다. 또 험담가들은 오늘날의 도덕적 견지에서 이렇게 덧붙여 말했다. 무분별한 젊은이는 정말로 장군의 딸인 약혼녀를 사랑했으나, 니힐리즘과 곧 있을 추문 때문에 그녀를 저버렸다는 것이다. 그것은 그가 세상 사람들이 보는 데서 파멸한 여자와 기꺼이 결혼할 수 있고, 그로써 그의 소

---

167 뚜르게네프의 소설 『아버지와 아들』을 말하는 것으로 보인다. 뚜르게네프는 그의 소설에서 인물의 성격 묘사를 위해 니힐리즘이라는 말을 사용했다. 니힐리즘은 그 당시 민주주의적 잡계급 지식인들인 젊은이들의 사상적 동향을 나타내는 것으로서 동시대인들을 결속시키는 현상을 가져왔다. 도스또예프스끼는 이 소설을 높이 평가했으며, 특히 인물의 전형에 대해서 그랬다. 그는 〈불안정하고 우수에 찬 바자로프를 그의 니힐리즘에도 불구하고 강렬한 감정의 화신〉이라고 평가하고 있다.

신은 파멸한 여자나 정숙한 여자에게 있지 않고 오로지 자유로운 여자에게만 있다는 것을 증명하기 위해서였다고 한다. 말하자면 그가 세속적이거나 구시대적인 방법으로 사람을 구분하지 않고, 오로지 〈여성 문제〉만을 염두에 두고 있다는 것이다. 결국 그의 견지에서 타락한 여자는 그렇지 않은 여자보다 다소 우월하다는 것이다. 이러한 해설은 극히 신빙성이 있어 보여 빠블로프스11의 대부분의 별장객들에게 받아들여졌고, 일상적인 사건들에 의해 확인되는 것 같았다. 물론 많은 것들이 해명되지 않은 채로 남아 있었다. 가엾은 약혼녀는 바람둥이 기질이 있는 약혼자가 자기를 버리고 정부에게 가버린 바로 그 다음날 그에게로 달려갈 정도로 그를 사랑했다는 말이 돌았다. 또 어떤 사람들은 반대로 공작이 니힐리즘의 소유자였기 때문에 일부러 그녀를 정부에게 데려가 수치와 모욕을 주려 했던 거라고 말했다. 어쨌든 사건에 대한 관심은 날이 갈수록 커져 갔다. 더욱이 염문의 결혼이 실제로 거행될 것이라는 점에는 추호의 의심도 남아 있지 않았다.

만일 사건의 니힐리즘적 뉘앙스에 대해서 묻지 않고, 단지 이 결혼식이 공작의 진짜 소망을 어느 정도나 만족시킬 수 있고, 실제 그의 소망은 무엇이며, 지금 우리 주인공의 정신 상태는 어떠한가고 묻는다면, 고백컨대 대답하기가 무척 난처할 것이다. 단지 결혼 날짜가 정말 잡혔다는 것과 공작이 레베제프와 껠레르, 이 일로 소개받은 레베제프의 친구에게 교회와 재정에 관련된 일을 위임하고, 돈 걱정은 하지 말라는 지시를 내렸다는 것, 또한 나스따시야가 서둘러 결혼하자고 재촉했다는 것, 공작의 들러리로는 본인의 열렬한 간청으로 껠레르가 선택되었고 나스따시야의 들러리로는 부르도프스끼가 너무나 기쁘게 수락했다는 것, 결혼식은 7월 초로 잡아 놓았다는 것 등이 알려져 있을 뿐이다. 그러나 이와 같이 매우 정확한 사정 외에도, 앞에서 언급된 사실들과 모순되기 때문에 우리를 혼란에 빠뜨리는 몇 가지 풍문이 또 있다. 예를 들어, 레베제프와 그 밖의 사람들에게 결혼에 관한 모든 일을 위임한 바로 그날 공작은 자기에게 결혼식 사회자와 들러리가 있으며, 자기는 곧 결혼할 거라는 사실을 거의 잊어버리다시피 했다는 것이다. 만약 그가 성가신 일을 다른 사람에게 성급히 맡겼다면, 그것은 공작이 그 일에 대해 한시 바삐 잊어버리고 싶었기 때문이다. 이 점은 우리에게 깊은 의혹을 남겨 준다. 만약 그렇다면 공작 자신은 무엇을 생각했고, 무엇을 상기하려 했고, 무엇에 몰두했던가? 그는, 예를 들어 나스따시야 측으로부터 어떤 압력도 받지 않았다. 실제로 바삐 결혼식을 올리기를 원한 쪽은 나스따시야였다. 그리고 결혼에 대한 발상이 공작이 아니라 그녀에게서 나왔다는 것은 의심의 여지가 없었다. 물론 공작은 아무렇지도 않게 순순히 그녀의 청을 들어주었다. 마치 그녀가 대수롭지 않은 물건을 달라고 부탁이라도 한 듯이. 이처럼 괴이한 사실들은 아주 많이 있다. 그러나 그 사실들을 일일이 언급한다는 것은 분명히 우리를 혼돈스럽게 할 따름이다. 더 나아가서 사건들의 진상 파악에 어두운 그림자만 드리울 것이다. 하지만 한 가지 예를 더 들어 보겠다.

2주 동안 공작이 내내 나스따시야와 함께 시간을 보내고 있었다는 사실은 우리에게 아주 잘 알려진 사실이다. 그녀는 공작과 함께 산책했으며, 음악회에 갔다. 또한 두 사람은 종일 마차를 타고 다녔다. 나스따시야가 잠시라도 보이지 않을라치면 공작은 걱정하기 시작했다(이 모든 걸로 미루어 보면 그녀를 진실로 사랑했다는 뜻이다). 그는 잔잔한 미소를 머금고 조용히 그녀가 하는 말을 열심히 들어 주었다. 그녀가 한 시간 내내 무엇에 관해 얘기를 하더라도 그 자신은 거의 입을 다물고 있었다. 우리는 다음과 같은 사실도 알고 있다. 공작은 그동안 몇 차례, 아니 여러 차례나 갑자기 예삐친 댁에 들렀고, 이 사실을 나스따시야에게 숨기지 않았다. 그럴 때마다 나스따시야는 거의 절망 상태에 빠지곤 했다. 예빤친 가의 사람들은 빠블로프스끄를 떠날 때까지 공작을 받아들이지 않았으며, 아글라야와 만나게 해달라는 그의 청을 계속 거절했다. 그는 매번 거절당할 때마다 아무 말 없이 발길을 돌렸으나, 이튿날이면 언제 거절을 당했느냐는 식으로 그들의 집을 다시 찾았다. 물론 그의 청은 또다시 거절당하곤 했다. 다음과 같은 사실도 알려져 있다. 아글라야가 나스따시야 필리뽀브나의 집에서 뛰쳐나온 후 한 시간 뒤, 아니 아마도 더 이른 시각에, 공작이 아글라야를 만날 수 있으리라는 확신 하에 이미 예빤친의 집에 가 있었다. 그러나 그의 출현은 예빤친 가의 사람들에게 상당한 당혹감과 공포감을 주었다. 왜냐하면 아글라야가 아직 집에 돌아오지 않은 데다가 아글라야가 그와 함께 나스따시야에게 갔었다는 소식을 그에게서 처음으로 접했기 때문이다. 이때부터 리자베따 쁘로꼬피예브나와 두 딸, 그리고 S공작조차 공작에게 매우 냉담하고 적대적인 태도를 취했으며, 심한 언사로 그에게 절교 선언을 해버렸다고 한다. 그런데 그때 바르바라 아르달리오노브나가 갑자기 리자베따 쁘로꼬피예브나에게 나타나서, 아글라야 이바노브나가 이미 한 시간 전부터 자기 집에 와 있으며, 매우 심각한 상태에 빠져서 집으로 돌아가려 하지 않는다고 말했다. 이 소식은 누구보다도 리자베따 쁘로꼬피예브나를 놀라게 했다. 그것은 완전한 사실이었다. 아글라야는 나스따시야에게서 나오면서 가족들 앞에 나타나느니 차라리 죽어 버리겠다는 생각을 실제로 했다. 그 때문에 그녀는 니나 이볼기나 부인에게 달려갔었다. 그때, 바르바라는 자기 입장에서 이 모든 것을 빨리 리자베따 쁘로꼬피예브나에게 알려 줘야겠다고 생각했다. 바르바라의 말을 듣고 리자베따 쁘로꼬피예브나와 딸들은 니나에게 달려갔다. 이때 막 집에 도착한 가장인 예빤친 장군도 가족들의 뒤를 쫓아갔다. 미쉬낀 공작 또한 쫓겨난 데다 가혹한 말을 들었다는 데에 개의치 않고 그들 뒤를 천천히 따라 나갔다. 그러나 예빤친 가족들은 바르바라의 지시에 따라 공작이 아글라야에게 접근하는 것을 금지시켰다. 아글라야는 자기를 조금도 나무라지 않고 울고 있는 어머니와 언니들을 보자, 그들을 와락 감싸 안았다. 그리고 이들 가족과 함께 집으로 돌아왔다. 이렇게 사건은 끝이 났다. 완전히 정확한 소문은 아니었지만 가브릴라는 억세게 운이 없다는 얘기가 돌았다. 그는 바르바라가 리자베따 쁘로꼬피예브나에게 달려간 틈을 이용하여 아글라야에게 사랑을 고백해야겠다는 생각을 해냈다. 아글라야는 울적한 상태에서 눈물을 흘리다 말고 가브릴라의 고백을 들으면서 느닷없이 폭소를 터뜨렸다. 그녀는 지금 당장 촛불에다 손을 지져 자신에 대한 사랑을 증명할 수 있겠느냐고 가브릴라에게 이상한 질문을 던졌다. 가브릴라가 그런 제안을 받고 얼떨떨한 상태에 빠져 있자, 아글라야는 히스테리를 부리듯 웃다가 그에게서 도망쳐 니나가 있는 2층으로 올라갔다. 그녀가 가족들과 만나게 된 것은 바로 거기에서였다. 이런 일화는 다음날 이뽈리뜨를 통해 공작에게 전해졌다. 더 이상 침대에서 일어나지 못하는 이뽈리뜨는 일부러 이 소식을 전하기 위해 공작을 부르러 사람을 보냈다. 어떻게 이뽈리뜨에게까지 이 소문이 전해졌는지는 알려져 있지 않다. 어쨌든 공작이 촛불과 손가락에 얽힌 사연을 듣게 되었을 때, 이뽈리뜨가 놀랄 정도로 그는 크게 웃었다고 한다. 그러고는 갑자기 부르르 떨기 시작하면서 눈물을 흘렸다고 전해진다……. 한마디로 그는 요 며칠 동안 뭐라 정의할 수 없는 괴로운 당혹감과 커다란 불안감에 사로잡혀 있었다. 이뽈리뜨는 즉시 공작이 제정신이 아니라고 단정했다. 하지만 그것은 아직 어떻게도 잘라 말할 수 없다.

이러한 사실들을 모두 제시만 하고 거기에 대한 부연 설명을 거부하기는 했지만, 독자에게 우리의 주인공을 정당화시킬 생각은 추호도 없다. 뿐만 아니라 공작이 자신의 친구들에게까지 야기시켰던 분노를 함께 나눌 용의마저 있다. 레베제프의 딸 베라는 얼마 동안 공작에게 분개하지 않을 수 없었다. 니꼴라이도 분개했다. 껠레르도 결혼식 들러리로 선정될 때까지 분노했다. 레베제프는 말할 것도 없었다. 심지어 그는 진짜 화가 나서 공작에게 모종의 책략을 꾸미려고 준비까지 했다. 그러나 이 문제에 대해서는 다음에 언급하겠다. 한마디로 우리는 예브게니의 말에 전적으로 동감하는 바이다. 그의 말은 심리학적으로 매우 강렬하고 심오하기까지 하다. 나스따시야의 집에서 사건이 벌어진 지 6, 7일 가량 지난 후에 예브게니는 공작과의 우정 어린 대화에서 허물없고 직설적인 말을 했던 것이다. 그 외에도 한 가지 지적해 두고 싶은 것은 예빤친 네 사람들뿐만 아니라 그 집과 직접적이고 간접적으로 연관된 모든 이들이 공작과의 교제를 완전히 끊겠다고 결심했다는 사실이다. 예를 들자면 S공작은 공작을 만나면 등을 돌려 외면했고, 심지어는 인사도 하지 않았다. 그러나 예브게니 빠블로비치는 공작과 만남으로 해서 자신의 명예가 훼손되는 것에 개의치 않았다. 사실 예브게니는 요즈음 예빤친의 집에 매일같이 드나들면서 눈에 띌 정도로 지극한 접대를 받고 있었다. 그는 예빤친의 가족들이 빠블로프스끄를 떠나고 난 바로 다음날에도 일부러 공작을 찾아갔다. 예브게니는 항간에 떠도는 모든 소문들을 잘 알고 있었으며, 어쩌면 그 자신이 소문들을 만들어 내는 데 일조했을지도 모른다. 공작은 그를 매우 반갑게 맞이하면서 즉시 예빤친 네 사람들에 관해 얘기하기 시작했다. 이렇게 순진하고 단도직입적인 공작의 태도에 예브게니는 곧바로 본론에 들어갔다.

공작은 아직 예빤친 네 사람들이 떠난 사실을 모르고 있다가 그 소식을 듣고 놀라 얼굴이 하얘졌다. 그러나 곧 혼란과 망설임 속에서 고개를 끄덕이며 〈하기야 그럴 수밖에 없겠지〉 하고 인정했다. 그러면서 〈그분들이 어디로 떠났나요?〉라고 재빨리 물었다.

그러는 동안 예브게니 빠블로비치는 공작을 유심히 바라보았다. 예브게니는 공작의 다급한 질문, 질문의 순진함, 당혹감, 동시에 그에게서 느껴지는 어떤 묘한 솔직함, 불안, 흥분에 매우 놀랐다. 그는 일부러 친절하고 상세하게 모든 것을 공작에게 말해 주었다. 공작은 아직 많은 것을 모르고 있었다. 하기는 그가 예빤친의 집에서 나온 첫번째 소식통이었다. 공작은 아글라야가 실제로 흥분 상태에서 열병을 앓으며 사흘간 거의 잠을 자지 못했다는 사실을 확인했다. 이제 그녀는 회복되어 위험한 상태에서 벗어났지만, 아직 히스테리 상태에 있었다……. 〈집안에 완전한 평화가 깃든 것은 좋은 일이오. 지난 일에 대해서는 아글라야가 있는 데서뿐만 아니라 그들 사이에서도 언급하지 않으려고 애쓴답니다. 부모 사이에는 아젤라이다의 결혼이 끝나는 대로 가을에 외국 여행을 떠나기로 얘기가 되어 있소. 아글라야는 처음 이런 얘기가 나왔는데도 잠자코 있었다는군요.〉 아마, 에브게니도 외국으로 갈지 모르고, 심지어 S공작도 사정이 허락한다면 약 두 달 동안 아젤라이다와 함께 여행할지도 모른다. 그러나 예빤친 장군 자신은 남아 있을 거라고 했다. 예빤친 일가는 모두 뻬쩨르부르그에서 20베르스따 떨어진 그들의 영지 꼴미노로 옮겨 갔다. 거기에는 커다란 지주용 저택이 있었다. 벨로꼰스까야 부인은 아직 모스끄바로 떠나지 않았는데, 아마도 일부러 남아 있는 것 같았다. 리자베따 쁘로꼬피예브나는 이 모든 사건이 일어난 뒤로 빠블로프스끄에 머물 수 없다는 주장을 강하게 내세웠다. 그것은 에브게니가 항간에 떠도는 소문을 매일같이 그녀에게 얘기해 주었기 때문이다. 그렇다고 옐라긴의 별장에서 머문다는 것도 있을 수 없는 일이었다.

「사실, 얼마나 참기 힘들었는지」예브게니가 공작에게 계속 말했다. 「당신 자신이 알 거요……, 여기 당신 집에서 벌어지는 모든 일이 시시각각 귀에 들어오고, 번번이 퇴짜를 놓는데도 개의치 않고 당신은 그곳을 매일 방문하니 말이오…….」

「맞아요. 당신 말이 옳아요. 나는 아글라야 이바노브나를 보고 싶었던 거예요…….」 공작이 다시 머리를 끄덕였다.

「아, 친애하는 공작.」 예브게니 빠블로비치는 흥분과 우수가 섞인 목소리로 외쳤다. 「어떻게 일이 그렇게 되도록 가만히 있었소? 물론, 물론, 모든 것들이 당신에겐 뜻밖이었을 거요……. 나도 당신이 제정신일 수가 없었을 거라고 인정하오. 그 무분별한 아가씨를 멈춰 세울 수 없었을 거요. 힘에 겨웠겠지요! 그러나 당신은 그녀가 당신에 관해서 어느 정도로 진지하고 열렬했는지는 깨달아야 했소. 그녀는 다른 여자와 당신을 공유하고 싶어하지 않았소. 당신은…… 당신은 어떻게 그와 같은 보물을 내동댕이치고 박살 낼 수 있습니까?」

「맞아요, 당신이 옳아요. 내가 죄인입니다.」 공작은 이렇게 말하더니 다시 극심한 슬픔에 빠져 얘기했다. 「알고 있나요? 단지 아글라야만이 나스따시야 필리뽀브나를 그런 시각에서 보았지요. 다른 사람은 어느 누구도 그렇게 보지 않았어요.」

「더욱이 모든 것이 진지하지 않았기에 그처럼 참혹하게 된 겁니다.」 예브게니는 자기 말에 도취되어 외쳤다. 「죄송합니다, 공작. 하지만 나는 이 문제에 대해 여러 가지로 생각을 해봤소. 나는 반년 전에 있던 일이며 예전에 있었던 모든 일을 알고 있소. 그 모든 것이 진지하지 못해요! 모든 것이 머릿속에서만 맴도는 열정이었고, 그림이었고, 환상이자 연기(煙氣)였소……. 단지 세상 물정 모르는 여자의 놀란 질투심만이 이것을 진지하게 받아들였을 따름이에요!」

여기서 예브게니는 이미 완전히 격의 없이 자신의 분노를 토로했다. 합리적이고 명확한 말로, 다시 말해 매우 날카로운 심리 분석을 곁들여 그는 나스따시야와 공작 사이에 있었던 모든 관계들을 공작 앞에 일목요연하게 펼쳐 보였다. 예브게니는 말재간이 있는 사람이었다. 지금 그가 하는 말은 거의 웅변에 다다를 정도였다. 그는 소리 내어 얘기했다. 〈애초부터 당신들의 관계는 거짓에서 시작되었소. 거짓으로 시작된 것은 결국 거짓으로 끝나는 법이오. 그것이 자연의 법칙이죠. 나는 당신을 백치라고 — 뭐, 거기 있었던 누군가가 — 부르는 것에 동의할 수 없고, 가끔은 분노까지 합니다. 당신은 그런 호칭으로 불리기에는 너무나 현명합니다. 그러나 당신 자신도 인정하시겠지만, 당신에겐 보통 사람들과는 다른 어느 정도 이상한 점이 있습니다. 나는 과거에 있었던 사건들의 원인을 밝혀 보기로 마음먹었습니다. 그 사건들은 첫째, 당신의 선천적인 무경험에서 기인했고(〈선천적인〉이라는 단어에 유의해 주시오), 다음으로는 뭔가 특별한 당신의 순진성에서 기인합니다. 또한 감정 조절의 극단적 결여(이 점에 대해서는 이미 당신 자신도 몇 번인가 시인했소)와, 마지막으로 머릿속에 빽빽이 쌓여 있는 누적된 신념이 사건들의 다른 원인인데, 당신은 유난히 남다른 순결성으로 지금까지 그 신념을 진실하고, 자연스러우며, 직접적인 것으로 받아들이고 있소! 공작, 나스따시야 필리뽀브나와 당신의 관계는 처음부터, 간략하게 말하자면, 암묵적인 민주주의의 개념 위에 성립된 것이었고, 더 간략히 말하자면 〈여성 문제〉의 매력에 빠져 있었다는 걸 인정해야 됩니다. 알다시피 로고진이 10만 루블의 돈을 가져왔을 때, 나스따시야의 파티에서 일어난 그 괴상망측한 소동을 난 정확히 예견했소. 나는 그런 소동이 벌어지게 된 까닭을 정확히 알고 있었소! 원한다면, 당신의 진면목을 파헤쳐 보이겠소! 당신을 거울에 비추어 보듯이 당신의 진짜 모습을 보여 주겠소! 젊은 당신은 스위스에서 조국을 갈망했소! 당신은 수수께끼 같은 러시아를 동경하며 이곳으로 오려고 애를 써왔던 거요. 그리고 러시아에 대해 많은 책을 읽었소. 아마도 훌륭한 책들이었을 거요. 그러나 당신에게는 유해한 책들이었지요. 당신은 실천하고 싶은 열망을 가지고 이 땅으로 돌아왔어요. 그리고 다짜고짜 실천에 뛰어들었지요! 러시아에 도착한 바로 그날, 당신은 가슴을 도려내는 듯한 슬픈 얘기,

즉 불행한 여자의 얘기를 들었소. 순결한 기사인 당신은 바로 그날 이 여성을 만났고, 그녀의 환상적이고 악마적인 아름다움에 매혹되었소. 물론 나도 그녀가 미인이라는 사실에 동의합니다. 게다가, 당신의 나약한 신경과 간질병, 신경을 자극하는 해빙기의 뻬쩨르부르그 날씨, 거의 환상적인 생소한 도시에서의 만남과 해프닝의 하루, 뜻하지 않은 낯선 사람과의 사귐, 예기치 않은 현실의 노출, 아글라야를 포함한 예빤친 가의 세 미녀, 이 모든 사실들을 그날 하루에 첨가해 보시오. 거기다 피로와 현기증, 나스따시야 필리뽀브나의 거실과 그 분위기를 더해 보시오. 그때 당신은 자신에게서 무엇을 기대할 수 있었소. 말해 보세요.」

「네, 맞아요, 맞아.」 공작은 얼굴을 붉히며 고개를 끄덕였다. 「당신이 말한 대로예요. 게다가 나는 밤새도록 기차 안에서 한숨도 못 자서 정신 상태가 아주 혼란스러웠어요.」

「그럼 내가 무얼 강조하려는지 당연히 알겠군요?」 예브게니는 뜨겁게 달아오르며 계속했다. 「뻔한 일이오. 당신은 환희에 도취되어 고결한 사상을 공공연히 발표할 기회에 정신없이 달려들었소. 유서 깊은 가문의 공작이자 순수한 인간인 당신은, 자신의 죄가 아닌 혐오스런 상류층 호색한의 죄로 더럽혀진 여자를 결코 타락하지 않았다고 선언하면서요. 오, 하느님! 물론 그런 생각이 이해가 안 가는 건 아니오. 그러나 친애하는 공작, 문제는 거기에 있지 않소. 과연 당신의 감정 속에 진실과 진리가 있었는가 하는 겁니다. 본질이 있었습니까? 아니면 머릿속에서 느껴지는 환희만 있었던가요? 바로 거기에 문제의 핵심이 있는 거요! 사원에서 비슷한 부류의 어떤 여자가 용서를 받았다고 해도, 그 여자가 훌륭히 행동했다거나 온갖 명예와 존경을 받을 자격이 있었다고는 말하지 않습니다. 이제 석 달이 지났는데 사건의 본질을 꿰뚫어 볼 수 있을 만큼 정상적인 상식을 찾지 못했나요? 좋아요, 그 여자가 결백하다고 해둡시다. 나는 뭐 꼭 그렇다고 우기지는 않겠소. 결백하다는 것을 나는 인정하고 싶지 않으니까요. 그러나 과연 그녀의 모든 행위로 미루어 볼 때 참을 수 없는 그녀의 악마적 자존심과 뻔뻔하고 탐욕스런 이기주의를 정당화시킬 수 있소? 죄송합니다, 공작. 제가 너무 열중하다 보니……, 하지만……」

「그래요. 모든 것이 그럴지도 몰라요. 당신 말이 옳아요.」 공작은 다시 중얼거렸다. 「그 여인은 정말로 화를 잘 내요. 물론 당신이 옳습니다만……」

「연민의 가치가 있다고요? 그렇게 얘기하고 싶은 거요, 공작? 그러나 연민 때문에, 또 그 여자를 만족시키기 위해 고귀하고 순결한 처녀에게 창피를 주고, 교만하고 증오에 찬 그 여자의 시선 속에서 그 처녀를 비하시킬 수 있는 거요? 그러다가 그 연민이 어디까지 갈 것 같소? 그건 있을 수 없는 과장입니다! 직접 정중하게 청혼까지 한 처녀를 사랑하면서 그녀에게 그렇게 굴욕을 줄 수 있는 거요? 그것도 경쟁자가 보는 데서? 그리고 다른 여자를 위해 처녀를 차버려요? 게다가 당신은 처녀의 부모와 자매들 앞에서 청혼까지 하지 않았소? 그런데도 당신은 진실하다고 말할 수 있소? 공작, 이렇게 묻는 것을 용서하시오. 당신은 정말 그 처녀를 사랑한다고 확신하고 나서 결국은 그 경건한 처녀를 기만한 거 아니오?」

「그래요. 당신이 맞아요. 나는 죄책감을 느껴요!」 공작은 말할 수 없는 비애에 빠져서 대답했다.

「그렇게 하면 다 되는 줄 아시오?」 예브게니 빠블로비치는 분노에 차서 외쳤다. 「정말로 〈아! 나는 죄인이다!〉라고 외치면 다 되는 거요? 죄를 지어 놓고 정작 본인은 억지를 쓰고 있소. 당신의 정신, 그 기독교적 정신은 그때 어디에 갔소? 그 순간에 처녀의 얼굴을 보았을 거요. 그녀가 〈당신〉의 다른 여자, 즉 이간자보다 덜 고통스러워하던가요? 어떻게 당신은 그런 모습을 보고 그냥 내버려 둘 수 있었소? 어떻게?」

「그러나…… 내버려 둔 것은 아니었어요……」 불행한 공작이 중얼거렸다.

「어떻게 내버려 두지 않았다는 거요?」

「나는 맹세코 그렇게 되도록 가만히 있지만은 않았어요. 나는 어떻게 그 모든 일이 벌어졌는지 지금까지 이해할 수 없어요……. 나는 그때 아글라야 이바노브나에게 달려가려 했으나 그만 나스따시야 필리뽀브나가 졸도를 하고 말았어요. 그리고 여태껏 아글라야를 만나 볼 수 있는 기회를 주지 않고 있어요.」

「어쨌든 마찬가지요! 다른 여자가 실신했다 하더라도 당신은 아글라야를 뒤쫓아가야 했소.」

「맞아요……. 그랬어야 했어요……. 하지만 나스따시야는 그대로 죽어 버렸을 거예요. 그 여자는 자살했을 거라고요. 당신은 나스따시야를 잘 몰라요……. 이렇게 되고 말았지만 나는 나중에 자초지종을 아글라야 이바노브나에게 말하려고 했어요. 그리고 보세요. 예브게니 빠블로비치, 나는 당신이 모든 걸 다 안다고 생각지는 않아요. 내가 아글라야와 만나는 걸 허용하지 않는 이유가 뭐지요? 그녀에게 모든 걸 설명할 수 있을 텐데. 두 여자는 그때 터무니없는 말만 했어요. 그래서 일이 그렇게 뒤틀린 거예요……. 나는 도무지 이것을 당신에게 설명할 수는 없어요. 하지만 아글라야에게는 해명할 수 있을 텐데…… 오, 하느님! 이럴 수가! 당신은 그녀가 달려나가는 순간의 얼굴을 말했지요……. 아, 기억이 나요! 자, 나갑시다. 함께 갑시다!」 공작은 갑자기 자리에서 벌떡 일어나면서 예브게니 빠블로비치의 소매를 잡아끌었다.

「어디로 가는 거요?」

「아글라야에게. 함께 갑시다, 지금!」

「지금 빠블로프스끄에 없다고 했잖소. 그런데, 뭣 하러 갑니까?」

「아글라야는 이해할 겁니다. 이해하고말고요! 아글라야는 이해할 거예요, 모든 게 그렇지 않다는 것을, 전혀 사정이 다르다는 것을……!」 공작은 중얼거렸다. 그리고 두 손을 모아 기원했다.

「어떻게 전혀 다르오? 어쨌든 당신은 결혼하잖소? 계속 억지를 쓰는데…… 결혼을 할 거요, 안 할 거요?」

「물론……, 합니다, 네, 결혼합니다!」

「그런데 뭐가 다르다는 거요?」

「달라요, 다르고말고요! 내가 결혼을 하든 안 하든 매한가지예요. 결혼은 아무것도 아니라고요.」

「어떻게 매한가지고 아무것도 아니라는 거요? 그게 하찮은 일이오? 당신은 사랑하는 여자의 행복을 채워 주기 위해 그 여자와 결혼하는 거요. 아글라야는 그걸 자기 눈으로 보고 확인했어요. 그런데 어떻게 마찬가지라는 거요?」

「행복이라니요? 그건 아니에요. 나는 그저 결혼하는 거라고요. 나스따시야가 원하니까요. 나의 결혼이 무슨 의미가 있지요? 나는……, 그래요, 모든 게 매한가지예요! 내가 다르게 행동했다면 나스따시야는 반드시 죽었을 겁니다. 이제 알게 되었지만, 로고진에게 시집간다는 것은 미친 짓이었어요. 예전에 이해 못 했던 걸 지금은 이해할 수 있어요. 그때 두 여자가 서로 마주 보고 서 있었을 때, 나는 차마 나스따시야의 얼굴을 똑바로 볼 수가 없었어요……. 당신은 모르겠지만, 예브게니 빠블로비치(그는 비밀스럽게 목소리를 낮추었다), 나는 아무에게도 이런 말을 하지 않았어요, 절대로. 아글라야에게도 안 했어요. 그러나 나스따시야의 얼굴은 견딜 수가 없어요……. 당신은 아까 나스따시야의 집에서 열린 파티에 대해 정곡을 찔렀어요. 그러나 한 가지 빠뜨린 게 있어요. 그건 당신이 모르는 거예요. 내가 〈그 여자의 얼굴〉을 보았다는 사실이지요. 나는 이미 그날 아침 사진에서 그 여자의 얼굴을 보고 견딜 수가 없었어요……. 그 얼굴은 베라의 얼굴에서 볼 수 있는 눈과는 전혀 다른 눈을 가지고 있어요. 나는…… 나는 그 여인의 얼굴이 두려워요.」 공작은 정말 두려운 목소리로 말했다.
「두렵다고요?」
「네, 나스따시야는 미쳤어요!」 그는 창백해진 얼굴로 속삭였다.
「당신은 이 사실을 확신하시오?」 예브게니는 몹시 궁금해 하며 물었다.
「그래요, 틀림없어요. 지금은 틀림없이 알아요. 요즘 들어 아주 확실히 알게 되었어요!」
「도대체 당신은 어떻게 할 거요?」 예브게니는 놀라서 소리쳤다. 「그렇다면 당신은 어떤 두려움 때문에 결혼한다는 말이오? 도무지 납득할 수 없군요······. 사랑하지도 않으면서, 가능한 일이오?」
「아니에요. 나는 진정으로 그 여자를 사랑합니다. 알다시피, 그녀는······ 어린애니까요. 지금 그 여자는 어린애예요. 완전한 어린애! 오, 당신은 아무것도 모르고 있군요!」
「그러면서 아글라야에게도 사랑을 고백했소?」
「아, 예, 그랬어요!」
「뭐요? 그러니까 두 여자를 다 사랑하길 원하는 거요?」
「아, 예, 그래요!」
「진정하시오, 공작. 지금 무슨 소릴 하는 거요? 정신차리시오!」
「나는 아글라야 없이······ 나는 꼭 아글라야를 만나야 해요! 나, 나는 자다가 죽을 거예요. 나는 오늘 밤 자다가 죽을 것만 같아요. 아, 만약 아글라야가 안다면, 모든 걸 안다면······, 난 모두 다 말하고 싶어요! 그녀는 모든 걸 알아야 해요. 이게 첫번째 일이에요! 왜 우리는 상대방에게 죄가 있을 때, 상대방의 〈모든〉 것을 알아야 함에도 불구하고 알 수 없는 건가요? 나는 내가 지금 무슨 말을 늘어놓는지 모르겠군요. 혼란스럽군요. 당신은 나에게 큰 충격을 주었어요. 아글라야는 아직도 나스따시야의 집에서 뛰어나갈 때와 같은 얼굴을 하고 있나요? 그래요, 잘못은 나한테 있어요. 모든 면에서 내가 잘못했다는 것이 확실해져 가고 있어요. 그런데 내가 무슨 잘못을 저질렀는지 아직 모르겠군요. 하지만 나는 죄인입니다······. 이렇게 말하는 데에는 당신한테 설명할 수 없는 무언가가 있어요. 설명하기에 적당한 말을 찾을 수가 없군요. 하지만 아글라야는 이해할 겁니다. 아, 나는 언제나 아글라야만은 이해해 주리라고 믿고 있어요.」

「아니오, 공작. 아글라야는 이해하지 못할 거요! 아글라야는 여자로서 인간으로서 당신을 사랑했지, 관념적인 정신으로 사랑한 게 아니오! 불쌍한 공작, 당신은 아글라야도, 나스따시야도 결코 사랑한 적이 없소! 이건 명백하오!」

「모르겠군요······. 아마, 아마, 당신은 여러 면에서 옳을 거예요, 예브게니 빠블로비치. 당신은 매우 똑똑해요. 예브게니 빠블로비치, 아, 머리가 또다시 아파 오기 시작하는군요. 아글라야에게 갑시다! 제발, 제발!」

「다시 말하지만 아글라야는 빠블로프스끄에 없소. 꼴미나에 있단 말이오.」

「꼴미나로 갑시다. 지금 당장 가요!」

「그건 불 — 가 — 능합니다!」 예브게니는 일어서면서 말을 길게 늘였다.

「내 말을 들어 봐요. 내가 편지를 써줄 테니 그걸 전해 주세요!」

「안 돼요, 공작, 그건 안 돼요! 그런 부탁일랑 하지 마시오. 난 들어줄 수가 없소.」

그들은 헤어졌다. 예브게니 빠블로비치는 이상한 확신을 가지고 떠났다. 그의 견해로 공작은 다소 제정신이 아니었다. 〈공작이 두려워하면서 그렇게 사랑하는 얼굴이란 도대체 무엇을 의미하는가? 그럼에도 불구하고 공작은 아글라야가 없다면 정말로 죽을지도 모른다. 아글라야는 공작이 그 정도로 자기를 사랑한다는 것을 평생 알 수 없을지도 모른다! 하하하! 어떻게 두 여자를 한

꺼번에 사랑한단 말인가? 어떻게 두 명의 다른 연인을? 흥미로운 일이 아닐 수 없구나……. 불쌍한 백치! 앞으로 그에게 무슨 일이 벌어질까?〉

10

 그러나 결혼식 날까지 공작은 예브게니 빠블로비치에게 예언한 것 같이 〈수면〉 상태에서 죽지는 않았다. 실제로 그는 잠을 이루지 못하고 악몽에 시달렸는지도 모른다. 그러나 낮에는 사람들에게 아주 친절하고 만족스럽기까지 한 모습을 보여 주었다. 때때로 그는 깊은 생각에 빠져 들곤 했는데, 그것은 혼자 있을 때였다. 결혼식을 서두르다 보니 결혼식 날짜를 예브게니가 방문한 지 1주일째 되는 날로 잡았다. 만약 공작에게 친구들이 있었더라면, 그 중 가장 가까운 친구들일지라도 그와 같은 성급함 앞에서는 가련한 미치광이를 〈구원〉하려는 자신들의 노력에 실망만 했을 것이다. 소문이 나돌고 있었다. 예브게니가 공작을 방문한 것은 예빤친 장군과 부인 리자베따 쁘로꼬피예브나의 부탁이 있었기 때문이라는 소문이었다. 그러나 이들 부부가 한량없이 친절한 마음씨로 이 가련한 미치광이를 끝없는 암흑의 구렁텅이에서 구원하기를 바랐더라도, 결국 그 구원은 나약한 시도로 끝났을 것이다. 이들의 처지나 심정으로 볼 때 더 이상의 진지한 노력은 따라 주지 않을 것이기 때문이다. 그것은 지극히 자연스런 일이다. 공작의 주변 인물들이 다소 공작에게 반감을 가졌다는 것은 이미 언급했다. 베라는 혼자 있을 때는 눈물만 흘린다거나 자기 방에 꼼짝 않고 틀어박혀 공작에게 얼굴을 잘 내밀지 않았고, 니꼴라이는 이때 부친상을 당해 공작을 찾아볼 겨를이 없었다. 이볼긴 장군은 첫번째 발작을 일으킨 뒤 8일째 되던 날 두 번째 발작으로 사망했다. 공작은 이볼긴 가족과 깊은 슬픔을 나누었다. 초상집을 방문한 처음 2, 3일 동안, 그는 몇 시간씩 니나 알렉산드로브나 곁을 떠나지 않았다. 또 교회에서 있었던 장례식에도 참석했다. 장례식에 참석한 조문객들은 공작이 돌아갈 때까지 그에게 다 들릴 정도로 그에 대해 수군거렸다. 수군대는 소리는 정원이나 거리에서도 들렸다. 공작이 걸어가거나 마차를 타고 갈 때도 계속 수군댔으며, 그의 이름을 부르며 손가락질까지 했다. 간간이 나스따시야 필리뽀브나의 이름도 들려왔다. 사람들은 장례식장에서 나스따시야를 찾아보려 했으나, 그녀는 나타나지 않았다. 레베제프의 설득에 따라 고인과 관계가 있었던 대위 부인도 문상 오지 않았다. 장례식은 공작에게 강렬하고 병적인 인상을 주었다. 공작은 교회에서 레베제프가 뭐라고 묻는 말에 귀엣소리로 대답하며, 러시아 정교의 장례식에는 처음으로 참석하며 어린 시절에 시골 교회에서 거행된 장례식이 어렴풋이 기억 난다고 말했다.

「그런데, 바로 얼마 전에 우리가 의장으로 선출한 분이…… 기억 나시지요, 바로 이 관 속에 누워 있다니? 누굴 찾으시죠?」 레베제프가 공작에게 속삭였다.

「아무것도 아니에요……, 그저 뭐가 보였던 것 같아서…….」

「로고진이 아닌가요?」

「그가 여기 왔나요?」

「교회 안에 있습죠.」

「그래서 로고진의 시선이 느껴진 것 같았군.」 공작은 혼란에 빠져 중얼거리더니 다음과 같이 덧붙였다. 「그런데 그가 왜 여기에 있지요? 부고를 받았나요?」

「아닐 겁니다. 그 사람은 전혀 친분이 없어요. 이곳엔 온갖 사람이 다 와 있어요. 구태여 부고를 받지 않아도 됩니다. 왜 그렇게 놀라는 건가요? 나는 요즈음 그를 종종 봅니다. 벌써 지난 주만 해도 4번 가량 보았어요. 여기 빠블로프스끄에서요.」

「그 일이 있고 나서 나는 한번도 보지 못했는데……」 공작이 중얼거렸다.

나스따시야 또한 〈그 이후로〉 로고진을 단 한 번도 만나지 않았다고 말을 한 바가 있어서, 공작은 지금 로고진이 뭔가 이유가 있어서 일부러 나타났을 거라는 생각을 했다. 공작은 종일 몹시 우울한 기분이었다. 그러나 나스따시야는 낮부터 밤까지 종일 유례없이 명랑했다.

아버지가 죽기 전에 공작과 화해한 꼴랴는 공작에게 들러리로 껠레르나 부르도프스끼를 데려오면 어떠냐고 제안했다. 그 일이 매우 시급했기 때문이었다. 니꼴라이는 껠레르가 매우 품위 있게 처신하기 때문에 〈적격〉일지도 모른다고 했다. 부르도프스끼로 말할 것 같으면 워낙 조용하고 겸손한 사람이라서 왈가왈부할 필요가 전혀 없다고 장담했다. 니나 알렉산드로브나와 레베제프는 공작에게, 결혼식이 이미 결정되었다 치더라도 하필이면 빠블로프스끄의 별장에서, 그것도 행락철에 그처럼 떠들썩하게 해야 되느냐고 지적했다. 이들은 뻬쩨르부르그나 집에서 하는 편이 훨씬 낫지 않겠느냐고 덧붙였다. 공작은 왜들 그렇게 염려를 해주는지 명확히 알 수 있었다. 그러나 공작은 이 모든 결정이 그저 나스따시야 필리뽀브나가 원하는 것이라고 간략하게 대답해 주었다.

다음날 들러리로 지명되었다는 전갈을 받고 껠레르가 찾아왔다. 집으로 들어오기 전에 그는 공작을 보자마자 문 앞에서 멈춰서서, 오른손 검지손가락을 펴서 위로 쳐들며 서약하듯이 외쳤다.

「술을 마시지 않겠습니다!」

그리고 공작에게 다가와 공작의 두 손을 잡고 힘차게 흔들며 선언했다. 〈물론 처음에 나는 당신을 싫어하는 사람이었어요. 아마 그런 사실을 들었을 거예요. 여기에 대해서는 당구장에서 공언한 바가 있습니다. 하지만 나는 공작 정도라면 신붓감으로 드로앙[168] 공주 정도는 돼야 한다고 생각했기에 그렇게 주장했던 거였어요. 나는 그렇게 될 날이 오기를 학수고대했어요. 지금은 공작이 우리 같은 인간들을 모두 합친 것보다 적어도 12배 이상이나 고결하다는 것을 깨달았어요. 당신은 부귀영화나 명예보다는 오로지 진실만을 추구하고 있기 때문이지요! 고고한 인물들이 지나치게 동정심이 많다는 사실은 이미 잘 알려져 있어요. 하지만 공작은 사람 됨됨이 자체가 너무나 고결해서 고고한 사람이 되지 않을래야 않을 수 없어요! 그러나 돼지나 쓰레기 같은 인간들은 달리 판단하고 있습니다. 그자들은 빠블로프스끄 시 전역의 집, 회합 장소, 별장, 음악회, 술집 등에서 곧 있을 결혼식을 가지고 잡다하게 떠들어대기만 합니다. 심지어 결혼 첫날밤에 그자들은 신방 창문 밑에서 소란을 피우고 싶다는 말까지 했어요! 공작, 만약 정직한 사람의 권총이 필요하다면, 나는 당신의 달콤한 신혼 초야부터 다음날 아침까지 놈들을 향해 반 타(打)의 정의로운 총알을 날려 보낼 용의가 있습니다.〉 껠레르는 공작에게 식장에서 나올 때 불평분자들이 미친 듯이 달려들 위험이 있으니, 소화전을 마당에 준비해 놓으라고 충고했다. 그러나 레베제프는 〈소화전을 쓰면 집이 산산조각 날 걸세〉라며 반대했다.

「저 레베제프는 당신을 상대로 음모를 꾸미고 있는 게 틀림없어요! 저들은 당신을 금치산자로 묶어 두려고 하는 거예요. 말이나 되는 얘긴가요? 당신의 재산뿐만 아니라 자유 의지까지 묶어 두려는 거지요. 우리를 네 발 달린 짐승과 구별해 주는 이 두 가지 요소를 박탈해 버리려는 음모지요! 내 귀로 확실히 들었습니다. 이건 틀림없는 사실입니다!」

공작은 그와 같은 얘기를 들었던 것을 기억했다. 그러나 물론 신경 쓰지는 않았다. 그는 지금도 한바탕 웃고 나서는 곧바로 모든 것을 잊어버렸다. 레베제프는 정말로 얼마 동안 그 일로 분주

168 고대 프랑스의 유명한 가문 중 하나. 도스또예프스끼의 『미성년』에서 이 성은 〈귀족 출신〉과 동의어로 사용되고 있다.

하게 움직였다. 이 인간의 속셈은 언제나 영감을 받아 생겨나는 것 같았다. 그러나 그의 속셈은 지나친 열정으로 복잡해져서 이리저리 가지를 치다 처음의 출발점에서 온갖 방향으로 멀어져 갔다. 그가 인생에서 이렇다 할 성공을 거두지 못한 까닭은 바로 그런 이유에서였다. 레베제프가 회오의 정을 표하기 위해 공작을 찾아왔을 때는 거의 결혼식 날 무렵이었다(그의 흔한 습관 중의 하나는 그의 음모가 실패했을 때 음모의 대상자를 찾아가서 뉘우치는 빛을 보이는 것이다). 레베제프는 공작에게 자기는 탈레랑[169]이 되려고 태어났는데 어떻게 해서 미천한 레베제프로 남아 있게 되었는지 모르겠다고 말하며, 자신이 꾸몄던 음모의 전말을 털어놓았다. 그것이 공작의 호기심을 비상하게 끌었다. 레베제프는 필요시 공작이 의존할 만한 보호자가 되어 줄 명사를 찾다가 예빤친 장군에게 갔다. 예빤친 장군은 어리둥절해 하며 〈젊은 사람에게 선의를 가지고 있기에 도와주고는 싶지만 지금 그렇게 행동하는 것은 시의가 적절치 못하다〉고 단언했다. 리자베따 쁘로꼬피예브나 부인은 아예 공작을 만나려고 하지도 않았다. 예브게니와 S공작은 난처한 듯 두 손을 벌려 보일 뿐이었다. 그러나 레베제프는 포기하지 않고 감각이 뛰어난 어느 노법률가와 상담을 했다. 품위를 갖춘 그 법률가는 레베제프의 오래된 지기이자 거의 은인에 가까운 사람이었다. 법률가는 공작이 정신 분열증 환자여서 정신 착란 상태에 빠져 있다는 것을 증명할 권위 있는 전문가와 보호인 역할을 할 고위직 인사만 있다면 이 일은 완전히 가능하다고 결론을 내렸다. 레베제프는 낙담하지 않고 심지어는 어느

---

[169] 샤를 모리스 탈레랑(1754~1838). 18세기 프랑스의 저명한 외교관이자 외무성 장관. 게으르고 이기적이며 교활한 외교관으로 유명했다. 각각 다른 프랑스 내각에서 그의 삶을 통틀어 18번이나 충성을 맹세했으나 그때마다 변절했고 그는 모든 사람들을 기만했다. 그의 이름은 후에 보통 명사화되었다.

날 공작에게 의사를 데려오기까지 했다. 별장에 살고 있는 이 의사 역시 신망이 높은 노인으로 목에는 안나 훈장을 걸고 있었다. 의사는 지역을 둘러볼 겸 공작과도 안면을 익히기 위해 비공식적으로 왔던 것이다. 말하자면 친구처럼 그에게 자신의 진단을 알려 주기 위해서였다. 공작은 의사의 방문을 기억하고 있었다. 전날 저녁 레베제프는 공작이 건강하지 않다면서 무슨 조치를 취해야 된다고 성가시게 굴었고, 공작은 단호히 의학적 치료를 거절했다. 그런데 갑자기 레베제프가 의사를 데리고 나타난 것이었다. 그러면서 지금 두 사람은 병세가 악화된 이뽈리뜨에게서 오는 길이며, 의사가 환자의 상태를 공작에게 전해 주기 위해서 왔다고 둘러댔다. 공작은 레베제프를 칭찬하며 의사를 극진히 맞이했다. 이들은 이뽈리뜨의 병세를 화제에 올렸으며, 의사는 이뽈리뜨의 자살 소동에 대해 더 자세히 듣고 싶어했다. 결국 공작의 얘기와 사건 설명은 의사에게 대단한 호감을 주었다. 화제는 뻬쩨르부르그의 날씨와 공작의 병, 스위스, 슈나이더 교수로 옮겨 갔다. 슈나이더의 치료 시스템에 관한 공작의 간략한 설명과 그 밖의 얘기는 의사가 두 시간 동안이나 머물 정도로 흥미를 끌었다. 게다가 의사는 공작이 권하는 최고급 담배를 피웠고, 레베제프가 베라를 통해 보내온 맛있는 과실주를 마셨다. 처자가 딸린 의사가 술을 마시며 베라에게 야릇한 찬사를 보내자 베라는 몹시 분개했다. 이들은 친구가 되어 헤어졌다. 의사는 공작의 집에서 나오며 레베제프에게 공작 같은 사람을 금치산자로 규정한다면 누가 보호자 역을 맡겠느냐고 말했다. 레베제프가 곧 닥치게 될 사건을 비극적으로 표현하자 의사는 교활하게 고개를 저으며 이렇게 말했다. 〈남자가 결혼할 대상이 어디 한둘인가? 그 매혹적인 여자는 절세미인일세. 그 사실만으로도 신분이 있는 남자를 유혹하기에 충분하지. 그런데 그런 미모 외에, 공작 자신도 귀가 아프게 들었겠지만, 그 여자는 또쯔끼와 로고진에게 받은 돈과 진주, 다이아몬드, 숄, 가구 등을 소유하고 있네. 이 점에서 공작은 결코 멍청하지 않다는 결론이 나오는 거야. 세밀하고 명석한 두뇌의 소유자로서 공작의 결혼은 오히려 매우 타산적일 수가 있지. 그러니까 이 결혼은 지금까지와는 정반대의 결론을 가능케 하지. 공작에게는 아주 유리할 거야⋯⋯〉 이러한 생각은 레베제프를 놀라게 했다. 이로써 공작을 금치산자로 묶어 두려 했던 레베제프의 음모는 수포로 돌아갔다. 레베제프는 공작에게 이렇게 덧붙였다. 〈이제 나에게서 공작을 위해 피를 흘리는 충성심 이외에는 아무것도 볼 수 없을 겁니다. 이 말을 하기 위해 찾아온 겁니다요.〉

최근 며칠 동안 이뽈리뜨도 공작의 마음을 유쾌하게 해주었다. 이뽈리뜨는 성가실 정도로 자주 공작을 부르러 사람을 보냈다. 이뽈리뜨는 가까운 곳에 살았고, 그가 사는 작은 별장에서 그의 어린 남동생과 여동생은 단지 환자 곁을 떠나 정원으로 나가는 것만으로도 즐거워했다. 불쌍한 대위 부인은 환자의 속죄양이라도 된 것처럼 그의 말에 죽는 시늉까지 했다. 공작은 매일 이들 모자간의 싸움을 뜯어말리며 화해를 시켜야 했다. 그래서 이뽈리뜨는 공작을 〈보모〉라고 불렀지만, 공작의 중재자로서의 역할을 멸시하거나 비웃지는 못했다. 이뽈리뜨는 니꼴라이에게 매우 불만이 많았다. 니꼴라이는 죽어 가는 아버지를 간병하는 데 여념이 없었고, 아버지가 죽고 나서는 과부가 된 어머니 곁을 떠나지 않고 위로하느라고 짬을 낼 겨를이 없어 이뽈리뜨를 거의 찾아오지 못했기 때문이다. 마침내 이뽈리뜨는 곧 다가올 공작과 나스따시야와의 결혼을 조롱의 표적으로 삼았고, 온갖 모욕과 멸시로 공작을 격분케 했다. 끝내 공작은 발길을 끊어 버렸다. 이틀 후, 아침부터 대위 부인이 종종걸음으로 찾아와서 예전처럼 자기 집을 방문해 달라고 애원했다. 이뽈리뜨가 어머니를 괴롭힌다는 것이다. 그녀는 또 이뽈리뜨가 공작에게 털어놓을 큰 비밀이 있다고 덧붙였다. 공작이 이뽈리뜨에게 가자, 이뽈리뜨는 눈물을 흘리며 화해하기를 원했다. 물론 눈물을 흘린 후에는 공작을 더욱 증오했다. 그러나 증오심을 감추려고 애를 썼다. 그의 상태는 매우 악화되어 누가 보아도 곧 죽을 것 같았다. 비밀이란 없었다. 단지 흥분한 탓에(아마도 일부러 흥분한 척하는지 모르지만) 숨을 헉헉거리며 〈로고진을 조심하세요〉라고 부탁했을 뿐이다. 〈그 사람은 자기 것을 절대로 양보하지 않는 사람이에요. 그는 우리와 달라요. 자기가 원한다면 눈 하나 까딱하지 않고 일을 저지를 인간이라고요.〉 공작은 그렇게 말할 수 있는 근거가 무엇인지 자세하게 캐물었으나 어떠한 근거도 없었다. 자기의 개인적 느낌과 인상만으로 이뽈리뜨가 그렇게 말했을 뿐 그 이외에는 아무것도 없었다. 결국 이뽈리뜨는 공작을 깜짝 놀라게 함으로써 쾌재를 불렀던 것이다. 처음에 공작은 어떠한 질문에도 대답하지 않고, 다만 그의 충고에 미소만 지었을 뿐이다. 〈차라리 외국으로 도망치세요. 러시아 성직자들은 도처에 있으니까, 어디서든 결혼식을 올릴 수 있어요.〉 끝으로 이뽈리뜨는 다음과 같은 자신의 생각을 말했다. 〈나는, 단지 아글라야가 걱정이 돼요. 로고진은 당신이 그 아가씨를 무척이나 사랑한다는 걸 알아요. 사랑에는 사랑이에요! 당신은 이미 그에게서 나스따시야를 빼앗아 갔어요. 지금은 아글라야가 당신의 여자가 아니라 해도 로고진은 보복을 하기 위해 아글라야를 죽일 겁니다. 그렇게 되면 당신은 괴로워할 게 아닙니까?〉 마침내 이뽈리뜨는 목적을 달성했다. 공작은 제정신이 아닌 상태에서 집으로 돌아갔다.

로고진에 대한 경고를 들었던 것은 바로 결혼식 전날이었다. 그날 저녁 공작은 결혼식을 앞두고 마지막으로 나스따시야를 만났다. 그러나 나스따시야는 공작에게 위안을 주지 못했다. 반대로 최근 들어 그녀는 공작의 혼란을 악화시켰을 뿐이었다. 며칠 전 공작과 만났을 때 그녀는 그의 우울한 모습이 걱정되어 기분을 좋게 해주려고 온갖 애를 썼다. 심지어 나스따시야는 그에게 노래도 불러 주고, 우스갯소리도 기억 나는 대로 모두 들려주었다. 공작은 언제나 우습다는 표정을 억지로 지어 보였지만, 간혹 가다가는 열중해서 얘기하는 나스따시야의 번뜩이는 재치와 명랑한 기분에 진정으로 미소를 보내기도 했다. 나스따시야는 공작이 웃고, 그녀의 말에 감명을 받은 것에 내심 기뻐하며 흡족해 했다. 그러나 요즘 들어 그녀의 우수와 고뇌는 시간이 갈수록 깊어만 갔다. 나스따시야에 대한 공작의 견해는 이미 확고했다. 그렇지 않으면 그녀의 모든 것이 그에게는 당연히 수수께끼 같고 불가사의한 것으로 여겨졌을 것이다. 그러나 공작은 진실로 그녀가 다시 태어날 수 있으리라고 믿었다. 공작은 예브게니에게 나스따시야에 대한 진정한 사랑을 고백한 바가 있었다. 실제로 그녀를 향한 그의 사랑에는 애처롭고 병든 어린애에 대한 애착 같은 것이 담겨 있었다. 그와 같은 어린애를 자기 멋대로 하게 내버려 둔다는 것은 매우 곤란하고 불가능했다. 공작은 아무에게도 그녀에 대한 자신의 감정을 설명하지 않았다. 피치 못해 그러한 대화를 나누어야 할 때조차 언급하기를 꺼렸다. 나스따시야와는 함께 있을 때조차 단 한 번도 〈그 감정〉에 대해 논의한 적이 없었다. 마치 그렇게 하기로 두 사람이 약속이나 한 것 같았다. 이들의 명랑하고 생기 있는 일상적 대화에는 누구든지 끼어들 수 있었다. 다리야 알렉세예브나는 〈그럴 때는 이들 두 사람을 보는 것만으로도 흐뭇하고 기분이 좋아졌다〉고 나중에 회고했다.

어쨌든 나스따시야의 정신적, 지적 상태에 대한 공작의 그러한 견해는 그녀에 대해 잘못 알려진 여러 가지 의혹들을 벗겨 주었다. 지금 나스따시야는 그가 석 달 전에 알고 있던 여자와는 완전히 다른 사람이 되어 있었다. 공작은 나스따시야가 그와 결혼하기로 해놓고 눈물을 흘리면서 저주와 욕설을 퍼붓고 도망칠 때는 언제고, 이제 와서는 왜 결혼을 서두르자고 주장하는 걸까 하는 식의 생각은 더 이상 하지 않았다. 〈그러니까 이제는 그때처럼 결혼이 나를 불행하게 만들 것이라고 두려워하지 않는 거야〉라고 공작은 생각했다. 공작이 생각하기에 그처럼 급속하게 변해 버린 그녀의 자신감이 그리 자연스럽지는 못했다. 그러한 자신감이 단지 아글라야에 대한 증오에서 나왔다고는 할 수 없었다. 나스따시야는 어느 정도 정확한 직감을 가지고 있었다. 로고진에게 시집갈 경우가 두려워서도 아니었다. 한마디로 그러한 자신감은 다른 이유들과 복합적으로 빚어진 것이었다. 그러나 거기에는 공작이 오래전부터 의심했던 어떤 것이 있었고, 이것을 가련하고 상처받은 영혼이 견뎌 내지 못하리라는 것은 그에게 너무나 명백했다. 이 모든 것이 나름대로 많은 의혹을 피해 가게 했지만 공작에게 시종일관 안정과 휴식을 줄 수는 없었다. 때때로 공작은 아무 생각도 하지 않으려고 애썼다. 공작은 결혼을 마치 별로 중요하지 않은 의식 대하듯 했다. 그는 자신의 운명을 매우 값싸게 평가했던 것이다. 예브게니와 나눈 대화나 여러 가지 이견에 관해서 그는 단호하게 아무런 대답도 해줄 수 없었고, 그럴 만한 능력도 없다고 느끼고 있었다. 따라서 대화를 회피해 왔던 것이다.

공작이 벌써 알아차렸듯이, 나스따시야는 아글라야가 공작에게 어떤 의미를 지니는지 매우 잘 알고 이해하고 있었다. 물론 나스따시야는 거기에 대해 입도 벙긋하지 않았으나, 공작이 처음 며칠 동안 예빤친의 집에 갈 채비를 할 때 보여 준 그녀의 얼굴에서 충분히 짐작이 갔다. 예빤친 네 가족이 떠나가 버렸을 때 나스따시야의 얼굴은 활짝 밝아졌다. 공작은 눈치가 없는 편이었음에도, 나스따시야가 아글라야를 빠블로프스끄에서 쫓아내기 위해 어떤 소동을 피우지나 않을까 내심 걱정하고 있었다. 사실 온 장안을 떠들썩하게 만든 결혼에 관한 온갖 잡음과 소문은 연적인 아글라야에게 모욕을 주기 위해 나스따시야가 책동한 것이었다. 예빤친 네 사람들을 만날 수 없었기 때문에, 한번은 나스따시야가 자기의 마차에 공작을 태우고 예빤친의 별장 창문 옆을 지나가라고 마부에게 지시했다. 이 일은 공작에게 악몽과도 같은 뜻밖의 사건이었다. 그는 언제나처럼, 마차가 이미 창문 가까이 다가가 돌아갈 수 없는 지경에 이르렀을 때 퍼뜩 제정신을 찾았다. 그는 아무 말도 하지 않았지만, 그 후 이틀 동안 계속 앓았다. 나스따시야도 더 이상 그러한 시험을 되풀이하지 않았다. 결혼식을 앞둔 마지막 며칠 동안 그녀는 깊은 시름에 빠졌다. 곧 우울함을 떨쳐 버리고 다시 명랑해졌지만, 어쩐지 말이 없어져서 예전같이 흥에 겨워하거나 행복해 하지도 않았다. 공작은 한층 더 신경을 썼다. 공작은 그녀가 전혀 로고진에 대해 말을 하지 않는 것이 흥미로웠다. 단 한 번 그에 대한 언급이 있었다. 결혼식 닷새 전에 다리야 알렉세예브나가 공작에게 갑자기 사람을 보내서, 나스따시야가 몹시 불안해 하니 급히 와달라고 했다. 그는 완전히 혼란에 빠진 그녀를 보았는데, 그녀는 비명을 지르며 몸을 떨고 있었다. 그녀는 로고진이 집 정원에 숨어 있는 것을 방금 보았다고 하며, 그가 밤에 자기를 죽일 거라고, 칼로 찔러 죽일 것이라고 외쳐 댔다. 그녀는 종일 안정을 찾지 못했다. 하지만 그날 저녁 공작이 잠깐 이뽈리뜨에게 들렀을 때, 뻬쩨르부르그에서 자신의 용무를 처리하고 이제 막 돌아온 대위 부인은, 로고진이 자기한테 찾아와서 빠블로프스끄에 대해 이것저것 캐물었다고 말했다. 언제 로고진이 들렀느냐는 공작의 질문에, 대위 부인은 나스따시야가 자신의 정원에서 그를 보았다고 한 시각과 거의 일치하는 시간을 말했다. 사건은 단순한 착각임이 밝혀졌다. 나스따시야 자신도 대위 부인에게 가서 상세히 물어보고 마음을 놓았다.

결혼식 전야에 공작은 나스따시야에게 커다란 활력을 심어 주었다. 뻬쩨르부르그의 양장점에서 다음날 사용할 장신구들, 결혼예복, 머리 장식 등이 도착한 것이었다. 공작은 그녀가 의상에 그토록 기뻐할 줄은 전혀 기대하지 않았다. 공작은 줄곧 그녀를 치켜세워 주었다. 공작의 칭찬은 그녀를 더욱 행복하게 만들었다. 그러나 그녀는 무심결에 쓸데없는 말을 내뱉었다. 그는 온 장안 사람들이 이들의 결혼식에 분개하고 있으며, 어떤 부랑배들은 일부러 이들을 비꼬는 시를 음악에 맞춰 한바탕 읊조리겠다고 벼르고 있다는 것을 들어 알고 있었다고 했다. 게다가 많은 사람들이 그 계획이 실행에 옮겨지기를 기다린다고 했다. 때문에 나스따시야는 그들 앞에서 고개를 똑바로 세우고 의상에 대한 호화롭고 고상한 자신의 감각을 보여 줌으로써 그들의 기를 죽이겠다고 말했다. 〈고함을 치든, 휘파람을 불든, 멋대로 하라지!〉 이런 생각을 하는 그녀의 눈이 이글거렸다. 그녀는 또 하나의 비밀스런 바람을 품었으나 입 밖으로 꺼내지는 않았다. 그녀는 아글라야, 최소한 아글라야가 보낸 누군가가 군중 속에 섞여 결혼식을 보러 교회로 올 것이라고 생각하고 마음속으로 여기에 대한 준비를 했다. 이런 생각을 하며 나스따시야는 저녁 11시경에 공작과 헤어졌으나, 자정이 되기 전에 다리야가 공작에게 사람을 보내 〈사정이 매우 나쁘니 빨리 와달라〉는 기별을 전했다. 공작은 황급히 달려가 보았다. 나스따시야는 침실 문을 잠가 놓고 그 안에서 절망과 히스테리에 빠져 울부짖고 있었다. 그녀는 밖에서 사람들이 말리는 소리는 귀담아들으려 하지 않다가, 한참 만에 오직 공작만 방으로 들어오게 한 뒤 이내 문을 잠가 버렸다. 그녀는 공작 앞에서 무릎을 꿇었다(잠깐 방 안을 엿볼 수 있었던 다리야가 나중에 전한 말이다).

「내가 무슨 짓을 하고 있지? 내가 무얼 하고 있냔 말야? 당신을 어떻게 하자는 거야?」 그녀는 경련을 일으키듯, 그의 다리를 끌어안고 외쳤다.

공작은 한 시간 동안 그녀와 함께 앉아 있었다. 두 사람이 무슨 얘기를 했는지는 모른다. 다만 한 시간 후에 그들은 행복하게 헤어졌다고 다리야가 전했다. 공작은 그날 밤 한 번 더 나스따시야의 사정을 알아보기 위해 사람을 보냈으나, 그녀는 이미 잠들었다는 소식을 들었다. 다음 날 아침 나스따시야가 일어나기 전에 공작은 다리야의 집으로 벌써 두 번씩이나 사람을 보냈다. 그리고 세 번째 보낸 사람이 다음의 내용을 가지고 돌아왔다. 〈나스따시야 주위에는 지금 뻬쩨르부르그에서 온 양재사들과 미용사들이 벌 떼처럼 몰려와 있어 어제의 흔적은 눈 씻고 찾아봐도 없다. 나스따시야는 그 정도의 미녀가 의당 결혼식 직전에 그러하듯이 성장(盛裝)을 하느라고 여념이 없으며, 어떤 다이아몬드를 끼느냐 하는 문제로 일대 격론이 벌어지고 있다〉는 내용이었다. 공작은 마음을 푹 놓았다.

이 결혼식에 대한 그 다음 일화에 대해 사정이 밝은 사람들은 다음과 같이 얘기한다. 그 얘기는 사실 같다.

결혼식은 저녁 8시에 거행될 예정이었다. 나스따시야는 이미 7시에 준비를 마쳤다. 이미 6시부터 많은 구경꾼들이 레베제프의 별장 주위로, 특히 다리야 알렉세예브나의 별장 주위로 원을 그리며 천천히 모여들기 시작했다. 7시부터는 교회도 사람들로 메워지기 시작했다. 베라와 니꼴라이는 공작에 대해 무척이나 염려를 했다. 그들은 공작의 집에서 손님을 대접하는 일로 눈코 뜰 새가 없이 바빴다. 막상 결혼식 후에는 아무런 모임도 계획되어 있지 않았다. 식을 올리는 데 꼭 필요했던 사람들을 제외하고 레베제프는 쁘찌찐 부부, 가브릴라, 목에 안나 훈장을 걸고 다니는 의사 그리고 다리야 알렉세예브나를 초대했다. 공작이 레베제프에게 의사는 잘 알지도 못하는데 왜 초청을 했느냐고 궁금히 여기자, 레베제프는 거드름을 피우며 〈목에 훈장을 건 사람은 존경받는 사람이니까, 좌석을 빛내는 데 모양새가 좋아서지요〉라고 대답하여 공작을 웃겼다. 껠레르와 부르도프스끼는 연미복과 장갑을 끼고 매우 의젓하게 지켜보고 있었다. 다만 껠레르가 집 근처에 모인 구경꾼들을 사납게 노려보며, 여차 하면 주먹으로 한바탕 벌이러는 기색을 보여서 공작과 그의 대리인들을 다소 당황하게 했다. 마침내 공작은 7시 반에 사륜 마차를 타고 교회로 향했다. 한 가지 덧붙여 말하자면, 공작은 일부러 전통이나 관습을 한 가지도 생략하길 원치 않기 때문에 모든 일이 격식에 따라 공개적으로 버젓이 진행되었다. 교회에 도착한 공작은 구경꾼들의 수군거림과 왁자지껄한 외침 사이를 뚫고 좌우로 사나운 시선을 던지는 껠레르의 인도를 받으며 제 시각에 교회의 제단 앞으로 파묻혀 들어왔다. 그러나 껠레르가 다리야의 집에 있는 신부를 데리러 갔을 때, 거기에 모인 구경꾼들은 공작의 집에서보다 무려 두세 배는 더 많았고, 두세 배는 더 무례한 것 같았다. 현관을 올라갈 때 입에 담지 못할 야유를 들은 껠레르는 구경꾼들에게 한마디 해 주려고 등을 돌렸다. 그러나 다행히도, 부르도프스끼와 현관에서 뛰쳐내려온 다리야가 껠레르를 만류하며 방으로 데리고 들어갔다. 껠레르는 안절부절못하며 서둘렀다. 나스따시야는 고개를 들어 다시 한번 거울을 쳐다보았다. 그녀는 〈일그러진〉 미소를 지어 보였다. 껠레르는 나중에 그녀의 얼굴이 〈죽은 사람처럼 창백했다〉고 말했다. 그녀는 경건하게 성상 앞에 절을 하고 출입문 층계로 나갔다. 그녀의 출현에 왁자지껄한 소리가 들려왔다. 처음 순간에는 웃음소리와 박숫소리 그리고 휘파람소리까지 한데 섞여 들려왔으나 곧 다른 목소리가 울려 퍼졌다.

「히야, 미인인데!」 군중 속에서 탄성이 들렸다.

「그저 그런데 그래……!」[170]

「결혼식을 올린다고 모든 게 가려질까? 바보들 같으니라고!」

「저런 절세미인을 어디서 볼 수 있단 말인가? 만세!」 가까이 서 있는 무리들이 외쳤다.

「공작 부인! 저런 공작 부인이라면 내 영혼이라도 팔 테다!」 어

---

170 행실이 단정치 못한 공작 부인이 될 거라는 뜻이 숨겨져 있다.

떤 관청 서기가 외쳤다. 「〈그대와 보내는 이 밤에 내 목숨을 걸고!〉[171]」

나스따시야는 백지장처럼 창백한 얼굴로 집을 나섰다. 그러나 그녀의 크고 검은 눈동자는 마치 달궈진 숯불처럼 군중을 향해 빛났다. 이 시선에 군중은 압도되어 분노의 외침이 환호성으로 변했다. 마차의 문이 열리고, 껠레르가 신부에게 손을 내밀었을 때, 나스따시야는 갑자기 날카로운 비명을 지르며 군중 속으로 곧장 뛰어들어 갔다. 그녀를 배웅하던 사람들은 깜짝 놀라 화석처럼 마비되었다. 군중은 그녀에게 길을 내주며 둘로 쫙 갈라졌다. 층계에서 대여섯 걸음 떨어진 곳에 별안간 로고진이 나타났다. 나스따시야는 군중 속에서 로고진의 시선을 포착했던 것이다. 그녀는 미친 듯이 로고진에게 달려가 그의 두 손을 꼭 잡았다.

「살려 줘! 날 데려가! 어디든 원하는 대로, 지금 당장에!」

로고진은 두 손으로 나스따시야를 들어올리다시피 하여 마차로 데리고 가더니, 재빨리 지갑에서 1백 루블짜리 지폐를 꺼내 마부에게 내밀었다.

「역으로 가자. 기차 시간에 맞게 도착하면 1백 루블을 더 주겠네!」

그리고 나스따시야의 뒤를 따라 마차로 뛰어오른 뒤 문을 쾅 닫았다. 마부는 잠시도 머뭇거리지 않고 말들에게 채찍질을 했다. 나중에 껠레르는 사건의 전말을 이야기하며 부지불식간에 당한 일이라고 변명했다. 〈1초만 여유가 있었다면 정신을 차리고 그냥 내버려 두지 않았을 텐데…….〉 그와 부르도프스끼는 때마침 그 자리에 있던 다른 마차를 잡아서 추적에 들어갔으나, 중도에 단념했다. 〈아무래도 늦었어! 강제로 되돌릴 수는 없을 거야!〉

「공작도 그렇게 하길 원치 않을 거야.」 충격을 받은 부르도프

---

171 뿌쉬낀의 시 「이집트의 밤」에서 인용한 것이다.

스끼가 단정했다.

로고진과 나스따시야는 기차 시간에 맞게끔 역에 당도했다. 로고진은 마차에서 내려 객차에 오르려다 말고 지나가는 어느 아가씨를 불러세웠다. 아가씨는 좀 낡았으나 그런대로 괜찮아 보이는 검은 망토를 입고 명주로 된 머릿수건을 머리에 두르고 있었다.

「50루블을 주면 망토를 팔겠소?」 로고진은 갑자기 아가씨에게 돈을 내밀었다. 아가씨가 놀라서 어리둥절해 있는 사이에, 로고진은 다짜고짜 그녀의 손에 50루블짜리 지폐를 쥐어 주고 망토와 머릿수건을 낚아채어 나스따시야의 어깨와 머리를 덮어씌웠다. 지나치게 화려한 나스따시야의 결혼식 의상이 승객들의 시선을 끌 염려가 있어서였다. 아가씨는 낡고 허름한 누더기에 가까운 자기 옷을 왜 그처럼 비싼 값을 주고 샀는지 나중에서야 그 까닭을 이해했다.

이 사건에 대한 소문은 발 없는 말이 천 리를 간다고 어느 사이에 교회까지 도달했다. 껠레르가 공작에게 돌아왔을 때, 많은 사람들이 그에게 달려들어 성가실 정도로 캐물었다. 그 중에는 생판 안면이 없는 사람들도 끼여 있었다. 와자지껄한 웅성거림에 누군가는 연신 고개를 끄덕였고 심지어 웃음소리까지 터져 나왔다. 아무도 교회 밖으로 나가지 않고 신랑이 해괴한 소식에 어떤 반응을 일으킬까 궁금해서 기다리고 있었다. 공작은 얼굴이 창백해졌으나 담담하게 그 소식을 받아들이며 들릴 듯 말 듯한 소리로 말했다. 〈걱정하기는 했지만 설마 그런 일이 벌어지리라고는 생각지도 않았는데…….〉 공작은 잠시 동안 입을 꾹 다물고 있다가 덧붙였다. 〈하지만…… 그녀의 심리 상태에서라면…… 그런 일은 마땅히 일어날 수 있었어…….〉 껠레르는 후에 공작의 이러한 반응을 〈미증유의 철학〉이라고 불렀다. 공작은 매우 침착하고 꼿꼿한 태도로 교회를 나왔다. 어쨌든 많은 사람들이 이 점에 주목했고 그 태도에 대해 이러쿵저러쿵했다. 공작은 한시 바삐 집에 가서 혼자 있고 싶었다. 그러나 사람들은 그렇게 하도록 내버려 두지 않았다. 그의 뒤를 따라 초청객 중에서 쁘찌찐을 포함하여, 가브릴라, 의사가 방으로 들어왔다. 의사는 아예 돌아가지 않겠다고 작정하고 있었다. 이들 외에도 온 집 안이 한가한 구경꾼들로, 말 그대로 완전히 포위당했다. 공작은 테라스에서 껠레르와 레베제프가 낯선 사람들과 고함을 치며 다투는 소리를 들었다. 낯선 사람들은 외관상 관청 사람들 같았으며, 어떻게 해서든 테라스 안으로 들어가려고 했다. 공작은 그들에게 다가가 무슨 일이냐고 묻고는, 레베제프와 껠레르를 한 옆으로 비켜서게 한 후, 흰머리에 풍채가 좋은 신사를 공손히 맞이했다. 신사는 출입문 계단에서 안으로 들어가려고 하는 무리들의 맨 앞에 서 있었다. 공작은 그에게 자기를 찾아 준 데 대한 경의를 표했다. 신사는 잠시 당황스러워하다가는 결국 안으로 들어왔다. 그의 뒤를 따라 두세 사람이 더 들어왔다. 군중 사이에서 7, 8명 정도가 방문을 요망해서 결국 그들도 안으로 들어오게 되었다. 이들은 되도록 격의 없이 행동하려고 했다. 더 이상의 지원자는 없었다. 곧 군중 속에서 이들 불청객을 주책없는 사람들이라고 비난하는 소리가 들렸다. 공작은 불청객들을 앉히고 그들에게 차를 내주며 담소하기 시작했다. 그들은 공작의 친절하고 예의 바른 태도에 적지 않게 놀라는 눈치였다. 물론 대화를 유쾌하게 이끌어 가기 위한 시도와 〈적당한〉 주제로 넘어가려는 시도가 몇 번 있었다. 무례한 질문들이 던져졌고, 심한 질책도 나왔다. 그러나 공작은 모두에게 격의 없이 성의껏 대답했다. 동시에 공작은 품위를 지키며 손님들의 양식을 신뢰하는 태도로 일관되게 대화에 임했으므로, 무례한 질문들은 저절로 수그러들었다. 대화는 조금씩 진지해져 갔다. 말꼬리를 잡고 늘어지던 한 손님은 갑자기 화가 머리끝까지 치밀어, 어떤 일이 있어도 영지를 팔지 않겠다고 맹세하며, 반대로 기다리고 기다리다 보면 〈돈보다는 사업이 낫다〉고 주장하면서 〈공작 어른도 아시겠지만, 그것이 나의 경영 지침입니다〉라고 말했다. 손님이 이렇게 말하자, 레베제프는 귀엣말로 공작에게 그 사람은 빈털터리에다 한 뙈기의 땅도 없다고 일러주었다. 그럼에도 불구하고 공작은 손님의 결심을 열심히 치켜세웠다. 거의 한 시간이 지나니 찻잔이 다 비었다. 차를 다 마시고 난 손님들은 더 이상 앉아 있기가 무안했다. 의사와 흰머리가 난 신사는 공작과 뜨겁게 작별을 나누었다. 나머지 사람들도 소란스럽게 작별 인사를 했다. 〈낙담일랑 하지 마세요. 모든 게 전화위복이니까요〉와 같은 덕담과 의견이 오고 갔다. 샴페인을 얻어 마시고 가려는 젊은 무리도 있었지만, 나이가 지긋한 손님들이 그들을 만류했다. 모두들 돌아갔을 때, 껠레르는 레베제프에게 다가가 이렇게 말했다. 「당신이나 나 같으면 고함을 치고 주먹질을 하면서 추태를 부리다가 경찰서에 끌려갔을 텐데, 공작은 저들을 새로운 친구로 받아들이고 있군요. 게다가 저런 인간들을요! 난 저들의 생리를 알고 있소!」 이미 적당한 말을 준비해 놓고 있던 레베제프가 한숨을 쉬며 얘기했다. 「현명하고 지혜로운 자에게는 숨기고, 아이들에게는 보여 주도다.[172] 이렇게 나는 전에 공작에 대해 말했지. 지금 한마디를 더 추가해야겠네. 신은 저 아이를 보호하여 나락에서 구원하였노라. 신과 그의 성스런 제자들에게 영광이 있기를 비나이다!」

결국 11시 반경이 되어서야 공작은 홀로 남게 되었다. 그는 머리가 매우 아팠다. 공작이 예복을 평상복으로 갈아입게끔 도와준 니꼴라이가 가장 늦게 돌아갔다. 그들은 뜨거운 작별 인사를 나누었다. 니꼴라이는 이 사건에 대해 한마디 언급도 하지 않고, 다음날 일찍 오겠다는 말만 남겼다. 니꼴라이는 나중에, 공작이 마지막 인사 때 자기에게 아무것도 알려 주지 않은 사실로 보아 공

---

[172] 마태오의 복음서 11장 25절, 루가의 복음서 10장 21절에서 인용한 구절.

작이 심지어 그에게까지 본심을 숨기고 있었음에 틀림없다고 말했다. 온 집 안이 곧 썰렁해졌다. 부르도프스끼는 이뽈리뜨의 집으로 떠났고 껠레르와 레베제프는 어디론가 가버렸다. 단지 베라만, 잔치 분위기로 꾸며진 집 안을 일상의 모습으로 재빨리 되돌리면서 얼마간 혼자 남아 있었다. 베라는 집으로 돌아가면서 공작을 보러 잠깐 들렀다. 공작은 탁자에 앉아 두 팔꿈치를 탁자에 괴고 양손으로 머리를 감싸 쥐고 있었다. 그녀는 살며시 공작에게 다가가 그의 어깨를 건드려 보았으나, 공작은 거의 1분 동안 멍한 표정으로 무슨 생각을 떠올리려는 듯했다. 그러나 공작은 정신이 들었는지 모든 것을 상기하면서 극도로 동요하기 시작했다. 공작은 베라에게 다음날 아침 첫 열차를 탈 수 있도록, 7시에 그의 방문을 두들겨 달라는 부탁을 했다. 베라는 그렇게 해주겠노라고 약속을 했다. 공작은 이것을 어느 누구에게도 얘기하지 말라고 신신당부했고 베라는 그러겠노라고 약속했다. 마침내 베라가 나가려고 방문을 열자 공작은 세 번째로 그녀를 멈춰 세운 뒤, 그녀의 손을 잡고 손과 이마에다 차례로 키스를 하고 나서 〈심상치 않은〉 모습으로 그녀에게 말했다. 〈내일 봅시다!〉 적어도 베라가 나중에 전해 주는 말로는 그랬다. 베라는 공작을 크게 염려하면서 방에서 나갔다. 다음날 아침 베라가 약속대로 7시에 공작의 방문을 두드리며 뻬쩨르부르그 행 열차가 15분 뒤에 떠난다고 일러주었을 때는 기분이 한결 가벼워졌다. 공작이 완전히 생기를 회복하고 미소까지 띤 모습으로 문을 열어 준 것처럼 느껴졌기 때문이다. 공작은 엊저녁에 입었던 옷을 그대로 입고 있었지만, 잠을 좀 잔 것 같았다. 공작은 당일로 돌아올 수 있다고 했다. 이 순간 공작은 적어도 베라에게만은 뻬쩨르부르그에 다녀온다고 알려 줄 필요가 있다고 생각했던 것이다.

11

 한 시간 후 공작은 이미 뻬쩨르부르그에 와 있었다. 9시가 지났을 때 공작은 로고진의 집 초인종을 울렸다. 그는 정면 입구로 들어갔으나, 한참 동안 아무도 문을 열어 주지 않았다. 마침내 로고진의 어머니가 기거하는 쪽의 문이 열리더니 말쑥하게 차려입은 중년의 하녀가 나타났다.
「로고진 씨는 집에 안 계십니다.」 그녀는 문에서 나오면서 대답했다. 「누굴 찾으시죠?」
「로고진 씨요.」
「그분들은 집에 없어요.」
 하녀는 호기심이 발동했는지 공작을 훑어보았다.
「지난밤에 집에서 잤습니까? 그것만 말해 주세요. 어제 혼자 돌아왔습니까?」
 하녀는 계속 쳐다보기만 할 뿐 대답은 하지 않았다.
「어제 저녁 무렵에 로고진과 함께…… 여기에…… 나스따시야 필리쁘브나가 오지 않았던가요?」
「댁이 뉘신지 물어봐도 될까요?」
「레프 니꼴라예비치 미쉬낀 공작입니다. 우리는 아주 잘 아는 사이죠.」
「그분들은 집에 없어요.」
 하녀는 눈을 내리깔았다.
「그럼 나스따시야는요?」
「나는 아무것도 몰라요.」
「잠깐만, 잠시만! 혹시 언제 돌아오죠?」
「저희는 그런 걸 몰라요.」
 문이 닫혔다.
 공작은 한 시간 후에 다시 들르기로 하고 뜰을 둘러보다가 마당지기를 만났다.

「로고진 씨는 집에 있나?」

「네, 있습죠.」

「그런데 왜 내게는 집에 없다고 했을까?」

「주인 어른의 방에서 그러던가요?」

「아니, 마님의 하녀가 그랬네. 그런데 내가 로고진 씨의 초인종을 아무리 눌러도 계속 문을 열어 주지 않더군.」

「아마 외출했는지도 모릅니다.」 마당지기가 단정지었다. 「별로 말씀을 안 하시니까요. 한번은 열쇠를 가지고 나가서, 사흘씩이나 방이 잠겨진 채로 있던 적도 있었어요.」

「어제는 집에 있었는지 자네는 알겠군?」

「집에 계셨죠. 간혹 정문 현관으로 들어가도 못 볼 수가 있어요.」

「나스따시야가 어제 로고진과 함께 집에 오지 않았나?」

「그건 모르겠습니다. 자주 찾아 주시질 않으니까요. 오셨으면 알 텐데.」

공작은 집을 나와 얼마 동안 생각에 잠겨 보도를 걸었다. 로고진이 쓰고 있는 방들의 창문은 모두 잠겨 있었고, 그의 어머니가 차지하고 있는 방들의 창문은 거의 모두가 열려 있었다. 맑고 더운 날이었다. 공작은 도로를 가로질러 반대 편으로 가서 다시 한번 창문을 보려고 멈춰 섰다. 창문은 모두 닫혀 있을 뿐만 아니라 여기저기 흰 커튼이 내려져 있었다.

그는 잠깐 동안 서 있었다. 이상했다. 창문의 한쪽 커튼 자락이 들리더니 로고진의 얼굴이 잠깐 보였다. 한순간에 나타났다 사라졌다. 공작은 좀 더 기다렸다가 다시 한번 초인종을 눌러 볼 생각을 했으나, 마음을 바꿔 한 시간 뒤로 미뤘다. 〈잘못 봤는지 누가 알겠는가?〉

그렇게 미루게 된 주요한 까닭은 얼마 전까지 나스따시야가 살았던 이즈마일로프스끼 연대 가까이에 있는 집을 서둘러 가보고 싶었기 때문이다. 나스따시야는 공작의 요청으로 3주 전에 빠블로프스끄에서 이즈마일로프스끼 연대 근처에 있는 어느 선량한 선생 부인의 집으로 거처를 옮겼었다. 공작이 아는 바에 따르면, 나스따시야의 지기인 그 부인은 존경받는 여인으로서 홀몸이 되어 가족을 부양해야 됐다. 부인은 훌륭한 가구가 딸린 집을 세주어 생계를 꾸려 나가고 있었다. 이번에 나스따시야가 다시 빠블로프스끄로 옮겨 오면서 만일의 경우를 대비해 자기가 쓰던 방을 그대로 남겨 놓았을 가능성이 있었다. 어젯밤 로고진에게 이끌려 이곳으로 와 그 집에서 밤을 보냈을 공산이 당연히 컸다. 공작은 마차를 잡아 탔다. 나스따시야가 밤에 곧장 로고진의 집으로 갔다는 것은 있음 직하지 않은 일이다. 여기서부터 추적해 봐야겠다는 생각이 마차 속에서 떠올랐다. 게다가 〈자주 찾아 주시진 않으니까요〉라는 마당지기의 말도 생각이 났다. 만약 그렇다면 지금 나스따시야가 로고진의 집에 있을 리가 만무하다. 이러한 위안으로 마음을 진정시키며 공작은 마침내 담담한 기분으로 이즈마일로프스끼 연대에 도착했다.

대단히 놀랍게도, 선생 부인의 집에서는 어제뿐만 아니라 오늘도 나스따시야에 대한 소식을 듣지 못했다는 것이다. 그러나 여러 명이나 되는 가족들이 어머니 뒤를 좇아 바깥으로 쏟아져 나와 마치 기적을 바라보듯 그를 쳐다보았다. 가족들은 열다섯 살에서 일곱 살에 이르기까지 거의 연년생인 계집아이들이었다. 계집아이들은 입을 쩍 벌리고 공작을 둘러쌌다. 그 뒤를 이어서 누렇게 여윈 아이들의 이모가 검정 목도리를 두르고 나왔으며, 맨 마지막엔 안경을 쓴 고령의 노파가 나타났다. 노파는 이 집의 할머니였다. 선생 부인이 공작에게 안으로 들어와 앉았다 가라고 권유를 해서 공작은 들어갔다. 공작은 이들이 자기를 아주 잘 알고 있다는 느낌을 받았다. 이들은 어제 저녁에 벌어졌어야 할 결혼식도 잘 알고 있었기에, 결혼식에 관해 궁금한 것을 꼬치꼬치 캐물어 보고 싶어 죽을 지경이었다. 또한 신랑과 함께 빠블로프스끄에 있어야 할 나스따시야의 행방을 오히려 신랑이 물어보러 온 것이 이상하긴 했지만 예의상 꾹 참고 있었다. 공작은 짤막한 설명으로 결혼식에 관한 가족들의 궁금증을 충족시켜 주었다. 경악과 탄식과 비명이 들리기 시작하자, 공작은 나머지 주요한 사건들도 거의 다 얘기해 주어야 했다. 마침내, 동요하던 슬기로운 여인들은 공작에게 제일 먼저 로고진을 서둘러 찾아가서 모든 것에 대해 적극적으로 알아내라고 충고를 해주었다. 만약 그가 집에 없거나(이것도 확실히 알아내야 한다) 그가 말해 주길 원치 않는다면, 세묘노프스끼 연대[173]에서 어머니와 함께 살고 있는 나스따시야의 지기인 어느 독일 부인에게 가보라고 했다. 나스따시야는 흥분한 나머지 사람들이 미처 생각하지 못하는 곳에 숨어 버리기 위해 그 독일 부인의 집에서 하룻밤을 보냈을지도 모른다고 했다. 공작은 처참한 심정으로 일어났다. 나중에 선생 부인의 가족들은 그가 〈극히 창백해졌다〉는 말을 했다. 실제로 공작은 다리가 휘청거렸다. 여인들은 공작과 함께 행동하기를 약속했고 뻬쩨르부르그에 있는 공작의 주소를 가르쳐 달라고 했으나, 공작에게 일정한 주소가 없다는 사실을 알고 여관 같은 데도 좋으니 공작에게 우선 거처를 정해 놓으라고 했다. 공작은 잠시 생각을 하고 난 뒤, 5주일 전에 발작을 일으켰던 여관의 주소를 알려 주었다. 그러고 나서 또 로고진의 집으로 갔다. 이번에도 로고진의 방문은 열리지 않았다. 더구나 이번엔 노부인의 방문도 열어 주지 않았다. 공작은 뜰에서 겨우 마당지기를 발견할 수 있었다. 마당지기는 무슨 바쁜 일이 있어서인지, 그를 흘끗 쳐다보기만 할 뿐이었다. 그러나 마당지기는 〈주인께서 이른 아침에 빠블로프스끄로 떠나셔서, 오늘은 돌아오지 않을 거예요〉라고 분명히 말했다.

[173] 이웃 도시와 연결되는 대로에 있는 뻬쩨르부르그 구역을 이렇게 불렀다.

「그럼 난 기다려야겠네. 저녁때는 오겠지?」
「아마, 잘 모르긴 해도 일주일 동안은 안 오실 겁니다.」
「그렇다면 오늘은 여기서 자고 나간 거지?」
「주무시기야 주무셨죠……」

모든 것이 미심쩍고 불분명했다. 마당지기는 그사이에 새로운 지시를 받은 것 같았다. 아까만 해도 수다스러웠는데 지금은 자꾸 공작을 외면하려고 했다. 그러나 공작은 두 시간쯤 후에 한번 더 들르고, 필요하다면 집 근처에서 감시하기로 마음먹었다. 그러나 아직까지 독일 여자에 대한 희망이 남아 있어서 공작은 세묘노프스끼 연대를 향해 마차를 재촉했다.

그러나 독일 여자 집에서는 공작의 말을 이해조차 못했다. 오히려 독일인들이 띄엄띄엄 내뱉는 말에서 공작은 그 의미를 추측해 낼 수 있을 따름이었다. 아름다운 이 독일 부인은 약 2주 전에 나스따시야와 다투고 난 뒤 절교를 해서 요즘에는 그녀에 대해 아무것도 듣지 못했다고 하며, 나스따시야가 이 세상의 모든 공작들에게 시집을 간다 해도 자기로서는 아무런 흥미도 갖지 않는다는 얘기였다. 공작은 서둘러 나왔다. 공작은 나스따시야가 예전같이 모스끄바로 떠났을지도 모른다는 추측과 로고진이 그녀의 뒤를 쫓아가거나 그녀와 함께 갔으리라는 생각이 떠올랐다. 〈최소한 어떤 흔적이라도 찾아야 한다.〉 하지만 그는 여관에 묵는 것이 필요하다는 생각이 들어 리쩨이나야 거리로 서둘러 갔다. 그곳 여관에서는 즉시 방을 내주었다. 급사가 식사를 하고 싶으냐고 묻자 공작은 무심코 그렇다고 대답했다. 그러나 식사를 하는 데 쓸데없이 30분이나 허비를 해야 된다고 생각하니, 자신에게 몹시 화가 치미는 것이었다. 그러나 주문한 음식을 먹지 않고 남겨 둔다고 해서 일이 해결되는 것도 아니라는 생각이 들었다. 침침하고 무더운 여관 복도에 있으려니까 묘한 기분이 들었다. 그 기분은 어떤 상념으로 옮겨지려고 고통스럽게 애를 썼지만, 공작은 추근거리며 머릿속을 맴돌기만 하는 그 상념이 무엇인지 도저히 알 수가 없었다. 결국 그는 몽롱한 정신 상태로 여관에서 나왔다. 머리가 핑핑 돌았다. 그러나 어디로 가야 하는가? 그는 로고진의 집을 향해 마차를 돌렸다.

로고진은 돌아오지 않았다. 초인종을 울려도 문이 열리지 않았다. 공작은 다시 로고진의 어머니가 거처하는 쪽의 초인종을 두드렸다. 문을 열어 준 사람은 또다시 로고진이 없다고 하며, 사흘 가량 집에 돌아오지 않을 거라고 했다. 하녀가 아까처럼 생경한 호기심으로 훑어봐서 공작은 당황했다. 이번에는 마당지기마저 눈에 띄지 않았다. 공작은 아까와 마찬가지로 다시 바깥으로 나와 반대편 보도로 건너갔다. 그는 창문을 바라보며 30분, 아니 어쩌면 더 오래 고통스러운 무더위 속에서 서성거렸다. 이번에는 아무것도 움직이지 않았다. 창문은 열려 있지 않았고 흰 커튼은 미동도 하지 않았다. 창문은, 누가 보아도 너무 어둡고 오랫동안 청소하지 않은 상태여서 설사 누가 그 창문으로 내다본다 해도 그 사람의 얼굴을 식별하기란 힘들었다. 따라서 공작은 확실히 아까는 잘못 봤을 뿐이라고 단정을 지었다. 이런 생각에 기뻐하면서 공작은 또다시 선생 부인 집이 있는 이즈마일로프스끼 연대로 향했다.

거기서는 공작을 기다리고 있었다. 선생 부인은 이곳저곳 서너 군데를 거쳐서, 로고진의 집까지 들러 보았으나 발자취조차 찾아내지 못했다는 것이다. 공작은 조용히 경청한 뒤 방으로 들어가서 의자에 앉았다. 그러고는 마치 무슨 말을 하는 건지 납득하지 못하겠다는 듯 그들을 쳐다보았다. 그는 이상한 증상을 보였다. 비상한 집중력을 보였다가는, 갑자기 불가사의할 정도로 산만해지기도 했다. 훗날 이 집 사람들은 공작이 참으로 이상해졌다면서, 그런 징후는 벌써부터 있어 왔다고 말했다. 마침내 공작은 일어나서 나스따시야의 방을 보여 달라고 부탁했다. 그녀가 쓰던 널찍한 두 방은 빛이 잘 들어오고 천장이 높은 데다 제법 값나가는 가구가 아주 정연하게 비치되어 있었다. 나중에 이 집 여인들이 하는 말에 따르면, 공작은 방에 있는 모든 물건을 둘러보다 문득 책상 위에 도서관에서 빌려 온 프랑스 소설 『보바리 부인』[174]이 펼쳐져 있는 것을 보고, 펼쳐진 부분을 접고 나서 그 책을 가져가게 해달라고 부탁했다. 도서관에서 빌려 왔기 때문에 내줄 수 없다는 거절의 말도 아랑곳하지 않고 공작은 주머니 속에다 책을 집어넣었다. 또한 공작은 열린 창가에 앉아 카드용 탁자에 분필로 무언가 씌어 있는 것을 보고는 누가 게임을 하느냐고 물었다. 부인은 나스따시야가 매일 저녁 로고진과 함께 바보, 먼저 따먹기, 멜니끼, 휘스트, 으뜸패 내놓기 같은 게임을 했고, 극히 최근에도 나스따시야가 빠블로프스끄에서 뻬쩨르부르그로 가기 전까지 게임을 했다고 말했다. 어느 날 로고진이 저녁 내내 말 한마디 없고 이렇다 할 대횟거리도 없이 앉아 있을 때, 나스따시야가 심심하다고 투덜거리고 종종 울기까지 하니까 다음날 저녁 로고진이 갑자기 주머니에서 카드를 꺼내 주었고, 그때부터 나스따시야는 활짝 웃으면서 카드 게임을 하기 시작했다고 공작에게 말해 주었다. 게임할 때 썼던 카드가 어디 있냐고 공작이 물어보았으나 카드는 없었다. 로고진이 항상 주머니 속에다 카드를 넣고 다녔는데 매일 새로운 것을 가져와 게임을 하고는 또다시 가져가 버리곤 했다는 것이다.

여인들은 공작에게 다시 한번 로고진 네로 가서, 이번에는 문을 더 세게 두들겨 보라고 조언했다. 그러나 지금은 〈들킬지도 모르니까〉 밤에 가라고 권했다. 선생 부인은 다리야 알렉세예브나가 뭔가 알지도 모르니까 빠블로프스끄에 다녀오겠다고 말했다.

---

[174] 뚜르게네프의 주석이 달린 G. 플로베르(1821~1880)의 소설 『보바리 부인』을 도스또예프스끼는 1867년 여름에 읽었다. 그는 이 소설을 〈최근 10년 동안의 세계 문학 작품〉 중 가장 좋은 작품으로 평가했다.

그러면서 공작에게는 내일 일을 의논해야 되니깐 무슨 일이 있어도 밤 10시까지는 돌아오라고 부탁했다. 이 모든 위로와 격려에도 불구하고 공작의 영혼은 완전한 절망에 빠져 버렸다. 말할 수 없는 비애 속에서 공작은 여관까지 걸어 돌아왔다. 먼지투성이에 찌는 듯한 무더위의 뻬쩨르부르그의 여름은 마치 압착기처럼 공작의 가슴을 짓눌렀다. 공작은 술 취한 사람들과 사나운 얼굴을 한 사람들 사이를 이리저리 떼밀려 다니며 무심코 사람들의 얼굴을 들여다보다가, 필요 이상으로 많이 길을 걸었다. 그가 여관 방으로 돌아왔을 때는 거의 완전히 날이 어두워져 있었다. 그는 조금 쉰 다음, 다시 로고진에게 가기로 작정하고 책상에 앉아 두 팔을 괴고는 생각에 빠졌다.

시간이 얼마나 흘렀는지, 그가 무슨 생각을 했는지는 아무도 모른다. 공작에게는 두려운 것이 많았다. 두려움이 심해질 때는 괴롭고 고통스러웠다. 베라가 떠올랐다. 또 레베제프가 무언가를 알고 있고, 설사 모른다고 해도 공작보다는 신속하고 수월하게 알아낼 수 있다고 생각했다. 그 다음엔 이뽈리뜨가 생각났고, 로고진이 이뽈리뜨를 찾아다녔던 것도 생각났다. 그 다음엔 당사자인 로고진이 떠올랐다. 로고진은 얼마 전에 치러진 장례식장에서, 그 다음에는 공원에서, 그 다음에는 이곳 복도 한구석에서 칼을 든 채 몸을 숨기고 공작을 기다리고 있지 않았던가? 공작은 로고진의 눈을 떠올렸다. 그 당시 그의 눈은 어둠 속에서 공작을 바라보고 있었다. 공작은 몸을 부르르 떨었다. 추근거리며 맴돌던 아까의 그 상념이 갑자기 머릿속에 떠올랐다.

그 상념이란 대충 이런 것이었다. 만약 로고진이 뻬쩨르부르그에 있다면, 그가 당분간은 숨어 있겠지만 그래도 나를 꼭 찾아올 것이다. 그때처럼 선의든 악의든 어느 한 가지를 품고서 말이다. 최소한 로고진이 어떤 이유에서든 나를 찾아올 필요성을 느낀다면, 그 어느 곳보다 이리로, 다시 이 복도로 올 수밖에 없을 것이다. 그는 나의 주소를 모르니까 예전에 내가 투숙했던 이 여관을 생각해 낼 가능성이 매우 크다. 나를 만나야겠다는 필요성이 절실하다면 적어도 한번쯤은 여기서 찾아보려고 시도할 것이다. 누가 알겠는가? 날 보려고 혈안이 되어 있을지?

공작은 웬일인지 이 상념이 완전히 맞아떨어질 것 같은 느낌이 들었다. 그는 〈로고진이 왜 갑자기 나를 절실히 필요로 할까? 우리가 결국에 가서 의기 투합하지 못할 이유가 무엇인가?〉라는 의문에 깊이 빠져 들었지만, 도무지 거기에 대한 해답을 찾지 못했다. 어쨌든 괴로운 생각이 이어졌다. 〈만약 로고진이 만족스런 상태라면 올 리가 없을 테고.〉 공작은 계속 생각했다. 〈나쁜 상태라면 서둘러 이리로 올 것이다. 그런데 그의 사정은 틀림없이 나쁠 거야…….〉

물론 그러한 확신 속에서 공작은 여관방에서 로고진을 기다렸어야 했다. 그러나 자신의 새로운 생각을 견뎌 낼 수 없다는 듯 그는 모자를 움켜쥐고 벌떡 일어나서 밖으로 뛰어 나갔다. 복도는 이미 어둠에 싸여 있었다. 〈만약 로고진이 지금 이 어두운 구석에서 뛰쳐나와 계단에서 나를 멈춰 세운다면……?〉 눈에 익은 장소로 가면서 잠깐 그런 생각이 들었다. 그러나 아무도 나오지 않았다. 그는 대문 아래로 내려가 인도로 나갔다. 놀랍게도 인도는 인파로 붐볐다. 해질 무렵부터 거리로 쏟아져 나온 사람들이었다(뻬쩨르부르그의 여름 휴가철에 흔히 볼 수 있는 광경이다). 공작은 고로호바야 거리로 향했다. 여관에서 50보쯤 걸어 나와 첫번째 네거리에 당도했을 때, 인파 속에서 누군가가 공작의 팔꿈치를 치면서 아주 낮은 목소리로 들릴락 말락 하게 말했다.

「이보게, 미쉬낀, 나를 따라와. 할 말이 있으니.」

로고진이었다.

기이한 일이었다. 공작은 갑자기 희열에 못 이겨 로고진에게 말을 더듬거리다 끝내 말을 잇지 못했다. 공작은 방금 여관 복도에서 그를 기다렸던 참이라고 말했다.

「난 거기 있었네.」 로고진이 예기치 않은 대답을 했다. 「가세.」

공작은 그의 대답에 놀랐다. 그러나 잠시, 적어도 2분 정도 생각하고 난 뒤에 놀랐다. 그 대답의 의미를 파악하고 나니 오싹한 기분이 들어 공작은 로고진을 물끄러미 쳐다보았다. 로고진은 반 걸음쯤 앞서서 똑바로 앞만 쳐다보고 갔다. 그는 마주치는 사람들에게 눈길 한번 주지 않으면서 기계적으로 경계하며 길을 내주곤 했다.

「여관에 갔었다면서 왜 나를 부르지 않았나?」 공작이 갑자기 물었다.

로고진은 멈춰 서서 공작을 바라보았고 전혀 납득할 수 없다는 듯 잠깐 생각한 뒤 말했다.

「이렇게 하게, 미쉬낀, 자네는 여기서 우리 집으로 곧장 가게. 알겠나? 나는 저쪽 편으로 해서 갈 테니. 하지만 서로 보조를 맞춰야 하니까 잠깐씩 나를 보면서 가게나.」

그 말을 하고 나서 로고진은 길을 건너 반대편 인도로 가기 시작했다. 그는 공작이 제대로 가는지 잠깐씩 보더니 공작이 멍하니 서서 자기만 쳐다보고 있는 것을 보자, 고로호바야 거리 쪽을 손으로 가리켰다. 그러고는 수시로 공작 쪽을 돌아보고 빨리 자기를 쫓아오라는 손짓을 하며 갔다. 로고진은 공작이 자기 말을 알아듣고 자기 쪽으로 건너오지 않는 것을 보니 마음이 놓였던 모양이다. 공작이 보기에, 로고진은 누군가를 찾아야만 되었고, 그 사람을 길에서 놓치지 않으려고 반대편 보도로 건너간 것이었다. 〈그런데 누구를 찾아야 되는지 왜 말을 하지 않는 걸까?〉 그렇게 두 사람은 5백 보 가량 걸었다. 공작은 웬일인지 갑자기 떨리기 시작했다. 로고진은 횟수가 줄긴 했으나 여전히 두리번거렸다. 공작이 참을 수 없어 로고진에게 손을 흔들자, 그는 공작 쪽으로 건너왔다.

「나스따시야는 자네 집에 있나?」.

「그래.」

「그러면 아까 창문 커튼 뒤에서 자네가 나를 쳐다보았나?」

「나였지…….」

「어떻게 자네가…….」

그러나 공작은 말을 어떻게 맺어야 할지, 어떤 질문을 해야 할지 몰랐다. 그리고 심장이 빠르게 고동쳐서 말하기가 힘들어졌다. 로고진 역시 생각에 빠져 침묵을 지키며 요전처럼, 꿈꾸는 듯한 표정으로 공작을 바라보기만 할 따름이었다.

「그럼, 난 가보겠네.」 이렇게 말하면서 로고진은 다시 길을 건너려고 했다. 「자네는 혼자서 가게. 길을 갈 때는 각자 따로 가는 편이 좋을 것 같네. 알겠나?」

마침내 이들은 양쪽 인도에서 고로호바야 거리로 접어들어 로고진의 집으로 가기 시작했다. 공작은 다시 다리가 휘청거려서 걷기가 매우 힘들었다. 벌써 밤 10시가 다 되었다. 로고진 네 노파의 창문은 아까와 마찬가지로 열려 있었으나 로고진의 방 창문은 닫혀 있었다. 창문에 드리워져 있는 커튼은 황혼빛에 희끗거리며 더욱 두드러져 보이는 것 같았다.[175] 공작은 반대편 인도에서 집 쪽으로 다가갔다. 로고진 또한 자기 쪽 인도에서 곧장 출입문 계단으로 올라가 공작에게 손을 흔들었다. 공작은 출입문 층계에 서 있는 로고진을 향해 건너갔다.

「지금 마당지기는 내가 집에 돌아온 걸 모르고 있네. 내가 빠블로프스끄에 다녀올 거라고 여느때처럼 일러둔 데다가, 어머니 하녀에게도 그렇게 말했네.」 로고진은 거의 교활하고 흡족스런 미소를 머금은 채 속삭였다. 「안으로 들어가세. 아무도 눈치 채지 못할 거네.」

[175] 여름의 뻬쩨르부르그는 백야 현상으로 자정이 되어야 해가 완전히 진다.

그의 손에는 이미 열쇠가 들려 있었다. 계단을 따라 올라가면서 그는 뒤를 돌아보며 공작에게 더 조용히 쫓아오라고 위협하는 시늉을 했다. 그는 자기 방으로 통하는 출입문을 연 뒤 공작을 먼저 들여보내고, 자기도 뒤따라 들어갔다. 그러고는 문을 잠그고는 열쇠를 주머니에 넣었다.

「안으로 들어가세.」 그는 소곤거리는 소리로 말했다.

아까 리쩨이나야 거리의 여관을 나오면서부터 그는 계속 속삭이는 소리로 말하고 있었다. 외견상 태연해 보였음에도 그는 내면적으로 몹시 불안해 하고 있었다. 서재 앞에 있는 큰 거실로 들어갔을 때 그는 창문으로 다가가서 비밀스런 손짓으로 공작을 불렀다.

「아까 자네가 초인종을 울렸을 때, 난 여기 있었네. 즉시 자네라는 걸 알았지. 난 살금살금 출입문 쪽으로 다가가 자네가 우리집 하녀 빠프누찌예브나와 얘기하는 걸 들었네. 그러나 새벽에 하녀에게 단단히 일러두었지. 만약 자네나, 자네가 보낸 사람이 나를 찾으면 무슨 일이 있더라도 입을 꼭 봉하고 있어야 된다고. 특히 자네가 직접 찾아오면 더 더욱 입을 다물어야 한다고 했지. 자네가 나가자마자 불현듯 이런 생각이 들었네. 혹시 자네가 지금 거리에서 이쪽을 지켜보고 있으면 어떻게 하나? 나는 못 미더운 마음에 창가로 다가가 커튼을 들추어 바깥을 내다보았지. 그랬더니 자네가 내 쪽을 똑바로 보고 있더군……. 이제 무슨 일이 있었는지 알겠나?」

「나스따시야는…… 어디에 있나?」 공작은 숨이 차서 말했다.

「그 여잔…… 여기 있네.」 로고진은 대답을 망설이듯 머뭇거리며 말했다.

「대체 어디에?」

로고진은 눈을 들어 공작을 유심히 쳐다보았다.

「같이 가세…….」

로고진은 이상하게 침울한 표정으로 여전히 서두르지 않고 천천히 속삭이듯 말했다. 심지어는 방금 커튼 얘기를 할 때 격렬한 감정이 있었음에도 불구하고, 무언가 다른 것을 토로하고 싶어하는 눈치였다.

두 사람은 서재로 들어갔다. 공작도 한번 들어가 본 적이 있었던 이 방은 약간의 변화가 있었다. 두툼한 녹색 명주 커튼이 방 한가운데를 지나면서 로고진의 침대가 놓여 있는 침실과 서재를 가르고 있었다. 커튼의 양쪽 끝으로 각각 출입구가 나 있었으나 무거운 커튼에 막혀 있었다. 방 안은 매우 어두웠다. 여름 뻬쩨르부르그의 백야도 어두워지기 시작했다. 만약 보름달이 뜨지 않았다면 커튼으로 드리워진 로고진의 어두운 방은 아무것도 보이지 않았을 것이다. 방 안은 매우 침침했는데도 아직 얼굴은 구별할 수 있었다. 로고진의 얼굴은 여느때처럼 창백했다. 그의 눈동자는 강한 빛을 발하고 있었고 미동도 하지 않은 채 공작을 뚫어지게 바라보고 있었다.

「촛불이라도 켜지 그래?」 공작이 말했다.

「아냐, 필요 없어.」 로고진이 대답했다. 그는 공작의 손을 잡아 의자에다 앉히고, 자신은 의자를 바싹 끌어당겨 공작과 무릎이 거의 맞닿을 정도로 반대쪽에 앉았다. 두 사람 사이에는 조그만 원탁이 약간 떨어진 채 옆에 놓여 있었다. 「앉아 있게. 잠깐 앉아 있어!」 로고진은 문자 그대로 앉아 있기를 강요하며 말했다. 둘 사이에는 잠깐 동안 침묵이 흘렀다. 「자네가 그 여관에 투숙하고 있을 줄 알았네.」 흔히 중요한 화제를 꺼내기 전에 본론과 무관한 시시콜콜한 얘기로 말문을 열듯이, 로고진도 그렇게 대화를 시작했다. 「여관 복도로 갔을 때, 내가 그렇듯이 자네도 나를 기다리며 앉아 있지나 않을까? 하는 생각이 났네. 선생 부인의 집에도 갔었나?」

「갔었지.」 심장이 강하게 고동쳤기 때문에 공작은 간신히 말을 했다.

「그런 짐작도 했었지. 우리 사이에 계속할 얘기가 있을 것 같아, 거듭 생각을 해보다가, 자넬 여기로 데려와 함께 오늘 밤을 지새야겠다는 결론에 도달했네.」

「로고진! 나스따시야는 대체 어디 있나?」 공작이 갑자기 속삭이고는 사지를 부들부들 떨며 일어났다. 로고진도 일어섰다.

「저기 있네.」 로고진은 고갯짓으로 커튼을 가리키며 속삭였다.

「자고 있나?」 공작이 물었다.

로고진은 아까처럼 다시 공작을 뚫어지게 쳐다보았다.

「그럼 들어가 보세……! 그런데 딱 한 가지, 자네는…… 아냐……. 어서 들어가자고!」

로고진은 커튼을 약간 걷어 올리고 제자리에 멈춰 서서 다시 공작에게 말했다.

「들어가 보게!」 로고진은 커튼 안으로 들어가라고 공작에게 고갯짓을 했다. 공작이 들어갔다.

「여긴 컴컴하군.」 공작이 말했다.

「지척은 가릴 정도네!」 로고진이 중얼거렸다.

「겨우…… 침대가 보이는군.」

「더 가까이 가보게나.」 로고진이 나직이 제안했다.

공작은 한발 정도 더 가까이 내딛고는 멈춰 섰다. 그는 선 채로 1, 2분 가량 유심히 안을 살펴보았다. 두 사람은 줄곧 침대 곁에 서서 아무 말도 하지 않았다. 죽음의 정적이 깔린 방에서 공작의 심장이 뛰는 소리는 마치 방 전체에 쿵쾅대는 것 같았다. 마침내 그는 어둠에 익숙해져 침대 위에 있는 모든 것을 식별할 수 있게 되었다. 침대 위에는 누군가가 꼼짝도 않고 누워 있었다. 바스락거리는 소리 하나 가냘픈 숨소리 하나 들리지 않았다. 잠을 자는 사람은 머리부터 하얀 시트를 뒤집어쓰고 있었으나, 사지는 희미하게나마 분간할 수 있었다. 다만 침대가 높아서 손발을 쭉 펴고 누워 있다는 것만 알 수 있었다. 아무렇게 벗어 놓은 옷가지와 고

가의 흰색 실크 드레스, 꽃송이, 리본 등이 침대 위, 발 언저리, 침대 옆 안락의자, 심지어는 마룻바닥 위로 무질서하게 흩어져 있었다. 머리맡의 작은 탁자 위에는 벗기어 내던져진 다이아몬드가 반짝거렸다. 발치에는 갈가리 찢겨진 레이스가 엉켜 있었고, 희끗거리는 그 레이스 위로는 하얀 시트 밑으로 비죽 나와 있는 맨발 끝이 보였다. 발끝은 마치 대리석으로 깎아 만든 것처럼 무섭도록 꼼짝도 하지 않았다. 공작은 눈을 부릅뜨고 바라보았지만, 바라보면 볼수록 방 안에는 죽음 같은 정적이 더욱더 적막하게 느껴졌다. 잠에서 깨어난 파리 한 마리가 갑자기 윙윙거리며 날기 시작하다가 침대 위를 맴돌다가 머리맡에서 잠잠해졌다.

「나가세.」 로고진이 공작의 손을 건드렸다.

두 사람은 커튼 칸막이 방을 나가 서로 마주보며 좀 전의 의자에 앉았다. 공작은 갈수록 심하게 몸을 떨며, 로고진에 대한 의혹의 눈길을 떨치지 못했다.

「미쉬낀, 자네 지금 떨고 있다는 걸 아네.」 마침내 로고진이 입을 열었다. 「모스끄바에서 있었던 일을 기억하겠나? 거의 그때와 마찬가지로 자네의 건강이 안 좋아진 것 같군. 발작을 하려는 것 같기도 하고. 무슨 일이라도 생기면 어떻게 해야 좋을지 모르겠군.」

공작은 로고진이 한 말을 이해하려고 신경을 곤두세워 귀를 기울이며, 의혹의 눈길을 보내고 있었다.

「자네가 한 짓이지?」 마침내 공작은 고개를 들어 커튼을 가리키며 입을 열었다.

「내가 그랬네.」 로고진이 속삭이며 눈을 내리깔았다.

5분 가량 침묵이 흘렀다.

「그러니까,」 로고진은 중간에 말이 끊기지 않은 것처럼 갑자기 말허리를 이어갔다. 「그러니까 만약 자네가 지금 발병하여, 즉 발작을 일으키며 비명을 지른다면 마당이나 길거리에서 누가 듣고 이 방에서 낯선 사람들이 밤을 지내는 거라고 추측할 걸세. 그러면 문을 두드려 보다가 방 안으로 들어올 거라네. 모두들 내가 집에 없는 줄 믿고 있기 때문이지. 내가 촛불을 켜지 않는 이유는 마당에서든 거리에서든 아무도 내가 방에 있는 걸 눈치 채지 못하게 하기 위해서지. 나는 외출할 때마다 열쇠를 가지고 나가니까, 내가 없는 3, 4일 동안은 아무도 방을 치우러 들어오지 않네. 그게 내 습관이니까. 그래서 우리가 여기서 밤을 지샌다는 것을 눈치 채지 못하도록 이렇게 꾸민 거였네.」

「잠깐만.」 공작이 말했다. 「나는 아까 마당지기와 하녀에게 여기서 나스따시야가 묵지 않았느냐고 물어봤네만, 그 사람들은 이미 알고 있다는 얘기가 아닌가?」

「자네가 물어본 걸 아네. 나는 빠프누찌예브나에게, 어제 나스따시야가 들렀다가 곧바로 빠블로프스끄로 떠났는데 우리 집에서 10분 정도 머물렀다고 말해 줬지. 그러니까 그 사람들은 나스따시야가 어젯밤에 여기서 묵었다는 것을 모르고 있어. 아무도 모르는 일이야. 어제 우리는 방금 자네와 내가 몰래 들어왔듯이 살그머니 들어왔었네. 나는 나스따시야가 남몰래 살그머니 들어오길 원치 않는다고 생각했네만…… 웬걸! 그녀는 소리를 내지 않으려고 속삭였고, 옷자락을 감싸 쥐고 발뒤꿈치까지 들고 들어왔단 말이네. 또 계단에서는 손가락을 입에 대고 내게 조용히 하라고까지 했네. 나스따시야는 자네를 두려워하더군. 기차 안에서는 공포감으로 마치 완전히 미쳐 버린 여자 같더군. 게다가 자기 쪽에서 먼저 내 방에서 밤을 새우길 원했어. 원래 나는 선생 부인한테 데려다 줄 참이었네만…… 제기랄! 나스따시야가 나한테 〈공작은 새벽에 거기서 나를 찾아낼 거야. 그러니 날 숨겨 줘. 내일 새벽엔 모스끄바로 갈 테니까〉라고 말하더군. 그 다음에는 오룔 지방인가 어딘가로 가고 싶다고 했어. 자리에 누워서도 오룔로 함께 떠나자고 하더군.」

「잠깐, 로고진, 자넨 대체 어떻게 할 작정인가?」

「자네가 계속 덜덜 떠는 게 약간 걱정이네. 여기서 함께 밤을 지새기나 하세. 침대는 저것밖에 없어. 하지만 두 소파에서 쿠션을 떼내어 여기 커튼 옆에 자네와 내가 같이 누울 수 있는 잠자리를 만들 생각을 해냈네. 혹시 사람들이 들어와 방을 수색하다가 저 여자를 보면 바깥으로 옮기겠지. 그리고 나에게 조사를 벌이면 난 자초지종을 다 얘기해 버리고, 붙잡혀 가겠지. 그러니까 저 여자는 그냥 우리 곁에, 나와 자네 곁에, 누워 있도록 하세.」

「그러세, 그러세!」 공작은 걱정적으로 동의했다.

「이를테면 자수하지도 말고 내주지도 말자는 말일세.」

「그럼! 무슨 일이 있더라도!」 공작은 결심했다. 「저, 저, 절대로!」

「이보게, 난 그 누구에게도 저 여자를 내주지 않기로 결심했네. 우리 조용히 밤을 지새자고. 나는 오늘 아침 한 시간 정도만 집을 비웠네. 하지만 줄곧 나스따시야 곁에 있었지. 그러고는 저녁때 자네를 데리러 나갔던 거지. 날이 무더워져서 시체 썩는 냄새가 나지 않을까 걱정이네. 혹시 냄새가 나지 않나?」

「나는 것 같기도 하지만…… 잘 모르겠군. 하지만 아침이 되면 분명히 날 거야.」

「나는 저 여자를 미국산 고급 방수포로 감쌌다네. 미제 방수포지. 또 방수포로 싸고는 그 위에다 시트를 뒤집어씌웠고, 네 개의 방부제 병을 열어 놓은 채 저기 세워 두었지.」

「그건…… 모스끄바에서 있었던 사건과 같지 않은가?」

「이 친구야, 냄새 때문에 그렇게 해놓은 거네. 어쨌든 저 여자는 잠자듯 누워 있네……. 아침에 날이 밝으면 가서 보게나. 왜 일어날 수 없나?」 로고진은 공작이 일어서지도 못할 정도로 벌벌 떨고 있는 모습을 보고는 불안 섞인 놀라움으로 물었다.

「다리가 떨어지질 않는군. 이건 공포감 때문이야. 공포감이 사라지면 설 수 있을 거라고.」 공작이 말했다.

「잠깐, 잠자리를 마련할 테니, 자네는 좀 눕게나. 함께 누워서 난 자네 말을 들어 볼 거네……. 난 아직, 아직 다 몰라. 하지만 자네가 이걸 미리 알게끔 하기 위해서 말하네만…….」

로고진은 그렇게 불분명한 얘기를 중얼거리며 잠자리를 준비하기 시작했다. 그는 잠자리에 대해서 아침부터 혼자 생각해 둔 게 있는 것 같았다. 지난밤 그는 혼자 소파에 누워서 잤다. 소파에 두 명이 눕기는 불가능했으나, 공작과 꼭 잠자리를 나란히 하고 싶었다. 때문에 지금 아주 애를 써가며 커튼 옆에다 두 개의 소파에서 떼낸 여러 형태의 쿠션들을 끌어다 옮겼다. 그럭저럭 잠자리가 마련되었다. 그는 희열에 찬 표정으로 공작에게 다가가 상냥하게 공작의 손을 잡아 일으켜 세우곤 침대 쪽으로 데려갔다. 그러나 공작은 혼자서도 갈 수 있었다. 〈공포감〉이 사라진 것이다. 하지만 공작은 여전히 떨고 있었다.

「그러니까, 형제.」 로고진은 공작을 왼쪽의 좋은 쿠션으로 눕히고, 자신은 오른쪽 쿠션에 몸을 쭉 펴고 누워 두 팔을 머리 뒤로 고이면서 갑자기 말했다. 「꽤, 후텁지근한 걸 보니 냄새가 퍼질 걸세……. 창문을 열어 놓은 게 걱정되는군. 어머니에게 꽃이 핀 화분이 있어. 향기로운 꽃이 아주 많이 피어서 내 방으로 옮길까도 생각했는데 빠프누찌예브나가 알아챌 것 같았어. 그 아줌마는 호기심이 많거든.」

「진짜 호기심이 많더군.」 공작이 맞장구를 쳤다.

「그럼 꽃다발을 사서 그녀를 둘러쌀까? 한데, 친구, 꽃 속에 묻힌 걸 보면 불쌍할 것 같아!」

「잠깐…….」 공작은 무엇을 물어봐야 할지 혼란스러워하며, 마치 물어보려던 말을 잊기나 한듯이 물어보았다. 「무엇으로 나스따시야를 죽였는지 말해 주지 않겠나? 칼인가? 바로 그 칼로?」

「바로 그 칼이네.」

「아, 한 가지만 더! 로고진, 묻고 싶은 말이 하나 더 있어…….

사실 물어보고 싶은 말이 많지만 딴 건 다 제쳐 두고 우선 한 가지만 숨김 없이 대답해 주게. 자네는 나스따시야를 결혼식 전에 죽이려고 했었나? 교회당 문 앞에서 그 칼로? 그럴 셈이었나?」

「모르겠네, 그럴 셈이었는지 아닌지……」 로고진은 질문에 약간 당황하며, 잘 납득하지 못하겠다는 듯이 무뚝뚝하게 말했다.

「빠블로프스끄로 칼을 가져간 적이 전혀 없었나?」

「전혀 없었어. 칼에 대해서는 딱 한 가지밖에 말해 줄 게 없네, 미쉬낀.」 그는 잠시 침묵한 뒤 덧붙였다. 「오늘 새벽 잠가 놓은 서랍에서 칼을 꺼냈지. 사건이 새벽 3시에서 4시 사이에 벌어졌으니까. 칼은 책갈피 속에 끼워져 있었고…… 그런데 신기하게도 칼이 왼쪽 젖가슴 아래로 7센티미터…… 아니 9센티미터 가량이나 들어갔는데도 피는 기껏 반 숟가락 정도만 옷으로 흘러내린 거야. 그 이상 흐르지 않았다고…….」

「그건, 그건, 그건……」 공작은 극도의 흥분 상태에서 갑자기 몸을 약간 일으켰다. 「난 그걸 알아. 책에서 읽었지……. 그건 내출혈이라고 하는데…… 심지어는 피 한 방울도 나오지 않는다더군. 심장에 곧바로 충격이 가해지면 말일세.」

「잠깐, 들리나?」 로고진이 재빨리 공작의 말을 가로채고는 기겁한 표정으로 벌떡 일어나 앉았다. 「저 소리가 들려?」

「아니.」 공작은 로고진을 바라보며 역시 놀란 표정으로 재빨리 반문했다.

「누가 걸어다녀! 들려? 거실에서 나는 저 소리를?」

두 사람은 귀를 곤두세웠다.

「들려.」 공작은 확실한 어조로 속삭였다.

「걸어다니는 거지?」

「그래.」

「문을 닫을까 말까?」

「닫아.」

문을 닫고 나니 마음이 놓였다. 오랫동안 두 사람은 말이 없었다.

「아, 그래!」 공작은 방금 새롭게 떠오른 생각을 다시 잊어버리지나 않을까 몹시 걱정하듯 잠자리에서 벌떡 일어나 앉으며, 갑자기 아까처럼 흥분된 어조로 다급하게 속삭였다. 「그래…… 난 그 카드가…… 궁금했던 거야! 자네 나스따시야와 함께 카드 놀이를 했다던데?」

「했었네만.」 로고진은 잠깐 동안 입을 다물고 있다가 말했다.

「그 카드는…… 어디 있지?」

「여기 있네…….」 로고진은 좀 더 침묵을 지킨 뒤 말했다. 「자, 여기.」

로고진은 게임을 하고 종이에 싸둔 카드를 주머니에서 꺼내 공작에게 내밀었다. 공작은 카드를 받아 쥐었으나, 마치 영문을 모르겠다는 눈치였다. 새로이 복받치는 침울하고 서글픈 감정이 공작의 마음을 짓눌러 왔다. 공작은 갑자기 깨달았다. 이 순간과 더불어 이미 오래전부터 그는 해야 할 말을 하지 않아 왔고, 해야 될 일을 하지 않았으며, 반갑게 받아 쥔 이 카드가 이제는 아무 짝에도 쓸모가 없다는 것이다. 공작은 일어나서 손뼉을 쳤다. 로고진은 마치 공작의 행동을 보지도 듣지도 못한 것 같이 꼼짝도 하지 않았다. 그러나 그의 눈만은 암흑 속에서 반짝이고 있었다. 공작은 의자에 앉아 두려운 표정으로 로고진을 바라보기 시작했다. 반시간 정도가 지났다. 별안간 로고진이 날카롭게 고함을 치며 깔깔 웃기 시작했다. 속삭이듯 나지막한 소리로 말해야 된다는 사실을 잊은 것 같았다.

「장교, 장교를 말이야, 어떻게 했는지…… 기억하겠나? 나스따시야가 연주회에서 장교를 철썩 갈겨 주었잖아. 기억하지? 하하하! 그러니까 생도, 생도 한 녀석이 후닥닥 튀어나오더라고…….」

공작은 다시 놀라 의자에서 벌떡 일어섰다. 로고진이 잠잠해졌을 때(그는 갑자기 조용해졌다), 공작은 조용히 상체를 수그리고 그와 나란히 앉았다. 그의 가슴은 몹시 심하게 두근거려 숨쉬기가 힘들 정도였다. 공작은 그를 훑어보았다. 로고진은 마치 공작의 존재를 잊어버린 듯 그를 향해 고개조차 돌리지 않았다. 공작은 그를 바라보며 기다렸다. 시간은 흘러 날이 새기 시작했다. 로고진은 간간이 그러다가는 돌연히 두서 없는 내용의 말을 날카롭게 소리 내어 중얼대기 시작했다. 그리고 고함을 치다가는 갑자기 웃어 버리기도 했다. 공작은 떨리는 손을 내밀어 로고진의 머리를 만져 주었다. 머리를 쓰다듬어 주다가 뺨도 쓰다듬어 주었다. 달리 어찌할 도리가 없었다! 공작 자신은 다시 몸을 떨기 시작했다. 마치 다리가 떨어져 나간 느낌이었다. 무언가 완전히 새로운 감정이 끝없는 우수를 동반하며 그의 마음을 짓눌러 왔다. 그러는 가운데 날이 밝았다. 마침내 공작은 무기력과 절망의 나락에 빠져 버린 듯 쿠션 위에 누워, 자기의 얼굴을 창백하게 굳어 버린 로고진의 얼굴에 갖다 대었다. 공작의 눈에서 흘러나온 눈물이 로고진의 두 뺨 위로 흘러내렸다. 그러나, 공작은 자신의 눈물을 의식하지 못했는지도 모른다. 그리고 더 이상 눈물에 대해 아무것도 몰랐다…….

적어도 여러 시간이 더 경과한 후에 문이 열리고 사람들이 들어왔다. 이때 살인자는 완전히 의식을 잃고 열병을 앓고 있었다. 공작은 꼼짝 않고 조용히 옆에 앉아서, 환자의 비명소리와 헛소리가 터져 나올 때마다 떨리는 손을 황급히 뻗어 그의 머리와 뺨을 어루만져 달래 주듯이 쓰다듬었다. 하지만 공작은 사람들이 물어보는 말을 전혀 이해하지 못했고, 방으로 들어와 그를 에워싼 사람들도 알아보지 못했다. 만약 슈나이더 교수가 스위스로부터 나타나 예전의 제자이자 환자인 공작을 지금 본다면, 치료차 스위스에 처음 도착했던 공작의 상태를 기억해 내곤, 손을 내저으면서 마치 그 당시처럼 이렇게 말했을 것이다. 〈백치!〉

12
결말

선생 부인은 빠블로프스끄에 가자마자 전날부터 낙심해 있는 다리야 알렉세예브나를 찾아가서, 자기가 알고 있는 모든 것을 상세하게 말해 주었다. 다리야는 까무러칠 듯이 놀랐다. 두 부인은 레베제프와 연락을 취하러 갈 것을 즉시 결정했다. 레베제프 또한 자기 집에 세든 공작의 친구로서, 또 집주인으로서 어제부터 매우 불안해 하고 있었다. 베라는 자기가 알고 있는 모든 것을 다 말해 주었다. 레베제프의 조언에 따라 이들 세 사람은 앞으로 벌어질 수 있는 사건을 미연에 방지하기 위해 서둘러 뻬쩨르부르그로 가기로 결정했다. 그렇게 하여 다음날 아침 11시경에 경찰, 레베제프와 부인들, 곁채에 기거하는 로고진의 동생 세몬의 입회 하에 로고진의 방문이 열린 것이었다. 마당지기의 증언이 문제 해결에 결정적인 단서를 제공했다. 마당지기는 어젯밤 빠르펜 로고진이 손님과 함께 아주 조용히 출입구로 들어가는 것을 목격했다고 말했다. 그의 증언이 끝나자 초인종을 울려도 반응이 없던 방문을 아무런 의심도 없이 부숴 버렸다.

로고진은 두 달 동안 뇌염을 앓았다. 그가 완치되었을 때 예심과 공판이 열렸다. 그는 사건의 전말에 대해 있는 그대로 정확하고 완전히 흡족할 만하게 진술을 했다. 따라서 공작은 처음부터 재판에서 제외되었다. 로고진은 재판이 진행되는 동안 말수가 없었다. 그는 노련하고 변술이 뛰어난 자신의 변호사의 변론에 반박하지 않았다. 변호사는 피고의 겹친 고뇌로 인해 범행이 있기 오래전부터 시작된 뇌염의 결과 이 범죄가 행해졌다는 것을 논리 정연하게 변론했다. 그러나 로고진은 변호사의 견해를 확증시켜 주기 위한 그 어떤 시도도 하지 않았다. 다만 일어난 사건의 세부적인 사항까지 빠짐없이 명확하고 분명하게 기억해 냈고 확인해 주었다. 정상이 참작되어 로고진에게 15년의 시베리아 유형이 선고되었다. 그는 말없이 냉엄하게 〈사색에 젖어〉 자신에게 선고된 판결문을 들었다. 한때 방탕으로 극히 일부를 날려 버리긴 했지만 그의 엄청난 재산은 몽땅 동생 세몬에게로 넘어갔다. 세몬은 기뻐 어쩔 줄을 몰라 했다. 로고진의 노모는 계속 목숨을 연명해 가며 이따금 사랑하는 아들 빠르펜 로고진에 대한 희미한 기억을 떠올리곤 한다. 신은 그녀의 음산한 집으로 찾아 든 공포감에서 노파의 이성과 심성을 구해 준 것이다.

레베제프, 껠레르, 가브릴라, 쁘찌찐, 그 밖의 많은 인물들은 약간은 변했으나 예나 다름없이 살고 있기 때문에, 그들에 대해선 특별히 전해 줄 말이 없다. 이쁠리뜨는 나스따시야가 죽고 난 2주 후에 예상보다 조금 빨리 격렬한 흥분 속에서 세상을 마감했다. 니꼴라이는 이번 사건으로 심한 충격을 받고 결국 그의 어머니 니나와 더욱 가까워졌다. 니나 이볼기나 부인은 니꼴라이가 나이에 걸맞지 않게 사색적이라고 걱정하고 있다. 아마 그는 훌륭한 사람이 될 것이다. 말이 나왔으니 말이지, 공작의 미래 운명이 순탄해진 것은 부분적이나마 니꼴라이가 노력한 덕택이었다. 근자에 알게 된 모든 인물 중에서 니꼴라이는 처음부터 예브게니 빠블로비치 라돔스끼를 가장 두드러지게 평가해 왔다. 니꼴라이는 제일 먼저 예브게니를 찾아가서 자기가 알고 있는 이번 사건의 전말을 자세하게 전해 주며, 공작의 현재 상황에 대해서도 말해 주었다. 니꼴라이의 눈은 정확했다. 예브게니는 불행한 〈백치〉의 운명에 기꺼이 동참했다. 그의 노력과 배려 덕분에 공작은 또다시 스위스에 있는 슈나이더 교수의 병원으로 가게 되었다. 예브게니 자신은 외국으로 떠나면서 장기간 유럽 체류를 계획하고 있었다. 그는 자신을 가리켜 〈러시아에서 완전히 불필요한 잉여 인간〉이라고 노골적으로 말했다. 그는 상당히 자주, 최소한 서너 달에 한 번씩 슈나이더의 병원에 있는 병든 친구를 방문했다. 그러나 슈나이더 교수는 갈 때마다 인상을 더 찌푸리며 고개를 설레설레 저었다. 슈나이더는 환자의 지능 조직이 완전히 파괴되었음을 암시하며, 아직 불치라고 확정짓지는 않았지만 넌지시 가장 비관적인 암시를 해주었다. 예브게니는 이 말을 듣고 몹시 가슴이 아팠다. 예브게니가 정이 많은 사람이라는 것은 그가 니꼴라이에게서 편지를 받으면 가끔 답장까지 해준다는 사실에서 증명이 되었다. 그 밖에도 또 하나의 그의 특이한 성격이 알려졌다. 이 특성은 훌륭했기 때문에 그것을 서둘러 알아보도록 하겠다. 예브게니는 슈나이더의 병원을 방문할 때마다 니꼴라이 외에 뻬쩨르부르그에 있는 한 인물에게도 서신을 보냈다. 그 서신에는 현재 공작의 병세에 대해 가장 상세하고 호감 어린 필치로 씌어 있었다. 또한 편지는 존경과 신뢰를 담고 있을 뿐만 아니라 가끔 (점점 더 자주) 자신의 시각과 이해와 감정을 솔직하게 드러내기 시작했다. 한마디로 말하자면 어떤 우정이나 친밀함 같은 것이 나타나기 시작한 것이다. 예브게니와 (비록 드물게나마) 서신 왕래를 하면서 그의 주목과 존경을 사게 된 인물은 다름 아닌 레베제프의 딸 베라였다. 이들이 어떻게 해서 그러한 관계를 맺게 되었는지는 정확히 알 수 없다. 물론 공작과 관련된 그 사건 때문에 베라가 슬픔으로 몸져누웠을 때 이들의 관계가 시작되었겠지만, 이들의 만남과 우정이 어떻게 이루어졌는지는 자세하게 알려져 있지 않다. 지금까지 이들의 서신에 대해 언급해야 했던 가장 중요한 까닭은 거기에 이따금 예빤친 가족, 특히 아글라야의 소식이 들어 있었기 때문이다. 예브게니가 파리에서 보내온 한 통의 어지럽게 쓴 편지에 아글라야에 관한 소식이 적혀 있었다. 그는 아글라야가 폴란드에서 망명한 어느 백작과 짧지만 열렬한 사랑을 나눈 뒤, 부모의 뜻을 어기고 갑자기 그에게 시집가 버렸다고 전했다. 부모는 상서롭지 못한 추문이 일어날까 두려워 결국 그 결혼을 승낙했다고 한다. 그 후 반년 뒤에 예브게니는 다시 장문의 친절한 편지를 통해, 최근 그가 스위스의 슈나이더 교수를 방문했을 때 S공작과 예빤친의 가족들도 왔었다는 사실을 알려 왔다(이때 예빤친 장군은 사업상 물론 뻬쩨르부르그에 남아 있었다). 이상한 해후였다. 예빤친 네 가족들은 예브게니를 보고 환호를 하며 반겼다. 아젤라이다와 알렉산드라는 예브게니에게 〈불행한 공작을 천사처럼 돌봐 주었다〉고 칭찬했다. 리자베따 쁘로꼬피예브나 부인은 병세가 악화되어 있는 공작을 보고 진심으로 가슴이 아파 울었다. 그런 걸 보면 공작은 이미 용서를 받은 것이다. S공작은 재치 넘치는 행운의 말을 덧붙였다. 예브게니가 보기에, 아젤라이다와 S공작은 서로가 아직 완전한 합일점을 찾지 못했지만, 성미가 급한 아젤라이다가 미래의 어느 한순간 틀림없이 S공작의 지혜와 경험에 진심으로 복종할 것 같았다. 게다가 가족들의 시련을 통해 얻은 교훈은 아젤라이다에게 심한 영향을 끼쳤다. 특히 근래 들어 아글라야와 망명한 백작에게서 얻은 교훈이 그러했다. 가족들이 아글라야를 백작에게 내주면서 우려했던 점들이 반년 사이에 전부 현실로 드러났다. 전혀 생각지도 못한 뜻밖의 사실까지 벗겨졌다. 그 백작은 알고 보니 진짜 백작이 아니었다. 그가 실제로 망명자였다 하더라도, 조국에서 뭔가 뒤가 구린 구석이 있는 사람이었다. 그는 순결한 영혼으로 조국을 애타게 그리워하는 지극한 고결함으로 아글라야를 사로잡았다. 아글라야는 그의 포로가 되어 결혼도 하기 전에 폴란드 부흥 해외 위원회의 회원으로 가입했으며, 백작의 친구라고 하는 어느 가톨릭 신부를 광적으로 숭상하여 그의 고해실을 드나들었다. 리자베따 쁘로꼬피예브나와 S공작이 확인한 거의 반박할 수 없는 자료에도 불구하고 백작의 막대한 재산은 완전히 허구였다. 그뿐이 아니다. 결혼 후 반년 동안 백작과 그의 친구인 저명한 가톨릭 신부는 아글라야를 부추겨 가족들과 싸우게 하는 데 성공했다. 그 때문에 몇 달 동안 가족들은 아글라야를 보지 못했다. 요컨대

할 얘기는 많지만, 이 모든 〈테러〉에 혼쭐난 리자베따 쁘로꼬피예브나와 딸들, 심지어는 S공작까지, 예브게니가 아글라야의 연애에 얽힌 사연을 잘 안다 하더라도, 예브게니와의 대화에서 그 일을 언급하기조차 두려워하고 있었다. 가엾은 리자베따 쁘로꼬피예브나는 러시아로 가고 싶어 했다. 예브게니의 증언에 따르면, 그녀는 외국 것이라면 무엇이든 신경질을 부리며 일방적으로 비판했다는 것이다. 〈어딜 가든 빵 하나 제대로 굽는 데가 없어! 겨울에는 마치 쥐새끼처럼 지하실에서 바들바들 떨고들 있다니까〉라고 리자베따 쁘로꼬피예브나는 말했다. 〈최소한 이런 데서는 이 불쌍한 사람을 보고 러시아 어로 슬퍼할 수 있으니 다행이지만 말야.〉 리자베따 쁘로꼬피예브나는 그녀를 전혀 알아보지 못하는 공작을 가리키며 흥분해서 덧붙였다. 〈그만큼 외국 것에 한눈을 팔았으면 충분하지. 이젠 이성을 찾을 때도 됐는데 말야. 이 모든 것, 이 모든 외국 것, 당신네 유럽의 모든 것은 오직 환상에 불과해……. 외국에 나와 있는 우리 모두도 환상일 뿐이야. 예브게니, 내 말을 새겨 들어요. 당신도 직접 보게 될 테니까요!〉 그녀는 예브게니와 헤어지면서 분통이 터질 듯한 소리로 외쳤다.

역자 해설
삶과 인간에 대한 사랑의 파토스

『백치』는 도스또예프스끼가 외국에서 집필한 장편이다. 도스또예프스끼가 처음으로 이 소설을 구상한 것은 드레스덴에서였으며, 제네바에서는 최초의 집필 계획을 세웠고, 최종적 계획을 세워 탈고를 한 것은 이탈리아에서였다. 그러한 작업의 마무리는 2년 동안의 각고 끝에 1869년 피렌체에서 이루어졌다.

이 작품에서 작가는 평생 동안 그를 쫓아다녔던 새로운 차원의 사회적 화합과 이상을 실현해 보기 위한 시도를 하고 있다. 그리고 그것은 동시대의 복잡한 삶 속에서 심각하게 드러나는 문제들의 제기와 함께 이루어지고 있다. 작가에게 고통스럽게 받아들여지는 문제들은 진정한 선과 미와 진실이 존재할 수 없는 사회 여건, 니힐리즘의 팽배로 인한 기존 사회 가치의 무용성과 도덕적 타락 등이었다. 그와 같은 환경에 전혀 익숙하지 못한 미쉬낀 공작의 순수한 행동은 사람들로 하여금 그를 어린아이와 같은 지능을 가진 백치로 간주하게 한다. 백지장처럼 깨끗하고 어린이처럼 티 없는 공작이 등장하는 소설 속의 사람들에게 어른이란, 연륜만큼 속세의 때가 끼어 있는 사람이다. 다시 말해 속세의 때는 어른이 갖춰야 할 필수적 요건인 셈이다. 그러나 어린이처럼 그와 같은 때가 끼지 않은 공작의 정신은 순백하다. 물론 때가 없는 순백함은 어른들에겐 〈비정상적 병〉으로 여겨지기 때문에 공작에게는 〈백치〉라는 별명이 붙게 되는 것이다. 공작과 같은 사람이 백치이고 그렇지 않은 사람들이 정상인이라면, 이 소설 속에 등장하는 정상인들은 공작과 반대로 도덕적인 면에서 미숙아들이고, 따라서 이들은 도덕적 백치들인 셈이다. 미쉬낀이 처한 사회의 문제점은 온갖 타락과 악덕에 면역되어 있는 도덕적 백치가 너무나 많다는 사실이다. 그들은 타인을 위해 자신을 희생할 능력을 상실했기 때문에 인간에 대한 진정한 사랑을 느낄 줄 모른다. 그래서 따뜻하고 선한 인간은 사랑을 모르는 대다수의 차가운 사람들의 한기 속에서 힘없이 떨면서 고통받아야 하는 것이다. 장편 『백치』는 그러한 현실의 문제들을 이상적으로 해결하기 위한 도스또예프스끼의 예술적 대처 방안이며, 미쉬낀은 바로 그 해결의 실마리를 쥐고 있는 중심 인물이다.

도스또예프스끼가 미쉬낀 공작을 창조해 낸 과정은 그다지 순탄치가 않았다. 작가는 자신의 진정한 예술적 사상을 구현시킬 수 있는 주인공을 만들기 위해 무척이나 고심을 했다. 처음에 그는 『지하로부터의 수기』 속의 주인공과 같은 인물, 또는 『죄와 벌』의 스비드리가일로프처럼 검은 열정을 지닌 인물을 생각해 보았다. 그러나 그 인물들이 소설의 정신에 걸맞지 않음을 깨닫자 〈그리스도 공작〉이라는 새로운 인물을 찾기에 이르렀고, 〈그리스도 공작〉은 최종적으로 미쉬낀이라는 이름을 갖게 되었다. 그 이름은 작가의 마음을 무척이나 동요시켰던, 범죄 사건이 벌어진 러시아의 어느 군(郡)의 이름을 딴 것이다.

미쉬낀이라는 인물이 함축하고 있는 사상은 작가가 오래전부터 관심을 가져 왔던 것이다. 그러나 작가는 이 사상을 피력하기가 쉽지 않았다고 고백하고 있다. 〈이 소설의 주요한 의도는 아름다운 사람을 긍정적으로 그려 내는 것이다. 세상에서 이보다 더 어려운 일은 없다. 특히 지금이 그러하다. 우리 나라 작가뿐만 아니라 모든 유럽 작가들이 긍정적으로 아름다운 인물을 창조하려고 시도해 보았지만 실패를 거듭했을 따름이다. 왜냐하면 그와 같은 과제는 끝이 없는 것이기 때문이다. 아름다운 것은 이상(理想)이다. 그러나 우리의 이상이나 문명화된 유럽의 이상이 실현되기까지는 아직 요원하다.〉 도스또예프스끼에게 있어서 유일하게 긍정적인, 아름다운 인물은 그리스도였다. 그러나 세계 문학 속에서 가장 아름다운 인물로 도스또예프스끼는 세르반테스의 돈키호테를 꼽는다. 그다음으로는 찰스 디킨스의 피크위크, 빅토르 위고의 장발장을 내세우고 있다. 예를 들어 장발장이 체험하는 지독한 불행과 그에 대한 사회의 불공정은 인물에 대한 동정심을 유발시킨다. 그러한 모델들을 통해 도스또예프스끼는 자신만의 아름다운 인간형을 만들려는 욕망을 실현하고 있다. 그것은 아글라야의 입을 통해 말해지듯이, 진지한 유형의 돈키호테이며, 위대한 이상을 위해 자신의 목숨을 희생시키는 뿌쉬낀의 〈가난한 기사〉이다. 도스또예프스끼는 소설의 최종적 구상에 대해 이렇게 말하고 있다. 〈돈키호테와 피크위크가 선행의 인물로서 독자에게 동정을 불러일으키는 데 성공했다면 그것은 주인공들이 우습기 때문이다. 나의 소설의 주인공인 공작은 우습지는 않지만 동정을 끌어내는 또 다른 특성을 가지고 있다. 그는 천진하고 결백하다!〉 때문에 아글라야가 언급한 〈가난한 기사〉에 관한 시는 주인공의 이미지를 상징적으로 연상시키고 있다.

아글라야의 해석에 따른다면, 그 시 속에는 이상을 가질 수 있는 남자가 똑바로 묘사되어 있다. 〈그 남자는 한 번 이상을 세우면 그것을 믿고 또 그 이상을 믿게 되면 평생 그것을 위해 목숨을 바칠 만한 사람이에요…….《가난한 기사》의 이상이 시에 쓰여 있지는 않지만 그것은 빛나는 형상,《순결한 아름다움》의 형상일 거예요.〉 이 〈가난한 기사〉는 돈키호테와 같은 희극성은 없고 오로지 심각한 면만 가지고 있을 따름이다. 그러나 유럽 소설의 주인공들과 달리 러시아 인의 고통과 병을 짊어지고 가는 미쉬낀은 건강하지 않다. 미쉬낀은 〈그리스도 공작〉의 분신에 걸맞게 자기 자신을 사욕 없이 타인에게 바치는 고귀한 인간의 소명을 이행하며 인류 간의 상호애(相互愛)를 실행하는 아름다운 인물의 긍정적인 화신이다.

미쉬낀과 더불어 소설 속의 갈등에 참여하는 또 다른 중요 인물은 로고진이다. 그는 기질상 『까라마조프 씨네 형제들』에 나오는 맏형 드미뜨리를 연상시킨다. 그는 여주인공인 나스따시야에게 집요한 열정을 가지고 있으며, 결국 그 열정으로인해 평범한 상인의 일상에서 이탈하게 된다. 그는 러시아 인 특유의 불 같은 성격과 아량도 지니고 있다. 그는 교육을 받지 못했지만 범상치 않은 식견을 가지고 사물의 본질을 간파하는 능력을 가지고 있다. 하지만 그에게는 오랜 세월 동안 그의 선조들에게서 이어져 내려온 강한 소유 본능이 살아 움직이고 있다. 만약 나스따시야를 만나지 않았다면, 그는 틀림없이 그의 아버지처럼 순종적인 아내와 함께 음침한 집에서 아무도 믿지 않으며 오로지 돈만 세고 있었을 것이다. 공작에게 마음이 기울어 있는 〈공상가〉 나스따시야와 로고진이 결합한다는 것은 거의 불가능한 일이다. 이러한 사실을 이해하는 로고진은 적개심에 불타게 된다. 이상주의자인 미쉬낀도 때때로 로고진에게서 관용 어린 마음씨를 기대해 보지만, 로고진은 결국 나스따시야의 형제나 친구가 될 수 없고, 사랑 대신 증오를 낳는 질투의 고통을 견뎌 낼 수 없다는 사실을 간파하고 있다.

로고진의 전형은 모스끄바의 상인으로서 보석상 깔미꼬프를 살해하여 재판에 회부된 V. F. 마주린이었다. 로고진과 마찬가지로 마주린도 유명한 상인 집안의 아들로 아버지로부터 거대한 유산을 상속받았다. 마주린 역시 어머니와 함께 선친에게서 물려받은 집에서 살았다. 그곳에서 그는 로고진과 마찬가지로 시체를 방수포로 덮고 그 주변에 방부제 병을 놓아둔 채 지하실에 숨겨 놓았다. 그도 로고진처럼 15년의 징역형을 선고받았다. 나스따시야는 로고진이 그녀의 삶 속으로 들어오는 첫날, 1867년 11월 27일 벌어진 마주린의 살인에 관한 기사를 읽음으로써 그와 같은 죽음을 암시하고 있다. 실제로 나스따시야의 죽음 속에 마주린의 행위와 유사한 장면들이 있음을 볼 때 마주린적 사건 유형은 소설 속에 그대로 도입된 것이다. 그러나 로고진의 내면은 마주린과는 전혀 다르다. 외면적 묘사에 있어서 로고진은 마주린과 유사점을 가지고 있지만, 심리적인 면에서 로고진은 또 다른 살인자인 고르스끼와 관련을 맺고 있다.

『백치』속에는 이 소설이 집필되기 얼마 전에 벌어진 서로 다른 두 가지 살인 사건이 플롯의 토대를 제공해 주고 있다. 한 가지 사건은 상인 꼐마린의 집에서 가정교사를 하는 18세의 폴란드계 학생 고르스끼의 절도 행각에 의해 일가족 6명이 살해된 범죄 사건이었다. 또 다른 사건은 19세의 모스끄바 대학생 다닐로프가 고리대금업자인 뽀뽀프와 그의 하녀 노르드만을 살해하고 물건을 훔친 사건이었다.

첫번째 경우, 도스또예프스끼는 사건의 전말에 대해 비상한 관심을 가지고 있었다. 고르스끼는, 그의 학교 선생들에 따르면, 매우 똑똑한 청년으로 독서와 문학 수업을 좋아했다. 도스또예프스끼에게 있어서 고르스끼는 로고진과 레베제프의 조카를 연상시키는 인물이었다. 가톨릭교도였지만 그 자신의 고백에 따르면 고르스끼는 아무것도 믿지 않았다. 그는 1860년대 니힐리즘으로부터 부정적 영향을 받았던, 타락한 세계를 상징하는 시대의 전형이었다. 로고진 역시 타락한 세계의 표상이다. 로고진은 돈을 통해 저주를 받는 대표적 인물이다. 그는 대대로 돈을 축적해 온 지독한 구두쇠 상인 집안 태생이다. 그의 할아버지와 아버지는 돈에 대해 광신적인 집착을 가지고 재산을 불려 나갔다. 그들의 믿음은 다름 아닌 돈이었고, 탐욕을 불러일으키는 돈은 그들의 신(神)이었다고 할 수 있다. 다시 말해 로고진 가(家)의 신은 탐욕의 신인 셈이다. 이들이 사는 집은 음침하고 창문이 몇 개 되지 않는 3층짜리 지저분한 회색 건물이다. 장식 따위라곤 전혀 없는 그 집은 두꺼운 벽으로 둘러싸여 있을 뿐이다. 불길한 분위기를 만들어 내는 이러한 집이 빚어 내는 상징은 매우 의미 있는 것이다. 그곳은 광신자들의 수도원이 아니면 범죄자들을 수용하는 감옥을 연상시킨다. 그곳에 사는 사람들은 모두 닮은꼴이다. 남의 눈을 기피하며, 의심쩍어하는 표정에 우울한 눈빛을 한 로고진의 아버지는 정신적인 면에서 로고진의 원형 그대로이다. 그는 물론 아무도 죽이지 않았다. 하지만 그는 살인할 수 있는 잠재력을 가지고 있다. 돈을 벌겠다는 열정은 본질적인 면에서 살인적이다. 만약 로고진이 나스따시야에 대한 열정이 없었다면 그는 아버지와 똑같은 인물이 되었을 것이다. 로고진은 오로지 한 가지 생각만 갖고 한 가지에만 집착하는 자이다. 그가 열정적으로 집착하고 있는 것은 돈이 아니라 여인이다. 그러나 그의 열정을 사랑이라고 말할 수는 없다. 그것은 자신의 독선적 탐욕을 만족시키고자 하는 집착증일 뿐이다. 따라서 공작의 결혼 전야는 로고진에 의한 나스따시야의 죽음으로 끝을 맺게 된다. 이러한 나스따시야의 죽음과 로고진의 살인을 통해 얻을 수 있는 결론은, 부(富)의 제국에서 사랑은 증오로 바뀌고 연인들의 결합은 서로를 파멸시키는 결합으로 바뀐다는 것이다.

두 번째 사건의 주인공인 다닐로프에 관한 기사가 나왔던 것은 『죄와 벌』의 앞 장들이 이미 발표되었을 무렵이었다. 교육받은 지성인에 의한 살인 사건은 『죄와 벌』의 소재와 많은 유사점을 갖고 있어서 동시대인들은 물론 도스또예프스끼 자신까지 놀라게 했다. 다닐로프로부터 그의 죄를 대신 짊어지라고 강요받았던 글라스꼬프의 증언에 따르면, 다닐로프는 아버지와 대화를 한 후 살인을 저질렀다. 다닐로프가 아버지에게 자신의 결혼 의사를 밝혔을 때, 그는 아버지로부터 그 어떤 돈도 경시해서는 안 되고, 자신의 행복을 위해서는 범죄의 수단을 사용해서라도 돈을 벌어야 한다는 조언을 들었다. 『백치』에서 그러한 흔적은 젊은 실증주의자들에게서, 특히 레베제프의 조카에게서 찾아볼 수 있다. 더구나 레베제프는 그의 조카를 제2의 제마린 가족 살해자라고 지칭하고 있다. 부르도프스끼 일행을 고르스끼와 다닐로프와 비교하는 것은, 1860년대의 자연 과학과 유물론이 범죄를 정당화하기 위해 비속화되어 이용될 수 있다는 도스또예프스끼의 주장을 뒷받침해 주는 것이다. 온갖 사회악의 원인인, 철도 시대에 나타나는 도덕 체계의 붕괴는 묵시록에 관한 레베제프의 발언을 통해 작가의 우려를 드러내고 있다.

소설의 여주인공인 나스따시야 필리뽀브나의 삶은 비극적으로 운명지워져 있다. 그녀의 비극은 속세적 아름다움과 속세적 사랑에서 야기된다. 고아였던 그녀의 순결함은 그녀의 뛰어난 외모에 팔려 그녀에게 욕정을 품고 비굴할 정도로 구애를 하는 남성들의 일그러진 사랑에 의해 가려져 있다. 사랑의 아부자들에게 길들여진 그녀는 매우 거만하고 변덕스런 성격의 소유자로 변한다. 하지만 그녀는 내면적으로 진정한 사랑이 결여된 궁핍하고 비참한 삶을 살아가고 있다. 그러면서도 그녀는 타협하지 않는 정신과 극대화된 열정의 소유자로 남아 있다. 이와 같은 나스따시야를 이해하는 사람은 오로지 미쉬낀뿐이다. 그는 나스따시야가 누구이든 또 그녀가 어떤 행동을 하든 개의치 않고, 그녀의 내면에 숨겨져 있는 순결한 미를 믿고 있다. 그는 아글라야의 말처럼, 중세의 가난한 기사가 플라토닉한 사랑에 커다란 의미를 두었듯이 나스따시야를 사랑한다. 또한 미쉬낀은 나스따시야라는 인간을 재생시켜 부활케 하려는 열망을 가지고 처음엔 나스따시야를 사랑하다가, 그녀와 함께 고통스런 시간을 보낸 후 그녀를 몹시 동정하게 된다.

나스따시야와 함께 공작의 삶 속으로 들어오는 또 다른 여주인공은 아글라야이다. 그녀는 도스또예프스끼가 한때 청혼을 한 적이 있었던 안나 꼬르빈 끄루꼬프스까야를 원형으로 하고 있다. 부분적으로 1860년대의 여성상을 연상시키는 아글라야도 유복한 환경을 제외한다면 성격 면에서 나스따시야와 유사한 인물이다. 아글라야는 너무 순수해서 어린애 같기도 하고 너무나 자존심이 강해 광기가 있는 여인이기도 하다. 하지만 그녀는 사람들에게 무언가 이로움을 가져다주길 갈구하며, 작중 인물들 중에서 공작을 가장 잘 이해하는 인물로 등장하고 있다. 그녀는 공작을 〈가난한 기사〉로 비유했을 뿐만 아니라, 소설 속에 숨겨진 핵심 사상을 밝혀 줄 수 있는 유로지비와 공작 간의 관계를 언급하기도 한다.

미쉬낀 공작과 사상적 대립을 보이고 있는 이뽈리뜨 쩨렌찌예프는 〈불가피한 해명〉에서 독특한 인상을 주고 있다. 그의 반란은 『까라마조프 씨네 형제들』의 이반처럼 소설의 사상과 철학이라는 측면에서 깊은 의미를 띠고 있다. 그는 부르도프스끼 일행 중 한 명으로 로고진과 같은 선상에 서 있는 인물이다. 로고진과 이뽈리뜨는 둘 다 무신론적 세계관을 가지고 있다. 이뽈리뜨는 신의 존재를 인정하지만 헤겔적인 이성관으로 신을 해석한다. 그는 우주의 조화는 수백만의 생명을 파괴함으로써 만들어지며, 세계 이성의 법칙이 하찮은 파리의 목숨을 구하기 위해 예외를 두지 않는 것처럼, 폐병을 앓고 있는 이뽈리뜨 자신과 같은 한 개인의 불행한 죽음이 구원받을 수 없다는 것이 신의 섭리라고 말한다. 따라서 이뽈리뜨는 그러한 신을 인정하지 않는다. 그에게 있어서 그리스도의 부활은 케케묵은 편견에 지나지 않는다. 이뽈리뜨는 자신이 무자비한 〈자연 법칙〉의 창조자인 무심한 신이 군림하는 황폐화된 세계의 한가운데 홀로 서 있다고 생각한다. 그는 형식이라든가 위선적인 관습을 두려워하지 않는다. 정직하고 직선적이며 열정적인 그가 바라는 것은 진리를 말하는 것뿐이다. 그 진리는 19세기의 탈기독교화된 이성적 인간의 진리이다. 이쁠리뜨나 로고진에게 있어서 이 세상의 유일한 왕이자 주인은 죽음이다. 그것은 또한 세계의 신비를 풀어 주는 열쇠이기도 하다. 로고진은 자신의 집에 있는 홀바인의 그림을 보고 신앙을 잃었다. 이쁠리뜨 역시 이 그림을 보고 두려움과 죽음을 느낀다. 그림에서 그리스도는 십자가에서 떨어진 처참한 시체로서만 묘사되어 있다. 이미 부패한 구원자 그리스도의 시체를 보며 그의 부활을 믿는다는 것은 불가능한 일이다.

  이쁠리뜨는 죽음만큼 무섭고 죽음의 법칙만큼 강력한 것이 없는데, 그것이 어떻게 극복될 수 있는가라고 반문한다. 인류의 구원자조차 생전에 죽음을 극복하지 못했다는 사실을 강조하며, 이쁠리뜨는 죽음의 극복이란 불가능하다고 단정 짓고 있다. 그는 홀바인의 그림을 보며, 자연은 거대하고 무자비하며 말 없는 야수가 가장을 하고 있는 것이며, 그러한 자연이 구원자 그리스도를 삼켜 버린 것이라고 생각한다. 그리스도가 죽음을 극복하지 못한 것은 자명한 진리로 인정되는 것이며, 그것은 의심조차 불가능한 사실이다. 따라서 전 세계는 그 말 없는 야수의 먹이가 되고, 그 야수 앞에서 부활의 믿음을 잃고 공포에 떨게 되는 것이다. 그러한 야수는 소설 속에서 이쁠리뜨 자신의 꿈에 나타난 무감각하고 무소불위의 막강한 힘을 가진 괴물 따란뚤라로 상징된다. 때문에 이쁠리뜨는 자신의 죽음을 다행으로 생각하고 있다. 부활의 믿음은 거짓이고, 따라서 그것을 설파한다는 것은 사람들을 타락시키는 일이라고 생각하고 있기 때문이다. 그는 진리를 발견하고 선언하기 위해 폐병에 걸리지 않았더라도 자살을 했을 거라고 말한다. 이와 같은 이쁠리뜨 식 반란의 테마는 『죄와 벌』, 『악령』, 『까라마조프 씨네 형제들』에서 거의 그대로 반복되고 있다.

도스또예프스끼의 반란자들은 헤겔적 이성관과 유물론의 신봉자들로서 당시 러시아의 사회주의자, 니힐리스트들을 예술적으로 형상화시킨 소설 속의 인물들이지만, 지난 1백 년 동안 혼동의 소용돌이 속에서 방황했던 러시아 사회는 그들의 악령에 젖어 시달림을 받아 왔다. 이 점에서 작가를 평생 동안 쫓아다니며 괴롭혔던 문제들은 그대로 현실 속에 적중되었던 것이며, 작가의 예언적 통찰력이 예리하게 빛나고 있는 것이다.

주요 인물들을 제외한 소설 속의 군상들은 러시아 사회의 다양한 계층들을 대표하고 있다. 레베제프의 딸 베라와 이볼긴의 아들 니꼴라이는 미쉬낀의 휴머니즘을 수용하는 젊은 신세대이다. 남의 일에 참견하기 좋아하는 관리 레베제프는 공작에게 충실하기도 하고 공작을 속이기도 하고 또 그를 비웃기도 한다. 그는 공작을 속이고 나면 진심으로 공작에게 수치스러움을 느낀다. 퇴역 장군 이볼긴은 타고난 허풍선이에다 몽상가이며, 이볼긴의 하숙생인 페르디쉬첸꼬는 특정한 직업이 없는 냉소주의자에 광대이다. 항상 사람들을 몰고 다니는 빠블리쉬체프의 가짜 아들 부르도프스끼는 병약하며 눌변이다. 이들은 각자 동시대의 혼돈스런 삶의 양상을 보여 주고 있다. 하지만 도스또예프스끼는 미쉬낀을 통해 이들 작중 인물들의 전횡과 극단적 개인주의에 사랑과 용서의 힘을 대치시키고 있다. 그러면서도 그는 순응하지 않고 반항하는 자신의 주인공들에 대한 동정과 연민을 잃지 않는다.

도스또예프스끼는 자신의 주인공들의 상을 만들어 내는 데 있어서 그들을 극적인 서술의 흐름 속으로 끌어들이고 있다. 작가는 극적인 소설의 골조를 만들기 위해 외부에서 벌어지는 범죄 사건들을 차용해 오고, 그 골조에다 자신의 철학적 사상을 실어 독특한 소설 구조를 창조해 낸다. 뿐만 아니라 도스또예프스끼는 자주 주변의 에피소드를 소설의 소재로 삼는다. 작가가 이러한 장치를 통해 궁극적으로 조명하려 했던 것은 의식적으로 타성화

되어 있는 러시아의 모습 자체였다. 그런 모습을 보여 줌으로써 앞으로 러시아가 나아가야 할 방향을 제시하려는 것이었다. 때문에 소설은 공작이 러시아를 향해 가는 것으로 시작된다. 그는 러시아에서 벌어지는 모든 것에 대한 관심과 기대로 가득 차 있다. 그는 뻬쩨르부르그로 돌아와서 자신이 러시아 땅에서 해야 될 일이 있음을 확신하게 된다. 궁극적으로 그것은 도스또예프스끼에게 있어서 소중한 뽀츠벤니끼(토양주의) 사상을 실천하는 일이었다. 작가와 주인공은 서구의 문명과 도덕을 러시아 고유의 사상과 대비시키고 있다. 또한 그들의 견해에 따르면, 러시아의 토양에서 벗어난 상류 계층은 진정한 범인류적 형제애를 발휘할 수 있는 단초를 가지고 있는 민중과 유리되어 있다. 그렇기 때문에 작품 속에서와 같은 러시아 사회의 타락과 혼돈이 빚어지는 것이다. 소설은 암울하게 끝을 맺지만 삶과 인간에 대한 사랑의 파토스가 소설의 지배적인 음조로 남게 된다. 그러한 음조는 러시아 고대 민화에 백치와 같은 바보로 등장하는 유로지비의 형상을 하고 있는 미쉬낀의 헌신적 존재를 통해 예술적으로 전달되며, 인류의 밝은 미래를 낙관할 수 있는 가능성을 제공하고 있는 것이다.

작품 평론
『백치』에 나타난 인물 간의 갈등 양상[1]

에드워드 바슐렉 / 김근식 옮김

레베제프는 코믹하고 희귀한 인물이다. 그는 백치의 에피그라프가 될 수 있는 말을 우리들에게 제공하고 있다. 그는 나스따시야 필리뽀브나와 함께 묵시록을 해석한다. 두 사람은 한 손에 자를 든 기수의 세 번째 검은 말이 나타날 때 오늘의 현실이 눈에 보일 것이라는 사실하며, 오늘날의 모든 것은 합의에 의해 측정되고 결정된다는 사실과 모든 사람들은 단순히 자신들의 권리, 즉 한 푼에 한 홉이 되는 밀과 한 푼에 세 홉이 되는 보리를 찾고 있을 뿐이라는 사실에 의견을 같이하고 있다. 레베제프와 나스따시야는 아직도 자유로운 영혼과 순수한 마음, 건전한 신체, 그리고 신이 내려준 모든 선물들을 보존하고 싶어한다. 하지만 그러한 권리를 홀로 추구하는 이상 그들은 그 권리를 보존하지 못할 것이다. 그들을 쫓아오는 것은 창백한 말〔馬〕과 지옥을 동반하는 죽음이라는 자(者)가 될 것이다. 부르도프스끼와 함께 찾아온 니힐리스트들은 공작과 그 시대로부터 자신들의 〈권리〉를 찾겠다고 소동을 피우고 있다. 가브릴라는 재산을 축적하기 위해 자기 비하를 마다하지 않는다. 예빤친 장군과 또쯔끼는 그들이 누리는 사회적 지위와 사회적 구조가 그들이 원하는 것을 보장해 줄 것

---

[1] 이 논문은 Edward Wasiolek, *Dostoevsky: The Major Fiction* (Cambridge: M.I.T. Press, 1964), pp. 85~109를 번역한 것이다.

이라고 확신하고 자신들의 권리를 추구하고 있다. 이뿔리뜨는 그가 상급 인간이라는 것을 보여 주지 않는 이 세상에 대해 독설을 퍼붓는다.

> 나는 활동가가 되고 싶었어요. 그럴 권리가 내겐 있었어요……(p. 458)

이들 사회의 익살꾼인 레베제프는 아무런 망설임이나 수치심도 없이 자신의 권리를 요란스럽게 찾고 있다. 레베제프가 자신의 권리를 찾는 방법을 보라. 그는 로고진을 처음 기차에서 만났을 때 그의 돈 때문에 그에게 아첨을 한다. 그는 난로 속에서 불타고 있는 돈 중에서 몇 천 루블만이라도 건질 수 있게끔 그 난로 속에 자신의 허연 머리를 들이 밀게 해달라고 나스따시야에게 애원한다. 게다가 그는 소설 전체에 걸쳐 자신의 이익을 위해서라면 파렴치하게 공작을 배반하는 일을 서슴지 않고 행한다.

이들 사회 속에 등장하는 인물들은 모두 자신들의 권리를 추구하고 있다. 그들 권리의 공동의 척도는 돈이다. 돈을 태우는 장면은 그와 같은 사실을 정확하게 시사해 주고 있다. 모두들 나스따시야 필리쁘브나를 놓고 입찰을 하고 있으며, 히스테릭한 반응을 보이면서 그녀는 자신에게 매겨지는 몸값을 높게높게 부르고 있다. 또쯔끼는 그녀에게 가한 정신적 피해의 대가로 7만 루블을 제시한다. 가브릴라는 그 액수로 그녀를 사고 싶어한다. 예빤친 장군은 그녀의 호의를 사기 위한 첫번째 일환으로 진주 목걸이를 꺼내 놓는다. 로고진은 처음에는 1만 8천 루블로 나중에는 4만 루블로 나스따시야의 몸값을 매기다가, 결국은 「증권 뉴스」지에 싸서 가져온 10만 루블을 제시한다. 심지어는 공작마저 입찰한다. 그가 부른 값은 최고의 액수이다. 공작은 나스따시야에게 청혼을 한 후 어리둥절해 하는 손님들에게 그가 큰이모의 상속자로 지명되었다는 사실을 방금 알았다고 통보한다.

그러나 나스따시야의 몸은 팔리지 않았다. 그녀는 또쯔끼의 7만 루블과, 위대한 유산을 상속받은 공작의 1백만 루블의 제안을 거절한다. 그리고 로고진의 10만 루블을 난로 속에 처넣는다. 「증권 뉴스」지에 싸인 10만 루블을 삼키는 불꽃은 광대 페르디쉬첸꼬에서부터 거들먹거리는 예빤친에 이르기까지 모든 참석자들을 최면 상태에 놓이게 한다. 나스따시야, 로고진, 미쉬낀을 제외한 모든 사람들은 불타고 있는 돈을 바라보고 있다. 나스따시야는 시체처럼 창백해진 가브릴라의 표정을 보고 있고, 로고진과 미쉬낀은 그녀를 바라보고 있다. 나스따시야는 이들 사회 속에서 권력과 돈의 중요성이 보여 주는 외설스런 광경을 연출한 것이다. 로고진이 나스따시야의 발치에 돈을 던졌다면, 나스따시야는 그 돈을 이들 사회에다 도전적으로 내던진 것이다. 로고진과 나스따시야 역시 자신들의 권리를 찾고 있는 것이다. 하지만 그것은 통상적인 잣대의 권리가 아니다.

나스따시야는 무엇을 추구하고 있는 것일까? 그녀는 소설 속의 모든 인물들의 삶을 폭풍처럼 휩쓸어 간다. 그녀는 거의 모든 사람들의 의식을 지배하는 힘이다. 예를 들어, 로고진은 그녀를 위해 미지의 파멸 속으로 빠져 들어가고 있고, 예빤친은 그녀를 자신의 정부로 만들려 하고 있으며, 또쯔끼는 겁에 질려 고개를 숙이고 그녀의 변덕 앞에서 덜덜 떨고 있다. 또한 공작은 숙명적으로 그녀에게 빨려 들어가고 있다. 그녀에게 조용한 날은 없다. 그녀는 모든 것을 신속하게 처리한다. 앞뒤가 맞지 않게 깔깔거리고, 돌연히 웃음을 터뜨리거나 소리를 지르며, 번쩍이는 두 눈에 불을 켜기도 한다. 그녀가 처음으로 가브릴라의 집에 모습을 나타냈을 때, 그녀는 불쑥 안으로 들어가 그녀의 코트를 공작에게 맡기고 스스로 거실로 걸어 들어간다. 그녀는 공작을 밀어젖히고, 웃고 떠들며 그 자리에 있는 모든 이들을 놀라게 한다. 그녀의 생일날 자신의 집에서 나스따시야는 히스테릭하고 무미한 웃음을 터뜨리다 우울한 상념에 사로잡힌다. 줄곧 그녀는 초조하게 움직이며 열에 들뜬 듯 히스테릭한 웃음을 흘린다. 그녀의 검은 눈은 반짝이며 그녀의 뺨에는 붉은 반점이 돋아나고 있다. 그녀는 자신이 다른 이들에게 어떤 영향을 미치는가를 의식하고 있다. 그녀는 자신이 가브릴라의 집을 방문함으로써 그의 영혼을 굴욕의 나락으로 빠져 버리게 했다는 것을 알고 있다. 그녀가 꺼낸 첫마디가 하숙생이 몇 명이나 되느냐고 물어본 것만 봐도 알 수 있다. 그녀의 집에 사람들이 모인 생일날에는 거의 모든 이가 그녀에게서 어떤 결정과 환희의 말이 나올까 기대하면서 촉각을 곤두세우고 있다.

그렇다면 나스따시야 필리뽀브나는 무엇을 원하고 있는 걸까? 그녀는 존경을 바라지 않고 있다. 그녀는 외관상 또쯔끼의 첩으로 살아감으로써 자신의 〈망가진 모습〉을 보여 주고 있다. 그녀는 악을 원하지 않는다. 그녀는 순결하게 살아가며, 또쯔끼나 또쯔끼가 보낸 청년에게 유혹당하지 않는다. 또한 그녀는 사치나 보장된 삶을 바라지도 않는다. 그녀는 또쯔끼의 돈이라든가 그가 주선하려는 결혼을 통해 보장받는 안정된 삶을 거부하고 있다. 하지만 분명히 그녀는 어떤 대가를 원하고 있다. 그 대가의 지불은 그녀가 어린 소녀로서 시골에서 겪었던 상처와 굴욕과 관련된 것이다. 일곱 살에 고아가 된 그녀는 또쯔끼에 의해 양육되었다. 16세가 되었을 때 그녀는 또쯔끼의 주도면밀한 계획 아래 성적으로 농락당했다. 그녀가 상뜨 뻬쩨르부르그로 온 것은 그 상처에 대한 복수를 하기 위해서였다. 그녀는 또쯔끼가 지위 높은 어느 여성과 결혼하는 것을 방해한다. 그리고 무분별한 행동으로 교묘하게 그를 공포의 도가니 속에서 떨게 한다. 그러나 또쯔끼의 공포나 그가 어쩔 수 없이 하게 될지도 모르는 청혼에, 물론 그 청혼은 거절당할 게 뻔하지만, 그녀는 만족하지 않는다. 마찬가지로 분명한 것은, 소설의 서두에서와 같이 그녀는 또쯔끼에게서 대가를 받아 낼 능력이 없다는 사실 때문에 절제(또쯔끼와의 관계를 바꾸겠다고 그와 합의를 보는 데서 그녀의 분별성이 드러난다)와 분노(돈을 태우는 장면에서 사회에 대한 반항을 볼 수 있다)가 뒤섞인 감정을 가지고 있다. 나스따시야는 10만 루블을 경멸적으로 불 구덩이 속에 던져 넣으며 또쯔끼가 지불할 대가를 무익하게 기다렸던 지나간 좌절의 7년을 저주한다. 또쯔끼는 그녀가 무엇을 원하는지 모르고 있다. 거실에서 행해진 프티죄(진실 고백) 게임에서 그는 자신의 가장 못된 죄악을 나스따시야에게 범한 성적 능욕이 아니라, 지방의 어느 기혼자의 연인에게 장난으로 던진 멍청한 농담으로 보고 있다. 그 누구도 그녀가 바라는 대가를 이해하지 못한다. 소설은 형이상학적 미스테리로 시작된다. 도스또예프스끼는 독자로 하여금 스스로 왜 나스따시야가 그와 같은 행위를 해야 하는지를 깨닫게 하려는 것이다.

나스따시야 필리뽀브나는 무엇을 원하는 것일까? 상처에 대한 대가로 그녀는 다시 한 번 상처받기를 원하는 것이다. 그것은 그녀가 또쯔끼의 첩이라는 사실을 공개하는 데서 그대로 나타나고, 그녀가 가브릴라의 집을 방문하여 자신의 타락한 양상을 과시해 보일 때도 나타났으며, 자신의 몸에 입찰을 매길 때, 그리고 로고진과 떠나겠다고 결심할 때에도 나타나고 있다. 그녀는 반복적으로 자신을 몰염치하다고 하면서 자신의 고통을 즐기는 듯하다. 〈나는 몰염치한 사람이에요. 나는 또쯔끼의 첩이에요.〉 공작이 그녀에게 청혼을 할 때 그녀는 이렇게 말한다. 〈당신의 신붓감이라는 여자가 이렇게 돈을 받았어요. 그녀는 방탕하니까요. 그런데도 당신은 그런 여자를 데려가려 했어요!〉

10만 루블을 불 속에 집어 넣고 로고진과 함께 떠나려고 할 때, 나스따시야는 자신이 〈로고진의 매춘부〉로서 떠나려 한다는 사실을 알고 있다. 또한 그녀가 떠나길 바라는 것도 로고진의 매춘부로서이다. 또쯔끼가 그녀의 순결을 짓밟았을 때, 그녀가 바랐던 것은 수천 번이라도 자신의 몸을 연못에 던지는 것이었다. 그러면서 그녀는 자신이 타락한 존재인지라 그런 행동을 실천에 옮길 용기가 없었다고 고백한다. 그녀는 물에 빠져 죽는 징벌을 원했으나 그것을 두려워했다. 하지만 이제는 로고진의 칼에 의한 징벌로 대체하고 싶은 것이다. 죄책감은 최초의 상처에 대해 자신에게 가하는 상처이다. 그녀가 마지막으로 추구하며 야기하는 죽음은 그 죄책감에 대해 자신에게 가하는 자해 행위이다. 로고진과 떠남으로써 그녀는 자신의 죄를 확인하는 것이다.

제2부의 시작 부분에서 현상을 복잡하게 보지 않는 공작은 이 사실을 명백하게 표현하고 있다.

> 아까도 말했지만 나에겐 경이로운 과제로 남아 있는 게 있어. 왜 그녀가 자네와 결혼할 결심을 했을까? 비록 내가 그 과제를 풀지 못한다 해도 납득할 만한 충분한 이유가 반드시 있겠지. 틀림없어. 그녀는 자네의 사랑을 확신하고 있는 거네. 하지만 자네의 일부 장점에만 확신을 가지고 있는지도 몰라. 안 그러면 그렇게 할 수가 없어! 자네가 방금 한 말이 그 증거야. 그녀가 여태까지 자네를 대하던 태도와 말과는 전혀 다른 방법으로 자네를 대하기 시작한 거야. 거기에 대해서는 자네 입으로 방금 말했어. 자네는 의심과 질투심이 강해서 자네가 본 좋지 못한 면만 과장해 왔어. 그녀는 자네가 생각하는 것만큼 그렇게 자네를 나쁘게 생각하고 있지 않네. 그렇지 않다면 그녀는 자네와 결혼함으로써 의도적으로 물 속으로 뛰어들거나 칼날 밑으로 파고들겠다는 의미가 되네. 안 그런가? 누가 의도적으로 물 속에 뛰어들거나 칼날 밑으로 파고들겠는가?(pp. 334~335)

로고진은 이렇게 대답한다,

> 물 속이나 칼날 밑이라! ……흠! 그거군. 그 여자가 나에게 시집오겠다는 것은 아마 내 칼을 기다리겠다는 뜻일 걸세! 이보게 공작, 자네야말로 지금까지도 사건의 요체가 무엇인지 깨닫지 못했단 말인가?(p. 335)

만약 로고진이 나스따시야의 죄와 벌을 구현하는 존재라면, 공작은 나스따시야에게 다가와 〈당신은 전혀 죄가 없어요, 나스따시야. 나는 당신을 사랑해요〉라고 말해 주는 친절하고 정직하여 바보처럼 보이는 존재인 셈이다. 공작은 그녀의 〈순결함〉이다. 공작은 그녀가 꾼 꿈 그대로이다. 그는 그녀를 오염되지 않고, 타락하지 않은 순수하고 결백한 존재로 보고 있다. 바로 그녀 자신이 그렇게 되기를 바라듯이. 그는 나스따시야를 그녀가 믿고 싶어하는 그녀의 모습 그대로 보고 있다. 그러면서 그녀가 그렇게 될 수 없을까 봐 걱정하고 있다. 그는 그녀에게 상처, 모욕, 죄로부터 깨끗한 나스따시야를 제시한다. 하지만 그러한 신념을 가지고 있는 공작이 해줄 수 있는 것은 용서이다. 그리고 나스따시야는 그것을 수용해야 된다는 나름대로의 신념을 가지고 있다. 그러나 그녀는 그렇게 할 수가 없다. 레베제프는 공작에게 이렇게 말한다.

그녀는 로고진보다 당신을 더 무서워해요. 여기가 — 아주 현명한 여자입니다!(p. 311)

그녀는 미쉬긴과 로고진을 원하면서 동시에 두려워하며, 그 두 사람 사이를 왔다 갔다 하지만 그 누구도 수용하지 못하고 있다. 우리는 그녀가 로고진을 두려워하는 이유를 알고 있다. 그런데 공작을 두려워하는 이유는 무엇일까? 공작이야말로 그녀가 동경하던 것을 제공해 주는 사람인데. 그녀는 자신의 타락한 천성 때문에 공작을 타락하게 만들 것이라고 말하면서, 타락에서 자유로운, 순결함의 표상인 아글라야를 그에게 제안한다. 하지만 이것이 유일한 대답은 아니다. 그 대답은 다른 데 있다. 그녀가 로고진에게서 미쉬긴에게로 도망쳐 왔을 때 지른 환호성 속에 있다. 레베제프가 다음과 같이 보고하듯이 말이다.

> 그녀는 자기가 자유의 몸이라고 늘상 말했는데요. 그녀는 완전히 자유로운 몸이라고 강력하게 주장하고 있어요!(p. 311)

그녀는 이러한 사실을 강하게 주장했다. 대답은 아글라야가 나스따시야와의 악의에 찬 만남을 통해 내렸던 쓰디쓴 분석에도 있다. 아글라야는 말한다.

> 당신은 다만 자신의 수치를 사랑하고, 자기가 창피를 당하며 끊임없이 모욕에 시달리고 있다는 비뚤어진 생각밖에 사랑할 줄 몰라요. 만약 당신에게 수치스런 일이 줄어들거나, 아예 사라져 버린다면 당신은 더욱 불행해질 거예요……(p. 874)

나스따시야는 공작이 그녀에게 구현시켜 주고 있는 순결보다도 치욕을 더 사랑하고 있다. 그녀의 살아 있는 상처는 그녀의 자아가 불타 올라 이글거리는 불꽃이다. 그녀의 〈상처〉는 또쯔끼와 사회에 대한 경멸을 정당화시켜 주고, 그녀의 죄는 그녀 자신에 대한 경멸을 정당화시켜 주고 있다. 따라서 수치와 죄는 그녀에게 소중한 것이다. 미쉬낀이 그녀에게 내려 주는 순결은 그녀에게서 그 두 가지를 앗아 가는 것이다. 지하 생활자가 리자와의 사랑에서 자신의 비굴함만을 볼 수 있듯이, 나스따시야는 공작의 용서를 받아들이는 과정에서 그녀가 가진 〈자유〉의 상실만을 보고 있는 것이다. 그녀가 로고진에게 이끌리는 것은, 그녀 자신이 로고진이 보고 있는 그대로라고 믿고 있기 때문이다. 하지만 그녀는 로고진을 증오하고 있다. 자신이 다른 사람이기를 희망하고 있기 때문이다. 그녀가 미쉬낀에게 이끌리는 것은 그녀가 미쉬낀이 생각하는 인물처럼 되기를 희망하고 있기 때문이다. 하지만 그녀는 미쉬낀을 두려워하고 있다. 그가 그녀에게서 치욕과 그녀의 죄를 앗아 가겠다고 위협하고 있기 때문이다. 그녀는 미쉬낀도 로고진도 받아들일 수 없다. 소설 전체에 걸쳐 그녀는 죄와 순결을 그녀의 긍지와 자유로 이용되게끔 전환시키며, 죄와 순결이라는 두 경계 속에서 자신의 의지를 부리며 불타 오르고 있다.

공작은 나스따시야의 고통을 우리에 갇혀 주인에게 채찍질당하는 동물의 고통과 비교하고 있다. 나스따시야는 우리에 갇힌 동물이자 우리의 주인이기도 하다. 나스따시야는 로고진의 눈에 비친 자신의 정체성을 최종적으로 확인하는 것을 두려워하고 있다. 그래서 미쉬낀이 그녀에게 주는 꿈을 추구하려고 도망가는지도 모른다. 하지만 최종적인 분석을 하자면 그녀가 사랑할 수 있는 것은 오로지 치욕과 죄일 뿐이다. 물론 그녀는 그 두 가지를 증오하고 있지만 말이다. 거리낌 없이 그녀는 징벌의 도구로, 결국에는 죽음의 수단으로 로고진을 선택한다. 그녀는 로고진이 폭력을 행사할 수 있게끔 그녀가 할 수 있는 모든 수단을 다 동원한다. 이를테면, 다른 남자들과 도망 다니고, 로고진을 냉담하게 맞이한 뒤 그를 집 밖으로 쫓아 버린다든지, 그가 준 선물들을 그녀의 가정부에게 주고, 그를 두려움에 떨게 만든다. 게다가 그녀는 로고진이 그녀를 시퍼렇게 멍이 들도록 패게 만들기도 한다. 그가 느끼는 굴욕감과 잘못했다고 이틀 동안 비는 그의 모습을 즐기기 위해서이다. 어쨌든 그녀는 그를 모욕함으로써 그녀에 대한 그의 증오심을 부채질하고 있다는 자기 자신의 마음을 알고 있다. 그녀는 로고진으로 하여금 용서를 빌게 하고 있다. 그리고 그렇게 용서를 비는 행위를 교황의 심기를 건드려 사흘 동안 식음을 전폐하고 무릎을 꿇고 빌었던 어느 왕과 비교를 한다. 그 왕은 교황에게 빌면서 그렇게 빌었던 것에 대한 복수를 하겠노라고 맹세했다. 나스따시야는 타인에 대한, 그리고 그녀 자신에 대한 경멸의 최종적 대가로 로고진의 칼을 찾고 있는 것이다. 이와 같은 드라마가 연출되는 동안, 그녀는 공작에 대한 사랑과 또 다른 나스따시야를 고통스럽게 의식하고 있다. 만약 나스따시야가 공작의 용서를 받아들인다면, 그녀는 순수하고 결백하고 착한 나스따시야를 용인하는 것이다. 하지만 그러한 나스따시야를 받아들이려면 그녀는 순결하고 착한 그녀에게 상처를 주었던 자들을 받아들여야 한다. 사실상 그녀는 고통과 복수의 일념으로 영혼이 타버린 나스따시야를 포기해야 한다.

공작 자신은 나스따시야의 서약에, 아니면 아마도 그녀의 영혼을 완치할 수 있었던 것에 빛을 던지고 있는 것이다. 소설의 앞머리에서 공작은 예쁜친 부인에게 4년 동안 있었던 스위스 요양소의 이야기를 들려준다. 그리고 나서는 불행한 시골 여자 마리에 대한 이야기를 사람들에게 들려준다. 그 이야기는 나스따시야의 이야기와 흡사하다. 나스따시야와 공작 간의 관계와 비슷한 것이다. 나스따시야와 마찬가지로 마리는 유혹당했다. 그리고 마리도 사회의 징벌로 고통받았다. 마리는 자신의 죄를 받아들였다. 마리가 떠돌이 상인으로부터 버림받은 후 돌아왔을 때 동네 사람들은 그녀의 어머니의 승인 아래 그녀를 징그러운 벌레 보듯이 바라보았다. 사람들은 그녀를 여자로 보지 않았다. 그녀의 면전에서 상스러운 욕지거리를 했으며, 심지어는 음식조차 주지 않았다. 그녀는 들과 밭을 홀로 배회하며 노천에서 밤을 새우는 생활을 하다, 나중에는 가축을 돌보아 주는 대가로 빵 부스러기를 얻어먹게 된다. 그녀의 어머니가 죽자 목사는 사람들과 마찬가지로 그녀를 저주하며, 그녀에게 어머니의 죽음을 야기했다고 손가락질을 해댔다.

그러나 나스따시야와 마리 사이에는 차이점이 있다. 마리는 그녀의 죄를 받아들였다. 그녀는 그것을 타인이나 자신에 대한 반항의 표시로 받아들인 것이 아니다. 나스따시야와 달리 마리는 미쉬낀이 보내는 연민의 사랑과 아이들의 사랑 속에 달린 〈천사의 날개〉를 받아들이고 있다. 그들의 사랑을 받아들임으로써 마리는 그들이 바라보는 그대로의 그녀 자신을 받아들이고 있는 것이다. 그 아이들을 통해 그녀는 자신의 역경을 잊어버렸던 것이다. 그녀는 마치 그들을 통해 용서를 받는 것과 같았다. 왜냐하면 마지막까지 그녀는 자신을 엄청난 죄인으로 간주했기 때문이다.

그러나 마리는 반은 백치 상태였다. 마리에 얽힌 사건은 러시아가 아닌 다른 나라, 어느 산골 마을에서 일어났기 때문에 약간은 우화의 냄새마저 풍긴다. 마리는 나스따시야가 아니다. 아마도 어린이들의 사랑 속에 달린 천사의 날개들은 나스따시야의 의지가 숨쉬는 곳까지 바람에 날려갈지도 모른다.

1. 이뽈리뜨

로고진과 미쉬낀 사이에서 나스따시야가 한 명을 선택해야 되는 문제를 소설 갈등 구조의 핵심으로 정의한다면, 이뽈리뜨는 그것을 부정하기 위해 존재하는 인물이 될 것이다. 그는 소설의 중반을 지배하고 있다. 그는 나스따시야가 공작과 로고진 중에서 누구를 선택해야 하는가의 문제와 아무런 관련이 없다. 그는 아글라야와 나스따시야와의 만남을 주선한다. 하지만 그가 왜 그래야 되는지에 대한 특별한 이유는 없어 보인다. 그러나 이뽈리뜨 역시 자신의 권리를 찾고 있다. 그의 권리의 척도는 나스따시야와 비슷하다. 그도 〈상처〉를 받았다. 다만 가해자가 다를 뿐이다. 그는 자신의 탁월성, 자신의 아름다운 영혼, 그가 인류에게 베풀 수 있는 위대한 봉사에 귀를 막고 있는 우주에 의해 상처를 받은 것이다.

부르도프스끼의 일행으로서 우리에게 그가 처음 소개될 때, 그는 폐병으로 인해 꽃다운 나이에 죽음을 언도받은 고통받는 18세의 청년이었다. 그리고 죽음의 압박 속에서 무(無)에 대한 믿음과, 인생의 미와 선에 대한 믿음 사이에서 투쟁을 벌이고 있었다. 이러한 투쟁은 대조적인 이미지 속에서 포착되고 있다. 말하자면 메이예로프의 담장과 빠블로프스끼의 나무들이 주는 이미지들이 대조를 이루는 것이다. 그가 병석에 누워 바라보는 창문 너머에 있는 메이예로프의 담장은 공허하고 무의미한 우주의 이미지이다. 그가 마지막으로 보러 온 빠블로프스끼의 나무는 미와 목적이 담겨 있는 우주의 이미지이다. 그가 마지막으로 믿음을 가진 것은 빠블로프스끼의 나무가 아니라 메이예로프의 담장이다.

저놈의 빌어먹을 담장! 하지만 나에게 저 담장은 빠블로프스끼의 모든 나무보다 더 소중하다. 다시 말해, 지금 모든 것이 나하고 아무런 관계가 없다 해도 저 담장은 무엇보다도 소중한 것이 될 것이다.(pp. 603)

자신의 병과 이제 살아야 기껏 몇 주일 — 아주 오래 살아 봐야 한 달 — 밖에 안 된다는 신념 때문에, 그가 믿고 있는 〈담장〉 때문에, 그는 자살할 결심을 하게 된다. 그의 자살은 우둔하고 무심한 자연 법칙에 대한 반항 행위가 될 것이다. 그것이 바로 그의 마지막 결정이고 그는 이것을 두툼한 유서에다 적어 놓았다. 나스따시야의 최종 결정은 그녀에게 상처를 준 사회에 대한 반항의 제스처이다. 거기에 비해 이뽈리뜨의 최후 결정은 그에게 상처를 준 우주에 대한 반항의 제스처인 것이다. 공작의 생일 파티에서 샴페인 병이 쨍그랑거리고, 레베제프와 다른 사람들 사이에서 진보로 인한 물의 오염과 철도의 해악에 관한 요란스런 논쟁이 고조될 때, 이뽈리뜨는 그가 왜 〈마지막 확신〉을 내리게 되었는지를 일어서서 설명한다. 그가 결심하게 된 최초의 시기는 그가 발병하기 6개월 전이다.

당시에 그는 방 안에 박혀서 죽음과 벽의 무의미성, 부질없는 희망, 소망, 18년 동안의 꿈 등에 관해 되씹어 보고 있었다. 이 기간 동안 그는 거의 탈진 상태에서 굶어 죽기 직전이었던 시골 의사가 직장을 잡고 재생할 수 있게 도와줌으로써 마지막으로 선한 행동을 했다. 또한 공작에 대해 자신의 〈권리〉를 찾으려 하는 부르도프스끼를 옹호한 것도 인도적인 충동에서였다. 그가 최초의 고백을 하게 되는 것은 바로 이 소동이 끝난 후였다. 그가 나중에 설명하듯이, 당시 그의 의도는 마지막 작별에서 그곳에 있는 사람들과 자신을 하나로 만드는 것이었다. 또한 바로 그 장소에서 자살하여 그동안 자연이 무관심하게 파괴하여 왔던 것을 신속하게 파괴함으로써 자연에 대한 앙갚음을 하리라는 〈마지막 결정〉을 내린다. 하지만 자신의 몽상을 행동으로 옮기게 된 결정적인 원인은 로고진과의 만남과 로고진의 집에 걸려 있는, 십자가에서 내려진 그리스도를 묘사한 홀바인의 그림에서 비롯된 것이다. 그 그림에 묘사되어 있는 그리스도의 몸은 침묵하는 자연 법칙에 의해 무성의하게 만들어진 평범한 인간의 몸이다. 그리스도는 온통 두들겨 맞았고, 얼굴이 멍이 들어 퉁퉁 부어 있었다. 그의 몸은 아직 온기를 띠고 있었으며, 눈의 흰자위도 빛나고 있었다. 하지만 예수의 눈에는 영적인 광채가 없었다. 거기에는 죽은 자의 엷고 희미한 빛이 있을 뿐이었다. 그 그림을 보면서 이뽈리뜨는 생각한다. 그리스도의 사도와 추종자들이 저런 광경을 보고 그가 부활하리라고 어떻게 믿을 수 있었을까.

그림을 보고 난 직후 이뽈리뜨는 촛불을 들고 있는 누군가에 의해 거대하고 무시무시한 괴물 따란뚤라에게로 자기가 끌려가는 꿈을 꾼다. 듣지도 보지도 못하는 따란뚤라는 우주를 지배하는 엄청난 힘을 소유하고 있다. 그 꿈을 꾼 후 의식이 몽롱한 상태에서 반쯤 깬 이뽈리뜨는 자기의 방으로 로고진이 들어왔다는 것을 기억한다. 물론 방문이 닫혀 있었기 때문에 로고진이 들어올 수 없다는 것을 그는 알고 있었다. 홀바인의 그림과 따란뚤라라는 짐승을 본 뒤에 이뽈리뜨는 인정사정없는 우주의 힘에 대항한 최후의 자유 행위 표시로서 자신을 파괴시키겠다는 결심을 한다.

우주의 힘에 대항하는 이뽈리뜨는 『악령』의 끼릴로프와 『까라마조프 씨네 형제들』의 이반을 연상시킨다. 그는 이반처럼 영원한 삶과 어떤 영원한 힘이 존재한다고 믿고 있으며, 역시 이반처럼 그것에 반항할 수 있는 힘을 필요로 한다. 이반과 마찬가지로 그는 어떤 영원한 조화의 서약으로서(궁극적으로 밝힐 수 있는 나름대로의 대수적인 계산에 따라) 자신의 이해 밖에 있는 우주의 수용을 거부한다. 그는 이반처럼 자신의 존재와 자신의 분노에 대한 모든 증거를 대면서 그의 생각이 이해하는 선에서 우주의 수용을 거부하고 있다. 만약 그가 이 세상에 태어나지 않을 수 있는 선택권을 가졌더라면 그는 그 선택권을 행사했을 것이다. 그가 남겨 둔 모든 것은 살지 않아도 된다는 권리이다. 그가 자신이 남겨 둔 유일한 자유를 행사하며 자유를 보여 줄 수 있는 길은 (끼릴로프와 마찬가지로) 바로 자살을 통해서이다.

이 모든 것은 이뽈리뜨의 위치를 주인공의 수준으로 끌어올리고 있다. 왜냐하면 그는 도스또예프스끼가 강력하게 주장했던 그리스도, 신념, 겸손, 신의 수용을 거부해야 되는 이유들을 표현하고 있기 때문이다. 실제로 이뽈리뜨는 도스또예프스끼가 간직하고 있던 신념들을 직접 표현하기도 한다. 그의 말에 따르면 콜럼버스가 가장 행복했던 때는 아메리카를 발견하는 과정이었지, 그것을 발견했을 때가 아니었다.

> 문제는 끊임없이 그 삶을 추구하는 데 있지, 그 삶을 발견하는 데 있는 것이 아니다!(p. 607)

이뽈리뜨는 지하 생활자가 말했던 것과 도스또예프스끼가 수기에서 여러 번 언급했던 것을 말하고 있다. 하지만 이뽈리뜨의 병, 황폐화된 그의 청춘, 그의 민감성과 고통에 대한 우리의 동정에도 불구하고, 또한 침묵으로 일관하는 자연의 법칙에 대항한 그의 영웅적 입장에도 불구하고, 우리는 고통받는 예민한 청년과는 다른, 진리와 아름다움과 모든 인간의 행복을 추구하는 진보적 존재로서 이뽈리뜨를 보고 있기도 하다. 우리는 소설의 마지막 부분에서 자살 시도를 이겨 내고 나타나는 이뽈리뜨가 매우 다른 이뽈리뜨라는 사실을 알고 있다. 그는 좀스럽고, 군소리가 많고, 잔인하고, 질투심이 많고, 사나운 사람이다. 그는 어머니 위에 폭군처럼 군림하고, 신랄하게 가브릴라를 공격하며, 가십을 퍼뜨린다. 그는 나약한 성격의 이볼긴 장군에게도 무정하고 잔인하게 군다. 이뽈리뜨의 두 개의 얼굴은 하나이다. 우리가 동정적인 초상화를 그려 본다면, 그의 두 가지 고백을 빼놓을 수가 없다. 소설의 말미에 보이는 좀스럽고, 이기적이고, 사납고, 사디즘적인 겁쟁이의 전조는 이미 최초의 동정적인 그의 모습에 나타나고 있다. 그가 병이 생겼을 때 그는 가정에서 폭군이었다. 그는 음식을 날라 올 때를 빼놓고는 방 안에 아무도 들어오지 못하게 했다. 어머니는 아들 앞에서 벌벌 떨었다. 어머니는 집 안에서 아이들이 그의 신경을 거스르지 않게끔 주의를 주곤 했다. 이뽈리뜨는 니꼴라이와, 특히 같은 집에 사는 수리꼬프를 괴롭혔다. 수리꼬프는 줄줄이 이어지는 불행을 겪는 사람이다. 가난하고 헐벗고 미천해서 그는 아내와 아이가 죽어 가는 것과, 딸이 윤락녀로 전락하는 것을 무력하게 바라보기만 할 뿐이다. 이뽈리뜨는 이런 수리꼬프에게 아무런 동정을 보이지 않는다.

나는 그 따위 바보 같은 인간에게는 손톱만큼도 불쌍한 마음이 들지 않는다. 지금도 그렇고 과거에도 그랬다. 나는 그런 자에게 다음과 같이 당당하게 말할 수 있다! 왜 그는 로스차일드가 되지 못하는가? 그가 로스차일드 같은 백만장자가 되지 못하고, 그가 사육제의 무대만큼 높이 쌓아 올린 임페리얼 금화와 나폴레옹 금화를 갖지 못하는 것은 대체 누구의 잘못인가? 그가 살기만 한다면 모든 것이 그의 수중에 들어올 텐데!(p. 605)

수리꼬프가 어린아이의 생명을 구해 줄 약을 살 수 없는 형편에 있을 때 이쁠리뜨는 특별히 그에게 찾아가 모든 것이 수리꼬프의 잘못이었다고 지적한다.

이쁠리뜨는 타인의 불행 앞에서 잔인하고 무정하다. 그리고 인간을 돕는 자신의 꿈에 대해서는 매우 이기적이고 자화자찬적이다. 그의 〈인도주의적인 꿈〉과 황폐화된 삶에 대한 그의 좌절을 살펴볼 때 우리는 그것들이 자화자찬의 충동에서 비롯되었다는 것을 알 수 있다. 자신의 첫 고백의 장에 참석한 사람들과 감동적인 만남을 가질 때 그는 수치로 얼굴을 들지 못한다. 사람들과 맞닥뜨렸기 때문이다. 그가 숨을 씨근덕거리며 입에 거품을 물고 고개를 들 때 그는 공작에게 심한 말을 한다. 그에 대한 공작의 연민을 그에게 굴욕을 주기 위한 것으로 착각했기 때문이다. 그는 자신의 수치스런 감정을 드러내게 했다고 공작을 비난한다. 그는 자신의 고백을 비겁한 것으로 생각하며, 주위에 있는 사람들이 그에게 보내는 연민과 동정을 모멸로 보고 있다. 그의 고백이 자화자찬으로 꽉 찼다 하더라도 그는 행동하는 사람이 되고 싶어 했다. 그는 자연 앞에 절망적으로 무력하기만 한 자신을 그리스도와 비견하고, 또 그렇게 할 〈권리를 가지고 있었다〉. 그가 지닌 좌절한 영웅의 이미지는 순진한 것이며, 감상적 소설에서 취해 온 것이다. 그가 바라는 최고의 소원은 건강한 18세의 청년으로서 몸에 다 해진 옷만 하나 걸쳐 입은 채 대도시의 거리를 활보해 보는 것이다. 하숙이나 일, 친구, 친척, 빵 조각 같은 것은 일체 생각하지 않고서. 그러면 그는 그들에게 진짜로 무엇을 해야 하는지 보여 줄 것이다.

그의 본성을 타락시키는 사리사욕의 핵심에 관한 어떤 의혹이 있다면, 그의 불가피한 해명은 그 의혹을 소멸시킬 것이다. 최종 설명은 지극히 이기적이고, 순진하게 꾸며졌으며, 감동적으로 자기애적이다. 그는 다 읽으려면 1시간 이상이나 걸리는 두툼한 원고를 준비해 가지고 공작의 생일 파티에 간다. 그 원고에는 신비감을 불러일으킬 수 있게끔 빨간 봉인이 붙여져 있고, 루이 14세의 제사 〈나 죽고 난 다음에야 무슨 일이 있건 말건 Après moi le déluge〉이 원고의 중요성을 보여 주기 위해 적혀 있다. 그는 자신을 루이, 나폴레옹, 콜럼버스, 그리스도와 같이 위대한 인물들과 일괄적으로 비교하고 있다. 그는 자신이 밝히려고 하는 것을 연기하면서 몰염치하게 속임수를 부리고 있다. 그는 아무도 눈치 채지 않게 하기 위해 해가 뜰 무렵 공원에서 자살을 할 결심을 하지만, 그는 무대에서 하는 억양으로 자신의 결심을 연설조로 읊는다. 무엇보다 중요한 것은 그가 자살을 할 진짜 의도가 없고, 그에 관한 모든 것을 경외하게끔 하려는 의도밖에 없다는 것이다.

그것은 위선의 문제가 아니다. 이뽈리뜨의 성실성을 의심할 이유는 없다. 그는 인도주의를 위해 일을 하고 싶어 했으며, 무언가 위대한 행동을 하고 그렇게 하기 위해 무언가 위대한 진리를 선포하고 싶어 했다. 그가 절박한 죽음이라고 믿고 있는 것에 대해 겪고 있는 고통 역시 진정한 것이다. 그것은 아름다움과 사랑 또는 목적이 결여된 우주에 대한 그의 분노와 혐오감과 같은 것이다. 그가 영웅적 도전의 제스처로 자살을 원하려 하는 것에도 의심의 여지가 전혀 없다. 하지만 이 모든 것은 상이하게 나타나고 있다.

이뽈리뜨는 그의 소망이 아무리 성실할지라도 인류를 위해 어떤 좋은 일도 할 수 없는 휴머니스트이다. 그는 영웅적 제스처만 취할 줄 아는 영웅이다. 이뽈리뜨는 도스또예프스끼의 가장 중요한 사상들의 하나를 구현시키고 있다. 타락한 본성은(타락한 본성이란 신이 아닌 자신을 믿는 자이다) 그것이 건드리는 모든 것을 타락하게 만든다는 것이다. 아무리 고상하고, 선량하고, 동정심이 많고, 거창하게 보이는 것일지라도.

이뽈리뜨는 최후의 선행을 성취한다. 빈궁해져 오갈 데 없는 시골 의사에게 본연의 지위와 생계 수단을 찾게 해준 것이다. 아사 직전에 있는 가족이 그의 개입으로 도움을 받게 된 것이다. 이뽈리뜨는 병으로 지상에서 사라지기 전에 마지막 선행을 하고 싶어한 점에서 성실하다. 하지만 그 선행은 이뽈리뜨의 성실한 의도와 의사가 구원을 받았다는 사실에도 불구하고 이기적인 행위이다. 이뽈리뜨의 마음속에서 움직인 행위는 시골 의사의 가족을 위한 희생이 아니라, 그를 위한 가족의 희생이다. 그 사건 전체를 통해 이뽈리뜨는 자신의 행위를 의식하고 있다. 그가 지갑을 의사에게 돌려줄 때 그의 마음을 움직였던 것은 의사의 곤궁에 대한 연민이 아니라, 의사에게 깊은 인상을 심어 주면서 느끼는 쾌감이며 의사의 삶의 방향을 바꾸면서 느끼고 있는 자신의 힘이다. 이처럼 그는 의식적으로 조용하고 건조하며 가라앉은 태도를 취하고 있다. 그것은 의사로 하여금 경외심과 감사함을 더 한층 느끼게 해 주는 것이다. 의사의 방에 들어가자 의사가 보여 준 짜증에 아무런 반응을 하지 않고, 그의 영향력을 최소화시킴으로써 이뽈리뜨는 의사가 자신이 보여 준 행위에 스스로 후회하게 하고 수치스럽게 느끼도록 유도한다. 모든 것은 소설에서처럼 조종되고 있다.

> 사실 우연한 계기로 내가 문제 해결에 도움을 주게 되었던 이 의사의 사건은 마치 계획적인 것처럼 착착 진행되어 모든 것이 소설과 같이 잘 풀렸다.(p. 617)

우주는 말이 없고 무감각하다는 사실, 불멸은 거짓이란 사실, 벙어리 같은 우주의 세력은 이 세상에서 가장 완벽한 그리스도마저 구하지 못했다는 사실을 이뽈리뜨가 믿지 않는다는 증거는 전혀 없다. 그러나 신에게서 등을 돌린 그는 오직 자신에게만 관심을 쏟고 있다. 도스또예프스끼의 도덕적 변증법의 냉혹한 작품들에 따르면, 인간의 선한 자질은 그것이 인간에게 봉사하고 있기 때문에 타락하는 것이다. 그가 원하는 것은 우주와 자살에 대한 그의 신념을 표현하는 것이라기보다, 그의 대담성에 대해 그를 강제로 존경하게끔 신념을 이용하는 것이며, 사람들이 그의 의도를 바꾸라고 그에게 억지로 빌도록 하는 것이다. 도스또예프스끼는 이뽈리뜨의 〈선〉과 〈용기〉를 부인하고 있다. 선은 그의 도덕적 변증법의 논리적 귀결이다. 믿음이 없는 인간은 자신의 의도가 아무리 성실하다 할지라도 선할 수가 없기 때문이다. 용기는 논리적 귀결을 따르지 않고, 다만 이뽈리뜨를 비하시키기만 할 따름이다. 후에 도스또예프스끼는 끼릴로프에게 거의 그와 똑같은 동기 부여와 똑같은 논거를 제공하고 있으나, 그것은 끼릴로프에게도 역시 잘못된 용기를 심어 주게 된다.

청중 속에는 이뽈리뜨의 연기하는 듯한, 히스테릭한 자애(自愛) 행위에 말려들지 않는 사람들이 있다. 그들은 처음부터 이뽈리뜨가 위선을 보여 주고 있다고 주장한다. 가브릴라, 쁘찌쬔, 라돔스끼, 로고진은 이뽈리뜨가 정확히 무엇에 의존하는지 파악하고 있다. 그러나 미쉬낀, 베라, 예빤치나 부인은 그렇지 않다. 이들은 이뽈리뜨가 자살 소동을 벌일 때 경각심, 근심, 연민을 갖고 거기에 반응한다. 물론 미쉬낀, 베라, 예빤치나 부인이 지능적인 분석에서는 정확하지 않지만 그들은 도덕적인 면에서 정확하다. 또한 가브릴라, 쁘찌쬔, 라돔스끼, 로고진은 지능적인 면에선 올바르지만, 도덕적인 면에서는 잘못되어 있다. 이뽈리뜨가 태양이 떠올랐다고 극적으로 고함을 지를 때 페르디쉬첸꼬는 비꼬듯이 말한다.

그럼 자네는 태양이 떠오르지 않을 거라고 생각했나?(p. 638)

가브릴라는 마지못한 듯 짜증난 소리로 이뽈리뜨의 영웅적 부풀림을 깎아 내리면서 말한다.

또 종일 뜨겁겠군.(p. 639)

이뽈리뜨가 총에다 손을 갖다 대자 네 사람이 그를 만류할 때 로고진은 제대로 판단하고 있었다.

저것이 바로 이자가 바랐던 거야. 자기 팔을 붙잡아 주길 바랐던 거야. 그럴 목적으로 자기 글을 읽었던 거야.(p. 641)

그들은 이뽈리뜨의 거짓됨을 정확히 짚어 보고 있다. 하지만 그들은 올바르지 않다. 바로 그에게 연민의 정을 느끼고 있기 때문이다. 도스또예프스끼의 옳고 그름은 객관적 의미에서 사실들에 의해 정의되지 않고 있다. 사람들은 어떤 사실이건 간에 그들의 가슴이 옳다고 판단하면 옳다고 여긴다. 그리고 그들의 가슴이 거부할 때는 옳지 않다고 여긴다.

2. 레베제프

나스따시야와 이뽈리뜨는 자아의 비극이 내포하고 있는 역설을 표현하고 있다. 나스따시야는 죽음으로 이르는 자아의 쓰라린 희열을 추구하고 있고, 이뽈리뜨는 자아가 그 모티프들을 통해 끌어들이는 기만들이 얼마나 미묘하고 무한한지에 대해 보여 주고 있다. 나스따시야는 자신의 모티프들을 의식하고 있다. 그녀는 죽음과 기만 없는 자아의 쓰디쓴 희열을 선택하고 있다. 이뽈리뜨는 기만적으로, 그리고 거의 코믹하게 그가 인류의 영광을 위해 살고 있는 것이라고 믿고 있다. 그래서 그는 영웅적 희생의 죽음을 선택하고 있다(그는 진정으로 자살을 의도하고 있지는 않다). 다른 작중 인물 또한 자아가 사회 구석구석에서 어떻게 자신의 권리를 찾고 있는지 보여 주고 있다. 또쯔끼에게서는 기계적이고 지쳐 있게, 레베제프의 조카와 부르도프스끼 일행에게서는 거칠고 잔인하게, 로스차일드가 되겠다는 가브릴라의 꿈에서는 교활하고 야비하게 보여 주고 있다. 모두 다 자신의 권리를 찾고 있으며, 어떤 이들은 돈과 사회적 지위로 인해 시각적인 편협함을 취하고 있다. 소설 내의 〈하층〉 요소들의 극적 기능 중의 하나는 상류층을 지배하고 있는 가치관들을 명료하고도 저속하게까지 끌어내는 것이다. 그것이 가장 선명하게 드러나고 있는 곳은 도스또예프스끼가 평행적으로 그리고 있는 이볼긴 가족과 예빤친 가족과의 관계에서이다. 이볼긴 가의 사람들은 예빤친 가의 사람들이 성공하지 못하면 드러낼 수 있는 모델들이다. 우리가 처음에 가브릴라와 예빤친 장군을 만날 때, 두 사람 다 한 여인을 놓고 우월한 입지를 얻어 내려고 싸우고 있는 모습을 보게 된다. 그러나 그들의 불평등한 사회적 신분 때문에 가브릴라는 예빤친 장군의 하인과 뚜쟁이가 되어야 하는 수모를 받아들이지 않을 수 없게 된다. 가브릴라는 예빤친 장군이 대기실에서 그 여인을 소유하기 위해 기다리고 있음에도 불구하고, 그녀와 강제로 결혼하게 되어 있다. 그는 장군의 쾌락을 지켜 주는 자이다. 가브릴라는 예빤친 장군의 모습을 닮아 가고 있는 그의 애벌레인 셈이다. 이볼긴 장군은 실패한 예빤친의 모습이다. 그는 예빤친과 같은 사교계의 생활을 즐겨 왔으나, 최근에는 그 사교계에서 추방당했다. 골랴드낀처럼 그 추방은 그가 감당할 수 없는 것이었다. 따라서 그는 상상의 세계 속으로 퇴각해 들어가, 그곳에서 나폴레옹에게 충고도 하고 그 세기의 위대한 사람들과 회의를 하기도 한다. 예를 들어 세바스또뽈 포위전에서 휴전이 잠시 선포되고 유명한 의사가 가슴에 총알을 13발 맞은 그를 찾는다. 이볼긴 장군이 그처럼 최고의 명예와 고상함을 누리던 순간들은 예빤친 장군이 살아가는 가치관들과 동등한 것들로서 희화화되고 있다. 그와 같은 닮은꼴은 그들의 가족들 중에서도 찾을 수 있다. 이볼긴의 딸 바르바라는 예빤친의 딸 아글라야처럼 자존심이 강하고 성격이 급하다. 바르바라는 인색한 사채업자인 쁘찌찐에게 어쩔 수 없이 자신을 팔아 넘기게 된다. 마찬가지로 예빤친의 딸도, 보다 고상한 방법으로 거래되긴 하지만, 홍정의 대상이 된다. 이들의 사회는 타락해 있으며, 그러한 타락의 거울은 바로 레베제프이다.

역설적으로 들릴지 모르지만 타락의 표상인 레베제프가 그 사회에 대한 심판을 선언하게끔 되어 있다. 그는 주정뱅이에다 호색한이다. 그는 신의가 없고, 교활하며, 지나치게 자기 본위적이다. 그는 또한 염치없을 정도로 위선적이다. 그는 껠레르가 공작을 비방하는 편지를 쓰는 것을 도와주면서, 그 편지를 비난한다. 그는 타락했고 이기적이다. 그는 고리대금업자에게 희생당하는 노파를 옹호해 주지 않고, 오히려 그 고리대금업자를 옹호한다. 그는 동정심이 없을 뿐더러 잔인하다. 그는 무력한 이볼긴 장군을 놀리며 그의 병적인 공명심을 희화한다. 또한 그는 신임을 저버린다. 그는 공작을 계속해서 배반한다. 소설의 말미에서 공작을 정신 병원에 보내려는 음모에 몰두하기도 한다.

레베제프는 그 스스로가 여러 차례에 걸쳐 떠들어 대듯이 아무 것도 아니다. 그러나 레베제프는 살아 있는 진리이다. 우스꽝스런 솔직함으로 그가 사는 사회의 모든 타락을 상징하고 있는 인물이기 때문이다. 그는 그 사회의 구성원들이 지켜야 될 고상함이나 체면을 다 떨쳐 버리고 행동함으로써, 가려져 있지 않은 그들 영혼의 실체를 적나라하게 보여 주는 거울이다. 그는 사회의 죄악을 자신의 몸 속에 구현시키며 심판의 말을 선언하는 사회의 양심이다. 그는 의미심장하게 자신을 제3자로서 자주 언급하고 있다. 그러면서 말하는 거울이나 된 듯이 타인의 말들을 되풀이하며 그에 대한 타인들의 제스처를 무언극으로 보여 준다. 그는 셰익스피어의 『리어 왕』에 나오는 광대처럼 도스또예프스끼의 위대한 광대이다. 그가 연기해 내지 않고 그가 체현해 내지 않는 사회악과 사회의 타락은 없다. 그는 예빤친 앞에 선 가브릴라와 자신의 부인 앞에 선 예빤친과 같은 알랑쇠이다. 그는 또한 또쯔끼와 같은 호색한이며 이볼긴과 같은 주정뱅이이며 소설에 등장하는 거의 모든 인물들과 같이 위선자이며 이기주의자이다. 그 사회가 그 어떤 속죄 의식을 갖는다 하더라도 — 마치 나스따시야의 파티 석상에서 벌어진 또쯔끼와 예빤친의 자축하는 성격의 고백처럼 — 레베제프는 자신의 가슴을 두들기며 〈내 탓이오, 내 탓이오mea culpa, mea culpa〉라고 외치는 능글맞고 자기 위락적인 제스처를 보여 준다.

따라서 도스또예프스끼가 이들 사회의 심판을 부여한 것은 레베제프였고, 자신의 신념을 옹호하도록 위임한 것도 그였다. 미쉬낀 공작의 생일 파티 때 레베제프는 대부분의 참석자들이 가지고 있는 사상과 신념을 열정적으로 공격한다. 특히 가브릴라, 라돔스끼, 쁘찌찐의 사상과 신념을 공격하고 있다. 도스또예프스끼는 레베제프가 말하는 것에 동감할지도 모른다. 레베제프와 도스또예프스끼는 도덕적 근거가 없는 빵을 믿지 않는다. 그들은 이런 말을 믿고 있다.

> 정신적 근본이 튼튼하지 못한 인류의 친구는 인류를 잡아먹는 식인종입니다. 그런 인간들의 허영심은 말할 찔요조차 없어요. 무수하기 짝이 없는 그런 인류의 친구들 중 누군가의 허영심을 모욕해 보세요. 그는 좀스런 복수심으로 세계 방방곡곡을 불태워 버리려고 할 거예요. 하기야 우리 모두 마찬가지일 겁니다. 솔직히 말해서 나처럼 비열하기 짝이 없는 인간은 제일 먼저 장작을 갖다 놓은 뒤 자기는 멀찌감치 도망쳐 버릴 겁니다.(p. 578)

분명히 레베제프는 미소를 띠며 믿지 않는 청중에게 이 모든 것을 말하고 있다. 청중은 자신들의 고양된 믿음을 확신하며 레베제프의 말을 그의 행동과 마찬가지로 매우 괴팍스러운 것으로 받아들인다. 레베제프는 청중을 더욱 즐겁게 해주기 위해, 중세기 가뭄 때 60명의 승려와 6명의 어린애를 먹어 치운 어느 식인 남자의 괴상한 이야기를 해준다. 그 식인 남자는 결국 중세기의 고문을 매우 잘 알고 있던 터라 교회 당국에 모든 사실을 털어놓고 그 자신을 교회의 처분에 맡겼다. 레베제프의 도덕적 취지는 분명하다. 만약 양심을 가진 사람이 주변의 환경 때문에 식인이 될 수 있다면, 양심이 없는 시대에는 무엇을 기대할 수 있을까?

3. 미쉬낀 공작

공작은 오직 결백이라는 무기만 들고 이들 사회 속으로 들어온다. 그곳에서는 모든 사람들이 지켜보고 있는 가운데 10만 루블이 불타고 있으며 그것은 양심의 불로 비쳐지고 있다. 개중에는 자신의 멍든 자아를 만족시키기 위해 이 세상을 불바다로 만들어 버릴 수 있는 사람들도 끼어 있다. 공작은 그 사회 속으로 친구나 가족 그리고 마치 자기 조국도 없는 것처럼 나타난다. 오랜 기간 동안의 외국 생활로 인해 그에게 러시아는 이국 땅이나 마찬가지다. 러시아 어 자체도 오랫동안 쓰지 않아서 그에게는 약간 이상하게 들린다. 그는 러시아의 아들이지만, 그는 러시아를 새로이 보게 되는 것이다. 미쉬낀 공작은 도스또예프스끼의 사랑이 가득 담긴 인물이다. 미쉬낀은 선한 인간을 창조한다는 외견상 거의 불가능한 과제를 극복하려는 작가의 시도이다. 미쉬낀은 극적으로 흥미롭고 믿음이 간다. 그러나 그가 흥미의 극적 중심만을 의미한다면 그것은 실패작이다. 왜냐하면 그는 종종 듣기만 하는 역을 하기 때문이다. 그는 분출되는 열정들을 민감하게 다스리기만 할 따름이다. 극적인 흥미를 주는 데 있어서 미쉬낀은 나스따시야, 이뽈리뜨, 심지어는 레베제프에 비해서 상당히 떨어진다. 하지만 그는 극히 제한된 위대한 문학적 성공의 한 사례이다.

이 방대하고 방만해 보이는 소설 속에서 미쉬낀은 소설의 다양한 풍요성을 가져다주고 있다. 그의 사회적 지위는 모호하며 그에게 사회적 권위는 없다. 때문에 그는 소설 속에서 자유로이 사회의 각계 각층을 왕래할 수 있다. 그에게는 사리사욕적인 모티프가 없다. 때문에 그는 타인의 말을 들어줄 여유와 인내심을 가지고 있다. 사람들은 자주 그가 면전에 있다는 것을 망각하고 그에게 무슨 말이든 자유롭게 하고 있다. 그의 출현은 때때로 정적 속에서 폭풍을 불러일으키기도 한다. 그의 두드러진 특징은 상처를 받지 않고 모욕감을 느끼지 않는 것이다. 우리가 처음으로 로고진과 레베제프와 함께 기차에 타고 있는 그를 볼 때, 그는 돈이 없고 갈 곳이 없어도 그것에 대해 수치스러움을 느끼지 않는다. 예빤친의 시종이 그를 모욕하려고 하지만, 그는 선한 마음으로 그 모욕을 받아들이지 않는다. 예빤친은 미쉬낀을 거지 취급하면서 거만하게 군다. 미쉬낀은 선한 본성으로 그러한 모욕을 참아 내고, 그렇게 참아 냄으로써 예빤친의 태도를 바꾸게 한다. 가브릴라가 여동생의 뺨을 때리는 것을 막았다고 해서 공작의 따귀를 때릴 때, 공작은 바르바라에게로 가는 따귀를 받아들였을 뿐만 아니라 가브릴라가 따귀로 가하는 수치와 모멸을 참아 내고 있다. 그렇게 따귀를 받아들이고 상처를 〈흡수함으로써〉 공작은 가브릴라를 뉘우치게 하고 공작 자신을 사랑하게까지 한다. 공작은 그에게 가해진 상처를 받아들이고 견뎌 냄으로써 상처의 대가를 지불하고 있다. 그렇게 견딤으로써 그는 상처를 주고받는 악순환을 끊어 버리고 있다. 또한 그렇게 악순환을 끊어 버림으로써 그는 다른 사람들이 변할 수 있게끔 영향력을 행사한다. 분명히 그런 변화는 영속적인 것은 아니다. 그가 가브릴라에게 인도한 회개와 사랑은 나중에 가브릴라를 두 배로 화나게 만들 것이다. 왜냐하면 그의 회개는 자신에게 굴욕이기 때문이다. 그러나 이것은 오직 심리학의 리얼리즘이 지배하는 법칙을 말할 뿐이다.

공작에게는 또 다른 특성이 있다. 그것 역시 매우 중요한 것이며 어떤 면에서는 앞서 언급한 것과 동류의 성격이다. 그것은 타락한 인간 자체와 마찬가지로 인간의 타락을 거부하는 것이다. 그런 행위는 공작이 로고진과 의형제를 맺고, 나스따시야 필리뽀브나를 미덕을 겸비한 아내로 만들고, 그와 아글라야의 결혼을 심판하려고 모인 타락하고 이기적인 사람들을 모범적이고 공정한 러시아의 하인으로 만들려고 하는 소망에서 볼 수 있다. 그는 주변 사람들의 타락을 보고 있지만, 그러한 타락을 믿으려 하지 않는다. 공작은 현재의 자신을 두려워하는 나스따시야, 자기가 사랑하는 사람에게 증오와 복수를 기약하는 모욕당한 연인으로서의 로고진, 순진하고 자기애적인 에고이스트 이쁠리뜨를 그대로 받아들이길 거부한다. 분명히 그자들은 어떤 객관적 기준에서 볼 때 그러한 인물들이다. 그러나 도스또예프스끼의 세계에서 〈객관적〉 기준, 〈객관적〉 원인은 존재하지 않는다. 거기에는 오로지 사람들이 있을 뿐이며, 그들은 자신들이 믿는 것을 창조해 낼 뿐이다. 이쁠리뜨는 공작의 가슴과 영혼 속에서 보존하고 있는 사람이며, 나스따시야는 그가 믿고 있는 여자로서의 나스따시야이다. 그러나 이쁠리뜨는 역시 그 자신이 믿고 있는 자신이며, 나스따시야도 그녀 스스로 자기 자신이라고 믿고 있는 그녀이다. 자신에 대한 신념은 자신의 삶을 바꿀 수 있으며, 타인에 대한 신념은 적어도 부분적으로나마 타인의 성격을 바꿀 수 있다. 도스또예프스끼는 미쉬낀이 신념이 부족한 관계로 그를 살해하려고 시도하게끔 로고진을 〈창조〉하거나 〈고무〉시키는 모습을 보여 주고 있다.

공작의 정신적 위기는 소설의 제2부에 찾아온다. 나스따시야의 생일 파티 후 그는 6개월 동안 뻬쩨르부르그로 돌아가지 않고 있다. 그가 돌아왔을 때 그는 로고진을 찾아가 그가 로고진의 경쟁자로서 돌아온 것이 아니라고 확신을 주며, 특히 그가 나스따시야를 다시 볼 의향이 없다는 것을 말해 준다. 로고진과 헤어진 후 공작은 예빤친 장군이나 니꼴라이를 찾는 데 실패하고 반쯤은 잠에 취한 듯한 상태에서, 뻬쩨르부르그의 거리를 헤맨다. 그러면서 그날 아침 기차에서 내린 이후부터 줄곧 그의 뒤를 쫓고 있는 시선을 의식한다. 그는 빠블로프스끄로 가는 기차표를 사서 기차에 탄다. 그는 누군가 그를 계속 쫓아다닌다는 생각 때문에 혼란스러워하며 일어서서는 밖으로 나간다. 그는 물건을 들여다보며 가게 창문 앞에 서서 자신이 기억하고 있는 것을 회상하거나 생각하고 있다. 그는 가게가 있는지 없는지, 그가 정말로 가게 앞에 서 있었는지 체크하러 나간다. 그가 바라보았던 물건은 은제 칼이다. 그것은 최근에 로고진이 구입하여 공작이 있는 데서 만지작거렸던 칼과 같은 끈에 매어져 있다는 생각이 그의 의식을 채우고 있다. 그리고 그 칼은 공작의 마음속에서 나스따시야를 바라보는 로고진의 의도에 대해 그가 느끼고 있는 두려움과도 묶여져 있다. 그것은 그의 〈두려움〉을 쫓아가고 있거나, 아니면 그가 나중에 혼자서 외치듯이, 그가 나스따시야가 집에 있는지 없는지 확인하러 나갔을 때 그를 쫓아 오던 눈을 찾아가고 있는 것이다. 그의 마음속으로 흘러 넘쳐 그의 의지를 약하게 하는 불길한 생각이 불현듯 스치면서 그는 자기를 쫓아왔던 눈길이 로고진일지도 모른다는 결론에 도달한다. 그는 로고진이 자기를 질투하고 있다는 사실과 나스따시야에 대한 그의 동기를 로고진이 의심하고 있다는 것을 알고 있다. 때문에 공작은 로고진의 의심을 확인시켜 주기 위해 행동한다. 공작은 자신이 하는 짓이 비열하다는 것을 안다. 그 시선을 바라보고, 그가 멈춰 섰던 가게의 그 물건으로 발걸음을 되돌리는 데서, 특히 나스따시야를 보러 가는 데서, 그는 로고진이 무얼 하려는지 〈상상하고〉 있다. 타인이 무엇을 하려는지 상상하는 속에서 그는 그 행동을 기대하고 있는 것이며, 그렇게 기대하는 속에서 기대하는 것을 창조해 내는 것이다. 공작은 여관에서 벌어진 그에 대한 피습을 만들어 내거나, 적어도 만들어질 수 있도록 공모를 하고 있는 것이다.

그것이 바로 공작의 몰락이다. 그것은 장로의 사망 후, 알료샤의 신념으로부터의 몰락을 예기하게 한다. 하지만 여러 면에서 알료샤의 몰락은 보다 교묘하고 세련되어 있다. 공작은 잠시뿐이지만 종교의 본질과 올바른 행동에 관한 자신의 개념에 천착하는 데 실패한다. 로고진이 그를 공격하기 직전에 공작은 그에게 종교의 본질이 무엇인지를 설명했다. 그는 자기가 러시아에 돌아온 후 겪었던 네 가지 체험을 로고진에게 말해 줌으로써 자기가 이해하고 있는 바를 예시하고 있다. 그 첫번째가 훌륭하게 교육받은 무신론자와의 대화이다. 무신론자는 종교를 알지 못하면서도 종교에 대해 무언가 빗나간 것을 말했다. 두 번째는 그가 머물렀던 시골 여관에서 우연히 벌어졌던 사건이었다. 그의 투숙 전날 한 농부가 은시계가 탐이나 그의 친구를 살해한 것이다. 그자는 양을 베듯이 친구의 목을 자르며 신에게 용서를 빌었다. 세 번째는 술 취한 병사와 관련된 것이다. 그 군인은 주석 십자가를 은십자가라고 속여 공작에게 팔았다. 네 번째는 농촌 아낙네의 말과 연관된 것이다. 아낙네는 그녀의 아이가 자기를 보고 웃을 때 어머니로서 느끼는 환희는, 죄인이 하느님을 찾을 때 그 하느님이 느끼는 환희와 같다고 했다. 공작은 로고진에게 말한다.

> 종교적 감정의 본질은 그 어떤 이성적 논리로도 접근할 수 없어, 그 어떤 과실이나 범죄, 그 어떤 무신론도 그걸 붙잡을 수 없지. 그런 것들과는 무언가 달라. 영원히 다를 거야. 거기에는 무신론이 영원히 포착할 수 없는 무언가가 있고, 사람들이 말하는 것과는 영원히 다른 무언가가 있는 거라고. 그러나 무엇보다 중요한 것은 바로 그것이 가장 선명하게 러시아 인의 가슴속에서 가장 자주 발견된다는 것이야. 그것이 바로 나의 결론이라네!(p. 344)

종교의 본질에 관한 공작의 개념은 역설적이게도 살인자의 제스처 속에, 무식한 농촌 아낙네의 말 속에, 그리고 도둑에 대한 자신의 태도 속에 포함되어 있다. 농부는 약한 존재라 유혹에 저항할 수 없다. 하지만 농부는 자기가 하는 행동이 옳지 못하다는 것을 알고 있다. 자기가 죄를 짓고 있다는 것을 아는 데서 그는 신을 인정하는 것이다. 인간의 종교적 가치관을 정의하는 것은 그 정의에 준하는 인간의 행위가 아니라 신을 향해 움직이고 있는 인간의 마음이다. 그와 유사하게 공작의 마음이 처음으로 움직인 것은 병사의 심판을 향해서였다. 그러나 공작은 그렇게 하기를 그만두었다. 어떻게 공작이 — 아니면 도스또예프스끼 식으로 해석한다면 다른 인간이 — 남을 속이려는 동기 뒤에 무엇이 숨어 있는지 안단 말인가? 신 이외에 그 누가 인간 영혼의 무한성을 알 수 있단 말인가? 미쉬낀 공작은 심판 행위를 자제하고 있다. 심판 행위는 전횡적인 인간 의지의 행위이며 신의 권리를 가로채는 행위이기 때문이다. 다른 인간을 심판하는 것은 신에 대한 믿음을 잃는 것이다. 종교의 본질은 행위에 있지 않다. 또한 무신론의 진술이나 범죄, 또는 기만 행위에 있는 것이 아니다. 그 본질은 인간의 가슴과 혼이 신을 향해 움직이는 것이며, 우리의 혼이 자아에서 신에게로 얼굴을 돌릴 수 있게 하는 믿음의 자유 행위에 있는 것이다. 그렇기 때문에 미쉬낀은 농촌 아낙네의 말을 듣고 그렇게 기뻐한 것이다. 그 아낙네는 마치 어린이가 어머니에게 얼굴을 돌리고 있듯이, 신에게 돌린 인간의 얼굴에서 종교의 본질을 정확히 보고 있는 것이다.

　공작의 영향력은 제한적이다. 실제로 그는 상처받지 않음으로써 상대방에게 보다 사악한 증오심을 불러일으키고 있는 듯하다. 이뽈리뜨가 공작의 동정에 대한 대가를 증오로 보답하는 것은 한두 번이 아니다. 그것은 어쩔 수 없는 일이다. 왜냐하면 자기 전횡이 강한 사람은 타인의 친절을 전횡적 행위로 오해하기 때문이다. 공작은 완전히 실패작이라고 할 수도 있다. 그는 자기가 세상에 온 그대로 세상을 떠나기 때문이다. 아니 어쩌면 그가 떠날 때의 세상은 처음보다 더 나빠져 있는지도 모른다. 예빤친, 또쯔끼, 쁘찌쮠과 같은 사람들이 계속 태어나고 있기 때문이다. 이뽈리뜨는 죽기 전에 그 어느 때보다 악해지고 옹졸해져 있다. 가브릴라는 아직도 로스차일드가 되려 하고 있다. 아글라야는 공작의 거절로 자존심이 상해 이민을 가서 폴란드 인과 결혼하여 가톨릭교도가 된다(도스또예프스끼가 제공할 수 있는 최악의 운명이다). 나스따시야는 로고진에게 살해당한다. 로고진은 제정신을 잃게 되고, 공작은 원래 모습, 백치의 세계로 되돌아간다. 그가 이 세상에 가져다주는 사랑과 동정은 인간의 증오와 전횡이 불붙고 있는 상황에 보다 뜨겁게 불을 붙이고 있는 것 같을 뿐이다.

공작의 무력감은 그가 나스따시야와 아글라야의 뜨거운 설전이 벌어지는 사이에 위치해 있는 장면에서 가장 가련하게 와 닿는다. 그리고 그의 무력감이 가장 아름답게 보일 때는 소설 마지막 장면에서, 나스따시야의 시체 옆에 누워 로고진의 망가진 영혼을 위로할 때이다.

아글라야와 나스따시야의 만남에서 예절이란 베일은 두 여인이 첫마디를 나눌 때 이미 산산조각이 나버린다. 아글라야는 창백한 얼굴의 나스따시야에게 독설과 모욕을 퍼붓는다. 그녀의 비판은 나스따시야의 미덕을 노골적으로 깎아 내린다. 아글라야는 정직한 여자라면 나스따시야의 길을 택하지 않고 차라리 세탁부가 될 것이라고 지적하며 의기양양하게 말을 끝마친다. 아글라야는 상처를 주기 위해서라면 어떠한 무기도 다 이용한다. 진리라도 이용할 가치가 있다면 마다하지 않는다. 그녀의 인식은 매우 날카롭다. 그녀는 나스따시야가 자신의 상처를 좋아하고, 그 상처를 필요로 한다는 것을 안다. 또한 나스따시야가 또쯔끼를 포기한 데는 연극적 요소가 많이 있으며, 미쉬낀과 아글라야를 합치게 해주려는 시도 속에서 나스따시야는 자신의 〈덕 있는〉 행위에 스스로 도취하고 있다는 점 하며, 나스따시야가 로고진과 함께 떠나가는 행위 속에서는 스스로 타락한 천사의 역할을 하고 있다는 것을 알고 있다. 나스따시야는 같은 방법으로 대꾸를 해 준다. 나스따시야는 아글라야가 스스로 인정하지 않으려 하는 것을 지적한다. 그녀가 나스따시야를 보러 온 것은 두려움 때문이라고 지적한다. 아글라야는 공작이 나스따시야를 그녀보다 더 사랑할까 봐 두려워하고 있으며, 바로 그러한 두려움을 분쇄하기 위해 나스따시야를 찾아온 것이었다.

공작은 뜨거운 증오 앞에서 무력할 뿐만 아니라, 그 스스로가 그 증오에 의해 이용당하고 있다. 두 여성은 서로에게 상처를 주기 위해 공작을 이용한다. 결국 공작은 두 여인 중에서 한 여인을 선택하지 않을 수 없게 된다. 그는 어설픈 방법으로 그 누구도 선택하지 않고 두 사람의 자존심에 오점을 남긴다. 공작이 머뭇거리는 행동을 취하는 순간 아글라야는 방에서 뛰쳐나가고, 공작이 그녀를 쫓아 나가려는 행동을 취하자 나스따시야는 의도적으로 기절을 한다. 그녀가 깨어났을 때 공작이 그녀 곁에 남아 있었고 그녀는 극도의 환희를 맛본다. 공작은 소설의 마지막 아름다운 장면에서 히스테릭하게 광란하는 로고진에게 해주듯이 그녀의 머리와 뺨을 쓰다듬어 주고 있다.

소설의 마지막 장면은 도스또예프스끼의 가장 위대한 장면 중의 하나이다. 소설 전반에 걸쳐 나스따시야는 줄곧 행동을 취하고 있다. 그녀의 육체, 눈, 입술은 끊임없이 움직이고 있다. 그녀가 동작을 멈추고 있을 때면, 그녀의 눈은 반짝이며 그녀의 입술은 파르르 떨고 있다. 그녀의 드레스는 사각거리는 소리를 내고, 그녀의 호흡은 히스테릭하게 무겁다. 그러나 마지막 장면에서 그녀는 로고진의 어두운 방에서 꼼짝도 않고 누워 잠자고 있다. 다만 침대에 누워 있는 그녀를 바라보는 공작의 고동치는 심장 소리만 방 안에서 들릴 뿐이다. 하얀 홑이불은 그녀의 육체의 색깔과 육체의 움직임을 무효화시키며, 누군가 꼼짝 않고 잠만 자는 자의 희미한 윤곽만을 보여 주고 있다. 침대에서 잠자고 있는 대상에 대해 도스또예프스끼가 중립적이고 불명료한 언급을 주장하는 데에는 무언가 가공하리만치 최종적이고 무시무시한 것이 있다. 공작에게 보이는 것은 오로지 〈누군가〉이며 또는 〈잠자는 자〉이다. 그가 좀 더 가까이 다가갔을 때 보이는 것은 오로지 발 끄트머리일 뿐이다.

밤새도록 공작과 로고진은 하얀 천에 싸인 육신 곁에 누워 있다. 그리고 로고진이 소리를 지르며 웃어 대는 아침이 되어서야 공작은 로고진의 머리와 뺨을 어루만지기 시작한다. 그것은 공작이 로고진의 상처를 달래 주고 그의 상처를 자기에게로 끌어들이려는 최후의 시도이다. 인간이 서로에게 가하는 상처를 억제하는 데 그리스도가 실패를 했듯이, 공작 역시도 실패작이다. 그러나 그는 그 상처를 자기에게 끌어들이려 하고 자신의 믿음으로써 모든 이들에게 가장 훌륭한 이미지를 안겨 주고 있다. 비평가들이 그를 실패작이라고 비난하는 것은 비평가들이 극적으로 믿기지 않는 것과 도덕적으로 불가능한 것을 요구하고 있기 때문이다. 공작은 우주를 변화시킬 수 없는 존재지만, 미쉬낀과 같은 자들의 우주는 가능할 수 있다. 공작은 성공작이다. 왜냐하면 일순간에 보다 진정한 자신들만의 이미지를 가진 타인들에 대한 믿음에 불을 당길 수 있는 자이기 때문이다. 일순간에 자신의 고통으로써 모욕에 대한 모욕의 분출을 잠재울 능력을 행사할 수 있기 때문이다. 그의 믿음, 또는 그 누구의 믿음도 단지 ─ 도스또예프스끼의 세계에서 가장 힘든 문제들로서 ─ 다른 사람이 그러한 믿음을 수용하거나, 용서를 받아들이거나, 또는 같은 말이지만, 자신을 용서한다면 다른 사람을 변화시킬 수 있는 것이다.

『백치』 줄거리

결말을 미리 알고 싶지 않은 독자들은 나중에 읽어 주시기 바랍니다.

레프 니꼴라예비치 미쉬낀은 20대 중반이 살짝 넘은 젊은 공작이다. 하지만 그는 재산도 없는 몰락한 귀족의 후예이며 간질이라는 지병을 가지고 있다. 그는 유럽에서 러시아의 상뜨 뻬쩨르부르그로 오는 기차 안에 있다. 그의 맞은편에는 역시 같은 또래에 다부져 보이는 빠르펜 로고진이 앉아 있다. 로고진은 소문난 노랑이 재산가인 아버지 돈의 일부를 가지고 허락도 없이 절세 미녀 나스따시야 필리뽀브나 바라쉬꼬바에게 다이아몬드를 선물로 사준 죄로 먼 지방에 사는 친척에게 도망가 살다 아버지가 죽는 바람에 그 재산을 상속받고 집으로 가는 길이었다.

미쉬낀 공작은 가문의 유일한 혈육인 리자베따 쁘로꼬피예브나를 찾아가 보려 한다. 리자베따 쁘로꼬피예브나는 자수성가한 예빤친 장군의 부인이다. 이들 부부에게는 세 딸 아젤라이다, 알렉산드라, 아글라야가 있다. 예빤친 장군은 미쉬낀 공작을 처음 본 순간 그가 물질적 도움을 청하러 온 아내의 친척이라 생각하고 냉담하게 대하려 했으나 공작이 결코 그러한 사람이 아니란 사실을 알게 된다. 오히려 예빤친은 공작을 이용하면 자기가 빠진 어려운 상황에서 벗어날 수 있다는 속셈을 한다. 예빤친 장군은 나스따시야를 유혹하기 위해 몰래 진주 목걸이를 선물했으나 그 사실이 아내 리자베따 쁘로꼬피예브나에게 들통나 위험한 상황에 처해 있다. 공작은 이미 로고진을 통해 나스따시야에게 얽힌 이야기를 알고 있으며, 예빤친 장군의 비서인 가브릴라 이볼긴을 통해 그녀의 사진을 접하고 그녀의 미모에 놀란다.

공작은 후견인의 도움을 받아 스위스의 어느 시골 마을에서 지병을 치료받으며, 마을 어린이들과 어른들로부터 따돌림받는 병약한 처녀 마리에게 깊은 동정을 보낸 얘기를 리자베따 쁘로꼬피예브나 부인과 그의 세 딸들에게 해준다. 공작의 행동은 어린아이처럼 순진 무구하다. 그에게는 여느 어른들이 가진 속물 근성이 없다. 그런 이유에서 그에게 백치라는 별명이 붙여진다. 그의 지능은 정상인과 다를 바가 없다. 더욱이 그는 사물을 꿰뚫어 보고 미리 볼 줄 아는 통찰력과 예지력까지 어느 정도 가지고 있다. 그렇기 때문에 그를 알고 난 사람들은 그의 진실성에 진정으로 호감을 갖는다. 예빤친의 세 딸도 그러한 호기심을 공작에게 보이고 있으며, 특히 나스따시야와 버금갈 정도로 아름다운 아글라야는 나스따시야를 질투하듯이 공작에게 비상한 관심을 가지고 있다.

나스따시야는 일곱 살에 고아가 되었으나 사회의 유력 인사이자 재산가인 또쯔끼에 의해 어느 시골에서 양육되었다. 그녀는 뛰어난 미모의 소유자로서 16세가 되었을 때 또쯔끼의 주도면밀한 계획 아래 성적으로 농락당했다. 또쯔끼는 그녀를 무마하기 위해 그녀에게 사교를 할 수 있는 여건을 마련해 주고 물질적인 보상을 해준다. 그런 후에 또쯔끼는 지위 높은 어느 여성과 결혼을 하려 한다. 그러나 나스따시야는 또쯔끼의 행동에 대한 보복으로 그 결혼을 방해할 생각을 한다. 또쯔끼는 예빤친 장군과 함께 그러한 나스따시야의 행동을 사전에 저지할 수 있는 방안을 마련한다. 그들은 예빤친의 비서인 가브릴라 이볼긴에게 돈을 주는 조건으로 나스따시야와 결혼할 것을 제안하고, 가브릴라는 그 제안을 받아들인다. 그러나 나스따시야를 사랑해 오던 로고진은 그 사실을 알고 또쯔끼가 가브릴라에게 제안한 돈보다 더 많은 10만 루블을 나스따시야에게 줄 것을 약속하고 자신과 결혼해 달라고 요청한다.

나스따시야는 또쯔끼가 원하는 대로 가브릴라와 결혼할 것인지 아닐지의 여부는 그녀의 생일 파티에서 결정될 것이라고 공언한다. 나스따시야와 관련된 모든 사람들은 그녀의 생일 파티장인 그녀의 집에 모이게 된다. 그 자리에서 로고진은 약속대로 10만 루블을 변통해서 전해 준다. 나스따시야는 그 돈을 싼 보자기를 불타는 난로 속에 처넣고, 7만 5천 루블에 그녀와의 결혼을 승낙한 가브릴라에게 그 돈을 꺼내서 가져가라고 한다. 가브릴라는 그러한 나스따시야의 태도에 심한 고통을 느끼다 결국 돈을 꺼내지 않는다. 그러면서 자존심에 커다란 상처를 입은 가브릴라 그 자리에서 의식을 잃고 만다. 돈이라면 모든 것을 포기하는 레베제프는 무슨 짓이든 다하겠다는 다짐으로 불타는 돈에서 1천 루블만이라도 꺼내게 해달라고 사정한다. 그때 미쉬낀 공작은 나스따시야가 누구와 결혼하든 그 결혼이 결국 그녀 자신을 비롯해 모든 이를 파멸시킨다는 것을 깨닫는다. 미쉬낀은 나스따시야를 보호하겠다는 생각에서 그녀에게 청혼한다. 이때 공작은 그의 후견인이었던 빠블리쉬체프로부터 거액의 유산을 상속받는다는 것을 비공식적으로 알게 되고 이 사실은 고리대금업자인 쁘찌찐에 의해 모든 사람들에게 공표된다. 나스따시야는 로고진과 결혼할 것을 약속한다. 생일 파티를 끝낸 나스따시야는 그녀의 재산을 하인들에게 나누어 주고 자신의 집을 떠난다. 그녀는 결국 로고진에게서도 멀리 도망간다.

그 이후 공작은 모스끄바로 떠나고 반년 이상의 시간이 흐른다. 나스따시야가 뻬쩨르부르그에 나타났다는 소식과 함께 미쉬낀 공작은 빠블리쉬체프의 상속자가 되어 뻬쩨르부르그에 나타나 예빤친의 여름 별장과 가까운 레베제프의 집에 머문다. 그는 다시 로고진과 만나게 된다. 수차례나 나스따시야를 찾아서 구타와 협박, 회유 등의 방법으로 그녀에게 결혼을 강요했던 로고진은 나스따시야의 모호한 행동에 대해 미쉬낀에게 강한 의심을 품는다. 공작은 그녀가 로고진과 결혼한다는 것은 그의 칼날 아래로 파고드는 것과 같다는 것을 예감하고 있다.

나스따시야는 사회로부터 상처를 받고 거기에 대한 복수를 원하고 있다. 미쉬낀 역시 간질이라는 상처를 안고 살고 있지만 거기에 대한 원망을 가지고 있지 않다. 반면 폐병환자로서 죽을 날을 기다리는 18세 청년 이뽈리뜨는 자신의 상처에 대해 신을 원망하고 신의 존재를 무시하고 있다. 그는 한 달밖에 살 수 없고, 더 이상 오래 살 수 없다는 뻔한 상황에서 자살을 결심한다. 그것은 자연의 법칙에 대한 그의 반항이다. 공작은 그러한 이뽈리뜨에게 동정을 보내고 있으나, 이뽈리뜨는 공작을 증오하고 있다. 공작이 사는 세상은 그의 연민과 동정을 받아들이지 않고 있다. 오히려 상황은 더욱 사악해지고 있다.

공작에게 관심을 가지고 있는 아글라야는 공작을 독점할 수 없음을 깨닫고 폴란드 인과 결혼하여 국외에서 체류한다. 나스따시야는 로고진에게 살해당한다. 그는 재판을 받고 시베리아 유형을 선고받는다. 예빤친 가족은 외국에서 체류한다. 리자베따 쁘로꼬피예브나는 자신의 것을 찾지 못한 러시아 인을 한탄하며, 외국 것은 환상에 불과하다고 말한다. 미쉬낀 공작은 원래 자신의 모습인 백치 상태로 돌아간다.

요약 김근식

도스또예프스끼 연보

1790년 아버지 미하일 안드레예비치 도스또예프스끼, 우니아뜨교 사제의 아들이며 뽀돌리야의 귀족 가문의 자손으로 태어남. 모스끄바의 내외과(內外科) 아카데미에 들어가 1812년 조국 전쟁 때 부상자들을 돌봄. 1819년에 마리야 네차예프와 결혼.

1820년 첫아들 미하일 태어남. 아버지 미하일 도스또예프스끼는 군대에서 제대한 후 모스끄바에 있는 자선 병원의 주치의 자리를 얻음.

1821년 출생 10월 30일(현재의 그레고리우스력(曆)으로는 11월 11일) 부모가 살고 있던 모스끄바의 마린스끼 자선 병원의 부속 건물에서 둘째 아들 표도르 미하일로비치 도스또예프스끼 태어남. 11월 4일 마린스끼 병원 근처, 상뜨뻬쩨르부르그 뻬뜨로빠블로프스끼 성당에서 어린 표도르에게 세례를 줌. 표도르란 이름은 그의 대부이자 외조부인 표도르 네차예프(1769~1832)에게서 물려받은 것으로 보임.

1822년 1세 12월 5일 여동생 바르바라 태어남.

1825년 4세 3월 15일 남동생 안드레이 태어남.

1829년 8세 7월 22일 쌍둥이 여동생이 태어나나 그중 동생인 베라만 살아남음.

1831년 10세 여름 아버지 미하일 도스또예프스끼가 뚤라 지방의 다로보예 영지를 사들임. 8월 농부 마레이 사건 발생(『작가 일기』 1876년 2월 호에 이 사건을 소재로 한 단편 「농부 마레이」 발표). 12월 13일 남동생 니꼴라이 태어남.

1832년 11세 4월 어머니 마리야 표도로브나, 세 아들을 데리고 다로보예 영지로 감. 6월 도스또예프스끼 부부, 다로보예 옆에 있는 주민 1백여 명의 체레모쉬냐 마을을 사들임. 9월 도스또예프스끼, 어머니와 형제들과 모스끄바로 돌아옴.

1833년 12세 1월, 형 미하일과 드라슈소프가 운영하는 사설 학교에서 반(半)기숙사 생활. 4월 4일 부활절 주간에 소유지가 화재로 잿더미가 됨. 도스또예프스끼 부부, 여름 내내 피해 복구.

1834년 13세 여름 다로보예에서 지내면서 월터 스콧의 작품 탐독. 10월 도스또예프스끼와 형 미하일, 체르마끄가 경영하는 중등 과정의 기숙 학교에 들어감.

1835년 14세 7월 25일 여동생 알렉산드라 태어남.

1837년 16세 1월 29일 단테스 남작과의 결투로 뿌쉬낀 사망. 이 소식에 온 러시아가 충격에 휩싸임. 2월 27일 도스또예프스끼의 어머니 마리야 사망. 봄 도스또예프스끼, 갑작스런 후두염과 목소리 상실로 고생함. 이 병은 그를 평생 따라다님. 5월 아버지와 형 미하일 그리고 표도르 도스또예프스끼, 수도 뻬쩨르부르그로 일주일간 마차 여행(모스끄바와 뻬쩨르부르그 두 도시 간의 철도는 1851년에 개통됨). 두 형제는 뻬쩨르부르그로 가서 중앙 공병 학교의 입학을 목표로 K. F. 꼬스또마로프가 경영하던 기숙 학교에 들어감. 아버지와 두 형제를 작별 이후 더 이상 만나지 못함. 7월 1일 도스또예프스끼의 아버지, 건강상의 이유로 퇴역한 후 아직 어린 두 딸과 시골로 들어감. 9월 두 형제가 공병 학교에 응시하나 표도르 혼자 합격(형 미하일은 신체검사 결과 불합격).

1838년 17세 1월 16일 공병 학교에 입학. 6월 뻬쩨르부르그 근처에서 야영 생활. 돈이 떨어져서 아버지에게 서신으로 줄기차게 돈을 요구함.

1839년 18세 6월 6일 도스또예프스끼의 아버지, 다로보예 농노들에게 살해당함.

1840년 ^{19세} 11월 29일 하사관으로 임명됨. 군생활을 지겨워함. 호프만, 실러, 빅토르 위고, 셰익스피어, 라신, 괴테의 책을 읽음.

1841년 ^{20세} 8월 소위보로 진급됨. 미완성으로 남아 있는 두 편의 희곡, 「마리 스튜어트Marie Stuart」와 「보리스 고두노프Boris Godunov」를 씀. 알렉산드리야 극장을 자주 드나들며 발레와 음악회를 감상함.

1842년 ^{21세} 8월 육군 소위가 됨.

1843년 ^{22세} 8월 공병 학교를 졸업하고 공병국 제도실에서 근무. 9월 친구 리젠감프 박사가 살고 있는 아파트에 자리 잡음. 박사의 환자들과 알게 됨. 돈이 떨어져 P. 까레삔에게 돈을 요구. 12월 발자크의 소설 『외제니 그랑데 *Eugénie Grandet*』(1834년판) 번역. 형 미하일에게 공병 학교 친구들과 더불어 번역 작업을 할 것을 제의.

1844년 ^{23세} 2월 재정 상태가 극도로 안 좋아짐. 유산 관리인으로부터 일시금을 받고, 토지와 농노에 대한 상속권을 방기함. 8월 제대 신청. 10월 19일 제대함. 『가난한 사람들*Bednye liudi*』 집필 시작.

1845년 ^{24세} 1월 『가난한 사람들』 처음부터 다시 쓰기 시작. 3월 소설 『가난한 사람들』 끝냄. 4월 세 번째로 전체 수정. 5월 원고를 친구 그리고로비치Grigorovich에게 읽어 줌. 그리고로비치가 이 글을 가지고 네끄라소프Nekrasov에게 뛰어감. 네끄라소프, 열광하여 그다음 날로 유명 평론가 벨린스끼에게 보임. 작품이 성공을 거둠. 여름 레벨에 있는 형의 집에서 기거하며 두 번째 중편소설 『분신*Dvoinik*』에 착수함. 11월 하룻밤 만에 「아홉 통의 편지로 된 소설Roman v deviati pis'makh」을 씀. 벨린스끼와 뚜르게네프가 도스또예프스끼의 절도 없는 생활을 비난함. 12월 벨린스끼의 집에서 열린 문학 모임에서 『분신』을 낭독함.

1846년 ^{25세} 1월 24일 『뻬쩨르부르그 선집*Peterburgskii sbornik*』에 『가난한 사람들』을 발표. 2월 두 번째 작품인 『분신』을 『조국 수기*Otechestvennye zapiski*』에 발표. 봄 뻬뜨라셰프스끼를 알게 됨. 여름 레벨에 있는 형 집에서 「쁘로하르친 씨Gospodin Prokharchin」 집필. 10월 5일 게르쩬을 알게 됨. 『여주인*Khoziaika*』과 『네또츠까 네즈바노바*Netochka Nezvanova*』 쓰기 시작. 가벼운 간질 증세. 10월 「쁘로하르친 씨」를 잡지 『조국 수기』에 발표.

1847년 26세 1월 소설 「아홉 통의 편지로 된 소설」을 잡지 『동시대인 Sovremennik』에 발표. 1~3월 벨린스끼와 절연. 6월 「뻬쩨르부르그 연대기 Peterburgskaia letonisi」를 신문 「상뜨뻬쩨르부르그 통보Sankt-Peterburgskie vedomosti」에 발표함. 7월 7일 센나야 광장에서 갑작스러운 첫 번째 간질 발작. 7월 15일 뻬쩨르부르그 근교에서 도스또예프스끼의 절친한 친구이자 시인인 B. 마이꼬프가 뇌졸중으로 인해 익사함. 가을 『가난한 사람들』이 단행본으로 나옴. 10~12월 『여주인』을 『조국 수기』지에 발표함.

1848년 27세 5월 28일 비사리온 벨린스끼 사망. 가을 뻬뜨라셰프스끼와 스뻬쉬네프와 화해하고 그들의 사회주의 이론에 흥미를 느낌. 12월 뻬뜨라셰프스끼의 집에서 푸리에주의와 공산주의에 관한 강연을 들음.

• 『조국 수기』에 발표한 작품들 : 「남의 아내Chuzhaia zhena」(1월) 「약한 마음 Slavoe serdtse」(2월), 「뽈준꼬프」, 『닳고 닳은 사람 이야기』(1장 「퇴역 군인」, 2장 「정직한 도둑」, 후에 1장은 완전히 삭제하고 제목도 「정직한 도둑Chestnyi vor」으로 바꿈), 「크리스마스트리와 결혼식 Iolka i svad'ba」, 「백야Belye nochi」(12월), 「질투하는 남편」(「질투하는 남편」을 12월 『조국 수기』에 발표하였으나, 1월에 발표한 「남의 아내」와 합쳐 「남의 아내와 침대 밑 남편」으로 개작함).

1849년 28세 연초에 뻬뜨라셰프스끼 친구들 집에서 금요일마다 열리는 문학 모임에 참석. 1~2월 『조국 수기』에 『네또츠까 네즈바노바』 일부 발표(4월 체포로 인해 작업이 중단됨). 4월 7일 푸리에의 탄생일 기념으로 〈뻬뜨라셰프스끼 모임〉에서 점심 식사. 4월 15일 뻬뜨라셰프스끼 집에서 열린 한 모임에서 도스또예프스끼는, 〈절대 왕정의 입장을 신봉했다는 이유로 고골을 비난하는 내용을 담은〉 벨린스끼의 편지를 두 번째로 읽음. 4월 23일 고발에 의해 새벽 5시에 체포당함. 9월 30일 재판 시작. 11월 13일 벨린스끼의 〈사악한〉 편지를 퍼뜨린 죄목으로 사형을 선고받음. 12월 22일 세묘노프스끼 광장에서 사형수들의 형을 집행하기 직전, 황제의 특사로 형 집행이 중단되고 강제 노동형으로 감형됨.

1850년 ²⁹세 1월 11일 또볼스끄에 도착하여 이곳에서 여러 명의 12월 당원(제까브리스뜨) 아내들의 방문을 받음. 그중 폰비진의 아내는 그에게 10루블짜리 지폐가 표지에 숨겨진 복음서를 몰래 건네줌. 1월 23일 옴스끄에 도착하여 4년을 지냄. 이 기간 동안 가족에게 편지 쓰기를 금지당한 채 혹독하고 비참한 수용소 생활을 견뎌 냄.

1854년 ³³세 2월 중순 출옥. 2월 22일 감옥 생활을 묘사한 편지를 형에게 보냄. 3월 2일 시베리아 전선 세미팔라친스끄에 주둔 중인 제7대대에 배치됨. 봄에 세무관 이사예프와 알게 됨. 이사예프 부인에게 반함. 이 기간에 뚜르게네프, 똘스또이, 곤차로프, 칸트, 헤겔 등의 서적을 탐독함. 11월 21일 세미팔라친스끄에 검찰관으로 임명된 브란겔 남작과 가까운 친구가 됨.

1855년 ³⁴세 2월 18일 니꼴라이 1세 사망. 8월 4일 세무관 이사예프 사망. 12월 브란겔, 세미팔라친스끄를 떠남.
• 이해에 『죽음의 집의 기록 Zapiski iz miortvogo doma』을 쓰기 시작.

1856년 ³⁵세 브란겔, 상뜨 뻬쩨르부르그에서 도스또예프스끼의 사면을 위해 활동을 함. 11월 26일 마리야 드미뜨리예브나 이사예프가 오랜 망설임 끝에 도스또예프스끼의 청혼을 승낙함.

1857년 ³⁶세 2월 6일 마리야 드미뜨리예브나 이사예프와 결혼. 4월 17일 이전의 권리(세습 귀족 신분)를 되찾음. 8월 감옥에서 구상하고 집필에 들어갔던 「꼬마 영웅 Malenkii geroi」이 『조국 수기』에 M이라는 익명으로 실림. 12월 간질 증세로 인해 군 복무를 계속할 수 없다는 진단을 받음.

1858년 ³⁷세 봄 까뜨꼬프에게 편지를 보내 『러시아 통보 Russkii vestnik』지에 중편소설 게재를 요청함. 까뜨꼬프 받아들임. 6월 19일 형 미하일이 정치와 문학 잡지 『시대 Vremia』지의 출판 허가를 요청함. 9월 30일 미하일, 잡지 출판 허가받음. 10월 31일 돈 떨어짐. 두 편의 중편과 장편 한 편을 씀.

1859년 ³⁸세 3월 18일 하사관으로 제대함. 3월 『아저씨의 꿈 Diadiushkin son』이 『러시아 말 Russkoe slovo』지에 실림. 4월 11일 소설 『스쩨빤치꼬보 마을 사람들 Selo stepantikovo』을 까뜨꼬프에게 보냄. 7월 2일 세미팔라친스끄를 떠나 뜨베리로 감. 8월 19일 뜨베리 도착. 8월 28일 형 미하일이 도착하여 며칠간 동생과 함께 지냄. 도스또예프스끼, 상뜨뻬쩨르부르그에서 거주할 허가를 얻기 위해 교섭. 뜨베리에 싫증을 냄. 10월 6일 네끄라소프, 『동시대인』지에서 『스쩨빤치꼬보 마을 사람들』 출판에 동의함. 도스또예프스끼는 『죽음의 집의 기록』 집필 구상. 11월 상뜨뻬쩨르부르그 거주를 허가받음. 그러나 평생 비밀경찰의 감시를 받게 됨. 12월 상뜨뻬쩨르부르그에 도착(10년 만의 귀환). 며칠 후 스뜨라호프Strakhov와 알게 되고 친구가 됨. 후에 그는 도스또예프스끼의 공식 전기를 쓰게 됨. 11~12월 『스쩨빤치꼬보 마을 사람들』이 『조국 수기』지에 실림.

1860년 39세 봄 여배우 A. I. 쉬베르뜨의 집에 드나들게 되고 그녀의 남동생 내외와도 알게 됨. 3~4월 〈문학 기금〉을 위한 두 편의 연극에 참여(고골의 「검찰관Revizor」과 「코nos」). 9월 『러시아 세계Russkii mir』지(67호)에 『죽음의 집의 기록』 연재 시작. 11월 검열 당국은 『죽음의 집의 기록』의 불온한 표현들을 삭제한다는 조건으로 이 책의 출판을 허가함. 가을, 형과 함께 문학 서클 〈편집자들의 모임〉 결성. 당대의 유명 인사들이 대거 참여.
• 도스또예프스끼의 작품들이 두 권의 책으로 나옴.
1권 : 『가난한 사람들』, 『네또츠까 네즈바노바』, 「백야」, 「정직한 도둑」, 「크리스마스 트리와 결혼식」, 「남의 아내와 침대 밑 남편」, 「꼬마 영웅」. 2권 : 『아저씨의 꿈』, 『스쩨빤치꼬보 마을 사람들』.

1861년 40세 3월 3일(구력 2월 19일)의 농노 해방령이 시행됨. 7월 『상처받은 사람들Unizhennye i oskorblionnye』 마지막 손질. 『시대』지에 기고. 9월 『상처받은 사람들』 출판 허가. 이해에 많은 작가들과 관계를 맺음. 그중에는 곤차로프, 오스뜨로프스끼, 살띠꼬프 쉬체드린도 있음.
• 『상처받은 사람들』이 두 권의 단행본으로 출간됨.

1862년 41세 1월 『죽음의 집의 기록』의 두 번째 부분이 『시대』지에 실림. 1월 16일 『죽음의 집의 기록』의 단행본을 내기 위해 바주노프와 계약. 5월 온천에 가기 위해 통행증 신청. 5월 16일 상뜨뻬쩨르부르그에서 화재 발생, 15일간 계속되어 1천여 개의 상점이 잿더미가 됨. 도스또예프스끼, 크게 놀람. 6월 7일 처음으로 외국 여행. 6월 8~26일 베를린, 드레스덴, 프랑크푸르트, 쾰른, 파리 등을 여행. 7월 초 런던에 가서 게르쩬 만남. 〈도스또예프스끼가 어제 나를 만나러 왔습니다. 그는 순수하고, 그다지 명석하지는 않지만 매력 있는 사람입니다. 그는 러시아 민족을 열광적으로 믿고 있습니다.〉 (1862년 7월 17일 게르쩬이 오가레프Ogarev에게 보낸 편지) 7월 7일 체르니셰프스끼Chernyshevskii가 체포되어 뻬뜨로빠블로프스끄 감옥에 감금됨. 7월 8일 도스또예프스끼, 파리로 돌아가기 전 게르쩬에게 자신의 서명이 든 사진을 선물함. 7월 15일 쾰른으로 갔다가 라인 강을 거쳐 스위스로, 그 후엔 이탈리아로 감. 12월 『시대』지에 『악몽 같은 이야기 Skvernyi anekdot』 발표.

1863년 ^{42세} 2월 『시대』지에 「여름 인상에 대한 겨울 메모 Zimnie zametki o letnikh vpechatleniakh」 연재됨. 4월 『시대』지, 스뜨라호프가 1월에 발생한 폴란드인의 무장봉기 실패에 관해서 폴란드인에게 유리한 기사를 실었다는 이유로 4호로 발행 정지됨. 5월 『시대』지 출판 금지 당함. 8월 외국으로 떠남. 8월 14일 파리에 도착하여 다음 날 먼저 와 있던 수슬로바와 만남. 둘의 관계가 악화되고 그는 노름판에서 돈을 잃음. 9월 수슬로바와 이탈리아로 출발. 바덴바덴에서 머물다가 뚜르게네프를 만남. 노름판에서 3천 프랑을 잃음. 바덴바덴을 떠나 토리노로 감. 그다음 제네바로 가서 도스또예프스끼는 시계를, 수슬로바는 반지를 저당잡힘. 그 후 제네바, 로마, 리보르노로 여행. 9월 17일 로마의 성 베드로 성당 방문. 9월 18일 포럼 산책. 스뜨라호프에게 편지를 보내 『노름꾼 Igrok』에 대한 이야기와 돈이 궁한 사정을 호소함. 스뜨라호프는 도스또예프스끼가 토리노로 가기 전, 그에게서 〈독서를 위한 총서〉의 편집자가 되겠다는 약속을 받아 냄. 10월 수슬로바와 나폴리 체류. 그곳에서 게르쩬 가족을 만남. 그 후 토리노로 돌아옴. 10월 8일 수슬로바와 헤어짐. 수슬로바는 파리로 떠남. 도스또예프스끼는 함부르크로 가서 도박을 하고 돈을 잃음. 수슬로바에게 편지를 보내 350프랑을 받음. 이 시기에 『노름꾼』과 『지하로부터의 수기 Zapiski iz podpol'ia』 쓰기 시작. 10월의 마지막 10일 동안 러시아로 돌아감. 11월 형 미하일, 내무부 장관 발루예프에게 『시대』지를 다른 이름으로 낼 수 있게 해달라고 요청.

1864년 ^{43세} 1월 발루예프, 형 미하일에게 『세기 Epokha』지 출판 허가 내줌. 3월 21일 『세기』지 첫 호 나옴. 3~4월 『지하로부터의 수기』를 『세기』지에 발표. 4월 4일 〈오전 문학 모임〉에서 『죽음의 집의 기록』의 일부를 낭독함. 4월 14~15일 아내 마리야 드미뜨리예브나의 건강 상태 악화. 새벽 4시에 병자 성사. 낮 동안 각혈 계속됨. 저녁 7시에 숨을 거둠. 4월 16일 죽은 아내의 머리맡에서 수첩에 자신의 반성을 적음. 〈아내 마샤는 탁자 위에서 쉬고 있다. 마샤를 다시 볼 수 있을까?〉 4월 말 뻬쩨르부르그로 돌아감. 7월 10일 아침 7시, 빠블로프스끄에서 형 미하일 사망. 그의 아내가 『세기』지 발간을 계속해 나갈 것을 허가받음. 9월 25일 친구 아뽈론 그리고리예프 죽음.

• 『죽음의 집의 기록』이 두 권의 독일어 판으로 라이프치히 출판사에서 나옴.

1865년 **44세** 3월 31일 친구 브란겔에게 아내의 죽음을 알리는 편지를 씀. 〈그녀는 나를 무척이나 사랑했지. 그리고 나도 그녀를 한없이 사랑했네. 그런데 우린 이제 함께 행복을 나눌 수 없게 되었어……. 내 삶은 갑자기 둘로 나뉘어 버렸어.〉 이 시기에 꼬르빈 끄루꼬프스까야 부인, 후에 유명한 수학자가 된 소피야 꼬발레프스까야와의 우정이 시작됨. 4~5월 꼬르빈 끄루꼬프스까야 부인에게 청혼하나 거절당함. 5월 10일 외국 여행을 위해 여권 신청. 6월 『세기』지 2호에 「악어」 연재(「기이한 사건 혹은 아케이드에서의 돌발적 사건」이라는 제목으로 연재 시작). 『세기』지, 재정난으로 발행 중단(통권 13호). 여름에 출판업자 스쩰로프스끼와 계약을 맺고 자기의 모든 작품을 양도하고 1866년 11월 1일까지 일정 페이지의 새 소설을 탈고하겠다고 약속함. 계약을 이행하지 못할 경우 스쩰로프스끼는 보조금 지급 없이 이후의 모든 작품에 대한 저작권을 가지기로 함. 도스또예프스끼, 3천 루블을 받고 모든 작품의 저작권을 팔아 버림. 7월 말 비스바덴에 도착. 8월 3일 뚜르게네프에게 편지를 보내 노름판에서 거액을 잃은 사실을 알리고 1백 탈러를 보내 달라고 부탁함. 수슬로바, 도스또예프스끼를 만나러 비스바덴으로 감. 8월 8일 50탈러를 부쳐 주어서 고맙다는 편지를 뚜르게네프에게 씀. 9월 밀류꼬프에게 편지를 보내 어디든 상관없으니 중편소설을 팔아 당장 8백 루블을 보내 달라고 부탁하지만 허탕. 〈나는 호텔에 묵고 있습니다. 빚이 불어나서 위협을 받고 있습니다. 그리고 한 푼도 없는 실정입니다.〉 밀류꼬프는 〈독서를 위한 총서〉, 『동시대인』, 『조국 수기』지에 요청하지만 모두 그가 요구하는 선불금을 거절함. 까뜨꼬프에게 『죄와 벌 Prestuplenie i nakazanie』의 구상을 알리는 편지의 초안 작성. 편지에 소설의 줄거리 묘사. 10월 코펜하겐에 도착하여 친구 브란겔의 집에서 10일을 보냄. 15일 상뜨뻬쩨르부르그로 돌아옴. 11월 2일 수슬로바를 만나 다시 청혼함. 11월 8일 브란겔에게 보낸 편지에서 돌아온 첫 주에 세 차례의 간질 발작이 있었음을 알림. 까뜨꼬프가 그에게 선불금 지급. 11월 말 『죄와 벌』 초고를 태워 버림. 〈새 형식, 새 플롯이 내 마음을 사로잡아 나는 모두 다시 시작했다.〉(1866년 2월 18일 브란젤에게 보낸 편지) 『죄와 벌』을 쓰는 동안 센나야 광장 근처로 자주 산책 나감. 어느 날 술 취한 군인이 다가와 목에 걸고 있던 십자가를 팔겠다고 해 그 십자가를 사서 목에 걸고 다님. 1867년 외국으로 떠날 때 상뜨뻬쩨르부르그에 놓고 갔으며 이후 없어짐.

• 도스또예프스끼의 전집이 작가의 검토와 보충을 거쳐 스쩰로프스끼 출판사에서 나옴.
1권 : 「여주인」, 「쁘로하르친 씨」, 「약한 마음」, 『죽음의 집의 기록』, 『가난한 사람들』, 「백야」, 「정직한 도둑」. 2권 : 『상처받은 사람들』, 『지하로부터의 수기』, 「악몽 같은 이야기」, 「여름 인상에 대한 겨울 메모」 등.
도스또예프스끼의 여러 단편들과 중편들이 같은 출판사에서 단행본으로 나옴. 『가난한 사람들』, 「백야」, 「약한 마음」, 「여주인」, 「쁘로하르친 씨」 등. 『죽음의 집의 기록』의 세 번째 판이 검토를 거치고 새 장들이 추가되어 나옴.

1866년 45세 1월 『죄와 벌』, 『러시아 통보』지에 연재 시작(12월호로 완결). 1월 14일 고리대금업자 뽀뽀프와 그의 하녀 노르만이 대학생 다닐로프에게 살해되고 금품을 강탈당함. 도스또예프스끼는 『백치 Idiot』를 쓰며 이 사건을 숙고함. 3~4월 『동시대인』지에 『죄와 벌』에 대한 비호의적인 평이 실림. 4월 4일 러시아 황제 알렉산드르 2세에 대한 까라꼬조프의 암살 계획. 도스또예프스끼는 이 사건에 깜짝 놀람. 6월 여름을 여동생의 가족이 사는 곳에서 가까운 모스끄바의 교외 지역인 류블리노에서 보냄. 『노름꾼』의 줄거리와 『죄와 벌』 5부 작업. 『러시아 통보』의 편집자 까뜨꼬프에게 부도덕한 장면이라고 지적당한 2부의 6장을 수정해야 했음(라스꼴리니꼬프와 소냐가 복음서를 읽는 장면). 9월 까라꼬조프에 대한 재판과 판결. 도스또예프스끼는 작가 노트와 『악령』의 도입부에서 이 재판에 대해 언급함. 10월 스쩰로프스끼에게 약속한 소설을 제때에 끝내기 위해 속기사를 고용하기로 결심함. 10월 3일 저녁때 안나 그리고리예브나 스니뜨끼나 Anna Grigorievna Snitkina가 찾아와 속기사로 일하겠다고 함. 그다음 날 『노름꾼』 구술 시작. 29일에 끝냄. 30~31일 원고 정서함. 11월 『노름꾼』 원고를 스쩰로프스끼에게 가져감. 스쩰로프스끼는 자리에 없고 그의 서기가 원고를 거절함. 도스또예프스끼는 출판사 부근의 경찰서에 소설을 맡김. 11월 3일 어머니 집에 있는 안나 그리고리예브나를 방문함. 그리고 『죄와 벌』 마지막 부분을 속기해 달라고 부탁함. 11월 8일 안나 그리고리예브나에게 청혼. 그녀의 수락. 이달 말, 도스또예프스끼는 하나뿐인 외투를 저당잡혀 쪼들리는 친척들을 도움.
 • 도스또예프스끼 전집 제3권 나옴(스쩰로프스끼 출판사).
수록 작품 : 『노름꾼』, 『분신』, 「크리스마스트리와 결혼식」, 「남의 아내와 침대 밑 남편」, 「꼬마 영웅」, 『네또츠까 네즈바노바』, 『아저씨의 꿈』, 『스쩨빤치꼬보 마을 사람들』. 스쩰로프스끼 출판사에서 단편, 중단편들이 단행본으로 나옴. 『분신』, 『지하로부터의 수기』, 『노름꾼』, 「크리스마스트리와 결혼식」, 「악어 Krokodil」, 「악몽 같은 이야기」 등.
『상처받은 사람들』 세 번째 개정판과 『스쩨빤치꼬보 마을 사람들』의 세 번째 판이 같은 출판사에서 나옴.

1867년 46세 2월 15일 저녁 7시, 삼위일체 대성당에서 도스또예프스끼와 안나 그리고리예브나의 결혼식. 3월 30일 도스또예프스끼와 그의 아내, 모스끄바에 도착. 듀소 호텔로 감. 모스끄바에서 보석상 까밀꼬프가 양갓집 아들 마주린에게 살해당하는 사건이 발생. 도스또예프스끼는 이 범죄 사건을 『백치』의 마지막에 이용함. 4월 도스또예프스끼 부부, 외국으로 갈 계획 세움. 4월 12일 안나 그리고리예브나, 돈을 빌리기 위해 개인 물품을 저당잡힘. 빌린 돈의 일부를 도스또예프스끼 가족에게 줌. 4월 14일 도스또예프스끼 부부, 외국으로 떠나 4년 넘게 체류. 안나 그리고리예브나 일기 쓰기 시작. 4월 17~18일 베를린 체류. 4월 19일 드레스덴에 도착, 미술관에서 라파엘의 마돈나 감상. 책 사들임. 5월 4일 도스또예프스끼, 룰렛 게임을 하러 함부르크로 출발. 5월 5일 도박을 하여 처음엔 땄으나 그 후에 거액을 잃고 아내에게 여러 차례 돈을 요구하지만 이 돈마저 잃음. 5월 15일 드레스덴으로 돌아옴. 5월 25일 알렉산드르 2세에 대한 폴란드 이민자 베레조프스끼의 암살 음모. 파리 체류. 6월 디킨스, 위고를 읽음. 베토벤, 바그너의 음악회 감상. 이달 여러 번의 간질 발작을 일으킴. 6월 21일 도스또예프스끼 부부, 바덴바덴으로 떠남. 이후 룰렛 게임을 계속함. 6월 28일 뚜르게네프를 만나러 감. 러시아와 서양의 관계에 대한 생각 차이로 말다툼. 7월 10일 도박으로 마지막 남은 돈을 잃음. 물건을 저당잡힘. 7월 16일 도벨린스끼에 대한 기사 쓰기 시작. 8월 11일 도스또예프스끼 부부, 제네바로 떠남. 바젤에 들러 미술관 방문. 8월

13일 제네바 도착. 8월 28일 가리발디와 바꾸닌의 협력으로 제네바에서 평화와 자유 연맹의 첫 번째 회의 열림. 도스또예프스끼, 여러 회의에 참석. 9월 도박으로 또 손해를 봄. 제네바에 싫증을 냄. 경제 사정 매우 악화. 10월 『백치』 집필. 도박으로 돈을 잃음. 물건을 저당잡힘. 12월 6일 『백치』의 최종 원고 작업 돌입. 〈내 소설의 주요 생각은 지극히 완전한 사람을 그리는 데 있다.〉

• 『죄와 벌』 수정판이 두 권으로 바주노프 출판사에서 나옴.

1868년 [47세] 2월 22일 딸 소피야 태어남. 3월 10일 한 가족(6명)이 땀보프에서 살해되는 사건 발생. 16세의 고등학생이 용의자로 지목됨. 도스또예프스끼는 이 사건을 『백치』 2부에 이용함. 도박 계속. 5월 12일 어린 딸 소피야 죽음. 9월 밀라노 도착. 성당에 감. 11월 피렌체로 출발. 그곳에서 겨울을 남.

• 『러시아 통보』지에 『백치』 게재.

1869년 [48세] 봄 러시아의 친구들과 활발한 서신 교환. 무신론에 관한 소설을 구상. 7월 프라하에서 사흘을 보낸 다음 베네치아, 볼로냐를 거쳐 드레스덴으로 돌아감. 9월 14일 딸 류보프 출생. 11월 21일 모스끄바에서 혁명 운동가 네차예프를 지도자로 하는 〈민중의 복수〉라는 혁명 단체가 불복종을 이유로 농학과 학생 이바노프를 암살함(소위 네차예프 사건). 도스또예프스끼는 이 사건을 주의 깊게 연구하여 후에 『악령 besy』에 이용함.

1870년 [49세] 봄 니힐리즘에 대한 〈악의적인 것〉 작업(『악령』). 6~8월 프랑스-프로이센 전쟁. 도스또예프스끼, 자기 일기와 서신에 유럽의 사건들에 대해 언급.

• 『오로라 L'Aurore』에 『영원한 남편 Vechnyi muzh』 실림. 『죄와 벌』, 전집 제4권으로 나옴(스쩰로프스끼 출판사).

1871년 [50세] 1월 『러시아 통보』지에 『악령』 연재 시작. 3~5월 파리 코뮌. 도스또예프스끼의 편지와 『미성년 Podrostok』의 작가 노트에서 이 사건을 반영했음을 밝힘. 4월 비스바덴에 가서 룰렛 게임. 돈을 잃고 아내에게 편지를 써서 다시는 도박을 하지 않겠다고 약속함. 러시아가 그리워져서 다시 돌아갈 생각을 함. 7월 1일 네차예프의 재판. 재판의 내용이 『악령』 2부와 3부에서 이용됨. 7월 5일 드레스덴을 떠나 뻬쩨르부르그 도착. 7월 16일 뻬쩨르부르그에서 아들 표도르 태어남.

• 바주노프 출판사에서 〈동시대 작가 총서〉의 하나로 『영원한 남편』이 단행본으로 나옴.

1872년 51세 4~5월 딸 류보프의 팔이 부러짐. 도스또예프스끼, 뜨레쨔꼬프에게 주문받은 초상화를 그리기 위해 뻬로프의 모델이 됨. 5월 15일 여름을 지내기 위해 스따라야 루사로 떠남. 며칠 후 딸의 잘 낫지 않는 팔을 수술하기 위해 뻬쩨르부르그로 다시 돌아옴. 10월 30일 『시민 *Grazhdanin*』지에서 도스또예프스끼와 공동 작업할 것임을 알림. 11~12월 안나 그리고리예브나, 『악령』을 직접 출판하기 위해 교섭. 도스또예프스끼, 『시민』지의 편집일을 맡음. 12월 말 도스또예프스끼, 『시민』지 1호에 『작가 일기』 제1장 원고 조판 작업. 독감과 폐기종으로 고생하기 시작.

1873년 52세 1월 1일 『시민』지 제1호가 나옴. 편집장을 맡음. 1월 7일 끼르끼즈 대표단이 겨울 궁전으로 알렉산드르 2세를 접견하러 감. 검열 당국의 사전 허가를 받지 않은 점을 변명하기 위해 도스또예프스끼도 따라감. 뽀베도노스쩨프(성무권의 담당 검사관)가 왕위 계승자 알렉산드르 알렉산드로비치에게 편지와 『악령』 견본 보냄. 2월 26일 안나 그리고리예브나가 출판한 『악령』 판매 시작. 2월 27일 슬라브 자선 단체의 회원으로 뽑힘. 6월 11일 검열법 위반으로 25루블의 벌금형과 48시간의 구류(끼르끼즈 대표단 사건) 처분받음. 6월 15일 시인 쮸체프 사망. 그에 대한 글을 『시민』지에 기고함.
• 『악령』이 세 권의 단행본으로 나옴. 정치적, 연대기적, 문학적 기사와 중편소설, 일상 생활을 묘사한 『작가 일기』가 『시민』지에 연재됨. 『작가 일기』(『시민』지 제6호)에 단편 「보보끄」가 실림.

1874년 53세 1월 『백치』, 두 권의 단행본으로 나옴. 3월 11일 『시민』지 10호에 기고한 글 〈러시아에 사는 독일인들에 대한 비스마르크 왕자의 생각과 관련된 두 단어〉로 잡지는 첫 번째 경고를 받음. 3월 21일과 22일 센나야 광장의 보초에게 체포당함. 이때 『레 미제라블』을 다시 읽음. 4월 22일 건강상의 이유로 『시민』지의 편집장직 사퇴. 그러나 기고는 중단하지 않음. 6월 4일 스따라야 루사를 떠나 엠스에 온천 요법을 받으러 감. 6월 12일 엠스에 도착. 독감에 걸림. 엠스에 싫증을 냄. 뿌쉬낀을 다시 읽고 『미성년』 작업. 〈엠스가 너무 싫은 나머지 감옥이 더 나을 것 같다.〉 7~8월 제네바에 가서 딸 소냐의 무덤에 감. 8월 10일 스따라야 루사로 돌아옴. 이곳에서 겨울을 나기로 결심함. 10월 12일 네끄라소프에게 보낸 편지에서 『조국 수기』지에 소설 『미성년』이 실릴 것이라고 알림.

1875년 54세 4월 9일 안나 그리고리예브나, 꾸르스끄 지방에 있는 남동생 아내의 땅을 소작하기로 남동생과 합의. 5월 26일 도스또예프스끼, 엠스로 떠남. 처음 왔을 때와 같은 참기 힘든 인상을 받음. 욥기를 읽음. 7월 7일 스따라야 루사로 돌아옴. 8월 10일 아들 알렉세이 태어남. 12월 길에서 일곱 살의 어린 거지와 자주 만나며 그의 생활에 관심을 가지고 질문을 함. 현대의 부모와 아이들에 관한 소설 구상. 12월 27일 비행 청소년을 위한 감화원 방문. 12월 31일 개인 잡지 『작가 일기』의 발행 허가가 내려짐.
• 『죽음의 집의 기록』 제4판이 두 권의 책으로 나옴. 『미성년』이 『조국 수기』(1~12월 호)에 실림.

1876년 55세 1월 월간 『작가 일기』 제1호 발행. 단편 「예수의 크리스마스 트리에 초대된 아이」 발표. 2월 『작가 일기』 2월 호에 단편 「농부 마레이」 발표. 3월 영적 경험. 『작가 일기』 3월 호에 단편 「백 살의 노파」 실림. 5월 18일 안나 그리고리예브나, 남동생에게 스따라야 루사에 집을 한 채 사놓으라고 시킴. 7월 도스또예프스끼, 엠스로 떠남. 그곳에서 의사는 〈죽으려면 아직도 멀었다〉고 안심시킴. 10월 도스또예프스끼가 『작가 일기』에서 말한 계모 꼬르닐로바의 재판이 열림. 그는 죄수를 두 번 방문함. 『작가 일기』는 점점 더 풍부한 통신란이나 다름없게 됨. 11월 도스또예프스끼는 뽀베도노스쩨프의 충고에 대해 『작가 일기』의 별책들을 유명해지게 할 것을 제안. 『온순한 여자 Krotkaia』 집필, 『작가 일기』 11월 호에 발표. 12월 6일 까잔 광장에서 대학생들의 시위와 난투극. 『작가 일기』에서 이 사건을 상세히 다룸.
• 『미성년』이 3권의 단행본으로 나옴. 『작가 일기』 계속 발간.

1877년 56세 봄 스따라야 루사에 안나 그리고리예브나의 동생 명의로 집을 사들임. 4월 러시아 황제의 성명. 러시아 군대가 터키 영토에 진입. 도스또예프스끼는 성명을 읽고 까잔 성당에 감. 4월 22일 꼬르닐로바의 두 번째 재판에 참석함. 피고는 무죄 석방됨. 검사는 처음 선고는 『작가 일기』의 기사에 따라 취소되었다고 말함. 『작가 일기』 4월 호에 단편 「우스운 사람의 꿈」 발표. 도스또예프스끼 가족, 여름을 안나 그리고리예브나의 남동생 소유지에서 보냄. 7월 『안나 까레니나』 8부가 단행본으로 나옴. 전쟁에 대한 똘스또이의 반체제적 견해 때문에 거부되었던 책으로 『러시아 통보』지의 편집부에서 펴냄. 도스또예프스끼, 그 책을 구입. 7월 19일 꾸르스끄 지방으로 떠남. 어린 시절을 보낸 다로보예로 감. 12월 27일 시인 네끄라소프 사망. 충격에 싸인 도스또예프스끼는 밤을 새워 죽은 시인의 시를 낭독함. 12월 29일 연말 공식 회의에서 도스또예프스끼가 과학 아카데미 러시아 문헌 분과의 객원 회원으로 뽑혔음을 알려 옴. 12월 30일 네끄라소프 장례식에서 간단한 연설을 함.
• 『작가 일기』 계속 발간. 『죄와 벌』 4판이 두 권으로 나옴. 『우스운 사람의 꿈』이 『시민』에서 나옴. 『온순한 여자』가 「상뜨뻬쩨르부르그 신문」에 프랑스어로 번역됨. 단행본으로도 나옴.

1878년 57세 연초 도스또예프스끼, 매달 문학인 협회가 주관하는 저녁 모임 참가. 3월 베라 자술리치의 재판. 베라는 정치범을 하찮은 이유로 채찍질한 뜨레뽀프 경찰국장을 저격. 도스또예프스끼, 재판 방청. 5월 16일 세 살의 어린 아들 알렉세이 도스또예프스끼, 갑작스러운 간질 발작으로 죽음. 아들이 죽은 후 그는 자주 블라지미르 솔로비요프를 만남. 6월 23일 솔로비요프와 함께 러시아 영성의 중심지 중 하나인 옵찌나 수도원에 감. 암브로시 장로와 두 번의 대화. 그로부터 『까라마조프 씨네 형제들 *Brat'ia Karamazovy*』의 영감을 얻음. 12월 계획을 세우고 『까라마조프 씨네 형제들』의 첫 부분 씀. 12월 14일 『상처받은 사람들』의 넬리 이야기를 자선 문학의 밤 모임에서 낭독. 〈문학 기금〉의 저녁 모임에서 뿌쉬낀의 『예언자』를 읽음. 이 겨울 동안 문단에 자주 나옴.
• 『작가 일기』 1877년 12월 호가 1878년 1월에 나옴.

1879년 58세 3월 9일 〈문학 기금〉을 위한 연회에서 도스또예프스끼는 『까라마조프 씨네 형제들』의 일부분을 낭독함. 3월 13일 뚜르게네프 기념 오찬 모임에서 뚜르게네프와 도스또예프스끼 사이의 별로 좋지 않은 이야기들이 회자됨. 3월 20일 어린 딸을 괴롭힌 혐의로 고발당한 외국인 브룬스트의 재판. 도스또예프스끼는 이 사건에 매우 깊은 인상을 받아 『까라마조프 씨네 형제들』에 이용함. 도스또예프스끼는 술 취한 남자 때문에 길에 넘어져 얼굴에 상처를 입음. 그의 항의에도 불구하고 가해자는 16루블의 벌금형을 받음. 빅토르 위고의 주재로 열리는 런던 문학 회의에 참여해 달라는 요청을 건강상의 이유로 거절함. 7월 22일 엠스로 떠남. 베를린에서 이틀 머무름. 수족관, 박물관, 티어가르텐 구경. 7월 24일 엠스 도착. 그가 이곳에 머무는 동안 그의 아내는 아이들을 데리고 그녀의 친척인 꾸마닌 부인의 토지 분할 문제를 처리하기 위해 랴잔 지방에 감. 꾸마닌 부인은 2백 제곱미터의 산림과 1백 제곱미터의 경작지를 보유. 8월 6일 형수 죽음. 9월 러시아로 돌아옴. 『까라마조프 씨네 형제들』 작업. 10월 알렉세이 똘스또이의 미망인, 똘스또이 백작 부인이 도스또예프스끼에게 드레스덴 박물관에 있는 라파엘의 「시스티나의 마돈나」 사진을 보여 줌.

• 『까라마조프 씨네 형제들』(소설 3부의 제4권까지) 『러시아 통보』에서 나옴. 1876년에 쓰인 『작가 일기』 단행본 제2판. 『상처받은 사람들』 제5판.

1880년 ^{59세} 1월 도스또예프스끼의 아내가 출판한 작품 판매. 1월 17일 도스또예프스끼와 프랑스 외교관이자 작가인 보귀에 사이에 논쟁〔보귀에는 후에 유명한 책, 『러시아 소설』(1886)을 씀〕. 도스또예프스끼는 다음과 같이 말함. 〈우리는 모든 민족들이 가진 특징을 가지고 있습니다. 그 위에 모든 러시아의 특징도. 그 이유는 우리는 당신들을 이해할 수 있기 때문입니다. 그러나 당신들은 우리에 미치지 못합니다.〉 자선 문학의 밤 행사에 여러 번 참여, 자기 작품의 몇몇 부분을 읽음. 4월 6일 뻬쩨르부르그 대학에서 열린 블라지미르 솔로비요프의 박사 논문 통과 심사에 참석. 5월 11일 모스끄바에서 열리는 뿌쉬낀 동상 제막식에서 슬라브 자선 단체의 대표로 임명됨. 5월 23일 모스끄바 도착. 5월 24일 도스또예프스끼를 축하하는 오찬. 여러 작가들 참석. 6월 6일 뿌쉬낀 동상 제막식. 6월 7일 첫번째 공개 회의, 뚜르게네프 연설. 6월 8일 두 번째 공개 회의. 도스또예프스끼, 대중의 열광을 불러일으킨 뿌쉬낀에 대한 연설을 함. 월계관을 받음. 저녁에 『예언자』 낭독. 밤에 그는 뿌쉬낀 동상에 가서 자기가 받은 월계관을 바침. 6월 10일 모스끄바를 떠나 스따라야 루사로 감. 『까라마조프 씨네 형제들』 쓰기 시작. 9월 26일 똘스또이가 스뜨라호프에게 편지를 보내 『죽음의 집의 기록』은 뿌쉬낀의 작품을 포함하여 새로운 모든 문학 작품들 중 가장 아름다운 책이라고 말함. 11월 8일 도스또예프스끼, 『러시아 통보』지에 『까라마조프 씨네 형제들』의 마지막 장들을 보냄. 〈내 소설은 끝났습니다. 이 소설에 바친 3년과 출판한 2년, 나에게는 의미 있는 순간입니다. 작별 인사를 하지 않은 것을 용서하시기 바랍니다. 나는 20년은 더 살면서 글을 쓸 작정입니다.〉 11월 29일 한 편지에서 나쁜 건강 상태에 대해 불평(폐기종으로 고생). 12월

10일 젊은 메레쥐꼬프스끼Merezhkovskii의 방문을 허락. 15세의 젊은 시인은 도스또예프스끼에게 자신의 시를 읽어 줌. 〈제대로 쓰기 위해서는 고통을 감내해야 한다.〉
• 〈뿌쉬낀에 대한 연설〉이 『모스끄바 통보』지에 실림. 『까라마조프 씨네 형제들』, 『러시아 통보』지에 연재(11월 완결). 『작가 일기』 8월 호가 간행됨. 『까라마조프 씨네 형제들』 단행본 며칠 만에 동이 남.

1881년 60세 1월 『작가 일기』 작업. 1월 19일 알렉세이 똘스또이의 미망인 집에서 열린 연극 『폭군 이반의 죽음 Smert' Ioanna Groznogo』에서 수도승 역을 맡음. 1월 26일 상속 문제로 여동생이 찾아와 다투고 간 후 도스또예프스끼 각혈, 5시 반에 의사 폰 브레첼 도착, 진찰 도중 다시 각혈, 의식을 잃음, 6시경 병자 성사를 받음, 7시경 아내와 아이들에게 작별 인사. 1월 27일 각혈 멈춤. 1월 28일 아침 7시 도스또예프스끼는 아내에게 오늘 틀림없이 죽을 것 같다고 말함. 그는 복음서를 아무 데나 펼쳐 「마태오의 복음서」 3장, 14~15절을 읽음. 죽음의 전조가 보임. 아침 11시 또 각혈. 저녁 7시 자식들을 불러 아들에게 자신의 성서를 건네줌. 저녁 8시 38분 도스또예프스끼 사망. 1월 31일 알렉산드르 네프스끼 수도원 묘지에 묻힘, 많은 사람들이 긴 행렬을 이루며 그의 죽음을 애도함.
• 『죽음의 집의 기록』 제5판 나옴. 『상처받은 사람들』의 프랑스어 번역이 「상뜨뻬쩨르부르그 신문」에 실림. 『죽음의 집의 기록』 영어로 번역됨. 『상처받은 사람들』 스웨덴어로 번역됨.

열린책들 세계문학 016 백치 하

옮긴이 김근식 1954년 서울에서 태어나 한국외국어대학교 노어과를 졸업했으며, 통역대학원에서 박사 학위를 받았다. 현재 중앙대학교 동북아연구소 소장 및 노어학과 교수로 재직 중이다. 논문으로 「아이뜨마또프 작품의 주제 발전 연구」, 「전환기 러시아 문학출판 연구」, 「90년대 러시아 문학의 개성화 연구」, 「러시아 문학 이데올로기의 향방 연구」, 「러시아 정교회와 반체제 및 민족주의」 등이 있으며, 저서로 『이동 동사를 활용한 러시아어 작문』(1999), 역서로 『하얀 배』(1983, 아이뜨마또프), 『공산주의의 종언』(1992, 야꼬블레프, 공역), 『아버지 金』(1994, 아나똘리 김) 등이 있으며, 러시아어로 번역한 『천둥소리』(1999, 김주영)가 있다.

지은이 표도르 도스또예프스끼 **옮긴이** 김근식 **발행인** 홍예빈
발행처 주식회사 열린책들 **주소** 경기도 파주시 문발로 253 파주출판도시
전화 031-955-4000 **팩스** 031-955-4004
홈페이지 www.openbooks.co.kr **이메일** literature@openbooks.co.kr.
Copyright (C) 주식회사 열린책들, 2000, 2009, *Printed in Korea*.
ISBN 978-89-329-0929-5 04890 **ISBN** 978-89-329-1499-2 (세트)
발행일 2000년 6월 15일 초판 1쇄 2002년 1월 10일 신판 1쇄 2005년 1월 10일 신판 6쇄 2007년 2월 5일 3판 1쇄 2009년 8월 10일 3판 5쇄 2009년 11월 30일 세계문학판 1쇄 2025년 8월 5일 세계문학판 21쇄

이 도서의 국립중앙도서관 출판예정도서목록(CIP)은 서지정보유통지원시스템 홈페이지(http://seoji.nl.go.kr)와 국가자료공동목록시스템(http://www.nl.go.kr/kolisnet)에서 이용하실 수 있습니다.(CIP제어번호 : CIP2009003487)

열린책들 세계문학
Open Books World Literature

001 **죄와 벌** 표도르 도스또예프스끼 장편소설 | 홍대화 옮김 | 전2권 | 각 408, 512면

003 **최초의 인간** 알베르 카뮈 장편소설 | 김화영 옮김 | 392면

004 **소설** 제임스 미치너 장편소설 | 윤희기 옮김 | 전2권 | 각 280, 368면

006 **개를 데리고 다니는 부인** 안똔 체호프 소설선집 | 오종우 옮김 | 368면

007 **우주 만화** 이탈로 칼비노 단편집 | 김운찬 옮김 | 416면

008 **댈러웨이 부인** 버지니아 울프 장편소설 | 최애리 옮김 | 296면

009 **어머니** 막심 고리끼 장편소설 | 최윤락 옮김 | 544면

010 **변신** 프란츠 카프카 중단편집 | 홍성광 옮김 | 464면

011 **전도서에 바치는 장미** 로저 젤라즈니 중단편집 | 김상훈 옮김 | 432면

012 **대위의 딸** 알렉산드르 뿌쉬낀 장편소설 | 석영중 옮김 | 240면

013 **바다의 침묵** 베르코르 소설선집 | 이상해 옮김 | 256면

014 **원수들, 사랑 이야기** 아이작 싱어 장편소설 | 김진준 옮김 | 320면

015 **백치** 표도르 도스또예프스끼 장편소설 | 김근식 옮김 | 전2권 | 각 504, 528면

017 **1984년** 조지 오웰 장편소설 | 박경서 옮김 | 392면

019 **이상한 나라의 앨리스** 루이스 캐럴 환상동화 | 머빈 피크 그림 | 최용준 옮김 | 336면

020 **베네치아에서의 죽음** 토마스 만 중단편집 | 홍성광 옮김 | 432면

021 **그리스인 조르바** 니코스 카잔차키스 장편소설 | 이윤기 옮김 | 488면

022 **벚꽃 동산** 안똔 체호프 희곡선집 | 오종우 옮김 | 336면

023 **연애 소설 읽는 노인** 루이스 세풀베다 장편소설 | 정창 옮김 | 192면

024 **젊은 사자들** 어윈 쇼 장편소설 | 정영문 옮김 | 전2권 | 각 416, 408면

026 **젊은 베르테르의 슬픔** 요한 볼프강 폰 괴테 장편소설 | 김인순 옮김 | 240면

027 **시라노** 에드몽 로스탕 희곡 | 이상해 옮김 | 256면

028 **전망 좋은 방** E. M. 포스터 장편소설 | 고정아 옮김 | 352면

029 **까라마조프 씨네 형제들** 표도르 도스또예프스끼 장편소설 | 이대우 옮김 | 전3권 | 각 496, 496, 460면

032 **프랑스 중위의 여자** 존 파울즈 장편소설 | 김석희 옮김 | 전2권 | 각 344면

034 **소립자** 미셸 우엘벡 장편소설 | 이세욱 옮김 | 448면

035 **영혼의 자서전** 니코스 카잔차키스 자서전 | 안정효 옮김 | 전2권 | 각 352, 408면

037 **우리들** 예브게니 자먀찐 장편소설 | 석영중 옮김 | 320면

038 **뉴욕 3부작** 폴 오스터 장편소설 | 황보석 옮김 | 480면
039 **닥터 지바고** 보리스 파스테르나크 장편소설 | 홍대화 옮김 | 전2권 | 각 480, 592면
041 **고리오 영감** 오노레 드 발자크 장편소설 | 임희근 옮김 | 456면
042 **뿌리** 알렉스 헤일리 장편소설 | 안정효 옮김 | 전2권 | 각 400, 448면
044 **백년보다 긴 하루** 친기즈 아이뜨마또프 장편소설 | 황보석 옮김 | 560면
045 **최후의 세계** 크리스토프 란스마이어 장편소설 | 장희권 옮김 | 264면
046 **추운 나라에서 돌아온 스파이** 존 르카레 장편소설 | 김석희 옮김 | 368면
047 **산도칸 – 몸프라쳄의 호랑이** 에밀리오 살가리 장편소설 | 유향란 옮김 | 428면
048 **기적의 시대** 보리슬라프 페키치 장편소설 | 이윤기 옮김 | 560면
049 **그리고 죽음** 짐 크레이스 장편소설 | 김석희 옮김 | 224면
050 **세설** 다니자키 준이치로 장편소설 | 송태욱 옮김 | 전2권 | 각 480면
052 **세상이 끝날 때까지 아직 10억 년** 스뜨루가츠끼 형제 장편소설 | 석영중 옮김 | 224면
053 **동물 농장** 조지 오웰 장편소설 | 박경서 옮김 | 208면
054 **캉디드 혹은 낙관주의** 볼테르 장편소설 | 이봉지 옮김 | 232면
055 **도적 떼** 프리드리히 폰 실러 희곡 | 김인순 옮김 | 264면
056 **플로베르의 앵무새** 줄리언 반스 장편소설 | 신재실 옮김 | 320면
057 **악령** 표도르 도스또예프스끼 장편소설 | 박혜경 옮김 | 전3권 | 각 328, 408, 528면
060 **의심스러운 싸움** 존 스타인벡 장편소설 | 윤희기 옮김 | 340면
061 **몽유병자들** 헤르만 브로흐 장편소설 | 김경연 옮김 | 전2권 | 각 568, 544면
063 **몰타의 매** 대실 해밋 장편소설 | 고정아 옮김 | 304면
064 **마야꼬프스끼 선집** 블라지미르 마야꼬프스끼 선집 | 석영중 옮김 | 384면
065 **드라큘라** 브램 스토커 장편소설 | 이세욱 옮김 | 전2권 | 각 340, 344면
067 **서부 전선 이상 없다** 에리히 마리아 레마르크 장편소설 | 홍성광 옮김 | 336면
068 **적과 흑** 스탕달 장편소설 | 임미경 옮김 | 전2권 | 각 432, 368면
070 **지상에서 영원으로** 제임스 존스 장편소설 | 이종인 옮김 | 전3권 | 각 396, 380, 496면
073 **파우스트** 요한 볼프강 폰 괴테 희곡 | 김인순 옮김 | 568면
074 **쾌걸 조로** 존스턴 매컬리 장편소설 | 김훈 옮김 | 316면
075 **거장과 마르가리따** 미하일 불가꼬프 장편소설 | 홍대화 옮김 | 전2권 | 각 364, 328면
077 **순수의 시대** 이디스 워튼 장편소설 | 고정아 옮김 | 448면
078 **검의 대가** 아르투로 페레스 레베르테 장편소설 | 김수진 옮김 | 384면
079 **예브게니 오네긴** 알렉산드르 뿌쉬낀 운문소설 | 석영중 옮김 | 328면
080 **장미의 이름** 움베르토 에코 장편소설 | 이윤기 옮김 | 전2권 | 각 440, 448면

082 **향수** 파트리크 쥐스킨트 장편소설 | 강명순 옮김 | 384면

083 **여자를 안다는 것** 아모스 오즈 장편소설 | 최창모 옮김 | 280면

084 **나는 고양이로소이다** 나쓰메 소세키 장편소설 | 김난주 옮김 | 544면

085 **웃는 남자** 빅토르 위고 장편소설 | 이형식 옮김 | 전2권 | 각 472, 496면

087 **아웃 오브 아프리카** 카렌 블릭센 장편소설 | 민승남 옮김 | 480면

088 **무엇을 할 것인가** 니꼴라이 체르니셰프스끼 장편소설 | 서정록 옮김 | 전2권 | 각 360, 404면

090 **도나 플로르와 그녀의 두 남편** 조르지 아마두 장편소설 | 오숙은 옮김 | 전2권 | 각 408, 308면

092 **미사고의 숲** 로버트 홀드스톡 장편소설 | 김상훈 옮김 | 424면

093 **신곡** 단테 알리기에리 장편서사시 | 김운찬 옮김 | 전3권 | 각 292, 296, 328면

096 **교수** 샬럿 브론테 장편소설 | 배미영 옮김 | 368면

097 **노름꾼** 표도르 도스또예프스끼 장편소설 | 이재필 옮김 | 320면

098 **하워즈 엔드** E. M. 포스터 장편소설 | 고정아 옮김 | 512면

099 **최후의 유혹** 니코스 카잔차키스 장편소설 | 안정효 옮김 | 전2권 | 각 408면

101 **키리냐가** 마이크 레스닉 장편소설 | 최용준 옮김 | 464면

102 **바스커빌가의 개** 아서 코넌 도일 장편소설 | 조영학 옮김 | 264면

103 **버마 시절** 조지 오웰 장편소설 | 박경서 옮김 | 408면

104 **10 1/2장으로 쓴 세계 역사** 줄리언 반스 장편소설 | 신재실 옮김 | 464면

105 **죽음의 집의 기록** 표도르 도스또예프스끼 장편소설 | 이덕형 옮김 | 528면

106 **소유** 앤토니어 수전 바이어트 장편소설 | 윤희기 옮김 | 전2권 | 각 440, 488면

108 **미성년** 표도르 도스또예프스끼 장편소설 | 이상룡 옮김 | 전2권 | 각 512, 544면

110 **성 앙투안느의 유혹** 귀스타브 플로베르 희곡소설 | 김용은 옮김 | 584면

111 **밤으로의 긴 여로** 유진 오닐 희곡 | 강유나 옮김 | 240면

112 **마법사** 존 파울즈 장편소설 | 정영문 옮김 | 전2권 | 각 512, 552면

114 **스쩨빤치꼬보 마을 사람들** 표도르 도스또예프스끼 장편소설 | 변현태 옮김 | 416면

115 **플랑드르 거장의 그림** 아르투로 페레스 레베르테 장편소설 | 정창 옮김 | 512면

116 **분신** 표도르 도스또예프스끼 장편소설 | 석영중 옮김 | 288면

117 **가난한 사람들** 표도르 도스또예프스끼 장편소설 | 석영중 옮김 | 256면

118 **인형의 집** 헨리크 입센 희곡 | 김창화 옮김 | 272면

119 **영원한 남편** 표도르 도스또예프스끼 장편소설 | 정명자 외 옮김 | 448면

120 **알코올** 기욤 아폴리네르 시집 | 황현산 옮김 | 352면

121 **지하로부터의 수기** 표도르 도스또예프스끼 장편소설 | 계동준 옮김 | 256면

122 **어느 작가의 오후** 페터 한트케 중편소설 | 홍성광 옮김 | 160면

123 **아저씨의 꿈** 표도르 도스또예프스끼 장편소설 | 박종소 옮김 | 312면

124 **네또츠까 네즈바노바** 표도르 도스또예프스끼 장편소설 | 박재만 옮김 | 316면

125 **곤두박질** 마이클 프레인 장편소설 | 최용준 옮김 | 528면

126 **백야 외** 표도르 도스또예프스끼 소설선집 | 석영중 외 옮김 | 408면

127 **살라미나의 병사들** 하비에르 세르카스 장편소설 | 김창민 옮김 | 304면

128 **뻬쩨르부르그 연대기 외** 표도르 도스또예프스끼 소설선집 | 이항재 옮김 | 296면

129 **상처받은 사람들** 표도르 도스또예프스끼 장편소설 | 윤우섭 옮김 | 전2권 | 각 296, 392면

131 **악어 외** 표도르 도스또예프스끼 소설선집 | 박혜경 외 옮김 | 312면

132 **허클베리 핀의 모험** 마크 트웨인 장편소설 | 윤교찬 옮김 | 416면

133 **부활** 레프 똘스또이 장편소설 | 이대우 옮김 | 전2권 | 각 308, 416면

135 **보물섬** 로버트 루이스 스티븐슨 장편소설 | 머빈 피크 그림 | 최용준 옮김 | 360면

136 **천일야화** 앙투안 갈랑 엮음 | 임호경 옮김 | 전6권 | 각 336, 328, 372, 392, 344, 320면

142 **아버지와 아들** 이반 뚜르게네프 장편소설 | 이상원 옮김 | 328면

143 **오만과 편견** 제인 오스틴 장편소설 | 원유경 옮김 | 480면

144 **천로 역정** 존 버니언 우화소설 | 이동일 옮김 | 432면

145 **대주교에게 죽음이 오다** 윌라 캐더 장편소설 | 윤명옥 옮김 | 352면

146 **권력과 영광** 그레이엄 그린 장편소설 | 김연수 옮김 | 384면

147 **80일간의 세계 일주** 쥘 베른 장편소설 | 고정아 옮김 | 352면

148 **바람과 함께 사라지다** 마거릿 미첼 장편소설 | 안정효 옮김 | 전3권 | 각 616, 640, 640면

151 **기탄잘리** 라빈드라나트 타고르 시집 | 장경렬 옮김 | 224면

152 **도리언 그레이의 초상** 오스카 와일드 장편소설 | 윤희기 옮김 | 384면

153 **레우코와의 대화** 체사레 파베세 희곡소설 | 김운찬 옮김 | 280면

154 **햄릿** 윌리엄 셰익스피어 희곡 | 박우수 옮김 | 256면

155 **맥베스** 윌리엄 셰익스피어 희곡 | 권오숙 옮김 | 176면

156 **아들과 연인** 데이비드 허버트 로런스 장편소설 | 최희섭 옮김 | 전2권 | 464, 432면

158 **그리고 아무 말도 하지 않았다** 하인리히 뵐 장편소설 | 홍성광 옮김 | 272면

159 **미덕의 불운** 싸드 장편소설 | 이형식 옮김 | 248면

160 **프랑켄슈타인** 메리 W. 셸리 장편소설 | 오숙은 옮김 | 320면

161 **위대한 개츠비** 프랜시스 스콧 피츠제럴드 장편소설 | 한애경 옮김 | 280면

162 **아Q정전** 루쉰 중단편집 | 김태성 옮김 | 320면

163 **로빈슨 크루소** 대니얼 디포 장편소설 | 류경희 옮김 | 456면

164 **타임머신** 허버트 조지 웰스 소설선집 | 김석희 옮김 | 304면

165 **제인 에어** 샬럿 브론테 장편소설 | 이미선 옮김 | 전2권 | 각 392, 384면

167 **풀잎** 월트 휘트먼 시집 | 허현숙 옮김 | 280면

168 **표류자들의 집** 기예르모 로살레스 장편소설 | 최유정 옮김 | 216면

169 **배빗** 싱클레어 루이스 장편소설 | 이종인 옮김 | 520면

170 **이토록 긴 편지** 마리아마 바 장편소설 | 백선희 옮김 | 192면

171 **느릅나무 아래 욕망** 유진 오닐 희곡 | 손동호 옮김 | 168면

172 **이방인** 알베르 카뮈 장편소설 | 김예령 옮김 | 208면

173 **미라마르** 나기브 마푸즈 장편소설 | 허진 옮김 | 288면

174 **지킬 박사와 하이드 씨** 로버트 루이스 스티븐슨 소설선집 | 조영학 옮김 | 320면

175 **루진** 이반 뚜르게네프 장편소설 | 이항재 옮김 | 264면

176 **피그말리온** 조지 버나드 쇼 희곡 | 김소임 옮김 | 256면

177 **목로주점** 에밀 졸라 장편소설 | 유기환 옮김 | 전2권 | 각 336면

179 **엠마** 제인 오스틴 장편소설 | 이미애 옮김 | 전2권 | 각 336, 360면

181 **비숍 살인 사건** S. S. 밴 다인 장편소설 | 최인자 옮김 | 464면

182 **우신예찬** 에라스무스 풍자문 | 김남우 옮김 | 296면

183 **하자르 사전** 밀로라드 파비치 장편소설 | 신현철 옮김 | 488면

184 **테스** 토머스 하디 장편소설 | 김문숙 옮김 | 전2권 | 각 392, 336면

186 **투명 인간** 허버트 조지 웰스 장편소설 | 김석희 옮김 | 288면

187 **93년** 빅토르 위고 장편소설 | 이형식 옮김 | 전2권 | 각 288, 360면

189 **젊은 예술가의 초상** 제임스 조이스 장편소설 | 성은애 옮김 | 384면

190 **소네트집** 윌리엄 셰익스피어 연작시집 | 박우수 옮김 | 200면

191 **메뚜기의 날** 너새니얼 웨스트 장편소설 | 김진준 옮김 | 280면

192 **나사의 회전** 헨리 제임스 중편소설 | 이승은 옮김 | 256면

193 **오셀로** 윌리엄 셰익스피어 희곡 | 권오숙 옮김 | 216면

194 **소송** 프란츠 카프카 장편소설 | 김재혁 옮김 | 376면

195 **나의 안토니아** 윌라 캐더 장편소설 | 전경자 옮김 | 368면

196 **자성록** 마르쿠스 아우렐리우스 명상록 | 박민수 옮김 | 240면

197 **오레스테이아** 아이스킬로스 비극 | 두행숙 옮김 | 336면

198 **노인과 바다** 어니스트 헤밍웨이 소설선집 | 이종인 옮김 | 320면

199 **무기여 잘 있거라** 어니스트 헤밍웨이 장편소설 | 이종인 옮김 | 464면

200 **서푼짜리 오페라** 베르톨트 브레히트 희곡선집 | 이은희 옮김 | 320면

201 **리어 왕** 윌리엄 셰익스피어 희곡 | 박우수 옮김 | 224면

202 **주홍 글자** 너새니얼 호손 장편소설 | 곽영미 옮김 | 360면
203 **모히칸족의 최후** 제임스 페니모어 쿠퍼 장편소설 | 이나경 옮김 | 512면
204 **곤충 극장** 카렐 차페크 희곡선집 | 김선형 옮김 | 360면
205 **누구를 위하여 종은 울리나** 어니스트 헤밍웨이 장편소설 | 이종인 옮김 | 전2권 | 각 416, 400면
207 **타르튀프** 몰리에르 희곡선집 | 신은영 옮김 | 416면
208 **유토피아** 토머스 모어 소설 | 전경자 옮김 | 288면
209 **인간과 초인** 조지 버나드 쇼 희곡 | 이후지 옮김 | 320면
210 **페드르와 이폴리트** 장 라신 희곡 | 신정아 옮김 | 200면
211 **말테의 수기** 라이너 마리아 릴케 장편소설 | 안문영 옮김 | 320면
212 **등대로** 버지니아 울프 장편소설 | 최애리 옮김 | 328면
213 **개의 심장** 미하일 불가꼬프 중편소설집 | 정연호 옮김 | 352면
214 **모비 딕** 허먼 멜빌 장편소설 | 강수정 옮김 | 전2권 | 각 464, 488면
216 **더블린 사람들** 제임스 조이스 단편소설집 | 이강훈 옮김 | 336면
217 **마의 산** 토마스 만 장편소설 | 윤순식 옮김 | 전3권 | 각 496, 488, 512면
220 **비극의 탄생** 프리드리히 니체 | 김남우 옮김 | 320면
221 **위대한 유산** 찰스 디킨스 장편소설 | 류경희 옮김 | 전2권 | 각 432, 448면
223 **사람은 무엇으로 사는가** 레프 똘스또이 소설선집 | 윤새라 옮김 | 464면
224 **자살 클럽** 로버트 루이스 스티븐슨 소설선집 | 임종기 옮김 | 272면
225 **채털리 부인의 연인** 데이비드 허버트 로런스 장편소설 | 이미선 옮김 | 전2권 | 각 336, 328면
227 **데미안** 헤르만 헤세 장편소설 | 김인순 옮김 | 264면
228 **두이노의 비가** 라이너 마리아 릴케 시 선집 | 손재준 옮김 | 504면
229 **페스트** 알베르 카뮈 장편소설 | 최윤주 옮김 | 432면
230 **여인의 초상** 헨리 제임스 장편소설 | 정상준 옮김 | 전2권 | 각 520, 544면
232 **성** 프란츠 카프카 장편소설 | 이재황 옮김 | 560면
233 **차라투스트라는 이렇게 말했다** 프리드리히 니체 산문시 | 김인순 옮김 | 464면
234 **노래의 책** 하인리히 하이네 시집 | 이재영 옮김 | 384면
235 **변신 이야기** 오비디우스 서사시 | 이종인 옮김 | 632면
236 **안나 카레니나** 레프 톨스토이 장편소설 | 이명현 옮김 | 전2권 | 각 800, 736면
238 **이반 일리치의 죽음 · 광인의 수기** 레프 톨스토이 중단편집 | 석영중 · 정지원 옮김 | 232면
239 **수레바퀴 아래서** 헤르만 헤세 장편소설 | 강명순 옮김 | 272면
240 **피터 팬** J. M. 배리 장편소설 | 최용준 옮김 | 272면
241 **정글 북** 러디어드 키플링 중단편집 | 오숙은 옮김 | 272면

242 **한여름 밤의 꿈** 윌리엄 셰익스피어 희곡 | 박우수 옮김 | 160면

243 **좁은 문** 앙드레 지드 장편소설 | 김화영 옮김 | 264면

244 **모리스** E. M. 포스터 장편소설 | 고정아 옮김 | 408면

245 **브라운 신부의 순진** 길버트 키스 체스터턴 단편집 | 이상원 옮김 | 336면

246 **각성** 케이트 쇼팽 장편소설 | 한애경 옮김 | 272면

247 **뷔히너 전집** 게오르크 뷔히너 지음 | 박종대 옮김 | 400면

248 **디미트리오스의 가면** 에릭 앰블러 장편소설 | 최용준 옮김 | 424면

249 **베르가모의 페스트 외** 옌스 페테르 야콥센 중단편 전집 | 박종대 옮김 | 208면

250 **폭풍우** 윌리엄 셰익스피어 희곡 | 박우수 옮김 | 176면

251 **어센든, 영국 정보부 요원** 서머싯 몸 연작 소설집 | 이민아 옮김 | 416면

252 **기나긴 이별** 레이먼드 챈들러 장편소설 | 김진준 옮김 | 600면

253 **인도로 가는 길** E. M. 포스터 장편소설 | 민승남 옮김 | 552면

254 **올랜도** 버지니아 울프 장편소설 | 이미애 옮김 | 376면

255 **시지프 신화** 알베르 카뮈 지음 | 박언주 옮김 | 264면

256 **조지 오웰 산문선** 조지 오웰 지음 | 허진 옮김 | 424면

257 **로미오와 줄리엣** 윌리엄 셰익스피어 희곡 | 도해자 옮김 | 200면

258 **수용소군도** 알렉산드르 솔제니찐 기록문학 | 김학수 옮김 | 전6권 | 각 460면 내외

264 **스웨덴 기사** 레오 페루츠 장편소설 | 강명순 옮김 | 336면

265 **유리 열쇠** 대실 해밋 장편소설 | 홍성영 옮김 | 328면

266 **로드 짐** 조지프 콘래드 장편소설 | 최용준 옮김 | 608면

267 **푸코의 진자** 움베르토 에코 장편소설 | 이윤기 옮김 | 전3권 | 각 392, 384, 416면

270 **공포로의 여행** 에릭 앰블러 장편소설 | 최용준 옮김 | 376면

271 **심판의 날의 거장** 레오 페루츠 장편소설 | 신동화 옮김 | 264면

272 **에드거 앨런 포 단편선** 에드거 앨런 포 지음 | 김석희 옮김 | 392면

273 **수전노 외** 몰리에르 희곡선집 | 신정아 옮김 | 424면

274 **모파상 단편선** 기 드 모파상 지음 | 임미경 옮김 | 400면

275 **평범한 인생** 카렐 차페크 장편소설 | 송순섭 옮김 | 280면

276 **마음** 나쓰메 소세키 장편소설 | 양윤옥 옮김 | 344면

277 **인간 실격·사양** 다자이 오사무 소설집 | 김난주 옮김 | 336면

278 **작은 아씨들** 루이자 메이 올컷 장편소설 | 허진 옮김 | 전2권 | 각 408, 464면

280 **고함과 분노** 윌리엄 포크너 장편소설 | 윤교찬 옮김 | 520면

281 **신화의 시대** 토머스 불핀치 신화집 | 박중서 옮김 | 664면

282 **셜록 홈스의 모험** 아서 코넌 도일 단편집 | 오숙은 옮김 | 456면
283 **자기만의 방** 버지니아 울프 지음 | 공경희 옮김 | 216면
284 **지상의 양식·새 양식** 앙드레 지드 지음 | 최애영 옮김 | 360면
285 **전염병 일지** 대니얼 디포 지음 | 서정은 옮김 | 368면
286 **오이디푸스왕 외** 소포클레스 비극 | 장시은 옮김 | 368면
287 **리처드 2세** 윌리엄 셰익스피어 희곡 | 박우수 옮김 | 208면
288 **아내·세 자매** 안톤 체호프 선집 | 오종우 옮김 | 240면
289 **폭풍의 언덕** 에밀리 브론테 장편소설 | 전승희 옮김 | 592면
290 **조반니의 방** 제임스 볼드윈 장편소설 | 김지현 옮김 | 320면
291 **의무론** 마르쿠스 툴리우스 키케로 지음 | 김남우 옮김 | 312면
292 **밤에 돌다리 밑에서** 레오 페루츠 지음 | 신동화 옮김 | 360면
293 **한낮의 열기** 엘리자베스 보엔 장편소설 | 정연희 옮김 | 576면
294 **아바나의 우리 사람** 그레이엄 그린 장편소설 | 최용준 옮김 | 392면